黄会林 绍武 文集

长篇小说创作卷

骄子传（下）

绍武 黄会林 著

北京师范大学出版集团
BEIJING NORMAL UNIVERSITY PUBLISHING GROUP
北京师范大学出版社

图书在版编目(CIP) 数据

黄会林 绍武文集.长篇小说创作卷 骄子传（下）／绍武.黄会林著.—北京：北京师范大学出版社，2009.12
ISBN 978-7-303-10644-8

Ⅰ.黄… Ⅱ.①绍…②黄… Ⅲ.①文艺-文集②长篇小说-作品集-中国-当代 Ⅳ.① I0-53 ② I247.5

中国版本图书馆 CIP 数据核字(2009)第 200432 号

营 销 中 心 电 话　010-58802181 58808006
北师大出版社高等教育分社网　http://gaojiao.bnup.com.cn
电 子 信 箱　beishida168@126.com

出版发行：北京师范大学出版社 www.bnup.com.cn
　　　　　北京新街口外大街 19 号
　　　　　邮政编码：100875
印　　刷：北京京师印务有限公司
经　　销：全国新华书店
开　　本：155 mm × 235 mm
印　　张：36
插　　页：3
字　　数：540 千字
版　　次：2009 年 12 月第 1 版
印　　次：2009 年 12 月第 1 次印刷
定　　价：61.00 元

策划编辑：陈佳宵　　责任编辑：高东风
美术编辑：高　霞　　装帧设计：高　霞
责任校对：李　菡　　责任印制：李　丽

长篇小说创作卷

骄子传（下）

作者像

❶ 1954年抗美援朝凯旋归国时。

❷ 1971年在山西临汾"五七干校"种菜与警犬虎子合影。

❶ 1958年大学毕业时。

● 1992年在加拿大约克大学讲中国文化。

● 1992年在加拿大约克大学讲中国戏剧。

● 约克大学讲座现场。

● 2006年在北京。

● 2006年在书房。

出版说明

　　本文集收录了黄会林、绍武自 1978 年至 2008 年 30 年间的学术研究论著和文学艺术创作。共分十二卷。第一卷至第六卷包括话剧、电影、电视、文学、艺术等领域学术研究的文字；第七卷至第十二卷则为电影、话剧、长短篇小说、报告文学、电视剧及电视专题片等作品。

　　本卷为长篇小说创作卷《骄子传》（下）。收录由北京十月文艺出版社于 1996 年出版的《骄子传》下卷。

目　录

长篇小说创作 **卷**

骄子传（下）

第四卷

大地自由歌

序

自由，大体说来是天地之间最强大的一种引力。她不可替代的魅力和深邃无尽的内涵，几乎是永恒的，因此可以说，自由是涵盖宇宙的定律。从宇宙的生成、星球的运转，到生命的起源、繁衍、成长，以至有一天毁灭，无不是这一定律辉煌的成果。

自由，是个快乐的精灵，虽然她无所不在，但真正找到她却不容易。假如生命是寻求自由的过程，那么，这个过程是曲折的。寻求的自由度越大，过程的曲折就越多，这也是为了自由付出的代价、经历的磨难。

自由，是神圣的王国，集纯洁、智慧、创造、欢乐于一身。生命在跨入她的疆域之前，必须洗刷污垢，涤荡愚昧，摒弃褊狭、自私等恶习，方可入境。

自由，是无止境的，人们对于自由的寻求、追逐也是无穷尽的。当已有的自由开始沉淀、凝固时，新的自由就会萌生，就会以更加绚丽的色彩出现在遥远的天际。她的出现，意味着漫长的孕育已经成熟，新的生命就要降生。古老的躯壳干枯、僵硬、陈旧了，在自由的召唤下，稚嫩的生命喊着、叫着、挣扎着、冲突着，向束缚生命的桎梏发起接连不断的冲锋。也许，这喊叫，是并不美妙的噪音；这挣扎，更属于并不高明的盲动；而冲突之蛮勇，简直就像发疯！

鞭打她吗？

为了什么？为了自由？

嘲笑她吗？

为了什么？为了她第一次见阳光的时候还是个丑八怪？

咳，生命不都是这样的吗？自由不正是在鞭打、嘲笑里诞生的吗？历史何以可歌可泣呢？

还在洪荒的远古，当洪水泛滥、人或为鱼鳖的时候，灿烂的云霓出现在天空，光华四射，翻卷着，发出金属般的响声。自由的精灵勇敢地飞翔着，她一次又一次向狂涛巨浪冲击，用她自由的翅膀挽起受难的生命。

搏斗啊，抗争啊，我们不做鱼鳖！在自由的召唤下，大地奏响了治水之歌，这是华夏土地上唱出的第一支自由之歌，是炎黄子孙的先祖进行的一场惊天地、泣鬼神的伟业。她的代表，是巨人——鲧。

然而，这场烈烈轰轰的治水之战，以鲧的失败告终。在争取自由的天幕上，他是第一个顶天立地的悲剧英雄。

错误，并非都是魔鬼。开拓者的失败，常常是走向胜利的必由之路。大禹治水成功，起码有一半是鲧的赐予。鲧的失败，与其说是指导思想的失败，不如说是对自由渴望的急切。拳拳之心，却包容着浩渺的宇宙。自由是生命的本性。后人总是站在巨人的肩膀上去摘取自由的果实的。

生命，总是要结成长长的链条，续成高高的天塔，以获取更多的自由。

神州大地早就奉行着"天行健，君子以自强不息"的哲学。

只要生命在，还将不断地鸣奏起大地自由歌！

一

一九五八年夏天，马乔从中文系毕业了。

那是个火辣辣的大跃进年代。中午刚宣布分配方案，下午就催他去北京某大院研究室报到，晚上便随研究室组成的代表团出发南下。室内人员不多，级别可不低，是专门研究经济理论、经济政策的权威部门。马乔到这里工作，可谓学非所用，文不对题。他虽然有意见，又张不开嘴，心里非常矛盾。对他来说，四年的校园生活是漫长的。从战争废墟里爬出来的马乔，对建设有一种特殊的亲切感。现代化的大工业，隆隆的机械化生产，常常使他感到壮美的愉悦。特别是经历了朝鲜战争的磨难，更使他把建设现代化的大工业、大农业，当作国家、民族的靠山，当作防御帝国主义的护身法宝。也许是因为这点亲切感，这点带有神秘色彩的质朴认识和久久期盼，使他带着激情，匆匆走上工作岗位。可以为建设出力了，这使他十分激动，他的自我感觉非常好，把自己想象得很高大，像个大力神似的，有使不完的力量，如同战场上待命出征的尖刀连，只要一声令下，就冲出壕堑，斩关夺隘大战一场。这就是马乔毕业时刻的主流精神。

正值盛夏季节，火车站的温度比车站外面高，车厢里的温度更高。

马乔上了车，座位已经满满当当。

送行的萧萝很惊讶："怎么搞的，这么挤？"

马乔赶紧安慰她："没关系，开车以后准能找到座位。"看他信心十足的样子，果然使妻子受到鼓舞。他想对妻子多嘱咐几句，开车的铃声已响。萧萝刚踏上站台，"咣当"一声，车就开了。车开得很快，妻子的招手一下子便消失了。他守在车门前，心里说："要是不离开她该多好！"

现在，马乔的感觉是：又上前线了。过去上前线，也就是这种装束：一个背包，里面是被子和几件衣服；一个挂包，里面是简单的洗漱用具，几本书，一个日记本。过去比现在，多一支枪；现在比过去，却多了一种牵挂。火车已经到了丰台，他还站在车门口，想着萧萝，想象着她此刻出了车站，上了公共汽车……

"哎，小马！"一个女同志在车门拐弯处大声叫着。

马乔好像被人从梦中叫醒，回头一看，原来是研究室主任安甫教授的研究生陶琼。报到时见过一面，清高、傲慢，研究生派头很足。他对同辈人叫他小马是很不以为然的，所以，面对陶琼的热情招呼，表现得十分矜持。

"你怎么老在门口站着？"陶琼笑着，眼睛里露出挑战的光芒。

"我看里面太挤，也没座位。"

"好嘛，你想一直站到 Ａ 省？"陶琼的话咄咄逼人。

"需要的话，也可以。"马乔故意作出无所谓的样子。

"嗨，走吧，我们给你留着座位呢。"

"是么？"

"是啊，刚才怕打搅你。那是你爱人吧？"陶琼关切地问。

"是的。"马乔点点头，显得有些局促。

果然，车厢里有一个空位子。马乔一到，人们都表示欢迎。除了陶琼以外，还有两位讲师，一位姓陈，一位姓张，马乔按照学校的规矩称他们为老师。

张老师块头不小，占据了一个半人的座位，手里摇一把大蒲扇，鼻梁上架一副眼镜，汗水不断从谢了顶的额角淌下来，"小伙子，已经结婚了？"说话声音很大，底气十足，外带一副惊讶的样子。

马乔略略点头，心想这有什么大惊小怪的。

"有孩子吗？"张老师摇着蒲扇，继续发问。

"有。"马乔回答。

陶琼在一旁说："张老师，您声音小点儿，像问案子似的。"她杏眼、蹙眉，构成一种谴责的美。

马乔高兴地笑了，觉得气顺了些。

"你看，你看，没大没小的……"张老师受到了陶琼的谴责，仍满不在乎地说："几个孩子？"

"一个班吧。"马乔脱口而出。

陶琼拍着手，笑出声来。

陈老师不紧不慢地说："一个班！这下子可以结案了。"

"年轻人，别跟他们学……"

"哎哎哎，怎么把我也打进去了？小陶，还不赶快向训公求饶，求他老人家宽恕。"陈老师摊开双臂，故意作出无可奈何的姿势，只有微微眨动的眼睛，透出奚落、幽默的光华。

陶琼一边笑一边追问："哎，一个班多少人？"

马乔只是笑笑，没有回答。他问陈老师："安甫同志在哪？"

张老师抢先说："安甫在前面软卧。"

陈老师慢条斯理地补充："除安老以外，还有两个人你没见过，一位是吴南村同志，一位是魏孟然同志。咱们这个代表团，加上你一共七个人。"

"你去过 A 省吗？"陶琼好像有一大堆提不完的问题。

"A 省么，也算去过。"

"也算？"陶琼很感兴趣，追着问马乔。

"解放前，我来过。"马乔如实回答。

"那怎么说'也算'呢？"

马乔只好详细地说："那时没有省的概念，只有山区、平原、丘陵、河网一类的区别，而且流动性大，这一脚在湖北，那一脚就进了河南，晚上到了安徽、江苏，整年整月在江淮河汉之间兜圈子。几次路过 A 省省会，都没进去过，最多的一次是在火车站停留了个把钟头，所以也算去过。"

"噢，"陶琼恍然大悟，刚才那种高傲的挑战式目光改变了，"你是林彪的部队吗？"

"不，不，我是二野的，刘邓大军！"马乔的语气颇自豪，奇怪的是陶琼似乎只知道林彪，他对此感到遗憾，心想：研究生居然不知道中国有刘邓，真有点美国人不知道华盛顿、法国人不知道拿破仑那样可笑。他心里这么想，脸上便流露出来。

陶琼立即在马乔的眉宇之间捕捉到对方情绪的微妙变化，虽然说不上是鄙夷，却也使她感到难堪，顿时觉得自己在他面前矮了许多。她本以为新来的大学生可以改变她在这里年龄最小的不利处境，没想到马乔的年龄和经历都在她之上。她的希望落空了。然而，初次接触却发现这位新伙伴身上交织着一圈神秘的光环，和可羡慕的名牌大学头衔。她正在升起的激情受到了挫折，于是把脸转向窗外，心头涌起无言的不平。

这时，陈、张两位老师在和邻座聊天。看样子他们都是熟人，聊的内容大多是农业大跃进问题。人们在谈论小麦放卫星，亩产七千三百斤；早稻放卫星，亩产三万六千斤，这是真的，还是假的？如果是真的怎么样，要是假的，又怎么样……哦，马乔此时才发现，车厢里的乘客，百分之八十是首都各"大院"、高校的南下考察团、参观团成员。怪不得车厢里静不下来呢。朋友、同行、熟人聚到一起，兴奋的寒暄，神秘的问讯，三三两两侃谈，七七八八议论，熙熙攘攘，谈笑风生，闷热的车厢也难以抑制大家内心的激动。看看周围的情景，马乔心想，这趟车几乎是考察专列啦。过去他们乘坐专列开赴前线；现在这趟专列给他的感觉也是上前线。

左边座位上一位戴眼镜的中年人问："安老来了吗？"

张老师微微一笑，用大蒲扇掩起半张脸，低声说："他在软卧车厢。"

"他对形势……怎么看？"那人继续发问。

"无可奉告。"又指着陶琼说："问她，安甫同志的女弟子。"

陶琼很不尊重地瞥了张老师一眼，离开座位走了。

陈老师说："马乔同志，我带你去看看安老。"

马乔站起来，跟着陈老师去软卧车厢。

二

在软卧车厢拜望了安甫教授，马乔才明白这次考察对象是跃进中的农业。

初次见面，安老非常热情，把马乔拉到身边，摘下眼镜仔细端详。

马乔预感到——糟了！说不定又碰上老前辈了，这是他最不想遇到却常常遇到的事情。只要碰到这种情况，你马乔长得再高，也是个孩子，是被革命照顾的对象，是包袱，起码也是个不合格的战士。这已经成了他的心病。

"我认识你父母。"果然，安老抚摸着马乔的手，深情地说，"啊呀，你长了这么大个子，"他深邃的目光闪烁着欢悦的光彩，"你经过战争的严酷考验，现在又从大学毕了业，这样的干部不多啊！"

马乔赶紧说："我没学过经济学，据说很难……"

"不要紧，现在开始来得及。"安老肯定地说。

坐在安甫对面的魏孟然接过话茬："你也要解放思想。经济学并不神秘，生活中处处涉及经济学问题，大到宏伟的五年计划，小到百货市场上的针头线脑，都在经济学的视野之内。斯大林费了九牛二虎之力，搞出一部经济学，那是苏联几十年经济建设的理论表现。随着我国经济建设的深入发展，也会搞出一部我们自己的经济学。这可是个千秋大业，你来得正是时候。"

听着魏老师的话，马乔虽然有些摸不着头脑，但他平易热情、侃侃而谈的风度，已给马乔留下良好的印象。

相比之下，吴南村先生却一语不发，只在马乔看他时，才礼貌地微微一笑。

安甫点燃一支烟，对马乔说："你是从太行山老根据地出来的，你可知道当时太行山有一句名言吗？"

"您指的是什么？"马乔困惑地问。

安甫笑了："一句有名的顺口溜嘛。"

一提顺口溜，马乔有点明白了，那句话是这样说的：牛×不是吹的，火车不是推的，太行山不是垒的。他正欲开口说出，转念一想，安老为什么提这个问题呢？

只见安甫额头上长长的笑纹里，透露出善意的幽默："哎呀，那句顺口溜我可考证过，是刘伯承元帅概括出来的，邓小平政委讲得最多。"

"一句什么样的顺口溜？"魏孟然迫不及待地想知道究竟。

安甫好像没听见，继续说："太行山的作风，就是刘邓的作风，就是不说大话，不吹牛，实事求是，大胆慎行。你是太行的娃娃，是从那儿出来的，是不是？"

马乔无可奈何地点点头。他顾不上想那些作风一类的道理，只觉得安甫又把他当孩子看了，心里不服气，却也没办法。

吴南村悄声问："小马，那句顺口溜是怎么说的？"说着，递过来一张纸。

马乔只好拿出钢笔写下来："牛×不是吹的，火车不是推的，太行山不是垒的。"

吴南村伸头一看，立即缩了回去，白皙的脸也红了。他从马乔手里接过纸笔，想涂掉那个字。

安甫制止了他："就这个字，不要改。改了就变味了，本来不可以吹的，也可以吹一吹啦！"说罢，爽朗地笑了。

魏孟然也说："还是'原装'好。"

吴南村腼腆地把笔还给马乔，把那张纸叠起装进兜里。

车窗外边突然烟雾缭绕，火光熊熊，把无星无月的夜空，照得灿烂如昼。大家涌向窗口，原来是耸立在玉米地里的一座座炼铁高炉。只见人影憧憧，烈焰冲天，农民们头顶一块毛巾，赤膊上阵，酣战正浓。火车从炉旁开过，可以感到炙热的气浪，熏蒸的烟云。

车轮猛烈地撞击着钢轨，唱出了热情、铿锵的进行曲。

那不是一座、两座高炉，也不是一排、两排高炉，而是顺着铁路沿线，在大平原青纱帐里兀兀突突冒出来的高炉洪流。

火车穿行在燃烧的平原上，如醉如痴，挤在车窗前的乘客，大概数马乔最激动。眼前如火如荼的场面，对他并不陌生。那些闪电般出现，又闪电般逝去的阵势，不正是当年淮海前线的民工吗？那在夜空中挥舞赤膊，在烟火中跃动的人流，那在无边的庄稼地里飞溅的火星，还有那些浓烟、红云，那烟云下面的火海……都饱含着中国人的渴望和挚情！中国缺少钢铁，其拥有量，人均不足二两，所以，不得不用成千上万的血肉之躯去填帝国主义的炮膛。他的母亲，他的校长，他的同学，还有那些认识的、不认识的战友，都被帝国主义的钢铁老虎吞噬了。美国人均占有钢铁八百公斤，二两比八百公斤，由此而出现了咄咄逼人的危机，无形的压力，摆不掉的阴影。二两铁，不过是几根钉子，太可怜了，空有如画的江山，滔滔的黄河。中国人想钢铁想疯了！马乔看着炙热的钢铁大战，像是看到了曙光。那夜色中的壮丽彩虹，竟使他流出了热泪。

火车一阵长鸣，向夜战的农民表示感激之情。

马乔回到自己的座位，还一直盯着窗外，大炼钢铁的烈焰，燃烧着他的灵魂，沸腾着他的血液，使他无法入睡。

半夜里陶琼又在叫他："喂，你怎么不睡？"

"我想看看。"马乔悄声说。

"真是个怪人。"陶琼一边翻身一边说。

安甫一行人的任务本是考察跃进中的农业，可是还没到目的地，又出现了大炼钢铁的新形势。第三天上午到达 A 省省会，听说全省已掀起人民公社化高潮。

A 省的书记们都到下面去了，只留一位副秘书长看家。

他到省委招待所看望安甫教授，兴奋地说："毛主席肯定了我们的做法，指出'还是人民公社好！'"他建议考察团重新拟定提纲。

安甫摇头，微笑着说："是省委的建议？还是……？"

副秘书长赶快说："这仅供参考。"

"噢，"安甫释然，轻松地说："这个考察纲目是在中央备了案的，我没有权力更改；再说，也不应该更改。你们创造了小麦亩产七千三百斤的纪录，全世界都感到震惊。美国的科学家一口咬定说：不可能！英国人说：如果是真的，那就是资本主义的终结！社会主义兄长骂我们被胜利冲昏了头脑！我们的穷朋友，已经伸手要粮食了，说你们真了不起，可以养活全世界！当然，在你们后边，还有更大的亩产卫星，早稻三万斤，中稻四万三千斤，这都是上了《人民日报》的。跟他们比，你们已经是小巫了。我们需要实地考察，希望省委支持。"

"当然，当然，"副秘书长立即表示，"书记临走前交代了，说安老是他的老战友，要我们好好接待，提供一切方便。这里还有他留给您的一本小册子。"说着，从皮包里掏出来，双手递到安甫面前。

安甫接过书看，封面是浅绿色的，两行烫金的仿宋字错落排开，是书的名称：

哲学的跃进与跃进的哲学

副秘书长在一旁解释："这是我们书记在省党代会上的讲话。噢，这是样书，先请安老审阅，正式的出来，他会送给你们每位同志。"

魏孟然说："好，我们等着拜读。"

副秘书长又一再表示，著者的宗旨在于呼唤"跃进的哲学"。

对于热情的呼唤，安甫却不很热情。他稳稳当当地靠在沙发上，活像一尊巨炮，无论沉默，还是发言，都叫人觉得威严。

副秘书长见此只好说："您先休息两天，在城里走走，我再请示一下书记。"告辞而去。

客厅里的气氛顿时活跃起来。

大腹便便的张士训摇着蒲扇问："怎么回事？我怎么听不懂？"

"训公，不见得吧。"吴南村把球又踢了回去。

陶琼撇撇嘴："张老师，您就别煽了。"

"小丫头，我煽什么了？"张士训大声说。

陈子铭搭话："张老师是难得糊涂。"

马乔处在五里雾中，不知他们到底在说什么，而且兴趣那么浓。他悄声问陶琼："他们说的是什么？"

陶琼得意地说："你是真不懂。省委对他们的小麦卫星保密，不想让我们去看。"

马乔这才恍然大悟，"哦，那又为什么？"

魏孟然说话了："安老，咱们不能妥协一下吗？"

安甫磕掉长长的烟灰，反问："为什么要妥协？"

客厅里的空气又重新凝滞了。

魏孟然思索了一会，才说："事情发生了很大变化，形势逼人呀。省委书记的意见不考虑也不合适啊。毛主席定的规矩，凡是中央到地方去的同志，要服从地方党委的领导。妥协一下，顾全大局嘛。"

安甫使劲吸烟，嘴里喃喃地说："形势，大局，书记的哲学……"

人们彼此看看，等待着权威的结论。

"哎，请示一下北京嘛。"张士训的蒲扇又摇起来。

吴南村说："孟然的表述可能有问题，应该说尊重地方领导，而不是服从……"

魏孟然哂笑，对吴南村郑重其事地使用"表述"一词，显示出忍俊不禁的神气，"表述？其实，服从、尊重，毛主席都用过，这是有案可查的。"

吴南村认真地说："扯远了，扯远了，赖我，赖我。我本来的意思是，我们考察跃进中的农业，也是全局问题。人民公社也好，大炼钢铁也好，都是在农业提供的'范围'内进行的。亩产二百斤、四百斤、八百斤，可以提供的'范围'当然极不相同。亩产七千三百斤，那是什么农业？它提供的'范围'、'领域'几乎可以无限延伸！我们应当取得这颗小麦卫星的第一手材料，省委不应该阻挠我们。"

安甫摇头，"言重了，言重了，省委没有阻挠我们。"

"没有阻挠？"陶琼嘴快，发出疑问。

安甫肯定地点头，并追加了一句："没有。"他站起来踱着步说："子铭，你给北京去个电话，把到这里以后的情况如实报告，看看家里什么意见。我到省委去看看电报。你们可以先到处走走，看看，感受一下。"他又特地走到陶琼、马乔身边说："生活是复杂的，不要说风就是雨，这也是太行山的一句土话，意思是：风是风，雨是雨，有时风来了雨不一定来；当然，有时风来了雨也就来了。总之，要实事求是。"

三

省城的大街上，不断有整装出发的中学生队伍。从他们的旗帜、标语、口号和行装判断，都是奔赴大炼钢铁第一线的。

陶琼惊讶地说："停课了？"

在马乔看来，停课算什么，何必如此惊讶？他笑着说："只要把钢铁搞上去，停课也值得。"

陶琼瞪了他一眼，撇着嘴说："你懂什么！"

"也许我什么也不懂，可是，你懂钢铁吗？你见过钢铁吗？你知道钢铁是怎么回事吗？"

马乔一连串的发问，使陶琼无言以答。她觉得这些问题提得好怪，看似容易，真要回答却很难；而且，追问的口气十分严肃，简直到了森严的程度。在与同龄人的交往中，这大概是她遇到的第一次尴尬。她要退却了，恰好看到街头有卖发卡的，她喜出望外，忙赶过去，嘴里说着："北京没有卖的。"

街道上到处彩旗飘扬，商店里披红挂绿，一排排一条条悬挂的三角旗上，都写着诸如：全民大办钢铁、大办农业、大办商业、大办卫生、大办教育、大办养猪、大办积肥、大办食堂、大办……好像社会上有什么就大办什么。走过省城最繁华的一条街，马乔和陶琼统计，一共有三十二个"大办"。最让考察团吃惊的是省花纱布公司的店堂里，悬挂着几百面三角旗，都用各色绸缎剪制而成。

大家悄悄地说："这不是浪费吗？"

吴南村纠正说："这是奢侈！"

不管走到什么地方，扬声器里都在播放省委书记的文章：《关于跃进哲学的讲话》，中原大地的跃进之风扑面而来。马乔除了对用绸缎作三角旗表示厌恶之外，对于轰轰烈烈的跃进之风则表示出由衷的欢欣。这些宣传、舆论、风气，在马乔心目中都能引起共鸣，都能满足他的渴望，消解他积压已久的冲动。这种舆论和风气使他确信：前边不远处，就是一个富国强兵的辉煌现实。

在热烈、喧嚣的跃进氛围里泡了两天的考察团成员，也受到了形势的感染，表露出怀疑自己、倾慕跃进的心情，其中最突出的是研究生陶琼。她在这种气氛下，把马乔对大跃进的热衷，看成是坚定性的表现，而自己则自愧不如。还在上大学的时候，她已接受了这样的观念：自己是小资产阶级个人主义世界观。虽然自我否定是痛苦的，但伴随新制度诞生而来的新观念，汹涌澎湃势不可挡，新思想的强大，表现在既含有内在的真理魅力，又具有权威的庄严面孔。因此，沐浴在这种潮流里的她，像一叶小舟，时时感到它的伟大、自己的渺小。当然，记忆有时会唤醒她，让她想起，她至少是一棵树，一棵傲岸的树。现在，她心理上作了自我调整，不再把马乔当做一个普通的、没学过经济理论的、刚毕业的大学生，可以直呼"小马"的同事。马乔在她心目中已经升格为政治上的"一等公民"。她自己虽然也是共产党员，和马乔比，却觉得弱了一点。马乔对大跃进近乎狂热的肯定感染了她，安甫给予她的经济学头脑受到了挑战。

不管跃进的锣鼓敲得多响，安甫不改初衷，执意要到亩产七千三百斤的农业社去调查。

副秘书长传达了第一书记指示之后，又特地对安甫说："安老，书记非常尊重您的意见。跃进形势已经打破常规，现在不是农业增产的问题，而是钢铁卫星上天的问题，是工农业并举，农、林、牧、副、渔齐上，工、农、商、学、兵结合，建立政社合一的人民公社问题。他非常欢迎您到第一线指导工作。"

"不敢当，不敢当。我是来学习的，贪多嚼不烂，要一件一件的来。坦白地说，我很怀疑亩产七千三百斤的纪录。南方还有亩产几万斤稻谷的报道，就更成问题。真的经过实地调查，证明我是错的，我是右倾机会主义，那也心安理得了。那个时候，我把经济学的书一起烧掉，再不做这个空头理论家，甘愿到你们公社去当社员，自食其力，不再浪费人民的粮食。"

副秘书长诚惶诚恐地说："安老，都是党内同志，我说实话，七千三百斤是个骗局！省委已经作了调查……"

"什么？"马乔脱口而出，他简直不相信自己的耳朵。可是看看安老，看看周围的老师们，他又感到自己太莽撞了。他看一眼陶琼，她的眼光里闪烁着责备。他低下头，顾不得再看别人的表情，深深地沉浸在内心的搏斗中：堂堂正正的省委副秘书长亲口说出的，《人民日报》头条新闻报道的小麦丰产卫星，原来是个骗局！为什么要骗人呢？他们是共产党吗？《人民日报》也被骗了？党中央也被骗了？怨不得陶琼在火车上跟别人辩论，说什么不要以为新华社、《人民日报》说的都是真的……

"为什么不更正呢？"吴南村质问。

"我们写了'内参'。"副秘书长理直气壮地回答。

"'内参'恐怕不行吧？它的影响是全国性的，而且关系到中央的决策。"陈子铭口气严肃，"其实，省委应该郑重声明。"

魏孟然插断："我看，不那么简单，要慎重啊。"

副秘书长笑着说："是啊，不能泼冷水呀！"

"什么冷水热水，还要不要科学？"陶琼在边上冒了一句。

"哟，小辫子好厉害呀。"副秘书长强作欢颜。

安甫紧皱眉头，示意大家不要难为主人。他和气地说："'内参'？我没看到啊，什么时候送上去的？"

"我也没看到，是书记亲手处理的。"副秘书长为难地说，"书记说，希望得到安老的支持，也希望听到同志们——你们都是专家——的批评、指导……"

"是不是刚送走？"安甫忧虑地问。

副秘书长尴尬地笑笑，灰白的鬓角渗出汗珠。

安甫又追问："你们什么时候发现的？"

"也是……刚发现。"副秘书长艰难地说。

安甫惊叹："啊呀，这个玩笑开得太大了！"

吴南村则说："太可怕了！"

"今年麦子确实丰产了。老年人讲，这样的丰收历史上没见过。郊区的麦子长得是真好，穗大粒饱沉甸甸的……"副秘书长又沉浸在大丰收的喜悦里了，"开始是报喜，后来就叫放卫星，卫星越放越大，农民的潜力实在难估，也估不透。出了七千三，大家都信以为真，当然，个别同志也有怀疑的，那声音就很微弱了。"

安甫无奈地点头。他向省委妥协了，修改了考察计划。

副秘书长总算把书记交给他的一件棘手的差事对付下来了，他如释重负地笑了，央求大家下去以前吃一餐便饭，明天送考察团启程。

四

饭前，同志们在省委大院散步，不知不觉穿过一个月洞门，到了后院，一座奇特的建筑出现在眼前。这是一所中西式小院，它的奇特不在于小巧、精致、独居中轴线上；它的奇特在于：每个墙面，从墙根到檐下，全被旧报纸糊满。那些旧报纸，经过日晒雨淋已经变色，个别地方已有脱落，多数报纸起了角、裂了缝，有的从上边耷拉下来，有的从下边撕裂上去，热风吹来，乱动乱响，像有几百张嘴挂在墙上，有的在说，有的在哭，有的沉默，有的张狂……在烈日下，远看像一匹疲惫的困兽，近看让人想起出殡送葬时纸扎的陪葬品，只有屋顶上耀眼的红瓦，才能证明这是一座真正的房子。走到门前细看，人们恍然大悟：原来是不久前下台的省委第一书记旧居。那些糊满四墙的报纸，正是批判他的大字报。由于风吹雨打，墨迹褪去，只留下白煞煞的颜色。正门两边的圆柱上，尚留一副对联，字迹依稀可辨，道是：

挂羊头卖狗肉推行四大自由用心良苦何其毒也
抱琵琶半遮面抛出富农路线尾巴被夹怨得谁来
　　横批：某家黑店

门窗敞开着，站在外边可以洞察室内的一切。屋里已经搬空，只有粉白内壁在阳光掩映下，泛出柔和、细腻的蓝光，与它肮脏、凋零的外表形成强烈对比，看上去极不舒服。

马乔脑中一再出现：多少年前小学的连老师跪在被挖开的祖坟前的凄凉情景。

省委后院树木茂盛，花草遍地，骄阳当空，蝉鸣不已，院中央突兀地留下这座笼罩着死光的建筑，显得异常寂寞、荒凉。

马乔跑过去问安甫："安老师，这位书记……是不是已经死了？"

安老摇摇头："他，还活着。"

"噢！"马乔不禁出了一口长气。

"怎么，你同情他？"

马乔摇头否认，可又觉得没有表达清楚自己的想法，"我……可怜他。"

"为什么？为什么可怜一个被打倒的右倾机会主义者？"安甫边走边问，在柳荫下的长椅上坐定，等着马乔回答。

"我也说不清楚。"马乔坦诚地表明心迹。

"同情弱者，是不是？"安甫点上一支烟，边说边抽。

马乔侧身坐在安甫旁边，听着他用力吸烟的声音。那支刚刚噙在嘴边的香烟，在长长的吸吮声中，三分之一化作灰烬，灰色的烟雾，统统吸到肺里，没有一丝向外喷吐。

"什么是四大自由？"马乔看着那支变短的香烟，又向老师发问。

"雇工自由，土地买卖自由，集市贸易自由，租赁信贷自由。"安甫一口气说出来。

这些生疏的概念，马乔只有似是而非的理解，他继续发问："他为什么搞四大自由呢？"

"唉，不是他要搞，这是新民主主义时期党的农村政策的一部分。看来，他主张继续实行这套政策，一边发展集体经济，一边容忍多种经济成分同时并存，容忍土改后一个时期出现的两极分化，不急于过渡到单一的集体所有制。"

这回马乔听懂了。他"哦"了一声，说："那他当然不对了。毛主席说，容忍两极分化，会破坏工农联盟。"

"是啊，是啊。"安甫又点燃一支烟，以夸赞的口气表示同意。

"他为什么这样呢？"

安甫使劲抽烟，面对远处那座不祥的房屋，摇着头："跟不上吧？噢，是这样，原来认为新民主主义时期要长得多；后来变了，他没跟上。也许，他认为他领导的这个地方还应该继续实行四大自由。"

"那他根据什么呢？"

"可能主要是生产力的状况。"

马乔摇头，"不明白，您能解释一下吗？"

"马克思主义认为，社会主义不能建立在小生产基础上，不可以超越资本主义。这也是斯大林遇到的矛盾，布哈林当年据此反对集体化。如今，毛主席又遇到同样的问题，农村在土改后出现了新富农，一部分农民重新失去了土地。这就是说，资本主义——富农经济在农村得到发展，农民对此很有意见，认为共产党见死不救，当年打蒋介石的时候形成的工农联盟，有被破坏的危险；而富农经济的壮大，对将来向社会主义过渡，也会造成更大的阻力。那时，失掉土地的农民也不再支持我们，历史就可能走弯路。毛主席一向是把握潮流、指导进退的能手，当然不会坐失制胜的机遇，简而言之，就是趁穷过渡，趁大家都不富裕的时候，走上社会主义道路，求得共同富裕。可他不知为什么，是不理解，还是不同意？……"安甫看着那座房子，紧皱眉头，在寻求答案。

从安甫的谈话中，马乔感觉到这位长者对房子的主人多少有些同情，他贸然问道："安老师，您认识他吗？"

"当然。"安甫并不掩饰真情，"我们很熟，他现在住在北京。"

"您同意他的主张吗？"

安甫笑了。

"您笑什么?"马乔很想弄清楚安老和主人的关系。

"同意他的主张?搞四大自由?富农路线?那还得了?"安甫坦然地笑着,"事实上,我既不赞成,也不反对,保持中立。"

马乔感到吃惊,心想,怎么可以保持中立呢?

安甫看出马乔的迷茫,解释说:"我们是搞理论的,我们的任务是考察,到现实中调查研究,为中央制定政策提供参考,提供依据。毛主席讲,实践是检验真理的唯一标准,这是我们工作的原则和信条。"

这些原则、信条,对马乔来说,仅仅是些表皮的概念,既生疏又抽象,比不了军事术语,那是血肉构成的;也不像文学词语,跟他的魂魄是相依的。自从接触安甫和他主持的这项工作,很多语汇、概念都是第一次听到,比如"中立"——安甫在另一个场合叫"守中",即冷静地、客观地、理性地评判事物,像他说的,既不同意,也不反对。这与马乔的习惯思路截然相反,需要慢慢地品味。倒是"富农路线"这样的词端出来,马上就能调动马乔的神经。"富农"这个概念,早在马乔心目中定了型,是和龌龊、不择手段地捞钱、守财奴连在一起的。在太行山上学的时候,就听同学们骂富农;后来在大别山、在淮海战场、在朝鲜坑道,战友们都把富农说成是家乡的丑类。这位省委第一书记居然搞"富农路线",这可是一顶很肮脏的帽子!……

"哎,你想什么呢?"安甫推推马乔,笑眯眯地问。

马乔困惑地说:"他为什么搞富农路线?"

"是啊,"安甫认真地说,"一个很早就参加了革命、很有建树的老同志。"

马乔深感惋惜。

安甫又点燃一支烟,自言自语地说:"我们面对的是最丰富、最复杂的现实,驾驭起来难度很大,何况超越自己就更难。主席在政治上、理论上的气概是别人无法比拟的。"

蝉声哇哇地叫着,那座怪物继续在热风中神经地喘息着,发出呼啦呼啦的怪鸣。

省委的宴席虽不奢华，但很实惠。马乔吃惯了"军营会餐"，自然感到惊异。

在轻松的气氛中，安甫显然没有食欲，倒像一头睡狮，无精打采地应付着，不断点燃香烟，以烟代酒了。

五

苏式吉姆车在中原大地疾驶，七月的骄阳像一盆火，帆布顶篷烤得烫手。

从地图上看，这里正是十年前马乔和他的兵团几进几出的旧战场。人们在震荡中昏昏沉沉地打盹儿，只有马乔望着外边，希望找到当年的旧物。可是，眼前全是茂密的庄稼，玉米、高粱、谷子、棉花……把大平原遮盖得严严实实。车子好像在庄稼地的胡同里行进，满眼青纱帐，遮断旧时物！他把省委给的地图弄得哗哗响，这是旧地呀，当时就是沿着这条河边大路向东疾进的。如今，脚下这条土路比原来拓宽了，平直了，但走向没变，大体上还是原形，只是那些土丘、寨门、树桩、残垣断壁，连同那漫天吼叫的风沙都不见了。说不清楚此时此刻马乔是遗憾呢，还是庆幸呢？在他脑子里，旧情、旧物、旧战场都是永恒的，今生今世是抹不掉了。路边闪过一棵柳树，他会想到，也许就在这棵树下，遇到了生死之交文双狗，双狗率领那支连队默默地从他身边走过，那沙沙的脚步声，至今还在他的耳边回响。啊，车窗外的玉米地突然闪出一片空隙，视线内出现了河岸的下游。哎呀，他差一点叫出声来，那片开阔地，也许就是他的同学，不，他生命中的第一个恋人牺牲的地方。石玉英，石玉英！他的心狂跳着，呼喊着。十年前那场遭遇战就在这个地方？行进中的队伍被敌人冲散，一场恶战、混战……待双方脱离接触，各自收拢队伍时，才知道石玉英没回来。有人看见她中弹倒下了，估计一定是牺牲了。抱着一点点希望和侥幸，他到战场去寻找她，找遍所有地方，看遍所有遗体，唯独不见玉英。狂风呼啸，沙尘滚滚，天低云暗，尸横遍野，怎么办呀？就这样丢下她不管了？队伍正在前进，没有时间了！玉英啊玉英，我们是从太行山一块出来的，爹妈还在惦念着你呢！就这样把你丢在寒气袭人的战场上……"干吗让女人来打仗啊，让我死一百次吧！"当年他就是这样喊着，无可奈何地离开了战场。

"咦！"陶琼叫了一声，"马乔，你嚷什么？"

马乔沸腾的血液凝固了，连连否认："没有，没有，……"这是他永远的秘密。

同车的人也都问他："怎么啦？"

马乔被问出一身汗，他只是摇头，不想把这段神圣的回忆用语言表达出来。那既是一种独特的隐秘，更是一种至真至情至善至柔的美好，尤其在这样的环境里，语言会撕裂她柔嫩、鲜活的生命。

恰在这时，汽车开出了庄稼地胡同，来到大河渡口旁，等待轮渡。马乔趁机跳下车，不意撞到一个人身上。他连忙去扶对方，却被一个青年战士用臂挡住了。

那人说了一句："小伙子，真莽撞。"

这声音一下子唤醒了马乔的记忆："首长，是你！"

"小马驹，你个鬼东西，也在这里？"浓浓的湖南味，又热又辣。

突然的奇遇，使马乔兴奋得不知说什么好。司令员略略有些发胖，头发已经灰白，那双锐利的眼睛虽然被茶色镜片遮挡着，仍然使马乔感受到它的灼热、明亮，充满机智、幽默的魅力。

人们渐渐走过来，对他们的会面发生兴趣。

还是陶琼嘴快，在一边提醒："马乔，……"意思是让给介绍介绍。

"噢，"马乔恍然大悟，"首长，这是安甫同志，我的老师。"

"安甫？"首长惊异地说，"你的老师？"

马乔听出来了，首长是惊奇他居然有这位老师。

"安甫同志，久仰久仰，我在延安听过你的课。"司令员向安甫叙说师生之谊，同时瞥了马乔一眼，表示这里差着辈分呢。

安甫连说："不敢当，不敢当，您是一代名将，我们都很敬佩。"

"我是你的学生，猴子变人，社会发展史，就是从你那里学来的。可惜，刚听了两次，就出发到华北去了。你的讲义，还有列昂节夫的政治经济学，还在我的书箱子里，没有办法啊！他倒是可以的，我们成了同学啦。"司令员拍拍马乔的肩膀，心里有点不平衡。

"他不错的。"安甫替马乔说话。

马乔赶紧说："我不行，不行。"战争已经把他锻造得在司令员面前自动抽掉个性，似乎只有这样才相匹配。

"哼，你这个小家伙，也不去看看我，只给我写几个字，就算交代过去了？"司令员装出一副生气的样子，"结了婚，生了娃娃，都不告诉我一声！"

马乔实有难言苦衷，一句半句也说不清楚。他灵机一动，"叫我去哪儿找您？《参考消息》上登着，美联社说某某将军已经半年不露面了。中央情报局都找不到您，我去哪儿看您呢？"

"鬼精灵，"司令员下意识地抖动着纺绸衬衫的衣角，借以消热，"道理还蛮多的。"

安甫惊奇地问："噢，《参考消息》还有这样的报道？我倒没注意。"

"真的，五月二十三日的报纸，不信您回去看。"马乔申辩着。

司令员点头："是的，真有这么一条报道呢。中央情报局为我们开了个档案馆，狗日的干这个倒很刻苦，很认真。到处找啊，可惜他们的眼睛没有长在脑壳上。小鬼，你运气不错，能给安甫同志当学生，造化不浅呐。我没这个福气了。"

安甫不安地说："哎哟，哎哟，可不能这么说呀！"

"首长，这些都是我的老师。"马乔把考察团成员介绍了一遍。

又是陶琼挑战地问："将军您在忙什么呢？"

司令员坦然地说："告诉你们也可以，我在搞……"他把双手合成一个圆球，代替了没说出来的话。

大家一下就明白了，个个惊喜交加。

"没有这个不行啊！美国人在南朝鲜布置了原子弹，是对着我们的。帝国主义是虎狼世界，是核恶棍。你手里没有这个，天下就由他们横行；有了这个东西在手，恶棍们可能清醒一些。哼，你丢丢看，你丢我也丢，大家都丢，地球就会毁灭！我们手里的东西，就是一把改造核恶棍的钥匙……"司令员侃侃而谈，大家听得入了神。

摆渡的汽车缓缓向渡口驶近。

马乔兴冲冲地说："让我跟您去吧。"

"乱弹琴，你去干什么？当司令？还是当政委？"司令员还是当年那股劲。"跟安甫老师好好学习。我看，大跃进问题多得很。"他指指来路那边，"你们去看看。北京大学的马寅初先生有一张大字报，只有三个字：'不可信。'我看呐，这位老先生有水平。我也是来取经的，那天晚上碰到陈老总，他在那里召开的四级干部会上发了火。"

"陈老总说什么了？"众口一词，都想听听。

"陈老总说，苏联的卫星才八十三公斤，据说你们放了三千多公斤的小麦卫星，娘卖皮，真了不起！现在是卫星满天飞，什么小麦卫星、稻谷卫星、钢铁卫星、红苕卫星，越放越大。二天就会有人吹，你苏联算老几？我放的卫星比礼堂还大！真是吹牛皮不犯死罪。这会坏大事的！"司令员又补充说："战争年代谎报军情，是要枪毙的。现在说假话的太多。教授，这是什么原因？你研究研究。"

说话间，司令员的吉姆车已经摆渡过来。大家还想多听听将军的谈话，却已没时间了，只好依依惜别。

司令员临上车前又想起了什么，高声说："小马，这条河的下游，就是我们遇险的地方。"

马乔知道，司令员对地理、地形的记忆，是准确无误的。

"我绕道去看了一下，什么都没有了……"首长的话还没说完，一长串鱼贯而来的汽车用喇叭催促着。

车子启动了，尘土飞散后，首长的车已消失在绿色长廊的尽头。

马乔又陷入回忆的深渊：十年变得什么都没有了，好像不曾发生过战争，不曾死过那么多人，不曾有过……

六

过了河，进入了考察团要去的县界，这里确实是另一番景象。

只要地里有干活的人，地头就插着一面红旗。正值夏锄大忙，红旗处处可见。

张老师用大蒲扇指指车外，"这是什么意思？"

"意气风发嘛！"人们被红旗搅得困意全消，个个精神振奋。

"是啊，这玩意儿新鲜，种了几千年的地，还没这么风发过。"陈老师的话引人发笑。

原来，每一杆红旗是一个生产队。不同的队穿着打扮都不一样，妇女生产队，红旗上大多写着"穆桂英队"，一律白汗衫，蓝裤子，脖子上搭一条花毛巾；男子生产队，则称"老黄忠队"、"小罗成队"、"赵子龙队"……，也是一色的穿着，或红、或黄、或绿、或蓝，整齐划一。他们劳作在田野上，用鲜艳的色块点缀着平畴千里的绿色世界。

陶琼不以为然地撇着嘴："除了穆桂英，还是穆桂英！什么年代了，还叫这些老古董。"

张胖子说："这有什么奇怪。农民的文化是从戏台上学来的，戏台上的文化一多半是没文化的艺人编造出来的，主观、虚幻、夸张，外加三分阿Q精神！"

吴南村苦笑："胖子，你对戏剧艺术是不恭呢？还是……"

"还是不懂？"陶琼接过话头。

"嗬！"胖子惊呼，"陶小姐，我可是从你的话茬说下来的，你不是嫌穆桂英太老了么？"

"张先生，老归老，艺术归艺术，前者一看就明白，后者……可就不同了。"陶琼半认真半玩笑地把胖子顶了回去。

"整齐划一，也是一种美。小陶，你看这田野多漂亮！"魏孟然欣赏着，品味着大跃进时代农田景象。

陶琼摇头："那不是整齐划一的美，那是由疏离、分散、多彩、多元构成的复合美！要是完全变成整齐划一，就成了呆板、单调、乏味的世界，不用说美，连生命也是萎缩的。"

坐在前面的安甫，突然会心地笑了。

除了马乔，别人都明白，他在欣赏陶琼。那是情不自禁的微笑，一闪就消失了。

魏孟然故意拉长了声音："哟——是我观察错了？"

"是你概括错了。"吴南村一本正经地说，"复合与划一是不同的。"

陶琼兴奋得一发而不可收："划一的审美意识，往往打上统治的印迹，是以牺牲、泯灭个性自由为前提的。如果说美的话，也只是服从的美，意志的美，确切地说，是同志意识的享受和快慰。"

魏孟然"啊"了一声，连说："高论，高论！安老，听见没有？阁下的高足还有这么高明的见解，我是闻所未闻啊。"

安甫平静地说："她嘛，年纪不大，谬论可不少，不知来自何方。"

陶琼叫起来："安老师，您怎么这样说！"

安甫好像没听见，叫了一声："马乔。"

马乔赶快答应。

只听安甫说："你一定看过《红楼梦》吧？"

"看过。"

"你喜欢书里的什么人？"

马乔不假思索地说："没有一个喜欢的。"

"是嘛？"安甫很惊讶。

陶琼几乎要跳起来："没有一个？"

马乔肯定地点点头。

所有的人都感到吃惊。

"那……你……"陶琼又显出蔑视的样子。

"勉强地说，宝玉还可以。《红楼梦》离我太远了，倒是'三国'、'水浒'跟我比较接近，所以读起来废寝忘食，'红楼'就觉得太厚，读得太慢。"马乔想解释一下，以免让人纳闷，中文系的学生怎么可以不喜欢名著？

"你为什么喜欢宝玉呢？"陶琼追问。

"说不上喜欢，还可以吧。"

"可以什么呢？"陶琼紧追不舍。

马乔想了想，没有勇气说出来，只好搪塞地："我也不知道。"

"哼，"陶琼又撇撇嘴，"'不知道'这三个字可有用处啦。"

安甫问道："你看，她像《红楼梦》里的谁？"

"凤辣子吧？"

全车的人都笑起来。

陶琼脱口而出："你才是呢！"

又是一阵大笑，连司机都笑得前仰后合。

安甫感叹道："一串红辣椒。"

"那你一定喜欢什么老黄忠、赵子龙啦。"陶琼把话题引到车外的田野上。

马乔反问："那有什么不好？"

"好，哪能不好。他们都是意志、服从、整齐、划一的典型！"

吴南村接过陶琼的话："那也是一种美，这是历史形成的，而且东方、西方都有。不过在中国，这种称作阳刚之美的审美传统，一直处于主流地位。像老庄那样自然的、个性的散漫、无为，一直处于非主流地位。他们的审美主张，有时互为补充，有时互相对立。补充时，可以渗透、融合，形成复合状态；对立时，泾渭分明，分道扬镳。一般讲，失意文人崇尚老庄的阴柔之美；统治者、从政士大夫力主儒家阳刚之气。这两种审美心理，今后不知会发生什么样的流变。"

吴南村的问题一提出来，车里吵成了一团，说东、说西、说南、

27

说北的都有。

马乔本来就对美学的抽象概念不感兴趣，任凭别人吵得不可开交，他仍把注意力转向车外，去寻找当年的旧迹。车子在新修的土路上飞驰、颠簸，那些被不同色彩"整齐、划一"了的劳动者，向他们的车热情地招手、欢呼，真是人新、地新，无论如何也找不回旧日光景。虽然如此，马乔的心情还是愉快的。他没去想什么审美原则，而这大地的变化，却应和着他内心的欲望，使他兴奋，甚至使他感动。眼前这些生机蓬勃的田野，挖去了他的一块心病。

那是一九五五年冬，毛主席发表了《论农业合作化问题》，北京郊区掀起大办农业合作社的高潮。他到农村去参观，却大失所望。那些合作化了的老农，衣着破旧，敞胸露怀，蹲在土墙根晒太阳，捉虱子；连同那些入社的牛、马、驴，集中在一起，也是无精打采，躺在院子里闭目养神；给他心目中的社会主义浇了一盆凉水。他极不愿意把这个现实跟社会主义连在一起。几年前农村的一瞥，竟使他铭记不忘，成了一块抹不掉的心病。

车子还在撒欢儿地跑着，人们还在争论着审美类别和流变。飞扬的尘土，给路边的新绿蒙上了细碎的尘埃。

七

接受省委的安排，考察团先去"看"闻名全国的某公社。何以用"看"而不用"考察"呢？因为这个人民公社大得可怕，全县几十万人是一个公社。公社不仅取代了县人民政府，而且也吃掉了全民所有制国营企业，集体所有制共了全民所有制的产。公社接待考察团的竟然是"外交部"。由全国各地来取经、学习的人流络绎不绝，外交部成了公社最大的部，整天接待成千上万的兄弟省市代表团。这怎么考察？连安甫也不知所措。在几千平方公里的土地上，沸腾着自由的狂潮。人们摘掉旧牌子，换上新名称，敲锣打鼓，燃放鞭炮，彩旗招展，喜报盈天。县里的领导人都忙得昏了头，眼窝深陷，嗓子沙哑，需要接待的日程已经排到一个月以后。

用吴南村的话说："他们是在建立一个国家。"

考察团只好按照"外交部"制订的规矩，下榻在城外的"新城"。

通往"新城"的大路，是从庄稼里开辟出来的，宽度可以并行四辆卡车，为此毁掉的玉米、棉花还一堆堆地躺在路边。

张胖子摇着扇子："好家伙，真有气魄！"

陈子铭说："这显然是一条长安街了。"

司机指着前方发亮处："那就是你们去的地方。"

"啊！"全车人都惊愕了。所谓"新城"或"迎宾馆"，不过是在庄稼地里搭起来的"苇席城"，在太阳里反射出耀眼的白光。用苇席扎制的牌楼，翘然屹立，像一座凯旋门迎接远方的宾客。苇席城方圆一公里，据司机说，这里接待参观的最高纪录是二十万人。

"我的天！"马乔叫了一声，"二十万人，比当年刘邓大军还多！"

"多！甭说二十万人一日三餐得费多少粮食，就是拉屎撒尿，也够他们招呼的。都是省委的客人，怠慢不得。"司机一路很少说话，像是心窝里坠着一块铁。

苇席城的主人对考察团很热情。设备虽然简陋，但用苇席搭出的居室，干燥、凉爽，木床上被褥都是新的。每餐三荤两素、五菜一汤，盘大实惠，并告之以："吃饭不要钱"。

招待人员是县城里的中学师生，个个热情礼貌，完全出于至诚。

安甫问一个女孩："你们停课了？"

女孩笑眯眯地点头。

"不上课，行吗？"安甫吃惊地问。

"只要共产主义早日来到，少上几堂课不碍事。"女孩回答得没有半点矫情，似乎共产主义近在咫尺，唾手可得。

"哎，小姑娘，我问你，什么是共产主义呢？"安甫已经从惊异中摆脱，乐呵呵地跟这个初一学生聊起来。

小姑娘眼睛亮闪闪地脱口而出："不愁吃，不愁穿，要什么有什么，完全不用自个儿操心，公社都给预备齐了。"

安甫被女孩的真诚感动，他眯缝着眼睛说："要是那样可真不错呀！"

"那可不是！"女孩对于少上几堂课，就可以换来她所理解的共产主义深信不疑。为了说服这位头发花白的老人，她补充说："现在已经吃饭不要钱了，再苦干两三年，俺们的钢铁厂、拖拉机厂、棉纺织厂、无线电厂、缝纫厂、面包厂、医院、商店、电影院都盖起来，任啥都有了，俺干啥不中呢！"

安甫激动地点头，他好像在听一首自由之歌。女孩子的纯洁、善良、真诚，使他产生了忏悔之情，可又像是受到惩罚而感到内心痛楚、不安。在这个天真烂漫的少女面前，他看到了什么？是自己的灵魂？几十年的风风雨雨，地下、地上的生活，坐牢、流放的经历，为了什么？几次走到绝境，只要一息尚存，心中信仰的明灯总在熠熠生辉，鼓舞着自己挣扎前行。现在，祖国大地上掀起一阵共产主义飓风，这风是从哪儿来的？经典作家讲，共产主义事业是千千万万人的事业，它的到来，不是按照教科书，没有先验模式，全在群众的创造。这飓风难道是偶然刮起的？难道不是共产主义幽灵在中国徘徊了几十年的结果？他问自己，是不是犯了叶公好龙的毛病？鼓吹了几十年的共产主义，怎么现在惊恐了？在亿万人的创造面前，自己也成了小脚女人？理论，真的成了束缚创造的桎梏？不不不，他又否定了这个怀疑。从感觉上，他认为目前一系列做法，颇有点三十年代"左"倾路线的味道，一切基点都建立在明天就要夺取最后胜利。在决战面前，不惜打破常规，全部社会生活都上紧了发条，绷紧了弦，达到极限。似乎一切都要在明天——共产主义降临人间以后重新安排。这是不是盲动？是不是冒险？发条上得太紧会断，弦绷得太厉害会折！中央了解情况吗？他揣度毛主席会怎么看。"一大二公"，是主席的点睛之作！这一笔好厉害啊，一下子触动了中国人的兴奋点：一个伟大民族的古老情结，被近代的屈辱和灾难折磨得快要忘却了的记忆重新勃兴了！然而这狂飙般的"一大二公"，在现实的土壤里到底有多少根据呢？毁掉的玉米、棉花固然可惜，问题还在于能不能得到丰硕的补偿？如同那位可爱的女孩美好的憧憬，要是实现不了呢？后果非同小可啊！理论家的责任又是什么呢？

历史正处在风云变幻的十字路口。

安甫在这个女孩子面前陷入了难以自拔的困境。是选择吗？凭什么选择？凭经验？凭理智？凭勇气？凭感情？难啊，感情和理智冲突，经验和勇气抵消，怪圈在他眼前疯狂地旋转，满腹经纶被这自由飓风吹得东倒西歪。洪流正在把他推入旋涡，他不想躲避，只想保持清醒，看清真理所在，其他都是次要的。

苇席城的主人特别优待考察团，把省委、地委、原县委、现公社管理委员会印制的"人民公社化"材料，成包成捆地送到安甫面前。这些厚重的白纸黑字，都由马乔负责登记、保管，分送各位考察团成员阅览。安甫与大家商定，要多看、多听、多问、多思，并且利用参观、访问的间隙，与全国各地来访的代表接触，了解各地的情况和反映。

在苇席城里，安甫总是起得最早，睡得最晚，嘴里叼着烟，手里拿着笔记本，默默地在苇席城里串门。

魏孟然显得激情亢奋，在潮水般参观的人群里，总能听到他的高谈阔论。像是这一新制度的注解家，从公有制两种形式的内在矛盾、局限，说到一系列共产主义萌芽出现的必然性……欣喜之情溢于言表。

一向爱抬杠的陶琼，大概是因为安甫打了招呼，所以保持了相对的安静，不过撇嘴还是经常的。

吴南村挂在嘴上就是一句话："为什么这么快？"他到底是赞扬，还是怀疑？马乔真弄不清。

陈子铭则会突然冒出一句来："社会主义一眨眼就过去了。"

唯独张胖子行囊里有三本《资本论》，参观访问之余，就在席棚里摇着蒲扇看《资本论》，旁若无人。

而马乔却有与众不同的情致。他既没有经济学家特有的角度和审慎的眼光，也没有审美哲学的偏颇和歧见。他住在这里，感到耳目全新。几百上千间用苇席扎制起来的房屋，横成排，竖成行，其间，还配有饭厅、礼堂、医务室、淋浴间。宽阔的甬道，曲折的小径，门楣上大红色的编号，布局严谨、合理、精巧、别致，马乔闻所未闻，见所未见，就如同他从朝鲜战场回来，进入大学时的感觉一样：世界上竟然还有这么好的地方！他简直像一只狗那样，跑遍了城里所有角落。他发现，这里汇聚着全国各地的来访者，服饰不同，南腔北调，尤其让他吃惊的是，他看到了西南地区的少数民族。当年进军云、贵、川、康时，见到的那些兄弟民族已经变了，他们眼睛里的神色，已没有当年的恐惧、疑惑；如今，同样闪烁着兴奋、好奇、感激、热情的光芒。苇席城似乎有一种神秘的力量，不管是农民、干部，不管是北方来的，还是南方来的，在这里个个变得非常虔诚；无论是交谈、用饭、洗浴、游玩，都小心翼翼、礼貌有加、谦让互敬，上万人的住地，清洁整齐，井然有序，像是这里的饭菜有一种扶风化俗的神力。人们跨进这座新城，接受了洗礼，变成了新人。马乔沉浸在这样的氛围里，不管是梦，还是现实，他觉得都是很好的。

八

公社的钢铁厂，同样是在砍倒的一大片玉米地里。所谓钢铁厂，只有三座土高炉，只能炼铁。矿石是从一百二十多里以外的山区运来的，化验结果属贫矿。考察团在去"钢铁厂"的路上，就已饱览了运矿大军的艰难跋涉。队伍依然是"人海战术"、五花八门。除了少量马车、自行车驮、拉外，更多的是肩挑背扛。中小学生之外，还有老年妇女。大军绵延几十里，无分昼夜，沿途所见，可谓可歌可泣。昨天晚上，苇席城广播了省委"大战钢铁"的动员令，并讲到，毛主席说了，他的车可以调去运矿石。

中国的钢实在太少了。

一位背矿石的老年妇女，躺在路边休息，无力的头颅枕在她背的那块矿石上，看样子哭过，但眼睛已经干涩。

"上车吧，大娘！"

她已无力站起来，马乔把她抱到车上，那块矿石比她还重。

那些蓬头垢面的小学生，看到老大娘被抱到车上，眼里闪着羡慕的希望之光。装在布袋里的顽石，折磨得他们筋疲力尽了。

马乔不上车了，他要帮那些孩子们背矿石。

安甫犹豫，陶琼撇嘴。

吴南村第一次发火："蛮干！"

"你呀，"陶琼的眼睛又射出蔑视的光，"没有经济观念。现在需要的是对这种做法作出科学判断。"

科学？马乔不懂怎么才叫科学。他只是用当年支前民工的前仆后继，来看今天运矿石的民工。如果这车是送他到前线冲锋陷阵，他可以心安理得。现在，他不忍心再坐了。过去是为了打大仗，战胜敌人；今天，是为了钢铁，也是为战胜帝国主义，都是一回事。蛮干？没有钢铁，才是真正的蛮干！

安甫最后说："背吧，背吧，这是炼钢，更是炼人。"

于是，马乔加入了"溃不成军"的背矿队，从小女孩肩上，把矿石口袋拿过来，一个，两个，三个……再大的力气，他也只能替三五个同学背。不过，他心里痛快多了。当他把矿石送到堆料场时，居然被技术员嘲笑了一顿，说他这几个口袋里的矿石，只有一块小的还算有用，其他都是废石；让他不要珍惜力气，再把废石送到半里地外的河滩上。他心里真窝火，小妹妹们半路上都走了，这些顽石是谁给她们的呢？是啊，这里白费了多少工呀！唔，他略微地有了点体会，假如，送到前线的炮弹，是打不响的"臭弹"；假如，送到战士手里的干粮，是咬不动的石头；这是科学，还是阶级斗争？

当马乔赶到钢铁厂时，天下起雨来，大家已经参观完毕，他只赶上了高炉出铁。

土高炉仁立在玉米地里，工人们露天作业。大雨、狂风、浓烟、烈火，出铁口敲开了，红红的铁水冒雨奔流。工人双脚站在泥泞里，和着雨水、汗水、泥水，那些由红变灰、变黑、变僵了的铁水，在大雨中扭曲着身段，冒出一股股青烟，痉挛地发出短促的叫声。

旁边另一座高炉正在装料。原来，这里没有焦炭，用木柴炼铁。送到炉顶上的木料，都是新近伐倒的柿子树、核桃树，整段整段的圆木，劈成两半，和矿石丢进无底的火海。判断一下，这些树龄都在十几年、几十年以上，马乔心疼了。这钢铁厂，只出铁不出钢，而铁的质量如何？谁也不知道。

马乔过高的期望和心劲儿，蒙上了一层阴影。他不懂科学，可知道一棵大柿子树要长多少年才能枝繁叶茂，结出满天星似的红柿子啊！

大家顺便又去看看公社的养鸡场。

鸡场设在一座水库中央的孤岛上，去那里要坐十分钟的木船。

场长是个农民，手下有十个姑娘。据他介绍，一共大约有一万多只鸡，因为全是从农民家里捉来的，没有精确统计，捉来往岛上一放就算完事。既没鸡舍，也没有防病、防疫的设施。问他将来有什么计划？回答说：没有。

安甫郑重地问："为什么要把农民的鸡捉来呢？"

"既然吃饭都不要钱了，农民养鸡还有啥用？应该统统归公。"场长把道理说得简单明了、天经地义。

"你把人家的鸡捉走，老大妈愿意吗？"

"当然，也有不愿意的。不过，吃了公家饭，就成了公家人。就跟您们一样，谁还有心思养鸡？不成了累赘嘛？"看他的样子，好像还是为民解忧，做了一场好事呢。

"究竟农民愿意不愿意呢？"吴南村追问。

"嗨，这么说吧，要是全不愿意，俺还能办起这鸡场？都是远近送来的，咱又不是土匪、鬼子、国民党，没人去抢。您们想想，吃饭不要钱，哪辈子能摊上这事？公家说咋办就咋办吧！"场长的道理虽然简单，确是真实的。由此可见，吃饭不要钱这件事，对农民、对公社化运动、对中国社会主义均属非同小可。

走吧，去看看鸡们是怎么生活的。

孤岛实际上是一座小山。鸡们俨然也成了一个大公社，而且由家养回归自然。它们或栖息树上，或借宿草窠里、石岩下。既没有确切数字，也没有固定饲料，全靠它们自己觅食，以昆虫、草籽为生，满山游荡，自由自在。有的大概唤起了原始野性，开始练习飞行，叫喊着从这个树枝飞到那个树枝。十个姑娘的主要任务是满山遍野地寻找鸡蛋。据说，很多公鸡已经不打鸣，母鸡也不生蛋了，加上鹰抓狐叼，鸡瘟盛行，减员狂增。

在回苇席城的路上，吴南村说："这叫什么鸡场？它的使命是把农民的'累赘'消灭在孤岛上。"

考察团内部议论多起来，而且分歧也产生了，每日出发前的碰头会上总是争论不完。

安甫告诫大家："客观、冷静，不要意气用事。"

魏孟然总要补充一句："看主流吧。"

安甫开始失眠、头痛，各种调查统计不断堆积在安甫的案头上，既使他兴奋，也使他发愁。他对大家说："准备下地狱。"

九

马乔悄悄地问陶琼："有那么严重吗？"

"当然有！"陶琼也小声地说，"安老师挺不容易的。五七年他曾受到严厉批判，差点受处分。"

"是嘛？"马乔本想问问为什么；但习惯提醒他：不要犯自由主义，该知道的，组织自会告诉。

陶琼又说："日子长了你就知道啦，他可好了。"

马乔点头，他觉得安甫平易近人，没有架子，话虽然不多，却很有分量，耐人寻味。

"其实，你到这儿来，还是他同意的。当时，没看你的档案，不知道你是烈士后代，更不知道你母亲还是他的老战友。来谈的那位女同志说你不错，就是有些骄傲自满，优越感比较突出。当然也说你受过处分，本来可以留校，因为你发表过不利于中苏团结的言论，所以……"

"什么？什么？……"马乔吃惊地叫了起来，"什么时候……我发表……？"

"没有？"陶琼也惊讶地问。

"谁说的？"

"你们学校来的一个戴眼镜的女同志。"

马乔猜度：莫非是中文系的女书记？"她什么样子？"

陶琼回忆着："穿一身白底蓝花布拉吉，从背影看，挺摩登的，转过身来，一副寡妇脸。"

马乔长出了一口气："就是她。"

"你到底说了没有？"陶琼追问。

"唔，也算说了吧。我还蒙在鼓里！"马乔生气地说。

"到底是怎么回事？"

"……苏联语言学家代表团访问中国。代表团副团长、语言学通讯院士在我们系作报告时，大讲俄语是世界上最优秀的语种，我听得不舒服，那才叫高高在上、优越感呢！特别是提到汉语的时候，让我无法容忍！……"马乔说着气又来了。

"他怎么说的？"

"他说，汉语是个古老语种，现在它能够把列宁，斯大林的天才著作翻译成中文；能够把托尔斯泰、普希金等一系列伟大作家的经典名著介绍给中国人民，就证明汉语也是一个不错的语种……我讨厌这种傲慢，觉得受了侮辱！"

"你就给人家贴了大字报？"

"你怎么知道的？"

"我在场呀，听了一耳朵，安老师让回避，我半路就出来了。"

"是的，我先给他递了条子，让书记中途拦截了。"

陶琼咯咯地笑起来："看你，还生气呐！"

"支部书记后来告诉我，要不是出身好，这张大字报就能划个右派，大是大非的六条标准，最后一条：是不是维护以苏联为首的社会主义团结。凭什么划我右派？我还想划他右派呢！"

陶琼连忙劝解："好了，好了，你就别生气了。安老师没嫌弃你，相反，还看重你这一点。"

"我说呢，本来已经说好让我留校，突然变了，还说是党的需要。"

"也可以这么理解嘛。"

"我没学过经济，而且对这一行也不感兴趣，学非所用，岂不是浪费！"马乔仍然陷在醒悟后的痛楚中，"这不是骗我吗？"

"嗨，兴趣是可以培养的，说不定你更适合这个行当，这里斗争激烈，需要党性强的同志。文学虽然好，可解决不了国家富强的问题。小说、诗歌、戏剧能炼出钢来？你不是懂钢铁吗？"

陶琼一席话，打动了马乔。他想，这一段所见所闻，虽然够不上惊心动魄，也算得风疾浪高、尖锐复杂。安老说的"准备下地狱"，大概并非耸人听闻，在这样的关口上，自己也不该退缩。于是他说："既然组织上让我改行，就改吧。"

陶琼又问："你觉得魏孟然怎么样？"

"我觉得不错。"

"是嘛？"陶琼的语气，带着否定的意味，"吴南村呢？"

"也不错，我觉得都好。"

"我呢？我也好？"陶琼挑战似的表现出对马乔的回答不满意。

"你呀，就是高傲点，女同志嘛，……"

"女同志怎么了？都好，就是我有缺点？你说呀……"陶琼不依不饶地追问。

"哪里，谁都有缺点嘛。不过，最好当面说，不要背后议论同志，犯自由主义嘛。"马乔耐心地解释。

"原来是这样，你党性真强。"陶琼觉得在马乔面前泄露了弱点，有点后悔自己的失言，"你对女同志……?"

马乔赶紧表示："我对女同志一向尊重，刚才可能没说清楚。女同志嘛，值得高傲。"

"为什么?"

"女人，不，女同志，代表美。高尔基说过，只要有女人在，世界就是美的。美嘛，就应当高傲，不然苍蝇、臭虫都会招呼的。"

陶琼爽朗地笑了："你这个人，真有意思。不过，我要告诉你，也许在你看来又是犯自由主义，犯就犯吧，孟这个人……"

马乔一怔，不知她说的是谁。

"就是魏，魏孟然……"

"噢，魏老师，他怎么啦?"

"他呀，不是搞理论的。"

"不是搞理论的? 那搞什么?"

聪明的陶琼倒被马乔问住了。她的原意是想说：这个人是搞政治的。在她的词典里，这是个贬义词，指钻营一类恶行。可是，在新社会的词典里，"政治"这一词汇，已经成了覆盖一切人和事的伟哉煌哉的大语汇，现实生活告诉人们，"政治"是经济、文化、思想……的生命线，所有人都和政治结下不解之缘。不是搞革命的"政治"，就是搞反革命的"政治"。有鉴于此，她找不到适合的语汇，只好悻悻然地说："你去品吧。"

马乔本不想听这些闲言碎语，对方既然说不清楚，自己更弄不明白，这次谈话就此结束了。

考察团参观了公社的"红专大学"后，终于爆发了一场辩论。事情还是由马乔引起的，他虽然是名牌大学的毕业生，却对眼前这所"土"大学表露出诚挚的爱意，从而和周围裂开了一道鸿沟，引发了蓄积已久的矛盾。

红专大学设在一座山上的古建筑里。山不高，满灵秀；宇不大，却通幽；依山造屋，顺势筑楼，或逶迤而去，或盘旋而下，左通右达，畅快自由。攀上它的最高处，是这座建筑的中心所在，一块古朴的匾额仍然悬在正厅的上方，题曰：天道书院。

安甫"噢"了一声，说："怎么，天道书院在这里？"

这里俨然是红专大学的讲演厅。长条木凳上坐满了听众，从衣着、装扮、坐姿、气派看，大体上都是社队一级的男女干部。讲演者是一位三十多岁的农民，他身后的黑板上，写着讲演的题目："镰与臂的辩证法。"

据校长介绍，这位青年农民是当地的割麦能手，在三夏大忙季节里，他身背五把镰刀，转战城南、城北，连夺五场割麦大赛的冠军，被誉为人民公社零零一号"康拜因"。他割麦的效率超过普通劳力一倍半，而且割得干净、利落，活计漂亮，为众人信服。在交流经验的会上，"康拜因"谈了学习《矛盾论》的体会。校长（那时，他还是县委宣传部副部长，现在是公社文教部长、兼红专大学校长）兴奋地说："这小子不简单，小学只念了三年，就琢磨上毛主席的哲学著作啦，什么主要矛盾、次要矛盾、矛盾的主要方面、矛盾的转化，以及人的主观能动性在矛盾转化中的地位和作用，哈，一大套，精彩、有理、生动、活泼。这是新式的农民呀！是土地的真正主人。几千年来，哪有过这样的农民？他不仅是劳动能手，还是农民哲学家……"

"康拜因"很神气，他在"天道书院"的匾额下，全无顾忌地开怀畅谈辩证法，向与会者展示他的五把镰刀，展示他专为这五把镰刀制作的"背袋"，那东西背在背上，活像戏曲舞台上威风凛凛的五把靠旗。他说："'工欲善其事，必先利其器'，啥叫善其事？就是促进矛盾的转化。收麦子，龙口夺粮，转化得越快越好。利其器，就是镰刀好使唤，刀刃要快，镰把要结实，弯度因人而异，这样才省力，才能发挥人的主观能动性，给矛盾转化创造条件。你，一个麦季用一把镰刀，俺，一天用五把刀。俗话说：磨刀不误砍柴工么，这里有辩证法……""康拜因"说着跳上面前那张厚重、古老、雕着八卦图形的书案，手执镰刀，表演割麦的动作。他边讲边舞，细说力与器、镰与臂相反相成的辩证法。动作敏捷，左右开弓，眉飞色舞，把人类紧张的劳动，演义成一首辩证法的颂歌。

马乔激动了，禁不住喊了一声"好！"

在马乔身边的陶琼，赶紧给他使了个眼色，暗示他不要随便表态。这时，他也看到了吴南村生气的脸。他实在不明白，说了声"好"，怎么就会引起这么大的反感？

在回苇席城的路上，吴南村仍然闷闷不乐。魏孟然不断找话题，想打破车内沉闷的空气，但总未能奏效。胖子仍在颠簸中翻看他的《资本论》。安甫本来就不多说话，坐在司机旁昏昏欲睡。陈子铭和陶琼彼此看看，笑眯眯地领略沉闷中的味道。

马乔嘴上不说，心里却在翻腾。讲得就是好嘛，哲学在大学的课堂里也没这么生动。想起那位讲辩证法的女老师，上课就念讲稿，两手搭在讲桌上，念到每一段的第一句时，总是特别使劲，以至于两臂耸动，常让他想起落了窝的老母鸡——扎起翅膀，叫着，吼着吓唬人。听了半年哲学课，最大的收获就是一只老母鸡。想到这里，马乔不禁笑出声来。

陶琼小声问："你笑什么？"

马乔大声说："今天收获很大。"

陶琼皱紧了眉；吴南村又沉下了脸。

汽车颠簸着，扬起黄色的尘埃。

十

在苇席城里，考察团形成了一个不成文的习惯，每天早晨洗漱后、早饭前，都到安甫的席屋聚集，大家无拘无束自由交谈，堪称神仙会。这天，马乔是最后到的，一踏进棚里，就听见吴南村激动的发言，一改以往轻松自如的气氛。

"假如真的有那么多粮食，胡闹可以撑持到人们觉醒；否则，灾难将以迅猛的速度降临，把人民公社扼杀在梦中……"

马乔感到惊讶，心想这位平时很少长篇大论的吴老师，此刻像是决堤的洪水，汹涌澎湃，一发而不可收。

"吃饭不要钱，浪费惊人。在此基础上形成的浮夸、蛮干、强迫命令，社会生产完全听命于意志的摆布，真是没有头脑、没有理智的盲目冲动，是《共产党宣言》里说的：中世纪好勇斗狠遗风在新世纪的泛滥，是对社会、经济、科学、文明的反叛，这无异于自杀……"吴南村的脸煞白。

马乔自问：他这是对谁呢？干吗发这么大的火呢？

吴南村大概看出了马乔的心思，把话题一转，冲着马乔来了："一个农民，牵强附会地讲几句所谓的辩证法，就自封为农民哲学家。我们的同志竟然叫起好来。哲学哪有那么简单？什么是哲学？……"

马乔遇到突然袭击，仓皇之间不知如何应付。是啊，到底什么是哲学？自己也真没搞清楚。也许吴老师批评得对，是自己不好，遇事不冷静，一激动就喊出来了，都怪自己书念得少，基础差，底子薄……他这么一想，脸红了，汗也出来了。这是他走上工作岗位后遇到的第一次打击，眼前如果有个隐蔽地方，他一定会躲起来；然而，什么隐蔽物也没有，对方那双严厉的眼睛近在咫尺，周围那些眼睛虽然并不灼人，却也相当冷峻；更何况，他自以为底气不足，所以没有反抗意识；不过，自尊心受到了极大的震撼。

这时，魏孟然说话了："老吴，我不明白，你的情绪何以这么大呢？"

"不明白？那你就研究研究吧！"

除了马乔以外都能听出来，吴南村回敬魏孟然的话里埋伏着"钉子"。

"好了，好了，不要怄气嘛。"安甫像是刚从睡梦中醒来，失眠、头痛、过度的吸烟，已经把他折磨得筋疲力尽，眼睛里布满血丝，看上去还有点浮肿。

吴南村似乎没听见安甫的话，愤愤然说："其实，我知道你想说什么，无非说我是贵族老爷。"

"这可是你自己说的。"魏孟然笑吟吟地说。

"我是替你说。"吴南村颤抖了。

"老吴，你冷静点嘛。"魏孟然变得非常缓和，"当然，首先是我不冷静，对不起。"

吴南村更加怒不可遏，他站起来不断摇动他的头，把涌到嘴边的话咽了回去，愤然走出棚屋。

陈子铭随即跟着出去。

安甫自言自语地说："出去好，出去好，出去是一种办法。"

魏孟然叹了口气："我想，总归是自己的事情，不能求全责备。全，自然好，那也需要不断生长，才能达到。农民办自己的大学，总比不办强，随着公社经济的发展，农民的大学会逐渐深入、完善，农民哲学家也会逐渐步入深刻。中国农民总归要变的，不管通过什么途径，总要走向富裕、文明……"

陶琼迫不及待地打断魏孟然的话："魏老师，您就别解释了。我认为吴老师也没有把公社问题、红专大学问题，当成分外的事情；他也并不是求全责备。比如说浪费问题，大炼钢铁，只算政治账，不算经济账，你以为这些是无足轻重吗？更何况，吴老师又不在场，你应该说给他听。"

陶琼这一炮，不仅把魏孟然打哑了，而且使全场陷入尴尬。魏孟然直咽唾沫；安甫拿着烟蒂举在空中；胖子挥着蒲扇，不住地摇头；马乔看看陶琼，她的脸是僵滞的，唯有眼睛里射出的冷峻寒光，显示她不可抑制的愤怒。他立刻想起前天陶琼跟他说的："他呀，不是搞理论的……你呀，品吧……"他觉得，就这件事情而言，看不出魏孟然有什么不好，他的意见起码是应当考虑的；而吴南村、陶琼说得也有道理；但是何必动怒呢？好好说不行吗？

尴尬只要维持几秒钟，就会使人无法忍耐，"也许我们有幸遇到了一次新的轮回。"安甫掐灭手中的烟蒂，冒了这么一句。

"什么？"马乔不解地问张士训。

回答似乎也是不解，张士训把手边的《资本论》放到马乔的腿上，指指夹着白纸条的那页，让他看。

原文是这样的：

> "我们是像西欧大陆各国一样，不仅有资本主义的发展来苦我们，而且还有资本主义的不发展来苦我们，除了各种近代的痛苦，还有全系列遗留下来的痛苦压迫着我们。引起这种痛苦的，是古旧的老朽的生产方式的残存，及由此引起的种种反时代的社会关系和政治关系。我们不仅为生者所苦，且也为死者所苦。死者捉住生者……"

张士训在马乔耳边说："你数数，这段话里有几个苦字？"

马乔认真地数了一下："有七个。"

张士训使了个眼色，让马乔看安甫。

安甫脸上的皱纹像利刀刻出来的沟壑，比往日显得更加老迈、苍凉；白色的烟雾从他额下升起，云似的不断在他周边生长着、飞散着，那颗硕大的头颅像兀立在云中的岩石，以它的悲悯审视着纷繁的人生。仿佛那七个苦字，都刻在那通石壁上。马乔真觉得老人家实在苦得利害，苦得让他同情。可是，他怎么讲"轮回"呢？隐约中还记得，"轮回"二字是庙里的语言，怎会在他的嘴里说出来？而且是"有幸遇到了一次新的轮回"？这就是说，他已经遇到过一次轮回了……费解！这简直是个谜。这个谜，曲曲折折一直延续到九十年代才解开，那时安甫已经不在人世，马乔已经由一个小伙子变成了老头子，此是后话，暂且搁下。

张士训说："唉，安老，你讲讲意见嘛。"

"我讲公有理，婆未必无理；婆有理，公未必无理。我想说，今天的争论是各执一端，各人都有理，但都是部分真理。如同在我们这个星球上，水是真理，火亦是真理，水火之间虽然互不相容，可它们却融于地球，融于我们人类的生活。没有水，固然不成其为地球；没有火，难道就可以成其为地球吗？我们都是共产主义者，应当有广阔的胸怀，融得下真理。当然，真理不可能都是甜的。真理在不同阶段，味道也不一样，有时是很苦的。马乔，你说对吗？"

马乔连说："对，对，……"其实，他不过是随声附和罢了。实在说，他有点听不懂。本来，他期待着安老对这场争论作一个是非曲直的判断，解开他思想上的困惑。吴南村对自己的指责，倒是对不对呢？开始他觉得指责是对的，怪自己无知；可当魏孟然批评吴时，他又觉得吴是不对的，是像魏孟然说的那样，以贵族老爷式的态度，对待社会主义的新生事物，因此，自己受到的指责是不公平的。而安老这一通议论，听来听去，似乎他们都有理，轮到自己头上只能是吃真理的苦啦，他心里扭了一个结。他哪里懂得安甫的苦衷，他甚至根本没意识到，考察团此时正处在历史旋涡的核心。这个旋涡之巨大、强劲，孕育着惊人的能量和给予历史以强大推力——无论是创造还是破坏，都顶得上一次"创世纪"的洪水期。

当然，即使安甫也不可能完全意识到这个洪水期。他只是凭着他的阅历，凭着他那颗理性头颅，和他与生俱来的忧患心灵，深切地感受到这个旋涡的力量。虽然处在这旋涡的中心，疯狂的旋转使他目不暇接，他还是命令自己在旋转中最大限度地保持清醒，以便看清历史的走向，防止随波逐流。

而马乔在这个旋涡里，却如同一条鱼在河里，没有超出河的想法。他来自旋涡，来自这条河的上游，他对旋涡有一种渴望，只有波澜壮阔的激流，只有惊涛骇浪般旋转的旋涡，才使他感到生命的愉悦。当年他徜徉在中原大地时那一幕幕，现在，都化作辉煌的记忆。这记忆在他头脑里活着，像种子似地生长出希望之树，催促他去寻找新的辉煌。如今他找到了，较之十年前，中原大地发生了巨变。作为一条鱼，他感受到宽阔的自由，又一次尝到了激流和旋涡的刺激，他浑身鳞甲闪闪发光。特别重要的是，这激流的特殊规律，鸣奏出一曲理想之歌，使他深信不疑。他生于斯，长于斯，他的本性就是走向大海，走向未来！

十一

考察团内部的争论一经揭开，就无法止息了。安甫的席棚成了每天交锋的战场，当然，争论并不都是剑拔弩张、火光冲天。

这一天，他们去访问苏劳模，意外地发现这位闻名全国、多次到北京受到毛主席接见的农业劳动模范的村子里，居然还保留着集市贸易。

"呀！"人们的眼睛亮了起来。在公社化席卷大地的今天，这简直是个奇迹。

"停车，停车。"安甫急切地叫着，要把车子留在路边，好像怕惊吓了"奇迹"的安宁。

集市非常凌乱，长长的街上，稀稀拉拉的摊位，像海潮退去后搁浅在沙滩上的礁石。尽管布匹摊位依然花红柳绿；百货摊位针头线脑、竹壶茶碗琳琅满目；生产资料摊位犁、耧、耙、杈、扫帚、簸箕，应有尽有；但据说成交无多，显得异常孤独、可怜。人们在它面前驻足、观望、徘徊，不分男女老少，几乎都是一副凭吊的面孔，全无生意的兴致。

考察团对集市作了迅速的调查、统计：

集市人数：287 人（包括考察团在内）。

大小摊点：32 个。内中供销社 5 个；个人 27 个。

经营项目：除供销社属于正常商品交换外，其他都是农民出让自己的农副产品，如鸡、鸭、鹅，积存多年的药材，少量的木料，旧式的箱笼，单张的羊皮、狗皮、牛皮、猫皮，破旧的茶壶、瓷碗。

从业人数：除供销社五个摊点、十三个人外；其余都是一摊一人，二十七个摊点，二十九个人，其中有十三个老年妇女，十一个老年男人，三个中年男人，还有两个孩子跟着奶奶卖一只鸡、两只鹅。

整个集市开张已经三个小时，还未成交一笔生意。人们在其间走动，似乎并不为寻求物质需要。而那位带着两个孩子的老奶奶，蹲在地上守卫她心爱的老母鸡，和"嘎嘎"叫唤的一对大鹅。白发，皱纹，一双忧伤的眼睛。母鸡轻轻地啄她的老手，血红的冠子，金色的羽毛，"俺这鸡多美气呀，正下蛋哩……"老人自言自语地说。

安甫蹲在她面前，摸摸那只漂亮的大母鸡，问老人家："大嫂，正下蛋的鸡，你怎么舍得卖呀？"

老人端详半天，才说："公社了……"

"公社不让养吗？"

"唔，俺这鸡正下蛋哩！"老婆婆抚摸着金黄色的羽毛，如同爱抚她的孙儿。

"您要卖多少钱？"

"不，俺不卖它，俺是给它找个好主，它正下蛋哩！"

陶琼的眼泪一下子涌了出来，立即走开了。

"你要了吧。"老婆婆大概觉得安甫是好主，乞求地说。

安甫为难地说："我是路过这儿，再说，我是工作人员，每天要上班的。"

"唉，它可好啦，添还呐。"

"什么？"安甫不懂何为"添还"。

老婆婆笑了，想了想，"你给它一把米，它还你两个蛋。去年子，它给俺下了一百三十一个蛋，添还得很吧？"

"你怎么不把它送鸡场？"

老婆婆不高兴地摇头："俺不能去那儿！"老人家下意识地把鸡按住，像怕被人夺去似的。她长叹一声，愤然地说："黄鼠狼给鸡拜年哩，谁不清楚！"一绺长长的白发从老人的眉间垂落下来，慈善的面容此刻布满阴云，那神情和气度，说明年迈的母亲进入了临战状态，她要为儿孙的安全竭尽全力。

安甫意识到刚才那句多余的话触到了老人的痛处，觉得非常尴尬，竟不知如何摆脱面前的困境。同时，他从这僵局中体味到更深更广的涵义……他只好微笑着向老人点头，吃力地站起来。正当他准备礼貌地走开时，集市突然骚动起来。卖鸡、卖鸭的老人纷纷四散，喊声、叫声、吆喝声接踵而来。

街心出现了一队民兵，为首的是一个胖墩墩的大块头，红脸膛，络腮胡，穿一件洗旧了的军装，敞着怀，绾着袖，耀武扬威地边走边说，看热闹的人叫他王主任。民兵们背着长枪，提着鸡鸭，一副副得意忘形的面孔。

马乔脑子里立刻想到：这就像日本鬼子、国民党反动派，心里的火直往上冒。

老婆婆招呼着孙子，抱着鸡鹅刚要走，却被大胡子喝住："别动！"

老婆婆看看安甫，索性坐在地上，把五个孩子拉到身边，等待发落。

安甫说了一句："看看怎么回事？"考察团的人立即迎了上去。

姓王的胡子忽然发现了安甫，犹豫了一下，冲着老婆婆和气地说："老太婆，知道不知道公社化了？"

老婆婆摇头，不予回答。

"你是哪个村的？"

老婆婆仍然不说话。

王胡子吼起来："谁知道？这老太婆是哪儿的？"

"就这个村的。"人群中答了一句。

"你可真是捣乱呐！没这个道理，吃着碗里占着锅里。你是这村的，就应该给苏劳模争气，不能给他抹黑。国家养着你全家，你还舍不得一鸡半鸭！"

"俺这是鹅。"老婆婆纠正王胡子，嘟嘟囔囔地说："啥半鸭哩，连数都不识。"

王胡子看一眼安甫，大概觉得自己的理已经说透，胆气壮起来，挥手让民兵收缴老婆婆的鸡鹅。

老婆婆伸开双臂，护住自己的儿孙，昏暗的眼睛里闪动着泪花，两个孙儿哭起来，鸡鹅叫成一片。

民兵看看王胡子，立即动手。

马乔早已按捺不住，走过去说："喂，你们是日本鬼子，还是国民党土匪？"

"咦！"王胡子怪叫一声，"你是哪的？"

吴南村斯斯文文地走上前："他是北京来的。你们怎么这样对待老百姓？"

王胡子一愣，那一通使他理直气壮的道理，此刻似乎烟消云散了，竟至不知如何收场。

安甫叫住马乔，冷静地说："小马，不要这么说。同志，是谁让你这样做的？"

"公社！"王胡子把头一甩，脸仰得很高，不屑一顾的样子。

"公社怎么说的？有文件吗？"安甫平静地问。

"文件？"这位王胡子大人把甩过去的脑袋转过来，冷冷地说，"哼，文件？你没打听打听？人民公社是俺们这儿生出来的，生的时候，没听说有文件，现在活蹦乱跳了，还文啥件呐？"

围观的群众"哄"地笑了。

常言道：秀才遇到兵，有理说不清。安甫此时痛感人类的思维异常纤细、脆弱，不堪一击。哪怕是一点点反逻辑的尘埃坠落下来，也会置思维于瘫痪状态。

陶琼又冲过来，生气地说："别跟他废话，这根本是两回事！"

安甫摇头，示意陶琼不可冲动；转身对王胡子说："人民公社刚刚诞生，还不满月，是个婴儿，应该细心照料。孩子是母亲生的，她最知道孩子需要什么，不需要什么……"

周围的群众又一阵哄笑，似乎他俩都在说梦话、呓语。

"你呀，你知道你在干什么？真是不可理喻！"吴南村激动得浑身发抖。

"干什么？"王胡子的眼瞪得很大，像是燃烧的火炬。

"你是在剥夺劳动者！谁给你这样的权力？"

"毛主席。"王胡子回答得理直气壮，"人民公社一大二公，吃喝拉撒、生老病死全包了，俺就不信，私有制的尾巴就割不掉！一个破鸡烂鸭值几个子儿？死抱着不放，还当公社社员呢！"

马乔突然被这句话打中了。他的满腹义愤开始泄气。

"你们北京来的又怎么样？"王胡子燃烧的眼睛盯着马乔。

马乔避开对方的目光，心里有些发慌，很想退出"重围"，但理智和面子使他双脚兀立不动。他要自己硬着头皮顶住，不许退却。

"哈哈，……安老，……你们耽搁在这儿啦？"一位长者分开众人，一把拉住安甫，满脸皱纹都笑开了。

安甫打量着苏劳模，亲切地问："怎么样？苏劳模，你好吗？"

"好，好，可惜老了，不跟趟了。"老人酱紫色的面庞掠过一丝悲伤，然后问，"你们来了几位同志？"

安甫一一介绍。

苏劳模笑嘻嘻地对王胡子说："来来来，我给你介绍介绍，这是北京、中央来的安甫同志，毛主席管他叫大秀才、老状元。"

安甫连忙说："那是主席开玩笑。我叫安甫，国家机关工作人员，到这里是为了了解情况，学习学习。"

王胡子尴尬地说："老苏，不要介绍了，我们已经认识了。"

苏劳模还是说："他是我们管理区王主任，代表公社管理我们这一片。"

"我们早已认识了。"安甫礼貌地说。

"真是有眼不识泰山。"吴南村的话一出口，又遭到王胡子瞪眼。

苏劳模无可奈何地招呼着大家："走吧，到我家去坐坐……"

十二

返回苇席城的路上，大家都在议论：苏劳模心情不舒畅。

陶琼速记本上记录了老人家七十八句"咋搞的吗？"他的小麦试验田比去年增产两成——亩产三百二十斤，"这就很不错了，咋搞的吗，报上说有七千八；还有早稻六万几，都是种庄稼的，这是咋搞的吗?"苏劳模不断地摇头,怀疑、困惑、痛苦、失落从他的苦笑中漫溢出来。

是的,在轰轰烈烈的大跃进高潮中,苏劳模显得暗淡无光。他也想超越,麦收以后种了十亩红薯试验田,这是最肥沃的一块地,在他家的后面;用了五倍于平时的肥料,并异想天开地把薯垅堆成长、宽、高各三尺的立体方块,企望这又松、又肥、又大的土堆里能生出超越奇迹的硕果。现在,这块奇特的试验田满眼碧绿,一派兴旺,叶阔茎红,蓬勃茂密,似乎那一个个方阵里正在生长着超越的奇迹。然而,他在方阵里一味摇头叹气,无可奈何地说:"净长叶子啦!"

见到苏劳模前,安甫曾多次提起这位中原大地种粮能手。他苦大仇深,给地主扛了三十年长工。土改以后才分得了土地,四十五岁娶了老婆成了家。他领导的互助组、合作社年年丰收,年年向国家超额交售公粮,成为中原地区的一面旗帜。

马乔和苏劳模第一次见面,但在握手的时候感觉到那双粗糙、厚实的大手并不陌生。在战争年代,这样的手是很宝贵的,一个班、一个排或者一个连队,能有几双这样的手啊?它不仅代表一种神奇的力量,而且还代表忠厚、坚韧、无畏的品格。哪个班有一双这样的手,机关枪射手就非他莫属。在连队里,这样的战士总是排头兵,有这么几个,连队的骨头架子就硬梆多了。他们往往不善言词,但在相处中能发现他们有很强的自信,他们的力量并不仅仅表现在手上,更主要的是他们善于琢磨,从从容容地寻到窍门,使难题迎刃而解。然而,马乔又感到苏劳模脸上有一股晦气,那是只可意会不能言传的一种感觉。晦气使苏劳模的脸失去了明快的光泽,像是半截生命浸泡在苦涩的溶液里,哭也勉强,笑也勉强,生命的能量被这溶液抑制了!马乔推测,苏劳模很可能在政治上和原省委书记处在同一个被批判的位置上。从王胡子在他面前的傲慢,也可以领略到苏劳模这面旗帜已经落地。不同的是,他还可以种试验田,还可以影响他的家乡——暂时没有取消集市贸易。

安甫和苏劳模谈话，都回避了政治问题，只谈生产、试验田、产量、施肥、浇水一类话题。岂不知政治像座山，不易绕开，即使只谈生产，也是吞吞吐吐很不顺畅。

马乔同情苏劳模，也同情那位逃走的老婆婆，甚至同情那被迫出卖的鸡和鹅；他讨厌王胡子，讨厌王胡子对集市的欺凌和骚扰。王胡子的恶行使他义愤填膺，恨不得挥拳相助，给予惩罚。可是当王胡子打出"消灭私有制"的旗号时，他的义愤自动化解了许多。与其说王胡子的"武器"厉害，不如说马乔生命中有一块天生的弱区。

其实，考察团里的成员很难说谁没有这样的弱区，就连苏劳模也一样。倒是陶琼有些例外，她即使有也极少、极薄，因此，她对马乔说："我看你有病。"

马乔虽然摇头否认，但内心的矛盾和困惑是摇不掉的。

考察团里围绕着苏劳模的话题多了起来。

胖子多次提到劳模家的枣："哎呀，那枣真甜，还是去年的呢！"他摇着蒲扇，嘴里呷摸着。那枣是苏劳模招待考察团时从柜顶盒子里拿出来的。

提到枣，陈子铭又扯出了梨。苏劳模院子里有两棵梨树，他们就是坐在梨树下谈话的，"哎，我还真没见过这么大的梨！"他用手比划着。

安甫说："这是秋梨，还要两个月才能成熟。到了秋风起的时候，你就听着吧，'扑通'一声，那个最大的梨掉了下来，摔得酥酥的，又甜又脆……"说得大家嘴里起酸水，"老苏很聪明，善于经营，不失时机，土改以后栽的树，现在已经结果实了。"

"不过，我看很悬。大炼钢铁的火，说不定哪一天会烧到老苏的院子里，——老的烧光了，该烧小的啦！"吴南村一脸苦相，似乎满嘴都是苦味。

陶琼补充说："城门失火，殃及池鱼。"

"哎，城门没失火呀！"马乔故意气陶琼。

陈子铭说："是啊，城门早拆了，就剩鱼池啦。"

"那就来个干烧鱼吧。"吴南村咧着嘴笑了笑。

魏孟然接过话茬："别开这种政治玩笑。"

安甫安抚着："不要激动，内部嘛，还是随便一点好。"

"对不起，都怨我，"吴南村表示歉意，"也许我这个人不适宜做理论工作，总是冷静不下来。"

胖子下意识地拍拍膝上的《资本论》说，"义愤出诗人，现在是建设时期。"

"是啊，我很佩服你的弹性。"

"我担心因为产量落后，出现连锁反应，那种后果是可以想见的。"安甫郑重其事地说出自己的心里话，也想把刚才的话题转移一下。

"产量肯定有问题，苏劳模就是明证！"吴南村迫不及待地接过安甫的话，"他是种粮能手，有几十年的经验，在现有条件下丰收二三成，就是了不起的成绩；增产四成、五成，根本不可能，他也不相信；更不用说翻几番、十几番、几十番的神话了。"

"你别把话说绝了嘛。"魏孟然说完又后悔地摇头，"唉，我又忍不住了。"

"没关系，我们大家都憋不住，都希望一吐为快。"吴南村已恢复了平静，友好地鼓励对方把话说完。

魏孟然郑重地说："'将来，会出现从来没有被人设想过的种种事业，几倍、十几倍，以至几十倍于现在的农作物产量……'这是毛主席的话。我在浙江工作时看到的。"

吴南村扬眉一笑。

陶琼嘴快，笑着说："这是毛主席一九五五年五月对妇女人力资源的批语，我们把它收到《农业合作化高潮按语》这本书里了。"

魏孟然惊异地问："咱们有这本书？回去给我弄一本呀！"

吴南村解释道："毛主席这句话是说将来，不是指现在。而且，我理解的这个将来……"

"实行机械化以后。"胖子补充。

"不，实行机械化以后，也不可能十几倍、几十倍的增产。掰着手指算一算嘛，苏劳模的丰产田三百八十斤，加十倍是多少斤？几十倍，就算三十倍吧，又是多少斤？所以，我说这个'将来'可能是很遥远的。"

"哎，"胖子把扇子一举，冲着吴南村，"教授，你别……"

"你别紧张，"吴南村打断了他，"'将来'虽然很遥远，但理论上是成立的。因为，人类推进生产力的潜能是无尽的，科学、技术的含量是无限的。毛主席在这个批语后边还有一段话，我认为也很重要。他说：'工业、交通和交换事业的发展，更是前人所不能设想的。科学、文化、教育、卫生等项事业也是如此。中国妇女是一种伟大的人力资源。'特别是提到'交换事业的发展'，前人所不能设想的交换事业，采取什么形式交换呢？是产品直接交换，还是通过货币媒介，进行商品交换？这是我们应该好好研究的。当然，最终生产还是决定分配、交换。如果生产力达到十几倍、几十倍的产量，那交换形式会不一样的。毛主席看得很远，对现实和未来充满了浪漫主义激情。"

"高见，高见，真是听君一席话，胜读十年书啊。"魏孟然的语气平和、谦恭。嘴上这么说，心里却不自在，没想到一下子引出对方这么一大段长篇大论，又想起调来时那位领导人打过的招呼：吴南村属于漏网右派，是安甫欣赏他，才逃过关的。

吴南村却没有因为魏孟然的恭维而把话打住，他下意识地摇摇头，又说："话还得说回来，安甫同志的担心是有道理的。如果估产和实际相距太远，就太危险了。"

"哎，老吴，别言过其实嘛。"胖子又出来纠偏。

陈子铭插话："因为吴先生缺乏弹性，所以和张先生的感觉截然不同。"

"唉，你小子别闹了，我是认真说的。我看不出有什么危险。人民公社不是大丰收、高产量的产物，而是生产力发展的要求，是合作化的产物。人民公社在现阶段可以弥补生产工具的落后，为机械化的大农业铺平道路。本来嘛，中国的农业一开始就是先合作化，后机械化；而不是先有了拖拉机再搞合作化。"

已经休战的魏孟然立刻接过胖子的话茬："这是个老问题。中国农民不能在有了拖拉机以后再搞社会主义。比如说苏劳模这样的农民，很聪明，善于经营，而且体力、技术都不错，单干肯定会发家致富。单干农民富起来，必然要走富农经济这条路，也就是说，要占有更多的土地，雇佣更多的农业工人。其结果会是一部分农民失去土地，重新成为被剥削者，民主革命的成果就会付之东流。在农村不搞合作化，就堵不住资本主义道路，合作化，就是走共同富裕的道路。当然，这会使少数人——像苏劳模这样的人付出代价，作出牺牲，这也绝不是可以轻描淡写的问题。诚如张先生常说的那句话——经济学研究材料的特殊性质，会把人心中最激烈、最卑鄙、最恶劣的感情唤起来，把代表私人利益的仇神召到战场上来阻碍它……"

"这是马克思说的，在《资本论》头版序第五页正数第十一行，倒数也是第十一行。"胖子赶紧声明，逗得大家哄笑不止。

唯独马乔没有笑，因为魏孟然的长篇大论吸引了他。跟吴南村的话比较一下，魏孟然的话听来顺耳，听得舒服，似乎正是他想说而说不明白的道理。在这个纷繁复杂的现实中，在考察团时刻掀起的争论中，听了魏孟然的道理感到通达、明白、畅快，特别是没有系统学过经济理论的他，从魏孟然的发言里，受到了鼓舞，增强了信心……

十三

魏孟然的逻辑，立即得到马乔的共鸣。他何以如此迅疾、顺畅地接受魏孟然的理论呢？这和他灵魂深处那块"弱区"——那块由于长期接受强力刺激而积累、形成的特殊兴奋点有密切关系。这个兴奋点，不仅仅是生命对于自身经历的记录，而且，当记录积累到一定数量后，就会激变为活跃的生命，构成属于它自己的顽强的逻辑系统，从而具有敏锐的认同和排他性。从此，它对丰富多彩的生活，无论是历史或现实，都用自己的逻辑范本给予吸纳或排斥。不仅如此，它有时还会像精灵似的完全离开事实，凭借自己的感情、爱好、逻辑趋势，对事物作出连续性的主观判断，其结果是五花八门、异常生动——这样的判断，有可能是创造性的发现，亦有可能是虚妄的落空；可能属于超前性的，亦可能是滞后性的；可能是真理，亦可能是谬误；总之，生命有自己的逻辑，它像一条河，按照自己的逻辑奔流到海不复回。

从饭厅回苇席棚的路上，陶琼把马乔叫住，"哎，小马，你对苏劳模怎么看？"称呼、语气、眼神都让马乔难以接受。

马乔故意不予回答，反问："你怎么看？"

"我问你呢。"

"我也可以问问你呀，你对苏劳模怎么看？"马乔笑笑，"鄙人是外行，没学过经济理论，更不懂经济规律，没有发言权。"

"对不起，不应该叫你小马。"陶琼嘴里说"对不起"，心里却非常高兴，看着马乔生气，她觉得好痛快。她对马乔的观点和魏孟然接近，产生了一种难言的别扭；她知道马乔不愿意让人叫"小马"，尤其不愿意她这样叫。

"叫什么都可以，只是别那么傲慢，好像真理都在你们手里似的。"马乔也感觉到他对魏孟然观点的赞同，引起了她的不满，他也由此而反感，所以故意说："苏劳模要是只顾自己发家致富，不顾他人死活，那当然就是富农路线。"

"你别'要是'呀，你平时不会这么拐弯抹角的。"陶琼一定要马乔说出对苏劳模的看法。

马乔的含蓄和耐性是极有限的，他哪里经得住陶琼的一再追问，只好实说："我对苏劳模印象不错，希望他不要犯错误。"

"你觉得他会犯错误？"

"我担心，看他那样子，说不定已经犯了。"

陶琼点头："也许。他肯定跟不上大跃进的形势，你看王胡子那个霸道劲，眼里根本没有这个全国闻名的劳动模范。我讨厌这个复员军人！"

马乔看看陶琼，对"复员军人"这个词，听起来觉得不是滋味，可又说不出来。

这是每个人身上都长着几个敏感点的年代。

"这家伙是不好，可是他代表公社……"马乔边说边思考着。

"学过党史没有？"

"学过。"

"土改时候刮'左'风，出现过一批勇敢分子，乱打乱杀，把土地改革搞得乌烟瘴气，就是这种人……"

"噢。"马乔暗暗惊讶。他自己是参加过土改的，而且亲眼目睹了乱打乱杀的歪风。那些割地主耳朵、扒地主脸皮的勇敢分子的丑恶形象，立刻出现在脑海里。那帮勇敢分子也是复员军人，但不是老八路，而是先当日伪军，被俘后当了几天八路军，复员到了地方，竟成了土改中的"先锋"。王胡子是这类人吗？不！他对自己说，不能随便说人家是勇敢分子，那是些地痞、流氓、社会渣滓。这时，他想起了少年时期的同学文双狗，想起他俩在土改中闹得很不愉快，最后不得不分道扬镳；后来又在大别山巧遇。那次，多亏文双狗把自己从死亡边缘拉了回来。正是战争，让他逐渐理解了土改，逐渐理解了跟他恩恩怨怨的文双狗——原先一个温良、敦厚的山里娃，在土地改革的狂潮中激变为一个疾恶如仇的斗士，终于走上战场，成为用血肉之躯埋葬旧制度、创建新中国的战斗英雄。土改，改变了很多人，也改变了中国。正是土改唤醒了文双狗先天对地主、对富人、对私有财产的嫉恨；正是这种嫉恨，激起了人们对新制度、对明天充满百分之百的向往和自信。理解包含着认同，王胡子说不定正是文双狗这样的人。自己和王胡子不是也差不多么？不，不完全一样，自己不会去抢夺老奶奶的鸡和鹅；不会对苏劳模不敬。马乔虽然理解了文双狗，但他毕竟不是文双狗，跟双狗比，他似乎多了些自相矛盾，多了些痛苦。

"喂，你怎么不说话呀？"陶琼催促沉思中的马乔。

"王胡子不一定是那种人。勇敢分子是一批地痞、流氓、伪军、坏蛋。他还是代表公社的。"马乔心不在焉地回答。

"我看你这个人啊，变得够快的！"

"怎么快啦？"马乔反问。

"开始，你把王胡子当日本鬼子，国民党反动派；现在，你把他当公社的代表，一百八十度的大转弯，还不快？"

马乔语塞，不置可否。

"你对苏劳模是否也有一个一百八十度？开始觉得他什么都好，后来听了魏老师的高论，认为他是富农路线的代表；跟原省委书记'四大自由'的资本主义路线对上了号，对不对？"陶琼的问题提得很尖锐，活脱脱地道出了马乔缺乏主见、左右摇摆、易变不稳的情状。

呀，马乔感到吃惊。他自己并没意识到，却通过陶琼的眼睛看到了自己一百八十度大转弯的表现。他心里虽然不同意，却没有充分的理由为自己辩解。"马乔，你难道是这样一个人吗？"他尴尬地问自己。"难道不是吗？"在这位聪明、漂亮、傲慢的女孩面前，马乔第一次感到理屈词穷。"一百八十度大转弯"，他觉得实有悖于做人的道理，是正直人生的一大忌讳。

而陶琼却不过是顺口而出，并没有那么深的考虑，也没认为马乔是一个善变的男子汉；况且，她已经领教了马乔极强的自尊心，不想使他太窘，于是赶快说："我是跟你开玩笑的。其实，农民作为小生产者，总有两面性：劳动者、私有者。同情他劳动者的一面；限制、改造他私有制的一面；农业合作化解决的就是这个问题。小私有者抵制合作化是合乎情理的，而且他们抵制的程度，和他们私有财产的多寡、发展的程度有关系。中国农村的富农经济还很不发达，而中农、富裕中农在农村占的比例很大，他们正处在蓬勃发育的阶段，不搞合作化，他们很快就会成为富农经济的后备军。等到他们加入到富农经济的行列，农村的资本主义势力就会尾大不掉，再搞合作化就困难多了，社会主义就会丧失时机。安老师不仅同意这种观点，而且参与了这一理论的建设。……"

马乔不熟悉理论，但并不觉得这些理论语言枯燥，原因很可能是他灵魂里哪个"弱区"或者说"特区"更合适。这特区凝聚着强烈的阶级意识，发达的触角时时刻刻都在关注着阶级的命运，常常把敏锐的焦点，聚集在胜负的悬念上，甚至整个生命都倾注在这一焦点上。因此，陶琼的理论像溪水似地从他的"特区"峡谷中流过，帮他梳理纵横交错的沟壑，使他在繁杂的、了无头绪的困惑中，独得一股清流，感到非常满足。他诚恳地对陶琼说："跟你聊聊收获挺大的。不过，我还想问你，你对魏老师……"

"没什么。"陶琼显然在掩饰真相，"……他刚来，不太熟悉，他人还是挺好的。"

马乔明白了，陶琼已经从上次谈话的提示中退却；而且，大有封闭起来的架势。他觉得这是个谜，越发想叩开这扇关闭的门，"你说说，大家到底有什么分歧呢？"他急切地求教于陶琼。

"你觉得都有道理？"

马乔点头："我水平太低。"

陶琼开心地笑了："水平低？那倒不一定。主要是考虑问题的角度，或者说是方法论的问题。"

一说方法论，马乔的头就发涨。上大学的时候，教《文艺学》的老师，嘴边常挂着个"方法论"。"方法"，还能明白，为什么加个"论"呢？要这个"论"，或不要这个"论"，有啥区别呢？找老师个别辅导了几次，也没弄清楚，"你能不能告诉我，什么叫方法论？"

陶琼又笑起来，挑战似地说："你考我？"

马乔认真地说："真的，我不懂。"

这倒使陶琼为难了，她想了一下："一句半句真说不清楚的。"

"嗨，你怎么体会就怎么说嘛。安老师讲过吗？"

"噢，"陶琼似乎被提醒了，"我想想……"她的眼睛闪烁着思索的光芒，"他是转引黑格尔的话说的：'方法并不是外在的形式，而是内容的灵魂与概念'，对，就是这么说的。"她把那段话又重复了一遍，非常自信地说："没错，一字不差。"

"黑先生这段话，我的老师也引用过，还是太抽象，能解释一下吗?"马乔边说边掏出本子，把那段话记录下来。

"嘿，你真是个急性子。既然方法和内容是熔于一炉的，那就不是三言两语可以说清楚的呀，而且，不同的理论，有不同的方法。按照安老师的说法，社会主义理论在世界上有两家，苏联一家，中国一家；或者说斯大林一家，毛泽东一家。现在，苏联那一家已经有了系统的理论；中国这一家刚刚有个粗线条的构想，离它的完成还相当遥远。你急什么呢?"

马乔被这些话深深地震动了。这话好新鲜，对他来说真是闻所未闻；这话又让他对安甫有了进一步的认识，似乎窥见了长者的内心世界；这话同时也勾起了他自豪的情感，触动了他朦胧的然而又是根深蒂固的祖国意识。他兴奋地、又是郑重其事地对陶琼说："陶琼同志，跟你谈话很有收获，希望以后多谈谈。我念书太少，需要补课啊!"

陶琼回答得很干脆："没问题。"

马乔回到自己的席棚时，盛夏的骄阳已经坠落西天，留下了一片彩霞。又有一批远道的客人住进了苇席城，服务员小亮（就是那位中学生）忙进忙出，虽然白衬衫上已是汗湿一片，她仍然笑嘻嘻的，美丽得像西边的彩霞。

十四

从此，安甫在马乔的心目中起了变化：原先那位拼命地抽烟，恨不得把灰白色的烟雾统统吸到脑子里去的安甫；原先那位沉默寡言，时时以微笑拥抱生活的安甫，现在变得难以琢磨了。究其原因，还是由"方法论"引起的。似乎本是清楚的面目,因为想往深里看,倒变得影像模糊了。安甫和"方法论",像一对彩球在马乔心中升起,影像虽然模糊,对他却有谜一样的魅力;而且,这彩球越是上升,对他就越具有吸引力。他没想到,真正认识安甫和"方法论",是一个如此艰难、曲折的过程。这些都是后话,而此时,中原大地依然奏响着大地自由歌;考察团里依然进行着激烈的争论。

这一天,考察团对公社新建的水晶矿作系统的采访、调查。中午休息时,安甫、张士训留在矿本部,其他人到附近矿井参观。这个矿是几个中学生发现的,他们为了大炼钢铁找煤,在这一带山上奔波,一次在敲下来的岩石里突然发现了树叶化石。听老师说过:煤是树木变成的,便判断这里地下有煤。公社得知喜出望外,在"破除迷信,解放思想,敢想敢干"口号的鼓舞下,在没有技术人员、没有事先勘探的情况下,调集了精壮劳力投入开采,结果挖了三十丈深的竖井,没有找到煤,却碰上了水晶。

正在井边凉棚下吃干粮的年轻工人,见到考察团异常兴奋,纷纷议论:"北京来的?"他们的眼睛发亮,因为北京在他们的心中既遥远又神圣,"见过毛主席吗?"

"那还用问?一准见过!"不等考察团开口,他们之中已作出回答。

"到井下看看吧,你们北京可没这个!"一个年轻工人从身边拣起一块水晶石,递到马乔手里,"下面是个水晶宫!"

马乔接过矿石,那是与岩石共生的一块水晶石,大大小小有十几个水晶柱,可惜一半以上被斧凿斩断,剩下的虽然还算完整,也留下点点斧痕,晶体已毁坏。工人们脚下到处都是这种毁弃的矿体。

对于考察团的惋惜,工人们并不在意,只是一味地鼓动马乔到井下去看看。

马乔走到井边,跃跃欲试。那井直径约两米,井口上架着一副木制的辘轳,正午的阳光一直射到井底。他扶着木架往下看,井底似乎只有脸盆大的地方,井壁四周是开凿时留下的犬牙般的凿痕,在阳光下熠熠生辉。他激动了，老师和同伴的劝说，抵不住地下水晶宫对他的诱惑。热情的工人递给他一盏煤油灯，他系上绳索，跳进柳条筐，辘轳慢慢转动，把他吊在空中，木架和辘轳发出咯吱咯吱的叫声。那好似一种歇斯底里的怪叫，好像在说：它们承重已经到了极限，随时都可能折断、坍塌下来。他坐在筐里，出了一身汗，感觉着在慢慢下沉，冷风从井底上来，阳光从头顶泄下，辘轳、木架的声音越来越远，顷刻之间竟变得非常悠扬，非常悦耳，非常微弱。当他随着阳光一起降落井底时，什么声音也听不见了，只有那条长长的绳索，悠悠地系在井口，就像维系在一个苍白的"圆"上。

看看头顶上那个亮亮的圆，马乔不禁伸手摆弄一下绳索，绳索悠荡着，他对自己说："有它在，就没问题。"他蹲下来，拨亮那盏煤油灯，向身边的一个洞口张望。矿洞直径不到两市尺，看来只能匍匐着进去。他把灯戴在头上，告别那个暗淡下来的"圆"，爬进洞里。水晶宫在哪里？他抱着浓烈的幻想，匍匐前进，除了那冒着油烟的小灯之外，一切都是黑暗的，只有皮肉摩擦矿洞的声音。他停下来打量，万籁俱静，灯火摇曳，黑洞幽幽，水晶宫，像是一个永远醒不来的梦。

越往前爬，马乔越觉得这些工人们真不容易。体会着他们就这样在洞里匍匐着作业，一镐一镐地掘进，一尺一尺地爬行。啊，他突然想起朝鲜的坑道，那是他和战友们用钢钎、用铁锤在岩石上凿出来的洞，他和他的炮都能住进去的。还记得，他睡觉的上方正好有一个滴水处，半个小时一滴，张开嘴就能接住，那水是山体挤压出来的甘泉，至今还可以回味出它的味道。他回头看，来路的亮光已经不见，和去路一样，都是黑幽幽的洞穴。他突然警惕起来，告诫自己：要冷静！前边是进路，后边是退路，水晶宫就在前面！

在这里，寂静和黑暗一样可怕。洞壁上那些斧凿斑痕，洞顶上开裂的岩石缝隙，还有石头上细碎的水珠，似乎都在看着他，看着他犹豫，看着他胆怯，甚至是在嘲笑他。一个人，远离生命的群体，钻到这黑暗、冷漠的地下，实在孤独得难以忍受。会不会塌方？他突然冒出了这个念头。心想，万一塌下来，憋在这地方，空气没有了，灯也灭了，剩下的只有沉重的黑暗……啊呀，他头皮涨了，第一次体验到要是死，还是死在地面上好，比这里要轻松多了。哎，不，不，不能死，得为萧萝活着！唉，你怎么啦？胡思乱想什么？人家能挖洞，你就不能进来看看？马乔谴责自己，继续向前爬行。

果然，洞壁变宽了，洞顶也高了，马乔欣喜地划着一根火柴，增加了亮度。哦，这里可以蹲起来，有一米半的直径面，地上很多破碎的晶体，锋利如刃。洞顶、洞壁、脚底下确实有不少晶体，只是紧紧地长在岩石上。火柴灭了，用手摸摸身边光滑的晶体，细腻冰冷。煤油灯的黄光在晶体间闪烁，突然，身后出现了黄光，转身一看，是一支昏黄的灯焰，那火焰一会儿变得细长，一会儿又变得粗短。他左右审视，灯焰多了起来，一簇簇，一片片，一会儿细长，一会儿扁平，一会儿明亮，一会儿昏暗，一会儿多，一会儿少，躲躲闪闪，虚虚实实，难分难辨。这时他才明白，是头顶上那盏灯和洞壁上的晶体闹着玩呐，这里可真是个水晶宫啊！

马乔心想：可以啦，可以啦。他闭上眼睛休息一下，为了清醒地寻找返回的路线。噢，这里有三个洞口，哪一个是回去的呢？刚才忘了作个记号，摸错了，不知会走向何方？他趴在地上，仔细地辨认着，一再要自己镇静，努力回忆进到作业面时的情景，终于肯定地选择了路线，向回爬行着，不错，他又看到了那个苍白的圆，好耀眼的天哪，像满月，像朝阳，生命的天堂！

在地下不过三四十分钟，可是马乔觉得很长很长，而且，以后只要想到这段经历，就有一种喘不过气来的压抑感。

青年工人却说："只要肚子里有食，胳膊腿有劲，就挖呗，地里头宝贝多啦！"他们的手臂、躯干黑红黑红的，手掌粗糙而结实，一副无所畏惧的样子。可惜的是，他们取出的宝贝，多数毁于斧凿，失去了原有价值，堆积在公社的大院里，无人问津。

十五

第二天早晨碰头会上，吴南村表明观点："昨天那个矿，是最坏的典型。从所谓勘探到开采，完全是蛮干，反科学、反生产力，人力的浪费，资源的破坏，既对不起祖宗，更对不起后代，简直是犯罪。"

魏孟然冷笑不语。

陶琼把话接了过去："这叫回到青铜时代！"

吴南村提高了嗓门："我们是搞社会主义，是搞工业化！"显然，由于对立面的沉默，更激起他的义愤，他是在借题发挥："回到青铜时代？说得倒轻松！"

安甫提醒着："老吴啊，不要激动……"

"我没有激动，"吴南村的脸色刷白，声音颤抖，"是一夜没睡，……"

"是的，老吴一夜没合眼。"陈子铭在一旁证明。

"我们是干什么的？怎么能无动于衷？"吴南村又对安甫放了一炮。

安甫安之若素。

张士训摇着大蒲扇，对马乔开玩笑地说："都怨你——"

魏孟然则说："哪能怨他呢？深入井下调查研究，是很可贵的。"

胖子继续开玩笑："你下去看看不更好？"

"我？我不如马乔，我应该向他学习。"魏孟然郑重其事地说。

"精神虽说可嘉，不过，用的不是地方。"吴南村的话，把刚要熄灭的导火索又点着了。

"怎么不是地方？"魏孟然忍不住反问了一句。

"我并没有说你。"吴南村解释着。

"说我也没关系，说马乔可不对。他还年轻，应该保护他的积极性。"

"你整天讲保护，像个保护神，谁封你的?"吴南村像开了口的闸，洪水汹涌而出。

"南村同志，我们都是党员，应该成为社会主义事业的保护神，这一点，我想你不会拒绝吧?"

"谢谢，"吴南村拱手作揖，使马乔很反感，只听他继续说道："请问，落后也保护吗?回到青铜时代，也保护?"

"哎呀，你这个人……"魏孟然连连摇头，"唉，你让大家说说，我是那个意思吗?保护落后?回到奴隶制?别走极端嘛，我还不至于那么愚蠢。中国的工业化，是在美帝国主义为首的西方世界严密封锁下，在原子弹的威胁下起步的。我们的工业化慢了不行，慢了等于自杀!唯一的办法，就是依靠我们自己，靠我们的工人、农民、知识分子搞工业化的积极性，白手起家去闯么!这是落后吗?我问你，抗日战争时，冀中人民以地道战成功地对付了日本鬼子的残酷扫荡，坚持了平原游击战，这也能叫落后?如果我们要抗战到底，就不能说地道战是落后，是回到动物时代;而宁肯说这是被逼迫出来的有效的成功抵御现代侵略者的'先进'战法。"魏孟然做了个"引号"的样子，"当然，这个'先进'是带引号的。"

陶琼打断了魏孟然的话："哎，魏老师，照您这么说，眼前这个晶体矿是先进的了?可是，矿体破坏得一塌糊涂!我看，这矿的先进就在于它的毁坏性了。地道战是有效的，成功的，而这个矿对工业化……客气点说，背道而驰吧!"

"这丫头，真厉害。"张士训感慨地说。

"张老师，您怎么看呢?"马乔希望张说说自己的观点。

张士训无声地笑笑，似在思索。

陈子铭替张士训回答："不仅有资本主义生产的发展来苦我们，而且还有资本主义生产的不发展来苦我们。"

"啪!"胖子的蒲扇落在陈子铭身上。

"从现象上看，造成了资源浪费，但是并非一无所获呀，它锻炼了群众。别小看这一点，一个国家的工业化，毕竟是全体人民的事

64

情，是个历史的进程。这个锻炼，比它本身更有意义！即使没有美帝国主义的禁运、封锁，工业化过程也首先是个学习的过程，锻炼的过程，这里就免不了试验和失败，包括愚蠢、蛮干，才能成功；而成功不可能文质彬彬地、按部就班地进行。"魏孟然滔滔不绝地说起来。

张士训连连说："高，高，实在高！"举着那把大蒲扇，代表着他的大拇指。

魏孟然自然也觉得发挥得不错，喜形于色，但他还是控制着自己，显出谦虚、谨慎、笑容可掬的样子："老张，别开玩笑，不过是块半头砖罢了。"

吴南村说："好家伙，半头砖就这么厉害，要是整头砖呢？胖子骑上就可以上天啦。"

全场大笑。

在去食堂的路上，吴南村感慨地说："没办法，我们总是生活在过去的阴影里。"

陈子铭随即说："前面应该加一句，'过去是辉煌的'。"

吴南村不以为然地说："毛主席刚说过，过去仅仅是序幕，正剧还在后边，明天会更辉煌！"

"小马、小陶，"走在最后的安甫把马乔、陶琼叫住，"考察就要结束了，这次我们主要考察农业，后期也涉及社办企业，里面问题很多；但是，农业办企业，这个题目很有意义，将来有机会，再作专题研究。调查报告的详细提纲，你们都听过几遍了，分歧很大，一时统一不起来，也没有必要事事一致，向中央、书记处汇报，当然要如实反映情况。我想，你们一个还是学生，一个刚调来，所以，上报的时候，准备不把你们作为考察团正式成员，希望你们能正确理解……"

安甫的话还没说完，陶琼已按捺不住，安甫制止了她："你先听我说，要正确理解。你的弱点就是实际锻炼太少，你应该向小马学习。"

马乔没想到安甫会当着他的面如此批评陶琼；而陶琼已满脸涨红，双眉拧成一团，一副委屈、难过、不服气的样子。

安甫又转过脸对马乔说："理论工作，不只需要勇气，更需要耐心，尤其是现在。"听得出来，这话也是对陶琼讲的。

"路，很长，而且要我们自己走出来。在没有路的地方走路，开始可能先是一条羊肠小道；慢慢走的人多了，蹚出一条大马路；然后，裁弯取直修造出一条柏油马路；以后，再提高……中国地大物博，人口众多，这条路不是一下子就能走完的。情况复杂，地形各异，修造起来不容易，你们还年轻，任重道远……"

吃饭的时候，马乔反复思忖，安老这话是什么意思呢？"不算正式成员"，往好里说，是没责任；往坏里说，是没资格，没发言权。至于说到路的那段话，他可不愿意听长啊、难啊那种调子。他想，长怎么？还有两万五千里长征长？难怎么？还有战争那么难？在他看来，所谓长、难的说法，就是"慢"，就是"快了不行"的同义语，这是他难以下咽的苦药。中原大地四十多天的奔波，他几乎是当做节日度过的，虽然有时也有忧虑，但那毕竟是小节、支流，如同战争中也有伤亡，也有牺牲，也有吃败仗的时候一样。比起十年前，中原大地已经好多了；现在又正在进行一场更加宏伟的人民战争——那涌动着的人潮，火红的战旗，缭绕的云烟，平畴万亩的公社田园，都让他无比振奋，感受到心灵的自由，眼前奔涌着的狂飙，是他生命的乐园，灵魂的赞歌。他急于证实自己的信念，自己的力量，自己的价值，想在一个早晨咬破蛹壳，飞出壳外，变成一只美丽的蝴蝶！四十多天的兴奋之旅，甚至使他很少去想爱妻萧萝和胖儿子，只有在井下的那一瞬间才想到她。

苇席城的生活结束了，马乔带着异常的兴奋，带着对安甫老人的尊敬与不解，带着考察团内部的纷争和对立，回到了北京。

萧萝在车站接马乔的时候，第一句话就是："我以为你失踪了！"

"嗨，大跃进年代，哪会失踪呢！"马乔有一肚子话要给萧萝说，最突出的一句是："共产主义并非遥远得不着边际。"

66

萧萝非常欣喜，她虽然不是共产党员，但认为共产主义是最理想的社会制度。不过，她随即告诉马乔："市场上的食糖、奶粉断档半个月了，从本月起，凭婴儿证定量供应。幼儿园的阿姨说，你儿子是个大肚蝈蝈，吃自己的定量不够，还得吃别人的。"

"好么，他共别人的产啦！"马乔说这话时想起了吴南村。

"最大的问题还是蔬菜供应紧张。"萧萝一边洗衣服一边说，"教研室的老先生吃不上蔬菜，大便不出来，叫得很厉害，说大跃进是大要劲。唉，你是研究经济的，你说说，这是怎么回事？正常不正常？"

马乔开玩笑地说："我研究经济四十余天，以为蔬菜者，副食也，因而可多可少，可有可无。你忘了？咱们在朝鲜，吃过菜吗？抗美援朝不也胜利了？只要大跃进成功，就都有了！"

"好你个四十天的经济学家！"萧萝伸手弹弄了马乔一脸清水。

二人哈哈大笑。

十六

马乔学经济学是从这四十天开始的。

假如可以比喻的话，这四十天像一本薄薄的小册子，记载着马乔鲜活的记忆。那是一个汹涌澎湃的潮，那里涌动着中国人自强不息的气概，迸发着浪漫主义激情，妄想一口吃下"现代化"这个胖子。

那何尝不是一次宏伟的预演？真是翻江倒海、波澜壮阔。中国人空前地达到全国范围内、全体规模上的参与，不仅演练了手脚，而且充实了头脑，开阔了视野，激发了全新的欲望，为古老民族的重新起飞，锻造了最初的翅膀。

那也是公有制破天荒的一次极度亢进。它是中国的大同理想与外来的共产主义理想互相参照、两厢磨合而逐步升温，经过半个世纪的酝酿、积蓄，终于沸扬起来，汇成不可阻挡之势，在中国大地上对古老的私有制实施了最勇敢的决裂，对世界上人口最多的民族进行了共产主义的洗礼。

然而，从总体上说，这次起飞失败了。在马乔的记忆里，这是一次从期望值峰巅往下坠落的过程，是极不情愿、非常难堪、十分痛苦的着陆。正是在坠落中，他开始了对安甫的真正认识。时间已进入六十年代，安甫早在一年前从研究室主任的岗位上被撤了下来，受到留党察看两年的处分，而且伴随着的是一次严重的心肌梗死，差一点夺去了生命。吴南村则被开除了党籍，下放农村劳动改造。魏孟然成了研究室主任。陶琼终止了研究生学业。魏孟然把她留在研究室工作，以使她成为能够团结反对过自己、并且证明是反对错了的同志一道工作的领导者。

马乔的痛苦是双重的。一方面是极高的期望值一再下坠的痛苦；另一方面是极不想看到的党内斗争不断升温给他带来的熬煎。这两种力纠缠着他，撕裂着他。假如仅仅是痛苦，还比较单纯，偏偏这里还掺杂着很多是非曲直，矛盾百结，斩不断，解不开，错综复杂，一团乱麻。比如，他同意魏孟然的观点，却不同意整安甫同志；他对吴南村的偏激、刻薄有意见，却不同意开除他的党籍。而且，他在一切场合都固执自己的意见，从而使魏孟然大失所望。一朝权在手，便把令来行的魏主任，以全胜者的姿态私下里质问他，逼迫他放弃自己的意见；公开场合又表扬他，说他如何坚定。不论从哪个角度看，马乔都认为魏孟然不像个主任，像什么呢？他一下子找不到合适的比喻。不过从此他和魏主任的结就很难解开了；这个结，几乎成了诸多矛盾的结合点。

这个结的产生，对马乔来说，是必然的；但刚从大学毕业，政治上就不被信任，业务上学非所用，在研究室处于可有可无的境地，当惯了勇敢者、突击队，连做梦都在斩关夺隘的马乔，感受到极大的羞耻。更何况有时还从侧面听到一两句闲言碎语："他是安甫要来的"，他好像成了私货，简直岂有此理！

胖子背地里劝马乔："何必那么当真呢。"

陶琼消沉地一句话也不说，天天捧着一本英文版的《帝国主义论》。

而陈子铭还像安甫在时那样，帮着新主任制订计划，起草提纲，送往迎来，安排得非常周详，虽然比过去更忙，却忙而不乱，节制有章；每次见到马乔，总少不了善意的微笑。

魏孟然也对马乔微笑，而且，即使在私下里"相煎"，也不剑拔弩张；不过，那是胜利者的微笑，透露着对马乔的期待。但马乔的回应总是不笑。越如此，越显得这一笑是多么重要，多么关键；也许这贵重的一笑一旦出现，会给那死结些许松动，说不定会有意外的转圜；可是，他实在笑不出来，也就不勉强自己了。

马乔总有那么一股自信。在他心目中，现实虽然困难，明天总是好的。如同战场上一样，再危险的局面，他都能闯过去，他的前边不是失败的陷阱，死亡的墓地，而是征服者的胜利。因此，他总是期待着明天，倒像是明天总是循着他的思路、他的愿望展开的。然而，事与愿违，庐山会议消息传来，彭德怀元帅出了"毛病"！对他这个兵来说，真是晴天霹雳。彭德怀怎么会反对毛主席呢？他很不解，心想不出这样的事该多好。现实迫使他在毛泽东与彭德怀之间选择，而且只有这样的选择。舍弃彭德怀元帅，像是从他身上剜去一块肉；可是，如果彭德怀是对的，毛主席就错了，能舍弃毛主席吗？哎呀，这可怎么办？就好像让他选择是要天，还是要地？是要太阳，还是要月亮？这太难了，不能都要吗？非要让宇宙分家？让天崩地裂？

魏孟然夹着大皮包，天天出席中央召开的会议；新近借调来的秀才们，围着魏主任转，不断地为主任翻阅资料，摘抄经典作家语录，起草批判文章……魏主任累得眼睛红了，胡子长了，嗓子哑了，还要抽空回到研究室召开全体会议，给大家吹风，稍带着联系一通安甫，提醒一下类似马乔的同志："过去不清楚，可以原谅；现在真相大白于天下，还不觉醒，那就是严重的立场问题了！"

问题严峻地摆在马乔面前。他在军队里是个下级指挥员，能够带一个连、一个营去夺取敌人的阵地，或者坚守住自己的阵地，他无愧于一个好兵，一块有用的钢。而在研究室里，他不仅仅是个新兵，而且还未上阵就被列入了"劣等"。这位劣等兵对于最高统帅部发生的裂变，反应非常强烈。按说，他只是这个大机体上一个小小的细胞，而且距离神经中枢最远最远，即使有反应也应当极轻极轻，说不上痛苦二字；然而，他却是"长满了神经"的细胞，他的抉择极其艰难。他的思维习惯和逻辑决定他必然要选择；必然要在头脑和手臂之间选择。舍弃彭德怀，对他意味着锯掉"坏死"的手臂，尽管他在感情上绝不愿意承认这是"坏死"的手臂。鉴于他对头脑的信仰，对明天的期待，他终于忍痛在自己的心上戳了一刀：拥护毛主席，反对彭德怀。

"嗨，不就表个态嘛，还这么难？"张士训不无讽刺地对汗流浃背的马乔说。

可是，虽然政治上表了态，思想上并没有通。魏孟然越是把彭德怀和安甫联系起来，马乔越觉得不可信。四十天的中原之行，并未见到、听到安甫反对人民公社、反对大跃进、反对大炼钢铁的言行。安甫只是比较客观地提出许多疑难问题，比如说，不同的公社，对社员实行七包、九包、十二包，安甫曾说：这样包法能不能坚持下去？如果坚持不下去，其结果会挫伤社员的积极性……考察团返京后写的调查报告，基本上属于需要研究的问题，考察，就是研究嘛。在与安甫讨论方法论时，他曾说过："我们的方法，就是调查研究。"

"因为不清楚，才调查；要是什么都清楚了，认识就完结了，也就用不着调查研究了。"

"调查，有时要把触角深入到事物之间的临界点，而且，有些临界点还是禁区。比如说'四大自由'问题、社会主义与价值规律的关系问题、社会主义与资本主义的关系问题；比如说'百花齐放、百家争鸣'问题、民主和集权问题等等。但科学无禁区，科学不应当回避矛盾，应该像马克思研究资本主义制度那样，要有下地狱的

70

精神。”

谈到对社会主义制度的认识，安甫说：“社会主义建成之日，也是我们的认识完成之时，还远着呐。”

从这里不难发现，魏孟然与安甫不同的地方，并不在于拥护还是反对社会主义，而在于前者认为“认识”已经完成；后者认为“认识”刚刚开始。按照辩证法的观点，前者是停滞的，后者是发展的；前者是无矛盾论，后者是矛盾论……真怪啦！安甫是对的，那么，是谁陷入了唯心主义？

想到这里，吴南村突然出现在马乔的脑海里，似乎在对他说：“我早就这么看！你不是跟着魏孟然跑吗，你也是唯心主义。”满脸激愤，还带着几分蔑视。

“我怎么跟他跑啦？我希望快点，有什么不对？你知道吗？我们头上悬着一千颗原子弹！”

吴南村从鼻腔里“哼”了一声：“你呀，没资格谈经济问题。”

“他为什么这样呢？”马乔恍惚间问到安甫。

安甫虽然很虚弱，神情依然是安详的，劝说着马乔：“他就是这样的人，带有时代特征。不要管那些了，毛主席让大家读书，好好读书吧。不要着急，发言权慢慢会多起来的。”

说到读书，马乔又记起了张士训那句口头禅：“不仅有资本主义生产的发展来苦我们，而且还有资本主义生产的不发展来苦我们。”

唉，读书吧。

萧萝专门跑到西单旧书肆，替马乔买到两种版本的《资本论》，一种是解放前出的六卷本，一种是解放后出的三卷本，摆在他的书桌上。她想用自己的努力帮助马乔度过这段苦闷的时光。

这年秋天，发生了全国性的农业歉收。到了冬季，城市人口粮食定量锐减。现在已不仅仅是蔬菜供应紧张；商店里的日用百货、衣服鞋袜全面匮乏；机关食堂里一日三餐只卖素炒白菜，鸡、鸭、鱼、肉均已断档，偶尔供应一次炒鸡蛋，窗口外排起长队，每人只限买半个……国民经济进入了困难时期，加上苏联逼债，蒋介石在东南沿海蠢蠢欲动，共和国内忧外患频频发生。马乔已经没有心思读书了。

正在这时，魏孟然找马乔谈话，派他和陶琼到郊区参加市委农村工作队。

马乔欣然同意，匆匆与萧萝告别后就出发了。

十七

工作队的任务，是把几万平方公里、几十万人口的大公社退下来，退到几十平方公里、几万人口的中、小型公社；也就是说，把原来的公社化小为十到十五个公社，实行公社、大队、生产队三级所有，队为基础的新体制，以调动农民的生产积极性。这个工作从晚秋开始进行了一冬，到旧历年底时完成了。市委决定：工作队员春节期间放假一周，集中在县城的招待所过年。

马乔真想回家看看妻子。三个月不在一起了，离得又不远，坐上公共汽车，两个多小时就能回到萧萝身边。啊，回家的欲望浓极了！可就是张不开嘴，试了几次，话到嘴边又咽了下去。七天里，要总结，要学习文件，要听市委书记的报告，只有两个半天留给个人理发、洗澡、洗衣服。国家处于困难时期，打消回家的念头吧，他劝自己。这念头偏偏像捉迷藏似的不断露出头来，让他感到很苦很苦，从而感叹："男人，真难！"他吃过很多苦，唯独思念妻子的苦最难耐。他觉得，这是灵魂受煎熬的苦刑。因为，只要妻子在身边，一切苦都可以视为不苦。他就在这种煎熬中过了一个春节。

假期里，凶猛的风吼叫了三天三夜。

风停了，工作队员又重新返乡。

经过身体检查，陶琼得了浮肿病。研究室来的队员，只剩下了马乔一个人。他推上破自行车离开了招待所，想在早饭前赶回驻地。这辆自行车还是萧萝上大学时用的旧车，只是比先前更旧了，前后轮胎都打过补丁，骑在乡村土路上咯噔咯噔地直响。不过，它毕竟是老牌子的菲力普，骨架结实，蹬起来轻快，不费力，虽然刹车不大灵，前后挡泥板都已退役，看上去瘦骨嶙峋，吊儿郎当，可还是经得起摔打。马乔骑着它在这一带没明没夜地跑了两三个月，依然如故；更何况这辆车自小就跟着萧萝；上大学时又跟着她从上海来到北京；谈恋爱的时候，它常常夹在他俩中间，不知听过他们多少悄悄话；有它在身边，多少也感到一些慰藉。

出县城东关，下一个大坡，上了大跃进年代留下的干渠公路。这条干渠引城北苦河的水，直奔东南，绵延几十华里，充沛的水量通过密如网络的支渠、毛渠、斗渠灌溉几十万亩良田。马乔举目远眺，好家伙，就这么三天三夜，伟大的自然力改变了一切。山，虽然没刮走，却变得灰秃秃，又干又瘦；地，虽然没刮跑，却扫荡得干干净净，寸草不留。渠里的水干枯了，只在那些支渠、毛渠的转弯处，留下一片薄薄的冰，有的翘着身子似乎也想飞去。茂密的绿，蓬勃的生，好像从来不曾有过。大地被狂风收拾得冷冷清清、寥寥落落，直插东南的宏伟干渠显得尤其孤独、苍凉。记得七天前离村的时候，沿途还飘来阵阵谷草的香味，此刻却只剩下了清冷。

马乔的鼻子、手脚都冻僵了。天清地阔，渺无人烟，骑了十几里路，竟没遇上一个人。无精打采的阳光，照在笔直笔直的干渠公路上，把他和车的影子裁剪得稀疏、瘦长，所谓"茕茕孑立，形影相吊"，真让他觉得世界上只剩下他一个人啦！再看看脚下那条高出地面三公尺、平展展地伸向天边的宏伟大堤，于凄凉之中又增添了些许悲壮。离村子还有五六里路，远远地看到街心那棵千年的老槐树，树冠上有几个喜鹊窝，居然没被狂风掐掉，孤零零地架在树枝间，像几个眼睛似的向远处张望着。

看到村子了，马乔飞车下了干渠公路，顿时被村外的奇异景象惊呆了：

村外田野里突然散落着一堆新坟！

马乔怀疑自己的眼睛，这是新坟吗？他自问着，连忙下车去看，果然大多是新土，而且还剩下没被大风卷去的白幡，一眼望去，星罗棋布……这是怎么啦？才走了七天呀！他把车支在路边，走进公社化后新开辟的集体墓地，一一数去，一共十七座新坟。啊呀，这都是谁死了？那些坟头几乎一样大小，坟嘴上一律三块青砖——一横两竖搭起个小庙，几炷残香，几片压在土坷垃下的纸灰，没有墓碑，更说不上墓志铭。他情不自禁地喊出来："老槐树底，你到底怎么啦？"

村子静得可怕，什么声音也没有。总共二百一十九户人家，一下子出现了十七座新坟！到底发生了什么事情呢？马乔首先想到村里的党总支书记张永安——一个很难对付的残废军人。他伤在嘴上，五官被破坏，说话吐字不清，脾气非常暴躁，社员背地里叫他张豁子、张瞪眼。在公社第一次见面时，他给马乔留下了很难堪的印象：下巴颏儿少了三分之一，嘴角严重倾斜，像只破损的菱角。公社朱书记给他们介绍，豁子半天懒得伸手，那神情似乎不屑一顾，故意把视线转向别的地方，表现出一种敌意。

跟着豁子由公社回村的路上，他只说了一句话："朱书记是俺们的老营长。"说完骑上他那辆崭新的、装扮得花枝招展的飞鸽车先跑了。

跟马乔一起进村的陶琼，很不以为然地说那辆车子"是腐败的堆积，权力的炫耀"。

马乔虽然不赞成奚落一个复员军人，但也觉得这小子狂傲不桀，工作会很难开展。果然，进村以后，常常见不到这位书记的影子，大队办公室的院子里没有他，到家里找，他老婆总是说：当家的整天穷忙不着家。院里跑着鸡和小猪，还有三个鼻涕拉撒的孩子。

市委工作队进村的第一个任务，是弄清社员过冬的粮食、明年春播的种子到底有多少？还缺多少？需要上面补充、支援多少？因为豁书记不配合，政策上又不允许把他甩在一边，所以进展极慢。他却在公社干部会议上说道：他这个生产大队，"人吃马喂"，口粮没问题，种子也没问题。

可是，刚刚走了一个星期，村里就死了这么多的人，这事非同小可啊！今天还不知能不能找到这位"当家人"。马乔赶紧骑车到大队食堂，那是大跃进年代办起来的公共食堂，也有过吃饭不要钱的光荣记录。工作队进村以后，根据市委指示，办不办公共食堂完全听社员的意见。经过认真听取大家的反映，食堂还是散伙了，社员们按人头领口粮回家里自己做饭吃，只有一位孤苦伶仃的老婆婆仍然留在食堂，给工作队员做饭。马乔推着自行车来到食堂门口，迎接他的是大门上的一把铁锁。各家各户都关着门，街上干净得连一片树叶也找不到。这是怎么回事呀？

马乔正在想，忽听院墙右边传来一阵清脆的铃声。好了，他知道，豁书记的"红旗车"开过来了。铃声刚落，那辆崭新的大链套飞鸽车，披红挂绿地从墙根冲了出来，一见马乔，"唰"地猛刹住车轮，粉红色的车把套上拖着长长的花穗，猩红色的丝绒坐垫下金黄色的流苏颤颤悠悠地抖了半天，"喝，您回来啦！"

这真是踏破铁鞋无觅处，得来全不费工夫，"是啊，我正想找你呢。"

"找我？"豁子一边说话，一边摆弄着车头那盏亮晶晶的磨电灯。

"是啊，找你。"马乔生怕他又一溜烟地跑掉。

"您还没吃饭吧？"

"是啊，怎么锁门啦？大娘呢？"

"哼，大娘？"豁子冷笑地重复了一句，"走了。"这个"走"字拖得又长又响。

"她往哪儿走了？"马乔知道老大娘无亲无故，守寡几十年，不仅没去过县城，连十二里以外的集镇也只去过一趟，这么大冷天，她能去哪儿？

"哼，往哪儿走了？往姥姥家走了。"豁子突然变得话多起来，好像故意多说废话，把空气调整得和谐一些。

马乔这才意识到，大娘可能出事了。可是，这位书记又说得满不在乎。

"走吧，跟我吃饭去。"豁子大声嚷着，显出一副傲慢气，一抬腿，又跨上他的"红旗车"走了。

十八

可不能放跑他，马乔心想，食堂也吹了，今后吃饭都成了问题，连忙上车追赶，绕过大槐树向东，出了村又向北，一直追到猪场。刚在墙根把车靠好，豁子已经从猪场的厨房出来，把马乔让到办公室，自己往桌旁的床铺上一躺，大腿跷在二腿上，十分逍遥自在。

场长端着一把茶锈斑斑的茶壶、几只蓝花茶碗进来，非常客气地向马乔打招呼之后，从一个破旧的茶叶筒里抓一把茶叶末扔进壶里，把茶沏上；然后倒上半杯水，用两个指头在杯里擦擦，依次把剩水倒在下一个杯中，边擦边笑嘻嘻地说："马组长，算上这一回，您是第三次到俺们猪场来。头两回您连口水都没喝，也难怪，您忙。这回，俺们书记才知道，您不是一般知识分子，跟俺们书记一样，起小就参加了革命，又是抗美援朝回来的，是咱们自己人……"

豁子不耐烦地用脚踢踢桌子，"三叔，您老叨叨什么呐。"

场长固执地说："唉，你歇着。"又转过来对马乔说，"您是中央来的，水平高，您衡量衡量，这二百一十九户，一千二百零五口人，吃喝拉撒，生老病死，一大家子，不易呀，搁在谁身上，也难挑……"

"您就闭上嘴吧。"豁子训斥场长像训斥奴才似的不留一点面子。

场长显出一副委屈的样子，嘟囔着："嗨，是那么个理嘛。"

"什么鸡巴理儿！"豁子放肆、粗野，像条疯狗。

"嗨，他也是给革命流了血，原来挺俊的小伙儿。"场长忍不住，又唠叨一句。

"我知道。"马乔点头。

"我说三叔，您有什么屁，以后再放行不行？我让人家来吃饭，不是来听你老磨牙的。"

场长欲言又止，喏喏退出。

屋里只剩下他们两人。马乔正想问问村里的事，豁子抢先开了口："我说，那个女的，怎么没回来？"

"闹浮肿，回去看病了。"

"呀！"豁子的歪嘴吃力地张了一下，露出几颗银制的假牙。

一瞬间，在这张丑陋的脸上，马乔发现了一丝不曾见过的表情：那是一种孩童般的惊讶，透露出同情和迷茫。可惜，这表情像一道闪电，转眼间消失在厚厚的乌云里。

"我说，"马乔也学着当地人问话的句式，"这几天村里有多少户办丧事？"

"不知道。"豁子连想都没想，脱口回答。

"我见村外有那么多新坟，怎么会有那么多？"马乔还要问。

"多？多啥？都是风刮的。"豁子回答得轻描淡写。

"呀！"马乔不禁叫出声来。

"您，不信是不是？"豁子从铺上坐起来，"谁也没辙，这场风，都他妈刮邪了！"说完，他给马乔斟上一杯茶，就出去了。

马乔准备跟出去，老场长已把饭端了进来。

豁子在门口晒着太阳，朝屋里说："您呐，先吃饭。这场风，邪行，把老爷子、老奶奶都收走了。也不光咱槐树底村，您顺干渠往东骑，哪个村子不添几座新坟？"

场长的条盘里，一大碗玉米面粥，一打冒着热气、香味扑鼻的烙饼。马乔不由得咽了一口唾沫。

"哎，快招呼吧。"豁子进来，把筷子往马乔面前一推，豪爽而利落。

场长又在唠叨："没菜，凑合着垫补垫补。"

"您可真会说，村边那些老爷子、老奶奶，哪怕有这么一碗粥、一角饼，也不至于给大风刮走。"豁子总在奚落他称为三叔的场长。

听他这么一说，马乔嘴里的烙饼，咽也不是，吐也不是。心想糟了，这饼不能吃；可是，不吃这，吃什么？天冷，肚子饿，蹬车三十几里路，出了那么多虚汗，现在浑身无力，不吃东西顶得住吗？

况且，不吃，关系更僵，以后怎么工作？但豁子的话在他脑子里转，嗓子眼儿就像被卡住一样，那口饼硬是咽不下去。而且，和这种干部在一起吃饭，社员知道了会怎么看？然而，肚子饿，烙饼香，食欲强大得难以抑制，思想虽然矛盾，感情虽然痛苦，还是吃吧。他告诫自己，斯文点，既然吃了，就吃光。

豁子见马乔接受了他的馈赠，变得温和了。他把烟管笸箩拉到身边，从《人民日报》上撕下一条白边，熟练地卷了一支"大炮"，边抽边聊起来："您问我怎么回事，我能说啥？只能说是风刮走的。我要说是饿死的，那不是给人民公社抹黑？不是给咱们共产党、毛主席抹黑？再说，我们今年三秋不错，虽然比不上五八年，可也是十一二分的年成，我们都贡献啦！"

说到贡献，马乔清楚。

槐树底村一半坡地，一半稻田。这里是京东有名的贡米产地，踩着冰碴插秧，踩着冰碴收割，稻子米粒青白，质地柔韧，蒸出的米饭有一股清香味。明清两朝时这里产的米一粒也不许留，全部送往紫禁城；民国以后，渐渐打入国际市场；中华人民共和国成立后，主要出口苏联、东欧，换回钢材、机床。现在苏联逼债，点名要这里的清水香稻，还说列宁格勒幼儿园的孩子们得不到充足的香稻，抱怨中国的叔叔、阿姨。为了尽快偿还欠债，槐树底的社员们勒紧了裤带，作出了奉献。田里的稻谷，山坡的苹果，猪场的肥猪，都挑最好的贡献出来。工作队刚进村时，正值外贸公司来人挑选还债的苹果，每一个都得过标准圈，小一点、大一点全不合格。果农们知道，这是为了还债，忍受着难耐的挑剔，像是受了奇耻大辱。那位老保管看着挑剩下的一大堆好苹果，老泪纵横，跳着脚骂："赫秃子，你好狠心！"

"老保管呢？"马乔此时想起了老保管，急切地问。

豁子低沉地摇摇头。

其实，马乔已经意识到，他老人家可能也走了。

俩人都在想心思，办公室里沉默下来。

老保管，满脸皱纹，一头花白的稀发。检验苹果那天，他跑前跑后，跟外贸公司的人办交涉，"同志，苹果小了不行，大了总可以吧？国家困难，老百姓的日子也艰难，您得想方设法多还点阎王债，别逼我们啦！"

听了这样的话，马乔觉得鼻子发酸。

老人家热心公事，从抗战时起就一直忙村里的事，古道侠肠，总是想着国家，想着村里；虽然不识几个字，口才却很好，说话得体，还有点小小的狡猾。

外贸人员在他面前感到很为难，一再表示歉意，表白苦衷，不忍让老人家难过，"老大爷，这不是逼您呀，个个都得装箱，横五竖八，小了咣当，大了盛不下。逼债归逼债，外贸归外贸。您老人家得想开，不然，我们成了卖国贼啦！"

自从抗日战争开始，他就经管公家的财物，为此，挨过日本鬼子的吊打、国民党的审讯，仍然始终热心公益。社员们说，他生来就适合社会主义。

"他，不是好好的嘛？"马乔打破沉默，说出心中的困惑。

"是呀，好好的就爬不起来了。三天躺倒一大片，岁数不饶人啊。正遇上这个坎儿，还有俺婶子……"豁子说的"俺婶子"，就是食堂的孙大娘。

"总是粮食上出了问题。"

豁子对马乔撇撇嘴，不以为然地说："您不是都浮肿了吗？您定量八两，社员定量半斤，虽说是庄稼人有瓜菜代、白薯藤、玉米核，可那玩意儿没热量，只能撑大肚皮。吃饭的时候，孩子哭，大人嚎，老爷爷、老奶奶还端得起碗来？……"

是啊，他说的也对。马乔心里明白，就是按照上面规定的口粮指标，八两也填不饱肚子啊。孙大娘给工作队员掺上白薯藤蒸出来的黑团子，又苦又涩，陶琼吃一口就背过身子偷偷吐了。用玉米核粉和玉米面一起贴的饼子，吃了上厕所蹲半个小时也拉不出来，得用树枝往外抠。他的心沉甸甸的，这么多人，一个早上就死了！

死就死了，说风刮走的，行；说饿死的，也行；说为了让儿孙多吃一口，把自己那口饭让出来，也行；说为了国家早日还清阎王债，把命搭了上去，也行。中国人，死人见得多了，把死看得平常又平常，引不起什么大悲大恸，说一声给风刮走了，跟树叶似的轻飘飘地落下来，走了，也就行了。

活着，本来就是默默的；死了，也是默默的。

几千年来梦想吃饭不要钱，这下子让他们赶上了。放开肚皮吃了几天饱饭，高兴了一阵子，也就算不错了。如今，他们躺在黄土里，守着他们的村庄，继续做那个没做完的梦。

噢，马乔的思绪一下子又驰往中原大地。那里该是什么样，还用问吗？

生命之源，梦之源，洪水之源。

十九

从此，马乔在槐树底村吃饭成了问题。

以前下乡，都住在农民家里，吃在农民家里，只要交足粮票和钱，农民是欢迎的，也能吃得舒服，一边吃饭，一边聊天，了解情况，调查研究，一举多得。现在粮食困难，农民家里开饭，妇女让男人，老人让小孩，哭哭啼啼，争争闹闹，饭桌上，锅台边，矛盾百出，难解难分。这时候，再去个外人吃饭，更是难上加难。如今，孙大娘也不在了，要工作，总得有吃饭的地方啊，我们的社会主义，居然也有这样的日子！

睡到半夜，饿醒了，虚汗把被子洇湿，心慌得要命，马乔不由想起了萧萝。毕业以后，几乎年年下乡，跃进的时候在乡下，困难的时期也在乡下。萧萝一个人带着孩子，工作又紧张，陶琼来信说，在医院碰到萧萝，已是二度浮肿；她抽星期天去看萧萝，胖小子在小饭桌上吃饺子，萧萝躺在床上发高烧，还嘱咐她千万别告诉丈夫，就说她们母子都好。陶琼哪里搁得住事，来信如实相告。工作队里告病假回城的几乎占了一多半，自己又何尝没理由呢？瘦得不到一百斤，受过两次伤的腿，肿得一按一个深坑，现在连吃饭的地方都没有了。真想家啊！不管多苦，家总是温暖的。看着槐树底那些小青年，守着家，守着土，一起干活，一起休息，多甜蜜呀。男人身边少什么也不能少女人，如果有萧萝在身边，就是喝凉水，也能过下去。白天吃饭没去处，夜晚灵魂没着落，好长的夜，难明的天哪！

可是，天一亮，马乔的思想又坚定起来，还得坚持下去。想想村边那十几个坟头，想想老保管、孙大娘……拍拍屁股请假就走，实在有点不像话，感情上也通不过。自己是从死人堆里爬出来的，活下来是侥幸，是那么多战友的生命换来的，别闹个人主义了，光天化日多难为情啊！人总要结婚的，不结婚也受不了，结了婚，就多了一个包袱。真是的，革命者要是一头骡子，那是什么情形？一个劲拉车、拉车；或者像机器，轰隆轰隆地开，安上轮子可以跑，插上翅膀可以飞……啊呀，越想越邪了。他问自己，是不是落后了？不能落后，要为社会主义建功立业，要坚持下去……

中央决心从大公社退下来。

市委书记来槐树底村开座谈会。这里是他当年打游击时的堡垒村，从大槐树底的树洞挖下去，挖出了一条先是遍布全村、后是通向临村的大地道，槐树底成了日伪军无法跨越的障碍；他却从这里把触角一直伸向北京城里。

现在，他又回来了；当年的老保管、老村长、妇救会主任……都不在了。地道战年代的民兵还有一个韩德英，合作化初期当支部书记，前几年受批判，撤了职，在山上看果林。

豁子陪着市委书记去坟地里看他当年那些老朋友；马乔去山上接韩德英。

韩德英到家时，市委书记已在他家炕上盘腿坐着呢。

一见市委书记，韩德英扑通跪下，哭着说："老问，……"

老问，是市委书记当年的绰号。因为他到了村里总是问长问短，乡亲们送了他这么个称呼。他赶紧下炕，拉住韩德英："小韩，你这是干什么？咱共产党可不兴这个。"

"不，"韩德英死活不起来，"老问，您是看着我长大的，俺哪里像右倾机会主义？俺怎么啦？您这几年官做大了，俺想，这辈子横竖见不着您了。咱们村的老地道都走啦，您是市委书记，您不给俺说明白，俺就是不能起来呀……"四十多岁的人了，韩德英跪在地上呜呜地哭着。

韩德英老婆也要陪着下跪，被马乔一把拉住。她哭着说："老问，您大老远的来了，俺们穷得连点葵花子都拿不出来。"

市委书记也陪着掉了眼泪，感慨地说："德英，你可真会将我的军啊！"

"俺不是将军，俺这是申诉。"

"共产党哪有这么申诉的？"

"那您说说，共产党有过这么不讲理的嘛？"

"德英，你说啥我都听着，你起来说，这样，我受不了。"市委书记说话声调也变了，他摘下棉帽，摸摸自己的光头，叹息道："你们公母俩都是老同志啦，小马，是安甫的学生，烈士的后代，不瞒你们说，这两年我的日子也不好过。我的脑袋上也有同样的一顶帽子，不过，比你拿下来的早点罢了。"

韩德英如梦初醒，"嗨，"他把头摇得像拨浪鼓，"这是他妈的什么事啊，我还以为您把我划过去了……"他自动站起来，把老问让到炕上，自己坐在炕沿边，不住地摇头，表示歉意。

书记一边擦眼镜，一边说："事情都过去了，谁都不用怨。都想把社会主义搞快点，早一天立于不败之地。现在四边都不太平啊，过去，只有美蒋一家，现在加上北边老赫，赫鲁晓夫，西边老赫，尼赫鲁，南边也有事，你这个老民兵，说不定还要挖地道呢。"

韩德英还是摇头。

"你不要总是摇头嘛！"书记有些急了。

韩德英说："天下不太平，俺知道。别看俺住在山上，村里的《人民日报》又都让豁子卷'大炮'给抽啦，可俺还有一个矿石收音机，能听到中央的声音，"他动情地说着，"不是俺落后，这理儿您该明白。日本鬼子再能，架不住俺们地里长庄稼，囤里有粮食，破家还值万贯呐，搜刮搜刮就填饱了肚子，挖地道，顶得上劲。现在可好，院里种几棵葵花子，也是资本主义。您看，俺这院子里还有啥？精精光，我说，连蚂蚁都饿死了。想当年挖地道，哪一天不得二三斤粮食？如今，半斤定量，不够填牙缝。您还甭说，这会子跟打日本不一样了。"

市委书记把滑到鼻尖上的眼镜干脆摘下来，一双肿胀的厚眼皮，鼓鼓地堆在浑浊的眼睛上，"德英，你也太悲观了。"

"不是俺悲观，是伤了元气。您要是早来半拉月，跟没走的老地道们聊聊，问问，您就知道，不光俺一人……"

书记喃喃地说："我来晚了。"语调凄凉，心事重重，"没办法……一时看不清，结论不好下。"

"嗨，怕丢官呗。"韩德英爽直地不留情面。

市委书记一愣，歪着头想想，丝丝地吸着气，无可奈何地说："也许……"

"丢官不好受？"韩德英在一旁盯着这位老相识。

"当然。"书记坦率地点头，"你想，你做官的这个政权，假如是个腐败透顶的政权，这官不做也罢了。我在山西，阎锡山拉过我；在北平，李宗仁也拉过我；国民党的官，我才不做呢！偏偏现在这个政权是清正廉明的政权，是为人民服务的政权，是把中国引向光明的政权；更何况，为了这个政权，我们把脑袋别在裤腰带上，干了半辈子才干出来的。突然有一天，不是你老了，干不动了；而是因为你犯了错误，犯了损害这个政权的大错误，不得不把你从光荣的革命者的行列里开除出去……这可不光是丢官，而是丢魂，丢人呐……"

说这番话的时候，市委书记脑子里突然闪现出庐山会议的情景。当时，他一下子出了一身冷汗，从头顶冒出来，哗地顿时流遍全身。自己心里一直在告诫着：要沉住气，让人看见多不好，倒像是心中有鬼；可是，汗还是径自流着，流到脸上，流到脖子里，甚至腿肚子上……好长时间都没想清楚，为什么出了那么一身大汗？庐山凉爽宜人，平时开会都得穿上毛背心。那一天，山上下着小雨，老同志们披着夹大衣。旁边的好心人提醒着："脱掉背心吧。"心想也许毛背心是出汗的原因；可是，脱掉它还是出汗，把整件衬衫都湿透了，更暴露出自己内心的惶恐。想想三十年代，在上海、北平搞地下工作，整天和盯梢的特务周旋，逐街地绕，闹着玩似的，从容不迫，从来没出过汗啊，现在是怎么了？恰巧，毛主席在上面说话了："有些同志伤风感冒，鼻子不通，我劝他吃点阿司匹林，或者吃点辣椒，发发汗……"啊，我坐在会议室最后一排，怎么也被他看见了？会后，有人说"连彭老总也出汗了！"久经战阵的彭德怀元帅尚且如此，我还有什么好遗憾的？好像过去那些磨难都失灵了，不起作用了。新的磨难，得从头练呐！

市委书记的心绪又回到现实："是啊，被自己人说成异己、背叛、别有用心、另有打算，七嘴八舌说多了，连自己也弄糊涂了，倒像真有那么腥臊……"

"咳！俺没想那么多，撸就撸呗，活儿总得让干。真没想到，您也给撸了！"韩德英伤感地摇摇头，似乎觉得自己的委屈不算啥了，"我说，"他突然对老婆瞪起眼，"你别尽坐着！你看，俺们干坐着算咋回事？……"

德英老婆又哭了："你别装傻充愣，叫俺去跟谁掏活？老问轻易不来，俺恨不得把自己个儿煮了给你们吃……"

老问书记赶紧调解："好了，好了，以后会好起来的。"他对马乔感叹："再不能浮夸了，这阵风好厉害，比日本鬼子还彻底。当年，我就坐在这个地方黑着灯开会、聊天、嗑瓜子。他家的老奶奶，瓜子弄得又干净、又饱满，味道又好，嗑一晚上能饱三天，临走还给我装上一大包——穷人嗑。"

二十

市委书记一连串了几家。

第三天下午，在张永安的办公室召开干部座谈会。除了韩德英、猪场场长，其他人都是高级社以来的新干部，市委书记认识的寥寥无几。

因为韩德英的关系，张永安对市委书记早有戒心。今天，作为村里八个大田生产队、一个鸡场、一个猪场、一个林果专业队、二百一十九户人家的"户主"，他把富农家的那把太师椅让出来，给市委书记坐；自己搬个方凳，理所当然地坐在书记旁边，看着他的属下怎样发言。

市委书记问马乔："想不起张永安小时候啥模样了，村里大人、孩子我都知道啊！"

马乔小声说："他伤得不轻。老人们都说，小时候，那可是个棒小伙儿！"

书记心想：看那骄兵悍将的劲头，就能猜出这几年狂热的跃进、层层加码的作风，给党风带来多大的灾难。

宣布开会以后，半天没一人发言。烟笸箩从这人手上递到那人手上，一张报纸快撕光了，一人一支卷烟，像十几门大炮，把屋子熏得烟雾腾腾。干部们一个劲地抽，就是不说话。

书记只好自己先说："大伙说说，公社规模是大点好，还是小点好？毛主席在湖南调查，认为两千户一个社比较合适。你们这里是一万二千户，比湖南大六倍。当然，还有更大的。也不是说公社越小越好，太小了，优越性体现不出来。规模大小，主要由生产力水平、干部水平、群众觉悟决定。想想，一万二千户有多少劳力？大概两万四千个。城里一座大工厂，五千人，十一二级的干部起码要两三个。两万四千人的工厂得由中央组织部调派干部，要省一级的干部来主持，因为他们经验丰富、作风正派、懂得中央的政策、有专业知识，镇得住呀！你们一个公社，三四十万人口，干部都是土改时的小青年，管这么大的一片地方，工农商学兵，农林牧副渔，连吃喝拉撒都统起来，把农民箍得死死的，葵花子都绝种了……"

干部们哄地笑了。

"大家想想，我说得有道理不？"

"不敢想。"韩德英冒了一句。

"德英带头。"书记鼓励他，希望打开局面。

"人往高处走，水往低处流，上去容易，下来难。想当初，呼啦一声，都上去啦，挂帅的挂帅，封侯的封侯，也跑了马啦，也占了地啦，爵位都定了。现如今，再让人吐出来，谁受得了？这不是糟践人嘛！"

豁子憋不住了："德英大叔，您还说您不敢想，您够客气的。谁封侯了？您把农村干部说成啥啦？您不当书记才几年？怎么？俺们这几年就成王爷了？"

豁子的属下见他表了态，纷纷插言，对韩德英表示不满。

"您看，俺说不敢想吧！"

市委书记连忙解释："你还听不出来？这是发牢骚，发发也可以，怎么想就怎么说吧。"

猪场场长开了腔："德英，你吃亏就吃在嘴上。毛主席说，还是人民公社好，好就好在一大二公嘛！俺们把土地连成片，全公社三百个万亩丰产方，给农业机械化打好底子，水利上去了，这谁不喜欢？要真的再退下来，丰产方可怎么办？再划成小块，这算不算走回头路？"

马乔心想，公社变小，确有这样的难题。当地的主要干部想不通，也涉及权力再分配问题，阻力不小；其理由却都是：人民公社一大二公好，土地连成片，有利于水利化、机械化，是真正的社会主义大农业。他自己何尝不这样认识？可是，现实总是跟人过不去。大农业好，粮食产量却上不去，万亩丰产方灾害频繁，好像老天爷故意和公社化作对。大跃进年代，成千上万人把土地上的桩界拔掉，把低地垫高，把高地削平，横平竖直地整出几百块万亩丰产方，几十里、上百里的大干渠，每秒几十个流量的水利工程，从大平原的东边，一直修到西边，修到山脚下，构成网状结构，那是几十万人费了几个冬春苦干出来的成果，谁忍心再切成一片一片的？这不是白折腾吗？看中央的精神，是要退下来。难道没有别的办法？难道不可以硬挺着，创造条件，逐步解决现存问题？不然，损失不是太大了吗？

会场上虽然有了点活气，基本上还是千篇一律的重复，冠冕堂皇的支吾，似是而非的苦衷，闪烁其辞的抱怨；除了官腔外，很难听出农民到底要什么，或不要什么。

市委书记对这个会很不满意，说："冰冻三尺，非一日之寒！"

事后，韩德英对马乔说："唉，说心里话，农民最有劲的时候，还是土改那一阵。浑身的劲知道往哪儿使，半夜爬起来，到自家的玉米地里转悠，玉米长得欢实，咯吧咯吧地往上蹿，心里那个乐，比吃啥都香甜。伺候庄稼，跟伺候机器可不一样，那是会喘气的活物啊！"

这是韩德英的心里话，马乔听了却暗暗吃惊，这让他想起了"四大自由"，想起了公社化前中原某省那场大辩论。可是，把韩德英这样的农民干部完全和资本主义自发势力连在一起，又觉得不合适，心里七上八下不得安宁。

吃饭的时候，猪场场长又对马乔唠叨："德英，是个好人，有能耐，就是跟不上趟。三十亩地一头牛，老婆孩子热炕头，光想自己发家，有忘本思想，跟俺们书记拧不到一块。"

正说着，豁子那辆"红旗车"到了，人还没进屋就骂起来："我操他祖宗！不干了！市委他娘的到底依靠什么人？"场长刚迎出去，他又兜头一顿剋："边儿呆着去！你就是个老滑头，谁也不想得罪。"

"啊呀，俺咋啦？"场长挨了剋，还照样赔着笑脸。

豁子闯进屋，不理马乔，支棱八叉地往床铺上一躺，"韩德英归里包堆就是嘴不好，亏你说得出口，一大把年纪呐！"

"哎，马组长，瞧俺这侄儿。"

"侄儿怎么着？"豁子怒气不息。

"俺不也说了嘛。"场长自己也不硬气。

"您那也叫说了？还不如放个屁呐！"

场长无可奈何地摇摇头，眯缝着眼睛表示心悦诚服。在豁子面前，他不仅失去了长辈的尊严，也丢掉了做人的个性。

马乔在槐树底村所见所闻，时常教他想起安甫老师的一席话：

"土改以后，农村生产力正处于发育阶段。它的多层次、多阶段的丰富性，是由脆弱的现实和强大的潜力结合在一起的。不可以把现实当做未来，那要犯拔苗助长的错误。

"富农、中农、贫农，都有发展生产的积极性，公社的大农业，很可能抹杀他们各自的积极性，变成危险的农业。"

细细琢磨安老的话，马乔内心的矛盾似乎得到缓和。从豁子书记和猪场场长的关系中，也可以看到"危险农业"的某些特征。张永安领导的生产队，已经不像是人民公社的，说他是二百一十九户的"户主"，不如说槐树底是他的封地，他是个小小的"万户侯"。

放假期间，马乔在县城图书馆翻阅县志，里面说：槐树底西北二里处，泉水喷涌，终年不绝。引泉入田，水清稻香，远近闻名，清入关，辟为皇田，民为役，岁岁纳贡。从这里看，张永安又像皇田里的庄头。

总之，这一切是畸形的。

根据安甫的思想，马乔对槐树底的基本情况作了概括：近几十年，这里发生了重大变化。二百余户的村庄，呈现出纷繁的层次。三户富农，二十三户上中农，四十一户中农，三十一户下中农，八十四户贫农，还有几户手工业者（厨师、理发师、木匠、瓦匠），交叉叠加在一起，形成合作化前的发育形态。不同的层次、结构，自然会有不同的要求，不同的情绪和冲动。他们各有自己存在的理由，很像自然史上某一生物群类，在完成了生命的初期发育以后，竞相进入更高阶段前，呈现出复杂的过渡形态——互相对峙，互相渗透，互相包容的生长阶段。

公社化使所有层次化为一统：农业工人。可实质上并非如此，他们没有现代农业工人的生产手段，更没有现代农业工人的劳动生产率。不过，"危险农业"是什么概念？安甫老师也说，姑且如此称呼，因为我们还在五里雾中。

看看历史，看看现实，马乔明白了，槐树底人有光荣的革命史，却没有现代农业的经验。社会主义理想是有的，但是，不知为什么却落到这一步。也许，他们只有皇庄的记忆？那是一个延续了多少代的奴役被奴役的噩梦，当机会来临的时候，它会以梦呓般的魔法，重新披挂上阵。豁子就很有点在梦里的味道。

马乔对豁子的认识起了变化。

二一

政治局委员来了。

这是槐树底村的骄傲，还是它的耻辱？

自从那年在先农坛体育场听他讲大鲨鱼、引蛇出洞那番话以后，便成了马乔心中难忘的形象。听市委书记说，这次他来槐树底，先要找马乔谈话，不由得心里感到紧张。

紧张什么呢？马乔安慰自己，了解啥情况就如实汇报啥情况呗。唯一不硬气的是自己在猪场吃饭，尽管这是不得已而为之，可总还是一块心病。听村里群众反映说："马组长拉的屎是黄的，社员拉的屎是黑的。"为此他专门到茅坑去看，果然不错。这说明自己吃的是粮食，社员吃的是糠菜，很让他惭愧。可是，不去猪场吃饭，没地方吃呀，没饭吃，怎么坚持工作？虽然是这么个理，心里却像做了亏心事，理不直，气不壮的。

在市委书记陪同下，政治局委员与马乔谈话了。

马乔把干部、群众中对公社规模的各种看法如实作了汇报。

政治局委员劈头就问："唉，马乔同志，你是什么看法？"

"我，……"马乔一下子不知从哪说起，"我思想很乱，理不出个头绪，糊涂得很。"

政治局委员对市委书记笑笑："难得糊涂。"

"是真糊涂。"马乔赶紧解释。

"我看你不糊涂。你糊涂什么呢？"政治局委员还是那么坦率、直爽。

这两句话，把马乔堵得无法逃避了，他只好直说："退到三级所有，队为基础，特别是队为基础，等于恢复到高级社。那一来，公社不就成了个空壳？公社化运动，连同公社化思想，到底是正确，还是错误？是成功，还是失败？成绩和缺点，哪个是主流？是一九开？二八开？三七开？还是倒三七？"

"嗬！"政治局委员惊叫了一声，"你很坦率嘛。"

"我向组织汇报思想没顾虑，不过，安甫老师受了处分，差一点……"马乔的话还没说完，就看见政治局委员和市委书记在交换眼色，他猜想安甫老师的事，他们比自己清楚得多，于是，又把话转向原来的轨道："我从感情上希望公社成功。费了九牛二虎之力，死了那么多人，如果能咬牙挺过去，就挺吧。就像当年的淮海战役一样，我们司令员的老部下成批成批地牺牲了，司令员心疼得大哭，真的是大哭，可是，硬挺住，还是挺过来了，胜利了！"

"现在可不是淮海战役。"政治局委员打断了马乔的话，"你说公社是空壳，这不对，还有百分之五的公共积累嘛。你别小看这百分之五，它代表未来，它可以包容生产力梯形发展的要求。水涨船高，将来生产力发展了，农民觉悟提高了，队为基础，可以升级为大队为基础，以后再升级到公社为基础；再发展，可以解决集体所有制向全民所有制过渡的问题；将来还可以解决共产主义过渡；这是个很理想的形式。"

马乔虽然点头，但那个"空壳"的想法并没有从他的头脑里排除。按照政治局委员的解释，公社这种形式，似乎更适合未来。它在现实中只有百分之五的份额，这跟空壳也相差无几。

但政治局委员兴致很高。可以看出，在阐述这一理论时，他觉得非常舒服。把政治与经济、理论与实践、感情与理智、现实与未来熔于一炉，把经济学界和理论界几年来的苦恼、分歧、激辩、攻讦，统统纳入这个新的思想"光环"里，把公社化运动——公社化制度，作了高度的概括，其理论性、圆满性意味着一次巨大认识的自我完成。然而，这个完成，虽然也来自实践，却具有对实践的修正性、过滤性，带有提纯的性质，带有切割、加工的主观斧凿痕迹。对于公社制度的认识，虽比运动初期有了较大的飞跃，但这个自我完成的"光环"，采用了永恒的稳固的完成形式，从而把现实生活中存在的巨大差异、冲突、难题留在了"光环"以外，并且成为人们难以逾越的围栏。

马乔从感情上不排斥这种理论，因为这理论包容着他的愿望，就像一幅名家的山水画，它把大自然的恶省略了，提纯为悠然的仙境，让人忘记了忧愁。可是，他又想到自己连吃饭的问题都没解决，便如实地汇报了在猪场吃饭的苦衷，并将群众的反映也报告了政治局委员。

市委书记想了想，"唔，到公社吃饭。你年轻，有自行车吗？"

"有。"马乔回答。

"多远？"政治局委员问。

"七八里路。"

"远了点。不过，在城里吃饭有时也得跑很多路。你辛苦一下，过了这段就好了。"政治局委员并没有批评马乔，还挺同情他。

马乔心想，吃一顿饭，来回十多里，一天不用说吃三顿，就是吃两顿，也得跑两三个小时，西北风一刮，吃的东西都消耗在路上了。可是，继续在猪场吃饭，对工作不利，又没有别的办法，只好如此了。

政治局委员又说："工作第一嘛，你干得不错。现在谈谈张永安的问题吧。"

马乔如实报告：

　　张永安，现年二十七岁，贫农，父母早亡。一九五一年参军，同年三月入朝，在第四次战役中立大功，被授予军功章。一九五二年负伤，一九五五年入党，同年复员回乡，任民兵营长。公社化运动中，担任公社党委委员、水利工程突击队长。作风粗暴，被社员称为"张瞪眼"，当时任槐树底村支部书记的韩德英挨过他的耳光。一九五九年后，他取代韩德英担任村党总支书记、公社副业部长。社员反映，自任副业部长以来，他从不在家吃饭，养猪场、养鸡场、供销社是他经常吃饭的地方。也有人说，他在养鸡场开了房间，让养鸡姑娘侍候他。社员背地里叫他"张阎王"、"土皇帝"。他的主要问题是：一、作风极坏，打骂、欺压群众。特别是在水利工地上，被他打过的干部、群众不下十几人次。二、多吃多占。副业部成了他的享乐窝，经常请客吃饭，包括公社的朱书记，也是常客。三、社员家鸡、鸭、猪都充了公，入了社，全村只有他家可以养鸡、养猪，群众非常不满。四、他在鸡场是否开了房间，还没有调查清楚。……

　　政治局委员听着马乔的汇报，不断紧皱眉头。他从马乔手里拿过那份汇报材料，只见上面写着：

　　《新酷吏——张永安小传》

　　"咳，你怎么用这个词？"

　　马乔看看政治局委员的目光，心想，我也说不清。不过，还得回答问题："大概是因为我在学校读过《史记》？"

　　"共产党个别干部烂掉是有的。对这个人要抓紧调查，取证要严，要经得住时间的考验。不过，不管他有什么问题，和封建制度的酷吏还是两码事。封建制度本身需要酷吏，社会主义制度下，干部应该是人民的公仆。可是，"他转向市委书记，"农民毕竟是农民啊。"

　　马乔发问："能多说几句吗？"

　　政治局委员笑了："你还年轻，不好理解，对不对？听我说。我父亲那一辈分家的时候，分到最后，多出了一个柜子。这下可糟了，这个多出来的物件，分到谁的名下，也会因为不均，而遭到其他人的反对。我父亲、叔父为此吵得不可开交，分了好几年，还是分不下去。最后，我二叔用斧子把柜子劈了，一家抱一堆'柴火'回去，才算完事。"

市委书记听了哈哈大笑。

马乔不解地问："为什么会这样？"

"你不懂，农民就是这样，不患寡而患不均。他们是实际主义者，必须让他们看得见、摸得着，才放心。公社所有制离他们太远，他们心里发慌，所以要退下来，让农民实际感受到劳动都是为了自己，积极性才没问题。"

"安甫的意见还是对的。"市委书记激动地说。

政治局委员摆摆手，打断对方的话："问题已经解决了嘛。"

从这段对话中，马乔才知道，安甫老师还向中央提过什么意见呢。

二二

中央政治局的大规模调查研究，像旋风似的在马乔所在的公社进行着。从总书记、政治局委员，到市委书记、县委成员，在三百平方公里范围内紧张地展开工作。北京来的专列，停在县城的火车站，总书记和政治局委员白天下乡开座谈会，晚上回到专列过夜。

研究室的同志也都来了，住在城里，马乔成了他们的向导。安甫因为身体不好，没有来。党中央制订的《人民公社六十条》在全公社宣讲，听取群众反映，整整折腾了一个月，最后修订稿算是完成了。

县委召开了工作会议，部署落实"人民公社工作条例"。讨论到槐树底村的问题，张永安被定性为腐化变质分子，决定开除党籍，逮捕法办。

是预感到大祸临头，还是听到了什么风声，马乔从县里一回到槐树底，张永安就跟了上来："您回来啦?"他变得热情、文明起来。

学着当地群众的习惯用语，马乔问道："吃了没?"

"吃了。"豁子没精打采，想说什么又说不出来。

"在哪吃的?"

"在家。"豁子回答时脖子都红了，很不自然。

马乔恍然大悟。邓小平总书记和政治局委员在这一带搞调查，使整个社会风气发生了变化。

"我说，"豁子忍不住了，"您呐，甭给我打哈哈了，县里怎么定的?"

"什么怎么定的?"

"咳，秃子头上的虱子，明摆着的。停职反省，交代问题，还不就是想处置我!"豁子的脸色更加难看，像个怪物似的盯着马乔。

"别胡思乱想了。既然犯了错误，认真交代，这是首要的。怎么处置，由组织决定。"马乔想稳住豁子，别出什么意外。

没想到，豁子火冒三丈地跳起来："我操他姥姥，我犯啥错误啦?"

"噢，你没犯错误?那好啊，肚里没病，死不了人，你激动什么呢?"

"我，……你遇上也一样!妈的，卸磨杀驴……"豁子说着，把手边的太师椅"咣"的一声从办公室扔到了院里，然后蹲在地上呜呜地哭了起来。

"你闹吧，这对你没好处。"

"我，不要好处!"

"你想想，你是当过兵的，三大纪律八项注意，你破坏了多少条?怎么可以说没错误?什么叫卸磨杀驴?你打人骂人，多吃多占……"说到这里，马乔赶紧把话打住，"你受党教育多年，有些是非很容易分清，还哭闹什么?"

豁子蹲在桌边抽搐着，下颏那道伤疤在痉挛中显得特别红，看上去像鲜血，一头茂密的黑发，直愣愣地竖着，像一只警惕的刺猬。

　　马乔到院子里把摔碎的椅子捡回来，心想，在槐树底，这大概是独一无二的好椅子，最后还是毁在豁子的手里。这院子原是一个富农的，清塘瓦舍，也是全村最好的建筑。再看看办公室墙上挂满的红旗，他数过，一共二十三面。其中只有一面一尺八寸的小红旗，是韩德英当书记时，创办"曙光农业合作社"得的奖旗，已经变得又旧又破黯然失色，被安置在最不起眼的拐角处；其余那些红旗，都是豁子这两年挣来的，不是什么"先锋"，就是什么"模范"，第一、第二……密密匝匝，辉煌耀眼。而此刻，旗子的主人却正蹲在它们的脚下哭泣。

　　"您不能这么说我。"豁子站起来，用手掌抹去脸上的汗和泪，"您也当过兵，您替我想想，我容易嘛？都是上级派的活，完不成，撤职，开除党籍！您试试，您遇上这个年月，急不急？犯不犯横？我知道打人不对，可我有啥办法？"

　　"不光是打人问题，"马乔被他哭得产生了同情心。看他那情状，这小子在战场上可能是个战斗力很强的家伙，顽强、泼辣、机警、狠毒，那身结实的肌肉，让马乔想起稻田里的泥鳅，圆滚滚，滑溜溜，全身都是力气，只是没有头脑，没有思想。

　　豁子像是猜出了马乔现时的心情，更加提高嗓门，哭着说："他妈的，叫我豁子、歪嘴、阎王，我都知道。怎么着？豁，也是我的过错？我是把他们的黄花姑娘给操了，是她们愿意……"

　　"叭"的一声，马乔拍了桌子，"混蛋，亏你还有脸说！"

　　院子里起了一阵骚动。

　　马乔把门敞开，大声说："张永安，说吧，对着乡亲们，说吧！"

　　邻近的妇女、孩子们大概是听到了哭声，跑来看热闹；一见豁子，又不由得向外退缩。

　　豁子总算冷静下来，坐在长凳上发呆。

　　马乔提起暖瓶，给豁子倒了一杯开水，又把屋门关上，对他说："你喝口水。"

　　豁子呆呆地坐着，不喝也不说，一副失魂落魄的样子。

看着这位失败的英雄，马乔想起司令员给他讲的一段话：建国之初，一位民主人士上书毛主席，说战争年代的英雄、模范殊勋可嘉，当流芳百世；应给予安家费，使其荣归故里。搞建设，应当放手使用专家、内行、知识分子……据说毛主席想了很久，中央也做了讨论，最后认为此计不妥，不予采纳。

张永安抖动身子，从鼻腔里发出一阵冷笑。

马乔趁机说："谈谈吧，还有什么想法？"

"想法？"豁子的怨气又来了，"哼，党培养你，没培养我，上面叫干啥就干啥，左不过是听喝呗！"

马乔叹气，他这怨气也许是对的。看那墙上的红旗，不是一再地肯定他吗？可是，再看看他那副样子，又觉得像个夹核桃，不仅长得古怪，而且皮厚，多褶，很难敲开。即使用大劲敲开了，也没多少肉，到头来只是一堆七扭八歪的核桃皮，"我告诉你，我党龄不长，不过亲眼看到共产党员干了坏事，总要被整的。过了初一，过不了十五。你呀，好好想想，不要抵触，上面派你干活，并没有派你干坏事，……"

"哼，您呐，也不为我们村干部想想，没明没黑的干，不吃顶得住？我不就剩半条命了吗？您是拿工资的，不怕旱，不怕涝，俺们谁保证？还不都他妈的自力更生！您现在定量是八两，我给您一斤二两，可以吧！您公事公办，不用多吃多占。您能在这儿坚持三年不趴下，我头朝下走路。"

马乔脸红了，心跳加速，像做了亏心事。他在猪场吃了一个星期饭，每天只交八两粮票、五角钱，当然是沾了光，也算是多吃多占。是啊，我是拿着工资干革命，豁子呢，靠工分吃饭。比较起来，实在也觉得理不直、气不壮。

"谁当家，谁受宠，不光槐树底有这个规矩，我看哪都一样。我没当家的时候，没体会，当了家，就成了九千岁。到哪家都往正屋里让，坐上席，沏茶，递烟，没个够。就我这长相，过去女人家碰上就躲，倒像我是狼，会咬她们几口。后来，可上赶着找我说话，要是给点好处，那就甭提啦！人，就这德行。我也害怕过，可我不能撒手，跟上秋千似的，大伙悠你，您就攥紧了悠吧，操他娘，无限风光在险峰，我怕啥？"

说什么好呢？马乔心情是复杂的，更多的是同情，是反省。张永安总算第一次讲了他的想法、他的苦恼和选择。别看是个夹核桃，它用独特的纹理，包裹着顽强的生命、血肉、思维、逻辑。明天，他将走向另一个天地。他哭也哭了，闹也闹了，人世间的英雄也当了，王爷、九千岁的梦也做了，最后，还要走向监狱……马乔心里老大不忍，但这一切都要过去了，谁也没法救他，虽然他有他的苦衷！

张永安喃喃地说："一个农村干部，俺有啥说的。"他站起来要走，看看那满墙的红旗，不禁停顿了一下。

"张永安同志，"马乔郑重地选择了这一称呼，可能是最后一次了。他没有再说什么，此时此刻的感情是无法说，也说不清的。

张永安似乎意外地受到安慰，用力地握握马乔的手，头也不回地离开了办公室。

二三

韩德英重新上台，担任改组后的槐树底村生产大队党支部书记兼大队长。全村以大槐树为中心点，划一个十字，成为四片——四个生产队。按人头重新分了土地、大牲畜、大农具；鸡场、猪场折腾得只剩下两块地皮，折合成土地，分给了就近的一、三生产队；山坡上的果林、树木也分成了四份；好像除了借用传统的分家办法，再想不出更好的方案。四个生产队像是四个兄弟，自然也免不了争争吵吵，哪块地肥，哪块地瘦，哪辆胶皮大车是新置的，哪辆是使旧了的，牛啊，羊啊，骡啊，马啊，该给哪家，不该给哪家，翻过来、掉过去的讨价还价，阴一阵，晴一阵，最后，还是韩德英清廉公正地拍了板，四兄弟之间才不再嘟囔了，足足折腾了半个月，总算分完了。

那天，韩书记当着马乔的面，对四个生产队的头头们说："好么，现在，家，分停当了。往后，你们哥儿几个八仙过海，各显其能，以前的事，就算过去了。只要你们心里想着国家，想着社会，铆足了劲，敞开儿干，反正是多劳多得，干好干赖，都是你们自个儿的。大队，只要我在一天，决不揩你们的油，可也给你们加不了料。队为基础，在我这儿，绝对保证，你们放心，只要不搞邪的、歪的那一套，走共同富裕的路，就对得起党的培养、社会主义制度，对得起咱们老马同志这半年的辛苦。别的，啥都甭说了。"

韩德英的就职演说自然、质朴。他在城东一带算是个能人，没念过书，全仗着土改以后几个冬天扫盲班的学习，至今也能念报、写信，看得懂上面下来的红头文件。他办的互助组、初级社、高级社一直都是远近闻名的高产模范。可是，从他重新上任的表白里，却听不出什么新道道，倒是透露出一股凄凉的情调，让人觉得他是那么苍老，又是那么多情，那么无可奈何。他不过四十来岁，说话倒像是老父亲行将就木时的嘱咐。他身板结实，黑红的脸膛，厚厚的双唇，无论力气还是聪明，都可以绾袖子、撸胳膊，雄心勃勃地再干一场；可是，他像是累了。马乔心想，公社退下来，退到队为基础，也就是恢复了当年的高级社，似乎也未能给他什么新的力量。他对四个兄弟的要求，也是对他自己的要求，这主要是做人的规范，是槐树底人对后辈晚生的规劝。马乔满以为槐树底可以面貌一新，看来要落空了。

那么，韩德英在想什么呢？也许还在想：三十亩地一头牛，老婆孩子热炕头？马乔觉得也能理解。久离萧萝，经年累月奔波在农村的矛盾旋涡里，这种不稳定、不规律、不温暖的环境，怎么会不想安定、温馨、和谐的家呢？可是，韩德英是守着老婆、孩子，守着家，领导着四个生产队，经营着上千亩的土地，饲养场里有几十头骡子、马匹，事业远远超过一家一户的小农经济，又为什么不起劲呢？他想敲开韩德英的心扉，了解个究竟，可韩德英总是摇头，把门关得死死的。

当韩德英不大警惕的时候，又往往流露出土改后农民的心劲真高的感慨。当然，不是所有的农民，也不是个别的农民。有时，韩德英会感慨地说："唉，打从抗日起，我就跟党走了。党为老百姓谋利益，咱没啥说的，不能好了疮疤忘了疼，光顾自个儿，那还算什么共产党员。"似乎，他正是用这个既传统又现代的道德规范来约束自己的感情、爱好和欲望，用以排遣、消解胸中的不快和憋闷。

槐树底村的工作告一段落了，马乔即将随市委工作队撤走。那几日，他天天和韩德英在一起，跟他交代从张永安处接收下来的材料。他又不经意地冒问了一句："老韩，'三十亩地一头牛，老婆孩子热炕头'是怎么一回事？"

"啊呀，老马，您就别给我念紧箍咒了。怎么，您还信不过我呀？"韩德英的脸色十分难堪。

孙悟空头上有紧箍咒，韩德英头上也有个紧箍咒。这东西使他很恼火，可又没法把它摘掉，因为那是党给他戴上去的，而党在他心目中的地位又是崇高的，那个金箍分明又是金子做成的，因此，他不会反抗，只能以殉道者的虔诚，甘愿作出牺牲。

是啊，仔细想想，马乔觉得安甫头上也有紧箍咒，吴南村、陶琼同样有；魏孟然没有，张胖子没有；陈子铭处于若有若无之间。那么，自己呢？没有。虽然现在还背着"肃反"时受的处分，但他认为那是错误的，是党内不纯的表现，不是自己造成的。在大跃进、大炼钢铁、人民公社运动中，他脑袋上不曾有过紧箍咒，心灵是自由的。然而，这场运动出了大毛病，从中也证实了安甫的担心和预见是多么正确和必要。马乔这种认识的获得，是在槐树底完成的。他活了那么大，第一次接触到了农民的根，而以往接触的不过是那根上长出来的树梢，就像从五里外看见槐树底那棵千年古槐一样，影影绰绰不甚了了。可是要再问他一句："你说，这根是什么？"他又会糊涂了，是"队为基础"？是韩德英？是老保管？还是张永安？猪场场长？一下子真说不清。安甫总在他脑子里出现，有时，他会借助安甫的眼睛去看槐树底；有时，安甫不知躲在什么地方，千呼万唤也不出来，那就只好自己去看，自己去摸。他觉得槐树底像一本厚厚的书，他不过才读了几页，还没进入正文呢。

春天又回来了，老槐树经历了几场大风的洗劫以后，一个早上，突然树枝发青，嫩黄嫩黄的叶芽在枝头冒出来，饱饱满满像是翘着小嘴儿呼唤着春天。四个生产队并没像马乔原先设想的那样，摩拳擦掌地掀起春耕的高潮。似乎还和过去差不多呀，这让他感到美中不足。

直到离开槐树底村时，马乔心里还在念叨：这是为什么？真像韩德英说的，伤了元气啦？还是"农民作为私有者，对社会主义道路的抵制"？他很不愿意这样想，偏偏脑袋里产生了这样的推测。他认为社会主义是代表了农民利益的，特别是大多数农民的利益，它是不应该受到抵制的；这也是支撑他长年累月奔波在外的动力。可是，他不明白，韩德英这样的人，老实、正派，据说很有才干，为什么平反以后还是不起劲呢？为什么他对所谓的紧箍咒那么反感，那么头疼呢？难道这东西还箍在他脑袋上？难道他只是政治上拥护党、拥护社会主义，经济上还想单干？想走资本主义——人剥削人的道路？不至于吧，他否定了自己的推测，以为这样想对韩德英是不公平的。他多么希望韩德英能够振作起来，像土改后几年一样。马乔带着这许多疑问和憧憬，离开了朝夕相处的槐树底村。

二四

马乔回来了。带着风尘，带着瘦弱，带着略微的浮肿，回到久别的家。

萧萝早就牵着儿子在校门外等候。终于看到马乔跳下公共汽车，不管不顾地横跨马路，向她们大步走来。汽车鸣着喇叭，从他身边擦过。

"哎！"萧萝情不自禁地叫了一声。

真的，除了走路的模样和熟悉的笑容，还使她相信那就是她的丈夫；可那身破破烂烂脏兮兮的衣服，那副不修边幅的容颜，真让她吃惊和难过。

儿子已经不认马乔了。萧萝几次要他叫爸爸，他就是不肯开口。

"来，爸爸抱抱。"马乔呼唤着。

儿子躲到了妈妈身后，继续瞪着小眼睛审视他。

马乔高兴地说："他以为我是个野男人呢。"

萧萝忙着问他："你呀，怎么弄得这么脏？"

"脏？在农村，我这身就算卫生模范了。"

"哎，有没有革命虫？"萧萝悄声问。

"有也是残余。回城前，打了一次歼灭战啦。"

"我给你烧了一锅开水，回去好好烫烫。"

"你怎么样？还浮肿吗？"

"好多了。这一阵学校配给康复粉，每日半天工作，以保存热量，恢复体力。最困难的日子已经过去了。"萧萝看看丈夫，"你呢？"

"我没问题。"

"听说你干得不错。"萧萝打心眼里感到骄傲。

儿子揪着妈妈的衣服，委屈地跟着他们往回走。从校门到宿舍，只有百米路程，他们的谈话就没有中断过，却把儿子冷落在一边。难得的相聚，竟使马乔顾不上亲亲自己的小儿子。

回到研究室，马乔自然要向副主任魏孟然汇报工作。当初去时，是带有半惩罚性质的下放；回来时却几乎受到功臣式的欢迎。因为他所在的槐树底村成了整社的典型，后期又被中央书记处选为调查的重点，市委书记、政治局委员都说他工作不错。更何况，这中间中央的政策有了很大的变化，安甫的处分已经撤销，吴南村也恢复了党籍。安甫因为身体不好，虽然"官复原职"，却一直在家里养病，魏孟然仍然是实际负责人。

经过这一段的周折，马乔对魏孟然有了深入一层的认识。确实像陶琼所说：魏的理论，总是重复中央文件，是熟透了的果子；不像安甫，总是不断地提出问题，寻求事实，有时甚至漫步在生与死的临界点上。这次参加整社，马乔常常想起安甫，想起他在中原考察时提出的问题和忧虑；而魏孟然倒是被遗忘了，竟没有一次回到马乔的脑子里。鉴于上次批判安甫时魏对自己的不满和失望，马乔这次的汇报只打算例行公事，交上搜集到的全部整社材料，再简单谈几句收获、体会，就算交卷，可以告退了。

没想到，魏副主任的态度大变，一再对马乔表示肯定、赞扬，特别强调在妻子浮肿、本人也浮肿的情况下，仍然顽强地坚持工作，实在难能可贵，应当成为大家学习的榜样，显得异常热情、谦虚。曾几何时，当他得意上台，决不给不同意见者一丁点生存余地，必欲赶尽杀绝而后快。马乔今日本不想多说话，可是感慨之余又脱口而出："我觉得安甫同志的理论和思想，是党和国家的宝贵财富，希望室领导高度重视。"

魏孟然笑嘻嘻地说："唔，你想得不错。我们很重视，上面也有考虑，你就放心吧。"说着，把马乔的话记在本子上了。

马乔就是这样的人，本来想好了不说多余的话，可对方一热情，他就管不住自己了。而魏孟然不仅把他的话记在本上，而且挂在心上，他犹如骨鲠在喉，极不舒服。

从魏孟然处出来，马乔去看望安甫老师。

安夫人开了门，见是马乔，高兴地喊："老安，小马来啦！"

安甫答应着，已经从书房迎出来，笑呵呵地拉着马乔的手："来来来，让我好好看看！"

三人一起走进书房，借着窗外的光线，安甫上下打量，兴奋地说："听小陶讲，你也浮肿了，可是没有回来。我真怕你垮了。怎么，你没事吧？"

"我浮肿得不厉害，后期到公社食堂吃饭，——那里可以多吃多占，所以体力恢复得不错。"

安甫立刻严肃地问："怎么个多吃多占？"

"交出自己的定量和伙食费，基本上可以放开肚皮吃饱。不然，真顶不下来。"

安甫释怀地说："哦，是这样，……"

"嗨，那算啥多吃多占。本来嘛，人是铁饭是钢，不填饱肚皮，怎么工作？"师母对马乔的妄说和安甫的大惊小怪，表示了善意的谴责。

安甫、马乔相视而笑。

"萧萝怎么样？"师母关心地问。

"她也好多了。谢谢师母，您还去医院看她。"

"老头子还要去呢，我说，你就别去了，你不怕给萧萝她们招灾惹祸？这他才醒悟过来。"

"要不是她提醒，我倒忘了。——脑袋上还有一顶右倾机会主义的帽子呢。"安甫说罢大笑。

进到安家，马乔感受到一种温暖的快慰。对于他，安甫夫妇可说是集领导、师长、父辈于一身，他向往这种三合一的氛围和纯情，他还在襁褓中就熟悉这种纯情的芬芳。在那个极端艰难的环境里，他正是靠着吸纳这样的阳光、水分、空气生长起来的；后来随着年龄的增长，他的活动区域无限扩大了，却常常使他感到"空气稀薄"，有时甚至窒息。如今，他的灵魂在这里得到慰藉。因为，每个人都有故乡，而马乔没有，在某种意义上，他的故乡就在这精神的家园里。

在安甫的书房里，马乔才真正地敞开了心扉，把整社中遇到的问题和盘托出；并把上交魏孟然的材料也交给安老一份，这是他在煤油灯下工工整整地抄录下来的。安甫拿到后如获至宝。

安甫的身体、情绪出乎意料的好，他既不像吴南村那样心情激动，常常发怒；更不像陶琼那样消沉不语，整天捧着英文版的《帝国主义论》打发日子。他戒了烟，每天早上打一个小时太极拳，然后，整天都在书房工作。桌上摆着苏联最新版本的《社会主义经济学》，还有捷克、波兰、匈牙利等国家的经济学著作。

谈到为什么戒烟时，安甫笑着说："这是我了不起的超越。超越自己，也就是说安甫要超越安甫。只有超越了自己，才能超越别人。那时，老安可急躁了。"

"是嘛？"马乔惊异地说，"我没发现。我倒觉得您非常冷静，真是大将风度。"

"喔喔，"安甫连连摆手，"你呀，只看到现象，没看到本质。其实我内心急得不得了，完全靠尼古丁度日。"

"哦，那时，您烟抽得是够水平，一点都不浪费，简直吓人。"

"唉，"安甫感慨地叹气，"那等于自杀啊！我为什么寻这样的短见呢？太不值得了。"他显得更加安详，慈眉善目，温文尔雅说，"我们中国人，正在毛主席领导下为社会主义寻求一条新路，一条更适合中国的道路。这是理论工作者千载难逢的机会。民主革命时，我们有过这样的体验——从失败到胜利的体验。社会主义也是这样，失败往往是成功的先导。无论失败还是成功，其意义都不是个人的问题，甚至也不光是中国共产党的问题，而是全中国亿万民众从实践中认识真理的问题。这是全国范围、全体规模上的锻炼，它本身超出了精神范围，兼有物质属性。只有毛主席，才有这种胆略和气魄。这个新路不开通，将来会大费周折——这是谁也代替不了的。"

对安甫这段话，马乔似懂非懂。特别是"新路不开通，将来会大费周折"该怎么理解？不过从这段话里，完全可以感受到安老对于毛主席的敬仰。似乎在他身上并未发生过不愉快的事情，这正是马乔所希望的。于是，他特地讲起了韩德英、张永安这两个人物的故事，讲到了对这两个人的"现状"的不安。

安甫听得很仔细，有些还作了简要的记录。老人感慨地说："与其两败俱伤，不如合二为一。"

马乔暗暗吃惊。哲学界批判"合二而一"论已经多时，并且把它和国际上的修正主义思潮联系起来，认为：哲学上的"合二而一"，为政治上的"阶级斗争熄灭论"，为经济上的"综合经济基础论"，为思想上的"折中主义"、"阶级调和论"提供了理论依据，是修正主义在思想理论战线上的主要代表之一。它被舆论"批判"得像火一样灼人，像瘟疫一样让人避之唯恐不及，而安老在提到这个"倒霉"的观点时，竟然平静似水，大有久居桃源，"不知有汉，无论魏晋"的味道……

大概安甫发现了马乔的窘境，乐呵呵地说："怎么，你感到奇怪？"

马乔从惊异中醒来，言不及义地说："不不不……"随后又立即更正："……不过，合二而一……您，同意吗？"

安甫看着马乔，问："你觉得'合二而一'没有一点道理吗？"

"是的。"马乔几乎不假思索地做了回答。

"能说明一下吗？"安甫安详而和善地问。

"比如，社会主义和资本主义，公有制和私有制，共产党和国民党等等，能合二而一吗？"

"怎么不可以呢？"

安甫的问话引起了马乔的自省，连他自己也觉得这个说法太简单。于是他说："当然，这也不是绝对的。在第二次世界大战中，苏联和美、英、法结成反法西斯德国的统一战线；中国共产党和国民党结成抗日民族统一战线。建国之初，公有制和私有制还是并存的。但这些都是有条件的，这能叫合一吗？"

安甫不禁大笑："什么叫合一呢？你怎么理解这里的一？"

马乔摇头，他被安甫问住了，思索着怎么回答老师的问话。

安甫说话了："你这个'一'呀，是脑壳里的'一'，是幻想中的'一'……"

马乔吃惊地说："……那，是唯心的？"

安甫微笑："既然任何事物都可以一分为二，为什么不可以合二而一呢？只承认一分为二，不承认合二而一，辩证法就是个拐子，或者说少了一条腿，那样走起路来很艰难，党艰难，国艰难，民艰难。当然，只承认合二而一，不承认一分为二，同样也是背离辩证法的。所以，'一分为二'和'合二而一'不是两家，是一家。"

马乔听得很吃力。在舆论一律的环境里，安甫的观点可谓新鲜、刺激，虽然他并不能全理解，却也能发人深省；更何况安老的为人品格、道德文章，早在马乔的心目中赢得了崇敬，所以，在聆听老人的教诲时，他显得诚惶诚恐。在习惯的思维逻辑面前，突然出现了一条新路，本以为世间就一条路可走，现在却有了第二条路。不过，相比之下这条路并不清晰，似乎还隐蔽在荆棘、迷雾的朦胧之中。

师母出现在客厅门口，告诫说："老安，小马还年轻，别让人家跟着你倒霉。"

马乔赶快说："师母放心，不会的。"

安甫头也不回，继续说下去："合字，不如和字，合二而一，不如和二而一，这是多样性的统一。这个'一'有非常丰富的内容，为创造提供了动力、模式。'和'字在中国人思想里，包含着智慧和哲理，你要慢慢理解……"

"是。"马乔尽管不大懂，还是恭敬地答应。

"小马！"夫人在客厅门口又开口了。

安甫烦恼地说："行啦，啰唆夫人，不要干扰我们嘛！"

夫人语塞。

"我们交流情况，探讨理论，纯属正常生活。你忙你的好不好？"

夫人无奈，怏怏而去。

安甫生气地摇着头，下意识地到衣兜里摸索，又拉开抽屉寻找……

"您，找……烟？"

安甫醒悟过来，不好意思地笑笑，"据说安徽灾情严重的地方，实行分田到户的政策，效果不错，农民积极性很高，对克服灾荒起了很大作用。"

"我也听说了，不知道准确不准确？"

"这是可靠消息，是经过总书记批准的，而且执行了两年，效果很好。"

提到总书记，马乔想起来："这次总书记在郊区搞调查，讲过一次话，那个材料袋里有他讲话的记录。他特别讲了'社会主义生产是文明生产，那些蛮干、瞎指挥、强迫命令，都不是社会主义的'，这叫我想起安老讲的'危险农业'……"

安甫摇头，连说："那是即兴说的，你别当真。社会主义时期，农业、农民、农村问题很多，很复杂，还要好好了解、认识……"

每次拜望安甫，马乔都能有很多收益。尽管有些思想、观点，一时不好理解，甚至有的他不一定想得通，有的还持反对意见；但是，这都不妨碍他从安甫那里吸收智慧，丰富头脑。

这次，他们又谈了很多很多。

安甫和夫人执意留饭，马乔坚辞："萧萝身体不好，还要照顾孩子，我得回去啦。"

安甫夫妇这才放行。

二五

自由，得来不易。

渴望自由，是人类的天性。健康的人生，决不满足已有的自由，总是用已有的自由去争取更多、更大的自由。假如自由王国诚如哲人们所说，是认识了的必然；那么，人们在进入这个自由王国之前，先有必然的认识过程。而这个认识自由王国的过程，在它的起始阶段，十有八九总是记录着失败。有时，失败得很惨，甚至头破血流。越是美好的自由，越是要付出惨痛的代价。而人类永远是自由的精灵，这是不可改变的。

一九五八年，六亿神州，狠唱了一阵子大地自由歌，真是意气风发、斗志昂扬！结果可谓悲壮之至：天灾人祸，三年困难，又是后退，又是平反，又是调整，又是充实，狠狠地折腾了几年，才算缓过劲来，国民经济呈现出蓬勃的发展势头。

马乔好容易有了读书的机会。不料三卷《资本论》刚读了一卷半，一九六四年的盛夏，中央政治局候补委员康生在北京社会科学界的集会上作了报告，专讲阶级斗争形势。这与其说是讲话，不如说是刮风——盛夏时节吹来一阵西北风，顿时风沙弥漫，刮得人们睁不开眼睛。

魏孟然闻风而动，中断了所有室内外的工作、学习，打乱了正常的工作秩序，集中传达、学习康生的报告。

马乔从平静的书斋里出来，看到研究室的紧张气氛，对陶琼说："哎呀，一级战备啊。"

吴南村在嗓子眼儿里对陶琼说："非常时期嘛。"

"非常时期必有非常之人……"陶琼还是那么锋芒毕露，把一个装满红、白毛线的书包搁在双腿上。

马乔玩笑地说："阁下就是非常之人了？"

"您才是呢！"陶琼冷冷地回报。

马乔知道陶琼消沉已经很久了。在槐树底村，因为浮肿，没能坚持到底；最近，马乔去安甫家跑得勤快，也会引起她心理不平衡。他心想，这怨谁呢？也就没再理她。

康生的报告由魏孟然逐字逐句地传达，其中最骇人听闻的结论是：全国有三分之一的政权不在马克思主义者手里。

听到这个结论，马乔第一个想到的就是张永安。

讨论康生报告时，陶琼小声对马乔说："槐树底在张永安手里和在韩德英手里都一样，都是康老说的资本主义复辟。"

马乔自然不同意。

陶琼又小声说："这是康老的观点。"

"是嘛？我怎么没听出来？"

"哼，你这个人，先入为主——主观主义色彩特浓。你认为对的，别人说什么，也听不进去。"陶琼终于在马乔面前又显露出鄙夷的神色，"报告里说，趁国民经济遇到暂时困难，阶级敌人采用各种形式，实行疯狂的复辟活动。有的与当地地、富、反、坏、右勾结，赤裸裸地搞封建复辟；有的上下勾结，实行和平演变，改变社会主义方向。前者是武的，容易识别；后者是文的，打着红旗反红旗，更加危险。"

胖子突然叫起来："哎哎，你们两位别开小会，有什么高见，给大伙说说。"

陶琼不客气地说："张老师，您吃饱了就听别人的，怎么从来也不让别人听听您的。"

胖子满不在乎地说："这丫头，还那么厉害。"

魏孟然提醒着："书归正传吧，大家还是回到康老的报告上来，谈谈怎么理解。"

陶琼使眼色让马乔看吴南村。

只见吴南村坐在对面的椅子上，两手下意识地整理着衣角，那是他发言前的习惯性动作，看来他是憋不住了。果然，他把衣角抚平，然后慢慢地说："什么叫马克思主义者？马克思主义者的标志是什么？"他边提问边思索，嘴里不断发出呲呲的声音，"怎么理解三分之一的政权？是指中央？省？地？县？公社？生产大队？这是个什么概念？民主革命时期，毛泽东同志在延安说过，'我党如果有二百个懂得马克思主义的领导者，我们的胜利就可以大大提前'。毛主席说了那句话以后，没有几年，我们就取得了全国性的胜利。那么，建国之初，我们党内的马克思主义者有多少？是一百？二百？还是超过了二百？超过了几倍？现在，是多了？还是少了？能不能说一个生产队搞得好，支部书记就是个马克思主义者？或者，一个公社，一个县，只要搞好了，就是马克思主义者？……"

"哎，老吴，你别光提问题呀，说说你的看法嘛。"魏孟然有些不耐烦。

"别着急，我会说的。'三分之一的政权不在马克思主义者手里'，这个结论不好理解。比如说我们室，谁是马克思主义者？老魏，你是？"

魏孟然被这突然的询问弄得神色不安，连连摇头，不置可否。

吴南村接着说："如果老魏还不是个马克思主义者，那么，我们室的权力能说不在党的手里吗？很明显，我们室是在党的直接领导下，从事着社会主义的伟大事业。你不可能要求一个生产队的支部书记是个马克思主义者。如果那样的话，我看全中国百分之九十五的生产队不在马克思主义者手里，但它是社会主义的生产队。"

胖子迫不及待地大声说："哎，老吴，你少说两句好么？正面讨论嘛。"

陶琼把两个毛线球递给胖子。

胖子接到手里，不知是什么意思。

陶琼指着说："堵上耳朵呀。"

"你这个小鬼，还开玩笑！"胖子脸红脖子粗地把毛线球塞给陶琼，引得全场大笑。

马乔倒觉得吴南村的问题值得考虑。究竟谁是马克思主义者？各级掌权者成千上万，哪个才当得起马克思主义者的称号？由此看来，"三分之一"的提法是太笼统、太不精确了。多数掌权者大概还称不上马克思主义者，又何止三分之一呢？而不在马克思主义者手里的权力，也不一定就是在阶级敌人手里呀？……吴南村的问题，在他狭窄的理论思维"上空"亮出一道闪电。虽然这闪电瞬间即逝，却在他脑海里留下了一个可贵的思考空间。

学习康生报告，后来进一步演化成一场"小整风运动"，把三年来松懈了的阶级斗争的弦又绷得紧紧的了。安甫没出席，但他的学术观点、哲学主张又一次成为批判的对象。虽然没点他的名，可他的理论却被说成是修正主义思潮的代表。吴南村因为对康老的报告提出诘难，被说成是阶级斗争的新特点：修正主义者打着纯洁马克思主义的旗号，修正马克思主义，其方法是把马克思主义神秘化，从而达到取消马克思主义的企图。魏孟然含蓄地暗示，这个结论是康老作的。

这是上方宝剑，是晴天霹雳！只要这把剑一出台，人们就会认为是非已定。由于真理的匮乏，剩下来的就是争先恐后之势。当然，这紧张的排队，不同于市场。人们获得"真理"，或被"真理"认可，并没有统一的"货币"，而是分别用聪明、智慧、灵魂、人格等不同的筹码去换取、去获得。

对所有的人，这都是一个难题；对马乔就更难了。

所谓在"大是大非"面前，人人必须表态，必须旗帜鲜明。那么，第一就是看你是否批判吴南村。在一片鸣鼓而攻之的"激战"中，马乔按兵不动。正是吴老师的问题，使他对康生的命题产生了怀疑、动摇。他认为，谁能令人信服地接触这怀疑、动摇，证明吴南村提出的问题是错误的，他才会与吴南村划清界限；否则，师出无名，他不干。第二是要不要揭发、批判安甫？如果说，吴南村有时自满、清高，盛气凌人，使他反感，私下里觉得让吴倒一下霉也好；对安甫可就不同了，不仅安甫的道德文章早就让他折服，乃至安甫的年龄、相貌，都能引起他的信任和同情。对这样的老人，无论有多大的压力，他也不肯违心地伤害。听着别人的揭发、批判，他倒时时想站起来解释、澄清。自然，这牛顶起来，可非同一般啊。他想起安甫平日的告诫："要理性，不要急躁。认识真理，是个艰难的过程，是反反复复、来来回回、时阴时晴、时喜时忧的痛苦过程，这不足为奇，要紧的是，不要总企图证明自己正确，那是不可能的。何况挫折和错误也是宝贵的财富，是正确的先导。"

有鉴于此，马乔也就不铤而走险了。他懂得，这要是顶起来，可是个大牛儿。眼前的吴南村已经成为众矢之的，越不驯服，遭到的火力就越猛烈。他依然一言不发，坐在椅子上看着人们争先恐后地排队，感到炽热，感到难熬。

魏孟然是真的喜欢马乔，希望把他拉到自己一边。他之所以在会上间或透露点"康老"的信息，一方面是"借势"，另一方面也是想让马乔明白利害。曾几何时，马乔还是很佩服他的，他的理论和思维模式是征服过马乔的。只是"庐山会议"以后，在清算安甫的右倾机会主义错误时，马乔突然沉默了；当运动需要马乔冲锋陷阵时，马乔退避三舍了；为此遭到了他的严厉批评，其效果却很不好。更没想到，在后来惩罚性的下放之中，马乔竟获得了地方和中央领导的双重嘉奖。对这样的干部，再加上其出身、经历，不重用，不争取，说不过去啊。在魏孟然的心目中，马乔这个普通干部却具有不同寻常的分量，以至于使他从骨子里产生自卑感，似乎与马乔相比，自身有先天不足之憾，而这又是无法弥补的。因此，他可以对吴南村、安甫实施围攻战术，以便战而胜之，取而代之；但对马乔，除非到了万不得已的时候，他是不愿首开战端的。与其说这是软弱，不如说这是一种特有的情结所致。

魏孟然用"康老"这把火，把整个研究室"烤"得乌烟瘴气，炙热难当。四五十人的研究室，聚集了理论战线上十几位一流的专家、学者。多少年来，他们对身边发生的剧烈变动，不可能没有自己的看法，尤其是属于他们研究范围内的业务问题，自然会有各种不同的意见，对国民经济三年困难的成因、经验、教训，发表过许多见解。这下子都被"康老"这把火烤成了热锅上的"蚂蚁"，人人自危。好家伙，"小整风"变成了"大扫除"。这几年陆续调来的大学生，成了"清洁工"，他们把专家们过去的著作、讲话、文章，统统从资料室里翻腾出来，放在康老的"火"上烤，以康老的是非为是非，烤到后来，几近全军覆没。陶琼在大军压境的形势下，也对自己及自己所受安甫的影响，作了一次揭发式的"扫除"，其中最尖端的问题，是安甫主张"分田到户"，使全室哗然。文章做到这时，好像才到了正题。陶琼竟然把矛头指向了马乔，说：他也知道的，为什么不出来揭发？

嗬，马乔立即处于被审判的地位。

上百只眼睛盯着他，是问讯？是敌意？是期望？是同情？只有陶琼低着头，下意识地摆弄着膝上蓝色的书包带。她在等待，等待什么呢？她已经发出了挑战，是等待着劲敌的应战，或是等待着劲敌的求饶？不，她没有那么高的奢望，她只是在阶级斗争的大前提下，对这位强者施加些许报复而已。

魏孟然突然从陶琼那里得到"火力"支援，以为这是打掉马乔沉默的绝好时机。他微笑着说："马乔同志，说说吧。"

马乔本打算解释一下，安甫并没有主张"分田到户"，只是说过：三年困难时期，安徽有些地方实行了分田到户的政策，调动了农民的积极性，比较顺利地渡过了灾荒。可他忽然看到了陶琼的眼睛，一种恍恍惚惚的无声的语言，他一眼就看懂了，那是期待，是内疚，是挑战，可又透露出三分乞求。于是，他向魏主任发问："您让我说什么？"

"你跑安甫那里比较多，这，没有什么不好。现在看来，安甫同志的思想……"魏孟然突然微笑着中断了自己的话，以便搜寻出更合适的语言，"安甫同志的思想，需要……我们大家帮助他……清理一下。出发点，当然是为了安甫同志好，也是为了我们党的事业。大家都知道，安甫的理论、著作在党内外影响很大，清理是为了轻装前进嘛。我们这些人，都是安甫的学生，当然，也是同志，你是安甫家的常客，自然义不容辞。"

马乔心里很不自在，觉得此人太不正派，尽管他说话拐弯抹角，装出一副善良的模样，可仍然能听得出他包藏着嫉妒和报复的心理。如果在过去，马乔肯定嘣嘣嘣地顶回去，可现在，只是笑笑说："陶琼同志揭发的问题，我没听安老说过；而且，要不是魏主任提醒，我还不知道，我是安甫家的常客，真是不胜光荣之至啊。倒是我在郊区调查团工作时听说，安徽省委在重灾区实行过分田到户的政策，效果不错，而且是经过党中央书记处批准的。我想，听说某件事和主张某件事，还是应当有区别的。我就说这些吧。"

马乔说完后，会场陷入沉寂。

陶琼把头压得更低，手里的书包带不知何时已经耷拉到地上。

魏孟然被马乔的软钉子碰了回去，不禁思索着：委实不该说那句"常客"的话，这样既不利于团结马乔，又在众人面前流露出自己的狭隘。他真后悔，连忙提醒自己，胜利时切不可忘乎所以。现在，让马乔把一个"浓度"极强的话题给冲淡了。其实，安徽分田到户的事，他何尝不知道，只是想就此提出安甫经济思想中与现行政策相抵触的问题，以便向康老汇报……

会场继续沉寂。

大家把视线转向会议主席魏孟然。

吴南村又打破了静谧："安徽分田到户，没什么大惊小怪的，这是特殊时期的应变措施。它显示的作用，可以作为研究的对象，不然，要研究室干什么？"

嗬，这一军将得魏孟然火烧火燎，难耐异常。周围的气氛，使他感到不安，觉得自己的坐椅下，竟是沙土样松软，脆弱得经不起一点冲击。他必须遏制这种进攻，巩固自己的"堤坝"。于是，他说："研究室是干什么的？这问题很重要。我以为，这个问题在我们这里很长时间没弄清楚，所以才出现许多怪人、怪事、怪理论，以至于我们今天要费许多宝贵的精力来清理。我也想提一个问题：共产党是干什么的？这还用说吗，共产党是搞阶级斗争的，共产党的研究室是为阶级斗争服务的，是阶级斗争的工具。那么，在座的理论家是不是党的工具？还是只有这些年轻后生，才是党的工具？"他扫视周围的年轻人，向他们展示内心的微笑，然后慨然道："理论家的名字很响亮，但是，它的实质，仍然是党的工具。我们知道，康生、陈伯达是中国共产党著名的理论家，但是，康老从来不让别人这样称呼他，说自己不过是共产主义火线上的一名老兵，陈伯达同志说他是毛泽东的小学生。有一次，康老问我说：魏主任，你是当马克思主义教授，还是当马克思主义助教呢？这话对我震动很大。我想，这不是对我一个人说的，是对整个马克思主义理论战线说的。打个比方，马克思住在很高很高的山上，我辈很难企及，兢兢业业做一个称职的马克思主义助教，就相当不错了……"

哟，这段话马乔听进去了，觉得新鲜、深刻。

"共产党是无产阶级先锋队，不是合股公司。理论家首先是党员，是党的工具，然后，才是理论家，共产党员在理论战线上，要服从党的路线！……"魏孟然说话的时候，注意观察马乔的表情，结果是他对马乔又恢复了信心。

二六

既然三分之一的政权不在马克思主义者手里，那就在修正主义者手里；而修正主义是反革命的同义语，属于敌我性质的矛盾。按照这样的逻辑，在全国范围内，就有三分之一的政权要进行夺权反夺权斗争。一九六四年秋，马乔、陶琼奉命带领一批刚分配到研究室工作的大学生，到西北地区参加"四清"工作团。根据西北局、陕西省委的指示，他们的工作团将开赴延安开展"清经济、清政治、清思想、清组织"的社会主义教育运动。

延安，在马乔心目中是一块圣地。

这个圣地，最初是以童话般的美梦嵌入他幼小心灵里的。在抗日根据地最困难的日子，妈妈带着他钻山林、过溪涧，躲避日本鬼子张开的层层罗网，忍受着饥饿、疲劳，栖息在太行山密林里。

一夜，月光从树影婆娑的空隙间洒落下来，妈妈给他唱了一首歌：

> 在黄河的臂弯里，
> 养活着一群鸡，
> 还有猪牛羊，
> 有菜有肉还有鸡蛋吃，
> 咙咚咙咚一咙咚，
> 困难被我们打垮了……

妈妈告诉他，那就是延安。

哦，延安，就像皎月那么明亮；就像在妈妈的臂弯里那么温馨、安宁……妈妈还一再说：只要有机会，一定把他送到延安去。但是，一直到妈妈牺牲，都未能如愿以偿。然而，延安这颗种子，却伴随着他的生命，在不断地生长着。

现在，马乔要去延安了。不是去"朝圣"，而是去参加夺回"圣地"的斗争。在出征前的动员会上，魏孟然传达康老的指示，说："这是一场夺权反夺权的尖锐斗争。由于阶级敌人打着红旗反红旗，所以，斗争的尖锐、激烈、复杂程度，绝不亚于土改运动。要准备流血，有些人可能经不起斗争的考验……"

会上的气氛相当紧张。刚从大学毕业分到这里的大学生们，更是激动不已，以为有了锻炼的好机会。一个姓江的湖南人竟然写了血书，表明自己义无反顾的决心。

为马乔的出征，萧萝连夜赶制被褥、拆洗棉衣，忧心忡忡。她是经过战争锻炼的，不愿意在丈夫面前表现出过多的忧虑，只能把忧虑转化为周到、细致的服务。

行前，马乔去看望安甫。

老人虽未参加"小整风"，看上去也并不轻松。眼窝深陷，头发稀疏，靠在沙发上，无力地支撑着臃肿的身体。听说马乔要去延安，眼睛突然发亮了，但随即又暗下来，只是呆呆地坐在那里，一言不发。

师母在一旁解释："他最近身体不好，秋天到了，节气不饶人，心血管病人就怕这种天气。"

安甫无可奈何地苦笑、摇头："啊呀，小马嘛，你用不着说这些。"他向马乔吃力地点头，表示歉意："你要当心，红色保险箱，也不一定保险。"

马乔心里发酸，为安甫那种似乎是从心里流出来的悲凉，流出来的苦涩，流出来的深情，或者是用语言无法说明白的情愫，引起了他感情的共鸣。

安甫感慨地说："七个苦字，还记得吗？"

"记得，安老师。"

"我们现在为胜利所苦，为我们的聪明所苦，更为我们自己搅浑了的迷雾所苦。这倒有点滑稽的味道。"

"哎呀，老安，你就少说几句吧。"师母从旁阻挠。

"他是搞文学的，我从现在起改行啦。"在妻子面前，安甫突然像个淘气的孩子。

"小马，我不把你当外人，我觉得现在还是少说为佳，实在不想让他影响你，也不愿意让他……再挨一次整。他，经不起了。"师母的语气是祈求的。

马乔只好站起来告辞。

安甫激动地说："真是喜剧，天天演出，层出不穷。小马啊，你给我的那些材料很好，槐树底、张永安、韩德英、老保管……活生生的人物！你这次到延安，要替我搅一搅延河水，替我爬一爬宝塔山，替我到杨家岭对面的大砭沟看看，那是当年马列学院的驻地……"老人眼里泪水萦绕，用力紧握马乔的手，是一双冰凉的手，像是没有血脉、没有筋骨的手，让马乔感到十分沉重。

"记住给我寄材料啊！不要管她。"

马乔连连点头，看看一旁的师母，正在流泪。

"安老师，我，书念得太少，理论上一窍不通，只是凭感情工作，真想跟您好好学习，可一直没有机会。您，可千万保重啊！"马乔无法掩饰自己对安甫的担心，似乎在说："您可千万不能走啊！"

安甫听出来了，坦然地说："来日方长，不用着急。"

"噢，"马乔又想起一件事，还没顾上对安老说，"毛主席最近讲了哲学问题，——精神变物质，物质变精神……"

"我知道了，主席是在'十年总结'中讲的。这问题很复杂。"

师母再次提醒："好了，别说了。"

"马克思说，精神的东西，还要靠精神来解决，物质的东西，要用物质来解决，这是哲学的根本问题。"安甫边说边站起来，吃力地一直走到门口，与马乔握手而别。

回家的路上，马乔不断思索着安甫临别时的那句话。其实，早在去年平反时，安甫就说过："应该用经济手段管理经济，成本核算、利润原则、按劳分配、物质利益……如果让政治搞乱了经济，那么，反过来经济也会搞乱政治……"

这些意见语惊四座，使人目瞪口呆，不知说什么好。平反了，右倾机会主义帽子也去掉了，职务却一直未恢复，只是让他休息、养病。现在看来，"养病"一说，不过是借口罢了。但为什么是这样的呢？马乔的心感到好沉重。

这沉重，并非自今日始，从五八年以后，就不断伴随着他。这沉重，又是无以名状的，像一团雾，迷迷蒙蒙看不清究竟；像一团麻，缠缠绕绕找不到头绪。安甫的观点，像一簇火在他身边燃烧着，尽管，这火有时明亮，有时暗淡，有时清晰，有时混沌，但总让他感到与时代、与潮流不协调，有时甚至是格格不入的。安甫的观点越明确，这种对立就越明显，从而在他内心深处形成的冲突越激烈。因为，他的感情、愿望是与时代、潮流息息相通的。也就是说，时代也好，潮流也罢，正是亿万个马乔这样的分子组成的，正是他们的生命、欲望、意识、冲动，凝聚成时代的大波，掀起了涌动的潮流。这潮流，借着历史的惯性，在现实的原野上奔涌，其前所未有的声势，足以使人产生蛮荒的原始冲动——藐视自然，藐视文化，固执地迷信自己的创造力，并且不惜牺牲地要将这个力用足用够，以便实现积蓄已久的美轮美奂的梦想。

马乔的确属于这个潮流，虽然从意识上，他不可能很自觉，但胸中确实装载着那个梦。他的生命总和潮流相呼应、相律动。而安甫在这个大潮旁，却显得那样弱小，那样陌生，那样不和谐，倒像个唠唠叨叨的守旧老人。马乔的沉重，在于安甫的人格魅力。他既不能改变安甫，更不能放弃自己的梦想，于是在安甫与潮流之间形成难以割舍的艰难。他必须关注两者的命运，并且将它们熔铸在自己的身上，成为自己负重的一部分。

临出发前，马乔特地嘱咐萧萝，要常去看望安甫老师。

二七

"四清"工作团的庞大车队开出西安，驰过灞河桥，浩浩荡荡向北，渐渐驶出渭河谷地，进入陕北高原。

坐在车上，马乔被黄土高原的奇异地貌所吸引。汽车先在平原上飞奔，突然下一个大坡，进了深深的沟壑。在沟底穿行，完全是另一个天地：这里居然还淌着一条哗哗作响的小河。车子像一头精灵似的，一会儿跑在它的左边，一会儿又绕到它的右边，此呼彼应，相偕而行。高大的钻天白杨，在秋日辉映下，飘落着金黄。篱笆围就的农舍，挂着一串串鲜红的辣椒，张扬着火焰般的激情。亮丽的河流，挺拔的白杨，规整的梯田，醉人的窑舍，都使马乔激动不已。此时此刻，他真想让萧萝也看看这奇妙、多彩的生活！想着想着，汽车又飞上了高岭，平原已消失得无影无踪。高耸的岭脊，白草萋萋，树木凋零。极目远眺，只见群山如蚁，滚滚如潮。阳光穿透乌云，以金属般的耀眼光束射向大地，云蒸雾绕，气象雄浑。

车到黄陵，工作团下车拜谒黄帝陵。

远看桥山，松柏葱郁，蔚为大观，令人鼓舞。可是到了始祖陵前，却尘土飞扬，破败不堪。马乔心里好难过，那些落在松柏枝上的尘土，使他感到羞愧。唱了多少年"黄帝的子孙"，竟然使始祖"蒙尘"到这般模样！

当工作团辞别黄陵，重新登车进发之际，广播里传来消息：我国第一颗原子弹在西北某地爆炸成功！

啊呀！

几十辆大轿车喇叭齐鸣，几百个工作队员欢呼雀跃。

马乔却哭了，他心里不断地念叨着：

我们有了原子弹！……

千仇万恨，朝思暮想，她，终于来了。

马乔第一个想到的就是司令员。他，肯定在睡觉！还是那张美国佬的行军床。睡吧，睡吧，睡上三天三夜，醒来就会有新的战役安排……

车队又上路了，歌声不绝。

马乔坐在司机旁，不说，不笑，不唱，不闹，陷入了久久的想象之中：原子弹爆炸，是个什么样子？我们的原子弹，跟美国的原子弹一样不？他想起朝鲜战场上的金城反击战，炮火凶猛得把多少人的耳朵震出了血，"七六二"野炮被炸得飞上了天，有的人像炒锅里的玉米豆，蹦到了十米以外的岩石上。原子弹的威力该有多大呢？比当年的炮火猛烈几十倍？几百倍？原子战争怎么打呢？你丢一个，我也丢一个？一来二去，寇能往，吾亦能往！美帝国主义别神气啦，这一回，原子弹一爆炸，在报纸、广播里失踪多年、隐姓埋名的司令员可以"解放"啦。不，真正的解放是不可能的。他，十二指肠溃疡没有时间住医院；他，右臂一串伤疤，骨头缝里还嵌着一块炮弹皮，却无暇开刀，长在身上已经十几年；朝鲜战争一结束，他又转战大西北；现在，原子弹搞成功了，他的下一个战役可能又开始了。确切地说，每一次成功，算一次解放，国家有数不清的成功等着他去完成；他便以数不清的忙碌，去迎接一次又一次的解放。马乔懂得，司令员应该这样忙，这道理与其说是在过去的战争中积淀的，还不如说是未来战争催促下的不敢懈怠。记得政治局委员在暑期前夕对大学生讲话，说过："学生放什么假？工人、农民、解放军都很忙嘛。你们是新中国的大学生，游手好闲像什么话？毛主席说，第一次世界大战到第二次世界大战，中间隔了二十二年；现在，第二次世界大战结束已经快二十年了；中国革命胜利、朝鲜战争、越南抗美救国战争，延缓了第三次世界大战的爆发，我们还可以有一段准备时间。美国人、苏联人、英国人、法国人，都在拼命地造原子弹么，天天在造么，那不是造着玩的，是准备往你头上扔的，起码也是要举起来，吓唬你的。总书记说，人家有原子弹、氢弹、导弹，我们只有山药蛋、手榴弹，那可不行啊！我们也要有原子弹，贻误时机，就是犯罪！……"

马乔的生活逻辑似乎就是：战争——和平——战争。和平来自战争，和平又走向战争。他感到，从政治局委员到普通公民，都生活在这一公式里。他们呼吸的频率、脉搏的跳动、思维的习惯、心理的趋向，都受控于和平尽头的那场战争和它的最后胜利。正因为这个，呼吸的频率可以加大到最高点，脉搏的跳动可以升高到运动员冲刺的水平，思维的曲线可以亿万次地加工未来，把准备工作设想得天衣无缝。完善的心理欲望，给人们肩上的负重不断加码，同时也增添了无限激情，锻炼着人们高强的承受力。

中国人手里有原子弹和没有原子弹，那是截然不同的两回事，那是拼搏出来的又一次解放！

车队在黄土高原的山脊上行进，公路两边沟大壑深，汽车飞行其间，带着呼啸，披着风尘，追赶着行程，颇有夸父追日的味道。

日落时，宝塔山突然出现在面前，延安到了。

虽然第一次到延安，看上去并不陌生。在遥远的梦幻般的记忆里，延安就像一块熠熠发光的宝石，镶嵌在马乔心中。艰难困苦的岁月里，有多少人向他描绘过延安的模样，一次次雕琢，一次次校正，使他一到延安就如同回到了故乡。延安的街道，延安的城门，还有那段残缺的城墙，他在梦中都见过，都熟悉。哦，那不就是南门外的新市场吗？连靠近公路边高台上老艺人韩起祥的说书场，他好像都来过。一边是延河水无声地流淌；一边是书场里悠扬的琴声，伴着铿锵的鏊鼓，和着一位长者苍老、慷慨的歌喉。黄昏的雾，暗黝的灯，都沉醉在如泣如诉的歌声里。他没有喝过延河的水，却听过延河的歌，在清漳河畔，在黄泛区，都回荡着延安的歌；后来，到了大别山，到了长江边，听得少了，然而，在他心里却不断地重复着；再以后，跨五岭，出梅关，由广东到广西、到云贵，他心中的歌变得非常纤细、孱弱，他真担心遥远的边地，会把他的歌抻得过长，这微弱的细丝会不会绷断？那就是他生命的结束。不久，朝鲜战争爆发，他欣喜地回到了北方，那根歌弦一下子又变得柔韧而富有弹性……啊，多么熟悉的声音！他伫立在延河边，久久不愿离去，让那民间诗人尽情地拨弄自己的心弦吧，他和延水、宝塔一起沉醉在苍凉、悲壮的暮霭里。

二八

"四清"工作团由西北局主要负责人挂帅，设总团和若干分团，进驻延安县，开展"四清"运动。

马乔分到九分团，团长是姓侯的外县县委第一书记，他们的任务是进驻延安第九公社。公社有十八个生产大队，因此除分团团部驻公社外，又分成十八个工作队下到村里去。马乔被任命为第一工作队副队长，队长由侯团长兼任。

进村以前，总团在延安举行了整风学习及动员大会，除了认真学习中央的"四清"运动文件外，还要结合陕西省、延安地区阶级斗争的情况介绍，检查自己的右倾麻痹思想，人还没进村，"炉火"已经烧得通红。学习一结束，工作团分乘大卡车星夜出发。

第九公社在延安的南边。根据地委介绍，全县除了一个公社领导班子没"烂掉"，属于整顿性质，其他所有公社都是坏人掌权，属于夺权性质，第九公社亦属于此。

九分团凌晨三点出发，冒着夜雾与寒气上路，一派神秘、紧张的气氛，活像是一支偷营劫寨的团队。分团长、副团长分别坐在驾驶室里，其他队员则在敞口帆布篷车厢里。深秋的陕北，寒风肆虐，尘土倒灌，加上山路崎岖不平，一路摇晃、颠簸、冲撞，每个人都成了土猴。侯团长来时，顺便带来的县剧团女演员，一再呕吐，几乎是奄奄一息。

中午一点，到达了第九公社驻地。

公社的书记、社长、妇女主任、各部部长，早已迎候在公路旁。他们一字摆开，个个蔫头耷脑，一脸尴尬。马乔此刻想起了战场上国民党的降将，那尴尬，是委屈、不服气、又无可奈何的混合物。

他们是敌人吗？刚刚反了右倾，马乔倒又萌动了恻隐之心。

这些"敌人"，看见从卡车上跳下来的工作团员一个个土眉土眼，像是一批土地爷，忍不住偷偷地笑了。大概是为了掩饰他们内心的幸灾乐祸，而把头压得低低的，等候分团长"发落"，像一批放下武器、吉凶未卜的败兵。

分团长从驾驶室出来，摘掉了脸上的大口罩，拍打着狐皮大衣的微尘，来到公社干部面前，冷冷地伸出右手。迎候的干部连忙捧住他那只"圣手"，仿佛看到了曙光，脸上顿时显出了活气。他和干部们握罢手，用一口纯正的陕西腔开了口："我，是分团长，姓侯。"然后，把从别的县调来的几个副团长（有县长、县委副书记、武装部长等）给公社干部一一介绍；最后，还特地介绍了马乔："老马同志，北京来的，担任第一工作队副队长。"

一个分团，集中了一百三十多个干部，县委书记、正副县长四五个，听着介绍，公社干部们人人出了一身冷汗。

侯团长吩咐："你们可以回去了。除了考虑自己的问题，还要继续工作。公社出了问题，你们要负责。"

干部们脸色灰白，稀稀拉拉地离开了现场。

等公社干部走远了，侯团长看着队员们说："哎呀，你们一个个土眉土眼儿，一满成了土格蛋蛋了嘛。"

大家彼此看看，也觉得好笑。

"看见了没？四不清干部，抵触情绪大得太！阶级斗争很激烈呀！情况没啥变化，在省上、地区已经说了很多。公路，到这哒就到顶啦，大家只好扛起行李走着进村哩。在出发的时候，我已经说过，按照毛主席'初战必胜'的原则，进村后第一件事，就是通过扎根串联，了解阶级斗争的真实情况，为揭开阶级斗争的盖子，作好充分准备，万不能上四不清干部的当。根子扎歪了，可就麻哒啦。要警惕，不要犯错误！"

他的最后一句话，又一次敲响了警钟。这正是所有人心中的恐惧，连瘟疫、灾害、战争、洪水都没有这个"犯错误"可怕。

工作队员在公社大院里胡乱地吃了一餐饭，扛起行李分别出发了，最远的生产队在五十里开外。陶琼所在的工作队，要走十二里路。

马乔进驻的生产大队，就是公社所在的集镇，所以他和他的工作队不需要跋涉。

然而，这是个什么样的集镇呢？

一条不到二十米长的街，只有一家国营合作社。一间房子的邮局，门口挂着一只绿色的信箱，半掩的木门里，坐着一个姑娘，懒洋洋地无所事事。合作社，连经理一共三个人，货架上摆着日用百货，好像古董陈列，落满了灰尘。几瓶茅台、西凤、竹叶青酒，高高地蹲在货架最上层，傲视着走进店里的工作队员。马乔很惊奇，贵州的茅台，在北京都难得一见，居然能够到穷乡僻壤的山沟沟里来。他虽然不是酒鬼，可是不知为什么，站在柜台前却萌动了饮酒的欲望：喝一口，一定是干洌、香醇、充满热力、舒服透顶！但是，"四清"工作队有不许喝酒的纪律，只好望洋兴叹了。合作社对面，是一座荒废了的铁匠炉，天棚半倒半立，烘炉上长出几株发黄的小草。

所谓集镇，如此而已。

这也算个集镇？也是个公社？

公社大院就在合作社后边的高台上。

村子在什么地方呢？

原来，这个大约二十米长的集镇，只是村子伸到公社边的一个"龙头"。真正的村庄在山峁后面的大沟里。从"龙头"右侧（公社大院）绕过去，村子就在朝阳的半山坡上。

第一工作队在团长兼队长的率领下，背着行李，爬上山峁，顺着山坡的黄土路进村。霎时间，山沟里热闹起来，狗，汪汪地叫；鸡，呱呱地飞；娃娃们从窑洞里钻出来；婆姨们站在垴畔上大声叫喊；人和动物一样，惊奇得像是天狗见了太阳……。这个村子，顺着一条黄土大沟，曲曲弯弯、断断续续地一直延伸到黄土山的肚子里去。家家的窑洞都顺着黄土山的褶皱，忽前忽后、忽左忽右地开凿出来，总共四十六户，分布在七八个褶皱里，蜿蜒而去达一里多路。

二九

第一工作队因为是分团长亲自蹲点，配备了强大的阵容。队员有县委秘书、公安、财会、商业、税收、农牧、文教、宣传，此外，还有文工团的演员、琴师，加上马乔，一共十五人。

从沟口到沟尾，来回好几趟，也找不到适合于团长的住房。沟尾巴上妇女主任家有一座整洁、向阳的窑洞。据队干部介绍，过去县里来人都习惯住在这里。妇女主任不到三十岁，她的模样，不用说在这山沟里，就是在延安的大街上走走，也会吸引着男人们顾盼。团长想了半天，还是不能去住，一来因为她是生产队干部；二来她又是大队支部书记李长海的妹妹；住在她家怕群众产生顾虑，影响工作。尽管房子和人都让人感到舒服，还是割爱了。

干部家不能住，党员家也不能住，中农家又不合适，加起来全村有一半以上的农户不能住。剩下来的虽然可以当做运动中依靠的对象，可以住工作队，但大多数住房条件简陋、拥挤，无法接待。最后，还是侯团长亲自出马，选中单身汉老井的窑洞住下。

老井，五十来岁，又矮又瘦，穿一身灰土布棉袄，对襟布扣襻不知哪一年就掉光了，只把衣襟往怀里一折，再用黑布带在腰间一扎，就算完结了，大冷的天，脖子以下的胸脯，有一半露在外面。他的窑洞在坐西朝东的土山褶皱里，大约九平米，除了一盘土炕、一台锅灶外，剩下的地方就不多了。

门外，看热闹的婆姨们对侯团长唠叨说："哎，老井，是一憨汉，只知道干活、受苦，一年到头，说不上十句话。"

侯团长一笑置之，拉着马乔，把行李搬到老井的炕上。

团长、副队长驾临，老井并不欢迎。见他们进门，他眼不抬，嘴不动，只管坐在炕沿上，叼着旱烟袋嗞嗞地吸着，烟锅子一明一暗，满窑洞都是辛辣的烟草味。洞壁熏得黑黢黢，像是抹上了一层沥青。天虽然还没黑，窑洞已经很暗了。

"老井，你做甚哩？"侯团长坐在炕沿上，想和老人攀谈。

老井木然，使劲地抽他的旱烟。

"来，我给你介绍介绍，这是北京来的老马同志。"团长想用"北京来的"打破僵局。

老井抬抬眼皮，依然不开口。

马乔不知说什么好，心想人家并不欢迎，只好说："老人家，给您添麻烦了。"他故意提高嗓门，怕对方耳背。

老井好像什么也没听见。

"北京，知道北京哇？"侯团长又用这把钥匙，试图捅开老井紧闭着的心扉。

只见老井拔出烟袋，在鞋帮上磕了两下，把烟灰撒了一地，出门走了。

侯团长对着马乔笑笑，摇摇头说："这狗儿真怪。"

马乔却想着老人那双硬邦邦的鞋，鞋里一双黑脚，连袜子都没穿。山沟里的太阳一偏西，窑里就阴冷阴冷的。这老汉，孤身一人，单调、灰暗，除了那支旱烟袋上还看得出一点点湿润的油垢以外，一切都是冷瑟的、凝冻的。

"嗨嗨，这狗儿还真可能是憨汉哩！"

"什么是憨汉？"马乔不懂这话，赶紧请教。

"憨汉，用你们北京的话，就是缺心眼儿，或者叫二百五。"

"啊呀！"马乔不禁叫了一声，心想：果真如此，岂不闹出笑话。

"再看看吧，总比住到'四不清'干部家要好些哩。"

老井的炕是热的。夜里西北风刮得呜呜叫，窑洞稳如泰山。

一等天亮，马乔立刻起床。出门一看，垴畔上吹得光溜溜，地冻得发白，空气干冷，手指总想往一起缩。望望山下的川道，冷冷清清，只剩下刮不走的梢林，在寒风中抖擞。

随后老井也起来了，从窑洞外抱进一捆劈柴，往灶火前哐啷一扔，蹲下去擦着火柴，把灶火点着。

侯团长躺在被窝里对老井说："老井，做甚吃？"

"没球甚吃。"这算是老井第一次说话。

一会儿，灶上那口铁锅就咕嘟咕嘟煮开了，蒸汽在窑里飞扬，一股玉米香味弥漫开来。

团长翻了个身，说："我瞧瞧。"

老井掀开锅盖，挖出一勺，伸到炕沿边让团长看。

"噢，是豆豆饭，好吃。"

马乔刚扫完院子，就见老井端着一碗饭，从窑里出来，蹲在垴畔迎着冷风吃起来。

"这么冷的天，怎么在外边吃饭呢？老人家回去吃吧。"

老井摇摇头，"不!"是爆发力很强的声音。

马乔看那碗大得惊人；饭，全是囫囵的玉米粒。胀开的豆豆，翻出嫩黄的肉，咬起来一定很筋道。他伸手摸摸碗边，已经凉透了。他还想劝老井回窑里吃，东边垴畔上传来一个女人的声音：

"嗨——他就那号人，不吃冷饭，闹病哩!"

这妇女蓬头垢面，宽肩膀，粗腰身，扁平脸，大得像个锅盖；怀里抱着个吃奶的娃娃，站在自家的垴畔上，隔着一道小沟，朝这边看哩。

马乔晓得，这是老井邻居朱家的婆姨。他家有三间坐北朝南的窑洞，怀里的娃娃是第八胎。昨天晚上随团长去她家拜访，孩子哭，小狗叫，热闹得很。

老井也真是的，顿顿饭都是煮玉米；顿顿饭都是盛满海碗，端到垴畔上去吃；除了刮大风、下大雨，他是不肯一个人呆在窑洞里吃饭的。

三十

老井成了风云人物，谁都知道他家住下了工作团团长。

冬天，人们闲着没事干；老井更是闲得慌。平日，他吃罢早饭，碗一撂，嘴一抹，把缺了扣子的对襟老棉袄使劲往怀里一折，扎上黑布带，穿上那双结实、耐久、变了形的铁鞋，打开窑门，踢里嗒啦地走出去。他从自己的窑畔，走到别人家窑畔，不停地穿过很多窑畔，下到街上，靠在邮局墙根下，坐着晒太阳。川道上虽然有条公路，可很少有人来往，半月二十天来不了一趟汽车；挂着棉门帘的合作社，也没几个人进出。二十米的街上似乎就他一个人，闭着眼睛，享受着太阳的温暖。热起来，他把黑布带一解，敞开怀，从棉衣里头捉虱子。有时，竟然忘情到连裤带也解开，把裤腰翻出来逮虱子。

但现在不同了。只要老井从窑畔走过，后面就留下一串串议论，尤其是婆姨们：

"这狗儿老井，可抖起来啦。"

"哼，工作团他娘的，瞎球眼哩，跟球个憨汉睡一炕。"

"哎，老井，工作团跟你说甚哩？"男人们故意逗他。

"嘿，让狗儿工作团，给你说一媳妇。"

"老井这狗儿，一辈子没人朝理么，到了今儿，算给请下这么大个神神。"

…………

终于，老井在众人的议论中脸上挂出了笑容，虽然仍然啥话也不说，照常去邮局墙根晒太阳、捉虱子。

进村一个星期了，除了利用晚上时间，给全体社员宣讲中央文件外，工作队员忙着到各家各户访贫问苦、扎根串联。随队的财会专家则去检查生产队会计的账目。

侯团长把分团的工作交给三个副团长去管，自己一心一意蹲在老井家，做发动群众的试点工作。他下定决心，非要让老井说话不可。当他了解到老井每天下到街上晒太阳时，就把话题转到了这上头。

"老井，"侯团长等老井吃罢晚饭，抽完旱烟，浑身脱个精光钻进被窝的时候，开始了新一轮谈话："你咋天天去邮局晒太阳哩？"

老井不吭声。

马乔离炉台最近，照例等他们都睡下以后，起身吹灭煤油灯，再躺下听他俩聊天。

"老井，哪哒没球太阳，你非跑那儿晒暖暖，有甚原因哩？"

老井还是不说话。

"兴许，那哒太阳香哩？比别处香，是不是？"

老井仍然不搭腔。

"你这窑沟沟没太阳，隔壁朱家窑畔畔上，太阳好红好红哩，你用跑那球远，上坡下坡，走上半条沟，不嫌麻烦？"

"麻烦甚哩？"老井总算开了口，"没事嘛。"

马乔差一点就睡着了，听到老井的声音，赶紧昂起头仔细听，心想，团长真行！

"哦，我知道了，"侯团长笑嘻嘻地挤过去，凑在老井耳边说："你狗儿一定是去那哒看邮局那女娃哩。"

老井竟然忒儿的一声笑出来，黑暗中可以想象出这位老人不好意思地翻过身去的神情。

侯团长乘胜追击："我说对啦？"

老井连忙否认："不，不。"

"哎，老井，你狗儿看上谁啦？我给你去说哒说哒，我可是个好参谋哩。"

老井只是笑。

侯团长一再催促，老井才算又说了一句："俺不。"

"啊呀，你不跟我说，光去那哒晒暖暖，不管球用。说给我听听，我衡量衡量，兴许能给你说合说合。你看你，没个女人经管，袄上的扣扣都没啦，西北风往肚里灌，穿袄和不穿袄没球两样，要有个婆姨给你打点打点，咱老井也是一表人才哩。"

"唉！"老井长长地叹了口气。

"说哇。"

"不行，不行！"老井喃喃地像是对自己说。

"咋不行？"

"唉，谁可看上俺哩？"老井这句话里充满着怨恨。

"噢，你可是看上邮局那女娃啦？"

老井咻咻地笑。

"哎呀，老井，你狗儿可是癞蛤蟆想吃天鹅肉哩。那女娃才不过二十来岁，又是城里人。"侯团长在黑暗里摇着头说。

"俺说不行嘛，你要问球哩。俺看看横碍不着球痛，还不行？是咋哩？"老井对侯团长扫兴的话，表示了极大的反感。

马乔听着，也觉得这老人太异想天开了。

侯团长也许觉得自己说得太白，怕伤了老人，于是又说："我是说，你能不能再有个别的目标？不要在一棵树上吊死嘛。"

老井长叹一声，再没说话。

夜，静得什么声音也没有了，头顶上是百十米厚的黄土山，睡在大山的肚子里，稳固、暖和，就是天塌下来，也有黄土高原给顶着呐。老井的声声长叹和哀怨，也被密密匝匝的黄土消磨得无影无踪了。

马乔想，这也真难。五十多岁的老井，想上邮局的年轻姑娘，这确乎是无法解开的一道难题。

侯团长这把钥匙，能打开这把锁吗？即使打开了，也无法解决这个近乎荒诞的问题啊！

三一

群众大会上，侯团长告诉社员们："老井说话了。"并就此发挥道："像老井这样的社员，背朝皇天嘴啃地，苦苦干了一辈子，五十多岁还讨不上个婆姨，这说明什么问题？是社会主义本身不好，还是社会主义遇上了问题？船，到底弯在什么地方啦？我看，是船底底碰上了礁石……"

社员们摇头。住在黄土沟里的人，见过山洪暴发，却没见过船，更不知道什么是触礁。

　　侯团长感觉到了，他对坐在旁边的马乔笑笑，立刻改举一例："就是说社会主义遭到了病虫害，大家的劳动成果，让蝗虫给吃啦，这懂哇？就是四不清嘛。四不清干部，就是这号害虫！……"

　　一是老井说了话，一是社会主义遭了病虫害，这话在社员里头引起了反响。

　　第二天一大早，一个叫金生的中年社员找上门来。他瘦高个子，头发乱蓬蓬，脸色褐黄，眼睛深深地陷在凹下去的眼眶里，进门就说："老井，整个是傻子嘛，他都说话啦，俺还不如个他？俺也来说哒说哒。"

　　侯团长非常热情地让他坐在炕沿上，递上一支"大中华"香烟，说："我早就等着你哩。"

　　"咦！"金生感到惊奇，把那支烟拿到门口亮处看看，"呀，金黄金黄哩么，这是甚烟？"

　　侯团长笑笑："大中华。"

　　"喔，大中华，俺们没听说过么！"金生用鼻子闻闻，"这狗儿是好烟哩。"说着想去灶台取火柴。

　　侯团长告诉他："大中华，咱毛主席就抽这号烟。"

　　"呀！"金生惊奇得两眼直转悠，又把烟拿到门口照了照，然后，夹在右耳背上，充满恭敬地叫一声："侯团长……"

　　"金生儿，你不用叫我团长，就叫老侯。"

　　"噢，"金生高兴得露出一嘴黄牙，"老侯，你咋知道俺要来哩？"他的眼睛在眼窝里闪动着，透露出企望、神秘的感情。

　　"我咋知道？你得去问咱毛主席。"

　　"咦，"金生第三次惊叫，"啊呀，好你哩，俺们，还……"他诚惶诚恐，不知说什么好。

　　听了团长这几句话，马乔很不舒服，心想：怎么让人家去问毛主席呢？马乔去过金家，大概是全村最穷的一家。老婆害着克山病，有个不满三岁的女儿叫杏花，长得十分羸弱。炕上铺一领席，三口人盖一床被。在他家炕上坐了一晚，回来就捉了三个虱子。

金生个子虽高，却像根芦苇，无论站着，还是走路，都让人感到他脚底无力，晃晃悠悠。在队里劳动，只能挣六分，才比半劳力多一点；干一年农活，维持三口人吃饱肚子就很不容易了。访问他时，一再表示："要不是社会主义，实在无法活哩！"如今，他不知从哪里来了一股劲，对团长激动地说："俺说，船就弯在干部们手里啦。都是社员么，咋？俺们日月过得这么凄惶？公家的东西，都在人家手里，人家给咱多少，就是多少！咱一个平头百姓，有甚办法哩？"金生那双大手，反复在胸前比划着，表示出一副无可奈何的样子。

"你觉得问题在哪儿？"侯团长问。

"公家的东西，海啦，……"看来，金生对"公家的东西"，也就是生产队里的劳动成果，由干部掌握分配是很不放心的。

"你们这里是个穷山沟，公家的东西，也海不到哪儿去。你要是到八百里秦川看看，那才是海哩。"

金生摸摸一头乱发，感叹道："嗨，咱没出过门。可咱没吃过猪肉，也见过猪跑哩。公家的东西再穷，也是破家值万贯哩。你说，社会主义遭了虫害，要是都让蝗虫、蚂蚱给糟蹋了，那社员们还不更穷？"

"那你说，你们这儿有没有蝗虫、蚂蚱？"团长直截了当地问金生。

金生龇着黄牙，笑而不答。

"怎么？是没有，还是不敢说？"

"咋不敢说哩。"

"那你说说么。"团长催促、鼓励金生，让他放心地说。

"公家的东西，海啦，光五八年，俺们队就丢了三十石粮食。"

"多少多少？三十石？"侯团长对这个数字很惊奇。

马乔也在一旁问："多少？"

"三十石嘛。"金生把下巴颏紧紧收回，表示确凿无疑。

"丢了三十石粮食？社员们知道么？"团长又问。

"知道。不信，你去打听，问问老井也行。"金生很激动，两只又瘦又大的手，又一次在胸前比划，以明心迹。

三十石粮食，使工作队员激动了。进村半个月了，社员发动不起来，都说干部没啥问题。如果这三十石粮食的案子可以成立，就找到了发动群众的突破口。

三十石粮食，成了一个巨大的诱惑。

当天晚上，侯团长在被窝里问老井："五八年，你们队里丢过三十石粮食？"

"嗯。"老井连想都没想，肯定地点头。

"你咋知道的？"

老井瞪了侯团长一眼，"人家都说么。"

"怎么丢的？"

"解不下（不知道）——"

"怎么解决的？"

"谁知道，丢就丢了呗。"

在工作队内部会议上，发生了争论。侯团长说这是发动群众的突破口，要在群众大会上正式提出，追查三十石粮食丢失的原因。甘泉县一位税务干部老尹说：要慎重。因为金生和老井都是听人说的，他们自己并没看见，也提供不出听谁说的线索。捅出去，结不了案，会被动。应当先在下面调查，摸清了再上会。

马乔同意老尹的意见，但他在会上没有说，因为他是团长的助手；又觉得自己缺乏农村工作经验，应当多听、多看、虚心学习。不过，他对老井、金生这样的依靠对象持保留态度。一个虽然不是憨汉，却也差不了多远；一个病病歪歪、晃晃悠悠像根草；他们都不是这块土地上当之无愧的主人。当然，这种看法，就更不能表露了。

所以，当团长问老马意见的时候，马乔表示支持团长的意见，把三十石粮食的问题拿到群众会上去，让社员们提供线索。

三二

三十石粮食的问题，由侯团长在群众大会上提了出来。

会场顿时议论纷纷。

大队干部们一个个脸色煞白。

会还没开完，支部书记李长海就退席了。

唯独大队长张振华面不改色。等群众散去后，他笑嘻嘻地对侯团长说："三十石粮食，堆起来有一孔窑那么多，咋能丢了？俺这才知道。"

侯团长看看他，冷冷地说："想捂阶级斗争的盖子？这下可就捂不住了。你是党内的老同志，不要跟党作斗争啦！"

张振华还是笑嘻嘻的，虽然铺满皱纹的脸上已经涨得通红。他是陕北最老的党员，他的入党介绍人是陕北根据地创始人之一刘志丹。当年，就在这所开会的大窑里，他接待了刘志丹的队伍，算来，入党已经三十多年。他身材高大，头上包一块陕北式的毛巾，身上穿一件露出棉花的破棉袄，快六十的人啦，腰板挺直，硬朗、忠厚、结实。三十石粮食的问题，在他看来简直是笑话。

听着张振华和团长的对话，马乔心里琢磨：这到底是宽容，还是狡猾？

进村以后，老队长除了帮着工作队找住处、为队员派饭以外，别的一概不讲，也从不打听。工作队几次约见村干部谈话，大体上都是一个口径："你们调查吧，反正中央有文件、有政策衡量哩。"工作队不召见，干部们没有一个主动上门。

这种整齐一致的行动、不软不硬的对策，使马乔也产生过怀疑，侯团长更是恼火。他需要在这里取得经验，指导整个分团的运动。可是，半个月局面打不开，下边的十七个工作队天天来电话，请示办法，要求指导，团长却苦于无话答复。

现在，老井说话了；金生又提出个三十石粮食的大案；可老队长偏偏从容不迫，矢口否认，这不是有组织、有计划的对抗吗？

"要乘胜追击。"侯团长在工作队会议上提出他的主张。

马乔禁不住问了一句："乘胜追击？我们——胜在哪里？"

侯团长不高兴地看了马乔一眼："最落后的群众说话了，这就是胜利。"

榆林地区的财政科长老吕说："农村的事情没准头，这么大的数字，在根据不足的情况下提出来，恐怕……"

甘泉的老尹接过话头："金生这种社员，比老井强不到哪里，虽说是下中农，可不是好劳力，还是慎重点好。"

这话引发出侯团长的无名之火："对金生这样的社员，是依靠，还是把他们当痞子？这是两种感情！"他转过头对马乔说："老马同志，你是搞理论的，你领着大家学学毛主席的《湖南农民运动考察报告》，端正对贫下中农的偏见。"

马乔只好点头承诺。

侯团长部署了他的方案："昨天会上公布了三十石粮食的问题，这个火力侦察是有收获的。四不清干部慌了，张振华留下来是想摸我们的底。在这种情况下，不乘胜追击，就会贻误战机。"

对自己违心的承诺，马乔深感不安；不过这是大局，第一次斗争就分歧，就不统一，是不可以的。但是，轻易地把村干部当敌人打，使用的都是军事术语，让他觉得很别扭。侯团长没当过兵，战争年代，他在本地做小学教员；建国以后，做青年团的工作；是合作化时期提上来的干部，真不知他在哪里学了这么一大堆军事术语，在这里乱用，听起来有点故做英雄状。

怎么出击？

团长说："兵分两路。一路开群众大会，以三十石粮食为纲，动员社员揭发问题，寻找线索；一路组织专门小组，把五八年以来的账翻出来，突击清查，从中发现问题；然后，顺藤摸瓜，把运动推向高潮。"

马乔提出问题："群众大会怎么开？"

侯团长问："啥意思?"

"以三十石粮食为纲?这个纲,现在还没落实,还是虚的。如果把群众大会的着眼点定在这个上面,恐怕把握不大。要保证初战必胜,这行不行?"

"马乔同志,我看你还是先给大家组织学习,认真读一读毛主席的著作,克服右倾情绪,端正对贫下中农的看法。群众大会由我来主持……"

马乔没想到,这位团长对他已经不耐烦了。团长是县委第一书记,又是分团团长、第一工作队队长,从不愿意让别人有自己的思想,不愿意听不同的声音。马乔只好强忍着心中的不平,极力控制着自己,保持沉默到底。为了大局,他和大家学了一遍《湖南农民运动考察报告》。

三三

从公社借来两盏汽灯,挂在后沟大窑顶上。雪亮的灯光晃得人们睁不开眼睛。冲这贼亮贼亮的灯,社员们踊跃到会。老人、青年、婆姨、娃娃,纷纷从自己窑畔下来,汇合到大窑里。

这座百年古窑,可以装下全村人。窑顶上裂开一条大口,裂而不塌,村民们都认为这是古窑的道行。当年川道里长满梢林,狼虫虎豹常到窑畔叼人。张振华和村里的三个老乡,就在这孔大窑里,在刘志丹同志面前,对着党旗宣誓入了党,并被指定为附近几个村子的负责人。经历了土地革命、抗日战争、解放战争,一直到现在,他在这儿发展了一茬又一茬党员。其中,有的牺牲在战场上;有的在北京、西安、兰州做了大官;当然,现在村里这茬干部,也是在张振华主持下组建起来的。在七八十岁的老人面前,他仍然称自己是后生小子;可在党内,人们倒叫他老祖;他却说,自己是老落后、大文盲、掉队人。今晚,他手里提个小板凳,挤在人堆里坐下,等待开会。他对所有人都是一副笑脸,连他身上穿的"开花袄",也像是笑得合不上嘴。

侯团长主持开会。

开会前，他先让带来的文工团员清唱一曲豫剧《朝阳沟》，效果极佳。

这一带群众，大多祖籍河南，听到如此悦耳的乡音，简直是大姑娘上轿——头一回。会场上一片倾倒，如醉如痴。连张振华也不住地摇头摆脑，高兴得像个孩子。

一曲终了，社员们还要求听下去。侯团长笑嘻嘻地说："想听戏容易，搞好了'四清'，我给你们把文工团调来，唱三天大戏。现在阶级斗争严重，可不敢乐而忘忧呀！"

于是，"潮"平了，会场上静得连一点波纹都没有了。

坐在桌子后边的侯团长，一直盯着人群里的金生；金生欣喜又惊恐的目光也不断和侯团长的目光相碰。

大家都看出来，金生要说话，又缺乏勇气，扭捏了半天，才站起来说："老队长，要不是工作团来，俺预备把这件事带到棺材里去哩！"

会场顿时起了波浪。

金生在这种场合说话，是破天荒第一次；而且，一上来，就冲着老队长叫阵，社员们觉得太阳从西边出来啦。

"……三十石粮食，轮到俺金家门，也不过是斗二八升。俺们虽说穷，又能吃上几顿？人家老侯说了，'四清'运动，是毛主席他老人家领导哩。哎呀，毛主席他老人家也真入怪，他坐在北京，咋就知道咱们这哒的事？人家侯团长没来过咱这地方，咋就知道资产阶级饭稠（范畴），俺家杏儿（形而）上学成了问题？……"

侯团长一愣，马乔差点笑出来。

原来，侯团长宣讲中央文件时，讲到了"资产阶级范畴"、"形而上学"，金生领会成"资产阶级饭稠"、"杏儿上学"了。

金生继续发挥："毛主席他老人家，没来过咱这哒，也没见过俺金生，可他就知道俺心思，知道俺家尽喝稀饭，知道俺那小女子日后上不起学。老队长，你想想么，三十石粮食没啦，他老人家能不知道？"

社员们哄的一声笑了。

金生对此不满，认真地说："笑甚哩？要不是'四清'工作团来，谁可瞧得起俺金生儿呐？老队长，你说哇！"

汽灯照耀下，老队长一声也不吭。

会场上嗡嗡地私语起来。

"哎，让老井说哒说哒。"一个小伙子冒了一句。

会场反应冷落。

金生向坐在侯团长背后的老井招手，向他求援。

侯团长移动椅子，把老井显现出来。

老井被灯光照得捂上了眼睛，然后极其难受地站起来，腼了腼棉袄衣襟，嘟嘟囔囔地说了一句囫囵话："没球甚说。"便坐下了。

金生感到自己受了冷遇，急得想哭，"俺们日子过得凄惶哩，不像前墒墒后畔畔的人家，日月过得不赖，连去阴间的路都预备下啦。"

马乔不明白金生此话的意思，悄声问团长。

侯团长大声地说："金生，你说清楚，说具体点，人家北京来的听不懂。"

金生恍恍惚惚地说："这有甚听不懂哇？"

张振华苦笑着说："唉，就是有些人家给老人预备寿衣、寿木嘛，俺不知道这违反政策不？"

侯团长问："都是谁家嘛？"

张振华叹口气："你先说说违反不违反政策？"

"封建迷信的东西，你说违反不违反？"

"噢，依我看不违反。人死了，总得有口棺木，总得穿身衣服，不能光溜溜地走吧，毛主席还纪念张思德、白求恩哩。"

金生突然坐下又站起来，结结巴巴地点出四五家。

全场哗然。

三十石粮食的事还没着落，倒又揭出几家做棺材的事。侯团长命令工作队里的政法干部，带上民兵去把那些封建迷信的东西抬出来。

会场上的人站了起来，整个窑洞乱了营。侯团长让人们摘下一盏汽灯，安在院子里。

半个小时后，从五户人家抬出七口棺材，直挺挺地摆了一院子；有的还是白茬，有的上了底色，有的已经漆好，黑黢黢的在汽灯下反射出亮光。娃娃们在它身边走过，争着去看自己的影子。

内中两口黑漆大棺，是民兵连长古文四家的。他听见团长叫民兵去抬棺材，首先把自家的抬了出来。棺材是为他的父母准备的。

古文四的父亲守在棺材边，一把鼻涕一把泪地哭着，乞求围观的人们，千万不要碰坏油漆，"俺娃一片孝心，他省吃俭用，给俺们拾掇下这两口材，实在是不容易呀——"

老人越是哭泣、央求，夹在大人身边的娃儿越是要挤到跟前，摸摸、敲敲、踢踢、打打，急得老人扶棺痛哭。

马乔乘乱挤出人群，离开了乱哄哄的会场。

古文四的父亲抉棺大哭的惨相，使他感到心酸。七十多岁的白发老人，在冷风中被围观、取笑，那一声声哀嚎、乞求，在鞭打他的心。他知道，这是不该发生的事。可是，又苦于无法阻拦。为什么？道理极简单：团长是领导，工作队里除了几个外县的干部外，大多数都是他的部下，硬阻拦，非但不能奏效，其结果也可想而知。从北京到西安、到延安，一路上层层组织告诫：不要右倾！不要犯错误！不论是政治局委员、元帅，还是他这个普通一兵，都怕犯错误。想当年死都不怕，怎么现在天天怕犯错误呢？是的，战场上牺牲，是烈士，信念依旧，光荣永在；而犯错误，意味着被说成是背叛、变质，那是灵魂难以忍受的耻辱。彭德怀元帅一世英名，犯了错误，就被看作阴谋家、野心家、里通外国，不管是真是假，这是多么可怕的名声！现在怕的就是这个。他为自己的"怕"感到羞耻。古文四的父亲那可怜巴巴的哭相，让他浑身颤抖，两种感情在他心中纠缠、厮打……

三四

马乔回到老井的窑洞时，憨老汉正坐在炕沿抽烟。

"老人家，你怎么不看啦？"

"喔，有甚看哩？"老井放下旱烟袋，脱个精光，钻进了被窝。

马乔很惊奇，这位老人果然不憨，对那场扶棺痛哭，也于心不忍。虽然他日子过得极穷、极窘、极孤独，没有些微的人生享受，得到的仅仅是聊以维持活命的消费水平；然而他并不嫉恨比他强的人，在这样的时刻，还寄同情于他人，可见心地是多么善良！这让马乔从内心感到愧疚。此时此刻，趁侯团长没回来，他想给萧萝写信，说说自己内心的苦衷。

"哐啷"一声，门被踢开，团长从外面进来，开口就说："老马，你，中途逃跑啦！"

"这不能算逃跑。"马乔非常认真地回答。

团长笑笑，拍拍老井说："啊呀，你怎么也回来啦？"

老井一言不发。

"是不是让那老汉把你哭稀了？"

"有点，"马乔爽快地承认，"是不是太过分了？"

"过分？"团长的脸拉长了，对马乔的诘难表示了强烈的不满，"这老汉也是党员，抗战时期还当过支部书记。"他索性盘腿坐在炕上分析起来，"共产党么，信奉共产主义，弄这些封建迷信！你看他哭成那个样子，真动情哩！那是什么情？那是地主阶级的感情，是宿命论！狗儿地主就是怕刨祖坟，你动了他棺材，就像刨了他祖坟，他魂魂儿就不安哩。共产党员身上，有了地主的魂儿！他那两口棺材，油了七遍，完全是松木，没有三千块钱弄不下来。可金生、老井这些人，过的是什么日子？朱家过的什么日子？你是搞理论的，这是什么问题？应该旗帜鲜明嘛！"

马乔想：按说共产党员应以天下为己任。古家父子都是党员，这样的举动，起码是革命意志衰退的表现，侯团长的话，似乎也有道理。自己当时竟然忘了那位老人也是共产党员。可是，中央有政策，革命意志衰退的党员，在运动后期可以劝退，况且其他四户并非党员，这样的举措不过分吗？符合中央政策吗？不过，还是谨慎一些好，自己缺乏农村工作经验，应当多听听，多看看，团长毕竟长期做县里工作，熟悉农民。

"陕北干部有一句顺口溜：'自留地，自留羊，砌口石窑娃他娘'，相当一部分农村干部，心里想的还是这种中农式的小康生活，这实际上是小农意识，是与社会主义大农业背道而驰的。'四清'运动，就是解决这个长期拖而未决的老问题。"

听团长的口气，对上述问题深恶痛绝。那种所谓中农式的小康生活，是他不共戴天的凤敌，他要在这次运动中毕其功于一役。是啊，类似的公式不是也在华北地区流行吗？"三十亩地一头牛，老婆孩子热炕头"，这几乎是土改以后，农民最现实的美梦。平心而论，马乔理解这种生活的吸引力。特别是成了家以后，他也向往和妻子、儿子在一起，过安定、舒适、只求温饱就很满足的那种生活。然而，这仅仅是一种冲动，并不是他的梦。他的梦，还是大工业，是社会主义的强国之梦。为此，他总是心甘情愿地忍受与妻子分离之苦。这苦，有时让他感到羞愧，责备自己觉悟不高，甚至是自私；有时他又原谅自己——这是人之常情；有时他苦得简直要发疯。每当此时，他常幻想人要是没有感情该减少多少痛苦啊！灵魂深处的这种痛苦、矛盾，虽然没有成为他精神的主流，但却经常伴随着他。每到矛盾激烈的时候，他总是和过去比，和老一辈比，和牺牲了的、残疾了的战友比，用强国之梦、用雪耻的情感化解、平抑内心的块垒。自然，他脑子里对"三十亩地一头牛，老婆孩子热炕头"也萌发过这样的问题：现实的不合理，合理的又不现实。每次运动，不少基层干部都会为此成为被整的对象。运动，就这样推倒现实的，追求未来的，农村干部就这样一茬一茬地推倒、否定，一茬一茬地扶起、更新……

团长说，这次要解决这个长期拖而不决的问题，能解决吗？

发现马乔沉默不语，团长把口气变得非常缓和：“你是北京来的，不熟悉陕北的情况，可……”他打住了，斟酌用什么词更合适，然后说，“没关系，我想明天开一个现场会，叫下面的工作队长们上来，你这个工作队还是有成绩的，可以介绍一下经验，推动分团的工作。”

马乔连忙说明：“我没做什么工作，主要是学习。”

团长笑笑，再没说话，吹灯睡下。

三五

现场会如期召开。

团长在会上作了题为“克服右倾情绪，从群众关心的问题入手，打开局面，乘胜前进”的报告。

会后，十七个工作队依样画葫芦，全公社范围内都开了“展览会”。运动的冷清局面似乎改观，总团闻讯派来记者采访，不久，总团内部的铅印小报《延安“四清”》刊出了侯团长的报告摘要。

九分团成了一面红旗。

然而，不久局面又冷清下来。

第一工作队骇人听闻的三十石粮食大案仍无进展。

榆林地区有名的财会专家——吕科长，打得一手好算盘，可以同时使用两把，右手计算，左手验算，算盘珠拨得噼里啪啦，外行人看得眼花缭乱，得出来的数字经得住检验，万无一失。专区每个年度的预算、决算，都是由他的算盘珠扒拉出来的。这次由他亲自查生产队的账，账面上清清楚楚，没有问题。生产队这点家底，虽说是陈年老账，在他手里，只用了两三个晚上，就算清了。

在工作队会上，老吕说：“我跑了很多生产队，举办过好几茬社队会计训练班，还没见过这精明的会计，全部账目合乎会计规范，挑不出一点毛病。"

"咦，依你说，他还是个模范会计哩！"团长不以为然。

吕科长认真地点头。

会后，团长一晚上不说话。第二天，他对马乔说要到面上去检查各工作队的工作，这儿你就全权负责处理。

马乔虽然感到为难，但也必须承诺。

团长临走时，留下一句话："这里局面已经打开，你们抓紧搞下去，不要右倾。"

"球"踢到他的脚下，"不要右倾"的警告，扔在他的面前。他深感这"球"很厉害！登在总团小报上的团长讲话，第一句就是"克服右倾情绪！"看来是指向他的。这个临别赠言，内中包含着厌恶、不信任、走着瞧、算总账这样一些伏笔。

这个"球"怎么踢？马乔心情沉重。

工作队内部七嘴八舌，有的重复侯团长的警告；有的背地出主意：抓住三十石粮食，开几次群众斗争大会，就可以交账。

马乔何尝不想把这个"球"踢出去，何尝不晓得起脚一个劲射，球门为之洞开，那是多么痛快淋漓的享受！可是，他现在无论如何也没有这种劲头。因为，三十石粮食的问题，会上会下、明察暗访，始终没有得到一个有力的证据。说是听说有这么一件事，可是听谁说的却找不出来，这三十石粮食放在什么地方？怎么丢的？更没有线索。开斗争会，斗谁呢？这简直是个无头案。始作俑者金生说：他是在大跃进后一年，一次社员大会上听大家议论的。当时黑灯瞎火，人们吵吵嚷嚷，他听了这么一耳朵，心里挺不自在，回家只跟婆姨念叨过，再没跟别人说。而参加那晚会议的社员，有的说记不得；有的说好像听见过；有的说没这事，要有肯定忘不了……

在工作队会议上，马乔本想说："我是个看守内阁，三十石粮食这个大案，还是等团长回来亲自搞吧。"但他临时改了口，"我们还要加紧调查。'四清'嘛，最初的意思是：'清账目、清仓库、清财务、清工分'，我们已经清理了账目，我想，我们有铁算盘这个优势，可以给每个干部算算工分账，看看他们到底有没有贪污、多占；然后，清理仓库、清理财务，把生产大队的经济搞清楚。不知大家意见如何？"

侯团长带来的一个姓蒙的文化局干部表示坚决反对，说："算盘珠不能代替阶级斗争。"他俨然以团长代理人自居；说话口气强硬，表情严峻，不容商量。

马乔对这种人心里厌恶，立即反驳："'四清'第一就是清经济，算盘珠，是清经济的重要手段，团长提出的三十石粮食，也是从清经济开始的。我们的做法，并不跟团长的部署相矛盾。团长在介绍经验的时候，不是也说从社员关心的问题入手吗？社员对干部不放心，也首先表现在经济上，经济上搞清了，才好解决干群关系，清政治、清组织、清思想才可以上轨道。"

蒙同志极为不满地说："侯书记刚走，你就改弦更张。为什么不当他的面讲出你的主张？我要去找侯书记，向你请假。"那份激动，竟使他的络腮胡变得铁青。

看看那张可憎的脸，活像一枚竖在马乔面前的五百磅大炸弹，他胸中升腾起一股英雄主义的气概。面对最后通牒的威胁，他压住火气，斩钉截铁地说："给你假，什么时候去都可以！"

蒙同志果然走了。

金生找上门来，第一句话就是："老马，你预备怎么搞？"

一看金生的神色，马乔便知道是来发难的。肯定是蒙同志临走前向他作了交代，派他来"将军"，马乔镇静地说："你想怎么干？"

金生毫不迟疑地回答："像老侯那么搞。"

马乔看看他，"你说得对，我们就是按照老侯的办法搞的。"

"那就没错。"金生说完，又觉得不大对，"老侯跟俺贫下中农一条心。像俺和老井，不是老侯，谁可看得起呀！老马同志，不是俺批评你，跟老侯比比，你差点火候，得好好学习学习哩。"

"对，我就是来学习的，而且，专跟老侯学。"马乔对金生有些反感；更对有人将工作队内部的分歧散布到群众中感到愤怒，认为

144

这是违反纪律的。

通过这一段调查研究，马乔对生产大队的经济状况有了底。生产队实行粗放经营，广种薄收，平均亩产只有四十几斤。金生身体虚弱，是个半劳力，家里婆姨不能劳动，全靠他一人维持三口之家，日子过得凄惶，并非受人剥削。如果不是社会主义制度，在这样贫瘠的土地上，他不用说结婚、成家，连养活自己都成问题。真正维持这个贫困村庄繁衍生息的，是那些强壮的劳动者。马乔认为，金生在会上哭哭啼啼诉说自己的凄惶，是对别人劳动成果的嫉妒、占有欲望。"四清"既然是解决少数坏干部占有社员劳动成果，也就不应当允许金生这样的人去占有人家的劳动收获。所以，他对金生的盘问、诘难，采取了敷衍的态度。

马乔的观点，在工作队内部得到了大多数队员的赞同，连侯团长带来的县委办公室主任、工作队秘书齐政也同意。于是，按照马乔的部署，工作队加紧了调查研究工作。

三六

十天以后，侯团长从下边巡视回到分团部。

第二天，分团召开各工作队队长会议，马乔也出席。

根据巡视结果，侯团长认为当前运动的主要危险是右倾。据说，团长这个结论，在与几个副团长交换意见时，发生了激烈的争论，最后，还是同意了他的主张。

会上，侯团长宣布撤销十三个队长的职务。其中有一人，不仅撤职，而且开除党籍，立即送回原单位。另外两人，调来分团停职检查，其余被撤职的十个队长随队改造。所有的罪名均属右倾。

宣布处分名单时，马乔心情很紧张，暗暗数着，估计下一个该是自己了。一直数到第十三人，这串名单居然让他漏网了。这到底是为什么？他想了半天才恍然大悟。第一，他是第一工作队副队长，而处分的都是队长；第二，第一工作队队长是团长，而且工作队的成绩、经验都上报了。

实际上，侯团长考虑到马乔是北京来的，要慎重；其次，三十石粮食的大案，也还没有着落，现在下结论为时尚早。

听了马乔的工作汇报后，侯团长就蒙同志对马乔的批评，作了即席发言："说算盘不能代替阶级斗争，不对。算盘珠没有阶级性，可是要看拿在哪个阶级手里。拿在地主、资产阶级手里，它就是剥削劳动人民的工具。拿在修正主义者的手里……"他突然把慷慨激昂的发挥打住，看看坐在他对面的马乔，不自然地笑笑，改口道："当然，它在无产阶级手里，就成了翻身、解放的工具。不同的阶级，打不同的算盘。从算盘珠子的响声里，可以听到阶级斗争的声音，还是很激烈的来！"侯团长一口地地道道的陕北话，忽然蹦出一句江西老表的口头语。

马乔立刻想到安甫老师常说的话："马克思主义的广泛传播、普及，带来了它的庸俗化。"他明白侯团长打住的那句话是："拿在修正主义者手里，就是阶级斗争熄灭论的工具。"

通过清查、算账，生产大队的干部基本上没有缺勤。马乔觉得这是个奇迹，因为，他去过华北、中原很多地方，生产大队干部工分问题，是引起社员不满的一大问题，——他们全年所得工分，与劳动出勤记录往往不符。偏偏这个大队的干部，工分账与出勤记录没有大的出入。

支部书记李长海，全年出席公社、县里的会议最多，误工总计三十八天，按规定县、社两级给他误工补贴四十一元八角，分八次上缴生产队，成为队里一笔大的现金收入。当然，这三十八天，按每天八分，计入李长海工分账。大队长张振华因为年纪大，上面开会都让副大队长出席，他自己全年参加劳动，无一天误工。古文四，是民兵连长，参加县里民兵干部集训一周，国家不给补贴，在生产队里也不计工分。……

马乔被震撼了！他走了那么多地方，没见过这么勤劳、廉洁的大队干部。全部账目清算出来以后，他回到老井窑里，趁着没人，哭了一场。

他哭什么？

一句话也说不清楚，但有一点是清楚的，那就是：这样的干部，怎么可以当"四不清"干部对待呢？他决心再不助纣为虐！

侯团长不愿承认"清工分"的结果，而且对马乔这样做很反感。他决定对大队会计进行重点审查。

蒙同志的状子，在"县太爷"那里告准了。他不仅告了马乔，也告了甘泉的老尹、榆林的老吕，外加同县的县委办公室主任、工作队秘书齐政。侯团长回来以后，虽然没动马乔，却让齐政靠边了。蒙同志——县文化局干事替代了他。

团长对蒙同志说："去，你把大队会计叫来，我们会一会他。"

于是，蒙同志把会计押来。

团长坐在桌子正面，马乔坐在团长一旁，蒙同志作记录，会计则坐在团长桌前的一张小方凳上。

团长正襟危坐，郑重其事地对会计说："我处理过很多大案，遇见过不少狡猾的对手，结果，他们都没有逃脱失败的下场！"

会计只念过高小，才二十六七岁，头上已有了白发。他坐在小方凳上，面对着"县太爷"的提醒，眼珠变得僵直，呆滞了半天，才说："账，都交出来了。俺要是有假，你枪毙俺！三十石粮食，也不是个小数目，俺从根儿也没听说过哩。"

"你狡猾！"侯团长面色严厉，声音略显激动。

"啊呀，好你哩，侯团长，俺们这穷乡僻壤紧紧巴巴干一年，工分值不过五六毛钱，可怜巴巴的，还敢狡猾？猾不起来哩……"

坐在一边的马乔心里很难过，会计的话，使他心灵震颤。那双恐惧的小眼睛，每迟疑地眨巴一次，就像锥子似的刺痛他的心。他心想：账目清楚的会计不是更好吗？为什么要遭此审问呢？

团长把老吕叫来，把一大堆账本摊在桌上，一页一页地翻看，嘴里说："我教过珠算，也懂得一点会计道道，你瞒不了我。"

然而，他提出的问题，吕科长在一边或用手势或用暗示，作了纠正或回答。

整整一个上午，团长在账本上与会计周旋，最后只得说："单从账面上看，基本没问题。你呀，很有经验！"

会计可怜兮兮地说："哎呀，好你哩团长，不是俺有经验嘛。俺一个高小生，没见过大世面，也没受过高人指教，是个没本事的人。生产大队就这点家底底，俺不过就是记个豆腐账吧，比不了人家富裕地方，收入多，支出也大，在那儿当会计，才得有点真本事哩！"

"我看你本事不小。"团长冷冰冰地说。

"团长，你想要甚哩？"

会计说话有些急，惹得团长拍了桌子："嘿，你还挺猖狂！问我要甚哩？我要你老实！"

"俺没不老实。"

"你看着我的眼睛！"由于恼怒，团长说话的声调变得急促、嘶哑。

会计的那双小眼睛看看团长，又低下了头。

"看呀！"蒙同志在一旁助威。

"俺不是看了么。"

"再看！"蒙同志又吼了一声。

会计又看一眼，仍低下头。

"心里有鬼吧？"团长好像得了验证，冷冷地笑了。

"俺没鬼，俺经得起查验。"

蒙同志厉声喊叫："你站起来！"

会计站起，眼泪刷刷地往外流，"俺的账清清楚楚……"

"哼，你就是靠这本账跟工作团作斗争的！我不信，三十石粮食，你不知道？你们大队干部有没有私分？古文四家两口大棺材，没有六七千块钱，根本就人鬼不出来！妇女主任家，新砌的五间大石窑，没有五千块，也出不来！金生家三口人盖一床破棉絮，更不用说老井，还有朱家，穷得天天喝稀饭……"

"他家人口多，劳力少……"

"住嘴！"蒙同志又是一声吼，打断了会计的陈述。

团长口气缓和下来，对会计说："你坐，你坐。"

会计小心翼翼地坐下，只沾了小方凳的一个边。

团长说："你的账，基本清楚；可是掩盖不了外边的'贫富悬殊'！这贫富悬殊只是个现象，后边有激烈的阶级斗争，是'四清'和'四不清'的矛盾。想用几本账就把这场斗争遮住、盖住、捂住，那是不行的！"团长以更加缓和的语气开导会计，说明政策，晓以利害，许诺前程。无奈会计一口咬定、风雨不透。惹得团长拍桌子瞪眼睛；蒙同志在一旁助威。小会计又站了起来，真是电闪雷鸣、风暴雨狂！

原来说和会计谈话，现在已经变成审讯。

团长显然低估了小会计的抵抗力，以为做了三四年县委第一书记，遇到过不少大案、要案的"县太爷"，对付一个生产队的会计，是小菜一碟，绰绰有余。没想到这家伙口封得死紧，劳师费神久攻不下。不过，他向来对自己很有信心，虽然内心不免有些着急，也不肯松手。因为，他是分团之长，他蹲点的队，是指导全分团的一面旗帜。全团一百多个干部，来自西北局、陕西省委、陕南、陕北、关中地区，同级的县委书记、县长三个，还有北京的马乔；而且，他的经验已经上了报纸，传遍了九个分团；更何况，这次巡视归来，是他在分团党组会上，坚决撤换十三个工作队长的职务；凡此种种，都使他下定决心，只能前进，不能后退。

也许，他遇见小会计这块"牛皮糖"，久嚼不得咽下，会想到："三十石粮食"这个案子打得过于匆忙，可是他马上又会想到，不如此，怎么会打开局面，怎么会在总团的《延安"四清"》报上一炮打响！他比谁都清楚，他之所以从一个小学教员，很快升到县委第一书记，就在于他善于"一炮打响"，抢占"制高点"！他深得其利。

如果说，一个部队抢占制高点，需要付出流血、牺牲；那么，他抢占制高点，仅仅付出机智、聪明就够了。现在"制高点"在他手里，不能让一个小小的会计功亏一篑！以他的地位、经验、力量，拿不下一个小会计，那简直是耻辱。所以，他虽然有些着急，但在马乔面前、在他的部下面前，要展示自己出众的才能与智谋。他一会儿好言相劝；一会儿冷言厉色；一会儿把话题拉开兜起圈子；一会儿又单刀直入黑虎掏心；手法层出不穷。在小会计面前，他像一只得意的猫，捕到老鼠之后，并不以满足肚肠需要为第一乐趣，他要在把玩猎物的过程中，得到精神上的享受。

小会计只有听任摆布，只能被动招架，不敢还手、反抗。然而，他毕竟是几百个乡民中最有学问的一个，是这道黄土沟沟里出生的佼佼者。他账目清楚，合乎会计规则，恐怕在全中国的农民会计中，也是一个难得的忠臣！

审讯连续进行三天。

为了不让对方得到喘息，夜里由蒙同志和政法干部审问；白天由侯团长审问。到了第三天，"猫"、"鼠"都筋疲力尽了，"猫"已经失声，说不出话来；"鼠"眼窝深陷，瘦了一圈，一双干枯的小眼睛，充满了痛苦和忧伤。最后，他悲哀地说："团长，你老人家不相信俺们哩。老队长是刘志丹的人，俺们没本事，对革命没贡献，就已经够没脸啦，还敢做见不得人的营生？"

团长这只玩鼠的"猫"，竟然无法制服这只气息奄奄的"鼠"！他出师以来，还没碰到这样难缠的事。他眼睛里燃烧着愤怒的火焰，因为这几乎是他难以忍受的耻辱，他感到他的权力、威望均遭到了亵渎！

马乔心里念叨着：普天之下，莫非王土，率土之滨，莫非王臣。三天来，他一直"陪审"。有时也想到，小会计可能有鬼；现在，他彻底否定了这个假设。团长的失败，使他有些幸灾乐祸，但只是暗暗窃喜，不露一点痕迹。

三七

侯团长也许很后悔把马乔分到自己身边。这下子，自命不凡的身份竟然在马乔面前降了一格。马乔官不大，却是从上边来的；他自己官不小，却在下边工作；两下相比，正副抵消，这是他把马乔留在身边，又在发生分歧后未能断然用权的主要原因。他本想在小会计身上采取速战速决的战术，待突破、制服以后，回过头来将不驯服的对手置于绝境。偏偏这个小会计死磨硬泡，把他的设想打乱，而且弄得疲惫不堪，速决战变成了消耗战。说失败为时尚早；但胜利也遥遥无期。陪在一边的马乔一言不发，他猜想，对方一定在心里笑他，一定很得意。他作为县委第一书记、分团团长、分团党组书记，在延安地区已成了一面红旗；他创造的这个局面，可以使他平稳地渡过"四清"这一关。因为所有的县都要分批进行"四清"运动，将来轮到他头上，这关就好过多了；而且，只要"四清"这一关过得风光，他就有机会去填补"四清"后的真空地带。在分团里，所有副团长都比他年纪大，都是解放战争时期、甚至抗日战争时期的干部，论资格，他处于劣势；论年龄和文化，他又占了优势。他看不起老干部，认为他们太笨、太愚；老干部也看不上他，认为他就会耍嘴皮子。他头上戴着共产党员的帽子，心里只装着他自己。这种干部最大的特点，就是心狠，不实事求是。偏偏这样的干部生逢其时、广受重用。在分团里，三个副团长对侯团长大动干戈、撤销十三个工作队长职务，虽然持有不同意见，也只能保留，因为他是第一书记，他就是头脑，就是心脏，是核心的核心，最后还得按他的意见办。由于得到上面的支持、赏识，老干部对他的抵制，只能是消极的、防守型的，最后能做到保留意见，感情和思想也就平衡许多了。所以，在分团，他可以支配一切。唯独马乔，像根鱼刺似的，卡在他的喉咙里，吐也吐不出来，咽又咽不下去。

侯团长病倒了。

随团医生前来探视，号脉、试表，判断结果是：低烧 37.2 度，咽炎；建议：不要再去社员家吃派饭，单独起伙，吃流食。

分团部从公社食堂送来米、面，选择队里两个女演员之一到老井窑里负责照顾团长。

于是，老井的窑里，飘出炝锅的油香，而且，还能听到悦耳的豫剧清唱。

马乔明白，团长的病是喊的，拍桌子打板凳，把嗓子喊坏了；也是急的，骑在虎背上，久攻不下，到哪儿算一站呢？看到团长这么个病法，他心生厌恶，而且对自己增强了信心。

跟这样的人顶牛，马乔何尝不紧张？多少年来，他一直处在斗争的旋涡里。他看见过多少人在激流中沉浮；看见过多少人的毁灭。他难道不怕吗？怕的。这和过去打仗不一样。打仗，最初几次也是害怕的，可到后来就不怕了；而且，经过多少险关，都能闯将过来，确实使他增加了对自己的信心，那不是一般的自信，几乎是带着某种神秘意味的自信，倒像是不管遇到多么强大的敌人，他都可以化险为夷。眼前这场无休止的斗争，开始时他什么顾虑也没有；以后却越斗越胆小了，越斗越对自己丧失了信心。从思想上说，他真想躲一躲，可偏偏又躲不开，躲了初一，躲不过十五，总有一天，会撞得头破血流。他对这么斗下去的前途比较悲观。

如今，团长病了，三十石粮食的大案搁浅了。整个分团、十八个工作队、全公社的干部、社员，都盯着这个震惊一时的大案。当初，侯团长介绍经验时，说这叫牵住了牛鼻子，因而也就牢牢地掌握了运动的主动权，杀了"四不清干部"的威风，给贫下中农撑了腰、壮了胆。而现在，牛鼻子呢？没牵住，倒骑上了虎背。"三十石粮食"放在虎背上拽不下来，运动进展不下去，怎么办？

老井的窑洞外边，涌满了娃娃、婆姨，还有跟着来的小狗、大狗、鸡娃、猪娃，好不热闹，都在听窑里悦耳的清唱，一会儿豫剧，一会儿秦腔，鳏夫的寒舍，竟然让人想到后宫乐园。

马乔不知从哪里来了一股勇气。他一脚踢开咬架的鸡狗，分开吵吵嚷嚷的婆姨、娃娃，推门而入。

"哎，看看外边有多少人吧！"

团长被"撞"得横眉倒竖，差点发作出来。看到门外熙熙攘攘的人群，改口说："算了，算了……"

女演员含情脉脉，两颊绯红，显然，她正沉浸在浓浓的情愫里。突然的休止，使她感到痛苦、难堪。她眼角噙着泪水而去。

马乔站在门口，冲着听热闹的婆姨、娃娃们："不唱了，不唱了。明天再来。"他把窑门关上，坐在老井的灶火前，对着半躺半卧的侯团长说："我有一点儿想法，跟您汇报一下。"

"噢，是吗？说哇！"团长的心绪归于平静，喉咙虽然还沙哑，已经能够发声。

"我想，'四清'就是要把经济、政治、组织、思想弄清楚，不一定……"

"不一定什么？"团长嘶哑的嗓门，发出严厉的诘难。

"干部不一定都是坏的，也可能有好的干部。"马乔的话语坦率，但尽量保持缓和的口气。

"我，早就发现你有这个想法，为什么不早说？"

"我不了解农村的情况，缺少这方面的锻炼，想多看看。第一次来陕北，我的印象是陕北干部比较朴实，保留着延安作风。像张振华这样的大队长，全年出勤，出满勤，保持了劳动人民的本色，实在是难能可贵；而且，到目前为止，没有发现其他问题，这应当算一类干部。而三十石粮食问题，最初我也同意搞，现在落实不了，包括金生在内，他也说不清楚，这样久拖不决，对运动不利……"

"久拖不决，是因为工作队内部意见不统一，队长、副队长同床异梦，劲使不到一起，给'四不清干部'以可乘之机。"团长激动得两眼发红。

"您认为我右倾？"

侯团长冷笑一声："你，开始就是右的。我总想等待一下，北京来的嘛！我很失望。这里的工作，关系全局，影响一大片。我们这条船，在右倾机会主义的湾子里搁浅了。现在是不反右倾，运动就要走过场。"

"我不同意这种估计。"马乔不会迂回战术，一下子就跟顶头上司相撞了。

团长早已不习惯这样的顶撞。他脸色发白，一双可怕的眸子盯住对方，停顿了好一阵，使劲在内部进行调整，才算把即将喷发的火压了下去："不同意，没关系，我这个人，向来不整人。"

马乔差点笑出来，心里说：阿弥陀佛，还要怎么样，才算整人呢？他随即说："我要是错了，整我也应该；我要是没错，整我也不怕。"

两人相对无言，僵持着，谁也不先说话，血管里的血流奔腾不息。

马乔的话虽然是话赶话，临时逼出来的，却是他信念的流露。就像在战场上一样，并非不怕死，只是到了节骨眼上，心一横，死就死吧！在政治风浪中，并非不怕犯错误，可是，当选择逼到头上，心也就一横，把平时千回万转的顾虑，置之度外了。

长期处于领导地位，团长的耐心已逐渐蜕化；然而，在这个北京来的青年干部面前，特别是在这种狂妄的挑战面前，他还是用尽平生力气，把几乎丢光的耐性捞回来几分，以免使局势发展到不可收拾的地步。他紧急刹车，站起来对马乔笑笑，出门而去。

看着侯团长的背影，马乔心想：暴风雨就要来临，那就来吧！

三八

团长和马乔的分歧在工作队中正式传开。

工作队成员的神经紧张起来。团长在工作队会议上高举反右倾的旗帜，压力不断加大。队员们面临着选择：县太爷得罪不得，马乔是北京来的，运动一过就回去了，侯团长的手伸不了那么长；而本地干部、尤其是侯团长所在县的干部就麻烦了，县官不如现管，团长既是县官，又是现管，那是利害攸关的选择。

当然，对马乔来说，已经不是选择了。

往日，工作队内部开会，又说又笑；现在，一个个板起面孔，说话谨慎，公事公办。发言、汇报、讨论问题时，先看看团长的眼色，揣摩一下团长的意图，唯恐犯忌。在会下，凡属县太爷那个地方来的干部，处处躲着马乔，采取不接近、不交谈的态度；唯独齐政，当蒙同志不在场的时候，对马乔笑笑说："没关系，我顶多不干算球了。"

老吕、老尹心照不宣，暗地里说："看他怎么办？"

在孤立中，马乔感到了慰藉，也尝到了这位县太爷、父母官的威力。特别是有一件事，使他十分尴尬——

那天，天刚蒙蒙亮，老井还没起身烧火做饭。忽听侯团长在被窝里叫：

"老马，老马，你怎么了？"

"没怎么。"马乔从梦中醒来，迷迷糊糊地回答。

"没怎么？你发吃症了！"

马乔恍然。

"你又哭又叫，浑身哆嗦，看把你吓的。"团长颇为得意地说，让马乔想起前一段他审问小会计的情景。

"大概吧。"马乔坦率地承认，内心却在责备自己。他知道，每逢遇到艰险，就会做噩梦。在梦中，他总是被抛下悬崖，手里抓着一根游丝般的细线，向望不到底的深渊坠落。风在他耳边呼啸，那根游丝般的细线似有若无，吊着他在空中下坠、下坠，把一刹那的死亡，无限地延长着，残酷地拖延，使他无法忍受……每到这种时候，他会哭、会叫，会像孩子似的呼唤妈妈……如今，童年时的经历，又在梦中出现。这使他感到非常尴尬，尤其是在这位侯团长面前演出这样的"活剧"，太丢人！不是已经跟团长说了吗？"我要是错了，整我也应该，我要是没错，整我也不怕。"怎么还没整就稀了？简直是色厉内荏。为了掩饰内心的痛苦，他转过身去，假装又睡着了。他听见团长在笑，听见团长从被窝里伸出手，在棉衣兜里摸香烟、摸火柴。火柴擦着了，烟味在窑里飞散，随即就是一串咳嗽。

马乔转过身来，"你忘了？医生不让你抽烟呀。"

团长边咳嗽边笑着："不由人呀！"

马乔突然想起京剧《武家坡》的一段唱词，于是边起床边小声地唱："……不由人，一阵阵，泪洒胸怀。青是山，绿是水，花花世界，薛平贵好一似孤雁归来。老王允，在朝中，官居太宰，他把我，贫穷人，哪放在胸怀。恨魏虎，起二心，将我谋害，苦害我薛平贵所为何来……"

"咦！"团长惊奇地叫了一声，"老马，你还有这一手？"

"瞎哼哼吧。"马乔跳下炕，出了窑门，在外边放开嗓子唱出最后一句："柳林下，拴战马，武家坡外。"

"哎呀，外边空气可真好啊！"马乔呼喊着，对着清冷的天空，作深长呼吸。

"呀，刚才是您吗？"女演员从朱家窑畔的小路上跑过来，热情地说："您唱得不错，我可喜欢京戏哩！"她是来给团长做饭的。

马乔不好意思地："我没拜过师，完全跟着人家瞎哼哼。"

"哎，挺有味的。"

"什么味？野味。团长大概起来了，你去吧。"

马乔扫完院子，给老井的缸里挑满了水，就去吃派饭。一路上，他还为自己发呓症懊悔。算起来已经是第三次了。头一回，是在太行山上、清漳河畔的大庙里，一场大病，高烧四十度不退时闹过一次；第二回，是在大别山上，在敌人魔掌里生与死的边缘挣扎时又有一次；今天，居然在侯团长面前出了洋相！形势没那么严重，紧张什么？虽然他是团长，可以用权，但是，他是错误的。他太主观，不能实事求是，是毛主席早就说过的：下车伊始，不作调查研究，就哇啦哇啦乱下结论，钦差大臣满天飞，无实事求是之意，有哗众取宠之心。这样的作风没有不出乱子的。马乔确信自己是对的，应当对干部负责。这样顶下去，日子虽然不好过，心里却是舒服的。况且，侯团长日子也不好过，要不改弦更张，运动将进展不下去，怎么向上级交代呢？

三九

马乔发呓症的事，竟然不胫而走。他从社员家吃完早饭回来，半路碰上金生，拉住他神秘兮兮地问："老马同志，你得听老侯招呼啊！为了俺们贫下中农，你就受点屈，吃点亏，咱们把社整好。人家老侯都累病了，你可不敢再闹矛盾。他好赖是个父母官哩……"

马乔打断了金生的话："谁告诉你我跟老侯闹矛盾了？"

"啊呀，好你哩，这不是明摆着的嘛？人家老侯要解决三十石粮食大案，是你顶住不办嘛！"金生的眼睛闪烁着火气。

"金生同志，不是我顶住不办，是办不下去呀。你提出三十石粮食的问题，没有任何线索，老侯也没办法呀。"

"心不齐嘛。"金生埋怨地说，"这儿刚追查哩；那儿就给干部评功摆好，又是出勤满啦，又是出满勤啦。这儿紧着加柴烧火；那儿紧着撤柴灭火嘛。人家蒙同志想追，也不让追嘛。俺们贫下中农有意见哩！"

"金生，你这都是听谁说的？"

"哎呀，没有不透风的墙。要想人不知，除非己莫为嘛！夜里，你跟老侯闹得翻了天，又哭又喊，俺都知道！"

马乔大吃一惊，"你听谁说的？"

"咳，这你别问了，俺横不是说瞎话哇？"

"绝对是说瞎话，我根本没有跟老侯闹，只是发呓症……"

"俺没见过，发呓症这么个发法……"

马乔心里很生气。本来对金生印象就不好，刚想说他几句，突然醒悟到：那三十石粮食的问题也可能就这么捕风捉影而来。于是说："金生，你的耳朵有问题吧？你怎么听的？"

"俺耳朵有甚问题哩？你就是看不起俺们！"

马乔心里说，听话没准头，说话没准头，干起活来只顶半个劳力，晃晃悠悠白长了一个大个子。他本想回到窑里问问团长，金生是不是来过？但窑里飘出了一股油香，可以断定团长和演员、老井正在吃饭，就绕开去了工作队办公室。

齐政一见面便悄声问："哎，你怎么啦？""我好好的，怎么啦？"

"你发吃症了？"

马乔点头："你听谁说的？"

"老蒙说的。"

"老蒙？他听谁说的？"

"自然是团长啦。"

"团长怎么说的？

马乔追根究底的询问，使齐政感到惊异，"怎么？这里有阶级斗争？"他开玩笑地说。

"别开玩笑，这里还真有问题。他怎么说的？"

"老蒙说，一大早他去看团长，团长问他，延安有没有精神病院？他说，好像有，就在大砭沟。团长说，老马犯病了，原来不知道他有这病，让老蒙跟总团联系，接老马去延安看病。怎么，你……"齐政疑惑地问。

"去他妈的！我不过是做了个噩梦，喊了两声，就惹出这么多故事！"马乔愤怒地说。

"我想也不是。你有过这样的病史吗？"

马乔告诉齐政：一九四二年"五一"反扫荡，在太行山老爷岭与日军遭遇。在突围中，妈妈抱着他从悬崖上跳下去。母亲牺牲了，他活了下来。……

齐政激动地："哦，这我就明白了！"

"你明白什么？"

"你跟俺们书记尿不到一个壶里，有必然性哩。"

"什么必然性？"

"咳，我考虑了很久，我认为有历史根源、阶级根源、思想根源。"

"哪来的那么多根源。你是搞宣传出身，动不动就上纲。"马乔嘴里这么说，心里却非常高兴。这一阵要不是得到齐政的支持，他的日子会更难过。在他见过的县委、地委办公室干部中，齐政属于朴实、谦和、正派、有原则性的人，不像此类干部中另一类人，虽然也是党员，却事事以书记马首是瞻，完全成了"县太爷"的听差、"使唤"。

齐政说："我可不是瞎说。我生长在陕北，上学的时候，正赶上胡宗南进攻陕北、占领延安。陕北人日日夜夜为毛主席、党中央捏一把汗。国民党不仅占了延安，后来一满占了陕北，可他占不了陕北人的心！毛主席、党中央越发成了人们心里的圣灵。啊呀，人，就是这号东西，失去的光华才懂得她的价值可贵！我就是在这种追忆、思念、敬仰之中走过来的。我没有经历过毛主席在延安那段生活，可脑子里总有那么一片阳光。像毛主席倡导的那样，张思德、白求恩、老愚公那样真诚、淳朴、为人民服务。说实在话，我这片阳光，现在不断有乌云出现，很苦恼！这次碰上你，哎呀，我心里头一下就亮了。这一亮不要紧，可就把书记给得罪了。不过，心里还是高兴的，以后的事，以后再说，管球他哩！"

马乔没想到，齐政还有这么一套想法，更觉得相见恨晚，值得庆幸。不过，他也更为齐政的未来担心。不管怎么说，得罪了这样的书记，后果堪忧。于是说："以后，还是我来顶，你呀，策略点好。"

"唉，我已经忍了很久，这次碰到你，把我给引出来了，只好'丢掉幻想，准备斗争'了。你听，"齐政指着远处老井的窑洞。果然，那里又传来豫剧清唱的声音，"他妈的，这叫不叫修正主义？这是不是也应该清一清？"

"应该。我看真正危险的是这一部分人。"

"对。五八年以后，下边有一种苦恼，你们在上头，不一定能体会到。过去，不同意见可以提，无论官职大小，都能说话，为革命负责嘛。五八年以后就不行了。一个右派帽子，一个右倾帽子摆在那儿等着你哩，谁还不小心点？就像旧社会丁字路口上都有一座土地庙似的，从那儿经过，大人会告诫孩子：规矩点，不要惹神生气。现在的土地爷更厉害，人们到了丁字路口，只能看眼色，随大流，谁也不想找倒霉！"齐政摇头叹息，"这就给居心叵测者、投机钻营者洞开方便之门。这些人巧舌如簧，冷酷无情，攫取功名富贵，不择手段，是新社会滋生出来的一帮新政客。"

"政客？对，太对了！"马乔兴奋地站起来，"我想了很久，该叫什么呢？没想出来。新政客！还是你体会得深。这种人，越来越吃香……"

马乔正说在兴头上，蒙同志推门进来，笑逐颜开地说："谁吃香哩？"

马乔直通通地说："你，你吃香。"

蒙同志的脸一下子变白了。

齐政说："真让你赶上了，我们说的是西安的羊肉泡馍，越来越吃香。"

"噢，那倒不假。"蒙同志的腮帮子因为使劲，塌陷下去。他关切地说："马同志，你感觉咋样？"

马乔摇头："感觉不好。"

"咋不好嘛？"

齐政说："老蒙学过医，后来才转到文化局的。"

马乔点点头："说不清楚。"

"你常犯这病吗？"蒙同志带着医生的口气问。

"这是第三次。四二年犯过一次；四七年犯过一次。"马乔一本正经地回答。

"噢，"蒙同志的腮帮子又一次塌陷，他思索着，"你父母有过这种病吗？"

"有。"

"知道是什么病吗？"

"反抗病。"

蒙同志一愣："什么？"

"反抗病。"马乔重复一遍。

蒙同志困惑地摇头，好像不相信自己的耳朵。

齐政搭话："咦，这是啥病？你那医典里有吗？"

蒙同志犹豫地说："这可能属于精神科。你父亲有这个病？你母亲也……"

"对，他们患的是同一个病——反抗病。"

"怎么个病状呢？"

"我父亲是学理工的，我母亲是学师范的，他们一犯病，就双双参加了共产党。国民党治不好我父亲的病，在上海把他杀了。我母亲为了不投降，让日本鬼子逼得跳崖牺牲。这就是我家的病史。蒙同志，不知道你是学医的，你给我号号脉？"马乔说着把左手伸出去。

这下子蒙同志的腮帮子不是塌陷，而是隆起，鼓鼓得像青蛙的气囊。

齐政禁不住笑了。

蒙同志惨然地一笑，"噢，你可真能开玩笑！"

"啊呀，好你哩……"马乔学着陕北话说，"我是最不会开玩笑的人。"

四十

马队长有神经病的传说，在社员中、在全公社范围里迅速传开。陶琼和一起来的大学生纷纷请假前来看望。

陶琼穿一身从解放军后勤部门拨过来的棉军衣，从十几里外的深山沟赶来。厚墩墩的棉衣、棉帽，把她包裹得严严实实，只有一双困窘的眼睛，和脖子里露出的一点点红围巾边角，才能让人判断出她是个女的，而且是一向高傲不群的陶琼。

"哦，你来了！"马乔真有点他乡遇故知那种欣喜的感觉。

陶琼摘掉捂在头上、脸上的棉帽子，喘息着解开厚厚的棉衣扣子，怀疑地问："说你病了，我看不像呀！"

"对，我没病。你听谁说的？"

"我们队长说的。说这下子你可能得回北京治病。你要是回北京，给我带封信。"

"哎呀，你是来看我呢，还是要我给你带信？"

"当然是看你啦。上次，在北京郊区是我病了，没有坚持到底。这次，我没病……"陶琼虽然整整瘦了一圈，两眼依然发出挑战似的光芒。

"我也没病……"马乔想说那是造谣，又改了口，"那是一个小小的误会。可能因为工作太紧张，做了一个噩梦，半夜三更叫了几声，人家就以为我有神经病……"

"其实，我也不信。"陶琼笑着说，"不过说实在的，你顶得也太厉害。除了你顶得起，别人没那样的资本！"

"我有什么资本？我这个人爱感情用事。感情上过不去，就是过不去；转不过弯来，就是转不过来。……哎，你怎么知道我顶得厉害？"马乔感到惊奇。

"唉，谁像你那么傻？人家本地干部都互通消息的。你是我们的带队，半年多了，连个电话都不打，我们让狼叼走了你都不知道！"陶琼说着眼圈都红了。

马乔这才觉得自己对同志关心不够，一头扎进村里，把什么都丢在脑后了。于是连连道歉："对不起，真对不起……"

陶琼的眼泪倒哗哗地往外流，然后又笑着说："我知道，你一定很紧张。上次撤了十三个队长，我总怕名单上有你，后来没有，我才放了心。我们队长就很冤枉。就是因为团长去检查工作，他说了一句：'这山沟穷，想四不清，也办不到。'团长抓住不放，说：'这是修正主义谬论，这等于说，穷的地方没有阶级斗争，是形而上学。'说'米脂县委派这种人来领导'四清'是跟马克思主义开玩笑。'就这样稀里糊涂把队长的职务撤了。事后，队长问我：'你说说，啥是个修正主义屯？'"陶琼学着陕北话说，"俄（我）也解不哈

（下）嘛！"

"唉，你应该告诉他嘛。"马乔认真地说。

"告诉他管什么用？还不如稀里糊涂的好。他现在随队锻炼，无官一身轻，天天躺在热炕上睡大觉。"陶琼说着放低了声音，"怎么样？你顶得住吗？"

"走着瞧，还不至于把我送到疯人院吧。"

"他敢！"陶琼脸一仰，头一甩，横眉怒目，一脸英气地说："他要敢迫害你，我就回北京，告他的御状！"

马乔心里顿时感到非常温暖，在远离北京、处境十分困难的时候，听到这句大义凛然的许诺，早把对她的成见置于脑后。眼前的陶琼，复现了昔日那种长于挑战、惯于不群的高傲、俊美的模样。在这荒凉、冷漠、不宜人类生长的地方，她就像一朵色彩浓丽、光华四射的奇葩！啊呀，马乔心里暗暗吃惊，——从来没发现，陶琼这么美！这样的美，再加上关怀、同情，足以震撼他的心灵。由于感激和激动，他真想当面忏悔，对她道一声歉，却没有出口，只是说："这里比北京郊区不知苦多少倍，你能坚持下来，真不容易！"

陶琼微微一笑，把嘴轻轻一撇，善意地说："对不起，我可不跟你交换。"

马乔一愣，心想，这是什么意思？

"我来看你，是出于同志的关心；同样，你如果受到不公正待遇，我也会出于公心，坚持原则！而不管你是否肯定我。"陶琼的脸庞由于挑战式的发难变得更加线条分明、更加俊俏。

马乔不知说什么好了。

陶琼见状笑了："也许，我又犯老毛病了。"

"我是很真诚的，不存在什么交换。"

陶琼点头，不好意思地说："这看得出来。不过，你有的时候也相当傲慢，看不起人。"

"没有那事……"马乔辩解着。

"你，也许不自觉。有时，你看人一眼，那种蔑视、高傲、优越感相当厉害。让人觉得高不可攀。当然，你是正直的。在原则问题上，你有高贵的品质。不过，平易近人点，不更好么？不要让人家敬而远之嘛。"

马乔接过话来："敬鬼神而远之。"

"我可没说你是鬼神啊！"

"原著是这样说的，后来人们省略了一下，是为了不那么刺激，有含蓄之美德。"

"你总有点不可思议的地方。"

"那，还是有点鬼神的味道啦。"

陶琼大笑："你这个人呀，爱认死理……"

俩人正说着，办公室的门开了，团长从外边进来。马乔和陶琼站起来。团长见到陶琼，热情地伸出手，陶琼犹豫了一下，才与团长握手。哪知团长握住陶琼的手半天不放，嘴里说："啊呀，这女子瘦了么，不习惯是不是？住在穷圪崂崂里头，熬煎了么！不过，毛主席在延安讲过：'拿知识分子和工人、农民比，最干净的还是工人、农民，尽管他们的手是黑的，脚上有牛屎，还是比资产阶级、小资产阶级都干净。'知识分子的思想、感情到了这个火候，那才算起了根本的转变，变成了无产阶级知识分子……"

陶琼已忍无可忍，使劲拔出自己的手，当着侯团长的面用力搓，恨不得把手上的皮搓掉。然后说："马乔，我走了。"

团长问："陶琼，你来做啥哩么？"

"我们队长派我给分团送报表，你看吗？"陶琼说着从挂包里掏出一大卷东西。

团长一看这么多，连连摆手："不看不看。"

陶琼拿起军棉袄、红头巾，没穿没戴，就出了窑门。

马乔对团长说："我去送送她。"跟着出来。

陶琼恼怒地："什么东西，把我的手都捏疼了。哪有这样不懂礼貌的臭家伙！"

马乔怕她的话被团长听见，小声劝说："行了行了，他就这习惯。"

"我知道。他去过我们那儿。这种人，还领导'四清'运动，真是活见鬼！越搞越乱。"陶琼边走边穿棉衣，脚步快得惊人。

马乔惊叫："哎，你不是去公社吗？"

陶琼这才停住脚步，"我早去过了。"

"那一大把文件？"

"哼，那是从公社领来的半个月报纸。我断定他不会要的，这种人！"

"我说呐，一个小队，怎么有那么一大卷报表呢？你也真敢冒险。他要是接过来看看，你可怎么说？"

"我就说，是他把我气糊涂啦。哪有这样的县委书记！"

"不过，你也可以啦，当着他的面，把污垢都搓掉了。不错，很勇敢！"

"是吗？"陶琼高兴得眼里闪着光亮。马乔的夸奖，似乎填平了她胸中的沟壑。她精神抖擞地说："你回去吧，赫鲁晓夫还等着你呢！"

马乔不禁开怀大笑。他觉得陶琼这话真解气。侯虽然无法与赫鲁晓夫相比，但是，这让人感到痛快。

"我深信，三分之一政权不在马克思主义者手里。像他这样的人，能是马克思主义？他领导'四清'能清吗？"陶琼与马乔分手时，说出她最新的感受，"跟这种人在一起，实在可怕。你小心点吧。"她关切地说完，走下墙畔，踏上回村的小土路，头也不回地去了。

四一

看着陶琼远去的背影，马乔想着：去年秋天，人们还在为"三分之一政权不在马克思主义者手里"这个论断辩论。在辩论中，他处在模棱两可的地位。今年对这个问题已经有了体会。本来"四清"

是为了解决这个问题，可是眼前的情况叫他头痛。这问题似乎越解决越麻烦，越解决越解决不了。真是个难题！他又想起了安甫，想起安甫说过的那句话：

"调查，有时要把触角深入到事物之间的临界点。而且，有些临界点是禁区。"

现在，他触及的是不是临界点？这显然是个危险的雷区。他不应当只停留在困惑中，他应当勇敢地坚持调查研究，勇敢地面对现实，小心谨慎地闯过雷区，从炙热烫手的临界点上采掘出样品，完成这次特殊的任务。

啊，陶琼已经消失在黄土高原的皱褶里。冬日的陕北高原，满眼都是沟沟洼洼，都是灰蒙蒙的黄土，都是被雨水、山洪冲刷、切割留下来的累累伤痕。一眼望去，千疮百孔，触目惊心。近处，一块摇摇欲坠的土崖，崖头还留着几株凄楚的枯草，在冷风里抖擞。或许，明年春天，一场春雨，这块土崖就会塌落，枯草也会随之葬身崖底；而新的危崖又会制造出来。冲刷、切割、凌迟、绞杀，无休无止，皇天后土，日日夜夜承受着支离破碎的痛苦。一位美国学者说，眼前这堆黄土，是从西亚乘着大风搬过来的。马乔颇不服气，认为那是"欧洲中心论"衍生出来的理论。但这堆黄土，年复一年的倒塌，却会被河流搬入大海，冲入太平洋，总有一天，黄土会搬光，只剩下裸露的岩石。那时，这块女娲造人的地方，将只有嶙嶙峋峋、白骨般没有生命的枯石！看看山下川道里蜿蜒曲折的公路和有限的农田，那是以森林毁灭、牧草绝迹为昂贵代价的交换品。他的想象力一下子飞扬起来。遥想秦汉已往的远古时代，这里绝没有如此众多的深沟大壑；那朝阳的坡面上，也绝不可能仅仅生长着一些梢林、杂树；一座座相隔的黄土山包，一定是连在一起的巨大的黄土高原，原上一定长着参天的大树。大自然赐予华族的，一定是绵亘千万里的绿色世界！然而，这些都不见了。杜牧笔下的《阿房宫赋》随即出现在他的面前：

"覆压三百余里，隔离天日。骊山北构而西折，直走咸
阳。二川溶溶，流入宫墙。五步一楼，十步一阁。廊腰缦
回，檐牙高啄。各抱地势，钩心斗角。盘盘焉，囷囷焉，
蜂房水涡，蠹不知其几千万落。长桥卧波，未云何龙。复
道行空，不霁何虹。高低冥迷，不知西东。……"

这辉煌奇靡的构建，是以"蜀山兀，阿房出"为代价的！然而，
"楚人一炬，可怜焦土"，阿房宫也不见了。好么，我们这个民族，
建造了多少座阿房宫，又烧毁了多少座阿房宫？真是烧了又建，建
了又烧。秦皇一再无道，霸王一再称雄。已往的文明，总是与毁灭
首尾相连。现在，无边的黄土，堆积着无边的穷困和荒凉，一亩地，
只收二三十斤。张振华的破棉袄，已经穿了几十年！快六十岁的人
了，吕科长查了他五年的工分账，找不出十天以上的缺勤。他没有
文化，只认识"共产党、毛主席"六个大字。他说："搞社会主义就
是凭良心。"这样的人挨斗争，不是作恶吗？这和社会主义不是背道
而驰吗？

"什么经验、典型，去他妈的！"马乔不禁骂出声来，"对，打官
司。一直打到北京。像张振华这样的干部挨整，全中国还有好
人吗？"

忽然，从山坡背后走出一人，"啊呀，老马，你一人上来啦？"

原来是工作队的老尹。

马乔一时不知说什么好，猜想对方一定听见他的话了。

老尹笑笑，宽慰地劝说："咳，你也用不着生气。大家不说，心
里都明白。"

马乔点头，"可是怎么办呢？"

"嗨，由他去吧。家常便饭。这几年基层干部总是挨整，一拨拨
地整，一拨拨地换，就那么回事。"老尹说得很轻松。

"有问题，当然可以整；没问题也整，那怎么可以？"

"唉，"老尹叹息，"啥有问题没问题嘛。基层干部没文化，还不

167

是上面叫干啥就干啥？他们可懂个啥啥你哩？今天，你来整，明天，他来整，球哩，割韭菜，一茬茬地砍。整人的，都是他娘的英雄；挨整的，都是他娘的干事的、没本事的！"

老尹直抒胸臆，倒让马乔哭笑不得。在老尹看来，生活本身就是瞎胡闹。这也未免太消极了。可是，听来心里也真有些酸楚。

说着话，老尹把马乔拉到一个朝阳的土窝里。这里地下铺的有草，又背风，又暖和。老尹解释说："队员们肚里都明白，俺们都是本地的，横里竖里都出不了县，出不了区；更何况，有一半人是老侯那个县的，一半是榆林来的，只俺一人是甘泉的。顶多鉴定的时候，说上两句坏话，顶个球用？回了俺甘泉，一满都是老领导，都了解。别人就不好办啦，县官不如现管。只要他不当地委书记，就管不下俺！"说着，老尹到怀里一摸，掏出半瓶西凤酒。

"你买酒喝了？"马乔惊奇地问。

老尹不好意思地笑了，西凤酒的香气也随着飘了过来，"嘿嘿，常下乡，热量不够，喝上两口，补充一下子。"他拧开瓶盖，用手抹抹瓶嘴，递给马乔。

马乔接过酒瓶，放在鼻子下面闻闻，"哎呀，真香。我不会喝酒。"又递还给老尹。心想，这不是违反"四清"纪律吗？

"你尝尝，俺们陕西名酒。宋朝诗人苏东坡说：'西凤酒，绝妙好词哩。'这东西稀罕，在县里买不上。"

一听苏东坡，马乔心里痒痒了，再加上那扑鼻的香味，真让他跃跃欲试。不过，他还是坚守着纪律，"你喝，我闻着比喝到肚里更香。"是啊，"四清"纪律，他如果破戒，怎么再去约束大家呢？自己不喝，个别同志喝就喝吧。

老尹一仰脖，咕咚就是一口，使劲抿着嘴，舒服得神采飞扬，"俺告诉你，有这么点东西，不会闹浮肿，不会得肝炎。"

马乔点头，脑海里突然闪出张永安 ——正理直气壮地说："没明没黑地干，不吃点，顶得下去吗？……"又想起他们同村的韩德英——一九六三年，接到槐树底村党支部讣告："模范党支部书记韩德英同志，因患肝癌医治无效，不幸病故……"他赶快寄去萧萝积攒下来的三十块钱，心里难过了好几天。一个进了监狱；一个中年夭折！

"唉，你也太认真了！"老尹品着西凤，忘情地劝说着。那种乐天的劲头，恰似找到了西天乐土。

四二

运动停滞了，推不下去。

工作队会议上，侯团长不肯让步。他说："运动推不下去，一是工作队内部思想不统一，右倾机会主义作怪；二是'四不清'干部的势力没受到毁灭性打击，他们摸到了工作队内部不统一的底，增加了顽强抵抗的侥幸心理。我们必须旗帜鲜明，打破他们的幻想。要立即召开群众大会，斗倒斗臭支部书记李长海，打掉'四不清'干部的威风，把运动推向纵深。"

一听推向纵深，马乔就反感。没有根据，随便斗人，这叫什么"推向纵深"？这是草菅人命！在战场上，推向纵深，意味着重重障碍、步步陷阱，意味着火力、兵力虚虚实实的未知数。那样的推向纵深，要用牺牲、流血的代价才能推进！你凭借手中的权力，向老百姓的纵深推进，在人堆里任意纵横，这该叫什么？可以叫国民党了……听着团长的高论，马乔心里窝着一腔怒火。

要是退回去两年，马乔会"腾"地一下跳起来，跟团长唱一出对台戏。现在，是学坏了，还是学精了？他压住心里的火，不让自己赤膊上阵，甚至不让自己的不满、愤怒流露在外面。他想，你可真会说大话。别人向敌人重重设防的纵深腹地推进时，你还在村子里当小学教员呢，结婚、生子，不亦乐乎！和平年代，你入了团，三年五载，又去北京上了团校，学了几句黑格尔、费尔巴哈，再背上几句军事术语，就神气的不得了啦，成了新的"双枪将"！左手哲学名词，右手军事术语，前者吓唬工农干部，后者用来装潢自己，左右开弓，所向披靡。他这么一想，胸中的火气竟然化作了高傲的蔑视。

"哎，老马，你是什么意见？"团长大概从马乔的面部表情看出了什么门道，点名让他说话。

马乔不假思索地回答："我的意见，你知道。"

由于马乔这一炮，会场气氛异常紧张了，大家屏住呼吸，等待着将要爆发的交火。

"当然，再说一遍也可以。事实没搞清，开斗争会不合适，光打态度更不是办法。"马乔本来想压住火，结果不理想，还是撒出来了。

"事实，当然是主要矛盾。"团长微笑着说，显得并不生气，"但是，不解决态度问题，就弄不清事实的时候，态度，就构成矛盾的主要方面。你，这位教授，还用我给你讲辩证法吗？"团长的火气，在尾巴上也冒了出来。

工作队员们尽量把目光移开，好像怕眼睛被灼伤似的。但是那移开的目光，却像寒夜的星辰，闪烁着不安。

"我，不是教授，只是个助教。我这一辈子，如果能够通过刻苦努力，给马克思当一天助教，就心满意足啦，只当一天。"马乔的语气，终于变得缓和了许多。

齐政把头压得很低，不让人看到他的眼睛。

老吕翘着脑袋，眼睛里流露出光华。

蒙同志怒目而视，腮帮子又鼓了起来。

老尹好像什么也没听见，半睁半合着眼，依然沉醉在西凤酒的醇香里。

演员、琴师、政法干部……啊！繁星闪烁。

"那么，大家的意见呢？"团长要动用表决机器了。

蒙同志立即表态："同意！"

吕科长说："噢，你同意什么？"

"当然是同意团长的意见。"蒙同志解释，看着团长的尊容，表示歉意。

"还是民主嘛，我不会因为是团长，强加于大家的。"团长平静地说。

"同意。"吕科长表态。

以下就是一致的"同意"了。

马乔最后说："我，保留意见，组织上服从。"

公社的汽灯，又一次吊到大窑顶上。除了本生产大队的社员外，还请了附近各工作队负责人参加。

团长作了周密准备，亲自主持斗争会。

窑里窑外挤满了人。

快要开会了，主角李长海没到会。

团长派政法干部去李家催促，回来说："李长海病了，医生也看了，是搅肠痧。"

"咦，搅肠痧，这病不轻哩！"会场里的社员们惊叫。

马乔心想，这家伙是不是装病呀？下午政法干部通知他时，还好好的么，怎么到了晚上就起不来啦？不免有些幸灾乐祸。

团长当着与会的群众拍了桌子："他妈的，迟不病，早不病，偏偏这个时候病，是真的？"

政法干部迟疑地说："不像假的。我去他家，他正捂着肚子在炕上打滚哩，满头大汗。"

会场里泛起一阵议论的浪潮。

"把他抬来！"团长命令。

张振华从人群里站起来，乞求地说："病嘛，由不得人哩，我替他挨斗吧。"老人颤抖的声音，连同那件破烂的"花"棉袄，在汽灯的照耀下，像在哭泣。

"坐下！"团长又拍了桌子，发疯似的说："你捣什么乱！"

对于团长的命令，张振华似乎没听见。他高大的身躯，在雪亮的灯光下，更显得突兀、挺拔。他平静地说："我，捣甚乱哩？俺是队长，要有错，俺也有责任。俺比他年纪大，党培养的时间也长，

171

俺替他挨斗也对；要不就斗俺，也在理……"听着老人的申诉，马乔的鼻子酸了，费了很大的力气，才让泪水流到肚子里去。

"坐下，坐下……"团长缓和了口气，"现在还不开会哩，你站在那哒，像个电线杆。"

会场里引起哄笑。

张振华只好坐下。

文工团员领着社员唱忆苦歌。

政法干部带上民兵，去抬李长海。

半个钟点后，李长海真的躺在一扇门板上抬进来。他罗锅着腰，双手捂着肚子，黄豆大的汗珠从额头上冒出来，却一声不响，使劲咬着嘴唇。

看上去，他真的病了，而且病得不轻。他躺在团长的桌子前面，汽灯吊在他的上方，照得他一清二楚。

坐在人群里的张振华呆呆地看着李长海，像傻了似的。

团长宣布开会。

金生第一个发言："吭，可得说实话哩。"

本来，团长亲自帮助金生准备好了发言。开头应该说："俺们贫下中农，早就要求工作队召开这个大会。人家老侯同志高低下不了决心，还想给李长海书记一个坦白的机会……"也许是因为会议被李长海的病一闹，把金生预备好了的发言搅乱了。他上来第一句就越出了团长铺设好的轨道："吭，可得说实话哩。俺看你病得不轻，快点坦白了，咱就家走……"

会场又出了笑声。

"笑甚哩！"金生理直气壮地在众人面前板起面孔训人："吭，可得说实话哩。俺们要不是'四清'运动，吭，谁们可教俺到这哒说句人话哩。"他伸出两手，在灯光下数叨着："平日说话，就颠三倒四，大概比老井强点……"

金生的话一滑出"轨"，就好像火车脱了道，冲到荒野上。原先预备好的发言全扔了，不着边际地开了下去。他看来是被李长海的病搞糊涂了。他拼命记下的那些话，被吹得一干二净，剩下来的，倒都是他的内心独白。他觉得，在这个村子里，老井就是个憨人。他从前的地位，跟老井差不多，但那是对他的不公。他认为，他比老井强多了，娶妻、生女，他的窑比老井大两倍；只是体弱、多病，干起活来没力气。对于生活上的艰难，他曾经心安理得，谁让爹娘没给个好身板哩？可那也是不得已的，实际上也有难言的痛苦。侯团长来了以后，说社会主义的船弯到'四不清'上了，社会主义生了虫。咦，他一下子就觉悟了。原来不是因为自己体力不济，不是自己的原因。于是，他以为过去把自己摆在与老井一个等级上，是一种侮辱；于是，他耿耿于怀，只要有机会，就拿老井作比较。话虽然说得有些乱，但就他的智力、眼光、情感而说，还都是些实话，"咦，三十石粮食，怎厢哩，可得实话实说哩……"

李长海捂着肚子喊了一声："拿出证据来！"

金生回答说："我要能拿出来，还用问你？"

会场又是一阵哄笑。

团长着实控制不住了，只好"按动电钮"，让这个不听指挥的"机器"引爆作废："哎，金——生，你瞎咧咧甚哩？"

"咦，不合适哇？"金生瞪大了眼睛，向团长发出问讯。

蒙同志坐在金生旁边，生气地扯扯他的衣服，让他打住。

金生只得坐下，不安地对蒙同志说："我糊涂啦。"

蒙同志不耐烦地瞪他一眼。

金生不知所措。

团长纵然有多年的工作经验，却没有估计到李长海病成那个样子。金生发言又不着边际。

会场上不断出现同情病人、耻笑金生的情绪。

老井坐在团长身后，一句话也不说。

几个在金生后面发言的，也只是给主持者一个面子，敷敷衍衍、不疼不痒。

李长海实在顶不住了，疼得从门板上滚下来。会场上有的笑，有的哭，嚷成一片，什么也听不清。

斗争会只好散了。

四三

马乔协助政法干部，把李长海抬送回家，并让随队医生也跟着去，折腾到半夜，才回到老井的窑洞。

窑里只有团长一人，披着棉袄，坐在被窝里抽烟。见马乔进来，眼皮也不抬地问："外头冷哇？"

"不冷。"马乔心里说：还热呢。

"李长海怎么样？"团长冷冷地问。

"中医要给他放血，随队医生要给他吃'碘剂'，争执不下。家属还是信中医，只好放血……"马乔一边说，一边赶快洗漱，想躺下吹灯睡觉。这样，好把俩人不同的心境让"夜"遮蔽起来，既可使自己不受拘束，也可解除团长尴尬之苦。

"我是说，……他的态度？"团长的口气，是要纠正马乔的错误理解。

"态度？除了在炕上打滚，就是哼哼。"马乔敷衍地洗漱完，躺下，就要吹灯。

团长摆手制止："老井还没回来。"

马乔恍然，也觉得自己急了点。

"这狗儿去哪啦？"团长唠叨着，依然披着棉袄坐在被窝里抽烟，窑里充满了烟气。

本来，马乔进窑看见团长独自一人，不由得产生了恻隐之心，觉得他挺可怜。似乎运动搞成这个样子，自己也有责任。偏偏到了这一步，他还问李长海的态度。显然，自己的回答，又会引起他的不满。明天工作队会议上，蒙同志又该挑剔了，又会说什么亲自把'四不清'干部送回家，还派医生去……偏偏这位老井迟迟不归，吹不了灯，也就结束不了灯下的尴尬。马乔安慰自己，我是个副队长，我有责任送病人回去，派医生诊断，这有啥问题？李长海问题还没弄清，还是个共产党员。即使有问题，还要讲革命的人道主义，我们对待俘虏兵不是也抢救，也治疗嘛。

马乔在老井的炕上睡了半年多，今天夜晚，他特别觉得这盘炕太小了。他躺着，团长就坐在他身边，他的一举一动，都在团长的眼皮之下。他澎湃着心思，要加以掩蔽，才不至于被团长俯瞰的目光发现。他硬挺着，持撑了大约一分钟，觉得可以在团长的眼皮底下转过身去了。啊，转过去，背朝团长，呼吸顿时畅快了许多。他闭上眼睛想心思，给萧萝写封信吧，报告一下今天晚上的心情。给安老也写封信，诉说一下在这荒山上的体验。人类如果只是靠破坏自然繁衍生息，人类的前途岂不暗淡无光？那么，出路在哪里呢？……

"老马！"团长打断了马乔的思绪，"你说，老井到哪里去了？"团长的问话语调亲昵，绝不像和右倾机会主义代表人物说话的口气。

"噢，……不知道。"马乔产生了一种自责。是啊，老井还没回来，团长还等着，你怎么就睡了？他转过身来，劝解地说："别等他了，先休息吧。"

"这家伙去哪哒了？"团长又换了一支烟，唠叨不休，"走，找找老井去。"

马乔闭上眼睛，躺着不动，听着团长穿上衣服，下了炕，开了门，走出去。

风，呼地一下刮进来，差点把油灯扑灭。团长在院子里晃动着手电筒，电光在窗子上闪烁，脚步声踢里嗒啦地响着。

他总算走开了，马乔感到自由、轻松，长长地吐了一口气，默默地对萧萝念叨，什么时候才能过完这段艰难的生活啊！

门外又响起脚步声，马乔立即转过身，假装入睡。只听门被轻轻掩上，有人蹑手蹑脚地进来。他想，这不是团长，抬头一看，是老井。

老井神色慌张，敞着怀，露出红褐色的胸脯，一口气吹灭了灯，摸黑钻进被窝里，只一会儿工夫，就呼呼入睡了。

这是怎么回事？

老井进门来，动作迅捷，完全不像平日的痴呆、刻板。裸露的胸膛在灯光下黑红发亮，富有弹性。听他呼呼的鼾声，睡得很沉、很香。哦，马乔明白了，他肯定是从隔壁朱家回来的，自己倒把这事给忘了。

大概是半个月以前，老尹抱着朱家最小的娃儿玩，忽然问马乔："老马，你看这娃像谁？"

"噢，这不是朱家的老八么？"

"哎，我问你，他像谁？"老尹笑嘻嘻地追问。

"像谁？像老朱吧？"马乔想当然地说。

"你呀，调查研究不到家。"老尹跟吕科长传递眼色，显得很神秘。

"你说像谁？我看他家的娃长得都差不多。"

"嗨，你还蒙在鼓里！"吕科长憋不住地笑了，他想启发马乔。

"这是老井的儿子。"老尹悄声说。

"什么？"马乔忙把八儿抱过来仔细观察。孩子结实得像个肉蛋，虽然鼻涕拉撒，一身屎臭，可是个活泼的小生命，长着一个奔儿头，一双凹进去的小眼睛，撅着小嘴嘟嘟地吹泡泡。他忙问："这是怎么回事？寄养的？"

"寄养？寄生！"老尹、老吕大声笑起来。

小家伙看着大家的笑脸，也笑了。

"你在人家炕上睡了八个月，还没弄清楚人家几口人！"老吕开玩笑地将了马乔一军。

"到底怎么回事？快说说。"

老尹这才像讲故事似的开了口："唉，这地方梢林多，地气寒，流行克山病，妇女死亡率高。所以，男人多，女人少，娶一个婆姨少说也得八百块。老井受一年苦，除了能背回几口袋粮食、萝卜、山芋以外，现金不过二三十元。过日子总得买点盐、扯点布，哪能攒够七八百块大洋钱？为了不当绝户，为了男人不可少的那一部分需要，他跟朱家作了一笔交易。全年劳动所得，三分之二归朱家，朱家婆姨四分之一属于他，给养个小子……"老尹说得眉飞色舞。

"那，老朱怎么可以……同意？"

老吕叹口气说："唉，不同意，他一人能养活八张嘴？"

"你没看见？他那个婆姨，真算得上是子孙娘娘，扑通扑通一年一个。克山病，到了那个女人面前，腿不知怎么就软了，她啥事也没有。这婆姨可厉害啦。"老尹又把娃儿抱过去，说，"你看，这狗儿多像老井？怪呀，科学得研究研究，像得太嘛。啥原因哩？"

"啊呀，还有这样的事！"

"不奇怪。穷地方有穷地方的办法。你可不要管这闲事。"老吕提醒马乔，"老百姓可怜啊，别让团长知道，这也来清一清，就坏啦。"

"嗨，老百姓也是人吧。只要互相愿意，睡觉、生孩子管咱球事。再说，团长上了火，也需要女人给调理调理嘛！"

"不敢瞎说，老尹！"老吕警告着，"不过，这狗儿也真不好办，俩男人睡一炕上……"

"唉，"老尹笑了，"朱家锅台大，老井去的那晚，老朱就在锅台睡哩。"

"你见了？"老吕戏问。

三人大笑。不，还有娃娃呢，四个人都笑了。

马乔这才恍然大悟。去年秋天进村时，正赶上晚秋打场，分粮食。老井一口袋、一口袋往朱家送。当时问他是不是给朱家帮忙，他却一句话也不说。原来如此！

看来，今天晚上老井一定是去朱家会相好啦。马乔听着他匀称的鼾声，想到隔壁窑里那位生育之神。她腰极粗，臀极阔，面如锅盖，发髻凌乱。在这块贫瘠的土地上，独具抵制克山病的潜能，为国家、民族养育了这么多娃娃。她每天在垴畔上说说笑笑，背上背着，怀里抱着，手里牵着，嘴上叫着，过沟上坎，叽叽咯咯，像个老母鸡，倒也无忧无虑。所谓三分之二的收获，四分之一的出让，只不过是老尹的说法。而生活却含蓄得多，那里面蕴藏着艰辛、痛苦、追求、妥协、许诺、默认，短暂的满足，永久的孤独……老井可怜，朱家何尝不可怜？老朱的大哥和张振华一起入党，随红军走了再也没回来。在他们面前，张开嘴，吧吧地讲黑格尔、讲形而上学，不是更可怜、更可悲吗？

团长推门进来，用手电满窑照，发现老井睡得正香，就喊："老井，你到哪哒去啦？"

老井翻个身，又呼呼地睡了。

团长点灯、抽烟。

从那个流产的斗争会开过以后，老井一连好几个晚上都是后半夜才回来。团长怎么问，他也不开口。朱家老八，有时就让他抱回来，把从商店买来的水果糖往孩子嘴里塞，用他那双粗糙的大手，给孩子抹鼻涕，然后把孩子的口水、鼻涕一起抹到他铁一样的鞋帮上。

较比从前，老井自由得多了。

老百姓就是图个自由呗。你要是没办法让他富裕起来，就别管人家的闲事！

四四

三天以后，团长宣布：他在点上的工作告一段落，根据运动的需要，他要撤回分团部。第一工作队由副队长马乔同志全面负责，蒙同志提升为第二副队长，协助马乔工作。运动后期，由西北局、省委、地委和分团委四级审查验收，不合格的话，推倒重来。

全队目瞪口呆。

马乔事前一无所知。

一个微笑，一个无语。

马乔明白，这是对他的惩罚。一锅夹生饭，冒着热气，由团长递过来了。不接，锅会掉到地上；接过来，这可是烫手的活！将来怎么结案？四级审查如果不合格，老账新账一齐算，打你一个右倾机会主义，没跑。他此时不知从哪里来了那么一股劲，开口说："既然是分团党委决定，我没什么理由推辞，我对这里的工作也负有责任。但是，我要把丑话说在头里：大家知道，我对前一段工作，有些不同看法……"

团长立即解释："唉，有不同看法，是正常的嘛。统一总是相对的、暂时的、有条件的；而斗争是绝对的、永久的、无条件的；这是辩证法！我还是队长，支持你的工作。"   .

安甫说过："辩证法在中国流行，庸俗到了不如一筐西红柿。"在侯团长嘴里，更是庸俗得可怕，听他讲辩证法，真让你出冷汗。马乔想笑却笑不出来，踩钢丝吧，踩过去就是胜利；踩不过去就下地狱。除了对团长没信心，对于四级审查，他并不担心，就好像他的心和四级通着似的，他相信，他认为是对的，"四级"也会认为是对的；他认为是错的，"四级"也会认为是错的。这种自信非常强烈，就像一句山西话说的那样："生就的骨头，长就的肉。"非常自然，非常合乎逻辑。他知道此事异常困难、艰险，然而，推托更是不可思议。他想起马克思在《资本论》开头写的一句话：

在科学的入口处，好比在地狱的入口处，必须提出这样的要求：这里必须根绝一切犹豫，这里任何怯懦都无济于事。

血气方刚的马乔，在马克思格言的鼓舞下，慨然披挂上这副惩罚的枷锁。

一九九四、十、十写完
一九九五、二、五改定

长篇小说创作 卷

骄子传（下）

第五卷

神洲太阳梦

序

梦，也是一种境界。

梦，种类繁多，丰富多彩，形同宇宙，无边无缘。旧说，梦是日有所思、夜有所想，才会做梦。思与想，是梦之源；新说，梦是自然力张扬的结果——生命中的自然力哟，那是一匹不安分的难以驾驭的野马，常常突破意识的羁绊，在梦幻的荒原上奔腾飞跃！所以，人不仅活在物质世界、精神世界里，同时，也活在梦幻的世界里。三个世界在生命中交汇，构成波澜壮阔的人生。

梦，有时很美，有时很丑，有时很荒诞、很稀奇、很古怪，有时又充满着智慧的灵光，在眼前展现出一座美妙的王国，给生命构建起迷人的苑囿，直教你流连忘返！蓬勃的生命之舟，扬帆在物质、精神、梦幻的海洋里，不息地追逐，不息地寻求，不息地从梦幻进入现实，又不息地从现实回到梦幻！追逐、寻求，寻求、追逐，不厌其烦地往返于梦幻、现实的世界里，这大概正是生命的轨迹，也是人世间不断上演的人间喜剧、人间悲剧的总根源。

人类天天在做梦；而且，不同的人，不同的民族，在不同的环境里、不同的阶段上，做着不同的奇异的梦。可惜，还没有人写一部《梦史》，那一定是很生动、很精彩、很耐人寻味的著作。马乔和他的同胞，在二十世纪六十年代，做了一个姑且叫做"太阳梦"的梦，这里仅只记下了那个梦的片断……

一

一九六九年隆冬，马乔从"四清"前线胜利归来。没出火车站，就听妻子说："姚文元在上海《文汇报》发表了一篇文章，题目是：《评新编历史剧〈海瑞罢官〉》。"

与丈夫分别了十七个月的萧萝，把这件事当做头条新闻告诉马乔。

"报纸天天出，文章天天登，这有什么惊奇的呢？"

"哼哼。"妻子摇头。

在回家的路上，萧萝又对马乔说起："这篇文章，火药味十足，把一出历史剧和阶级敌人的反攻倒算、阴谋复辟联系起来，政治调门很高。矛头指向北京市副市长、著名"左派"学者、明史专家吴晗。你想，没有一定的来头、背景，能登出来？文章出来以后，其他报纸一律不转载。我们系资料室好赖还定了三份《文汇报》，都让大家翻烂了。纵然不是奇文，也是奇货可居了。"

"翻烂了？为什么不翻印？学校有印刷厂呀。"

萧萝摇头："问题就在这儿，据说不让翻印。"

"咦，"马乔感到奇怪，"一定是这文章有问题，那我倒想看看，还有没有？"

萧萝笑了，"我给你抄了一份。"

"多少字啊？你抄了一遍！"

"一万四千零八个字。怕你在山沟里看不到，抄一份想给你寄去，没想到刚抄完，你就回来了。"萧萝靠在马乔的肩头，悄声说："你回来就好了。"

显然，姚文刚出世的时候，周围笼罩着一团迷雾。各报不转载，印刷厂不翻印，说明它的政治命运还处在未定之中。据此，马乔还为这位五七年反右派的秀才捏一把汗呢。可是当他一读姚文，脑子里立刻出现了两个人：一个是安甫；另一个就是侯团长。前者是被鞭打的对象，后者就是那条鞭子！在字里行间，不仅有他们的影子，而且还能听到鞭子抽打的声音。不论马乔如何抑制，这影子、这声音总也不肯消失。噢，原来是这么一篇东西，马乔对此颇为反感。姚文指桑骂槐，借批判《海瑞罢官》，鞭打所谓阶级敌人在三年困难时期掀起的"退田"风、"单干"风、"平冤狱"风，实在是有哗众取宠之心，无实事求是之意！而且硬把当年海瑞与豪强斗争的"退田"、"平冤"政策，与中央在困难时期批准部分地区实行"包产到户"、反"右倾"错案等等胡扯到一起，够得上强词夺理、胡搅蛮缠。难道要海瑞助纣为虐才称心如意吗？困难时期，安徽地区的承包制，救活了多少人命，这是总书记批准的，何罪之有？

马乔拍案而起了："这文章太臭了！是不能转载！"

"唉，同志同志，"萧萝叫了起来，"你轻点！"她走到马乔身边，看看手抄的文章，已经被他拍碎了两页，"你的劲可真大。"

"我恨这些家伙，完全不顾事实，不负责任！"

"一百八十度大转弯，昨天还说姚文元好，还为他捏把汗呢！"

"那是五七年的印象，我今年已经三十出头啦。告诉你，按照安甫同志的说法，农民问题还没解决。公社化与公社制、承包制、包产到户、甚至于集体或单干，都还是我们要着意研究的课题。在科学探索的临界点上，天天会碰到这样的问题。农民的利益，农民的想法，既是劳动者又是小生产者的眼光，都搅和在一起。哪种形式优越，还处在科学实验之中。这太复杂了，不能简单化啊。那个姓侯的小子，就是睁着眼睛不看事实，不顾农民的死活，说大话，唱高调……"

萧萝抚摸着马乔的头，柔情地说："真的，你的头发稀多了，特别是这次回来，开始谢顶了。"

"没关系，谢了顶，跟列宁一样有什么不好。"马乔说着，就势把头贴到萧萝的胸口上。那温温的香气，厚厚的柔情，使他的心火顿时熄灭了一半。贴紧点，再贴紧点，妻子像一块磁铁似的把他紧紧地吸附在身上。

萧萝轻声地告诉他："还是要冷静，不要急躁。很多人都说，这篇文章有来历，要慎重点，不要急于表态。听见没有？"

马乔沉醉地点点头。他的魂魄早已徜徉在汹涌的爱河里，享受着人世间甜甜的柔情，浓浓的蜜意。

二

是的，马乔这次从"四清"前线胜利归来。之所以叫胜利归来，是因为他与"四清"工作团的争斗，最后终于以他的胜利告终了。在延安的山沟里呆了十七个月，大约十二个月是在苦斗中度过的。他不仅掉了头发，而且受到分团党委多次警告。正当侯团长要给他戴右倾机会主义帽子的时候，党中央、毛主席有了新精神——下发了社会主义教育运动中的"二十三条"。陕西省委书记、西北局农村工作部部长亲自调查，证明马乔的工作符合"二十三条"的精神，才算把侯团长预备好的帽子拿掉。经过这次风险，他信心倍增，甚至于还有些膨胀，到家不足两小时，就说了三次。一次给萧萝背诵西北局调查结论；一次说省委书记赞扬他为陕西的"四清"运动作出了贡献；还有一次复述农村工作部长的话："在'二十三条'没出来以前，马乔同志坚持了实事求是的唯物辩证的工作方法，实在难能可贵。"通过这次考验，他对自己感觉良好，甚至认为自己的感情是最可靠的，对革命的感情、对毛主席的感情，是使他能够坚持正确意见的主因，他和毛主席、党中央的心是相通的。因此，他对姚文的评价表现了十足的自信；对妻子的劝慰、嘱咐，虽然点了头，也只是点头而已。

马乔回到了研究室，当人们谈论起姚文时，他脱口而出："毒草！"

陶琼在一旁呼应："对，就是毒草！"

陈子铭微笑着，诙谐地说："到底是延安回来的。"

吴南村立即问："小马，你看过《海瑞罢官》吗？"

"没有，我正在找这个剧本。"

"那，你知道海瑞是个什么样的人吗？"

"不知道。"马乔的回答显得有点窘迫。

"既然是延安回来的，更应当先调查研究，后下结论。"吴南村的表情是庄严的，说话的口气，俨然像个导师，给胜利归来的马乔迎头浇了一盆冷水。

陶琼想为马乔辩护几句，却被旁边的张士训给打住了："喂，你们听听魏主任的意见，他刚从外边开会回来。魏主任……"

魏孟然笑而不答，实在推托不开了，才说："我没看过《海瑞罢官》，也没看过《海瑞罢官》这出戏，姚文我也还没顾上看呢。你们都看过了吧？"

只有张胖子说："对不起，我没看过，找不到啊。《文汇报》都借光了。而且，谁这么缺德，借了不还！"

"哼，"陶琼不以为然地说，"张老师，您要是真想看，我……"

张胖子呵呵地笑了，"你们看吧，我身上没有艺术的细胞。"

魏孟然提醒："训公，这可不光是艺术呀！……甚至，根本就不是艺术……"

胖子瞪大眼睛问："是嘛？你在外面开什么会？能不能披露一点消息？"

"会议还没完，我听说马乔他们回来了，请个假来看看，下午还得回去。"

"嘿！"吴南村叫了一声，"小马，主任为你请了假呐。"

马乔赶紧解释："哪里是为了我，是领导要听我们的汇报。"

魏孟然站起身，给陈子铭使个眼色，两人出去了。

胖子这才神秘地说："小马，姚文是有来历的。你刚回来，别瞎放炮。"

"有什么来历？"马乔虽然这么问，心里却不服气，尤其对张老师，觉得此人太世故，树叶掉下来，都怕砸着脑袋，这样的精神状态还能搞社会科学？

不过，马乔比前几年已经多了点涵养，虽然对张士训早有不满，此时也能做到不露声色。

"嗨嗨，什么来历，"胖子把脸一仰，笑吟吟地说："保密吧。"

惹得大家哄堂一笑。

陶琼看看表，提醒马乔："汇报的时间快到了。"

马乔刚要起身，陈子铭进来，对马乔说："汇报的时间要改一下。魏主任接到电话，要他赶快回到会议上去。"

众人一惊，忙问："怎么回事？"

只有吴南村冷笑。

陈子铭："哎，谁知道呢？大概是天有不测风云吧。"

胖子趁机赶紧问："老魏在哪儿开会？"

陈子铭摇摇头："无可奉告。"说完又出去了。

吴南村劝阻说："哎，训公，您这不是自讨没趣吗？他怎么能知道。"

马乔觉得研究室的气氛有些不对。大家都沉浸在一种未定的、神秘的预感、猜测之中。好像都在等待，却又说不清楚在等待什么？刚才他还很清醒，此刻也似乎糊涂了。

三

按照研究室常规，马乔每次从农村回来，总要向室领导作系统汇报；然后，整理、上交全部调查研究的资料，供全室同志参考。这次延安之行，时间长，任务重，斗争复杂，内容丰富，积累的资料也多，他想汇报的劲头比哪次都足。偏偏室代主任——魏孟然刚露了一面，就缩回去再也不见了；而且，也不安排别人听汇报。究竟是忙昏了，还是有别的原因？他着实猜不透。不过，他朦朦胧胧地感觉到：姚文出来以后，知识界惴惴不安，从大学到研究室，都飘浮着一层淡淡的猜测的疑云。年长的知识分子，更偏重于焦虑；年青的知识分子，有的在思索，有的在打探，更有迫不及待者。听萧萝说，高福找到《人民日报》，送上一篇批判姚文的文章，没几天，就给打回来了；可是，又过了几天，《人民日报》来函，把高福借走了。又听陶琼说，魏孟然好像住在《红旗》杂志社，他把刚调来的一批大学生也叫走了，干什么？谁也不知道。

疑云阵阵，扑朔迷离。马乔不愿意去揣测。他不知在什么时候形成了这么一个概念，视揣测、打探为不正派。他要靠事实、靠觉悟、靠感觉去判断，去取舍。所以，当吴南村说应当读《海瑞罢官》、《海瑞传》时，他确实就这样做了。也正在这时，被他称作"毒草"的姚文，在《解放军报》上全文转载了。起初，他以为军报转载一定是把它当做反面典型拿出来示众的；没想到大相径庭，那是百分之百的支持！很快，《人民日报》、《北京日报》、《光明日报》以及全国各地的报纸相继转载，院里的印刷厂也将它翻印出来，人手一份。原来是奇缺的，现在倒多得满天飞了。

"这是怎么回事？"马乔问自己。《人民日报》、《解放军报》不会错的，那只有自己错了！

这两张报纸，在马乔的心目中，早已成为评判是非曲直的标准。姚文在显著版面转载，说明它不是"毒草"，而是香花！然而，它香在哪呢？

马乔回家问萧萝："你说，这篇文章香在什么地方？"

萧萝笑着："什么香在哪儿，你也太死心眼儿啦。那不过是篇文章，你爱看就看，不爱看就别看，何必非此即彼，给自己找不自在。"

对于妻子的回答，马乔表示悲哀："你呀，说得也太轻巧了。这么大的事情，你一点痛痒都觉不出来？"

萧萝心里有些委屈，但仍然笑着说："唉，同志，姚文可是我一个字一个字给您抄出来的。要是迟钝到没感觉的地步，我会把它抄下来吗？"

马乔也觉得自己话说过了头，可心里还憋着一口气。他总希望，在一些他认为特别重要的问题上，妻子能跟自己保持一致的认识、甚至于一致的感受、一致的痛痒，如此才觉得痛快。平心而论，萧萝和他够一致的了；然而，事物到了关节处，就会显现出质的不同。他们毕竟是两个人啊，两个从不同社会背景下走到一起来的人。

马乔去找安甫了。未进门便遇到师母的挡驾。

"小马，"师母把门只拉开一条二指宽的缝，悄声说："老安身体不好。有事吗？"

师母那小心、惶恐、不安的样子，使马乔感到惊奇，"请大夫了吗？"

师母在门缝里摇着手指，让马乔小声点。

"是马乔吗？"安甫洪亮的声音。

"是我。"马乔在门外高声应和。

"来呀，来呀！"安甫说着从书房里出来，在师母身后连打手势带摇头，表示出一种无奈的尴尬。

师母这才把门拉开，悻悻地回到自己屋里去。

从安甫的气色、步履，看不出一点有病的样子。刚落座，没等马乔张嘴，他就急忙发问："姚文，看了吗？"

"看了，我不明白，这样的文章，为什么各大报都转载呢？"

安甫微笑，自言自语地说："……为什么？可能有个认识过程吧。原来认为它不好，现在认为它好，既然好，就转载了。"

"它好在哪儿？"马乔紧追了一句，心里真想说，这文章是针对你的呀！

安甫好像看透了马乔的心思，"你还认为它是毒草？"

"起码是一条狠毒的鞭子，专打干活的。像侯团长那样的鞭子干部，毫无责任心，居心叵测，冷酷无情，借着抽打别人，抬高自己……"

安甫摆手，制止马乔，"噢噢噢，不要这么激烈，不要这么激烈。"他的话很急促，语气中流露出一种伤感情绪，使马乔感到震惊，刚想开口，被老人拦住了，一字一句地说："你还年轻，不要莽撞，要非常谨慎。斗争复杂，不要匆忙表态。你说姚文是大毒草，不该这么说。有许多事情，你还不知道，我也不知道，复杂得很啊！在延安，你跟侯团长斗，坚持了原则，打了胜仗，我很佩服你的勇敢和忠诚。不过，侯团长那种人，容易对付。现在的斗争要复杂得多，万万不可掉以轻心！"

从安甫说话的神情，马乔觉出老人心情沉重，好像瞬息之间老了许多。他来看望安甫，本想求解疑难，没想到疑云更加沉重。

是的，马乔之所以认为姚文是毒草，就是因为在其中有侯团长这条鞭子，有这几年常常被鞭子抽打的安甫的影子！他这些年不断下基层，接触农村实际，回到上面，又能听到安甫对这些实际问题的思索。安甫的思考，虽然还不是拯救穷乡僻壤农民困苦的灵丹妙药，但却是负责的、实事求是的。他对那种说大话、抽鞭子十分反感。为了安慰安甫，他向老人又一次提出"走资本主义道路的当权派"这个概念。在他看来，这是毛主席的新式武器，可以用来拯救中国，堵塞修正主义的道路，自然也是对付侯团长、姚文一类政客的利器。

安甫听着，时而苦涩地一笑，时而紧皱着眉头，似乎对马乔的十足信心，表现出悲哀和惋惜，真有些："而今识尽愁滋味，欲说还休；欲说还休，却道天凉好个秋！"——"唉，事情都让苏联共产党搞坏了！"

马乔立刻又陷入了困顿。他到安甫面前讨教可说无其数，然而从来没有像今天这样晦涩、吃力、难懂。他是在安甫倒霉的时候认识安甫的。虽然也见过他挨整、痛苦的样子，却未见过如此这般窘迫、不安。安甫的语言一贯清晰、透彻，几乎是一语中的。可是今天一反常态，话语变得非常陌生，实在难解！

什么原因？马乔问自己。是思路不清，还是有难言之隐？是自己阅历太浅，听不懂，不理解？一篇文章，何以使安老陷入混沌之中呢？

一席艰涩的对话，他们双双落到了语言泥淖的深渊。

过去与老人家聊天，聆听他的教诲，是多么难得的享受、快慰啊！无论是艰深的理论，或是现实生活中错综复杂的难题，都能在老人那里得到启示；思想上的纽结，也能从老人睿智的语言中受到激发，或得到梳理，或得到澄清，或被割除，或被点睛；心灵每每感受着愉悦的畅快，与合拍、共鸣的兴奋。

"安老师，您身体不舒服？"

"嗯，没有没有。医生很讨厌，没办法。"他痛苦地摇着头。

"您刚才说，事情都让苏联共产党搞坏了，是什么意思呢？"

"我说的？"安甫惊异地问。

"是，您刚才说的，……"马乔又重复说了一遍，希望得到明示。

"噢，这样的话，我会说的。不过，这只是个题目，可以写一本大书。"

马乔又一次陷入五里雾中。他实在想弄明白安老这话的意思，只好再说："安老，我搞不明白，……"

"以后就明白了。"

"以后？您是指哪一天，哪一年？"

"也许，要等半个世纪。"

马乔张口结舌。这对他可说是个天文数字。记得当年苏共批判斯大林的时候，毛主席说过，"对斯大林功过是非的评论，要过半个世纪，才能看得更清楚。"现在，安老又说了个五十年，这跟毛主席说的是一回事，还是两回事？是一条思路，还是两条思路？总之，不懂，真糊涂！

安老端起茶杯，手腕不住地抖动，哆嗦了好一阵，才把杯子送到嘴边。看来安老确实有病了，可老人硬说自己没病，在以往的记忆中，似乎没有这样的记录。

马乔带着困惑，带着疑虑，带着不解，辞别安老，回到家中。

四

萧萝问马乔："哎，你到哪去了？"

马乔悻悻地回答："安老家。"

"唔，我猜你也是去安家了。知道吗？铁匠来了！"

"真的？"马乔像是从梦中惊醒，一切烦恼、忧愁，顷刻之间都丢光了，急切地问："他在哪？"

"看把你急的。"萧萝故意放慢速度，不予应答。

"哎呀，你快说嘛，他什么时候来的？住在哪？你想办法打个电话告诉我多好！"铁匠，是马乔的老首长。他们一块从太行山出来，一块南下，一块上大别山，一块血战淮海……多少个日日夜夜、生生死死啊！尤其是现在，跟他聊聊该多好，"你快说呀，他在哪？"

"他没说，我也不好问。"

"啊呀，您问问就怎么啦？"马乔有些发急。

"您忘了？肃反的时候，就是因为我打听铁匠打靶的地方，就说我是刺探军情……"萧萝把十年前那桩冤案端了出来，"我总不能再次当特务吧？"

"看你说到哪里去了——那次是搞错了嘛。"

"是啊，是错了。那我也得汲取教训呀！铁匠很急，听说你不在，连坐都没坐就要走。我把他送下楼，车上只有司机，没带秘书和警卫。看样子，他像是有什么心事。我告诉他你上班的地方，他也不记，点点头，只是点点头，心不在焉地闭上眼睛，就走了。"

萧萝的叙述，更增加了马乔的遗憾。他不仅失去了一次欢聚的机会，而且平添了一份惆怅。他猜想，铁匠一定是从越南前线回来的。铁匠一向豁达、乐观，除了打仗的时候，脾气急躁，爱喊爱吼外，平时总是哼着河南梆子，乐乐呵呵地像个老农民。真的他有了心事，那就不是一般的事了。可那会是什么呢？马乔突然想到生病的安甫，想到那一堆解不开的谜；现在，又把铁匠加了进去。这谜更增加了沉重的分量，先是往下沉；接着铁匠和安甫的形象彼此重叠，交替出现；然后旋转，慢慢地转——有时顺时针转，有时倒时针转；搞得马乔心情烦躁，头脑发昏，虽然是光天化日，也辨不清东西南北，真像是枪刺失去了"准星"。姚文元的一篇文章，竟至于如此？确切地说，是对这篇文章的处置。这和马乔长期以来汲取的思想大相径庭；和马乔感情深处的爱憎全然背离。马乔陷入了深渊，无法自拔的深渊。

马乔是学文学的，然而他真正的生命，他的天性却是政治。自从他到研究室以后，虽然学非所用，但接触的领域却能满足他天性的需要；特别是师从安甫，更使他感受到共和国脉搏的跳动。随着时间的推移，他感受的经验和能力也在不断提高。正当他踌躇满志、充满自信的时候，姚文元这篇文章，却使他陷入了困顿。似乎，政治告诉他，你的脉诊错了！他心里不服，却不愿反抗。就像他不能自己反对自己一样。深渊，深渊，深渊！在深渊里，只能困顿、痛苦，再也摸不到共和国的脉搏了。这对把政治看得高于一切的马乔，确像丢了魂似的感到极度不安。他何曾不想招回自己飞去的魂魄，可是太难了。那意味着他必须把读姚文时脑海里刻上的对立形象，用锋利的钢刀抠掉。这不仅是肉体的疼痛，而且也是情感上的灾难，这是万万不可的啊！

从年初到春末，研究室是在批判《海瑞罢官》、批判《让步政策》论、批判《清官》论中度过的。短短两三个月内，魏孟然连升三级，研究室主任、研究部主任、政治部副主任，平均二十来天，就会宣示一通升官的命令。但他却总不露面，谁也弄不清他在什么地方，在干什么。新来的大学生，被他抽调出去很多，原有的一班老人，都坐上了冷板凳。在陈子铭召集的会议上，也批判几句"清官"，但只不过是批判给自己听，实在滑稽可笑。

陈子铭安慰大家：等等看吧。

"等什么呢？"吴南村按捺不住心火，反问一句，"等着挨刮吗？"

"喔，这个吴南村！"马乔心里嘀咕，暗想，这不是马克思《资本论》里那句话嘛？当工厂主领着工人走进隆隆作响的厂房时，工人特有的感觉。吴南村总是语出惊人。要是魏孟然在场，又会给他记下一笔！

一向幽默的陈子铭对这句话表示了严肃的沉默。

爱唠叨的张胖子憋不住地对吴南村说："你的嘴也太损了。"

陶琼手里永远有织不完的毛活，对于吴南村的话好像根本没听见。

吴南村大概也觉得话说过了头，想解释一下，张了张嘴，没说出来，只把手里的报纸弄得哗哗地响。

北京的冬天显得特别长。已经四月中旬了，人们还捂着棉衣。办公室里冷冷清清。打毛活的手不时停下来搓搓，像要把热量重新分配。

无聊的胖子捅捅马乔："唉唉，大学有什么消息？"

马乔摇头，不予答话。他心里烦，对一贯爱打听的胖子更加反感。

"你住在学府里，天天回家总会听到一些动态吧？"爱打听的人总是千方百计地要从别人嘴里掏出东西来，胖子还在等着马乔开口。

马乔越发不想说话，还是摇头。他既没有挨刮的感觉，也没有想获得更多信息的欲望。他没有前途之虑，也没有后顾之忧，最大的困苦，是找不到自己的位置，好像一下子离开了土地，在半空中飘浮着，没有落脚的地方，更谈不上使劲、出力啦。他何尝不知道，学府里对姚文争论得很厉害。对于批判吴晗、批判海瑞、批判清官、批判让步政策，有的教授公开反对，有的只是摇头而已，少数学者颇有幸灾乐祸的意味，私下里说："吴晗教授一向左，这下子怎么右啦？"

马乔的恩师周颖萱先生对萧萝说："怎么可以说清官比贪官还坏呢？毛主席说，从孔夫子到孙中山，我们都要加以总结、继承。难道可以这样总结？那还继承什么？文化，文化，文化是革不掉的！……"

真正活跃的是一批文科助教和高年级学生。几个留校的同班同学都上了阵。高福被借调到《人民日报》大批判组；韩雨如做了教研室党支部书记，一再动员教授、讲师们投入战斗；总支副书记李明找萧萝谈话，鼓励她"放下包袱，投入战斗"，说："你写了稿子，我给找地方发。"

校园里大体形成了这样的对立格局：年轻人像被烈日晒干了的柴火，时时想着燃烧——让自己快快辉煌起来。而年长的学者们，却似河边的古树，耐得住烈日的烘烤，不肯轻易燃烧——也许，他们需要的是另一种辉煌。而萧萝仿佛从这种对立中游离了出来，报纸上的批判文章还是要看的，并且把它们一一剪贴起来；天天仍然按部就班，备课、上课，平静如常。

北京的春天来得很晚，去得又快。人们刚脱去笨重的冬装，一晃之间，春就走了，炎热的夏天随着君临大地。一九六六年的夏季很特别，刚刚穿上短袖衬衫，政治风暴就先期而到了。

聂元梓大字报见报；《人民日报》社论出台；四个大人物——彭（真）罗（瑞卿）陆（定一）杨（尚昆）一起倒台，罪名是：反革命修正主义分子、党内走资本主义道路的当权派。昨天，他们还是共和国政治舞台上一颗颗璀璨的明星，遍布城乡的广播网、成千上万张报纸，几乎天天都有他们的身影，再不经意的共和国公民，也会在无数次的重复中熟记他们的姓名。中国人还记得一九五九年庐山上那次政治雪崩——彭（德怀）黄（克诚）张（闻天）周（小舟）所谓"军事俱乐部"的倒塌。这是又一次政治大雪崩啊！

吴南村又说话了："这次雪崩较庐山那次虽然厉害得多，但也仅仅是开始。更大的雪崩还在后边。"

马乔对此预测极其反感，当着众人冲着吴南村吼起来："别胡乱猜好不好?! 你还想要多大的雪崩？北京崩塌了，全中国崩塌了，地球都崩塌了，好不好?!"

在场的所有人都被马乔的狂吼震哑了，只剩下胖子手里那把破蒲扇的摇晃声。

天气燥热，会场里只要点把火，似乎就能燃烧起来。

过了好一阵，吴南村才从鼻腔里哼了一声："哼，实在没想到，发这么大的火。"

马乔从座位上腾地站起来："这算什么发火？"

"你让大家评一评，这不算发火，算什么？"吴南村轻蔑地反问，严峻地诘难，使马乔陷入窘境。

马乔的脑子里一片荒芜，只能结结巴巴地说："我反对胡乱猜测。你凭什么说，更大的雪崩还在后头……"

196

"好了，好了。"胖子呼啦呼啦地扇着，劝说对立的双方休战。

吴南村又轻蔑地一笑，"胡乱猜测？笑话！好像真理都在你手里。老实话讲，你还没有资格跟我讨论这个问题。别以为自己不懂的东西，别人也不懂。"

陶琼憋不住地跳出来："什么资格不资格，也太清高了。既然您懂，您就给大家说明白，还有谁要崩下来？"

主持学习会的陈子铭，把会议室的纱窗一扇一扇打开，想给"发高烧"的会议室降降温。

胖子连说："南村，南村，你快说说，我们洗耳恭听。"

吴南村摆摆手，生气地说："没意思，没意思，不说了，不说了。"

马乔对胖子的"公允"很不高兴，准备退场。

陈子铭转过身，对大家说："别说了。这种事情，谁也说不清楚，更不必去争论。魏孟然同志没回来以前，大家就学社论。散会。"

吴南村拂袖而去。

马乔带着一肚子气，出了办公室。

大院里虽然还是往日那样幽静、整洁，但人们行走却失去了常态——匆忙、急促，连刚刚开放的玉兰花也提前凋谢了。

马乔推车穿过玉兰坊，一种难言的滋味涌上心头。

五

回家路上，马乔遇上了游行队伍。人们举着红旗，敲着锣鼓，呼着"打倒彭罗陆杨"的口号，冒着烈日，洒着汗水，从四面八方涌进城里。道路堵塞，汽车、电车都已停驶，骑车的人只能在人行道上推着走。他心里纳闷，以彭真为首的北京市委垮了，好像大家都很高兴似的。看群情激奋的劲头，听声嘶力竭的呼喊，个个都像真的，没有一点勉强。难道真像社论里说的，北京市委执行了修正主义路线，对工人、农民、知识分子实行资产阶级专政？他实在难以理解，不禁问自己：是这么回事吗？起码他没有这样的感受。三年困难时期，他与市委一些领导人在郊区农村小有接触，他们的言语情感、思维方式、办事逻辑，都是他熟悉的、崇拜的、老革命、老党员式的。现在，他们都成了敌人，成了"四清"文件里讲的"走资本主义道路的当权派"、"党内资产阶级代表人物"、"反革命修正主义分子"，成了一群"黑帮"，遭到这么多人的反对，"全党共诛之，全民共讨之"！他不仅想不通，而且还十分同情。

马乔推车走了一个半小时才到学校。一进校门，啊呀，不得了！校园里人满为患，比街上还热闹。学生们都从教室、图书馆、实验室出来了，东边一群、西边一伙，南边一堆，北边一撮，喊着、叫着在贴大字报，在林荫道上刷打倒校党委、校长的大标语。他们有的兴高采烈像过节，有的同仇敌忾像天神；他们把校长、党委书记、著名教授说成是彭真的爪牙、黑帮分子、反动学术权威。他崇拜的校长、老师陷入了重围。那是千钧的重压啊！搁在他们身上，受得了吗？他的心怦怦地跳。那些刷大标语的学生趾高气扬、不可一世的眉眼，既使他厌恶，又使他恐怖。他奇怪，一夜之间，怎么就变成不共戴天的仇敌？平静的校园，一刹那就被决堤的洪水淹没了！哪儿来的这么大的仇恨呢?！

啊，真有他的恩师周颖萱先生的大字报。名字是倒着写的，而且用红笔打上叉。罪状之一，就是"贩卖资产阶级人性论、人道主义，毒害青年……"在这张大字报前，马乔的脑袋嗡嗡地响，他想上去一把将大字报撕掉。然而，他忍了。他正想推车走开，有人在背后拍了他一下。

"哎，伙计，你来得正是时候！"原来是留校的同班同学李明。他现在是分管学生工作的中文系总支副书记。真是冤家路窄，七八年没见了，也不想见，偏偏在这时候、这地方相遇了。

李明还那么瘦，脸色刷白。伸手按住马乔的车把，挑战似的问："怎么啦？老同学见面，一点笑容都没有。"

马乔心里明白，李明现在想的是报复，报复，报复！这样的机会，他等待了很久，决不会放过的。然而，萧萝在他的管辖范围之内；况且，萧萝头上还有个同班同学韩雨如。为了妻子，这些冤家都得罪不得。于是说："社会主义民主嘛，很好！"

"那你也来一张，揭揭你的恩师，反戈一击嘛。"李明进一步逼上来。

"周老师不也是你的恩师么？"

"去你的吧！恩什么啦？少受点毒害？也算吧。"李明激动得说话都有些颤抖。

其实，马乔的忍耐是极其有限的，此时此刻他的心脏也在颤动，内心的冲动正在积蓄。为了防止爆发，他推车离开现场，心里感到蒙受了极大的耻辱。他问自己，是不是为了妻子临阵脱逃了？不，他摇摇头，我留在哪里有什么用？跟他打一架？那会惹出更大的灾难！李明那副咄咄逼人的面孔，像一幅招贴画似的，总在眼前晃动。胆怯也罢，自私也罢，无可奈何也罢，反正，在这个冤家面前，自己是退缩了。想到受难的恩师，想到曾经支持、鼓励自己的校长，实在有愧！他不明白，那些学生们，为什么轻易地把矛头对准老师、校长？轻易地把他们当做敌人？真像是到了报仇雪恨的时候了！看，校园里竟然贴出"血债要用血来偿！"这样的大标语。他觉得，在人文荟萃的学府出现这种词，真不可思议。想当年，在战场上都没用过这样的口号啊！是学生从别处借来的词，还是从心底生出来的词？大学生这样做，不是太低级了嘛？工农、干部、军人子弟，上大学，全是由国家供养，哪里来的血债呢？唉，怎么会生出这么个怪胎呢？

马乔回到家，还没进屋，只见迎面贴着一张大字报，题目是：

勒令：修正主义黑苗子、黑帮分子的黑走狗——萧萝低头认罪！

大字报的署名，竟然是一个叫孟宇的学生。她曾经多次来家里拜访，萧萝还留她吃过饺子。

好家伙，如此恶劣，如此绝情，"流氓！无赖！"马乔伸手将大字报撕下来，扯得粉碎。

房门慢慢地拉开了，儿子和女儿看见爸爸回来，一起扑过来，哇哇地哭着。

"别哭，别哭，没关系。"马乔安慰着受了惊吓的儿女，"妈妈呢？"

刚上小学的儿子说："跟大学生走了。"

小女儿瞪着一双泪眼，喃喃地说："他们不让撕大字报。"

马乔愤怒地说："他们是流氓，无赖，我要狠狠地揍他们！……妈妈说什么啦？"

"妈妈说，爸爸不要着急，她会处理的……"

"还说什么了？"

"还说，爸爸做饭，给我们吃。"小女儿抢着说。

"小妹，你就记住吃了！"哥哥瞪了妹妹一眼，满脸的不高兴。

"妈妈说的……"小女儿委屈地又哭了。

"不哭了。"马乔把女儿抱起来，放在床上，自己去了厨房。

盆里泡着待洗的油菜，锅里是淘好的米。看到这些，马乔心里非常难过。趁孩子们不在，他的泪断线般的流了出来。他从来不相信命运，可是，现在他突然觉得妻子的命太苦了。她纯洁、热情，工作负责，待人诚恳，这样的人怎么总是要挨整呢？那些昧良心的学生，怎么可以用那样的语言侮辱她？……孩子们的妈妈不知在什么地方受难啊。想到这里，他从碗橱里找出两个冷馒头，一瓶麻酱，一碟白糖，放到儿女面前。

"我去……找妈妈。饿了，你们吃这个。"

平时，难得让孩子吃一顿馒头夹白糖、蘸麻酱；现在摆在他们面前的白糖、麻酱突然失去了诱惑力。

儿子愁眉苦脸地问："爸爸，什么是修正主义黑苗子？什么是黑帮分子的黑走狗？"

马乔脑袋嗡的一声，不知如何回答。

孩子眼里泪水已经涨满。

马乔明白，大字报虽然被他撕碎了，可那上面的恶毒语言，却深深地刺痛了孩子的心，"他们是流氓，是坏蛋，爸爸会找他们算账的！"

儿子依然困惑，泪珠在眼圈里打转。

女儿看着白糖、麻酱，对马乔说："爸爸，我饿。"

"讨厌！"儿子训斥妹妹。

女儿又哇地一声哭起来。

儿子也哭了。

马乔心里好酸楚，一时竟不知如何是好。

六

萧萝在什么地方呢？校园里灯火通明，几乎所有的楼里都在开斗争会，口号声此起彼伏。那吼声，带着愤怒，带着仇恨，带着歇斯底里的发作，或长或短，或高或低，一再重复着、呼应着，把校园变成了闹市，变成了可怕的作坊。穿行其间，马乔有一种亲临战场的体验：楼群变成了碉堡，喊声像是密集的炮火！是啊，他的萧萝，他的恩师，他的校长，此刻正陷入火海之中，腹背受敌，面临灭顶之灾！他是来救他们的呀。可是，听着那种狂吼，也让他觉得胆战心惊。为什么？他是从枪林弹雨里生长起来的，什么样的危险没见过呢？什么样的死生没考验过呢？难道，这比大别山突围、淮海恶战还恐怖吗？比汉江遭遇战还危险吗？比那些跟在坦克后边狂叫着、武装到牙齿的美国兵还可怕吗？是的，比他们都可怕！因为，自己是共产党员，面对的是以革命的名义射出的子弹，它的穿透力几乎是无法抵抗的。马乔行走在这火力网中，深感悲愤、孤独。昔日幽静的校园——他曾经把她比作浩瀚的海洋，比作蓝色的港湾，比作精神的家园，现在，已变得荒芜、陌生，面目全非了。为什么？为什么？为什么？他不断对自己提出这样的疑问。

她跟周先生学，有什么错？她备课认真，讲课受欢迎，因此，就应该叫修正主义黑苗子？这是什么逻辑？她兼班主任，工作细致、深入，既对学生严格要求，又热心帮助同学解决生活困难；她为南方山区来的同学缝过多少条棉被？有多少生病的学生在家里吃过她煮的饭、煎的药？她用自己并不宽裕的工资，为家贫的同学交讲义费、买鞋袜；刚入学的同学想家，哭鼻子，她带着他们到故宫、圆明园凭吊历史，激发他们的爱国热情。她的班被团中央、团市委命名为"模范班集体"，她本人被授予"模范班主任"的称号。繁重的工作，再加上孩子的拖累，使她体重降到四十二公斤……难道，这种超负荷的支出，就是她被诬蔑的理由？她之所以这样拼命工作，是因为她曾经是中国人民志愿军的战士，在那个大熔炉里，她经过生与死的考验，三年的陶冶，使她获得了一种为人民服务的人生观。难道，她纯洁、执著地追求，倒成了她的罪过？她付出的劳累、奉献，竟然换来了一顶"黑帮分子的黑走狗"的帽子，这岂不是天大的荒唐?! 偏偏这荒唐又是以革命的名义装裹着，因而就变得十分嚣张、十分邪恶。而善良的萧萝，在邪恶面前却显得那么渺小无力、孤独无援，她又一次面临被吞噬的厄运。

马乔先到中文楼会议室。那里虽然灯火明亮，却空无一人。桌、椅东倒西歪，狼藉一片。他在楼道里碰到一位女同学，才知道斗争会开了一半以后，改到楼顶大教室。

果然，从楼顶上传来阵阵疯狂的口号声。听不清喊些什么，却能感受到狂热的气氛，好像在头顶上盘旋着狂风暴雨，天好像在坍塌下来，顿时让他感到恐惧。他本来怀着一腔义愤，准备与之较量一番，可现在，被这种威慑力震撼了。刚才，他还对邪恶表示无限的鄙视；现在，他不得不正视这种狂暴的威严；不由得头脑里涌起一阵希望理解、希望宽容、希望认同的卑微情感。此刻，他不想与之对立，不想触犯尊严，虽然他并不认为那种疯狂属于正义，可是不知为什么，似乎他自己也不代表正义。他惯有的刚强、英雄主义气概，不知到哪里去了，他只希望把萧萝还给他。他心里清楚，对萧萝最好的救援，就是不去救援，他唯一可做的，只是不要触怒魔鬼，默默地祈祷萧萝快快脱险！

大教室里挤满了人。

都是些什么人？难说。靠讲台的人坐着，中间的人站着，后边的人站在椅子上，再后边的人站在桌子上。盛夏时节，人们拥挤着，竟然不怕闷热，不嫌空气污浊。

听得出来，主持会议的是韩雨如，她是萧萝所在的教研室支部书记。她说话的声音已经嘶哑，其中透出一阵倾泻的痛快和得意。马乔在"人墙"后边听得真切。

"哈哈哈……"韩雨如在笑，"你看你，直撅撅地挺在那儿，像个啥？"她在数落萧萝，显出十二分的轻松，"顽固、高傲、反动！大家揭发你那么一大堆问题，你连个屁都不放。"她变得严厉、尖刻，"你那聪明劲儿呢？"她相当得意，一种终于有了报复机会的欢欣，溢于言表。

马乔拼命地从人缝中挤进去，啊，他看到萧萝了。她站在讲台前面的一张小方凳上。不，是被放置在方凳上，面对着如林如墙的人群，紧紧地抿着嘴唇，半闭着眼睛，任凭韩雨如的数落。马乔只能使劲地咬着牙，忍受着痛苦。

日光灯就在她头顶上，白光照耀着她修长的身材，乌黑的长发。原来盘在脑后的发髻已半落下来，松散地抛在肩上，像云朵似的飘撒在雪白的衬衫和洁净的手臂上。她好像很平静，尽管面前、脚下，不断掀起排空的浊浪，向她一次又一次地冲击，她仍屹立不动！

韩雨如说对了，萧萝确是直撅撅地挺立在那里，像一株遭劫的乔木，承受着熬煎。

"我再揭发她一条！"韩雨如从椅子上站起来，兴奋得满脸通红，"有一次，我跟她坐公共汽车，她给售票员一毛钱，人家找她五毛，她没吱声就装兜啦！"

嗡，人群中起了哄笑，浊浪排山倒海般在萧萝面前涌动。她脚下的方凳晃晃悠悠，终于又站稳了。

"造谣！"萧萝的声音虽然低，但说得很清楚，"我从来没和韩雨如一起坐过公共汽车。"

人群突然凝固了。显然，萧萝的一句话，起了遏制浊浪的作用。

韩雨如疯狂地跳起来，"我造谣？你看她多么猖狂！她这个家伙，一贯打着红旗反红旗，生个女儿，还起个名字叫马红！"

哄！又是一个恶浪。

"同志们，"韩雨如对着轰鸣的浪潮，声嘶力竭地叫着。果然，潮声平息下来。她显得非常兴奋，在这神圣的讲台上，她从未获得过这样的权威。这是她企及已久、并为之苦恼之极的心病。今天终于取得了补偿。

"同志们，同学们，按照常规，我是她的领导，她是我这个支部书记领导下的一个助教，我没有理由造她的反。可是，你们只知其一，不知其二。我们是同学，她的底我最清楚。她出身大地主、大官僚家庭，受的是上海教会学校的洋奴教育。就这么个剥削阶级的臭小姐，解放后混入中国人民志愿军，在朝鲜居然还弄到一枚军功章。可她并不想在人民军队里干一辈子，镀过了金，回国就上了大学。刚上一年级，就找了个烈士子弟。她是用什么手段把这个在糖衣炮弹面前打败仗的英雄拉下水的？你们大家想想。她的本事，就是生孩子……"

轰，浪潮又咆哮了。

马乔真想冲过去，掐死这个恶婆娘。

"我很早就想过，想不通！社会主义大学为什么留这么多乌龟、王八蛋？想不通啊，可又不敢吱声。因为他们的势力太大了。把我这个童养媳出身的人留下来，就算是对我做牛做马的老祖宗好大的面子。呸！要不是毛主席及时发动无产阶级文化大革命，我肯定在这个地方呆不久。这是资产阶级、修正主义的大本营！这儿，不是我呆的地方。我恨这里的一草一木！"韩雨如疯狂地咬着牙、摇着头，泪水从眼睛里涌出，她竟泣不成声了。

"浪潮"又涌起，把同情、怜悯慷慨地赠予这个"受害者"。

"他们，是一帮子。我虽然文化低，可看不上他们。他们讲的什么狗屁课？我现在可以大声问：你们都是些什么货色？无非是'吃桑叶吐桑叶'的家伙！无非是'吃馒头拣大个拿'的能手！无非是

'一件没领子的破衣服'提也提不起来的破烂货！是一筐烂西红柿！"

哗，浪潮为她鼓掌！

"邬校长，不办无产阶级大学，我看他办的是个——鸟大学！"

哄，"大海"哗然。

在这个全校最大的教室里，如此放肆地讲粗话，大概韩雨如还是破天荒第一次。话说到这里，她才享受到破禁的愉快。她本来就是粗话挂在嘴边的女人，革命了，上大学了，两道无形的箍把她的嘴箍紧了。只有这次"革命"才解了箍，只有刚才那种阵势，才使她真正感到挣脱了禁锢。那被"革命"和"文化"萎缩了的因子，在瞬息之间被唤起了、膨胀了，这才是她真正的天下！她终于感受到发泄的自由、痛快。

潘多拉的盒子打开了，最阴暗、最偏执、最凶恶的人性自由啦！普罗米修斯只能到地狱里去了！

马乔突然发现写大字报的孟宇，正站在讲台边和几个人窃窃私语，两只手不断地比划，看上去很急切。那几个人是谁呢？他挤在门缝里看不清楚。好容易穿过密封的人群，靠近了窗户，孟宇和那几个人已经不见了。再看萧萝，她还站在那只有三十厘米见方的小凳上，身子有些晃动。她使劲抿着嘴，看上去吃力地想尽量保持身体的平衡。

正在这时，孟宇又出现了。她伏在韩雨如耳边说了句什么。

韩雨如的金牙在灯光下闪烁着，兴高采烈地宣布："现在请总支副书记李明同志讲话……"

大教室里又掀起鼓掌的热潮。

李明随即从外面进来，走上讲台。略微谢顶的头上，蓬蓬松松地张扬着一绺头发，活像一只对虾的长须。跟在他后面进来的还有当年的"文选课代表"汪楚。啊！马乔差一点叫出声来，凤敌！此人一向狠毒，他们结成了神圣同盟！这不止是对萧萝，实际上也是针对我的！

………

七

李明走上讲台的第一句话："哎哎哎，让她下来，这都是金枝玉叶。站上去让大家看看就行。时间长了，掉下来，摔着了，可怎么办？"

萧萝兀立不动。孟宇上去扶她下来。她一落地，差点倒下。

马乔总算松了口气。

李明下意识地将将虾须似的头发，开始正式演讲："同学们，我是从党委会上来的。现在，会议还没散，我们几个党委委员造反了，退出会场！所以，我要向大家说，从现在开始，我不是什么总支副书记，我是我，我是李明！"他拍着胸脯，激动不已，"我要告诉你们，学校党委是修正主义党委，这是千真万确的！不信，你们看事实。党委委员中，63.4％是剥削阶级家庭出身，13.2％是中农、富裕中农，剩下的是所谓职员、自由职业者，这里头，给资本家当经理、当厂长，也算职员。真他妈的奇怪！像我们这样的苦出身，少得可怜。"他几乎声泪俱下了，"看看这个党委，吸收了些什么人入党？北洋大臣张之洞的后代，保皇党康有为、梁启超的后代，黎元洪、胡适之的后代，都钻进共产党里来啦！"

韩雨如在一边插话："庙小神灵大，池浅王八多！"

"还有呢，"李明从裤兜里掏出一张纸，把地主家庭出身的党员又数落了一遍，然后说："我当学生的时候，就怀疑这学校到底是给哪家办的？咱们那位校长大人，是什么混蛋校长！怨不得学校出了那么多右派，都是鸡巴他弄出来的！……"

这座大教室，向来被称作大雅之堂。而今李明的造反、放肆，使它从此跌落尘埃，斯文扫地了！本来已经够激烈的听众，也被李明的粗话冲击得瞠目结舌，足足"昏迷"了好一阵，才苏醒过来，个个两眼朦胧，啼笑皆非。

李明面对听众的反应，不是收敛，而是更加肆无忌惮，说了一长串不堪入耳的粗话。最后说："他娘的，这样的党委，还不是修正主义党委？还不是国民党党委？这样的学校，还不应该彻底砸烂，推倒重来？……"

会场哗然。

有的呼口号响应，有的连说：不对，不对！

马乔脑子里嗡嗡作响，是赞成，还是反对？一时竟难以定夺！他对李明向来反感，如今又在攻击党委，怎么可以赞成呢？可是，李明说的那些数据，像泛滥的江河，一次又一次地冲击着他精神的堤坝，折磨着他的感情，撕裂着他的理性，使他陷入无力自拔的两难境地。平时，他是个不"唯成分论"者；现在，他在"唯成分论"的猛烈冲击下，脚底的大地似乎松动了，连小腿都似乎变软了。以至于会场陷入混乱，保党委和反党委者短兵相接、拳脚相加，——学府里这第一场武斗，他竟然没有参加。当风暴烟消云散的时候，他才想起萧萝，远远看去，她已经倒在地上，便急速赶过去。

韩雨如踢踢萧萝的腿，埋怨地说："我真替你着急呀，你干吗不可以向群众低头呢？你这个人，个人英雄主义太强，把头碰个稀烂，也不肯回一回……"

萧萝脸色苍白，紧紧地闭着眼睛。

韩雨如突然看见马乔出现，立即扭身而去。

"萧萝！"马乔叫了一声。

萧萝听到了马乔的声音，无声的泪涌出，她再也支撑不住了，彻底瘫在地上。

马乔把她从地上抱起，在众人的围观中，走出大教室，经过漫漫的楼道，走在混乱的校园中……虽然已是深夜，天还是那么热，人还是那么多。路灯似乎比过去更亮、更多。他抱着萧萝，在众目睽睽之下，走下"战场"。

脚下这段熟悉的路，今日变得无限延长了。途中看到的眼睛，个个都是陌生的、敌意的，甚至是可怕的！马乔有过走下战场，回到营地的体验，那是骄傲、温暖、宽慰、庆幸的归来，是理解、尊敬、夸耀、自豪。可如今不是走向自己的营地,却像走向敌方的营垒。那些可怕的目光,不是迎接战友,而是窥测猎物。没有同情,没有怜悯,只剩下屈辱!他真希望灯不要那么亮,人不要那么多,路不要那么长,他想快快走完这段屈辱的路。

宁静、幽雅的校园完全变态了。新装的路灯,亮得可以照见地上的蚂蚁。每座教学楼都充斥着狂暴的呐喊声。敞开的窗户里,不仅传出歇斯底里的怪叫,而且映出歇斯底里的形象。大楼成了一座座巨型的百嘴兽,它们用最狂热的呼叫,最野蛮的举动,最可怕的人性吞噬着、撕裂着、凌迟着文化古堡,不是从外边,而是从内里践踏着她丰厚的积蓄,毁坏着她斯文的生命。它们理直气壮、义愤填膺,以革命的名义,排泄着经年淤积的晦气、赘物……

马乔抱着萧萝,穿行在巨兽们狂癫、骚动、肆虐、痉挛的夹缝里,越过横七竖八的大字报栏,躲开看热闹的人群,想快快回到家里。

她,紧贴在丈夫的胸前,虚弱的躯体从他强劲的肌肉中感受到火一般的热力。她,又一次获得了安全、力气。她,已无法控制自己的感情,长长的抽泣,呜呜的哭声,把憋闷、委屈、感激、欣慰,一起倾泻出来。

马乔紧紧地抱着妻子,心里十分困惑。为什么这样一个为了信仰拼命工作,为了信仰忍辱负重的善良女性,会一再遭到摧残?要多少次才到头呢?天哪,革命怎么会革成这个样子呢?

渐渐地,他们离开巨兽们远了。熏风吹来,只有楼群上空那颗亮晶晶的星星,才让他们感受到一丝凉意。

八

马乔和萧萝回到家,已经是子夜时分。儿子、女儿趴在饭桌上睡着了。鼻涕、眼泪、馒头渣、麻酱渣掺和在一起,把他们的手、脸装扮得黑白相间,像两只熊猫。

噢，孩子醒了。看见受伤的妈妈，吓得动也不敢动，乖乖地坐在凳子上，小心地看着爸爸为妈妈铺床、擦脸、涂药、喂水，他们唯恐弄出声响，给妈妈增加痛苦。

远处，依然有歇斯底里的口号声；近处，则有悲戚的哭泣声。

一双儿女，似受惊的小鸟，小小的心脏像攥紧的拳头，瑟缩着不敢松开。

马乔腾出手，才对孩子们说："乖孩子，睡觉吧。"

躺在床上的萧萝开了口："要洗洗脸，再睡觉。"

孩子们听见妈妈说话，立刻跑到床前叫起来："妈妈……妈妈……"

萧萝明白孩子的心思，安慰说："妈妈主要是太累了，不要紧的，休息一夜，明天就好了。"

儿子注视着："他们打你啦？"

萧萝摇头，"没有，没有，三大纪律八项注意，不许打人骂人的。"

"那你怎么会背上、胳膊上流血了？"

女儿在一边说："哥哥说，妈妈脸肿了。"

萧萝抚摸着女儿的脸，"看看红红的脸，像个小熊猫，这么脏，怎么可以睡觉呢？"

"他们……明天还会来吗？"儿子不安地问。

"不会的，——来也没关系，我们要跟他们讲理。"萧萝不过是在安慰孩子，不想让幼小的心灵承受沉重的负担。其实，她知道，灾难只是刚刚开始。

马乔在一旁，实在憋不住了，"讲理？他们都是坏蛋！讲什么理？无理可讲！"

萧萝赶紧说："赶快睡吧，有爸爸保护我们。"

孩子们带着困惑，带着恐惧，不安地睡去了。

懂事的孩子们，天生就一副分担父母忧愁的心肠，当着父母面不哭不闹，可他们能睡得着吗？

孩子们的担心提醒了马乔。是的，天亮以后，那些人又会来找麻烦。怎么办？难道坐以待毙吗？他看看表，离天亮只剩下三四个小时了。远处的口号声、近处的哭泣声都已经止息。夜，静得无声无息。昏黄的电灯，映出萧萝苍白的面容。她已经奄奄一息了，再这么"斗"下去，还能活嘛？他真希望黑夜无限延长，让他的萧萝躲过这场空前的灾难。可是，天，毕竟是要亮的，钟表的指针转得飞快。马乔惧怕天亮的心情，和当年惧怕日本鬼子进山"扫荡"时的心情如出一辙。那时，躲在山里总希望太阳不要升起，升起了，又希望快快落下。因为，光靠山的掩护是不够的，还需要浓浓的夜，阳光被侵略了！今天，他又感到了悲哀，因为，他的萧萝是无辜的。像她这样兢兢业业、全身心投入工作的人，怎么就得不到信任呢？一再挨整，这公平吗？符合党的政策吗？可现在怎么办？日寇"扫荡"，可以躲，可以逃；这个运动，往哪里躲、哪里逃？没有做过见不得人的事，躲躲藏藏又算怎么回事？可是，不躲不藏，白白让他们拉去斗？那不是要她的命吗？想来想去，只能走一条路，那就是找新市委告状！告他们违背党的知识分子政策，告他们混淆两类不同性质的矛盾，告他们违反毛泽东思想！想到这里，他激动起来，似乎在困境中找到了出路；并且确信，真理在他和萧萝手里。要是毛主席知道这件事，也会支持他的！他立刻叫醒萧萝，谈了自己的想法。

萧萝为难地说："他们在会上宣布对我实行专政。只能老老实实在家听命，不许乱说乱动。如果让他们知道我去新市委告他们……"

马乔果断地："知道就知道，没有别的选择。向上级反映情况，是我们的权利。何况，我们是在和坏人作斗争！"

"管用吗？"萧萝信心不足地说。

"管用！"马乔口气坚定，信心十足。

在马乔的头脑里，矗立着一座信仰的大厦。他的信仰是和着血肉、骨骼筑成的；是革命岁月积淀的成果。在某种意义上说，是天成的，是通体由一种材料构筑而成的。因而，它的稳固性和排他性几乎同时并存。他对事物的判断、选择，他对自身力量的估量和必胜信心，以至于他的幻想，他的感情，都来源于他独有的信仰大厦。似乎，他的肉体和灵魂，都安居在这所大厦里。他总是从这大厦开启的窗口，向外眺望，审视天地日月，感知风云雷电——这就是他的世界！

在信仰的王国里，萧萝总是听马乔的。当下，他们拟就了告状的提纲。主要内容是：告李明反党，在这个问题上，虽然马乔心里也打鼓，可按照五七年反右派的标准，李明那套言论，完全够得上极右派的资格；告韩雨如混淆两类不同性质的矛盾，利用文化大革命报复打击革命同志，她出身虽然不错，但当过国民党军官的姨太太，沾染了旧社会的腐败习气。任凭这种人兴风作浪，会使文化大革命走偏方向。

天，已经蒙蒙亮了。校门外的马路上，首班公共汽车开过去了。萧萝匆匆洗漱，喝了一碗粥，就悄悄出门了。

马乔叮嘱道："我把孩子打发走，到单位露一面，就去新市委找你。"

等车的时候，萧萝痛苦地说："我，又连累你了。"

马乔安慰着她，"不要这么说嘛。"

"我想，你要不是找上我，不会有这么多麻烦的。"萧萝长叹一声，泪水扑簌簌地跌落下来，"还不如早点……"

马乔制止："别胡说！彻底的唯物主义者是无所畏惧的，要经得起考验。"

车来了，萧萝擦干眼泪，上了车。

车上没几个人。萧萝站在车门边，向马乔摆手；马乔一再地点头、微笑，把信心和支持、希望和安慰频频送到车上，送到她的心里。

车走远了，萧萝也看不见了；然而，她那羸弱的身子、僵滞的眼神已失去了往日的神韵，使马乔心痛欲裂，他咀嚼着苦涩的滋味，把忧伤和沉痛咽到肚里。宿舍区依然一片宁静，他估计，萧萝离家外出，大约没有人看到。

马乔刚踏进家门，突然听到两声沉重而巨大的响动——是闷声闷气的、一先一后的落地声音。他立刻推开窗户向外张望。啊呀！只见对面教授楼下的水泥地上，躺着一男一女。他赶紧跑下楼，一对教授夫妇倒在血泊中。他们是从四楼跳下来的，已经停止了呼吸。他又跑到传达室，向校长办公室报告，无奈没人接电话。

传达室的工友说："现如今，校长都成了黑帮，泥菩萨过河，自身难保！打电话也白搭。"

"那怎么办？总得有人管呀！"

"唉，给派出所报告吧。"工友接过听筒，向派出所报了案，"这老二位，是生物学系的教授，想不开呀，走了这条路！"

马乔这才想起来，前半夜听到的哭声，恐怕就是他们了。搞生物学的走这条路，意味着什么呢？他匆忙叫起孩子，打发他们吃饭，让儿子先送妹妹去幼儿园，然后再去上学。他自己也吃了两口饭，骑车去上班。

校园里新装的高音喇叭响了，又是口号，又是勒令！好家伙，义正词严、慷慨激昂。骑车走出很远，还能听到那咄咄逼人的声音。此刻，他什么都不想了，心里只有萧萝，为她的命运捏一把汗。

九

马乔本打算在办公室露一面就走；可是没想到，大院里也人满为患。一个晚上，不知从什么地方冒出那么多的人。办公室、楼道、院子里到处都是大字报，"火力"集中在安甫身上。其罪名大得吓人，什么"彭、罗、陆、杨的同党"，什么"修正主义鼻祖"，什么"复辟资本主义黑干将"等等。更让他吃惊的是，有一张大字报，居然说："安甫是共产党的叛徒"，是"反共老手"！他对此嗤之以鼻，心里很难过，这不是逼着安老跳楼吗？他脑子里出现了安甫倒在血泊中的样子。真所谓：摆脱忧愁的最好办法，是有一个更大的忧愁。

看来，萧萝的处境，比生物学教授、比安老还强些。他正在大字报前浏览，魏孟然走来拍拍他的肩膀，示意他一起去办公室。此时的魏，正是连升三级，红得发紫；此刻召唤，一定有重要事情。

魏孟然把门关好，站在桌边说："运动起来了，来势凶猛！看清楚了吗？矛头所向，非常明确。这是毛主席的战略部署，是大是大非问题。过去，我们可能有些分歧，特别是在对安甫的看法上。那时没有揭开盖子，你看不清楚，情有可原。现在到了算总账的时候了，我希望你赶快跟上运动的形势，站到毛主席革命路线上来。我还像过去那样信任你，希望你以后能协助我。"他的态度和蔼，语气诚恳。

以他现在所处的"态势"，能对自己发出这样的信号，实属意想不到，马乔心里涌出一份感激之情，一时竟不知道说什么好。

魏孟然大概从马乔的面部表情，看出了门道，于是满有把握地说："安甫不是个好人，是地道的修正主义者，阴谋家！……"

马乔的激情顿时冷却了，他迫不及待地说："说他是修正主义理论家，这问题还可以讨论，说他不是好人，说他是阴谋家，有的还说他是叛徒、反共老手，太离谱了！有根据吗？"他的话，越说越激动，几乎是在质问："他是个老同志。在延安，在太行，在华北，多少负责同志听过他的课。连我的首长都说是他的学生，在他那里受到了马克思主义启蒙。怎么可以说他不是好人？是阴谋家？是叛徒、反共老手呢？这，不光是他个人的问题呀！……"

魏孟然的脸色发白，冷笑道："看把你激动的！这又不是我个人的看法。我不过是想拉你一把。这次运动是……空前的，……"他说到这里，紧皱着眉头，思索再三，才接着说下去："很多意想不到的事情都会发生。……洪水来了，上不上船，这是你的自由！"

谈话结束了。魏孟然回到桌后的转椅坐下。马乔走出办公室，又进入熙来攘往的人群之中。

他脑子里乱哄哄的。什么叛徒、阴谋家、洪水……在他脑袋里旋转不停。眼前这些人都是陌生的，所有的大字报都让他感到厌恶。

他挤出人群，找到自行车，准备去新市委。忽然，一群人围住了他。

"马老师，马老师，……我们找您半天了。"

原来是一批年轻人。

陶琼笑嘻嘻地走过来："这都是咱们研究室的，你怎么一个也不认识？"

马乔尴尬地笑笑，不知如何回答。

"这不怨马老师，"一个梳着双辫的女孩赶快替马乔解释，"我们来的时候，您在外边搞'四清'，您回来的时候，我们又跟魏主任到……外边去……实习。所以，您没见过我们。"

"你只说对了一面，"一个矮个子男孩抢着说，"从主观上讲，马老师有些脱离群众。您看陶老师就跟我们很熟，她热情，没有架子。"

马乔感到脸上热辣辣的，对陶琼说："这也是一张大字报。"

陶琼连忙说："你们批评得不完全对。马老师还是很关心人的，只不过从外表看来不那么热情。我早就和你们说过，马老师捍卫群众利益的精神，是很了不起的。"

马乔不好意思地说："别烤啦，再烤就糊了。"

那个男孩认真地说："马老师啊，您有光荣的经历，兼有良好的品质。不过，恕我直言，您现在需要路线觉悟。这是真正的觉悟，是尖端问题。路线对了，没有枪可以有枪，没有人可以有人。路线错了，一切都错，有枪也保不住，有人也会跑光。"

在马乔的记忆中，第一次听到"路线觉悟"这个词。小伙子的话，既新鲜，又刺激，可又让他不服气。心想，魏孟然带着你们到哪里去学了一套新词，也来教导我！

陶琼在一旁解释，"这小伙子很冲。他叫江吉人，井冈山来的。"

一说井冈山，马乔肚子里的气顿时消了一半，便问道："你怎么长得这么矮？"

小江说："蒋介石在罗霄山大开杀戒，剩下的都是老人和小孩。我能活下来就算不错了。"

陶琼又介绍："这位是湖南人，毛主席的老乡。她叫邹兰，当过小学教员。在湖南上大学，毕业以后分到咱们这儿。"

马乔看着他们："所以，你们觉悟都很高。你们都写了哪些大字报？"

邹兰说："安甫的大字报是我们写的。"她说话的语调和神气，让马乔感到一种挑战的意味。

"噢，那你们都是井冈山战斗队的了？"

"是的，"邹兰微笑着说，"马老师对我们的大字报有什么看法？"

马乔不加掩饰地说："根据，——根据不足……"

"还有什么看法？"邹兰追问着。

"这一条还不够？"马乔的话，把邹兰顶得张口结舌，半天说不出话来。

江吉人接过话去："我的话没错吧，马老师的问题，归根结蒂是路线觉悟问题。我看马老师有自来红思想……"

陶琼生气了："小江，你少说两句好不好？就你路线觉悟高？那你自己高去吧！"

马乔认为，"觉悟"高低是对一个人最重要的评价。他活了这么大，特别是在腥风血雨的战争年代，他一直被看做阶级觉悟高。只是在"肃反"时，被李明等人说成是觉悟低——为了老婆，丧失了阶级立场——事后证明，李明等人是错的，而他坚持了实事求是的原则，在压力面前，没有胡说八道，还是他的觉悟高。现在，造反派竟给他"上课"，心里早就憋着火。趁着陶琼训小江，他仰着脖子说："我没有你们觉悟高，只能是有多少觉悟，干多少事！"说完，分开众人骑车走了。

马乔边走边想：真是瞎耽误工夫。也不知萧萝现在怎么样？还在不在新市委？他骑车猛蹬，飞快地超越了一个又一个骑车人。他把思念和发泄、急切和恼怒都用在两条腿上了。

车子到了府右街，前面的骑车人突然发生了变故。有的掉头往回骑；有的紧急转弯钻进旁边的小胡同；有的停车观望；有的放慢速度。马乔心里着急，躲开挡道者，继续飞快前进。没骑多远，便被站在马路中间的一群中学生拦住了。

"下车！下车！"学生们手里拎着皮带，厉声吆喝。

马乔只好下车，不耐烦地问："什么事？"

"什么事？"一个男孩瞪着眼睛，抢起皮带，恶狠狠地说。

这时，一个袖子绾得高高的女孩，推开了那个男孩，和颜悦色地说："同志，我们要破'四旧'请你协助一下。"

马乔不解地问："协助？协助什么？"

拿着改锥、钳子的孩子们涌上来，把马乔自行车上的"凤凰"牌标，连打带敲地扒了下来。

女孩解释说："这商标是封、资、修的！"

金光闪闪的标牌被扔到地上。学生们拿着锤子一顿乱砸，"凤凰"被砸扁了。

那女孩连连摆手说："没事了，没事了。"意思是放行。

马乔窝了一肚子火。这是辆黑色、二八型、大链套的凤凰牌自行车，是他们积攒三年，才省下来一百元钱，又破例借了同事 56元，刚给萧萝买的坤车，就这样被一群不讲理的中学生毁容了。

马乔推车走过中学生设置的雷区，不禁又无奈地笑了。因为他看到比他倒霉的大有人在：穿港式瘦裤腿的人，被叫到路边，用剪刀把裤子剪成两片；穿尖头皮鞋的人，也被叫到路边，把鞋砸扁；还有被叫到路边，把大背头剪掉，脑袋像狗啃了似的……最可悲的是，对这群作恶的孩子无法反抗，甚至于连争辩两句都张不开嘴。

牛的力气大，一旦落到了井里，有劲也白搭！

一个雷区就是一口井，一口敞开着的大井。从这些井边经过，马乔心里惴惴不安。恐怖气氛笼罩在首都的大街上。大学生在校园里造反，中学生却造到了街上，他们似乎比大学生更可怕。

新市委还在旧市委的老楼里，已经失去了往日的庄严和宁静。门卫没有了，所有的门都敞开着，人们自由出入。大厅里除了挂满炮轰旧市委的大字报外，遍地摆着沙发、椅子。厅里大多是来告状的人，有工人、农民、知识分子、机关干部，坐着的，躺着的，愁眉苦脸，惶恐不安。有的大声喧哗，有的窃窃私语，有的手里还捏两个馒头，一个个满脸苦相，一脑门子官司。市委大厅，好像成了难民收容所。

萧萝在哪里呢？马乔穿行在人堆里找遍每个角落。没有萧萝的踪影。于是，他上了二楼，硬着头皮，推开所有的门寻找她。几乎所有的门里都在接待来访者，有的哭哭啼啼，有的大发雷霆。接待者苦口婆心，筋疲力尽；告状者口干舌燥、心力交瘁。整个大楼都在挣扎，新市委好像也掉到了井里。

"马乔！"这分明是萧萝的声音。马乔转过头来，她已经来到身边。

马乔迫不及待地问："怎么样？"

萧萝伸手递给他两个糖三角。

马乔只好接过来说："谁给你的？"

"接待我的一个老头。"

"他是干什么的？"马乔不解地问。

"他是群工部的巩处长。他说，姑娘，你受委屈了，没有别的办法，我送你两个糖三角……"

"唉，哄孩子呢！"马乔不以为然地说。

"我说了，我已经是两个孩子的妈妈了。他说，'我有两个孙子了。你们学校的情况，我们都知道。你们的校长、党委书记，不仅是挨斗，还挨打了；已经有三个教授、一个讲师自杀了。市委、中央正在研究办法，如何控制局面。一要相信党；二要正确对待群众运动。你还年轻，今后的路还很长，锻炼锻炼有好处。"

"就这几句？"

"不，"萧萝摇头，"他还是认真听了我的申诉，而且作了记录，说一定要向上级汇报。最后还说，'对不起，让你久等了，中午饭已经误啦，你吃两个糖三角吧。'他挺诚恳，我没法拒绝。临了还把我送出来，说，'姑娘，要相信，干坏事的人，总会得到清算。'我想，也只能这样了。你说呢？"

马乔想想，也无话可说。

萧萝叹口气，悄声说："告状的人都说，我这点事，不值得告。一个农民说，他们村，一夜之间，把地主、富农都杀光了。肯定是违反政策的，可是已经杀了。"

"我在楼下也听说了。看来是失控了。"

他俩一边议论，一边走出市委大楼。

"我不知道，为什么会失控？为什么失控以后，会这么残忍？是不是有些人以杀人为快乐？以欺负人为快乐？真弄不明白。你说呢？"萧萝挽着马乔的手臂，想让他解答内心的困惑。

马乔欲言又止。这个问题，应该从哪儿说起呢？他一面觉得自己也说不清；一面又觉得还是有些体会和想法。这一阵，他不断回忆起土改时的情况，那些复仇的农民，是真正的洪水猛兽。但他又觉得这么说不妥。所以只能默默地走路，准备接受进一步的锻炼、考验。

十

大概因为挨批挨斗的人太多，而且，萧萝在这些批斗对象中属于最年轻的，所以，那次斗争会以后，再没有"动"她，只是学生代表来到家里，郑重其事地宣布："从明天开始，你到劳改队去劳动。不许迟到、早退，不许耍奸溜滑，老老实实接受群众监督改造。你听清楚了没有？"

去劳改队？！

这话听起来非常刺耳，心口上好像挨了重重的一击，让她心疼得差一点窒息。那种地方，是社会渣滓——杀人犯、贪污犯、强奸犯、叛国者，或是罪大恶极的反革命分子所在之处。今天，居然轮到她的头上了！世界上有她这样的黑帮？有她这样的渣滓？有她这样的反革命？这不是太可悲、太滑稽了嘛？真让她欲哭无泪。

218

学生宣布勒令的时候，是那样冷酷无情。昨天的师生之谊，丢弃得一干二净，变化好快啊！她拼命抑制着悲伤，不让泪水流出来。

"我不是黑帮，劳改队不是我去的地方！"她对她的学生说。

三个学生交换眼色，互相推让。终于由一个男生说出："你不是黑帮，也是黑帮的爪牙、走狗。"

萧萝愤怒得浑身颤抖，激动地说："真没想到，你们会说出这样的话！请问，你们有根据吗？你们这样轻易地、绝情地……用肮脏、下流的语言，诋毁、谩骂跟你们朝夕相处的老师和朋友……是为什么？我，是按照毛主席的教导，全心全意去工作的。我问心无愧！……"

那男生"哼"了一声，举手在空中一挥，厉声说："不许你说毛主席！你这资产阶级臭小姐，也配？！"

萧萝像是挨了一刀，泪水再也挡不住了。

另一女生说："路线错了，一切都错！干劲越大，危害越厉害，欺骗性越大！"

萧萝的方寸乱了。是啊，不是说清官比赃官、昏官还坏吗？清官为封建制度贴金，清官增加人民的幻想，清官消磨了斗志，延缓了封建制度的衰亡，清官该死，十恶不赦！这样一来，自己的理想、忠诚，连同辛苦，都归入了罪恶的渊薮。

第二个女生说："萧老师，您就去吧，管她黑帮、白帮的。劳动嘛，总还是光荣的。再说啦，毛主席教导，要正确对待群众运动，要正确对待自己。您硬顶着，也顶不过去呀！"

萧萝的逻辑，被学生们的"真理"冲击得支离破碎了，像是遇到一把锋利的剪刀，把她的思想剪成了一块块碎片，散落在地上，飞起在空中，任她怎么去捕捉，也无济于事了。她正是带着这些碎片，去了黑帮劳改队。

黑帮，实际上是红帮，有校长、正副党委书记、教务长、总务长、各系主任、总支书记，还有就是那些著名教授、学者。他们被集中起来，分住在游泳池的男女更衣室，一律穿劳动服、绿胶鞋。

所谓劳动，就是拔草。

萧萝穿过人群，来到劳改队，脑子里留下的是人们奇奇怪怪的目光，和悄悄议论的声音，浑身像有很多毛毛虫咀嚼着她的灵魂。可是，当她走进劳改队行列以后，她的感觉变了。

劳改队的师长们正在拔草，看到她纷纷站起来。

年逾花甲的邬校长，不顾大汗淋漓，审视地问："怎么，你也来了？"

萧萝下意识地摇摇头，不知该说什么，无奈地看着面前这群晃晃悠悠、伸不直腰的老人。

"你是中文系的吧？"邬校长仍然用怀疑的口气问。

党委副书记在一边说："她叫萧萝，模范班主任，上了团中央光荣榜的，现在倒成了罪过。"

邬校长擦擦脸上的汗，郑重其事地说："模范就是模范，怎么成了罪过？姑娘，你不应该来这里。要是有罪过，也是我的问题。"

萧萝被触动了。她想说："我愿意来这里。"可是嗓子里像堵了一团棉花，说不出话来。她勉强地笑笑，泪水哗哗地流下来。这些天了，除了马乔，只有校长这句话，让她感到温暖，使她已经破碎了的逻辑，又连缀起来，使她丢失了的理性获得了回归。

高音喇叭里传来毛主席语录歌：

"马克思主义的道理千头万绪，归根结蒂就是一句话，造反有理！造反有理！"

旋律优美，节奏铿锵，反复吟咏，不断重复。整个校园笼罩在"造反有理"的嚣声里。

邬校长发出疑问："这是毛主席的语录吗？"

副书记说："是的，这是毛主席早期的一段话，没有收入《毛泽东选集》。"

"这话把马克思主义简单化了。不能到处唱这种歌。"邬校长对着天空，无限感慨地说："世界是复杂的，不能用这么简单的四个字对待啊。"他满脸愁容，"毛泽东思想和毛主席个人的思想还有区别，特别是和毛主席青年时期的思想有区别……"

"哎呀，邬老，现在是什么时候，您还说这些话！"副书记急得直摇脑袋，生怕邬校长的话钻到他脑子里去似的。

邬校长似乎没听见副书记的警告，还在问中文系的沈教授，"我说得不对？"

沈教授并不想回避，"对是对，可不是时候。"

副书记趁此机会溜走了，到离邬校长很远的地方去拔草。

邬校长走到萧萝面前："姑娘，我想起来了，你是马乔的对象。"

萧萝点点头："邬老，我已经是两个孩子的妈妈啦。"

"是嘛？男孩？女孩？"

"老大是男孩，老二是女孩。"

"好啊，很理想，品种齐全。还要么？"

"不要了，不要了。"

一个兴致勃勃，忘记了自己的黑帮处境，更未想到那即将到来的厄运；一个感慨不已，没想到劳改队里还有如此这般的温馨。

萧萝发现，师长们拔草倒不费力，难办的是他们肥胖的身子，蹲在地上弯腰屈膝极其痛苦。有的干脆坐在地上，有的蹲不下去，只好撅着干，憋得脸色通红，浑身大汗。

"邬老，您吃得消吗？"萧萝问。

邬校长认真地说："我们是有点修正主义啦。五八年，毛主席号召干部参加劳动，并且说应该形成制度。可总是抽不出时间，天天陷在会场里，游不出来。劳动是好的呀！我在延安参加过大生产运动，挖窑洞，开荒地，种萝卜，种山药蛋，种蓁子，很好的呀。进城以后，脱离了劳动，官僚主义也多了，冲一冲有好处。唉，只是教授们、学者们不必再补这个课了！"

萧萝心想：校长并未把挨斗放在心上，甚至认为"冲一冲"有好处，借此可以洗掉修正主义污物。相比之下，自己倒是太认真、太沉不住气了。

高音喇叭里又传来校文化革命筹备委员会成立的公告。十七名委员里，有李明、韩雨如；五人常委里有李明，负责斗、批、改办公室。

邬校长听得很仔细。

萧萝仰头看他，顿生一种空谷孤松的感觉。那一头微微颤动的白发，连同布满鬓边的皱纹，在炽热的阳光下，冒着汗，流着"油"，好像随时都会燃烧起来。

老人直挺挺地站着，听着广播里的名单，脸上的肌肉在抽搐，在变形。显然，这一串名单触动了他。是信息？是预兆？有李明这样的人在里头，肯定是一块不祥的乌云——萧萝这样想，也这样理解邬校长此时此刻的心情……

<h1 style="text-align:center">十一</h1>

在劳改队里，萧萝年纪最轻，职务最低，和校长、书记、教授们站在一起，对比明显、突出。连她自己也觉得奇怪，一个普普通通的助教，而且连党员都不是，除了教书，就是当班主任，这样的人在学校里足有几百个，怎么偏偏自己得到这样的待遇？跟当权派，跟被算作反动学术权威的人们站在一起。在大礼堂挨斗，她和她的同伴们在主席台下一字排开，面对全校师生面前低着头，听候台上连珠炮式的批判，激动的时候，台下响应，口号连天，人们愤怒地嘶喊、悲痛地流泪。一个大概是体育系的学生，手持一把大扫帚，坐在第一排左侧，每当喊出"横扫一切牛鬼蛇神"这句口号时，他总要举起扫帚从被批判者的头上顺序横扫一遍。她看见那扫者表情严肃、认真，一双凸出的眼睛，让她想起庙门两旁泥塑的守护尊神。她不明白，台上台下，何以有那么多的愤怒？她觉得自己在生活中，并没有危害社会、危害别人。难道师长们真的都是十恶不赦的罪人？她不相信。可是，为什么人们那样义愤填膺，必欲置之死地而后快呢？这仇恨，有根据吗？她确信没有！那把脏兮兮的大扫帚，每次从她头上扫过，她都浑身战栗；而观众们却欢呼着，像是灵魂得到

了享受，欲望得到了满足。她感到此时的处境，活像几千年前古罗马斗技场上的奴隶，以自己的血肉、尊严，供贵族们取乐！……

坐在第一排的韩雨如，突然冲萧萝吼道："萧萝，你在想什么？！"

萧萝像是从梦中被叫醒。她怔怔地想了想，摇摇头，表示什么也没想。

"你老老实实听着！不准走神！你这个小妖精！"韩雨如吼着，向她的同伴笑着，露出两颗黄灿灿的金牙。

被韩雨如这么一吼，萧萝却仿佛明白了一个问题：她何以和校长、书记教授站到一列，接受这么高的待遇，完全是韩雨如的功劳，还有正在主持会议的李明。她想起十年前，就是因为马乔不肯臣服，招致李明的报复。人也整了，处分也给了，他这口气还没出完？现在，他带头造了党委的反，造了校长的反，一夜之间，夺了最高学府的领导权。他如今不是整一个人，而是整一批人。不是报复一个不肯臣服他的同学，而是报复这座巍峨的学府，报复这学府里年迈苍苍的师长！别人呼喊着革命的口号造反，似乎还有几分为公的道理，李明的造反却让她看穿是为私，是为了私欲，为了满足狭隘、贪婪、嫉妒的心肠。他和韩雨如有很多相似的地方。很奇怪，他们在学校里收获的竟然是仇恨，按捺不住的仇恨！为什么？是学校种下的，还是他们原先就有的？

一阵愤怒的口号，成千上百的拳头举起来。邬校长不知在什么时候已经成了众矢之的。台上台下大呼小叫，要他交代与彭真的关系，交代参与二月兵变的内幕。啊呀，二月兵变？闻所未闻！还会有这样的事情？萧萝感到吃惊。只见几个男学生从礼堂的侧门冲进来，把邬校长从队列里拉出，揪到正中央，反拧着他的胳膊，按下他的头颅，逼他向全校师生员工请罪。

老校长开始还有力量反抗，不肯轻易低头。他在一片混乱声中，大喊："冤枉，冤枉，……"后来就瘫坐在水泥地上，呻吟中还在申辩："没有的事……"

邬校长的挣扎，在会场引起不同的反响，纷纷议论，喊喊喳喳。

主持会议的李明走到台前，念了一份康生最近接见高校学生代表的讲话："年轻的朋友们，你们太年轻，不了解阶级斗争的复杂性、尖锐性、隐蔽性。一出《海瑞罢官》，掩蔽着一场复辟反复辟的激烈斗争！谁也骗不了毛主席！他以无产阶级革命家的胆略，把阶级斗争的盖子给揭开了。你们看，这盖子底下都是些啥哩？都是了不起的大任务！都是党里、政府里、军队里的走资本主义道路的当权派！毛主席要揭盖子，他们就拼命捂盖子。搞阴谋的人，就怕揭盖子。特别是有毛主席在，搞阴谋没好果子吃。实在捂不住了，他们就想来武的，搞政变——二月兵变，实有其事。为首的是贺龙，他们已经调兵遣将。北京大学、清华大学、师范大学、人民大学的同学们，你们回去查一查。你们学校的走资派，背着你们广大同学，为政变部队准备宿舍、帐篷，囤积粮食。他们磨刀霍霍，要流我们的血！年轻的朋友们，阶级斗争是大学校，要好好学哩！不然的话，掉了脑袋还不知道是怎么死的！……"

康生这张大字报，像一把火丢到油桶里，轰的一声，大火在礼堂燃烧起来。愤怒的学生把邬校长从地下抓起，嚷着、吼着，要他交代。

邬校长的眼镜落地了。他挣扎着、喊叫着，"我的镜子，我的镜子！"

一个女同学把眼镜捡起，刚要递给校长，另一个男学生挥手把眼镜打到地上，又上去一脚踩个粉碎！

邬校长一把抓住那人的手，凑近仔细地看看，温和地说："是你，中文系的申永亮，对吧？"

礼堂里的波涛退潮般缓缓平息下来。

"是我又怎么样？"申永亮喊着，想摆脱校长的手。

邬校长放开他，平静地说："为什么你总是爱破坏呢？"

"谁破坏了？"申永亮气急败坏地说。

"你摔坏学校两把椅子，砸碎电化教室的玻璃，借图书馆的《金瓶梅》，把插页剪掉，也是你。这还不叫破坏？你把我的眼镜踩碎，等于取消了我的工作权力。我眼睛看不清楚，心还是看得见的。同学，你有病啊！"

平静的礼堂又起了微微的波浪。有人在议论，有人在哭泣。

"别转移大方向！"韩雨如发疯似地跳起来喊，"主席，我们是斗走资派，还是斗同学？"她愤怒地跳上台，对着大家说："摔碎两把椅子算什么大不了的事？《金瓶梅》是什么东西？剪了那些光屁股干坏事的插页，还太文明了，应该把西门庆那行子都剪掉！图书馆应该大扫除。你看看，你们要搞政变，血淋呼啦的，磨刀霍霍，还说同学搞破坏！告诉你吧，我们就是要破坏一个旧世界，建立一个红丹丹（彤彤）的新世界！"

韩雨如把"红彤彤"说成"红丹丹"，引起全场大笑。

李明凑到她身边，小声提醒："是'红彤彤'，不是'红丹丹'。"

韩雨如哪里肯听，故意提高嗓门，"笑什么？我就说'红丹丹'。"

礼堂像是开了锅。

目睹这场活剧，萧萝脑子里乱得理不出头绪。一会想，康生的讲话不会是假的；一会想，虽和老校长接触不多，但从他的形象到谈吐，都是一位忠厚、诚实的长者。还是当学生的时候，老校长每天中午利用同学吃饭的时间，在饭厅里转。看学生的伙食，跟学生聊天。大家对学校、对教学有什么意见，都能在中午这段时间里反映给他。他怎么会参与兵变呢？再说，赫赫威名的贺龙元帅，怎么也成了兵变的首脑呢？康生、贺龙、邬校长，到底应该信哪一个？不该信哪一个？真像十五个吊桶，七上八下的。其实，不想也算了，阶级斗争这么复杂，有很多领域，自己离得那么远，怎么能弄清楚呢？算了算了……

此时，李明大声宣布：原校党委副书记、反革命修正主义分子沈家林交代、揭发。

沈副书记从队列里出来，走上讲台。迎接他的是一片口号声——似山呼海啸，怒潮澎湃：

坦白从宽，抗拒从严！顽抗到底，死路一条！

人还没到讲台，便被李明截住，警告说："沈家林，我告诉你！你是延安来的。有人说，你在延安就是个老'运动员'，钟鼓楼上的家雀——受过大惊。这次，你别耍滑！二月兵变，你可知道是什么分量！"

沈家林连连点头，走到讲台前刚想双手扶桌，又抽了回去，向右跨出两步，站到讲台边，把头低下，缓缓地说："同志们，同学们，我……"

台下有人喊："谁跟你是同志！"

沈家林把头再向下低，压低声音说："我有罪，我有罪！我的罪是不可饶恕的。作为党委副书记，负责全校的思想政治工作，竟然麻木不仁，被反革命分子欺骗、出卖了，还帮着人家数钱，真是太可悲了！二月兵变，直到今天听了康老的讲话，才如梦初醒，出了一身冷汗！邬校长啊，邬校长，我一向很敬重你呀，你不该骗我，不该骗全校一万多名师生员工啊！彭真的北京市委，给了咱们学校四十顶帐篷——军用大帐篷，每顶帐篷可以容纳五十个人。当时让我经手办的，说是让学生学军用。好家伙，原来学军是个幌子，兵变才是他们的真正意图！你说，有没有这件事？"他指着邬校长质问。

礼堂里群情激奋，学生们又一次冲到邬校长面前，拧他的胳膊，按他的脑袋，吼叫着让他交代。

邬校长摇头。

沈家林在台上说："同学们，你们问他，四十顶帐篷，有没有？"

学生呼啸着，质问邬校长。

邬校长筋疲力尽，坐在水泥地上，"有，有，——不过，那确实是学军用的，跟兵变……没关系。我也是头一次听到，二月兵变，这个说法。"

潮水哗地又退下去了。

萧萝绷紧的心放松下来。看看瘫在地上的校长，老人家已经奄奄一息。她问自己：怎么办？他会死吗？他需要帮助，可是，没一人敢帮啊！她⋯⋯也不敢帮。内心像吃了黄连，很苦，很苦⋯⋯

十二

因为萧萝仅仅是个助教，虽然也被称作黑帮，但与校长、书记、系主任、教授那些人在一起，实在悬殊太大；又因为游泳池更衣室空间有限，黑帮人满为患；所以，她被勒令白天到劳改队报到，晚上回家。用劳改队长的话说："你年轻轻的就当了黑帮。这样吧，给你办个'日托'，早上八点来上班，晚上六点回家。他们都办'全托'，怕他们跳楼、上吊，你不至于吧？"

听说可以回家，萧萝的心跳得快要蹦出来了。她尽量控制着自己，不把欣喜若狂的心情流露出来。她可以见到马乔，向他诉说委屈，向他讨教对付的办法，还可以见到一双儿女⋯⋯她感激地说："我保证不自杀。可以给您写个保证书。"

队长笑笑："知道你不会。你不是志愿军吗？"

萧萝鼻子发酸，喉咙发紧，眼泪夺眶而出，心里非常难过。昔日的艰难、荣耀，和今日的挨批挨斗、黑帮身份⋯⋯这侮辱，这冤屈，不仅痛苦，更难以理解。战场上，人与人之间那种同情、友爱、相互支援、自我牺牲精神是多么宝贵、多么激动人心啊！

队长悄声安慰道："唉，我也是志愿军的。萧老师，你当学生的时候，我就认识你。你爱人也是个志愿军，跟你同班。我都知道。高等学校不是个好地方。你走吧，明天按时到就行。"

萧萝感动地说："谢谢您。"

"唉，谢什么？什么黑帮不黑帮的，谁能定？我看着他们，就是不让寻短见。我的任务，就是这个。"他挥挥手，"快走吧。"

萧萝连女更衣室都没进，立刻回家了。

两个孩子一见妈妈回来。喊着叫着扑到她的怀里。

"妈妈，他们打哥哥啦！"女儿说。

儿子狠狠地瞪了妹妹一眼，"就你嘴快！"

"是他们打哥哥了。他们说，还要打！"女儿争辩。

"谁？是谁打你了？快告妈妈说。"

儿女忍不住哭了，"班上同学。"

"为什么？"

"他们说，我们是黑帮的孩子。"女儿又抢着说。

"来来来，让妈妈看看，打在什么地方？"萧萝心痛地把儿子拉到亮处，孩子脑袋上起了两个鼓包。她的泪禁不住地掉下来。心想，归根结蒂还是怨自己出身不好，惹得丈夫、孩子都受连累。她脑子里突然闪出死的念头，好像活着就是错误。她把儿子、女儿搂在怀里，伤心地哭了。

马乔回到家，只见娘儿仨哭成了泪人。

他问明情况，对儿女说："你们有没有手？"

"有。"

"有，为什么不还手？"

儿子说："他们说我们是黑帮的孩子。"

"那你有没有嘴？"

"有。"

"有，为什么不回骂他们？"

"骂他们什么？"儿子问。

"骂他们，放你娘的屁！你才是黑帮呢！你是反革命！你是蒋介石！你是汉奸！你是坏蛋！他们骂你什么，你就骂他们什么。解放军的原则是，——你们记住，——人不犯我，我不犯人！人若犯我，我必犯人！记住这四句话，十六个字。我们不打第一枪，也就是说，我不先打他。他们打了第一枪，我必须还击！你们用手打，用脚踢，用牙咬，绝不受欺侮！记住了没有？"

"记住了。"

"在外边受了气，挨了打，回家哭鼻子，太没出息。四句话，十六个字，再背一遍。"

孩子们响亮地重复了一遍。

满肚子冤屈的萧萝，被马乔这么一冲，也觉得畅快了许多。但又疑惑地问："这么打？……"

马乔明确地说："不讲理的时代，就要有不讲理的办法。我们不打第一枪，就够文明的啦。"

二人到厨房边做饭边谈起当天各自的遭遇。

"安老被斗了！"马乔情绪极坏地说。

"哦，斗得厉害吗？"萧萝关切地问，同时想起邬校长被斗的情景。

"我不明白，为什么要这样！"马乔答非所问。

"你一定跟人家吵了？"萧萝放下手里的活儿，想赶快弄清究竟。

"没吵。"马乔伸手掀开锅盖，锅里的水开得哗哗的。

"唉，我知道，安老师逃不过这一关——他现在怎么样？在哪儿？"

马乔突然呜呜地哭起来。

萧萝赶紧把厨房的门关住，搂过马乔，轻轻地抚摸他，陪着他流眼泪。一起生活了这么多年，还从来没见过他如此悲泣。此时，她才发现，马乔的衬衫撕破了，手肘、肩背多处受伤。

"这，怎么回事？"

马乔摇头，饮泣着，"没关系，……"

"他们打你了？"萧萝急了。

"没关系，没关系，……他们打安老，我护了一下。"

"你呀，……"萧萝紧紧地抱住马乔，想埋怨，又觉不妥。她的丈夫就是这样的人，正直无私，敢作敢为。可是，这样一来，不是惹祸了吗？"你打他们了？"

"没有。"

"安老伤重吗？"

"不重，可那是侮辱！是欺凌！是对人格的践踏！是逼他死！我认为这不对，不符合毛泽东思想。他们说我是保皇党，说我对毛主席不忠，对毛主席没有感情，说我站在反对毛主席革命路线的第一线，是叛党，是变质，是修正主义的马前卒、急先锋……"

萧萝伤感地听着。别人对马乔的攻击、谩骂，都会使她联想起自己的出身，联想到由于自己和马乔的结合，给他带来的麻烦，心里很不是滋味。"……说你变质，肯定又是我腐蚀你了。"

"这些混账话听多了，也没啥。我难过的是，我怎么站在毛主席革命路线对立面了呢？我怎么对毛主席没有感情呢？我怎么会跟修正主义弄到一起呢？这是对我最大的侮辱，比打我还厉害！……"

锅里的水快煮干了。萧萝手里捏着一把发了蔫的芹菜，择了半天，还不知道是做饭，还是做菜。

十三

大院里办公楼外，给马乔制作了一个横幅。标题是："请看保皇党的丑恶嘴脸！"横幅下边，糊满整整一面墙的大字报，洋洋洒洒历数马乔保安甫的种种言论和表现。文章从一九五八年马乔到研究室工作起，用编年史的笔法，罗列他追随安甫，鼓吹修正主义理论，反对三面红旗种种劣迹。其小标题如下：

相见恨晚，亦步亦趋；

惊慌失措，同奏悲歌；

鼓吹单干，一唱一和；

退却隐蔽，单线联络；

图谋再起，延安试刀。

最后，竟以一幅漫画作结：那分明是一对并蒂莲，勾勒出来的却是马乔、萧萝的头像，蒂下是一条盘绕的蛇身。

马乔走到院门口，陶琼已等在那里。见到他便低声说："有你的大字报。"泪水夺眶而出。

马乔安慰她："没关系。大鸣、大放、大字报、大辩论，人人都有这个权力。民主嘛，有什么办法。"

"你别看了，回家吧。"陶琼劝说着。

马乔嘴上没说，心里却想，回家？家已经不是原来那个样了。萧萝进了劳改队，家门外的墙上，也贴满大字报。一旦有了这样的标志，就算贴上了耻辱，就算入了另册，家就成了众目之的。人们用神秘目光窥测，用鄙夷神情指戳，用幸灾乐祸的语气张扬、盘问，……虽然还是家，已失去温馨、自由、安乐、祥和的本来意义。

"真的，你回家吧。乱哄哄的都造反了，也用不着请假。……"陶琼执意劝马乔回去。

马乔哪里肯，他推着车，边走边说："哪儿都一样。我倒要看看都写了点什么。"

陶琼一赌气走了。马乔骑车来到大字报前。

胖子看见马乔，挥着那把破蒲扇，摇了摇头，走了。

陈子铭凑到马乔跟前，低声说："这些东西可看可不看。"说完也走了。

吴南村见马乔来了，挤出人群，握住他的手，高声说："看看吧，看看吧，简直卑鄙无耻到了极点！"

马乔心里非常感激。在他的记忆中，一向清高、自命不凡的吴南村，第一次向他表达了同情、援助之谊。

看大字报的人很多，人们对于吴南村无所顾忌的表态，感到吃惊，纷纷侧目而视。

马乔扫了一眼大标题，心脏嗵嗵地跳起来。在众目睽睽之下，好像自己头上真的戴上了一顶保皇党的帽子，虽然是别人强加的，也觉得非常难堪。真是不看倒还罢了，一看出了一身冷汗。他何时当过这样的人物?! 尴尬、愤怒、羞愧、委屈，一起涌上心头。

大字报作者是以誓死保卫毛主席、誓死保卫毛泽东思想、誓死保卫毛主席革命路线的口气说话的，从而把马乔置于被告席位上。几十年血与火铸成的对毛主席的感情和信仰，使他处于非常脆弱的境地。似乎只要把毛泽东的旗帜举起来，就能够揽住他刚烈的性格。就像有些猎人，知道某些动物痴迷红色，就用一块红布招摇于前，以逞其计。他明明知道，这份大字报是谩骂与恫吓，然而，字里行间不断地摇曳着那一片红色，因而大大地销蚀了他的反感、不平和怨气。人家骂他一百句，只要其中有一句骂在点子上，就应当听。比如说鼓吹"单干"，自己虽然并非鼓吹，但在和农民长期接触中，不是认识到而是感觉到——农民对于家庭经济的深深怀恋。自然，这经济不是拮据的，而是富裕、安乐的。这种经济的吸引力，远远超过工厂式的、甚或军营式的集体生产。更何况，后一种经济迟迟得不到富裕。三年困难时期，他跟安甫私下里多次议论过"包产到户"对恢复经济的优越性。五十年代批判农民的"三十亩地一头牛，老婆孩子热炕头"，在思想上和感情上还可以接受，真以为那是农民私有观念、保守意识在作怪。可六十年代批判"自留地，自留羊，砌口石窑娃他娘"时，思想和感情就统一不起来了。思想上认为那是小私有者落后意识，本质上是对社会主义集体经济的抵制。但感情上却有些隐隐作痛，因为农民那种田园式的安居乐业理想，有时竟也是自己灵魂深处的一块绿洲。也许，这正是应该挨批的地方；尽管自己的灵魂深处并非仅此一块绿洲；更多的还是向往轰轰烈烈，向往工业化的宏伟事业，希望祖国快快富强起来，并愿为此而奋斗。那种田园式的安逸，并非自己向往的主流，在面临抉择的时候，它还不是自己选择的理想。却也说明，自己还不是个纯粹的人，一个脱离了低级趣味的、全心全意为人民服务的人。诚如《人民日报》社论《一场触及灵魂的大革命》所说，马乔的灵魂被触动了。他心里涌动着热流。先前的尴尬、愤怒、羞愧、委屈，被诚心的自责所取代。虽然，大字报里有很多虚幻、诬蔑、不实之词，都冲不走马乔自责的诚心！他出了一身冷汗，是从心底里溢出来的！与其说是汗，不如说是对信仰的虔诚。

不知何时，造反派们来到了大字报前。出乎他们意料的是，马乔没有暴跳如雷，更没有把他们大字报撕掉的意思。江吉人鼓足勇气，逼近马乔身边，仔细观察他的动静。看到亮津津的汗水，正从马乔耳朵后边那浅浅的沟槽里流下来，像小溪似的默默地淌着，一直顺着脖颈流到身上，打湿了衬衫。马乔还在平静地读着，鬓间几株白发在微微颤动，使他感觉到马乔灵魂的颤抖。只是看到最后，看到那幅"一对黑夫妻"的漫画时，马乔的身躯略微震动了，眉宇间出现了乌云。

江吉人走过来，试探着问："马老师，您对这张大字报有什么看法？"

马乔指着漫画，"这是诬蔑，是造谣！我不知道，你们从哪里弄来这些破烂货。"

江吉人瞪起眼睛："怎么是破烂货呢？我们是经过调查的。"

"我知道你们跟谁调查的，狗嘴里吐不出象牙。"

"马老师，您的话是不是太过分了？"

"一点不过分，完完全全是造谣、诬蔑！"

"全部都是？"

"我没有说全部，但起码最后这一部分是别有用心的人在制造混乱，趁火打劫。萧萝，我的爱人，出身不好，改造自己却很努力。我认为她比我强，她没有小生产者的私有意识，心理素质好，比我健康。"

造反派们陆续过来。

有的说："好么，你吃她多大的亏，到现在还不觉悟！"

有的说："她是黑帮，你还替她辩护！她没有小生产者的意识，她有的是大资产阶级意识！你还羡慕她，你这共产党员是怎么当的？"

马乔严肃地说："请不要唯成分论。如果说实话，我得说，我出身虽好，但不如她；她出身虽不好，却比我强。这是真话！"

周围发出一阵大笑。

邹兰批判说："你这是六十年代的奇谈怪论，是地地道道的修正主义观点！"

马乔回应道："那是你的观点。"

江吉人说："马老师，你刚才说，并不完全否定我们的大字报。

你现在还这么看吗?"

"是的,我现在还这么看。"

"你说说,哪些可以接受?"

马乔当众坦陈自己在三年困难时期,对安徽出现的"包产到户"这一事物的认识、评价;进而说明长期以来自己对农村贫困问题的困惑、苦恼,对农民向往"三十亩地一头牛,老婆孩子热炕头"的理想抱有同情和理解。他强调说:"当然,那只是同情和理解。在思想上、理论上,我仍然认为,农村走向富裕的唯一道路,只能靠集体化,倒退是没有出路的。"

啊,马乔周围是无数双眼睛筑成的墙。

这墙是有生命的。它在涌动,在闪烁,在向马乔发出逼人的光芒。他抬头看看这堵不规则的墙,哪些眼睛都在说话。它们或疑问,或鄙夷,或困惑,或仇恨,或同情……几乎从所有的角度向他射出冷峻的光。他实实在在地感到自己被困在核心,蜷缩在由无数眼光织成的网中。好像他的脏腑被强光穿透了,他的魂魄被强光捕捉了!他感到灼热、窘迫,甚至恐惧。他下意识地低下头,想避开那些锐利的眼睛。脑子里却出现了浩瀚的大海波涛汹涌,风疾浪高,乌云和海浪正在海平面上交接,它们像一对幽灵,在窥测,在私语——在忘情地设计、谋算,要把这大海彻底掀翻。噢,他突然惊觉起来,问自己:干吗这么紧张?

邹兰在一边追问:"请你谈谈安甫在这个问题上都有哪些言论和行动?"

马乔问:"什么问题?"

"包产到户呀!"

人墙上"繁星"闪烁。马乔发现一双眼睛,向他射来一束奇异的光,那分明是鄙夷,是嘲笑,是挑战,是不以为然的傲慢。虽然只是众多眼睛中的一双,他已经猜出,那是吴南村的目光。是吴南村在人群深处向他投来的一记鞭打。

马乔禁不住又看他一眼,依然是鄙夷的目光。心想,我对自己的言行负责，用不着你管！

邹兰翻开《毛主席语录》，在马乔眼前晃动一下，然后领着在场的群众念起来：

"以中国最广大的人民的最大利益为出发点的中国共产党人，相信自己的事业是完全合乎正义的，不惜牺牲自己个人的一切，随时准备拿出自己的生命去殉我们的事业，难道还有什么不适合人民的需要的思想、观点、意见、办法，舍不得丢掉吗？难道我们还欢迎任何政治微生物来玷污我们情节的面貌和侵蚀我们健全的肌体吗？无数革命先烈为了人民的利益牺牲了他们的生命，使我们每个活着的人想起他们就心里难过，难道我们还有什么个人利益不能牺牲，还有什么错误不能抛弃吗？"

这语录，一下子念到马乔的心里，像火似的烧烤着他的灵魂，触动了他感情的海洋。他哽咽了，真的，无数革命先烈为了人民的利益，牺牲了他们的生命，使我们每个活着的人想起他们就心里难过，难道我们还有什么个人利益不能牺牲，还有什么错误不能抛弃吗？

邹兰又在念一条语录：

"因为我们是为人民服务的，所以，我们如果有缺点，就不怕别人批评指出。不管是什么人，谁向我们指出都行。只要你说得对，我们就改正。你说的办法对人民有好处，我们就照你的办。"

这语录好像是专门为马乔写的。听着或者念着这样的语录，都不能不使他动心。他想，也许自己真错了，安甫也错了？

马乔的脑子，——不，确切地说，是他的情感被毛主席语录"烧热"了。此时此刻的马乔，尽管还可以拿出十个、八个理由，为自己辩护，但是，只要他心中还有一点点个人主义，他就觉得愧对烈士、愧对事业、愧对毛主席；他就应该让革命群众冲击！他的情绪平静下来。原先的尴尬、愤怒、冤屈、不平，统统消失得无影无踪。在烈日下，在众目睽睽之中，他虔诚地像个犯了教规的信徒，甘愿接受惩处……

十四

在毛主席语录感召下，马乔觉得没有什么好保留的。——尽管自己看到的都是事实；可是，这些事实在社会主义革命的全局中，究竟占据何种地位？现在看来，是自己估计过高、过重了。既然是一场最深刻的革命，遇到的抵制也就最激烈，革命者付出的牺牲、痛苦、代价也应当最高。长期以来，自己对农村、农业、农民问题的苦恼，大概是对社会主义公有制的动摇，而原因则是内心深处的私心杂念——小资产阶级的独立王国！

马乔的头脑好像一下子开了窍，似乎"文革"大潮终于冲开了他一向紧闭着的心门，直抵心灵王国的殿府。是的，他对农村穷困的苦闷、困惑，对农民艰难岁月的同情、怜悯，不仅是廉价的，而且很可能来源于自己自私的心理。一向自信的马乔怀疑自己了。在大字报前，他向听众陈述了自己对"公社化"的看法，剖析了自己在农村工作时对家庭、儿女的眷恋，以至由此引发出对"三十亩地一头牛，老婆孩子热炕头"的共鸣。……

江吉人从人群中走出，握住马乔的手，权威似的说："马老师，您的发言，说明您对毛主席是有感情的，对毛主席革命路线是有感情的。我们欢迎您回到毛主席革命路线上来！"

马乔很激动。本来他对江吉人一肚子抵触情绪，这次听到江对他的肯定，特别说他对毛主席有感情，使他鼻子发酸，喉咙发涩，泪水盈眶。

然而，这只是江吉人的看法。就在他们握手、激动的时候，邹兰跳了出来。

"马乔的要害不在这里，而在他是否揭发、检举反革命修正主义分子安甫的三反罪行！对毛主席有没有感情，是不是回到毛主席革命路线上来，也看他对安甫的态度。这是一块试金石。马老师，您说呢？"

马乔像是当头挨了一棒，眼前金花飞舞，脑袋嗡嗡作响，一句话也说不出来。

江吉人站在马乔面前，脸红脖子粗，进退两难。他看了看邹兰，勉强地对马乔说："那，您说说吧。"

也许，邹兰不提这些，马乔倒会谈到自己与安甫的关系，顺便也会说到在农村问题上，安甫对自己的影响。可是，邹兰这么一提，却使马乔在混乱中冷静下来、警惕起来。他意识到不能随便说安甫。

邹兰又说："安甫是头号反党、反社会主义的反革命修正主义分子。马老师，这一点您应该看清楚了！您跟他的关系，可非同一般呀。现在是关键时刻，您必须以实际行动证明您和三反分子划清了界限！"

邹兰的话，一下子把马乔推到了被告席上，这不仅使马乔难堪，更使他的心灵受到伤害。那伤害不仅是疼痛，更是羞辱。他的虔诚得到的回报，竟然是一纸"哀的美敦书"。

邹兰又念一条语录：

"世界上的事情是复杂的，是由多方面的因素决定的。看问题要从各方面去看，不能只从单方面去看。"

马乔思索着这条语录是什么意思。

江吉人却吼了一声："请大家翻开毛主席语录，第七页倒数第二行。我们一起来念。"

"政策和策略是党的生命，各级领导同志务必充分注意，万万不可粗心大意。"

马乔这才明白，邹兰那条语录是念给江吉人听的。

邹兰虽然也跟着念了那段语录，但随后就对马乔说："马乔同志，我现在还把你当同志。不过，上次批斗会上，你跳出来，公然站在安甫一边，与革命群众相对抗，影响极坏，极坏！像你这样赤裸裸地站在走资派一边，对抗无产阶级'文化大革命'的，在北京，在全中国，也可能独一无二！只是因为你出身好，有光荣经历，所以没把你和安甫划到一起，就是想给你个机会。但是……"她突然打住，斟酌了一下，然后说："马老师，内因是根本，外因要通过内因起作用。您不能总是吃老本，革命群众的等待，也不是无限期的。您要好好想想！"

提到上次批斗会，马乔心里的火就往上蹿："对待一个老同志，怎么可以那样呢？又按脑袋，又拧胳膊，脖子上挂那么大的一块黑板，细铅丝把脖颈勒出血印，这算什么？我们对恶霸、地主都不主张这样斗！解放战争时期，我们部队在湖北捉住了国民党兵团司令宋希濂——他是战犯，又是参与杀害瞿秋白同志的高级将领，我们司令还是以礼相待，不许侮辱他的人格。何况，安甫究竟是什么罪，还没有听到中央的声音嘛，你们怎么可以这样呢？"

马乔这番话，引起了掌声，也引起了嘘声。

烈日当空，大字报前，人头攒动。人们汗流浃背，脑袋晒出了油。

江吉人指着马乔的鼻子说："嗬，你也给我们摆起老资格啦！同志们，反革命修正主义分子、党内走资本主义道路的当权派，之所以敢于向党、向毛主席发起猖狂的进攻，就是因为他们是老资格！奉劝马先生，不要错误估计形式，不要把自己估计得过高！"

咦，马乔没想到江吉人变得这么快。他刚想反击，邹兰又翻开语录，领着在场的人念起来：

"革命不是请客吃饭，不是做文章，不是绘画绣花，不能那样雅致，那样从容不迫，文质彬彬，那样温良恭俭让。革命是暴动，是一个阶级推翻另一个阶级的暴烈的行动！"

江吉人随即也念一段语录：

"什么人站在革命人民方面，他就是革命派，什么人站在帝国主义、封建主义、官僚资本主义方面，他就是反革命派。什么人只是口头上站在革命人民方面，而在行动上则另是一样，他就是一个口头革命派。如果不但在口头上，而且在行动上也站在革命人民方面，他就是一个完全的革命派。"

这两段毛主席语录，使马乔的锐气顿时减了一半。刚才他还像一匹狂怒的野马；可是，顷刻之间，他听到一种声音。那声音传达出的信息、道理，可能是他最熟悉、最崇拜、最向往、最信赖和最自然的逻辑。这逻辑像长江，像大海，汹涌澎湃，汪洋恣肆。马乔小小的生命就寓于其中。这就是他的自然环境。他并不认为自己全错了；也不认为邹兰、江吉人那套指责对；只是听到"天籁"，使他狂暴的灵魂得到了安宁。

马乔平静下来以后，首先想到的是安甫。应该告诉安老师，如果我们错乱，就应当向真理低头，就应当把过去讨论的那些问题，连同几年来书信往来，通通和盘托出，用不着保留。如果没有错，那就顶着。此刻，他确实有些动摇，似乎有点理亏了；但他决不撇下安甫，自己"突围"。他表现得出奇安静、平和，对大家说："看了你们的大字报，请让我考虑考虑。"说完，便走出人群。

没想到，魏孟然在圈外等着他呐，"来来来……"魏的声音很小，面部表情却异常热情，两步三步到了马乔面前，伸手拉着他就往办公楼里走。

马乔虽然不情愿，可也没办法。

在离人群较远的地方，魏孟然才低声说："我真替你担心，生怕你跟群众冲突起来，那就不好办啦。"他的表情完全是领导者对部下的关心。

马乔却立刻想到，邹兰、江吉人的背后，不正是你魏孟然魏主任嘛。何必猫哭老鼠呢！

"你还好，这次没跟群众顶起来……"

呀！马乔心里一惊，这话里有钉子。

"你应当总结总结！群众运动嘛，总会有缺点的——过火行为、过激言辞，甚至捕风捉影、不实之处，都会有的。你虽然是年轻的老革命，在这方面还应当锻炼锻炼。这次运动有划时代的意义，所以，中央指定学习毛主席《湖南农民运动考察报告》。对群众运动的态度，是区分真革命、假革命、反革命的试金石！何况，群众运动是天然合理的。"

　　这一番话，使马乔想到，魏孟然肯定看了他的档案，知道了他过去在运动中顶过牛，很不服气，嘴上没说，心里却骂道："妈的，错了也不能顶吗？"

　　魏孟然依然满面笑容，把马乔让进办公室，坦诚地说："我看了你的档案。'土改'的时候，你就跟贫雇农顶过。为了你的老师，实际上是地主分子，你骂过贫农团的领导人。"

　　马乔异常吃惊，心想，档案里怎么会有这样的记录？不可能呀！

　　"那时你年纪小，还是个孩子，情有可原；可是到了后来，你还一再……重复这样的角色……"魏孟然说到这里停顿了一下，闭上眼睛，喃喃地说："这该怎么说呢？"他摇着脑袋，嘴唇微微抽动，好像很费思索的，终于说："不能说你一贯右倾。可是，你这个人很怪，让人难以理解。按你的出身、经历，不应该有这样的表现，……"

　　马乔立即警觉起来。他感到"战场"上出现了新情况。他正在被暗算，不可以掉以轻心。他要弄明白，到底发生了什么事情。

　　此时，电话铃响了。

　　魏孟然抓起听筒，里面是萧萝的声音。

　　"我找马乔！马乔……"

　　"您是哪位？"魏孟然慢条斯理的，不肯把听筒递给马乔。

　　"我姓萧，我是他的爱人……"

　　"有什么紧急事啊？他……"

　　马乔几乎是从魏孟然的手里"夺"过了听筒："什么事？"

　　"你能回来一下吗？"

　　"好好好，我马上就回去。"马乔放下听筒，"还有事吗？我得回去。可能是孩子出了点事。"

　　"是嘛？孩子会出什么事？"魏孟然皮笑肉不笑地说，"那你回去吧，以后再聊。"

　　马乔本打算去看安甫，没想到被魏孟然拉住；现在萧萝又在"呼救"，只好先回家去。

十五

原来是被抄了家！

抄家者自称中文系学生。名义上抄专政对象萧萝的家；实际上却是寻找安甫给马乔的信件。而所谓中文系学生，萧萝一个也不认识；虽然都带着大学的白牌校徽，却像是借来的。马乔恍然大悟，大字报就是他们合作的产物，真卑鄙！可惜安甫从来不给马乔写信，他们什么也没得到，只好把萧萝的日记抄走了。此时，马乔还未想到，安甫家也被抄了，他写给安甫的信，连同一大堆农村整社、"四清"的材料，统统落入了造反派的手中。

还是萧萝提醒马乔："他们一定会抄安老师的家！"

"对，对，我去看看！"马乔说着就要下楼。

"你先吃点东西吧。"

"不，我不饿。"

"你别着急。看你嗓子都哑了。吃点东西喝点水再去吧。"

"不。"马乔说着就走。临出门又回头嘱咐，"你在家，照顾孩子……"

"我跟你去吧。"萧萝不放心地说。

"不要去了，你照顾孩子吧。再说，你去安老家，造反派知道了，会找你的麻烦。"

"我不放心你一个人去。"

"没关系的。我去看看，见机行事，不会闯祸的。"马乔说完，把门紧紧拉上，好像生怕小鸟飞掉似的。

萧萝还是"飞"了出来。马乔皱紧眉头，示意她快回去，那严厉、爱惜之情，让萧萝好心酸。她像个大孩子似的乖乖地退缩了。

马乔骑上自行车，穿大街走小巷，风驰电掣般向安家飞去。

安甫家完全是地震后的一片惨相。书橱箱笼横倒竖卧，满地书籍、报纸、杂志，无处下脚。昏暗的灯光下，安甫和他的书挤坐在沙发上。

看见马乔进来，老人第一句话就是："对不起，对不起，你给我的信，全部抄走了！"

马乔安慰着老人："没关系的。那都是科研资料，可以公开的。"

"噢，要连累你了。"安甫瘫坐在沙发上，悔恨地说。

"我不怕，肚子里没病，死不了人。安老，他们打你了嘛？"

"没有。把我的书、资料全弄乱了！几十年的积累、梳理，条分缕析，就要完成的东西，全毁了！我再也没有精力恢复它们了！"老人的泪已经流干，眼球浑浊、干涩，神情沮丧。

马乔白天曾想劝老人："是不是我们错了？是不是我们应当检查自己？"可到了晚上，特别是看到安家的惨相，他不想说了。是不忍心说，还是改变了看法？

"安老师，我帮您收拾一下吧？"

"不不不。"安甫摇头，"你到我跟前来。"

马乔站在书房门外，要想走到安甫身边，必须跨过横倒的书橱、茶几，必须挑选书少的地方，跳着过去。

"你就踩着过来吧，反正已经这样了。"

马乔踩到一堆报纸上，只听下面稀里哗啦地响，原来是一堆摔碎的唱片。

听着那声音，安甫身子颤抖了一下，指着身边的一堆书，"坐吧，坐吧。"

那是一堆什么书？马乔俯身去看，竟是安甫主编的《百年经济汇要》初稿。不知是哪个坏蛋——恶作剧地把装订线剪断，抖落了一地。将近一千万字的长卷，散落、飘零、践踏、撕扯，污秽得不成样子。尽管安甫一再让他坐，他哪里坐得下？他恳请老师："不要坐，……"喉咙已哽咽了。

安甫一反常态，非常冷静，语言异常清晰，"事情刚刚开始，要有思想准备。"

马乔困惑不解："安老师，您说的什么意思？我不明白。"

安甫平静地说："你是研究文学的，我问你，什么叫悲剧？"

马乔摇头，他心里已经够乱的了，哪里还有闲情逸致来讨论这些名词、术语，"安老师，我扶您起来，您坐在那儿不舒服，……"

"别管我，回答我的问题呀。"安甫平静而固执，好像什么事都没发生似的，瘫坐在堆着乱七八糟东西的沙发上，专注地看着马乔，催促他回答。

马乔无奈，敷衍地说："把世间美好的东西毁灭给人看，就是悲剧。"

安甫摇头，"噢，这是鲁迅看到的悲剧，是鲁迅的经验，不是你的看法。"他依然执意追问。

马乔只好说："我没有自己的看法。教科书上有亚里士多德的悲剧论，有黑格尔的悲剧论，更有马克思、恩格斯论悲剧。现在，我都忘了他们到底说了些什么，只记得鲁迅的说法，还不是原话。安老师，您说说，什么是悲剧？"

安甫苦笑，"噢哟，以攻为守啦。"

马乔此时的心境焦虑而紧迫，显然已经没有回旋的余地。

安甫叹口气，苦涩地说："你听着，这是一出大悲剧，刚刚拉开大幕。"

马乔迫不及待地问："您……？"

安甫摇头，"听着，我，只不过是个极其次要的群众演员。"

马乔惊讶，欲言又止。

安甫摆手，不让马乔插断，"你，是个观众，也可能是个前排的观众。这样的座位虽然好，看得真切，也有毛病，看着看着就成了剧中人。但是，历史赋予你的任务是看戏，不是演戏。悲剧的价值，是它提供的认识意义，这是其他艺术无可比拟的。"

"那，谁是主角呢？"马乔困惑地问。

"自己去看吧。"安甫疲惫地闭上了眼睛。

"您刚才说的悲剧的价值……"

马乔还没说完，安甫摆手制止，喃喃地说："自己看，自己总结。当然，同时也要借鉴西方经典作家的经验、智慧。不过，这都代替不了自己头脑的思索。这毕竟是二十世纪的大悲剧，是东方的，中国的，要我们自己看，自己体会，写出自己的悲剧论。"

听到后来，马乔吃惊了。这不是讲文化大革命是大悲剧吗？"安老师，您可不能这么说啊！文化大革命是毛主席亲自发动、亲自领导的呀！是为了防修、反修，为了国家不变颜色！……"

安甫一句话也不说，只是闭目养神。

马乔近乎乞求地说："安老师，您是气糊涂了吧？我知道，您受了委屈，不过，您得从大局出发，……"

"我不会说梦话，也不是说疯话，糊涂的时候已经过去了。记住我的话：大幕刚刚拉开，你要用心看，看到底，看完整出戏再说。"他摆摆手，似乎在说：走吧，走吧。

看着安家的惨相，马乔非常痛苦。他怎么能走？他走了，安甫老人怎么办？可是，老人在赶他，而且更让他难过的是老人的话，他越来越不懂了。尤其在这种时候，他需要向安老请教，需要安老指点，可听到的竟然是一堆梦话般的呓语，"安老师，我帮您收拾一下，这里太乱了，您都没法走路了……"

"不，你走吧，天黑了。"安甫显得焦躁不安。

马乔不管三七二十一，用力把那个躺在书房中间的楠木书橱搬起来。好家伙，那柜子真重，弄得他出了一身汗。

安甫几乎在吼叫了："不用管，不用管，你快走吧！"好像他预感到要发生什么事。

马乔尴尬地抹掉头上的汗。

师母从外面回来，一头散发，满面怨气。见了马乔，没好气地说："你又来了。"

马乔不知说什么好。

"看见了吧？"老太太生气地说，"劝你们别来往，你就是不听。他老了，这么一大把年纪了，……"

师母的话，像棒子，像刀子，刺痛了马乔的心。

安甫苦不堪言，放在膝上的手向马乔轻轻挥动，无限深情地示意他快走。

马乔只好离去。

十六

造反派从安甫处缴获了马乔写给安甫的十九封信，如获至宝。

这十九封信，是造反派——魏孟然联合行动的胜利果实。借着这次伟大的胜利，造反派从外边引进"红卫兵"的称号。它们比外边的红卫兵高明之处，是在"红卫兵"上面冠以"井冈山"的头衔。在庆祝"井冈山红卫兵"成立大会上，邹兰、江吉人、魏孟然三人当选为总勤务员。借马乔的信批斗安甫，成了这次庆祝会的祭品。

安甫被红卫兵架着，摆在主席台右前方。他像一头筋疲力尽的老牛，支撑着，摆放在祭坛上，等待着最后的宰杀，所有的拳头都向他发出示威！马乔坐在台下第一排，虽然炮火全部射向那十九封信，却都不提作者的姓名，倒像这些信是安甫写给另一个人似的。

马乔一边听着慷慨激昂的批判发言，一边咀嚼着安甫曾说过的话，真有身临其境的感觉。他问自己：是演员，还是观众？信是他写的，是他的观点，挨批斗的却是安甫。他觉得非常悲哀，老人是替他受过了！而且他认为，信中讨论的问题，是在农村工作实践中遇到的问题。虽然与现行政策有抵触，但那是科学研究领域中的临界点问题，是不能回避、也不应该回避的问题。更何况，这些信件纯属导师与助手之间的科研探讨，既未公开，更没有宣扬，何罪之有？想到这里，他脑子里突然冒出一个念头，使他自己也感到吃惊。

那是马克思在《资本论》中提到的一个观点：十九世纪三十年代，英国、法国的资产阶级夺得政权以后，从此以往，无论从实际方面说，还是从理论方面说，科学的资产阶级经济学之丧钟敲起来了。从此以往，成为问题的，已经不是这个理论还是那个理论合于真理的问题，只是它于资本有益还是有害、便利还是不便利、违背警章还是不违背警章的问题。超利害关系的研究没有了，代替的东西是领津贴的诘难攻击；无拘束的科学研究没有了，代替的东西是辩护论者歪曲的良心和邪恶的意图！呀！他真想摆脱这个观点，可是在念《资本论》的时候，这段话的下面他画了重重的红线，还作了笔记，记得很深刻，可以一字不落地背诵下来。现在，在批斗大会的现场，它们不请自来了。仿佛那单调的钟声就在他的头顶上轰鸣，他很想摆脱这个声音，无奈这声音似乎又发自他的心扉，无论如何摆不掉、赶不走！难道，这也是无产阶级的故事吗？超利害关系的科学研究没有了，无拘束的科学研究没有了，科学的经济学没有了，合乎真理的经济学要被偏见、谬说、歪曲、邪恶取代了。不，不！无产阶级不会是这样的，它没有自己的私利，它代表着最大多数人的利益，它不会如此局限的！然而，那钟声就像黏着他似的，摆不掉，赶不走，使他处于痛苦而又不能自拔的矛盾之中。

批斗到后来，架着安甫的红卫兵也累了，只好把老人家放在地上。安甫像一尊佛似的坐在台边，闭着眼睛听着人们的申讨，一言不发，甚至连坐在台下第一排的马乔也不看一眼。原想发作的马乔，看到老人安详的样子，也渐渐平静下来，一会儿咀嚼安老那段悲剧论，一会儿又像回到安家，那个横七竖八没处落脚的家。老人今后怎么活呢？他能过得下去吗？

大概因为是"井冈山"成立的日子，这次批斗会还比较文明，安甫的肉体没有受到摧残。会后，红卫兵弄了一辆平板三轮车，把老人送回了家。过去接送安甫的吉姆车已经成了"井冈山"总勤务员的座车，成为他们进行革命串联的交通工具。

按常规，马乔写给安甫的十九封信，应该是件大事。因为无论在"文革"前，还是在"文革"中，安甫都是个极重要的人物。不用说有十九封之多，以造反派的脾气，就是逮住一两句问候之词，也会把你打成反革命修正主义分子同党！可他们对马乔，却总是另眼相看，温情脉脉，不肯把斗争火候轻易升级。究其原因，不外他的出身、经历。尽管唯成分论在口头上受到批判；可在实际生活中，却是一块香饽饽，而且形成时尚，汇成潮流，汹涌澎湃不可抗拒。马乔置身其中，像是有了世袭的护身符，受益匪浅。虽然大字报糊了一墙又一墙，但都采取了对事不对人的方法，不得已提到马乔姓名的时候，都要冠以同志的称号，不倒写，不打叉，保持着人民内部矛盾的界限。

大院里的斗争如火如荼，中层以上干部基本上都划归黑帮一类，吴南村不用说，就连张胖子、陈子铭也都靠边站，成了造反派审查、批判的对象。

对于"围剿"十九封信的大字报，马乔时不时也出一两张答辩的文字；或者在人家的大字报边边缘缘作些眉批、旁白之类的按语、说明，惹得作者、旁观者又是反击，又是议论，沸沸扬扬，引人入胜。

胖子私下里对马乔说："唉，你省点事好不好？别去刺激造反派！今天一个声明，明天一个补白，把小将们弄毛了手脚，就不好办了。他们对你够宽大了，还不知足。"

对胖子明哲保身的处世哲学，马乔一向不以为然；如今他的忠告也不过是耳旁风而已。

陶琼对马乔的十九封信起初感到惊讶，继而有一种说不出来的怨气。本来，她是安甫的研究生，五九年反右倾的时候，安甫被批判，导师出了问题，她的学业只好半途而废。没想到马乔跟她的导师有这么深的关系，讨论了那么多既尖端又敏感的问题！这几年和马乔在一起，谷底浪尖风风雨雨都过来了，关系还是不错的，竟不知马乔还背着她给安老写了那么多的信。她何尝没有那些见解？那正是她的研究课题呀！怎么自己竟放弃了？而马乔却不露声色地和她的导师继续着他们的课题。现在，问题揭出来了，她既有一种被抛弃的怨尤；又有一种幸灾乐祸的情绪。她对马乔疏远了，看了马乔的声明、补白，不禁在旁边写了一段话："奉劝马乔，不要这么狂妄，不要这么傲慢。阶级斗争不相信特权，玩火者必自焚。"

吴南村虽也在受批判，但对十九封信的事非常关注。冒着大太阳用卡片将披露在大字报上的信件内容抄录下来。他对马乔一反以往的傲慢态度，相遇时流露出敬佩之情。

而陈子铭则表现出一副散淡的情怀。虽然魏孟然不用他了，他仍然保持衣冠整洁，按时上班，按时下班。不管是对青年人，还是对老家伙，一律采取等距离的微笑政策，因而对十九封信，也仅只平静地一笑。

大院已成了年轻人的天下，尤其是刚出校门的大学生。他们还没有正经地工作过。十几年"斗争哲学"的教育，已经使他们在感情、思维、意志、品格上形成了特有的定势；而"文革"的到来，恰好为他们开辟了显示他们"才干"的广阔战场。他们在一个早上，获得了无限的权力和自由。这权力，使他们可以任意地藐视现存的秩序，以为正是这些秩序，捆绑着他们的"手脚"。这自由，使他们可以在一天之内，超越曾经备受他们尊敬的父兄一代。在他们眼里，现实的一切都不合理，都成了他们前进的障碍，因而都应打上修正主义烙印，放在被推翻、被打倒之列。昨天，他们迈入社会这个大门槛的时候，还是怯生生的，真所谓万里长征刚迈出第一步，前途、目标神秘莫测。社会之大，个人之小，不成比例，因此，需要格外小心。今天，也就是在一个早上，他们又神秘地膨胀起来，大大改变了不成比例的比例。哈哈，社会原来不过如此！他们在惊异自己的力量之余，胃口、欲望，十倍百倍地增长起来。在革命口号和鲜艳红旗指引下，他们纷纷奔向战场。

萧萝向马乔告急：周颖萱老师被附中来的红卫兵打成重伤，送进校医院！

接到电话，马乔匆匆赶回家。

"为什么中学的红卫兵到大学里斗周老师？"

"很可能是李明、韩雨如在背后指使。因为没有李明批准，外校红卫兵不可以到学校抓人、斗人。"萧萝说着掉下眼泪，"还不是因为你！红卫兵说周老师在社会主义课堂上散布资产阶级人道主义，毒害青年，腐蚀工农子弟。这些不都是韩雨如说过的么！"

"你在场？"

"我陪斗呀！那些中学生根本不讲理。三句话没说完，抢起皮带就抽！周老师被打得头破血流。我求他们，你们别打了，要打就打我好了，……他们说，冤有头，债有主，有跟你算账的时候！周老师被打晕过去了，他们就往她脸上、身上泼凉水，趁她昏迷，给她剃了阴阳头！……"

"啊呀！"马乔失声喊起来，"完了，完了……"他知道，周老师是宁肯玉碎、不为瓦全的人，她决不接受这样的侮辱！"走，去医院看看！"

马乔、萧萝到了医院，护士长说："周先生被红卫兵抬走了。"

"哪里的红卫兵？"

"还是附中的，一帮……不懂事的匪徒！"护士长说完，吐吐舌头。

"走，去附中！"马乔说完就往外走。

护士长拉住萧萝，在她耳边嘀咕了几句。

萧萝赶出来，拽住马乔，"这样去不行。"

"那怎么去才行？"

萧萝低声说："回家换衣服……"

噢！马乔恍然大悟。

十七

二人回到家，翻开箱子，把洗白了的旧军服拿出来穿上，腰里扎上当年的皮带，趁着天黑出了门，直奔附中。

附中门前，四个红卫兵手持木枪分站两旁，身上穿着又肥又大、大概是父辈的军装，头戴军帽，腰扎皮带，左臂戴着红卫兵袖章。黑影中看到马乔、萧萝走来，远远地高喊："什么人？"

马乔示意萧萝不要答理，继续往前走，心里觉得好笑，当年，自己不是也穿着这么一身"宽袍长袖"的绿军装吗？

"站住!"红卫兵厉声命令。同时,从校门里涌出来一群红卫兵,手里提着皮带,一副参加战斗的样子。

马乔这时才开口:"嗬,警惕性很高啊。"

"你们是什么人?"

"还用问吗?——革命群众。"

"什么出身?"

"革命军人。"

"喔,你们是转业的吧?"

"对。"马乔、萧萝一起回答。

有人说:"是自己人,放他们进来。"

"不!"一个女红卫兵阻止着,"我问你,原来是哪个部队的?"

马乔沉着地说:"中国人民志愿军炮兵十四师七团三营八连。"

萧萝随后说:"中国人民志愿军防空军五一二团政治处。"

马乔又强调着:"看见没有?她是朝鲜民主主义共和国二级军功章获得者!"

红卫兵涌过来,争看萧萝胸前佩戴的军功章绶带,然后问:"唉,你怎么没有啊?"

马乔笑道:"小家伙,你以为勋章那么好得呐?那是百里挑一、千里挑一、万里挑一,女同志就更不简单。"说得萧萝低下了头。

红卫兵让出一条大路,以尊敬、羡慕的目光,欢迎他们的光临,甚至连到这里干什么也不问。

萧萝带着马乔,来到她白天来过的地方——礼堂。

礼堂里的坐椅都已搬开,哦,搬到了西北角,拼成红卫兵睡觉的床铺。只有一盏灯,能见度非常有限,一脚踩到水里,蹲下来仔细看,才发现地上还横七竖八地躺着几个人,显然是被打的教师和干部。

借着昏暗的灯光,马乔看见一个谢顶的长者,光着脚躺在地上,已经不省人事。身边水和血流成一片,"这不是附中校长嘛!"

萧萝点点头,白天陪着周老师挨斗时,这位校长也是被斗对象,

"你认识他？"她悄声问。

"是的，我们一起在郊区'整社'，他是个老八路。"马乔伸手摸摸校长的脸，大惊，"啊呀，他……"他冲着西北角睡觉的红卫兵喊："哎，你们还睡！这里死人啦！"

西北角上的灯亮了，和衣而卧的红卫兵纷纷起来，弄得坐椅山响。

孩子们从椅上跳下，手提皮带，嘴里骂骂咧咧地说："他妈的，谁喊呢？""哪里他妈的死人啦？"

十五六岁的红卫兵，个个摆出一副好勇斗狠的架势，嘴里不干不净，说的是地痞、流氓的语言。"文革"在一夜之间让这些孩子变了样。

马乔顾不得多想，忙问萧萝："周老师在哪？"

此时，礼堂里的灯统统亮了。只见周先生倒在一个三条腿的木椅旁，头发被剪得乱七八糟，脸肿得变了形，旗袍已被撕了个大口子，人歪在那里动弹不得。马乔真不愿意相信，这就是他的周老师，然而，确实是他的恩师！即便在这种状态下，仍然可以辨认出那庄重、潇洒、敏锐、刚毅的神韵。

红卫兵们拥上来，吵吵嚷嚷地："谁死了？谁死了？"

马乔让萧萝守在周老师身边。他迎上去，心里盘算着怎么对付这些小崽子，一伸手摸到兜里的语录本，急中生智地说："大家拿出语录本，翻到第七页。"

红卫兵们未及思考，果然都拿出语录本，翻到第七页。

"我们一起学毛主席这段语录，倒数第二行，请大家读毛主席的最高指示。"

礼堂里响起齐读语录的声音："政策和策略是党的生命，各级领导同志务必充分注意，万万不可粗心大意。"

"再读一遍。"马乔喊着，故意让红卫兵看清自己那身装扮，"红卫兵同志们，政策和策略是党的生命，自然也是红卫兵的生命呀！你们怎么可以斗完黑帮就去睡觉呢？"

孩子们喊："困得厉害呀！""快困死啦！"

"困得不行，也不能睡呀。"马乔一本正经地说，"要按毛主席的指示办事。我们跟日本鬼子、蒋介石、美帝国主义打仗，还要优待俘虏兵嘛。同志们，大家动手，赶快把他们送到医院去。"

一提毛主席，孩子们二话没说，揉着眼睛，扎好皮带，找车的找车，抬人的抬人，一会儿工夫，四辆平板车，推着五个人，送到了校医院。

半路上，马乔让萧萝先回家，一来不放心孩子们；二来给周老师准备吃的东西和替换衣服。

医院拉响了急救铃，院长、大夫、护士纷纷出动。经过紧张抢救，附中校长不治死去，周老师和附中的班主任、体育老师、音乐老师恢复了知觉，脱离了危险。

看着再也活不过来的校长，红卫兵们蔫头耷脑，再也神气不起来。

一个女孩子哭着说："说你们不要打他脑袋，你们就是不听！"

"他，也太不经打了。"一个小男孩嘟囔着。

院长手里拿着口罩，愤怒地说："荒唐！你们打死了自己的师长！"

周老师苏醒过来，发现自己躺在医院的床上，惊异地拉住萧萝的手说："你在这里干什么？快走，快走！"

萧萝连忙安慰她："天还没亮，您放心。"

周老师没有哭，双手去拢头发，突然像被火烫着似的缩了回来，"萧萝，给我借个镜子看看。"

马乔劝道："周先生，这里没有镜子，您先吃点东西吧。"

"不不不，"先生摇头，又用手去摸头发，泪水喷涌而出。她双手抱头，把脸和臂深深地埋在双膝间，痛苦地颤抖着。

当年同学们在课间曾议论过周先生那头美发，在她超凡脱俗的风度中占据着何种地位，四分之一？三分之一？二分之一？先生好像并未加意修饰，只是款款地梳理一下，极自然地形成几个波浪，轻轻地垂落在肩头，恰到好处地翻卷出小小的浪花。先生在讲台上板书的时候，那黑色的波浪全然呈现在学生面前。她的字和她的秀发一样俊美，一样潇洒！现在，这一切都遭到戕害。先生的痛苦，更重要的是精神！她的形象，她的尊严，她的人格，遭到毁灭性的伤害。这种侮辱，远比皮肉之苦更甚。

萧萝惊异地叫："周老师！周老师！马乔，快去找医生！"

马乔像从梦中醒来，立即跑出病房。

院长、大夫、护士们赶来，先生已经休克。为抢救，让二人到门外等候。

马乔突然感到心慌，两腿发软，出了一身虚汗。

萧萝焦急地问："你怎么啦？"

"我，可能是饿了。"

"哦，对了，你还没吃晚饭。"

"午饭都没吃呐。"

"啊呀，你赶快回家，我在这里等着。"萧萝催促着，"厨房里有稀饭、馒头，快回去吃两口。"

"不，"马乔无力地说，"我走不动了。"他看看左右，竟没个坐的地方，腿一软，咕咚就坐在靠墙的水泥地上。

"我扶你回去。"

"你去拿点吃的东西来吧，我看着。"

萧萝只好回家去办。

马乔坐在地上，浑身无力，但心里很清楚。他闭上眼睛，突然又回到了太行山，回到了母校。清漳河水哗哗地流着，童年时的伙伴涌了过来。那不是连老师嘛？高大的个子，魁梧的身材，对门襟的白布褂，黑裤子，白袜子，千层底布鞋，脚腕上扎着宽宽的绑带。啊，先生跪在他的祖坟前，守着被抛撒满地的朽骨，号啕大哭。风雨交加，夜色如磐，清漳河狂暴起来，滔天的巨浪劈头盖脑地向他袭来，他无力躲避，不禁大叫："哎呀！"

"唉唉唉，你怎么在这儿？"

马乔睁眼看时，原来是同班同学李明。听萧萝说，他现在是造反派的头头，最近又被选为校文化革命筹备委员会副主任，终于爬上了权力的宝座。马乔不愿意在他面前显出一副狼狈相，赶紧站起来，冷冷地问："你来干什么？"

"院长叫我来的。"李明微笑着说，大概是因为当了领导，约束着自己，没有一点趾高气扬的架势。

"周先生在里边，被折磨得不像人样了！"

"我去看看，我去看看。"李明和解地说，进入病房。

马乔虽然肚子还是空的，但毕竟睡了一觉，顿时觉得浑身轻松了许多。要不是李明表现好，非跟他干上一仗不可。

萧萝急匆匆赶来，端来一杯热牛奶，外加两个馒头。

马乔边吃边说："你们的领导来了。"

"谁？"萧萝惊奇地问。

"李明。"

"是他！"

"怕什么？"对妻子的吃惊，马乔表示不满。

"不，我先出去，不见他。"

萧萝刚走，李明就走出了病房，"唉，萧萝呢？"

马乔只顾吃馒头，不理睬对方的问话。

"周先生缓过来了。"李明仍然和解地找话说。

"岂有此理！把人弄成这个样子。这算什么革命？这是破坏革命！"马乔的火越烧越旺了。

李明也有点憋不住了，"唉，伙计，群众运动嘛！况且，是附中那些小孩子干的，有啥办法？连他们的校长都打死了！"

马乔胸中的火腾地喷了出来，"说得轻巧！小孩儿后边有大人在捣鬼，有反革命！他们校长是老八路，没死在日本鬼子手里……"他由于激动语塞了，眼里滚动着泪，却不像水，而像是立即会燃烧起来的油。

李明扭身就走。

马乔并未追赶，他在吃力地控制着自己。

走出很远的李明，在拐角处冲着马乔留下一句话："真是狗改不了吃屎！"

十八

在医院里，周先生要把头发统统推光。马乔、萧萝觉得也对，推光了重长新的，比现在这样会好得多。于是，马乔到街上花两块七毛五买了一把箭牌理发推子交给萧萝。萧萝趁午休时间，从劳改队溜出来，为周先生推了光头。

对着镜子，先生闭上眼睛，泪水无声地滚落下来，一副万念俱灰的样子。

萧萝也陪着流泪，心里暗想："无妄之灾……"

马乔认为，附中红卫兵打死校长、揪斗教师、侮辱人格，一定有反革命分子在背后作怪。因此，他给毛主席、周总理、中共中央书记处写了一封信，希望中央派人来调查。写好以后，签上自己的名字，亲自送到中南海，交给了"八三四一"警卫战士。信送出去了，他的心境才平静下来。他知道，他的信不会有回音，因为送往中南海的信太多太多了。据警卫战士讲，"文革"开始以来，中南海每天接到的信，最多时可以装满一麻袋。不管是否回音，他总算尽了责，向主席、总理、中央书记处汇报了自己了解的情况，讲了自己的看法。这封信里，也流露出他对局势的忧虑："文革"，是为了反修、防修，可是，起来造反的，十有八九不像是反修、防修。鉴于"土改"时出现过"勇敢分子"的教训，他提出了注意此类人的问题，担心不纯分子捣乱，把"文革"的水搅浑，把运动搞乱，给敌人以可乘之机……

萧萝本来不同意马乔写信，觉得第一，没用；第二，弄不好，还可能惹出麻烦。可是，看着他那认真的劲头，虽然只是个普通党员，却有一腔主人公的情怀，把国家大事完全当成自己的事，那么投入，那么认真，没有丝毫的犹豫和顾虑。相比之下，倒显得自己不那么纯洁，不那么无私了。所以，她没有阻挠，只是建议把那些涉及运动本身的言词删掉一些，然后惴惴不安地看他把写好的信装进信封，揣到兜里，出门，跨车，飞快地离去。她的心也尾随而去，希望……希望什么呢？连她自己也说不清楚。

马乔把信送出去以后，虽然不指望有什么回音，但心里总还惦记着。更何况，"文革"运动已经从学校、机关推向整个社会，势如洪水猛兽，一片乌烟瘴气！大学的红卫兵跑到国务院各部委的机关大院去点火造反，帮助人家"革命"；而附中的红卫兵就近跑到大学里造反，看见那些年纪大的、谢了顶的学者、教授，就当成反动学术权威来斗争，以至于有一次在校园里抓到一位老人，正准备就地批斗，那位"学术权威"大吼一声："小兔崽子，我是做饭的大师傅！你们斗我，大方向错了！"这些中学生立即抱头鼠窜。而红卫兵造反的狂潮，像滔天的洪水，横流天下，淹没一切，无所不到。某教授家的保姆，一觉醒来，突然意识到：解放已经十几年了，怎么自己还做下人，为资产阶级、反动权威做牛做马呢？于是宣布造反，从今天开始，教授夫妇应该做饭给保姆吃，先生、太太们，你们应该住下房！……更可怕的是，中学红卫兵看到大学的校长在扫马路，竟然逼着他吃树上掉下来的大绿虫。

校长耐心地告诉他们："孩子们，这种东西是吃不得的，吃了会生病。"

"谁让你搞修正主义啦！"

"谁搞修正主义，谁就要吃这个虫子！"

在拳脚逼迫下，红卫兵把一只一指长的绿虫子，塞进邬校长的口里。

路人噤若寒蝉。

校长吞下去的是虫子，吐出来的全是血。

看着、听着这样的"故事"，马乔真想抓出几个反革命来。可是，反革命在哪呢？想想那些恶作剧的孩子，那些作威作福的保姆，他们后面有反革命吗？与其说"反革命"在他们背后，不如说"反革命"就躲在他们自己的脑子里！它们是怎么进入脑子里的？是固有的，还是后来的？

马乔苦苦地思索着，对萧萝说："就是抓到蒋介石，我也不会因为杀父之仇，往他嘴里塞虫子啊！这些孩子们，为什么要这样？"

"是的，你绝对不会做那样的事情。不过，因此你也比别人更痛苦！按理说，革命胜利了，你和父母经历的痛苦、磨难也都结束了……"萧萝说到这里，突然停了下来，忧伤地叹口气，才接着说："也许是你遇到了我，才开始了新的磨难。要是换一个出身好的，情形就不会是这样……"她动情地哭了。

"不！"马乔紧紧地搂着妻子，"哪里是因为你！我就是这么个人。"

"不不不……"萧萝紧贴着马乔的胸口，呜呜地哭着，"你，不是那样的人……"她争辩着，哭得更加厉害，好像被挤压在地下的潜流，积蓄了长久的委屈和痛苦，一旦冲破地壳的厚壁，就汹涌澎湃地喷出地面。

马乔轻轻地抚摸着妻子，慰藉她受伤的心灵："真的，我就是这么个人，跟你没关系的。"

"不嘛，你是故意安慰我，你本来可以活得更轻松！"

"我没有感到不轻松啊。"

萧萝摇头，"我感觉到了。"她又忍不住哭起来。

"别哭了，夜很深了，别把孩子哭醒呀。"马乔深情地对萧萝说，"你听我说。我真的就是这么个人。你忘了？我跟你说过的，在太行山的时候，为了连老师，我和贫农团闹得不可开交，还跟最要好的朋友、同学动了手。"

萧萝想了想，点点头。

"后来，他在大别山的土匪窝里救了我一命。我当然感激他，但是，心里总还保留一个阴影：他不应该对我们的连老师……用现在的话说——造反！"

萧萝安静下来，用心地听。

"直到淮海战役，我们在战场上又见了一面，"马乔叹息着，"我相信，那是我们最后的一面，他肯定牺牲了！"

萧萝不由得点头表示同意。

"那可真是浴血奋战！成千成万的人为了胜利倒下去，我要不是在司令员身边，也活不到今天。那时，我才有些后悔，也才理解了他。"

萧萝睁大了眼睛，等待丈夫的解释。

马乔长长地出了一口气："他家祖祖辈辈为连家看守山林。到了连老师这一代，虽然对他很好，把他从山里接出来，上学、识字；但是，当土地改革的风暴起来的时候，师生之谊，再也抵挡不住阶级的、历史的积怨。翻身、解放，挣脱原有的羁绊，争取做人的权利的意识，远比师生之间的情谊大得多、强烈得多。这种意识在战场上化作了勇敢、顽强、视死如归的精神，化作了无坚不摧的物质力量！这是我后来逐步认识到的。我理解了他，同时也希望他理解我。他那样是有原因的，我这样也是有原因的。"

萧萝问："你是什么原因？"

马乔思索良久："妈妈教我要为真理活着，为真理而奋斗。"

"那，什么是真理呢？"萧萝又问。

"真理，大概很难说清楚。不过，往人的嘴里塞虫子，肯定是违背真理的；把人的头发剪得乱七八糟，也是违背真理的；还有，把萧萝打成反革命，更是违背真理的……"

萧萝紧紧地搂住马乔，恨不得与丈夫化在一起。她今天晚上痛痛快快地哭了一场；现在，却仿佛从烦乱嘈杂的尘世进入了一个新世界，那是她与马乔共有的世界。虽然，这个世界早就属于她了，可是，直到今天它才光临："哦，——我的伊甸园！"她抓住马乔的手，把它放在自己的胸口上，让他感受心脏的搏击。她喃喃地说："我第一次体验到，真理是有感情的！"

马乔也激动起来，连说："对对对，他那样……"

萧萝打断他："他？他是谁？"

"我的朋友呀，文双狗呀，——他那样，也许会感到痛快，我要是那样，就很痛苦了。我只有像我这样，才感到轻松，否则，倒会很沉重、很痛苦的！"

"喔，不说他了，不说他了！"萧萝乞求地说，好像生怕外人闯进她的伊甸园。她把马乔的手放在胸口上，血液里升腾着激情。

那是一对微微隆起、并不丰满的爱情之乳。也许，正是它们，记载着她颠沛的幼年、青春期朝鲜战场的风云，以及和平岁月里更加激烈的战争生活。国家和民族给予年轻母亲的是一肩超负荷的沉重。

然而，她的生命依然是生动的、活泼的，充满了欲望，燃烧着激情。与其说马乔在抚摸，不如说是在拨弄她生命的火焰。噢，那闪闪的火苗迅速蔓延开来，从里向外烧，又从外向里燃。啊！原来，燃烧是痛快的——燃烧渴望浓烈，燃烧崇尚淋漓尽致，燃烧追求登峰造极！真是，欲望引发燃烧，燃烧孕育着更强烈的欲望。她的身体沉重地落下，又轻轻地浮起。她像一朵含苞欲放的花，在阳光下，热情洋溢地伸展开来，用生命的语言轻轻地呼唤着：我的太阳，我的太阳！

而夏日的骄阳，以他炽热的品格，喷薄出海，跃上苍穹，拥抱大地。他匍匐着，亲昵地像是回到孩提时代，亲吧，叫吧，感激这母亲般的挚爱。然而，他不光是儿子，他是太阳。作为太阳，他从来就是猛烈的、强劲的，他用独有的光焰，回报她的呼唤。

她是他的海，碧波荡漾的海！

他是她的精灵，强悍的、活泼的精灵！

他的海，从来没有像今夜这样激情澎湃、波谷浪峰！她的精灵，从来没有像今夜这样神奇美妙，威力无穷！他们双双追逐、双双寻觅——寻找两个生命的交点，那是小得不能再小的原子，微妙得不能再微妙的生命点！他们忘情地追逐着、寻觅着，从峰巅直入谷底，从谷底逸上峰巅！突然间，觅着了，觅着了，两个生命交汇在一点了! 这是快乐的碰撞, 火花飞溅, 电闪雷鸣! 一对灵魂双双出窍, 快乐地飞上太空!

世间竟然有这样美妙无穷的境界。

这是生命的成熟, 更是生命原始价值的兑现, 是生命征服黑暗的火光, 是生命建造辉煌的动力, 也是生命历万劫而永生的源泉! 只要他们在一起, 世界就是美好的! 他们在艰难的岁月中, 找到了乐园。

十九

也许, 由于造反的势头过于猛烈, 打砸抢事件层出不穷, 大、中学校里死人、伤人屡禁不止, 中央陆续向高等院校派出庞大的工作队, 以取代被造反派摧垮的党委, 领导处于失控状态的文化大革命。

马乔是在大院里听到这个消息的。这, 完全在他的意料之中。按照他的观点, 那些造反派不是什么好东西——造修正主义的反? 可他们比修正主义还修正主义。他对运动的忧虑, 包括他对萧萝的担心, 都由此而大大消解了。

听说工作队要进校了, 萧萝自行决定不再去劳改队。压在她心上的那块石头, 一下子落地了, 那本来不是她去的地方。

学校的学生和教职工像着了魔似的, 提前几个小时就涌到校门口, 等待工作队进驻。欢迎的人群, 一直由校门向外延伸, 以至于排列到一公里以外, 像要迎接一个新纪元。

李明和韩雨如也掺和在队伍里, 他们在人群中显得疲惫、颓丧, 虽然在熟人面前也笑笑, 却是太勉强的表情。有时, 又离开人群, 站在圈外, 低声说些谁也听不见的话。不过, 在人们兴奋点集中于别处时, 他们的游离不会吸引人们的注意。

然而, 萧萝看到他们了, 他们低语的神情, 显然是对局势捉摸不定。韩雨如有更多的激情, 鼻子两边的雀斑白一阵、红一阵, 有时还下意识地把槽牙咬得紧紧的，流露出破釜沉舟的气概；而李明在与韩雨如低语时，不经意地表现出丧失信心的愁容。他眉头上像被刀刻出一条缝，在勉为其难一笑时，仍然弥合不起来。造反才不过一个来月，那条缝已经深深地变成了槽沟，任谁也填不平了。

突然，韩雨如发现了萧萝。虽然相距遥远，彼此的目光竟然碰到了一起。对于韩雨如来说，萧萝的出现，犹如一道闪电，一声不大不小的惊雷！她的心脏像触了电似的颤动一下，立刻使眼色告诉愁眉不展的李明。而麻木的李明，竟然不受点拨，半晌还不知发生了什么事情。当他低声询问时，韩雨如才说："你看，那个小娘们也来了！"

李明在人群中寻找，萧萝已经不见。他迫切地问："谁谁谁？"

韩雨如狠狠地咬着牙根说："你可真是个呆鸡！"

经这么一骂，李明才恍然大悟："噢，是她。我怎么没看见？"

"要不说你是只呆鸡呢！她来了，头发梳得光溜溜，穿一身白，像给谁戴孝似的！"韩雨如恨得牙床发痒。

迎接工作队的人群又一次骚动，很快自动列队，形成夹道，欢迎的口号声已经在最前边响起。萧萝正在探头向前张望，身后有人轻轻地拍了她一下，回头一看，原来是周先生，她差点失声叫出来。

周先生全身上下都是蓝色，昔日的潇洒风度，早已涤荡得无影无踪。她在欢呼的人群中对萧萝说："我必须来。文化大革命不能这么革，中央来人就好了。"她肿胀的脸上，露出一丝希望之光，眼睛里萦绕着激动的泪水。

萧萝悄声说："韩雨如、李明都在这里。"

"没关系，"周先生非常坦然，"我不怕，还能怎么样？再说，他们不能剥夺我向中央申诉的权利。我，不只是我个人。"

正说着，人群夹道中开来一辆黑色的红旗轿车，车速很慢。人们都向它欢呼，车窗里也伸出手向人群挥动。轿车后边，是步行的工作队员，背着背包，每人胸前挂一幅毛主席畅游长江的照片，手里举着毛主席语录本，向欢迎的人群摆动，不时还齐声背诵一段毛主席的语录：

"大风大浪也不可怕。人类社会就是从大风大浪中发展起来的。"

这条语录，从六月以来，多次在广播、报纸上出现。那时，萧萝只是听听看看而已。不知为什么，今天听工作队员齐声背诵，倒引起她的深思：此时此刻，为什么发表这样的语录？为什么一再重复？她反复咀嚼着。这句话，听来很有气魄，确实是毛主席文章中常有的那种大无畏精神。相比之下，自己对大风大浪缺乏无畏的精神，甚至想躲开，还有些厌烦，因此，听这段话感到惭愧。可是，这语录的后半段却颇费思索。自己也算是经历过大风大浪了，然而与人类社会经历的大风大浪相比，却是微乎其微不堪一击的。她的脑海里，闪电般地出现了滔滔洪水时期诺亚方舟，漂泊，漂泊，水连天，天接水，哪里还有人类社会？只有即将倾复的方舟！啊，大雨滂沱，黄水横流，大禹？大禹臂下夹持一根圆木，在大水里挣扎，他在治水？人或为鱼鳖……

周先生拍拍萧萝的背，悄声问："你在想什么？"

萧萝像从梦里醒来，对先生说："为什么老宣传这一条语录？"

"是啊，文化革命，按说不应该有多大的风浪。刚才，车里坐的那个人，我认识。"

"他是谁？"

"他呀，"周先生惊奇地说，"他的工作很重要，怎么会来当工作队呢？"

"他是谁？是您的老朋友？"萧萝更加急切地问。

周先生点点头，悄声说："他在地下的时候，就住在我们家。"

"您没看错吧？"

周先生苦笑地："但愿不是他。他的工作，比这里重要十倍、百倍。"

萧萝不再问了，她觉得这事也真巧，先生既然碰上了老朋友，其境遇可能会改善。韩雨如、李明这些人趁"文革"之机整先生的企图，也应该收场了。

工作队员过完了，欢迎的人们尾随着涌进校园。林荫道上，楼宇之间，到处是人流，真不知从什么地方生出这么多的人，黑压压，热烘烘，把一座幽静、雅致、肃穆的学苑——精神之苑——一笔勾销了。然而，看得出来，人们涌到这里，并非想践踏这座思想之苑；宁可说，正是她的文化品格召来了这些崇拜者。他们挥汗如雨，她们摩肩接踵，他们的面孔是诚实的，她们的精神是渴望的；他们急切地想从工作队那里寻求承认、支持。一场空前的暴风骤雨把旧秩序打乱了，地平线上留下来的是多种对立的构成，它们利益对立、观点分歧、营垒错综、派别滋生，都想在新秩序中，求得合法的身份。在这座曾经是兼收并蓄、无所不包的哲学苑围中，曾经激发过多少幻想、营养过很多幼芽、扶持过真理、培育过信念。现在，人们又回到这里，以热情的幻想、充足的信念，希望接受一次精神的洗礼。

周先生对萧萝感慨地说："这好像是又一次解放似的。不同的是，四九年邬校长代表军管会来接管时，坐一辆美国造的军用卡车。这次……来的人，坐的是红旗轿车。"

"邬校长到底犯什么错了？"萧萝不平地说。

周先生摇头，"糊涂，一笔糊涂账！"

"周老师，您应该找找工作队，……"萧萝信心十足地给先生建议。

周先生摇头，她显然缺乏信心和勇气。

欢迎工作队的会场设在大学的中央广场。工作队队长仲世才登台与广大师生员工见面。

他一上台，周先生就说："是他，是他。这世界可真小！"

主持大会的是位姓曹的女同志，她是工作队副队长兼工作队办公室主任。在仲世才讲话前，她介绍说："仲世才同志是一位三十年代入党的老同志，领导过地下斗争，指挥过重要战役；解放后，又转入经济战线，我们国家几项重大的工业建设项目，都是在他领导下搞成功的。这次，中央把他从经济建设的第一线调出来，担任我们的工作队长，说明中央对我们学校"文化大革命"的重视。我相信，我们工作队在他的领导下，一定能够完成党中央的重托，把学校的文化大革命引向健康、胜利的轨道……"

曹同志的话还没说完，仲世才已从座位上站起来走向讲台，礼貌地从她手里拿过话筒："同学们，老师们，先生们，朋友们，在下仲世才，奉中央之命，和三十四名工作队员进驻学府圣地。下车伊始，不敢夸夸其谈，因为没有调查，就没有发言权，也不可能有发言权。文化大革命是个很大的事情，你们都很在行，很熟悉，我却感到非常陌生。我要完成这个重任，需要向你们学习。不瞒大家说，今天早晨，我还远在西南边陲，突然接到立刻回京的命令，要走二十公里的山路，坐两百公里的汽车，到达飞机场；再坐五个小时的飞机，才算到了北京，到了新市委，接受新任务。害得大家在校门口等了我们很久。同学们会说，仲某人架子大，坐在小汽车里接受夹道欢迎，实在是两条腿不听使唤，罪过罪过，很对不起啊。我和我的队员，都是仓促上阵，他们也是从四面八方临时抽调上来的。在文化大革命这个问题上，都没有经验，都要重新学习。但是，有一条请大家放心，工作队绝不包庇走资派，绝不包庇反革命修正主义分子，坚决支持无产阶级文化大革命！"

仲世才的讲话，得到全场暴风雨般的欢迎。

萧萝突然觉得很迷茫，先前那种殷切的期望、热情的等待，像一场梦似的烟消云散了，一点点轻松的感觉，又化作了沉重。仲世才讲的那些话，没有什么不对呀，难道他说支持文化大革命不对吗？你自己不是也支持文化大革命吗？因为那是毛主席亲自发动的，是为了防修、反修，或者说是为了保卫得来不易的革命成果，也可以说是为了一个公正的、清明的世界。她从母亲的亲身经历中，深感唯有这样的世界，才是生命的康乐之地。而公正、清明的社会，是属于共产主义理想的。所以，毛主席发动的文化大革命，是属于她理想的一部分，只是，并不公正，并不清明，自然，这不是毛主席的愿望。然而，几乎每次运动都会整到自己头上，这一再的不公平，不清明，该怎么解释呢？有时，她一肚子冤屈；有时，她又想，从旧社会到新社会要一步一步地走，坏人要一次一次地暴露，每次运动都会作一次扫除，逐步走向公正、走向清明！凡这样想的时候，她就会增强信心，减少烦恼。她对工作队的期望，无非是公正、清明四个字，仲世才的讲话却没有一个字涉及这个问题。既然文化大革命一定要搞，公正、清明就不能少。邬校长是修正主义，这公正吗？周老师是反动学术权威，这清明吗？更何况有那么多教授、学者被批被斗，身心摧残、人格受辱，这是公正、清明吗？李明那样的党员，韩雨如那样的造反派，是真的搞文化大革命吗？工作队怎么支持他们呢？噢，仲世才讲话中提到"绝不包庇反革命两面派"，只有这句话，可以推敲——韩雨如倒有可能是两面派！不，萧萝仍然是迷茫的。她似乎陷入了混沌，又像是失去了方向，这些是无法用语言说清楚的。她回到家，感到极度疲劳。

二十

还在机关大院里，马乔就听造反派头头江吉人说，工作队开进了学校，队长是西南大三线建设副总指挥、工业战线的大将仲世才！啊呀，他暗暗吃惊，仲世才这个名字，在报纸上、在中央文件里经常提到的；安甫同志也说过，仲是经济战线上的将才。西南大三线是国家战略后方，是支撑未来战争的工业基地，类似"二战"前斯大林建设远东——乌拉山地区一样。"苏德战争"爆发后，苏联处在欧洲部分的工业基地被法西斯德国摧毁，正是远东——乌拉山新兴工业基地为苏军提供了源源不断的飞机、大炮、坦克，保证了战争的最后胜利！怎么？这么重要的岗位都不顾了?! 这，是不是有些伤筋动骨？可是，这么大的一座学校，就由李明这样一帮人来领导，实在也可悲，仲世才来，足见中央重视的程度。晚上，他骑车急匆匆赶回家，校园内外，洋溢着一种喜庆气氛。

马乔极力鼓动萧萝去找工作队、找仲世才谈话，提供情况，汇报看法。

　　起初，萧萝没有那么高的积极性，她想先看看，但架不住马乔一再说服、动员。在马乔看来，既然仲世才这样的人进校了，就应该信心十足，"坚持真理，修正错误，有这一条就够了。"

　　在政治上，萧萝总是听马乔的。如果用政治温度计测量，马乔总比妻子高出两度。当晚决定，第二天一早起来，萧萝就去敲工作队的门，约时间谈话。

　　第二天，马乔上班的时候感到非常轻松，车子骑得飞快，转铃不断振响，招摇过市，快捷非常，以至于骑过了头，再往前二百米，就是安甫家。嗨，已经到了这里，何不进去看看？把工作队进校的情况告诉他老人家。于是，他很快地转了两个弯，来到安甫宿舍楼前，刚好一辆黑色吉姆车停在安家门口。他近前一看，是研究所的那辆车，没等他停下，汽车一溜烟开走了，里面坐的什么人，也没看清楚。楼门口还有几辆三轮车，车上装满了东西，用塑料布蒙着。他好奇地走近，撩开塑料布一看，原来是安甫家的红木书橱。

　　一个工人走过来，严厉地问："干什么的？"

　　马乔反问："你是干什么的？"

　　工人看对方也这么横，才缓和下来，"废品收购站。"

　　"这是废品吗？"马乔质问。

　　"嗨，按废品收购。"

　　"多少钱一个？"

　　"这东西，现在不值钱，二十块钱一个。"

　　马乔认识这些书橱，而且，过去就听张胖子说过，安家八个书橱是名贵之物，为此，康生专门到安家"考证"、鉴定过，究竟多么名贵，价值多少，当时只是听听而已。现在，这名贵之物要离安老而去，当废品出卖，老人家到底怎么想的呢？马乔停好车，赶快跑上二楼，只见安家的门敞开着，楼道里一片狼藉。走进书房，空空荡荡，只有一具破坏了的沙发，紧紧地靠在墙边，像是留守者诉说着凄凉。上次来时，满地的书、报、杂志，都已不知去向，壁上空留着悬挂条幅、字画的印迹。还记得安老书桌对面那幅"中堂"，是毛主席手书的四个大字：

"实事求是"

现在，只剩下一个淡淡的框子，像梦似的隐现在墙上。

"安老师！"马乔叫了一声。

安甫拄着一支竹竿，站在书房门口："小马，你来了。"老人家异常安详，两鬓霜白，皑皑如雪。没等马乔开口，老人又说："我很好，你怎么样？"

马乔心里一阵酸楚，一时竟不敢张嘴说话。停了一会儿，他扶老人坐到那个塌了底的沙发上，胸口那团塞着的"棉花"，缓缓疏导开来，于是说："我来，是想报告您，萧萝她们学校已经进了工作队，队长是仲世才。"

"仲世才？"

"是的，就是您说的那位将才。"

安甫摆摆手，似乎并不觉得这事有多么重要，"噢，你来得正好，我可能要离开这里。"

"到哪里去？"马乔吃惊地问。

安甫平静地说："我已经处理完毕。"他抬头看看空荡荡的书房，迅速地将视线从那幅挂过"中堂"的地方移开，"事情没有那么简单。"

对安甫的话，马乔一向十分认真地听，十分认真地想，"事情没有那么简单"是什么意思？这让他困惑，也让他不安，"安老师，我不明白。"

安甫沉思不语。

马乔坐在一旁等待。

过了一阵，安甫才说："事情已经很明白，彭、罗、陆、杨的问题，并没有到头，主席意在刘、邓。"

马乔甚至不相信自己的耳朵了，"刘邓？"他脑子里第一个反应——刘伯承、邓小平——刘邓大军！他正是从刘邓大军里出来的啊！

"这回轮到少奇、小平头上，到顶了。"

"噢！"彭、罗、陆、杨的事出来的时候，马乔与吴南村有过一场激烈的争论。现在，吴南村的预测被证实了，"是真的吗？"他怀疑地问。

安甫点头，自言自语地："没办法。事情到了头，也好。"

"为什么？"马乔急切地问。

"复杂，复杂，很复杂……"安甫双眉紧皱，一副痛苦的样子，"一下子说不清楚，很可惜。只能留待后人评说了。"

马乔明白了，安甫倾向十分明显，——同情刘邓。这使他也陷入深深的矛盾之中。他为党和国家又一次遭此大难感到痛苦。而且，最苦还在于每到这种时候，他必须在毛主席和其他领袖之间进行选择。自然，他总是选择毛主席，经历了彭黄张周、彭罗陆杨之后，又来了刘邓，这种选择越来越苦，越来越难。本来，每次抉择都带有强烈的感情色彩——出于对毛泽东的信仰和感情上的崇拜，只好强迫自己放弃同样的信任和崇拜——只不过是相比之下，属于低一个等级或几个等级而已。现在，又一次抉择摆到他面前，这回可难啦。因为，从抗日战争、解放战争，他一直在一二九师、晋冀鲁豫、第二野战军中度过的。他的生命、悲欢离合都留在刘邓大军中。他对刘少奇不认识，更多侧重于理性的抽象，而对邓小平的认识，则是多年生活积累起来的感性结晶，是建立在具体的、丰富的基础之上的感性实践的升华，如同山岳一样不易攀登。这样的抉择对他来说本身就是悖论，如同一个健康的头脑去抉择健康的两臂一样不可思议！说邓小平是总书记可以，说他是修正主义分子，是坏人，那是绝对不能接受的，就如同有人说他马乔是修正主义分子一样简直荒唐可笑。事情还远不止如此，由这个抉择，触发了他最近萌生的对毛主席的质疑：事实已经证明彭德怀是冤枉的，毛主席在一九六五年派彭总去西南三线工作。作为一个小人物，他曾为此激动地流了泪，毛彭握手言欢，对他像过节那么畅快。姚文元《论新编历史剧〈海瑞罢官〉》，又一次向彭德怀开刀，使他很难过了一阵子，心想，何必又找彭的麻烦呢？这，说不上是不满，只是一种惋惜、隐痛、忌讳。作为遗憾或伤疤，深藏心底，没有向其他人说过。然而，"文革"以来，天天发生在身边的事情，不断地触动他的伤疤，累计着他的遗憾。现在，安甫又一次触到了他的伤疤。其实，这不过是经过安甫的手指挑明而已。在他的感觉中，在他的意识里，早就埋伏着鲁迅先生的那句话：

"……但愿不如所料，以为未必竟如所料的事，却每每恰如所料的起来。"

"毛主席为什么要这样?!"马乔不由地吼了一声。

"马乔!"安甫的声音虽然不高，却非常严厉。那双昏花的老眼，顿时眯缝起来，寒光凛冽，直砭肌肤。马乔从未见过安老如此严厉，他脑子里立刻闪过童年时在太行山初建东方校长时留下的深刻记忆：也是一句严厉的话，加上一双不敢直视的目光，那是因为他在师长面前站得不规矩——靠着炕沿歪歪斜斜，不像个学生的样子。空荡荡的书房，立即沉默下来，显得更加空旷难耐。

"小马，……"安甫的声音缓和了，叮咛道，"冷静啊!"

"是。"马乔虽然没想通，还是恭恭敬敬地答应。

"这些事情，也应当'风物长宜放眼量'。"

"没法量。"马乔脱口而出。

"嗨，放眼量嘛。最重要的是冷静，不要冲动。事情都是有原因的，简单的事情，有简单的原因，容易看清楚，复杂的事情，有复杂的原因，看起来就费力气，这就需要寻找、探索、比较，需要时间，还需要认识上的反复，才能逐渐弄清楚。冲动，就会误事，小冲动，误小事，大冲动，误大事，一人冲动，一人误事，一伙人冲动，更不得了，要是一个党、一个民族、一个国家都冲动起来，那就不可收拾，那就是灾难，那就是浩劫。小马，你容易冲动，这也许是历史的印迹，时代的局限吧。可是，建设需要冷静，需要理性，需要细致，需要持久耐性，才能更深入地认识世界，把握世界。说来，我更是历史的遗迹，包袱太多太重，很难进入一个新时代。"安甫说得很缓和，很平静，像一道清澈的小溪，顺着山涧汩汩流淌。让马乔感到，那本身就是理性的化身，是一面镜子，在炎热的夏季，似甘露、清流那么消暑、解渴。

"你看，"安甫又眯缝起眼睛，平静而欣喜地说，"一切包袱都卸掉了，最后剩下八个书橱，没法处理。正巧废品收购站找上门来，谢天谢地，赶快拉走吧。"

"哟，他们消息倒很灵通。"马乔感到惊讶，"那，您的藏书、手稿、资料都哪里去了？"

"专案组拿走了，片纸、只字视若珍宝。他们拿去比在我这里好得多。"安甫摆摆手，"不说这些了。小马，你记住，不要冲动！"老人家挥动着手臂，强调自己的嘱咐，"这是你的弱点，改起来也难。不过，你还年轻，路还很长，改改好。"

"我记住了，安老师，您心脏怎么样？"马乔关心地问。

"好，出奇的好。我想，应当归因于精神上的解脱，顺其自然了。"

马乔似懂非懂，可也不便再问，"您生活有困难吗？"

"没有困难。记住，不要冲动。我不留你啦。"安老拿起身边的竹棍，拄着站起来。马乔只好告辞，他想把门带上，安甫摆手，让家门敞开。

马乔下楼骑车上路，突然想起刚才在这里碰到的那辆吉姆车。它来干什么？怎么正好我来，它就开走了？……也忘了问问安老。近来，那辆车换了司机，除了魏孟然坐以外，就是所谓的勤务员邹兰、江吉人坐了。今天车上是谁？他们一定看见我了，要是问起来，怎么回答？他一路骑一路想，骑到建国门里，向北看了一眼，无意中发现那几辆拉书橱的三轮车，正晃晃悠悠沿着城墙根儿朝北驶去。唉？这废品收购站在什么地方？倒要去看看安老的心爱之物流落到何处，他调转方向，向北追了过去。

二一

马乔看清楚了，一共四辆三轮车，每辆车上装两个书橱，都用灰色塑料布包裹着。由于超重超高，车子吱吱呀呀地发出响声，让路人看着、听着都有点悬。他赶上去，想帮他们一把，却听到其中一人说，"哎呀，死沉死沉的，像是铁做的。"

"铁皮柜也没这么重，这不，把轮胎都压爆了！"另一人搭腔，还喘着气。

马乔这才明白，他们是补胎费了时间。

"有汽车不用，搞什么名堂！"又是先前那个人发牢骚。

"别发牢骚好不好？有时候就是需要三轮车嘛！"

听他们说话，不像废品收购站的人，倒像是解放军战士。马乔心生蹊跷，不免对他们的去向更感兴趣。车队嘎悠嘎悠地一直朝北走，过了朝阳门，又过东直门，还往北。他心想，这个收购站够邪的，它怎么知道安老家要处理八个书橱呢？这收购站耳朵够长的啊！车过了安定门，又朝德胜门进发。马乔咬了咬牙，决定跟下去。车队拐弯了，朝东，走上一条柏油路。不久，又向北，进入一个胡同，在一所红漆大门前停下。

"呀！"马乔差点儿喊出声，这，哪里是收购站？可是，三轮车尾巴上确有"废品收购站"的字样啊。

很快，边门开了，四辆三轮车平平稳稳地进了门，灰色大门咣当一声关闭了。

好了，安甫的书橱就在这里落户了。

马乔推车从红漆大门前走过，红门半掩着，里面站着警卫。他猜想，这里一定住着首长。他是谁呢？书橱怎么会到这里来？这是什么废品收购站？他真想放下车，到红门里问问。可是，不要冲动！他告诫自己，记下这个地方就行了：鼓楼西大街石桥胡同×号。

回到班上，已经是下午一点钟了。马乔又饿又渴，敲开食堂的门，买了两个馒头，回办公室去，暖壶里的水也喝光了，锅炉房还很远，累得不想动，只好干啃馒头。

陶琼风风火火地跑进来，见面就说："哎，你到哪里去了？"

"有点事，来晚了。"马乔答非所问地敷衍着。

"就吃馒头？"陶琼关心地问。

"可以，可以。"马乔言不由衷地说。

"喝点水呀。"

"没水了。"

陶琼立刻出门，一会儿提来一个暖壶，给马乔倒了一杯水。

"你从哪里弄来的水？"

陶琼把暖壶上写着"主任室"的字样转过来，给马乔看。

"主任不喝了？"

"主任，顾不上喝啦。"陶琼幸灾乐祸地说。

"怎么了？"马乔关切地问。

"江吉人出了一张大字报，题目是：'干革命靠毛泽东思想，还是靠保姆？'……"

没等陶琼说完，马乔急着问："在什么地方？"放下馒头，就要去看。

"谁让你来晚了，这张大字报，贴出来不到一个小时，就给撕掉了。"

"谁撕的？"

"江吉人自己。"看着马乔激动的劲头，陶琼笑了，"怎么样？阁下也有点儿幸灾乐祸吧？"

马乔摇头，"为什么撕掉呢？我赞成这样的大字报。"

"你没看，赞成什么？"陶琼故意逗马乔。

"小江这个问题提得好，确有这样的问题。你看这大字报了？"

"我刚看了个开头，江吉人急急忙忙跑过来，就撕了。那时，大院里人不多。随后，邹兰和主任来了，叫上小江走啦。"

"到哪儿去了？"

"那谁知道？你往日都来得早，今天怎么这么晚？我想你大概看了那张大字报，到处找你找不着……"陶琼说着撇撇嘴，"造反派内部出问题了。看来，他们也不是铁板一块。要是揭揭他们的内幕，肯定也很好看"。

"我很想看看。"

"咦！"陶琼惊奇地叫。

"怎么？何必这么大惊小怪？"

"您，希望造反派出问题？愿意看到造反派分裂？那可是毛主席支持的！"陶琼与其说是提醒，不如说是挖苦，是挑战。

是的，"文革"以来，造反派造得天昏地暗。在马乔眼里，很多造反派个人主义极端严重。放在五七年，他们的思想、言论、行动，都是十足的右派分子。可是今天却成了"文化大革命"的先锋，成了反修防修的功臣，得到毛主席的肯定和支持，真是此一时彼一时。毛主席不该这样啊！这是埋在他心里最深处的块垒，解不开的心病。也正因为这样，他与陶琼的关系疏远了，在他眼里，陶琼是个准造反派。本来，他可以从她那里得到很多信息，由于这个看法，他不屑于理她，使陶琼既伤心又生气。过去，她最怕马乔看不起她；现在，在造反的潮流下，她精神解脱了，感到马乔显示出来的优势，也还有局限的一面，而相比之下，自己的劣势，倒成了优点。本来嘛，自己就是自己，用不着看别人的眼色。

在"文革"的大潮中，陶琼没有马乔那种痛苦，相反，她觉得思想摆脱了束缚，精神空前自由，"我问你，"她热情地对老朋友说，"知道保姆是谁吗？"

马乔摇头："你说是谁？"

陶琼犹豫半晌，然后说："你别跟任何人讲，当然不包括萧萝。"

马乔点头答应，"你说吧。"

"大人物——《红旗》杂志社的。"陶琼神秘地说。

"谁呀？《红旗》杂志人多啦。"

"你认识。"陶琼终于憋不住，把马乔引向目标。

"他?"

陶琼点头，"没想到吧?"

"他们怎么挂上钩的?"

"主任不是派邹兰她们去《红旗》帮忙嘛。"

马乔恍然大悟了。一个月前，邹兰大字报出来的时候，在看大字报的人群中，就有他。那时，马乔还跟他打过招呼。他笑容满面地说："我来学习学习。"记得，一九六二年中央召开七千人大会时，马乔和陶琼作为大会工作人员，在会上认识了他。那时，他才从大学毕业，分配到《红旗》杂志当编辑，也是大会的工作人员。听说他在安甫身边工作，马乔羡慕得不得了，一再希望代为引见，一再向他表白对安甫的学问、为人、业绩的敬仰；后来，还真的登门求教，请求安老接纳当研究生。安老告以陶琼已是"关门弟子"，无奈只能作个业余门生。

"唉，他算什么大人物?"马乔轻蔑地说。

"常务副总编。"陶琼虽然也不服气，但还是很现实地说，"好家伙，跟中央首长一起接见外地上访的造反派，大学生把他的讲话到处张贴，飞遍全国。"

"小丑一个。"马乔咽下最后一口馒头，自言自语地说，"噢，找了这么个保姆。"

对马乔的高傲，陶琼感到很不舒服，甚至有些反感。嘴上没说，心里却想：马乔呀马乔，现在是什么时候?你还这么高傲!

要不是"文革"，陶琼不会产生这样的反感。今天，马乔还是那种劲头，她就觉得受了压抑。但她还是忍耐地说："现在，他们内部对保姆也反感，所以才出了那张大字报。主任很紧张，脸都气白了，立即采取紧急措施。不过，矛盾还是存在的。"陶琼的眼睛亮了，挑战似的对马乔说："怎么样?"

马乔故意问："什么怎么样?"

陶琼狡黠地说："给他们掺和掺和。"

马乔笑了："怎么掺和?"

"你这个人，怎么老问我呢？"陶琼装作生气的样子。

"怎么，好汉经不住三个问？"

"谁是好汉？你说，干不干吧？"陶琼瞪着眼睛，给马乔下了最后通牒。

"真的，我不知道怎么干。我是出了名的保皇派，……"

陶琼打断马乔的话："别说这个，他们内部并不这样认识。"

"你怎么知道？"

"嗨，"陶琼撇撇嘴，"我不像你那样，对年轻人那么高傲。所以还能听到他们的声音。"

"咦，我是那样的人吗？"

"起码从现象上看有那种印象。你对人家要求不能太苛刻，多数人对你的评价还是不错的。说阁下是保皇派的就一个人。"

"魏盂然。"

陶琼只是笑笑，未置可否。然后说："实际上，咱们这里的造反派，不是真正的造反派；或者，更准确一点说，是真造反派、假造反派和走资派三结合的混合物。"

"噢，"马乔兴奋起来，"你说，"他指指隔壁，"他是走资派？"

"当然。"陶琼肯定地点头。

"有什么根据？"马乔很认真、严肃地问。

"嘿，你问我，莫非你认为他是马克思主义者？"

"那倒不是。说老实话，我现在很糊涂，许多问题弄不清楚。比如，走资派，有没有个标准？有没有个尺度？记得吗？咱们在郊区整社时，那位政治局委员，还有那位市委书记，现在都是走资派，安甫也是走资派。那么，主任要是跟他们比，绝对不像走资派，倒很像'四清'时那个侯团长——只顾自己做官，不管百姓死活！……"

"那也是走资派，"陶琼又打断了马乔的话，"那是另一类型的走资派。"

"走资派还有不同类型的？"马乔感到很惊奇。

"你这个人啊……"

"够呆板的，对不对？"马乔替对方说出后半句话。

看着马乔的呆相，陶琼高兴地笑了，她漫不经心地解释："资本主义在不同时代、不同国家，也表现出不同的特点嘛，你何必那么认真呢？安甫要是走资派的话，魏孟然就更是啦！"

"不对，魏孟然不够格，不在一个档次上。他和姓侯的一个档次，只顾自己做官，不管百姓死活！这种人古已有之，现在不知该给他个什么名称。"

"就是走资派嘛！"

"不，他们不能放在一起。"

"嗬，你还维护走资派的纯洁性哪！"陶琼兴高采烈，轻松愉快。

而马乔却觉得很不自在。戴在安甫、邬校长头上那顶帽子，好像也戴在他的头上似的，他轻松不起来。

正在这时，江吉人进来了。

陶琼立即问："哎，小江，你为什么把大字报撕了？"

"顾全大局吧。"

陶琼急不可待地问："你的问题解决了吗？"

江吉人摇头："不可能解决。"

"那怎么办？"陶琼激动地追问着。

江吉人微微一笑，故意摆出一副成熟的样子，"不急嘛，天要下雨，娘要嫁人，这是不以人们意志为转移的。"

马乔想，这小子给陶琼上哲学课呢。

陶琼的脸一下子红了，显得很尴尬。

马乔坐在一边，一直不搭腔。

江吉人前一段批判过马乔，现在，看着马乔不冷不热地坐着，简直完全不把他当回事，作为研究室领导小组成员，他的权威受到了挑战，这是他造反以后，天天碰到的问题。研究室里那些老家伙们，总把他当成毛头小伙子对待，人微言轻，不受重视；如今，老家伙们都倒了，马乔这样的也还是不把他放在眼里，特别是，在造反派内部，他还说过马乔不少好话，现在，还想把他拉过来，……看这样子，他又犹豫了。为结束这尴尬的局面，他扭身往外走，到了门口，他停顿下来，回头对马乔说："马老师，您能出来一下吗？"

马乔想了想，站起来跟着江吉人走出办公室。

<h1 style="text-align:center">二二</h1>

江吉人看见马乔站起身，没等他就先走了。马乔只好远远地跟在后边，上了三楼，随着江吉人走进会议室。

好家伙！会议室已经让造反派糟蹋得不成样子，满地都是烟头、纸屑，沙发横一个竖一个，零乱、污垢、破烂，毁坏得七零八落。

马乔脱口而出："怎么成了这个样子？"

江吉人苦笑一下，说："坐吧。"

马乔摇头，"站着说吧"。

"唉，马老师，您今天上午到哪儿去了？"小江的问话礼貌而神秘。

马乔向来不会说假话。虽然不愿意让人知道他去了安甫家，可既然领导过问，也就照直说了："去安老师家看了看。"

江吉人笑了，"你这个马老师，真实在。"

"怎么，不许去呀？"

江吉人连忙说："哎，去嘛，这是您的自由；不过最好不去。去那里，对您没什么好处。其实，您不说，我也知道您去了。"

"你怎么知道的？"马乔一贯保持的警惕性，使他立刻质问。

"这您就别问了。"

马乔突然想起在安家门口碰到的吉姆车，但他没说，又问："你们监视我了？"

"没有，没有，……"江吉人连连否认，"只是无意中碰到的。所以，您最好不去那里，那是是非之地呀！"

"没关系，肚子里没病死不了人。"马乔心里生气，不免从语气里流露出来，"你找我就是说这个？"

"主要不是这个，是想跟您聊聊。您坐吧。"

江吉人的诚恳，使得马乔不好再拒绝，找了把就近的椅子坐下来。

江吉人非常高兴，"马老师啊，我们造反派，对您印象还是很不错的，特别是我们这帮年轻人，认为您的问题是认识问题。我们看了您寄给安甫的所有信件、资料，还有您的笔记本，都是在研究问题，没有反党反社会主义反毛泽东思想的三反言论……"

听到这里，马乔胸口发堵，鼻子发酸，差一点儿掉下泪来。他赶紧扭过头去，避开江的眼睛。

这一箭，正好射到他的痛处。

——在误解的大海里，他已经挣扎了很久很久；现在，似乎看到了岸，看到了绿洲。那夺眶而出的眼泪，是解脱，是兴奋，还是感激呢？"文革"以来，这是他听到的最温暖、最理解的语言了。

"我们觉得您正派，虽然也有缺点、错误，只要改正就好。所以，想解放您，只要作一次比较深刻的检查，与反革命修正主义分子——安甫划清界限，取得同志们的谅解，重新回到毛主席革命路线上来，和我们一起战斗，我们还是欢迎的。"

提到检查，提到安甫，马乔的抵触就来了。他现在已归于冷静，不想作任何违心的检查。对于江的一大套话，几乎没有什么反应。

"当然，"江吉人扭转了话题，"这只是我们几个人的想法。核心组里还有阻力，因为您跟安甫的关系太密切了，而且至今没有站出来揭发他的问题。这……"他斟酌了一下，才又说，"这就比较被动，不好说服大家。"

马乔知道，阻力首先就是魏孟然。所以，他干脆对江说："你们别解放我。"心里却说：我自己解放自己！

"我们认为，你应当解放，这样有利于文化大革命。"

马乔突然又想到那辆吉姆车，"你们怎么知道我去安老家？"

"告诉你也没关系。我们成立了作战部，有人专门搜集走资派的动态，您来干吧。听说您当过作战参谋，您来了专管作战部，发挥您的优势！"江吉人热情洋溢地说。

"你们的情报来得很快呀！"

"我们有现代化的交通工具——过去它们为走资派服务，现在它们为文化大革命出力！"江吉人说话的口气充满激情，一股理直气壮的劲头。

马乔明白了，那辆车他没看错。

"怎么样，马老师？"江吉人催促着。

作为回报，马乔只好说："我考虑考虑。"

江吉人激动地说："啊呀，还考虑什么？文化大革命嘛，捍卫毛主席革命路线嘛！"

"不是有人还反对吗？不能一厢情愿呀。"马乔想尽量削减江吉人的积极性，快点摆脱这种追逼的局面。

"造反嘛！一造到底，谁不同意去他娘！"江吉人激动得脸红脖子粗。

马乔心想，这就是造反派的脾气。他明白，江吉人这股气来自魏孟然。看小江的劲头、情绪，造反派对主任已经到了不可容忍的地步。这里的火药味预示着内战即将爆发。跟魏孟然那种阴阳怪气（而且越来越阴阳怪气）的人比，小江倒更可爱些。于是，他说："革命，靠觉悟，有多少觉悟，干多少革命。觉悟高，贡献大，觉悟低，就干不好。……靠保姆，这大概是最新发明，我从来没听说过。"

"好嘛，好嘛，这正是我找您的原因。相信您一定会支持我们的。"

谈话结束了，马乔回到家。萧萝告诉他，工作队长已经和她谈了话。看样子谈得不好，她情绪不高。

"怎么样？"马乔关切地问。在他心目中，仲世才应该是高水平的。

萧萝眼圈红了，她摇摇头说："都一样……"抽泣着说不下去。

马乔把妻子搂过来，轻轻地抚摸着她抽动的肩膀，安慰她，"你怎么跟他谈的？"

"就那么谈的嘛！"萧萝把气撒到了马乔身上。

是的，他们昨天晚上商量了今天怎么和工作队谈——既要谈自己，也要反映学校和系里的情况；特别是李明、韩雨如利用"文革"挟私报复，打击迫害老教师的事实。

"你讲李明、韩雨如的事啦？"马乔不放心地问。

"讲啦！"萧萝伤心地说。

"他怎么说？"

"他……记在本子上啦。"

"他没表态？"

"他，……"萧萝泣不成声，"……他说，你反映的情况，我们要进行调查。……这次运动，非常深刻，你要经受考验，好好改造，你还年轻……不就是我出身不好么！我又不是罪犯……"萧萝呜呜地哭出声来。

"是仲世才吗？"

"是！……我跟他说……周先生的事，……他好像无动于衷！"萧萝不仅委屈，还表示了愤怒，"哼，还说他多么了不起，我看他也不怎么样！"

马乔想了想，觉得也难怪。工作队仓促上阵，到这么一个万人大学，不摸底里，不敢轻易表态。面对虎视眈眈的造反派，更得小心翼翼。但是，此时此刻他不好对萧萝说这些。由于出身不好，她受到的打击、委屈实在是太多了。

等萧萝哭得差不多了，马乔想转移她的注意力，对她说："啊呀，我今天的经历也够丰富的。"于是，先给她讲安老家门口那辆车；接着又讲那八个书橱的去向。

萧萝突然问："鼓楼什么地方？"

"鼓楼东大街石桥胡同×号。"

"红漆大门？"

"对。"

"院子里都是竹子？"

"我没进去，不知道有没有竹子。"

"啊呀，那是康老的家。"

"什么？"马乔感到惊奇，虽然觉得那是个大首长住的地方，没想到是康生，"你怎么知道是康老家？"

"准是康老家。"萧萝又重复一次，"五八年，你到南方去的那阵子，周先生带着我，还有韩雨如去拜访康老，听取他对现代文学史的意见，去的就是石桥胡同×号。"

"要是那样，……"马乔心里升起了一个大问号：废品收购站？

"你怎么知道？……"萧萝也追问着。

"我跟着去了。我想知道安老的书橱到底去哪里落户，就尾随着去了。"

"康老家里，可都是红木雕花的家具。对了，他们家叫竹苑。周先生说，康老不仅是革命家、理论家，还是古文物鉴赏家、收藏家。"说到这里，萧萝也疑惑地瞪大了眼睛瞧着丈夫。

他俩的心里，都升起了一团疑云，不过，在程度上还是有差别的。

马乔的疑云又浓又重。怎么回事？难道……是趁火……他不愿意往下想，可又摆脱不掉思维的逻辑。不！在他的印象里，康生是位咬着牙根子作报告的革命家，言词激愤、绝不妥协的理论家，难道会做出这样的事？可是，又怎么解释呢？

萧萝的疑云则是一片薄薄的朦胧。在她看来，首要的是发生了这样的事实。五八年，随周先生去拜访康老，给她的印象，除了收藏家、鉴赏家以外，学术上相当解放。说到现代文学，津津乐道的是三十年代上海的鸳鸯蝴蝶派、风月派。周先生对这次访问颇不满意。现在，她看着丈夫，完全明白他此时的心境，更确切地说，萧萝心中那片疑云，是为马乔升起的。她知道，马乔会为此而痛苦。所以，此时最好的办法是什么也不说，让乌云快快消散。

正在此时，儿子、女儿从外面回来，慌慌张张地说："造反派来了！"

话犹未了，几个带着红卫兵袖章的大学生闯进来，对着萧萝宣判似的说："萧萝，从现在开始，你必须回到劳改队！"

萧萝质问："为什么？我有什么罪？"

"你是修正主义黑苗子，是黑帮分子、资产阶级学术权威的黑走卒！"

"这是对我的侮辱，我抗议！"萧萝激动得浑身发抖。

"前几天，借工作队进校之机，你自动解除劳改，完全是错误地估计了形势。现在，中文系文革筹委会重申过去的决定，你必须回到劳改队去，接受群众专政，接受革命群众对你的批判！"宣判者得意洋洋地说："这一决定已经得到工作队的批准，要看看吗？"

一张白纸上，前半段写的是文革筹委会决定，后半段是工作队长签字和圆形的印章。

"岂有此理！"马乔伸手去抢夺那张纸。

萧萝连忙将纸收起，攥在手里，平静地对宣判者说："我明天去。"

宣判者要把那张纸收回，萧萝摇头，"这东西理应由我保存。"她将纸叠成几折，装进兜里；同时，向外跨出一步，把马乔挡在身后，像山一样地坚定。

宣判者看看"山"后边怒目而视的马乔，"我们已经说了。不去，你自己负责！"说完，把门用力一关，扬长而去。

两个孩子像受惊的小鸟，依在爸妈身边，等待着父母对这个难以理解的世界作出解释；然而，回答却是无言的沉默。孩子们的心，紧紧地收缩着，承受着无声的磨难。

二三

萧萝第二次进劳改队，马乔觉得简直不可思议。工作队来了，它是代表中央来的，工作队长仲世才是经济战线上的将才，怎么他们来了还这样？这是他未曾料到、无法理解、更难以接受的现实。生活，养成了他一贯的自信，他对自己的判断力总是觉得很有把握；他对前进道路上的困难，总是很有信心，从不悲观。而这信心和把握，都来源于他的信仰，来源于在信仰的旗帜下，经历过的千难万险。多少人在这旗帜下前仆后继、流血牺牲，他侥幸一次又一次地活了下来；一次又一次地看到胜利，从而加深加厚了他信仰的基础，以至于使他陷入某种盲目，好像任何时候，他都会胜利在握似的。即使近年来屡遭挫折，也难以改变他早已形成的思维定式。红卫兵到家里来，要不是想起安老的告诫，他差点和盛气凌人的造反派冲突起来。

"不要冲动，不要冲动，这种时候冲动，只会坏事！"安甫的话一直在他耳边回响。可是，就乖乖地接受反革命分子的待遇？仲世才是怎么回事？他怎么可以这样？

其实，他并不认识仲世才。知道这个名字，是在报纸上，是在理论研讨会上听到的一些传闻；包括康生这样的领导人，他都是从传闻中知道的。而这类人一旦进入他的脑库里，就会储存在他信仰的基座上，也就会在他信仰的关照下熠熠生辉，成为他想象中的偶像。他用自己的生活经历，去填补认识的真空；用对信仰的崇拜，去塑造心目中的偶像；用纯真的感情，去维护自己创造的人物。而现实却不断地撕毁他的偶像，一次又一次地制造了他精神上的尴尬、迷茫，有时甚至是恐慌。他不断向自己发出询问：怎么啦？怎么啦？似乎这一切均属反常。文革，不断冲击着他信仰的基座，动摇着他的自信，折磨着他的灵魂！

大概是知道马乔的妻子又进了学校的劳改队，周围的同事像躲避瘟疫似的远离他。是啊，工作队进校了，还这样，那就不是一般的事了。人们似乎只有这样看才合逻辑。江吉人本来想拉他进入造反派的阵营，现在也表现出冷冰冰的样子，就像当年"肃反"时的处境一样。不过，毕竟夫妻不在一个单位，所以还没有人逼着马乔对妻子的事表态。

一天，邹兰突然来找马乔，态度异常温和、尊重："马老师，您来一下行吗？"

"行。"马乔答应着，和邹兰来到魏孟然办公室。

"坐吧，坐吧。"邹兰保持着温和、尊重，"昨天，我们接待了大学来的红卫兵。他们带着大学文革筹委会、中央工作队的介绍信，向我们反映了您的情况"。她把话停顿下来，观察着马乔的表情，"当然，他们也想了解您在'文革'中的表现。鉴于您的出身和一贯表现，勤务组采取了非常慎重的态度。"她狡黠地笑笑，"我们借口有点事，到外边商量了一下，决定对您保护，没有向他们如实地谈您的情况。按说，您的表现是不令人满意的。您在自己的单位，还好办些；在人家单位，对'文革'、对革命群众的态度，咱们可是爱莫能助啊！"

"他们说我有什么问题？"马乔反问。

"好像，……"邹兰话到嘴边，又咽了回去，"马老师，按照原则，是不应该告诉您的。不过，由于您的特殊情况，违反一下原则也还可以。好像，她跟黑帮关系密切，知道很多事情，却拒不交代、揭发；另外，态度很坏，对'文革'抵触情绪很大。当然，最根本的，还是她的出身，那些问题跟出身联系起来，就很严重了！我们勤务组的意见，当然是保您，不同意他们要您回去接受批判。但是，您必须写一个检查，我们才好保您过关！"

"我检查什么呢？"马乔问。

邹兰笑笑："马老师，您吃亏就吃在太直……太不够冷静！三句话不对，就剑拔弩张，好像您是属'水浒'的。您在咱们这里，大家都熟悉，问题不大；在别的地方，哪会吃您这一套？所以，您还是写个检查，主动一些。"

"我检查什么？他们受坏人挑唆，或者是被坏人利用，充当打击、迫害知识分子的工具，应该检查的是他们！"马乔生气地说，"这，又是剑拔弩张了吧？"

"马老师，您这样就不好办了。我们是为您好啊！"

"我知道。"马乔激动地说，"萧萝是冤枉的。'肃反'的时候，就这些人整了她一次。后来，证明他们搞错了，团中央、团市委、校党委给她平了反。他们整错了人，并不是认识问题，而是狭隘，是嫉妒，是人性中的邪恶！上级给平了反，他们连一个字的自我批评都没有。现在趁'文革'之机，旧病复发，又出来整人。萧萝怎么啦？无非就是出身不好，这是她自己无法选择的。我们不是唯成分论者。我看萧萝的表现比他们好得多！"

邹兰尴尬地笑笑，无可奈何地把头靠在高背椅上，欲言又止。

"他们想借整萧萝再来整我，真是岂有此理！他们能拿出什么理由来？"

"唉，……"邹兰摇头叹息，"你向人家示威了。"

"没有的事。"

"你抱着爱人，招摇过市……"

"噢！这叫招摇过市?! 人，被他们斗垮了，瘫在地下动弹不得。我当然要把她抱回去！难道非要我把她扔掉？"

"马老师啊，你这个人真是个好人！"邹兰哽咽了，苦笑着伸手抹了一把脸，"不过，……"她把话打住，没说下去。

马乔感到惊异。本来，他对这个造反派头头没好感。听人说，她是在《红旗》杂志工作时，结识了那位年轻的副总编辑。她在院里贴出的第一张大字报，就是在那位副总编辑的捅咕下弄出来的。江吉人说干革命靠保姆，就是指她。现在看到她真情流露，说明此人还有同情心。他的口气也缓和下来，"你们不了解，整萧萝的都是我们的同学。有的人以整人为乐，我不明白，这是一种什么心理？把萧萝整死，有什么好处？把我马乔整死，对他们又有什么好处？我碍着他们什么啦？太邪恶了！"

"马老师，"邹兰平静地说，"您就应付一下，写个简单的检查，这样，我们也好做工作。"

"不！"马乔摇头，态度坚定。

邹兰也摇头，"您这个人真难办。上次小江想动员您写个检查，只要造反派认可，您就可以过关，就可以和我们一起战斗，挺简单的事，也没弄成。这次，是人家打上门来，我们想让您应付一下，您也不同意。外单位，比不了我们自己，您硬顶下去，后果不堪设想。万一他们造反造到这里，我们就是想保也保不了啦。走到那一步，可就被动了。"

"他们造反没有理由。如果他们胡闹，我也不怕，也不要单位负责。"马乔把话说到了头，准备起身告别。

"马老师，您可不要为您爱人的事陷入深渊。现在两条路线斗争非常激烈，这关系到国家的前途、命运，您不能把这样的大事放在脑后！此时此刻，您应当是冲锋陷阵的勇士，不应该是包袱沉重、畏缩不前的丈夫！"

马乔心里一震，英雄主义的气概使他热血沸腾。他觉得过去小瞧了这个个子不高、相貌平平、不善言辞的南国山乡小姑娘。

邹兰趁势又说："您——在战场上一直是冲锋在前的。现在，何尝不是战场？是更复杂、更尖锐、更考验人的战场！……"

这些话像刀子似的捅到了马乔的心上。他暗自叹息，真有点"士别三日，当刮目相看"啦！

"毛主席早就说了，社会主义时期，阶级斗争依然是激烈的，共产党员要有五不怕精神——不怕坐牢，不怕杀头，不怕撤职，不怕开除党籍，不怕老婆离婚，……要舍得一身剐，敢把皇帝拉下马！马老师，您怕什么？"邹兰说完，盯着马乔，看他怎么回答。

马乔只是笑笑，没有立即回答。他想，现实离"五不怕"还有很远的距离，因此也用不着说大话。天天触动他的，倒是造反派们批判他时，常常挂在嘴边的那些话：什么路线觉悟不高，对毛主席缺乏深厚的无产阶级感情……。这是最刺耳、最不愿意听、也最怕听的一种指责，像鞭子似的抽打着他的脊背，抽打着他的灵魂。什么"五不怕"？即使把那五样加在一起，也抵不上这一条对他的精神造成的痛苦！如果说那五条只是外在的威胁，这一条，却是内在的现实的折磨，是灵魂的自我熬煎！是啊，按理说，他应当冲在前边，可是，他硬是冲不动。他不可能对着安甫"开枪"，不可能向着周先生"进攻"，更不可能"丢开"萧萝。那不光是感情问题，从理性说，他找不到向他们造反的理由。而舆论和潮流，几乎时时刻刻都在鞭打着他的理性，折磨着他的感情，并且最终都会归结到对毛主席的不忠。这是痛苦中的痛苦，炼狱中的炼狱！然而，与其说是潮流在折磨他，不如说是他自己在折磨自己。他的肉体，他的灵魂，在炽热的熔炉中扭曲着、挣扎着、呼喊着。他呻吟着，他争辩着。他不服呀！他的灵魂在哭泣。

"死，算什么！"马乔突然轻蔑地说。

简直是横空出世，吓了邹兰一跳。她略微停顿了一下，说："马老师，这正是我们敬重您的地方。我们都是贫下中农的子弟，没有毛主席和毛主席的革命路线，不可能有我们的今天。我的家在湘西穷山沟里，我能上大学，能到首都，能到中央机关里工作，是做梦都想不到的。您的出身、经历，是谁也比不了的。我们希望您为毛主席革命路线再立新功！应该说，我们都是阶级兄弟，我们的根本利益是一致的，所以，欢迎您到造反派中来，和我们一起战斗。"

马乔没想到，邹兰竟如此深情地说了这么一大套话。他这个人，一向宁折不弯。听了邹兰的话，心肠倒软了下来，是啊，还是要讲点阶级情谊的。他坦诚地问邹兰："安甫和魏孟然比较，哪一个更像修正主义？"

邹兰的脸顿时变白："您怎么提这样的问题？——这也算问题？！"

"你不觉得魏孟然习惯把成绩记在自己账上，把错误推到别人头上？——仅此一点，很像赫鲁晓夫式的人物。"

邹兰郑重地说："您这样想是很危险的。"

"为什么？"

"……"邹兰欲言又止。她下意识地抓抓自己的头发，从转椅上站起来又坐下，最后才说，"马老师，您不了解情况，最好不要这样想。安甫的问题，……早就定了案，魏……主任跟他不能比。他当然也会有缺点、错误，金无足赤嘛。但是，在路线问题上，在大是大非上，他是不含糊的，是立了大功的！这不是我说的，是权威人士的说法。所以，您千万别那么想。"说着，她站起来，表示谈话已经结束。

权威人士？他是谁？从邹兰处出来，马乔脑子里转悠着这样一个问题。

二四

萧萝告诉马乔，工作队长仲世才在全校大会上宣布，所谓"二月兵变"纯属子虚乌有；并告诫革命师生："不要听信谣言！这是阶级敌人想流我们的血，流解放军的血，流工人、农民的血，流革命知识分子的血！"

马乔惊奇地问："这谣言是谁造出来的呢？"

萧萝说："贴大字报的学生一共三个，已被工作队打成现行反革命，隔离审查，其中就有孟宇！"

"好！"马乔脱口而出，"这一来邹校长参与'二月兵变'的罪过就没了吧"？

"韩雨如——听说也和这件事有牵连，所以，她的筹委会委员也不灵了。"萧萝说时喜笑颜开，"真是善有善报，恶有恶报！"

"啊呀，那工作队还是不错嘛！"马乔顿时修正自己对工作队的看法。

"可是，大家都在议论，几个学生会造这个谣吗？韩雨如会造这个谣吗？不像！……"萧萝继续介绍着学校舆论对这件骇人听闻事件的看法，"据说，韩雨如说了，他们是有根据的，走着瞧！可是，又有人说，韩雨如到工作队那儿去哭天抹泪，说她上了学生的当，又把她当童养媳那一套光荣向仲世才说了一遍。"

"他妈的！童养媳够吃一辈子啦，吃了国民党，再吃共产党！"马乔又追问："工作队说什么呢？"

萧萝摇头：“不知道，我这都是道听途说。”

“嗬，你们这些黑帮，消息还挺灵通啊。”

“哼，黑帮遍布每个角落，大家聚在一起，悄声议论，交流见闻，学校里每天发生的事都能听到。连邬校长都苦笑着说：‘你们议论的时候，离我远点儿，不要让人家说，我又召集你们开黑会啦！’”萧萝感慨着，“除了我这个小助教外，几乎都是学校的校务委员、学术委员、党委委员……所以，造反派说，‘走资派还在走，到了劳改队，还召开黑会，兜情况，商量对策’。”

“周老师怎么样？”

“身体恢复得还可以，就是情绪很坏。我催她给工作队长写封信，我晚上回家时替她送给仲世才，她不干，说不是她一个人的问题。她一再跟我说，我们都是邬老的学生，邬老有问题，我们自然也脱不了干系。只能先解决邬老的问题，他年纪大，身体弱，老这样折磨他，是让他死！她要是写信，也只说邬老的问题。”

“邬校长最近怎么样？”

“经常肚子疼，有时疼得直不起腰来。我看，就是那帮倒霉的中学生，逼着老先生吃虫子。不要说虫子有毒，就是气也得把他气死！”

“不明白，真是不明白！为什么要花这么大的代价？”马乔叹息着。

是的，马乔、萧萝头脑里组建起来的神经网络，正在经受“文化大革命”洪流的猛烈冲击。这网络纵横交错，盘旋如大树之年轮，叠加似丰厚之岩层。这网络，记录着他们生命的轨迹，储蓄着他们记忆的颗粒，积累着他们意识的土壤，——孕育着他们的智慧和灵性。可是现在，他们意识的土壤，在狂风暴雨的洗劫下，大块大块地跌落！尤其是马乔，他不仅感受到被洗劫的痛苦；同时，也感受到洗劫的痛苦。这确乎都来自他生命的源头！

——用自己充沛的血液，去冲垮自己灵魂的堤坝。这是悖理，是自杀，是生命的自我毁灭！这大概是痛苦中最大的痛苦！

君不见，黄土高原的水土流失？

大块大块的皇天后土，年复一年的崩塌。

崩塌、崩塌，黄河里流的不是水，是中华民族的血液！

这也正是马乔、萧萝在"文化大革命"中的体验。洗劫的洪水是那样的汹涌、猛烈，势不可挡！洗劫的风暴是那样的突然、诡谲，猝不及防！

事件演进的急速，持续的层出不穷，竟至于使马乔失去了思索、判断的空间。他的情感是矛盾的，精神是窘迫的，维系他生命根须的肥田沃土正在流失。生命的本能，促使他在危机中抗争。

突然来了那么一天，中央和地方派往各单位的工作队被宣布为非法，因为据说它们都执行了一条破坏无产阶级"文化大革命"的反动路线！紧接着又是一块高原崩塌——中华人民共和国主席刘少奇、中国共产党总书记邓小平倒台，据说，他们是反动路线的炮制者。

江吉人神秘地把马乔拉在一边，向他出示毛主席大字报的抄件——《炮打司令部》。

马乔看后心存疑惑，毛主席也写大字报？这是真的吗？按照这张大字报，刘邓是资产阶级司令部！刘邓不仅炮制了反动路线，还是长期以来推行修正主义路线的总根子，是隐藏在中央、毛主席身边的赫鲁晓夫式的阴谋家、野心家！

其实，安甫早已告知——主席意在刘邓，这回得到了证实。

江吉人看着马乔疑惑的神情，蔑视地说："怎么？您又不相信？"

准确地说，是马乔不愿意相信。

他回到家，大学里又乱了。新的一轮造反，是针对工作队的。工作队的驻地糊满了大字报，仲世才的大名，已经倒着写在柏油马路上任人践踏。工作队队员进校时昂首阔步，现在个个噤若寒蝉，他们像热锅上的蚂蚁，不知何时才能脱离险境。在这上万人涌动起来的洪水中，成了困守孤岛的败兵。

学生和教师中保工作队的势力可谓洋洋大观。激进的与保守的红卫兵分道扬镳，对垒鲜明。

仲世才通过广播，劝说双方停战，一切罪过都由自己承担。语气诚恳、悲怆，说到极处，甚至表示愿用生命挽回自己的过失。

有人同情地落泪；有人鄙夷地嘲笑。

马乔此时只剩下同情。而萧萝则相反，她拟就了一项声明：说劳改队是资产阶级反动路线的产物，从即日起，她要自己解放自己，退出劳改队，以平等的一员，投身无产阶级文化大革命，为捍卫毛主席革命路线斗争！……由于马乔阻挠，萧萝删去了对工作队的指控。于是，萧萝的造反声明，被激进派认为是"跪着造反"。当然，韩雨如那一派则贴大字报说萧萝的造反，是黑帮分子借批判资产阶级反动路线，实行"反革命造反"。只因为韩雨如为首的几个人，还被困在"二月兵变"的造谣事件中，不得解脱，所以，也只能是贴张大字报，表明态度而已。

萧萝的前方，可谓荆棘丛生；用马乔的话说："造反，难活；不造反，活难！"

二五

刘邓一倒，立即出现了多米诺骨牌效应——从将军到元帅，从部长到副总理，从战斗英雄到开国元勋纷纷落马。陈毅、贺龙、聂帅、叶帅……都成为炮轰对象、黑线人物。

马乔头顶上的星空顿时暗淡起来，失去了往日的峥嵘！他的心里十分惶恐、不安。他从孩提时起，就听着妈妈的指点，认识那些远在天际的明星。噢，那是陈老总，那是贺老总，那是聂老总……他就是数着这些星星长大的。随着岁月的流逝，他对这些星们的认识，越来越具体，越来越丰富。他把信念和感情都掺和到这认识中去，形成了精神的宇宙——在这里，星们塑造着他的灵魂；他也用想象塑造着他可望而不可即的星星。有时，他会走近几步，看得更真切一些。但是，他毕竟是这穹苍下一个小小的生命，弄不清高高在上的事情。这就越发使他惶恐、不安!

"黄土高原"全部崩塌,只剩下孤零零的三棵树:

毛主席、林彪、周总理。

他们的脚下,要么是贫瘠的沙土;要么干脆就是裸露的岩层。按照舆论和潮流的倾向,挽救中国的希望,寄托在林彪身上。似乎,从井冈山开始,除了毛泽东一贯正确以外,只有他,也是正确一贯。虽然,在马乔心目中,林彪也是一颗耀眼的明星,不过,有一段经历,让他在心里打了折扣;被称作"三道金牌"的故事,不幸使他久久未能忘怀:

那是一九四九年四月下旬。百万大军突破长江天险以后,部队进入江南,横扫浙赣两省残敌。五月,解放江西全境,前锋越过赣粤交界之梅关,直逼曲江、广州!此时,华南地区东有余汉谋集团;西有白崇禧集团。为了有效地聚歼这两支反革命军事力量,毛主席、中央军委制订了对白崇禧及西南各敌,采取大迂回动作,插至敌后,先完成包围、然后再打之方针。司令员对毛主席这一战略方针大加赞赏,欣喜地说:"只有大迂回,才能做到大包围、大歼灭。只有如此,才能有效地防止敌人向东,从海上逃往台湾;向南,越过琼州海峡,逃向海南岛;向西,越过国境,进入越南!"中央军委给司令员的任务,就是率领所部急速向南,直下广州;尔后,沿海疆、国境进行由东向西大迂回的战略进军,连下两广、云南,封杀西南诸敌之海、陆退路,配合正在两湖地区南下的"四野"主力,在广东境内歼灭余汉谋集团,在广西境内歼灭白崇禧集团。因为是在"四野"战区作战,军委命令我部暂时脱离刘邓的"二野"建制,划归林彪指挥。这样一来,林彪与司令员的电报往来就十分频繁了。所谓"三道金牌",就是秘书、参谋们私下里对林彪发给司令员三道命令的议论。

一是部队刚刚划归"四野"建制时,首长接到林彪命令,限定××日内挥师南进。司令员对着这份电报,足足沉默了半个小时。这是极少见的不和谐场面。最后,首长说:"对这样的命令,不能贸然执行。"当时，正值盛暑，部队过江后，天天都在打仗，日日都在追击。江南雨多、水多，北方战士初到南方，像是捂在蒸笼里那样难受，减员相当严重；又由于战线拉得很长，交通不便，后勤补给困难；立即南进，会使这支执行战略迂回任务的部队拖垮，使毛主席、中央军委的战略意图落空。最后，主席、军委同意了司令员的意见，使部队得到休整、补给、动员的充分时间，证明了司令员坚持的意见是正确的。

二是部队南进，广州指日可下时，林彪命令改变我军作战方向，平行西进，直取千里之外的桂林、柳州。政委敏感地问："这是什么意思？"司令员含蓄地微微一笑，说了一句俚语："扁担没扎，两头打塌！"立即给毛主席、中央军委和林彪发电报，申诉自己的看法。军委和毛主席同意了司令员的意见，广州刻日解放，余汉谋集团彻底覆灭。

三是广州解放后，我军主力不进广州城，而是乘势西进，抢占雷州半岛，封死白崇禧集团逃往海南岛的通道。林彪又来电，命令部队停止前进。司令员说："这怎么可以！"一边发电申诉，一边令部队不准停留。此时白崇禧的两个兵团已经秘密南下，接近容县、玉林。由于我军迅猛前进，先敌抵达廉江，雷州半岛尽在我控制之下，"关门打狗"之势已成，白崇禧集团的最后覆灭，自是必然之势。

当时，秘书、参谋私下里议论，称之为"三道金牌"，以说明其是非了然，而风险太大。

要说林副主席一贯正确，这点瑕疵却怎么也抹不掉。尤其是在这"三道金牌"的背后，隐藏着一个谁也不愿说破的"私心杂念"问题。

苍蝇、臭虫、老鼠粪，马乔本不愿想这些东西；然而，脑子里却总是蹦出来这样的概念。这些事实，刻印得太深，实在是无法回避啊！

马乔的思维长期以来形成一种倾向，对于营垒内的高层看得特别神圣，而这神圣的核心，正是道德，是做人的典范，是纯正、无私的楷模。这既是他的信念，亦是他的理想。是的，他接触的一小部分高层领导，确实是沙里淘出的金子、百炼出炉的好钢。正因为高层聚集了这么一批典型，才使胜利成为必然！马乔的思维正是这种现实的产物；当然，与其说是现实的产物，更不如说是历史的结果。而新的现实，正在以前所未有的意志去淘汰、去击破附着在果实外边那些虚伪的外壳或腐败物。

今日的马乔还在"梦"中，他必须从历史中醒来，走进新的现实。

萧萝不堪所谓的劳改，造了反，写了批判资产阶级反动路线的大字报，控诉刘邓路线对自己的迫害。

马乔绝对不同意提刘邓路线，主张就批判李明、韩雨如的迫害。

萧萝说李明、韩雨如不可能制定路线；如果没有这条路线，李明、韩雨如也不可能得逞。所以，还是要上纲上线才能说清楚。

这是他俩之间在政治上的第一次分歧。

最后，萧萝妥协，不提刘邓，单提资产阶级反动路线；马乔让步，不点李明、韩雨如的名。这张大字报贴出以后，由于不合潮流，不痛不痒，冷落在一边，几乎无人过问。

事后，萧萝问马乔："你为什么不同意提刘邓？"

马乔坚持说："我就是不同意。"

"你的道理呢？现在，都这么提，从报纸到广播，从城市到农村，一片打倒刘邓声，你怎么就不同意我说句刘邓呢？"萧萝穷追不舍地要马乔回答，"这可是毛主席、党中央的结论呀！"

"我不愿意凑这个热闹！"马乔自感理屈词穷，内心火烧火燎，心里说：我怎么抗得住党中央、毛主席呢？

"你觉得，"萧萝指指天，"上边，错了？"

"我没说上边错！"马乔吼叫起来。

"你别嚷嚷，我在和你讨论问题呀。"萧萝耐心解释，不愿意让丈夫生气。

"我不跟你讨论！"马乔仍然吼着，像一座喷发的火山，再也按捺不住了。

萧萝难过得哭了。马乔从来没有向她发过这么大的火，那双圆睁的眼睛，寒光闪闪，凛冽逼人。想想多年来自己受到的委屈，觉得做人真艰难啊！现在总算找到了原因，根子就在刘邓！可一向保护自己的亲人，就是不让提刘邓一个字。她觉得马乔也太不讲理、太不民主、太大男子气啦！她把委屈、埋怨一起哭了出来。

"党中央、毛主席都说了，……"萧萝委屈地申辩，"你有什么道理好好说呀，发这么大的火，干嘛？"

"你把毛主席搬出来，我还有什么说的！"马乔继续倾泻着火山般的岩流。是的，马乔纵然有千条道理，只要毛主席说"不"，他的道理就不能成立了。现在他不是凭借道理活着，而是凭借感情维护着自己的信念。他的痛苦，他的自相矛盾，他犹如愤怒的火山，也只能朝着妻子倾泻了，"你想造反去造好了。我没道理，也不讲道理，你随便好了！"

本来多么和谐的家，被"文革"冲开了一条裂缝！

二六

"随你的便"，这不过是马乔的一句气话，实际上他比任何时候都关心萧萝。这一天中午，马乔正在食堂吃饭，江吉人端着碗来到他跟前，悄声说："赶快回家吧，今天你们那里可有好戏看！"

马乔忙问："怎么回事？有啥好戏？"

"中央文革小组全体成员，今天晚上去那里召开群众大会，支持革命'左派'，狠批刘邓反革命修正主义路线。中央已经批准把仲世才交给革命'左派'批判斗争！"

江吉人说时眉飞色舞，欣喜之状溢于言表；马乔听着却另有一番滋味在心头。虽然他并不认识仲世才，只是有一点点了解，一点点"缘分"，他却把仲视若同志、战友，对其处境的艰难，充满了同情、不安，就像是他自己即将走向刑场似的，心里做着各种预测和想象……

"唉，您去不去？"江吉人发现马乔有些异样，惊异地问。

"去……"马乔嘴上答应，心里却说，去干什么？看仲世才挨斗？"哦，你先走，我还有点事。"他端着饭菜回到了办公室。

正好陶琼也在，见马乔进来就问："知道吗？你们学校开大会。"

"什么我们学校。"马乔心不在焉地把饭菜推到一边，嘟囔了一句。

"唉，你敢说不是你的学校？"陶琼热情地争辩，"母校都不认了？"

"陶琼，你说仲世才冤枉不冤枉？在三线干得好好的，突然调他回来，没明没黑地干了两个月，倒成了黑帮，要挨批挨斗，这……"马乔这时才想起安甫的告诫：不要冲动！他把没说完的话，咽回了肚里。

"唉，马大人，仲世才跟您有什么关系？"

"别开玩笑！"马乔严肃地训斥说，"没道理！"

"马乔同志，你必须承认，你是个小小的干部，普普通通的党员，上边的那些事情，你不知道。你觉得没道理，不一定真没道理；你觉得有道理，说不定真没道理！操那份心干吗？"陶琼头一甩，脸一仰，一副轻松自如的样子。

马乔没吭声。

"哎，到你家看看，拜望一下嫂夫人，欢迎不欢迎？"

"欢迎……"马乔敷衍着表了态。

"你，怎么不吃啊？"

"你不也没吃吗？"

"我早吃完了。"陶琼摊开双手，表示这问题提得没有道理，"你呀，也太认真啦。累不累？嫂子的事你操心，这是情理之中；校长的事，还有你那位周先生的事，你操心也有道理，师生之谊么；仲世才跟你有什么关系？八竿子够不着的事；还有刘邓、二李四老总，你操心管什么用？"陶琼叹口气，感慨地说："您主人公意识太强，其实用不着，他们知道你是谁？"

马乔无话可说。

"快吃吧，连一个馒头都吃不了啊？"陶琼提起暖壶给马乔倒了一杯水，劝解地说，"吃吧，吃吧！"

马乔推托："等等，等等。"

"你呀，本来可以活得很潇洒——你看那些高干子弟，造反造得趾高气扬，保守也保得趾高气扬。他们脑门上都写着：这天下是我的！他们的胳膊、腿伸展得非常自由。而你，包袱太重，扮演了个悲剧角色。"

"悲剧角色？"马乔被刺痛了，他反问一句，"我跟他们不一样。他们小，他们年轻，还是孩子。我不可能像他们那样，但绝不是悲剧角色。"

"嗨，悲剧更棒，更震撼人心！你别怕说悲剧。我们总爱用大团圆去粉饰太平，这没什么好处。"在悲剧问题上，陶琼的情绪倒相当激烈。

"中国戏剧史上也有很好的悲剧。不过，现实生活中悲剧多了，舞台上就上演喜剧，给人以希望。世界是多样的，你别拿西方那一套来贬中国！"

马乔给陶琼重重的一击，使陶琼欲言又止，撇撇嘴，走了。

马乔回到学校，广场上的群众大会还在举行。

他原希望回校时会已散了，不料，从下午四时一直开到七点还没散会。想躲也没躲过，在家里又坐不住；况且，萧萝也不知现在何处；两个孩子在院里跟同学疯玩；他只好往会场去看看究竟。学校里到处都是高音喇叭，哇哇地叫着，校园里人满为患、车满为患，似乎一时间，北京人都到了这里，北京的小轿车也都到了这里，人山人海，真有点儿赶庙会的意思。草地、松墙、竹篱笆统统遭到践踏，通往大操场的路，塞得水泄不通，似乎整座校园都成了会场。人们席地而坐，听着高音喇叭里传出来的声音……

一阵激烈的口号声以后，喇叭里突然出现抽泣声。

马乔想，这是谁呀？

这时，有一个声音说话了，一听就知道是江青，她尖声地说："韩雨如同志，你要坚强一些，擦干眼泪跟他们斗！我们中央文革小组全体成员都支持你！让工作队靠边站，让仲世才和他的老板一块儿见鬼去吧！"

会场内外一片狂涛，把韩雨如的哭声淹没了。

马乔万万没有想到，江青同志怎么看上韩雨如了？！

狂涛过后，又是韩雨如的哭诉。

马乔十分惊讶，——这韩雨如还真的伤心了？听她泣不成声，声不成语的控诉，弄不清在说什么。好半天才猜出一句："我……是……童……养……媳……"

又是江青即席讲话："同志们，红卫兵战友们，童养媳呀，你们小，你们可不知道，那是人间地狱，那是悲惨世界呀！奇怪的是，在社会主义中国的大学里，童养媳仍然受到迫害、歧视。红卫兵小将们，不要孤立看这件事呀，这是两个阶级、两条道路、两条路线斗争的反映！毛主席为什么要搞无产阶级文化大革命？不搞行吗？这位仲世才大人，说他是老革命碰到了新问题，说他稀里糊涂就犯了错误。仲世才大人，您说得太轻松了！你在这里实行了五十多天的资产阶级专政，迫害红卫兵，迫害造反派，保护了一大批走资派、一大批资产阶级反动权威，把轰轰烈烈的无产阶级文化大革命镇压下去了！你还说是稀里糊涂犯了错误！是真糊涂，还是装糊涂？……"

喇叭里传出一阵哄笑。

"同志们，战友们，现在请中央文革小组的顾问、敬爱的康老讲话。"

江青的话音一落，喇叭里响起口号声，是一片向康老学习、向康老致敬的声音。

康生讲话慢条斯理，一上来就说："糊涂？糊涂，你就调查研究呀！二月兵变，实有其事。你们学校的校长参与此事。二月兵变的后台，就是大军阀、大土匪贺龙！你跳出来辟谣，说阶级敌人想挑拨军民关系，要流解放军的血，要流工人、农民的血，这也是糊涂？这是别有用心！"

"打倒贺龙！打倒仲世才！"口号声在校园里回荡。

"毛主席说，'卑贱者最聪明'。偏偏就是这个童养媳不糊涂，她勇敢地站出来，向那些庞然大物挑战，向全社会揭穿他们的阴谋，这是无产阶级的大智大勇！我们就是要支持这样的造反派！……"

韩雨如声嘶力竭地喊着口号："誓死保卫党中央！誓死保卫毛主席！"

马乔觉得自己挨了重重的一拳！"文革"以来，不如意的事层出不穷，但都没这一次震动得厉害。韩雨如是什么人！竟然得到江青、康生这样的爱护、支持！

她是个破坏成性的女人！是个自私、褊狭、嫉妒、仇恨的怪胎！

马乔差一点把他的想法喊出来。他挤出人群，再也不想听到那讨厌的声音。然而，高音喇叭总是跟着他叫个不停。回到家里，这声音又从窗外钻了进来，他只好把窗户关上。

"爸，太热了！"儿子对关窗表示抗议。

"太热，出去，外边凉快！"马乔没好气地说。

萧萝回来，也是一脸的不高兴。是啊，韩雨如成了中央文革、江青、康生支持的响当当的造反派！跟着来的不就是新一轮的迫害吗？但是，虽然如此，她还保持着平静，把窗户打开，把院子里的孩子叫回来，对着浑身汗渍渍的儿女说："来，帮妈妈做饭，你们想吃什么？"

女儿仰着脸说："油摊摊。"

儿子懂事地说："不，妈妈太累了，我到食堂买馒头。"

萧萝笑了："妈妈不累，咱们就吃油摊摊。"

"对，吃饱了肚子造反！"马乔在屋里嚷嚷。

萧萝隔着屋门对马乔说："你怎么啦？不保了？"

马乔坚决地："保到底！"

二七

由于得到中央文革小组的支持，尤其是得到中央文革小组的顾问、中央政治局常委康生的支持，韩雨如作为造反派的地位，又巩固了；而且由此开始，迅速升腾起来，成为造反的明星；成为首都、乃至全中国红卫兵的领袖人物之一。她的任何举动，甚至一颦一笑，都是红卫兵战友们的关注对象，因为从她那里可以获得极珍贵的信息，更可窥知造反的大方向，感受到中央文革小组的脉搏，从而保证从胜利走向胜利。

马乔一向看不起韩雨如，以为此人一身流氓无产阶级气息，上学不念书，教书不读书；先是跟着国民党从东北跑到西南，后来又跟着解放军从西南来到华北，来到首都；从当夫人到当大学生、到当教师，从党外到了党内。走到哪儿都能闹，这是她最大的本事。如今，"文革"、也只有"文革"给她提供了广阔的用武之地！如果没有"文革"，她吃大学这碗饭是很勉强的，也许又得"三十六计"走为上策了。而"文革"一来，她的才干、能量、聪明、智慧得以充分体现。现在，她坐上了大学的第一把交椅！凡是最初跟她一起造反起家的学生，都成了她的骨干，被分配到学校各系、各研究所、各处、各个角落当她的代表和耳目，她又吸收了一批青年教师成为她的智囊团。这些秀才们在全校掀起了一场大辩论，论题是：

"拥护或反对韩雨如是真革命、假革命、反革命的分水岭！"

这个题目，突然在一个早上以大标语、大字报、中字报、小字报的形式贴满校园。随便什么人，在学校的任何一个地方，都能发现它，包括生物学系巴甫洛夫实验室的狗圈和公共厕所的墙上。

哇，全校哗然！

本来韩雨如已经有了一个大一统的"天下"。这个题目出来后却激起了公怒，大字报、大标语铺天盖地而来。

萧萝和一批青年教师，趁月色在广场中央写了五米见方的十二个大字：

"韩氏定理极臭！韩氏王朝必亡！"

为了让这十二个字经得起风吹雨打，他们买了十二斤水胶，和墨汁一起加温煮熟，写在水泥地上，可谓笔酣墨饱，力透"纸"背，在阳光照耀下，又黑又亮，顿时成为校园里一大景观！

所有的大标语、大字报都没有这十二个字吸引人，人们纷纷前往围观。

韩雨如也亲自前去"视察"，她用脚使劲地踩、使劲地踩，流着泪喊："谁让老娘不痛快，老娘让他不得好死！"

随后，韩氏革命委员会通过广播说：这两条大标语是反革命所为，号召人们起来检举、揭发这些十恶不赦的反革命分子。并说：革命委员会保卫组、作战部正在调查，相信不日即可破案。反革命分子如果不投案自首，定当遭到无产阶级专政铁拳的毁灭性惩处！

随后，革命委员会后勤组派工友和黑帮分子到广场清洗这十二个字。结果，只清掉了韩雨如的脚印。

韩雨如命令雇佣石匠，用铁锤清除。没想到锤子下去以后，敲出来的依然是那几个字，只不过是凹下去而已，又只好中途停工。

为此，革命委员会内部发生了分歧。多数派认为要继续清除这两条标语；少数派则认为，大鸣、大放、大字报、大辩论，是社会主义制度下解决人民内部矛盾的武器，也是揭露敌人、教育人民的最好形式，不可弃而不用！所以不赞成对这两条标语急于下结论，更反对用铁锤去清除反对意见，以为这样是违背了社会主义民主法则。

少数派的意见，在革委会内部遭到韩雨如侮辱性的压制后，终于在一个早上，以几个革委会成员的名义，以大字报的形式贴了出来。

矛盾公开了，韩雨如及其智囊们宣称这是好事，革命从此更加纯洁，意志更加统一，因而正式作出决定，把在大字报上签名的八个委员统统开除。

占革委会四分之一弱的八个人，又贴出声明，宣布韩氏革命委员会为非法。

一时间，校园里风起云涌、内战不息，用智囊们的话说：出现了"两个政权"对峙的局面。

全校分裂了。几乎每个单位都分两派，学生、教师、干部、职工、炊事员、医生、护士、附中、附小、幼儿园，凡有人群的地方，都一分为二，——韩派，反韩派；后来，干脆叫假派，真派。

假派握有学校的党、政、财、文大权；真派虽然无权，因为各单位都有他们和同情他们的人，故而，真派的学生在食堂可以自由用饭，在医院可以自由看病、拿药，在宿舍可以自由出入。这样一来，吃饱肚子造反，造反累了休息，连绵不断地造了下去。

韩雨如没想到，她能造别人的反，别人也能造她的反。她尚且能说出一通造反的理由，别人就更能讲出一大堆造反的道理。好在她有通天的法力，虽然她那个韩氏定理抛得急了点、早了点，在校园内外，在首都各处，被人们抨击得臭不可闻；然而，她倒不了，她是应运而生的，"文革"需要她这样的人和她这样的队伍。况且，她现在手里握有大学的各种权力。国家每年拨给学校的丰厚经费，都由她来支配了。上万人的大学，无限期的停课，教学、科研统统弃置一边，荒废、搁浅。这些钱在她手里，却成了造反的经费，用以养活一支造反大军。这支大军在全国各地设有联络站；他们大把大把地花钱，坐汽车、乘飞机、打电报、通长途、发通电、散传单、印快报、撒号外，以及犒赏自己，接济"友军"……绰绰有余！

他们所向披靡、无往不胜。他们到曲阜砸了孔庙、孔林，不仅声称要打倒孔子，而且拆了周公庙；他们到武汉，冲击武汉军区，声称要活捉陈再道上将；他们到南京，冲击南京军区，声称要打倒许世友上将；他们到大庆，造铁人王进喜的反，把这位世人皆知的劳动模范，架在桌子上狠斗；他们到组织部去抢档案，到外交部去揪陈毅元帅，到中南海冲击，制订活捉国家主席刘少奇的作战方案；

他们在各种场合故意刁难周总理，给他出难题，气他，累他，以至于在人民大会堂把周总理气得犯了心脏病。周恩来同志当着众多红卫兵的面，对韩雨如说："你不要压我，我可以跟你辩论！"

韩雨如造反的战绩可谓辉煌，她在北京、在全国，一时成了风云人物。她自称——她的红卫兵是中央文革的铁拳头！

"妈那个×，不要脸！"马乔冲着窗外韩雨如的广播讲话，破口大骂。

"同志，文明点。"萧萝在一边劝说，"你这样骂，管什么用？"她看一眼对面孩子们的房间，"孩子会跟你学的。"

"学就学。太可恶了！"

萧萝叹口气，无可奈何地把房门关上，"真可悲。你知道吗？韩雨如现在配了五个人的秘书班子，十个人的保镖，邬校长的吉姆车成了她的专用车。秘书班子里有不同分工：有的管她的生活起居；有的管收发文件；有的管起草文稿；有的管对外联络，……俨然一副女皇架势。她们内部已经称她为'老佛爷'，那些秘书、保镖、常委、部长们被叫做'跟派'！"

"好家伙，这比修正主义还修正主义！文化大革命，革什么呢？他妈的！李明现在干什么呢？"

"李明，解放了，现在替韩雨如管后勤这一块。"

"噢，老佛爷的大管家！"

"前一段，李明紧跟仲世才，执行了资产阶级反动路线，特别是韩雨如倒霉的时候，李明没保她。仲世才一倒台，韩雨如找来李明，劈头盖脑地骂了一顿，说他熊，不像个男子汉，在关键时刻忘了老朋友！念在他当年介绍入党，所以再放他一马……"

马乔打断萧萝的话："唉，你怎么知道这些？"

"造反的大字报，天天往外抛，只要在大字报区走一趟，信息到处都有。我每天都搜集这些材料，专门为她记了一本。"萧萝说着从抽屉里拿出一个紫色的本子，递给马乔。

"真是个有心人！"马乔一边看，一边夸赞。厚厚的本子，已经记了大半本，都是大字报的抄录、摘要，时间、地点、笔者姓名一一在录，"这可以叫《女皇实录》"。

"我真不明白！"萧萝无限感慨地说。

马乔放下本子，"你想说什么？"

"大学本是民主的发祥地，是反帝反封建的堡垒和旗帜。现在可好，反到最后，给自己反出个女皇！你说，这是怎么回事？"

马乔本想说，堡垒最容易从内部攻破；可还没等说出口，就被另一股思绪代替了：这是复辟，是倒退，是对反修正主义的"文化大革命"的反动！过去，他讨厌韩雨如，却从来不把她放在眼里。可现在，照萧萝的说法，这还是个严重问题呢！那么，怎么看这'女皇'的上台？是韩雨如篡夺了"文革"成果？或者是"文革"走歪了方向？抑或是"文革"本身结出的恶果？这股思绪潮水般地涌上他的心头，撞击着他的魂魄，使他热血沸腾、情感激越，"萧萝，我也想参加个组织"。

萧萝奇怪地说："怎么？也想造反？"

"不。没有个组织，单干不行，形不成战斗力。"马乔急切地说。

"你要干什么？"

"像韩雨如这样的人，就应当造她的反。我参加你们的组织，……"

"不好。我跟你说过的，我们这个组织里什么人都有，你适应不了他们。最近，'文选生'进来了，高福也来了……"

"高福？不是在《人民日报》吗？"

"是啊。李明一上台，就把他调回来了，成了'李办'的秘书。李明的发言稿、大批判稿，都是他起草的。工作队批判韩雨如时，李明表态的稿子，也是高福执笔的。现在，韩雨如上台，李明把责任都推到高福身上。你忘了？当年高福党，韩雨如很闹了一阵。旧恨新仇加在一起，高福的关就过不去啦。李明解放了，高福倒成了伪筹委会的秀才、修正主义的笔杆子。高福不服气，跑到我们这里造反。最近，韩雨如在全校大会上说：他们是响当当的造反派，说我们这些人是反'文革'的大杂烩，地富反坏右的预备队。这些大帽子倒可以不在乎，你说我如何如何，我还说你是打着红旗反红旗的反革命两面派呢！主要是成分复杂，有些人你肯定看不惯，他们也不会接受你，何苦呢？"

萧萝一席话，给马乔的冲动泼了盆凉水，虽然有些丧气，却并不甘休。他放低声音问妻子："这个家伙跟康生什么关系？"

萧萝下意识地看看左右，"弄不清楚。那天康生讲话，对这个童养媳很赞扬了一番，让人们感觉到，学校那么多造反派，康生就支持她一人，还说：'我们对韩雨如同志心中有底，我们对她的了解，不是从今日始！'真不知道这里头有什么机关？"

"这叫做：机关算尽太聪明，反误了卿卿性命！"马乔愤愤地说。

"我真不明白，他到底调查了没有？韩雨如真有那么可爱？别的牛不敢吹，对童养媳的人品、才干、思想、作风的了解，至少不比他差啊！"

"对！"马乔赞同，"我听说，他在大会上专门点了周先生的名，然后是邬校长以下，所有的教授、学部委员都被点名示众！这么大的学校，出了那么多名人、烈士，连共产党的创始人都是从这里出来的，怎么就剩下个韩雨如呢？……去他娘的，我根本不信！"马乔又激动起来，"真他妈的，洪洞县里没好人啦！"他竟呜呜地哭起来。

萧萝在一旁也陪着掉泪，又是劝慰，又是按摩，想让马乔平静下来。可是，马乔已经憋了许久，再也憋不住了，他放声大哭。

萧萝慌了手脚。她从来没见过马乔如此号啕痛哭，简直像山洪暴发，惊心动魄，竟让她突然想到了死亡。她赶快搂住他，央求地说："亲爱的，你平静下来吧！我知道，你受委屈了。……你的感情，你的信念受到了玷污，遭到了亵渎，受到伤害了！可是，这是没办法的啊，谁也没办法呀！……"

"我不明白！……"马乔喊着，像一头掉在陷阱里的牛，浑身颤抖，出了一身大汗。

"是不明白，可有什么办法呢？平静下来吧，为了我，为了孩子们。我懂你的心，知道你的苦处，……你是有抱负的，想为党、为国家出力，可是，……"萧萝难过得也泣不成声，她强忍着悲痛，"大概，没有我，你会好些！"

"不！"马乔吼着。

"唉，"萧萝叹息着，"'文革'结束后，我们找个农村，跟农民们在一起，当个普通劳动者，把孩子们带大，就行了。"

马乔点头，觉得这也许就是他们最好的出路。他痛心地说："毛主席呀毛主席，从今以后你就打吧，爱打谁打谁，我……我不跟啦！我跟不起……呀！"

………

二八

虽然他们下决心要去当农民，可也得等到"文革"结束才能实行；虽然他们下决心不跟了，可又逍遥不起来。每日的广播照听不误；大字报照看不误，而且不光看本单位的，还跑到各大单位去看，而且边看边摘抄。"文革"的每一举动，仍然像一只无形的手，牵动着他们的神经，吸引着他们的注意，身不由己地卷了进去。

那天，马乔看完揭露韩雨如镇压不同意见者的大字报，回到家里找萧萝商量："哎，咱们给韩雨如出个'专集'好不好？"

"什么专集？"

"把你积累的那本材料加以编辑、注解、分类，写成一份长长的大字报给她贴出去，揭露这个骄横跋扈的女皇的丑恶嘴脸，让大家系统地认识她的灵魂！"

萧萝思索一阵："这可是捅马蜂窝呀！她是中央文革的铁拳头，后台还是康生，在北京、在全国都已经有了影响。这大字报出来，一定会招致灭顶之灾，你考虑了没有？"

是啊，马乔想，要是他只有一个人，就什么也不怕；可现在，妻子、儿女都在身边，这灭顶之灾不得不考虑。尤其是萧萝，要是让韩雨如抓住把柄，那家伙什么事都干得出来！他不得不打消掉这个念头。

"如果，"萧萝看出马乔的顾虑，她不愿意扫他的兴，"如果我们能真正掌握韩雨如的过硬材料，比如说你过去怀疑她……"

马乔打断了她的话："我现在更怀疑她。种种迹象说明，她和他的矛头对准了周总理。这一条线从他们一开始造反就显示出来了，只是没有点破而已。"

"是啊，如果我们能找到她反周总理的过硬材料，就是冒灭顶之灾也值得！"

马乔心里好激动啊，内心充满了钦佩和感激，世界上还能找到这么好的妻子吗？他紧紧地拥抱她，亲吻她那双智慧的眼睛……

萧萝沉浸在静默的陶醉里，像土地，像河流，像山岳，像草木，承受着和煦的阳光。

当他们从静默中平静下来的时候，萧萝问："我们能找到他们的罪证吗？"

"不大容易。这些东西都是在密室里干的，没有内线很难得到。不过，我们从她的周边、外围可以找到蛛丝马迹，把这些收拢起来，就可以知道，该向哪里开炮、进攻！"

萧萝笑了，"三句话不离本行，请问……"她突然停下来，思索着。

马乔看着她："我知道你在想什么。"

"你是我肚子里的蛔虫？"

"蛔虫不蛔虫吧，要我说破吗？"

萧萝摇头，"不用。要是再把周总理拿掉，共和国的大厦就会彻底倒塌了！"

"所以，不管什么背景，我们按自己的良心干。我们什么组织也不参加，就是看大字报，就是去搜集材料。看准了敌人，突击她一家伙！"马乔说得眉飞色舞，好像他已经看到了出击的那一天，提前享受到了胜利的欢悦。

"可我还不能完全脱离我们那个组织，有些活动还得参加，不然，就太孤立了。而且，跟他们在一起，还会得到很多信息，说不定还能打听到他们内部的动态。"怕马乔有意见，萧萝又特地说，"多数时间，我跟你到外边去看大字报。"

就这样，他们为自己准备了硬纸本、挂包、军用水壶。马乔骑车带着萧萝，跑遍了北京的大专院校，跑遍了中央各部委的大院、解放军三总部和各兵种的大院。那时，所有的大院，包括中联部、中组部、中宣部、公安部、海军、空军、总参、总政、总后，凡平时不能随便出入的地方，都敞开了大门，任人进出，似乎北京和整个中国，都无密可保。

大字报涉及社会生活的各个方面，生活中的种种矛盾都通过大字报表达出来。上上下下，左左右右，恩恩怨怨，是是非非，都捅到大字报里，演绎出无尽无休的人间活剧，供人凭吊，供人欣赏。

外交部、公安部的大字报，竟贴到了天安门广场、西单大街。在无边无际的大字报海洋里，他们读到王震上将与红卫兵辩论的大字报，看到陈毅元帅对造反派连规劝带训斥的大字报，语言幽默、犀利，一针见血，痛快淋漓。似乎，"文革"就是大字报，神州大地，如醉如痴。恐怕自从盘古开天地，三皇五帝到如今，中国人从未用过这么多的纸，写过这么多的字。"文革"这条大船，就航行在大字报的波峰浪谷。冬天到了，刘、邓、陶被抛到了大"海洋"里；又一个春天来了，元帅们、副总理们，又被"二月逆流"的狂浪掀下了"海"；一阵狂飙式的风暴，把开国元勋们的爱将、老兵收拾了一遍，听说，马乔的老上级也在其中。其实，这早在他的意料之中，只是无从打听，也无心打听。

像在战争年代一样，仗天天在身边打，牺牲的事常常发生。战友死了，那是意料中的事，如同自己也随时会意料之中一样。至于死的方式、细节，则无关宏旨，反正都是死。

其实，"文革"远比战争厉害！就马乔的经历而言，八年抗战、三年解放战争、三年抗美援朝，牺牲最多的是战士，其次，是中、下级指挥员，高级指挥员牺牲是极少、极个别的事；而"文革"这场战争，牺牲的却都是开国元勋！元帅、大将、上将、部长、省长、国家精英、人文泰斗……成批成批地倒下，成群成群地牺牲，几乎无一幸免。这是人类历史上任何一场战争都无法比拟的牺牲！

正是在这无法比拟的牺牲上，建立了新的政权。首先是上海成立了革命委员会；接着是北京，然后是一个省一个省地摊开，实现了全国山河一片红！韩雨如不仅爬上了大学革命委员会主任的宝座；而且还被提携为首都红色政权的副主任。

"文革"这条船，好像闯过了三峡，开出了夔门，前面地阔天空，一片锦绣。

然而，并非是夔门啊！

马乔、萧萝发现，从王府井到西单，到处张贴着全国各地武斗的告急大字报。急！急！急！像战争年代加急的三A电报，糊满了京城。人民大会堂前、新华门外，聚集着一群群上访的人流。

"啊呀！"马乔惊叫起来，"这是铁匠的大字报！"

萧萝忙过来看。

大字报的标题是：钟少魁是镇压造反派的刽子手！

自然，大字报写得血淋呼啦，说钟少魁是刘邓的死党，说他在西北推行带枪的刘邓路线，保护、窝藏了大批黑帮分子，在红卫兵向他索要反革命罪犯的时候，这个号称铁匠的司令，竟然丧心病狂地下令向手无寸铁的红卫兵小将开枪，当场打死我红卫兵战士三人，打伤无数……大字报说，西北还是刘邓的天下，西北还没有乱，希望首都的红卫兵战友支援西北的"文化大革命"，彻底搅乱大西北，粉碎刘邓的一统天下！不揪出"军内一小撮"，"文化大革命"就会中途夭折……

"你说，铁匠会开枪吗？"萧萝发出疑问。

马乔沉思着："铁匠姓铁，不过，我相信铁匠是有道理的，大字报只是一面之词。"

"要是真开了枪，死了人，那可就闯大祸啦！"

"……"马乔忧心忡忡，"走吧。"他说着，让萧萝坐在自行车后座上，蹬车离开了天安门。一路上，无心浏览大街两旁的大字报，心里只念叨着铁匠，一会儿回到了太行山，一会儿又上了大别山，淮海血战，朝鲜坑道，……历历在目。然而，他现在在哪儿呢？他会出事吗？

萧萝在身后时不时地说句话，马乔只是哼哼哈哈地应付。骑到豁口，迎面碰上学校的游行队伍，——又是那辆装饰着铁拳头的卡车行驶在队伍最前面，四个高音喇叭，不断呼喊着：

"打倒带枪的刘邓路线！"

"揪出军内一小撮，把无产阶级文化大革命进行到底！"

"血债要用血来还！枪毙钟少魁！揪出总后台！"

……

这辆卡车，据说是韩雨如用学校经费购买的新车，经过改装，成为韩雨如"红卫"一号作战车。除了车前车后装饰了"铁拳"的徽号外，车上配备了播音、编辑、抄写、张贴大字报的设备，有扶梯、糨糊桶、墨汁罐，有各种型号的毛笔、排笔，此外还有棍棒。这车一出动，意味着首都红卫兵要有大动作。

铁匠，铁匠！马乔为铁匠捏着一把汗。

马乔站在自家窗前，观看校园里的动静。高音喇叭歇斯底里地呼叫口号，一遍又一遍地播放着"下定决心，不怕牺牲……"的语录歌，到处都是红卫兵忙碌的身影。

萧萝从外边回来，她是去打听消息的。

马乔急切地问："有什么消息？"

"据说，韩雨如已经有三天不在学校了。今天上午她打电话回来，原话是这么说的：'文革到了最紧要的关头，不解决军内一小撮问题，文革成果将会前功尽弃！所以，要以最快的速度，动员最多的红卫兵上街，用鲜血和生命支持、保卫中央文革小组！'"

"这么严重？你这消息可靠吗？"

萧萝点头，肯定地说："当然可靠，我们有内线。"

"什么内线，不就是总机班那几个人吗？"

萧萝得意地一笑："不止那几个，她的作战部，也有我们的人！"

"好家伙，你们搞起地下工作啦？"

"我们还没有那样的本事，我也觉得这样做很别扭。可是，现在都这样，用对待敌人的办法，对待不同意见者；处理不同组织之间的矛盾，也采用克格勃的办法。"

马乔赶紧把问题拉回来："他们要干什么？韩雨如在哪儿开会？"

"首都大专院校红卫兵一司、二司、三司联合起来，要在天安门召开百万人大会。韩雨如要家里时刻准备出动，到底从哪儿打来的电话，就不知道了。"

"铁匠的事，他们那里有什么消息？"

萧萝摇头："他们要求公审铁匠，要揪铁匠的后台，所以策划百万人集会……"

马乔更加坐立不安："我现在极想知道铁匠的情况……"

"打听不到。再说，咱们也救不了他。"

"你怎么这么说！"马乔情绪激动地质问。

萧萝抱歉地："对不起，我不应该这样说。不过，我是觉得鞭长莫及，有力使不上啊！"

"那也不应该这么说！"

萧萝点头："我们还是努力去找，去打听，好吗？"

经妻子这么一妥协，马乔想发火也发不出来了。他平静下来，想一想也觉得所谓鞭长莫及，不仅仅是空间距离问题；就是知道铁匠在哪儿，自己能出什么力呢？在战场上丢掉负伤的战友，是极不道德的行为，丢掉指挥员更是奇耻大辱！此刻，马乔陷入了感情、道德的旋涡，他的欲望和他的力量，相差何止十万八千里！如果没有奇迹出现，那他将会抱恨终天的！

二九

真是无巧不成书，上班的路上，马乔看到街上贴了很多内容相同的通缉令。他好奇地下车看看，差点叫出声来。原来，通缉的所谓犯人正是钟少魁的警卫员——陆文兵。从照片上看，小伙子虎头虎脑，留着寸头，眼睛不大，眼神却挺好；通缉令说他现年二十二岁，身高一米七二，邢台口音；罪状是：参与军内走资派——钟少魁的三反活动，是"七二六"血案的干将之一，双手沾满红卫兵的鲜血！出逃时窃走六四式手枪一支，子弹百余发，以及涉及国家安全的机密文件……

马乔看后喜出望外。趁无人注意，揭下一张叠起来，放到公文包里，兴冲冲地骑车而去。心里想，这小伙子一定会来北京，一定会来找我。可是，他知道我的地址吗？能找到我吗？所谓的流血事件，已经过去了二十三天，要来早就该来了呀！是被抓起来了，还是出了什么事故？这么一想，他刚才的高兴劲变成了一身冷汗。这小伙子的命运连着铁匠，连着马乔的心啊！

赶到机关，陶琼冲着马乔说："才来！又到哪儿看大字报啦？"

马乔心里有事，无心回答。

陶琼惊异地问："怎么出了那么多汗？不舒服了？"

马乔虚以应付，点头承认。

"刚才有人找你。"陶琼漫不经心地说。

"是吗？谁？"马乔精神振作起来。

"一位女同志。"

"女同志？"马乔心里咯噔一下，暗暗说，怎么是女同志呢？

"她说找你，我说你还没来。她又问，什么时候来？我说，说不定，他骑着自行车，到处去看大字报，晚了就不来了。她没再问什么，就走了。"陶琼发现马乔的情绪动荡，"哎，你知道吗？邹兰她们最近要有新的重大行动！"

"不就是揪军内一小撮吗？"

"你呀！"陶琼说着笑起来。

"你笑什么？"

"不灵通吧？"陶琼像是抓住了马乔的弱点，高兴地说，"光看大字报不行，只能让人家牵着鼻子走，摸不着运动的脉搏！"

马乔不明白地问："什么意思？"

"你这个单干户，还蒙在鼓里。知道吗？揪军内一小撮的口号，是错误的！"陶琼趾高气扬地说。

"我早就认为是错误的。"马乔并不服气。

"你早就认为……管什么用？"陶琼把嘴一撇，"知道吗？毛主席最新指示，说'揪军内一小撮'是毁我长城，告诉小将，不要上坏人的当。……"

马乔差一点跳起来，追问着："那这是谁提出来的？"

"唉，不就是《红旗》那位副主编嘛。"陶琼想了想，又说："还有王八七！"

"不错，还有王八七。不过，……"马乔话到嘴边又咽了回去。根据他从大字报中搜集的材料，"揪军内一小撮"最早出现在林彪两年前一次讲话中，叫"带枪的刘邓路线"；后来，江青在首都支持武汉造反派的百万人大会上说，"军内也有一小撮走资本主义道路的当权派"；同一个会上，陈伯达、康生也讲了这个话；再后来，解决青海问题、大庆问题以及南宁武斗问题的讲话中，关锋、王力、戚本禹等人提出"军内一小撮"问题；今年春天，关锋在给红卫兵的一封信中又提出"揪军内一小撮"，并且说，这是"文革"进入新阶段的标志，不解决这个问题，新生的红色政权就不可能巩固，复辟的可能随时都会发生！刘邓资产阶级司令部人还在，心不死！……马乔所以把到嘴边的话又咽了回去，是因为这是一个危险的联想。如果仅仅局限在自己的头脑里，这联想是安全的；可一旦从嘴里说出去，就有可能是一枚引爆的炸弹！……

"不过什么？"陶琼追问。

"不过，我是个单干户，消息不灵通……"

"算了吧，干吗话到嘴边留半句呢？"陶琼几乎是愤怒地提出抗议。

马乔本来就藏不住话，让她一抗议，嘴就松了，"主席说，不要上坏人的当，那……王八七……是坏人？他讲得最多，他是武汉'七二○'事件的英雄……"

"那刘少奇呢？跟刘少奇比，王八七算个什么？——什么也不是！"陶琼不以为然地说："现在，小江他们要分裂！"

"是吗？前一段他们不是调整了关系，重归于好了吗？"

"那是暂时妥协。现在，眼看别的单位都成立了革委会，可咱们还是临时性的领导小组，魏孟然、邹兰都很着急。阁下整天在外面跑，不斗私批修作检查……"陶琼用手指点着马乔，"你呀，也该关心关心本单位的运动，不要辜负小将对你的期望！"

"唉，刚才找我的那个女同志，什么样子？"

"啊呀，你别打岔呀……"

"真的，她什么长相？多大年纪？在哪工作？什么口音？"

"我劝你，还是妥协一下好。作个检查就怎么了？您又不是圣人！……"

"我不是圣人，是剩下的人。"

"你别那么条件高啊！对您够客气啦，还要怎样？"

"我觉得这样最好。我天天看大字报，关心国家大事，没有虚度年华。"

"你这是无政府主义！"

"本来咱们这里就没有政府嘛。"

"是啊，您不来参加，革委会建立不起来呀……"

"不谈这个问题了。你快告诉我，那位女同志……"

"她只晃了一下就走了，我连她什么模样也没看清楚。"

马乔无可奈何地"呀"了一声，拔腿就要走。

陶琼站起来："哎，别走，别走……"

江吉人从外边进来，一见马乔，高兴地叫起来："马老师，我找您好多次了，您怎么老不照面呢？"

"找我有什么事？"马乔想快刀斩乱麻。

"咱们找个地方聊聊。"江吉人好像不想让陶琼参加。

陶琼会意地说："你们就在这儿聊，我走。"

马乔问："再找个时间行吗？"

江吉人思索一下："不行。"

"什么事呢？"马乔还想推托。

陶琼转身出去，将门带上。

江吉人这才小声说："我想告诉您，"他起身到门口，把门又使劲地关了关，回到座位上，"这是非常大的一件事。"

"你快说吧。"马乔强忍着听对方说话。

"马老师，从一开始我就信任您，可是，那时对您不理解；现在，我开始醒悟，逐渐地理解了您，……"江吉人激动得嘴角有些抽动，"我接触了秘密，"说时，他又下意识地看看周围，让人感觉像是踩到了地雷上，只要一抬脚就会爆炸似的，"秘密，很大，……我不造反了！不造了！……"

看着小江语无伦次的样子，马乔安抚道："小江，你平静一下。"

"他们要反周总理！"江吉人终于说了出来。

"谁？"马乔的神经立即昂奋起来，像是发现了猎物，恨不得立刻捕获到手。

"邹兰她们。"小江一脸严肃地说。

"有魏孟然吗？"

"当然有。"

"怎么反？"

"邹兰让我去开了一个串联会，地点在'地派'总部大楼里的声学实验室。主持会议的是'西太后'的作战部长。出席人有师大井冈山一人，地院东方红一人，还有就是我。讨论的题目是：分析形势。"

"一共四个人？"

"对。开始时，老佛爷带两个秘书来了一下，什么话也没说，跟每个人握握手就走了。"江吉人见马乔那副神情，忙说："您别不以为然，她现在是五大领袖里最能通天的人物，属于政治气候的晴雨表。她这一握手，就表示是有来头的。……"

"哼，真他妈的土地爷放屁——神气！什么他妈的鬼来头，不正派！"马乔轻蔑地说，"还分析形势呢，靠来头不就行了嘛！"

"唉，"江吉人尴尬地笑笑，"所谓分析形势，就是让大家揣测一下毛主席的真实意图。那位作战部长说，韩大姐很紧张，眼睛都急红了，说运动发生了破坏性的转折，揪军内一小撮，碰到了暗礁上，要好好分析，这次搁浅，意味着什么？要深刻领会其中的奥妙！……"

"还有奥妙？"

"是，有奥妙，有玄机，——那个部长说，毛主席、林副主席都说过军内有走资派，怎么可能不让揪呢？这里面一定有文章，有毛主席的战略部署，所以要把中央的弦外之音摸出来、搞清楚！"

马乔愤然："现在搞清楚了？就是反周总理？"

"马老师，谁也不这么明白说，但是心里都清楚了。猜想主席不让揪军内一小撮，是要解放中央文革小组，是要搬掉中央文革小组头上那座大山！有人提出，刘邓司令部之后，还有第二个司令部，就是周公！"说到这里，江吉人哭了起来，断断续续地说："不可思议，……不可思议！我是井冈山的后代，……我，既为作个井冈山人骄傲，……也为蒋介石杀戮井冈山人发指！难道，蒋介石没杀完，还要我们自己来杀吗？"

"小江！"马乔激动地说，"你说，毛主席能反周总理吗？"

"啊呀，马老师，您小声点。"

马乔放小了声音，但仍固执地问："你说，毛主席会反周总理吗？"

江吉人难过地点头："他们都这么说。"

"你呢？你怎么看？"

"我也那么看。但是，我不同意，我不参加！……"

"你有什么根据？就凭猜测？"

江吉人摇头："不不不，这是有根据的。不过，您比我们清楚，您是搞理论的，又是老革命，听也比我们听得多呀！"

"不，我可不清楚。"马乔嘴里这么说，心里却很苦。他自认还不算老革命，可是，模模糊糊地听到一些传闻，似乎在中央苏区周总理和毛主席曾经发生过矛盾。这种印象既模糊又神秘，而且讳莫如深，始终保持着只可意会，不可言传的敏感形态，成为一个抹不掉的记忆。联系到建国后党中央召开的南宁会议，那确实是毛主席批判周总理的会议，这不能不使他忧虑。其实，这种担心和忧虑早就存在他心里了。"文革"中，一批又一批倒下去那么多人，总怕有一天灾祸轮到总理头上。现在，危机迫在眉睫，只要再往前跨半步，悲剧就要降临！

马乔被痛苦、沉重、愤怒困扰着。

"我看，大字报、大标语，很快就会出来，就会贴满京城！这可是更大于刘邓的大事啊！"江吉人瞪着眼睛，像是失去了控制。

"韩雨如，这个臭婆娘！"马乔嘴里骂韩雨如，心里却很悲哀。要是毛主席反周总理，我们能有什么办法呢？什么办法也没有！只能闭上眼睛，不看而已。

"您骂她管什么用！"江吉人期盼着马乔，"马老师，怎么办呢？"

"我们能怎么办？我们什么办法也没有。"马乔心里乱哄哄的，理不出个头绪。是啊，骂韩雨如不管用，可是，除了骂她，还能骂谁呢？有些他不愿意骂，张不开嘴；有些当着江吉人不能骂，怕有一天给人家抓住辫子，陷入被动。他喃喃地说："我知道不管用，我们本来就没有用！"

"我早就想不干了。魏孟然、邹兰他们不知在搞什么鬼！他们并不是凭自己的头脑、自己的思想去革命，他们是投机家，是赌徒，是钻营者。他们不信真理，也不凭真理办事！'文革'把他们的胃口养得越来越大！魏孟然酒后吐真言，'你们跟着我好好干，我们的第一目标是中共布尔什维克的日丹诺夫！这哪里是'文革'？这是'文革'的反动！"

马乔被小江一席话说得清醒了许多："哎，小江，你可不能不干。你要不干，怎么能知道他们这些内幕啊？"

"不，马老师，我跟他们在一起，觉得人格受到侮辱！要么我造反，另拉一支队伍，跟他们抗衡；要么我什么也不干了，当逍遥派。"江吉人说着伸出手指，掰着指头对马乔说："逍遥派越来越多，有谈恋爱的，有游山逛水的，有潜心书法的，有去旧货商店花两块钱，买一把二胡或扬琴，在宿舍里自拉、自弹、自唱，寻求快乐的，还有在自己身上练针灸，准备等'文革'一结束，就到农村当赤脚医生，混碗饭吃……"

"你想干什么？"

小江从书包里取出一个铅笔盒，打开让马乔看：里面全是针灸用的钢针，长长短短，应有尽有。

"你想当赤脚医生？"

"对。我学的那一套用不上，不能让家乡的父老乡亲白供我上学呀！"

"你是不是太悲观了？"

"不悲观又怎么样？我原来想得太简单，也太自信。以为像当年毛主席那样——凭借'书生意气'，就可'挥斥方遒'！哪晓得，纵然是'金猴奋起千钧棒'，依然没跳出如来佛的手掌心！"江吉人惨然一笑，长叹一声，"真没想到是这样，太没意思了。"

听了小江的表白，马乔很不舒服。好像"文革"是共产党、毛主席故意设下的骗局似的。他对"文革"、对毛主席也有意见，但还没这种看法，没有受骗的感觉。他劝说江吉人："唉，我看你太消极了。'文革'以来你整天斗别人，还这么委屈，那要是挨了斗呢？你该怎么办？我劝你还是总结总结经验、教训，该斗争还得斗啊！别忘了，你是井冈山的后代！"

"马老师，你说怎么斗？人家要反周总理，而且是有来头的。你跳出来反对，出一张大字报，或刷一条大标语，说誓死保卫周总理！这不是鸡蛋碰石头吗？要是真有用，碰就碰吧；可惜一点用也没有，只能让那些投机家、赌徒、钻营者骂你、嘲笑你，说你是笨蛋、傻瓜、一根筋！"

"唉，你不要鸡蛋碰石头嘛，你可以了解他们的内幕，掌握他们的情况，积累材料，……准会有用的。"

"噢，现在轮到你动员我啦，你参加不参加？"

"我？我参加什么？你放心，我不会当逍遥派！"

"哦，您让我给您当特洛伊木马？"

"不，你是为井冈山人当——特洛伊木马。"马乔想了想，又说："或者也可以说是为你自己，为自己的思想，为自己的感情，为自己的审美标准，心甘情愿地去战斗。"

江吉人惊讶地说："是吗？"

马乔点头："如果你不自愿，那就算了。"

"啊呀，马老师，你可真厉害！"

"什么厉害不厉害，你呀，要当志愿兵，井冈山人都是志愿兵，不要当逍遥派！假如你跟他们走不到一起，你也要知道，他们打算怎么走？分几路？先头部队是谁？主力在哪？指挥部在什么地方？情况越细越好，越具体越好。"马乔又看看小江，说："都是自愿的，没人强迫你。"

"马老师，我再想想。"

"这不已经想了嘛？还要怎么想？现在的形势是刻不容缓，不能让你辗转反侧了。小伙子，拖延时间，就失去战机了，行动吧！"

在马乔的催促下，江吉人坐不住了，他站起来，兴高采烈地说："谢谢你，马老师，我明白了！"

三十

让马乔焦心的事太多了。钟少魁的命运如何？他"在逃"的警卫员现在哪里？那天没见着的女同志再也没有出现，她到底是谁？还有，北京街头关于外地武斗的大字报，火药味十足，似乎整个中国东、西、南、北进入了全面内战！而首都的红卫兵、造反派却突然安静了许多，往日充斥街头的宣传车、高音喇叭、游行队伍、匆匆忙忙的人群，一下子销声匿迹不知去向了。他骑着车天天在外边跑，天安门、新华门、中南海西门、文津街十号、公安部、国防部……自行车轮胎爆了两次，也没有见到那位"逃犯"，莫非他死了？

马乔有一种不祥的预兆，像大战前的沉寂，爆炸前的冷清。他想，也许他担心的事就要发生，那还穷跑个什么劲儿？找东找西，有什么用！他骑破了的旧自行车，在身下踢踢踏踏地呻吟着，连车子都累坏啦，算了！他无奈地把自行车放倒在地，独自蹲在天安门广场烈士纪念碑的台阶上，肚子咕咕地叫，两腿发软，心里发慌。出门时，萧萝给他在挂包里装的馒头早已吃完，空旷的广场竟然没有一个卖汽水的。他呆呆地低下头，沉重的脑袋放在膝盖上，蜷曲着缩成一团，脑子里一片空白。

九月的北京秋高气爽，淡淡的蓝天变得很高、很远、很阔大、很深邃；只有一朵白云，停留在天安门城楼上空。马乔无意中发现了那朵白云，他凝固的脑子立刻被激活了。他心里叫着：噢，真美的一朵云！如果说，蓝天是那么淡雅、稀薄；她却是那么雪白、厚重，厚重得有些汹涌了！可是，他奇怪，这朵雪白雪白的云是从哪里来的呢？晴空万里，没有一点点踪迹可寻啊。嗨，干吗非要问她从哪里来呢？她不就是这蓝蓝的天上生出来的一朵白白的云吗？她是广袤的天空孕育的一朵鲜花！他羡慕她的洁白无瑕、凝重独立；她绝不是一朵随风飘逸的闲云。她舒卷自如、风姿绰约的样子，实在是大宇宙的骄傲，是自然生命的辉煌，更是力的旋律，美的张扬！马乔激动了，他站起来，不仅欣赏那朵无瑕的白云，而且钟情于那面白云下的五星红旗！多少年了？他计算着，……当年，他从朝鲜战场回来，浑身上下、从里到外带着火药味，来到国旗下向她敬礼，内心充满了骄傲、自信。那时，广场还没有拓宽，东、西、南面还有围墙；除了中间的甬道，两边还长着杂草；烈士纪念碑处还只有一块汉白玉的奠基石；天安门前还显得很局促，连天空也没有现在这样开阔、敞亮。但从那时起，这里就成了他的精神家园。他每次外出归来，总要先绕道这里，漫步于广场之中，然后再回家。置身于此，他顿觉胸襟开阔、心情舒畅。这里的格局、色彩、节奏、韵律使他尝到一种独特的浓郁韵味。现在，广场虽然依旧，但原先那种令人兴奋的味道，变得非常苦涩了。再看那朵白云，她依然孤悬在蓝天上，以她浓浓的洁白昭示着马乔。他心里好像也生出一朵白云，饥渴、失望、疲劳消解得无影无踪了。是啊，不能在这里晃悠了，时间紧迫，快走吧。他从地上提起那辆破车，打算离开广场。

突然，有个人在马乔背后说话了："喂，别发呆了，你找的那个人来啦。"

马乔愕然，回头看见那个人穿着一身洗白了的军服，戴着一顶同样洗白了的军帽，一看就是个转业军人，他问："你是谁？"

"别问了，已经跟着你好几天啦。"那人说话时，眼睛望着别的地方，向他闪出一丝微笑，然后迅速从他身边走开。

马乔正在疑惑，又一个民警来到他身边，大声说："这里不准停放自行车，知道吗？"

马乔摇头："不知道。"

"不知道？你看这广场，除了你的，还有第二辆吗？"那民警伸手握住了自行车的把手，放低声音说："明天早上八点，在圆明园石坊前，我等你。"

马乔感到纳闷，连说："我没找你呀，我没……"

民警笑了，低声说："你找的那个人，不来了，……见面再说吧。"随即把手松开,高声说:"下次别在这里放车,走吧!"

马乔一路想,一路回家去。

人还没进家门,萧萝已经迎了出来,看神色就知道,一定发生了什么重要的事,忙问:"怎么了?"

萧萝悄声地:"快,进家再说。"

二人进了家,关上门,萧萝才说:"韩雨如那里出事啦。"

"什么事?"马乔关切地问。

"现在还不太清楚。他们正在组织棍棒队;大楼通往外边的五道门都堵死了,只留一个边门出入;楼里冒烟,一股烧纸的味道,远远地就能闻到,据说还引发了一次小小的火灾,把作战部的桌椅烧着了,要不是扑救及时,整座大楼就会遭殃!"萧萝说着埋怨起来:"你到哪儿去啦?这时候才回来!"

"还有什么情况?"

"今天晚上,他们派队伍去《红旗》杂志示威,五六百人的基干都出发了!"

"你们有人跟着去了吗?"

"去了。本来我要去的,看看他们到底想干什么。可你总不回来,孩子没人管,我怎么去?"

"哎呀,孩子大了,可以自己管自己了,你操这心干吗。"

"你说得倒轻巧。一大早你就出去了,老不回来,人家不担心?有些事得商量呀!今天有线索吗?"

马乔这才把在天安门广场遇到的事说了一遍:"明天一早,我就去圆明园,看看到底是怎么回事?"

萧萝立刻警觉起来,对这扑朔迷离的情况感到担忧,为马乔明日之行捏把汗,"我跟你一块去。"

"不不不,我一人去,才能把事办成。况且,这里更需要人,要时刻把握韩雨如他们的动向,弄清楚到底发生了什么事。"

"我,我担心你……万一有点什么事,我在场也好点呀。"

"不会出事的。要是真出了事,你留在家里,看着孩子。让人家一网打尽，不更惨吗？"

"你瞎说什么呀！"萧萝含着眼泪，不愿意马乔把她的心事说破。

"啊呀，唯心主义，——不会出问题的。我肚子都饿扁啦，先来点唯物主义嘛。"

"你这个唯物主义，就知道吃呀。"

"嘿，就是唯心主义，在吃饭问题上，也是唯物主义的。"

萧萝被马乔逗得破涕为笑，赶紧冲孩子们的房间喊："孩子们，爸爸回来啦，开饭，开饭……"

三一

当天夜里有人敲门，通知萧萝赶快起来去开会。听声音就知道，是他们那一派的头头。因为还要去找别人，没进屋，只是隔着门缝说了一句："好消息，女皇亲自出马了！"

马乔异常兴奋，连说："是个好消息！……"

萧萝急急忙忙穿好衣服，又嘱咐马乔："我去了。你可要小心点！"

马乔安慰她："没问题，我争取十点钟回来。"

萧萝不安地："事情都凑到一块了，不然，我一定跟你去。"

"你去吧，看看到底发生了什么事，不要错过时机。"

萧萝紧紧地拥抱马乔，嘴里没说，心里却在暗暗地祝祷，希望他平安地回来。

送走萧萝以后，马乔再也睡不着了。他希望这个好消息是实实在在的，千万不要落空。韩雨如们该倒霉了！而她这次倒霉，就倒在"揪军内一小撮"上。原先他们气势汹汹，又广播，又游行，又在中南海的红墙上刷巨型标语，鼓噪得沸沸扬扬，那不可一世的样子，好像永远是常胜军，永远从一个胜利走向另一个胜利！这一次撞到了南墙上，那轰轰烈烈的疯狂可该蔫了。韩雨如曾成功地指挥她的队伍冲击过中央组织部、中央民委、学大庆展览会，大闹过武汉军区、大庆油田……今天，她又亲自出马去冲击《红旗》杂志。
她的目的是什么？噢，马乔突然想到，邹兰一定知道，通过江吉人
就能摸清楚他们的底细。可是，他还得去圆明园，他也唠叨起来：
"真的，事情都凑到一起了！"

好容易等到天亮，萧萝还没回来。马乔安顿好儿子、女儿吃饭，
自己揣两个馒头，骑车出门了。路上好清静，除了偶尔遇上几个上
学的孩子外，几乎没有行人。笔直笔直的柏油路空空荡荡，远远的
十字路口，驶过一辆通道式的公共汽车，也显得懵懵懂懂，好像还
没睡醒。这是"文革"以来，极少有的清静，倒让马乔觉得诧异，
这种反常的冷清，像是真要出什么大事似的。出什么事呢？他惦念
着一夜未归的妻。

圆明园到了。马乔找到破烂的石坊，只见周围都是荒草，才交
九月的天气，这里的草已经枯黄。他向四周寻觅，满眼是石坊的遗
骸和凄凉、衰败的枯槁。他穿过荆棘，踩着摇摇晃晃的残骸，跳到
那座勉强支撑的石门下，有人已经站在他的身后。

马乔转身看看那人，原来就是昨天下午在烈士纪念碑见过的民
警，只是现在换了一身军便服。

"你很守时啊。"

"你是谁？"

"这，你就别问了，都是自己的同志。"

"你找我……"

"你找的那个人，进去了！……"

"进去了？进哪儿去了？"

那人摇摇头："进去了，你也不懂？就是抓起来了。"

马乔吃惊地问："谁抓的？"

"这还用问？他有一封信，托你转交给总理。"

"信在哪儿？"马乔急切地问。

"你看行吗？"那人试探地问。

"当然行，可是不知道去哪里能找到总理，他老人家天天接见红

卫兵，我们见不着啊！"

"你如果愿意去办，我可以告诉你在哪里找总理。"

马乔肯定地说："那好，我可以办。"

那人走下石台，推开一块大青石，从下面取出用塑料纸包着的信封，小心翼翼地去掉塑料纸。

呈现在马乔面前的是这样一封信：

请马乔同志转呈

周恩来总理

××军区司令部　钟少魁

"是铁匠的字，……"马乔自言自语地说，心里堵得厉害，眼泪不由得流出来。他正欲伸手取信，却被那人制止了。

"你知道这封信的分量吗？"那人郑重地说。

马乔摇摇头。

"可以说，全北京都在查找这封信。为了这封信，已经搭上了两条人命。你怕吗？"那人两眼盯着马乔，又重复了一遍，"全北京——这么说吧，好几家都在找这封信，唉，一下子也说不明白。你要是不怕，就担当起这个任务吧！"

马乔有点生气了："这不是写得明明白白吗？就是让我来完成嘛！有什么可怕的？"

"是的，为此你已经跑了很多地方，把自行车都跑烂了。可是，这位钟司令员打仗是一把手，干这种事情太不在行，弄得满城风雨！你……"那人笑了，意思在不言之中，"不过，你确是最合适的人选。你记住，我们都没有权力拆开这封信。不能托人转交，必须亲自交到总理手里。我们知道，你在军队里有关系，可不能走这条路；你还认识公安部的负责人，对吧？也不能走这条路；还有，北京市革委会也不行，尤其不能让你认识的那个人看到这封信。"

马乔心里明白，他说的那个人就是谢富治。是的，一九四三年在太行六分区的时候，他就认识谢；可是"文革"中，谢却支持韩雨如。开始他还感到惋惜，后来变得愤怒，再后来，忽然想到淮海战役前夕，谢和司令员在淮河南岸的一场争论，心头的火和气也就消了许多。司令员那时就说谢："不开展"、"短视"、"可怜"……

"你怎么知道我认识他？"

"嗨嗨，"那人笑着，"别问了。我要是两眼一抹黑，不就踩到刀尖上了吗？"他说着把信递给了马乔，"我想，不用嘱咐了，都在部队干过的。你快收起来吧！"

马乔小心地把信折好，装到上衣兜里，"我还会见到你吗？"

那人摇头："不要见了。"

"我怎么可以见到总理呢？"马乔觉得这是最难的事。

"我会通知你的。"

"你怎么通知呢？"

"电话通知吧。"

"从现在起，我就守在办公室电话机前等着？"

"不，那太暴露了。应该跟平时一样，只是注意听电话就行了。你知道文津街吗？"

"知道，离我们院很近的。"

"接到我的电话，你就去文津街，准能办成。"

"你知道我们的电话号码吗？"

那人又笑了："当然，走吧。"

马乔和他握手告别，心里异常兴奋，真切地说："希望还能见到你。"

那人苦笑着："最好不见。"说罢又催促着，"走吧，走吧。"

马乔只得离去，一路上困惑不解。

三二

马乔刚进城，游行的队伍已经涌塞了大街小巷，人们兴高采烈，敲锣打鼓地呼喊着"打倒王、关、戚、林！"的口号。听着这样的呼喊，他的心一下子亮堂了！好啊，他们也有今天！几个靠耍嘴皮子、靠说大话、唱高调发迹的变色龙、小爬虫，终于被揪出来了！那韩雨如呢？不也应该被揪出来了吗？想到这里，他真想回学校去看看，看看萧萝他们现在在干什么？可是，他身上装着那封信，他得回办公室，守在电话机旁等待通知，这是比什么都重要的任务。他安慰自己，先完成任务；反正韩雨如的同伙已被揪出来了，她是跑不掉的！正应了陈毅副总理前几天在人民大会堂东门对红卫兵说的那句话：

"善有善报，恶有恶报；不是不报，时辰未到；时辰一到，一切都报！"

马乔跟随着游行队伍一块呼口号，一块喊毛主席万岁！"文革"以来，只有这次游行是发自内心的。他心里深藏着的对毛主席的意见，这下子也缓和了许多。王、关、戚、林的倒台，又给了他一个启示：多行不义，必自毙！该倒台的，还得倒台。"文革"开始后，他的预测和欲望，往往得到相反的结果，使他对自己的判断渐渐失去信心。他问自己：怎么总是事与愿违呢？过去可不是这样呀！他信仰毛主席，在血与火的战争年代，建立起对毛主席的崇拜与信任，随着年月增长，形成了一种意识，当然，这是一种秘而不宣的意识——他与毛主席的心是相通的。他甚至为此而窃窃自喜，因为这是他的优势。他在困难、挫折面前的自信、顽强，他在严峻挑战面前的勇气、自负，以及他对未来的期许——是胜利、是光明的确信，都与这一意识紧密相连。然而，这种意识，或者叫做逻辑，被"文革"的现实无情地打烂了！不，严格说，这种严酷的现实，在"文革"前就发生了。那时，他还能强使自己改变"逻辑"、适应现实；而"文革"却把他体内适应现实的能量消耗殆尽。他由一个常常是胜利者，落入了屡屡失败者的泥坑。造反派加在他头上的是"老保"、"保皇党"、"既得利益者"！唉，他有何既得利益呢？

这真是一场苦难，一场长长的久睡不醒的噩梦！母亲给他以生命，给他一颗善良、同情的爱心，父亲遗传给他一副强健的体魄，毛泽东才真正给他以思想！

他的思想折磨着他的心，他的观念鞭打着他的灵魂！

"打倒王、关、戚、林！"马乔的心挣扎着呼喊，他被窒息的生命，呼吸到了新鲜的空气，感受到了阳光灿烂的温热。他跟在游行队伍中拼命地呼喊着。

马乔终于回到了大院，满眼都是"打倒王、关、戚、林！"的大标语。大概由于仓促，标语写得字迹潦草，因为用墨过浓，余墨越界横流，也算大泼墨、大写意，真是林林总总，直抒胸臆！人好像都上街游行去了，办公室的门都大敞着，唯有魏孟然、邹兰的房门紧闭着，里面是否有人？无法判断。陶琼、江吉人、陈子铭和三楼的那帮年轻人，也都人去楼空了。他高兴地自语："应该庆祝！应该游行！"他真想知道，比如韩雨如，也会把门紧紧地关闭起来吗？不，她会把整个学校都关闭起来！可是，整个学校会听任她的摆布？不会的，校园会燃烧起来，会把骑在大家头上的"女皇"掀翻！他的萧萝怎么样了？昨天晚上他们开会，估计到今天这样的形势了吗？将采取什么行动？千万要抓住韩雨如反总理的罪证！她走得太匆忙，忘了嘱咐她这句话。韩雨如们一定早有准备啊，正是需要冲锋陷阵的时候，可惜他不在场。是啊，韩雨如背后有大人物，而且脑袋上还顶着两顶桂冠！不过，王、关、戚、林不是也倒台了吗？他们是一伙，是一损俱损、一荣俱荣的"文革"暴发户！也许，乘胜追击，连他们的后台也可以挖出来！那可就好啦。

马乔人在办公室，心却在办公室外；眼睛盯着默默无声的电话机，脑子却在激流的旋涡里盘旋。

嘀，电话铃居然响了。马乔迅速拿起听筒，是萧萝！

萧萝听到马乔的声音，刻不容缓地说："喂喂喂，韩雨如已被我捉住，她又现了原形，哭哭啼啼地说，'我投降，我服罪。'我们已经宣布韩雨如的革委会是非法的!"

马乔打断了萧萝的话,急切地追问:"你们弄到材料了没有?"

"韩雨如的一个秘书向我们投降,缴出正要装车转移的两麻袋材料,我们已经把它封存。你听……"

从电话里传来呼口号的声音、敲锣打鼓的声音、燃放鞭炮的声音,嘈嘈杂杂一片欢庆的盛况。

"喂,听到了吗?全北京市都支持我们,大概已经有五十万游行队伍来学校表示支持。现在,队伍还在不断地涌进校门!……你什么时候能回来?"兴奋的萧萝,没等马乔回话,就把电话放下了。

马乔当然理解妻子的心情,并且也被她的感情所感染,坐立不安地在电话机旁激动难耐。他真想飞回去看看那几十万人欢呼胜利的场面;真想当一个志愿兵,参加到萧萝他们的队伍中,去追查韩雨如们的罪证。没想到,报应来得这么快!他想起被迫害的周先生、邬校长,想起萧萝被斗的那天晚上——韩雨如、李明们的狰狞面貌,想起安甫,也想起铁匠,想起那位不肯告诉姓名的民警,想起他说的那两条人命……他赶紧摸摸贴身的那封信。信是热的,牛皮纸已经变软,潮潮地贴在胸口上。啊,他突然感到责任重大,不由责备自己过于高兴,差点把这件大事忘掉。这是铁匠的托付啊,是已经付出生命代价的托付!然而,那部黑色电话机一直保持着可怕的沉默,他只好望洋兴叹。

楼外有了响动,江吉人骑着自行车飞也似的过来。没等马乔说话,他已经气喘吁吁地冲进来,大声嚷嚷着:"啊呀,您到哪去啦?"

"我哪也没去呀。"

"哎呀,这么大的事,您也无动……"他把后面两个字咽下去了。

"你到哪去了?"马乔关切地问。

"游行去了。哎呀,您真坐得住!"江吉人说着,抄起马乔的杯子把水喝光,抹抹嘴,"我到你们学校去啦!我还见到萧萝老师了!"

"她怎么样?"马乔迫不及待地问。

"她？可比您强！好家伙，口才、风度，登高一呼，响应者波涛万顷，不让须眉！"

"你认错了吧？"马乔开玩笑地说。

"没错，陶大姐告诉我的，那还有错？冲锋陷阵，站在第一线，质问韩雨如，问得那家伙不断地作揖，连说，'我有罪，我有罪！'"

"问什么啦？"

"唉，这里不是说话的地方，……"小江给马乔使个眼色，意思是隔墙有耳。就拉着他的手往外走。

马乔连说："不行，不行，我有事。"

"有什么事？"

"我得再等一会儿。"马乔着急地说。

小江放低声音，附在马乔耳边说："大伙叫我找您到外边的小树林去碰头，商量一下我们这里的事。他们都是一伙的，一个主子。"

"我在这里等一个紧急电话。你们先商量，我肯定支持你们。"

江吉人急切地："马老师，这可又是个关键时刻，您不要再……临渊却步呀！"

说罢匆匆离去。

电话还是不响。马乔等得心焦，只好在楼道漫步。忽然听到电话铃声，他赶快进屋，原来是隔壁的电话，而且有人接，声音很小，像蚊子叫似的。马乔立即警觉起来，想听听在说什么，却好像已经挂断。

夕阳西下，马乔办公室的电话终于响起来。他抓过话筒，轻轻地"喂"了一声。

里面传来一个女人的声音："你是马乔同志吗？"

"是的。"马乔诧异，怎么是个女的呢？

"你去吧。"那位女同志说。

"怎么……"马乔还想问问。

"别问了，立刻去就是了。"电话挂断了。

马乔开门出屋，却见邹兰站在她的办公室门口，正望着他。他没有停留，大步走出楼道，骑上自行车，直奔文津街。

三三

马乔骑车出了院门，又遇上游行队伍。他心想，游了一天了，怎么还游呢？可当他听到队伍里喊的口号，差一点从车上栽下来。

"坚决拥护毛主席最新指示！韩雨如是革命的！谁反对革命委员会，就打倒谁！……"

这真是晴天霹雳！

毛主席竟然有这样的指示？马乔问自己，你相信吗？

啊，这是可能的呀。

这个作恶多端的韩雨如，她是革命的?！她革的什么命?！

她革大庆的命！她革大寨的命！她制造了石油停产事件！她捣毁了北京的展览会！她组织红卫兵抢劫档案！她在全国各地煽风点火、冲击军区、揪斗高级将领！

她把彭德怀、陆定一、彭真、罗瑞卿、张闻天、李立三揪到学校斗争，侮辱他们的人格！罗瑞卿是带着断腿、坐在箩筐里挨斗的；陆定一在斗争会上大喊冤枉，其声音之惨烈，听了让人颤抖！

她成为学校的女皇，作威作福，残忍无比！她把老教育家邬校长折磨得生了癌症；她逼死了多少学者、教授，逼疯了多少学子、职员！

她从造反的第一天起，就把矛头指向周总理！她到山东曲阜造反，打着批孔的旗号，实际是批周公；她批"二月逆流"、批"二李四老总"，把账算在总理头上；她处处与周总理作对，把总理气得犯了心脏病。最近，她又加快了反总理的步伐，准备揪出第二个资产阶级司令部！他们的内幕，肯定是一个黑得不能再黑的反革命集团，一伙真正的黑帮！

刺耳的口号还在身边喊着，马乔狠命地蹬着车，在人群里穿行，心里默默地说："毛主席呀毛主席，你要是说韩雨如是革命的，那肯定大错特错了!"他想哭,但又没泪。他像梦魇似的逆行在游行队伍中,竟然奇迹般地没撞着人,丝毫没拖延,到达了文津街十号。

恰在此时,一辆黑色的红旗轿车从对面中南海边门开出,横过马路,直向十号驶来。马乔立刻放下自行车,大步迎上去,挡住了轿车的去路。

轿车戛然而止。

马乔冲轿车行了个举手礼,大声说:"我要面见总理,替钟少魁同志送一封信。"

一个军人走下车来,严肃地问:"你是干什么的?"

"我是送信的。"

"信在哪里?"军人已经逼近到马乔面前。

马乔从内衣袋里掏出那封信,"我要亲自交给总理。"

轿车的后门开了,"拿来,拿来。"显然是总理的声音。

马乔立刻趋前双手把信递到总理手里。已是黄昏,他看不清总理的面貌,但能听到总理苍老的声音。

"你叫什么名字?"

"报告总理,我叫马乔。"

"马乔?"总理似在思索,"哪个乔?"

"乔木的乔。"

"乔木的乔?哪里人?"

马乔直截了当地说:"我父亲是马锐,母亲是鲍惠。"

"啊呀,你这孩子!我找了你很久。"总理激动地从车里钻出来,"来来来,让我看看!"借着晚霞的余光,他端详着马乔,高兴地说,"果然是逸飞的儿子,很像你父亲!"一双大手,用力地拍打着马乔,"我知道你在太行;后来跟着刘邓去了大别山;再后来,就不知道了。到西南了?"

马乔激动地点头:"是。"

"抗美援朝啦?"

"是。一九五二年回来的。"

"你也不来看看伯伯！也不找找组织部？"总理慈祥地说。

"我，什么都没干好……"

总理笑了："好，乃父遗风。在哪里工作？"

"在'大院'××研究室。"

"就在我鼻子底下，真官僚主义。"

马乔抓紧时间对总理说："总理，有人要反您！……"

"反我，没关系，能反掉我就好了。"总理乐呵呵地说着，又问："你怎么替铁匠送信呢？"

"您也知道铁匠？"

总理只是笑笑。

"他是我的老领导。"

总理点头。

"他，犯错误了？"马乔鼓起勇气问了一句。

总理略一皱眉，不置可否地把手往下一按，"我还有事，先谈到这里吧。"

马乔看着那辆启动的红旗轿车，心里一下子沉静了许多。它来得突然，去得平稳。刚才冲到它身边时，觉得它是个庞然大物；现在看着它的背影，却是那样平易、柔和，连车尾喷出那团白气，都只是轻轻地一闪，便飞扬开去，悄悄地没有半点痕迹。

啊，总理没把他们看在眼里！

回家的路上，马乔抑制不住内心的激动，游行队伍仍然很多，拥护毛主席最新指示的口号，在他身边呼得山响，他像是没听见，心里荡漾着欢悦的波浪，一切忧虑、焦急、不安、委屈统统地扫除干净，"总理知道我，知道我在太行，知道我随刘邓南下……"他一路骑，一路想，一路跟自己说着，前面充满了光明。

夜风越刮越大，又正遇上顶风，加上游行队伍涌塞街头，车骑得很费劲。快到学校时竟下起雨来，马乔浑身湿透，他仍然兴奋着，庆幸自己已经把信交到了总理手里。

而此时的校园，已与往日大不相同。韩雨如们不知从何处调来几个探照灯，分布在校园四角，在夜空中织成交叉的网络。那一支支雪亮的灯柱交替挥舞，像一把把巨型的剪刀，不断地剪断黑暗、剪断雨丝。

马乔刚进校门，便遭到棒子队员喝令。

"站住！"棒子队神经质地喊着。

马乔只好下车，说明自己的家就在校内。

"噢，您回来啦！"一个棒子队员似乎认识他，出着怪声，"反革命家属！"

马乔吼了一声："嘿，你说谁呢？"

旁边一个棒子队员把那人推开，不耐烦地对马乔说："走吧，快走吧！"

马乔真想把那家伙揪过来理论一番，但那人已被同伙拉到远处。

刚才说话的那个人又对马乔说："走吧，回家吧！您到哪去啦?！"

马乔立刻想到：我的家怎么了？他咽下那口气，在阴森可怖的校园里，巴不得一步跨进家门。

三四

萧萝不在家。

看见爸爸回来，两个孩子喜出望外。

马乔问："妈妈呢?"

儿子说："妈妈没回来。"

女儿颇有自豪感地说："妈妈不在家，我们自己做饭吃啦！"

马乔心里一阵激动，孩子可以自己照顾自己了，"你们做什么饭了？"

儿子连忙说："我煮了粥，炒了糖醋白菜。"

女儿也抢着说："我买馒头。哥哥炒的菜特不好吃。"

"妈妈到什么地方去了？"

儿子说："妈妈去捉韩雨如，去抄他们的家；后来，又放了韩雨如。她反对周总理，干吗要放她？"

女儿说："韩雨如特坏！为什么毛主席不让我们捉她？"

马乔没说话，心里却很感动。儿女们已经不像前几年那样，好似一对受惊吓的小鸟；现在胆子大了，开始明辨是非，有自己的看法，像风雨中的小草，生机盎然，自强不息。他停了一会，叮嘱道："你们说得对。但是到了学校、到了班上不要说这些，要学会保护自己。"

孩子们理解地点头。

马乔告诉孩子们："我到外边看看，找找妈妈。"

他刚走出楼道，两个孩子飞跑过来，送上一把雨伞："爸爸，外面下雨，你衣服湿了。"

马乔高兴地接过孩子们的伞，"没关系，这点小雨。爸爸一会儿就回来，你们快回去吧。"说完出门而去。

探照灯依旧在校园上空扬威飞舞，林荫道上满地泥泞。在强光照耀下，草坪、花坛、篱笆、松墙、甬路，统统被践踏得面目全非；残枝、败叶、断草、碎花、污泥、淖水，满目疮痍；真像是经历了一场战争。

不，这是一场真正的战争，一场对着文化、对着人类的灵魂空前肆虐的战争！

马乔心目中的校园，已经荡然无存。他是从废墟上走出来的，当他第一次走进这座宏伟、典雅、静谧、幽深、花园般的世界时，像是进入了世外桃源，惊叹世上竟然有这么广大的、这么宜人的去处！他第一次睡到窗明几净的学生书斋，竟问自己：这不是梦吧！

不是梦！他在那座叫做东斋北楼的宿舍里睡了四年。他把校园当做一座文化的港湾、精神的海洋。这里湖泊、假山、茂林、修竹，还有晚霞中荡漾在各个角落的"瑶山舞曲"，都已铭刻在记忆之中，成为不可磨灭的印象。后来，随着日月流逝，特别是随着革命在校园里的深入，那座文化港湾逐渐失去了平静，所谓精神的海洋，也礁石嶙峋，风暴迭起；而往昔的记忆也就越发温馨、有味；并且不断在眼前复制出逝去的辉煌，鸣奏着迷人的乐章……

这是战争！这是我们自己发动的战争，是我们同意、拥护的战争！从一九五七到一九六九，这场战争越打越大，越打越激烈，终于把这座学校打成了废墟！以至于打到现在，还是只见头，不见尾！还要打到何时呢？过去，马乔见过很多很多打烂了的城隍庙、火神庙、土地庙，甚至打烂了城市，他都不曾有半点怜惜；可这座庙毁得让他备感凄凉、痛心！

路人在议论：上半天来了五十万，下半天来了七十万；上午支持打倒韩雨如，下午支持韩雨如重新上台执政。

七十万人支持？不就是毛主席一句话吗？

五十万人是真心拥护啊，是当做盛大节日庆祝的呀！

马乔走在泥泞里，虽然手里有孩子给的伞，可他没有打开，蒙蒙的细雨浸湿了他。他在想，到哪里去找萧萝呢？

棍棒巡逻队，不时出现在马乔的前后、左右。他们吆喝着，用手电照在行人的脸上，看着别人尴尬的样子，发出报复式的狂笑，似乎他们才是这废墟真正的主人。可以预见，明天会更加艰难。

探照灯把天空和大地裁剪成碎片。在这泥泞的废墟上，马乔为萧萝的处境担忧、焦虑。一天之间，变化如此快捷、如此剧烈，实在是预料不及啊！

马乔回到家，萧萝已经回来了。

她神色疲惫、脸色苍白，蹲在箱笼之间，忙着给孩子们准备过冬的衣服。

马乔纳闷地："啊呀，你忙着弄这干什么？"

"我怕来不及了。你难道闻不见？白色恐怖已经笼罩下来！韩雨如是什么都干得出来的。"萧萝把整理好的旧衣服，为每个孩子包一个包，然后用毛笔在包袱外面写上孩子的名字。她的眼泪断线般地流淌着。

马乔安慰她："唉，看她能怎么样？"

萧萝擦擦眼泪，"她怎么样我都不怕。我是觉得毛主席他老人家不该这样！"她痛苦地哭出声来，"他支持韩雨如，损害的是他自己！"

听到这里，马乔心里也很酸楚，"到底毛主席最新指示是什么，我到现在也没弄清楚。"

萧萝从衣兜里掏出一张纸，递到马乔手里，"这是卫戍区副司令来学校传达的毛主席最新指示。"

马乔忙到灯下去看，只见上面写着：

北京卫戍区×副司令向××大学师生传达毛主席今日下午三时最新指示：

一、推翻××大学革命委员会是错误的；

二、韩雨如是革命"左派"，逮捕她是不对的，应该立即释放；

三、韩雨如的错误，是人民内部矛盾，应该给她改正的机会。

"这是真的，……"萧萝凄然地说，"真像做梦一样。"

"哎，你们缴获的材料呢？两麻袋！"马乔急忙问。

"都还给他们啦。"

"啊呀，为什么还给她呢？"

"卫戍区司令的命令呀！不还行吗？"

"里面都有什么？看了没有？"

"哪儿来得及看？刚封存起来，又原封不动地还给了人家！"

"真笨！"马乔激动地说。

"根本没想到会这样。毛主席说，'有人搞修正主义，你们就要造反，就要推翻他。'我们是按毛主席的思想办的，结果却是这样！"

"唉，那两个麻袋在什么地方？"

"怎么，你还想去夺回来？"

"为什么不可以？他们连中央组织部都敢抢，我们为什么不可以夺回来？"马乔摩拳擦掌。

"据说，那两个麻袋根本就没运回主楼，放到吉姆车上拉走了。"

"糟糕，一定是送到后台老板那儿去了——小石桥，对不对？"

"你别瞎说。"萧萝警惕地皱皱眉头，"他们给我们定性为炮打康生、炮打谢富治，是破坏首都革命大联合、颠覆红色政权的反革命逆流，要对我们实行无产阶级专政！"萧萝说着，竟笑出声来。

"嘿，把你打成反革命，你还笑呢！"

"我觉得挺好玩。韩雨如疯狂地破坏别人，可轮到她头上时，稀松得一塌糊涂，又是作揖，又是举手，连说，'我投降，我服罪……'嘴唇抖得合不拢，还哭着求情，'萧萝，无论如何我们还是老同学，求求你别让学生揍我！'"

"这种女人，色厉内荏！你们到底拿到他们的罪证没有？"

"唉，"萧萝叹口气，"别提了，只拿到被烧得剩下一个角的大字报。"

"反周总理，对不对？"

"是的，可惜烧得只剩下几个字。不过，那几个字还是能说明问题的。"

"你说说，慢慢说。"马乔安慰着妻子，想让她的情绪稳定下来。

"……我们一群人冲进她的办公室，她的作战部长正在墙角烧东西，满屋子烟雾腾腾。大家一进门，就去捉韩雨如；我看见火堆里有东西，赶快跑过去，从火里抢出一卷正在燃烧的大字报，拍打了半天，算是没有完全烧掉。……"

"什么大字报？"马乔急切地问。

"可惜只剩下几个字，看得出标题是：'十问周恩……'，'来'字烧掉了；最前边用的毛主席语录是：'凡是反动的……'后边又被烧了，显然是：'凡是反动的东西，你不打，他就不倒。'这还不明显吗？"

"那十问，还剩什么？"

萧萝摇头："只剩下大写的一、二、三、五、七……"

马乔失望地："啊呀，太可惜了！"

萧萝伤心地说："烧得真快。抢出来在地上用脚踩了半天，才算把火熄灭，剩下的就这几个字……"

"不过，这还是他们的罪证！"

"当时，他们很紧张。下午卫戍区一来人，宣布了毛主席指示，他们就改口了，说这确实是一张反对周总理的大字报，是他们从大字报区揭下来的，署名是'铁骑战斗队'……"

"呀，你们不是'铁骑'吗？"

"是啊。韩雨如就是个女流氓，她说我们冲击革委会，就是要抢回这张炮打总理的大字报。她向卫戍区提出要求，非要我们交回这大字报不可！"萧萝说时气得浑身发抖。

"这家伙，真够阴险的！那张大字报呢？"

"我们说，只能交给卫戍区。可卫戍区又不要。我们只好把它存放在校外。这是她们的罪证，不能还给她们！"

"太卑鄙了！"马乔担心着萧萝的处境，心里说：这下子可是逮不住狐狸，倒惹一身骚，"你们打算怎么办？"

"我们本来就是少数派，这下子更精干了。你想，反康、反谢、反革委会，这三顶大帽子啊！"

"你们有把柄在她手里吗？"

"难说。我不是核心组成员，不知道有没有。不过那张大字报肯定是他们的！"

马乔不无忧虑地："很复杂，泥沙俱下，鱼龙混杂。连共产党内都不纯，更何况临时凑起来的群众组织呢？什么人都会有的。"

"'铁骑'已经占据了那座号称'孤岛'的楼，学生们劝我搬进楼里住，说他们好保护我，我没答应。我想，我不能躲起来，我对自己的言行负责。"

"你要知道，韩雨如这次会更加疯狂。"

"怎么，你同意我躲起来？"

"过去，我们躲过日本鬼子的扫荡，躲过国民党的搜捕，敌强我弱嘛，不躲就是自取灭亡，不是太傻了吗？"马乔想说服妻子。

"我不躲。我知道你怕我吃亏；我也知道，韩雨如恨我，她什么坏事都做得出来！"萧萝激动地说，"这次是打狼没打住，反被狼咬一口，想到这儿，我就觉得很悲哀。不是我们没打住，是被毛主席给放了，……"她伤心地哭了，泣不成声地说："我们是按您的思想做的，我们这样做，也是为了您，为了响应您的号召，为了实践您的理想！怎么韩雨如是革命的？！倒是我们错了？倒是我们成了罪人？我真不明白，您是怎么看的？怎么想的？怎么能说出这样的话？离题万里呀！"

"啊呀！够了！"马乔恼怒地叫了一声，"你怎么能说这样的话！"

萧萝像被电击了似的，身上哆嗦了一下，她呆呆地看着马乔。

那双曾经漂亮、聪慧的眼睛，此刻变得暗淡无光。马乔的心火顿时熄灭了，他觉得妻子像只可怜的羔羊，也许明天她就会被人宰割！她是善良的，她活在世界上，从来不会伤害别人！她是聪慧的，她的生命不会妨碍她的同类，反而证明了大自然是多么灵秀！她是漂亮的，特别是她那双眼睛，纯洁、刚毅又多情，透露出她灵魂的高洁！她对毛主席，不，确切地说，她对她心目中的真理和信仰的忧愤、不解，是可以理解、可以允许的。他不该那样咆哮，那样吓唬她！他把妻子搂过来，忏悔般地抚摸着她，心里在责备自己：本来有责任、有义务保护他的小羊，可是，却去吓唬她，这算什么男人！

三五

韩雨如一旦反过手来，便以十倍的仇恨、百倍的疯狂向少数派——不共戴天的仇敌实施报复性的镇压！

他们在校园里五大路口，搭起五座一人多高的所谓"斗鬼台"。台上苇席作屏，麻纸作幡，把她要斗争的对象，用夸张、丑化的漫画形式绘制出来，陈列在苇屏上，然后，再用红笔重重地打上"×"，把仇恨和诅咒狠狠地发泄出来！西北风一吹，五座鬼台白幡招展，一片肃杀之气，不禁让人感到，这哪里是学府、文苑，这分明是前门外的——菜市口、骡马市！

上班前，马乔故意骑车在校园里绕了一圈，目睹横架在路口的一座座"斗鬼台"，恐怖气氛扑面而来。多好的一座学校，如今成了鬼蜮。比起慈禧太后，韩雨如虽然只是个小巫，但当年老佛爷的狠毒却借尸还魂了，他心里充满悲凉。萧萝不肯躲起来，严酷的现实就摆在面前，她将如何度过呢？他真不想去上班，可是单位偏偏来了电话，要他一早就去，而且是魏孟然亲自打来的。他想，这个电话，无异于叫板。听说江吉人已经被魏主任召去谈了几次话，要他交代这一段的非组织活动，这自然也会涉及自己。他叫板，你不应，或者干脆不去上班，真像是躲起来似的。不，我马乔不是这样的人！无论如何也要咬着牙迎接挑战，你叫板，我就出场，文唱、武唱都可以。只是不能照顾妻子，心里像是塞了一团棉花，堵得厉害。

出了校门，马乔还在想，萧萝正在家里给孩子们准备过冬的衣物；同时也随时准备着"上阵"，说不定此时此刻已经被他们押上了"斗鬼台"！真是进也难，退也难，生活的艰难又一次摆在他的面前。似乎，这次比抗日战争时期的生活还艰难十倍。那时，日本鬼子常常把死亡摆在他面前，虽然死亡是可怕的，但是不屈的死亡，会给死亡以辉煌的补偿。解放战争、抗美援朝，天天和死亡打交道，生命的空间有时小到针尖那么大；然而，内心却装满天空、大地和海洋。为了正义，为了新中国，与死亡交换是值得的。那时再艰难，心里总还有"长城"；而现在的艰难，却是没有了"长城"、没有了目标、没有了方向的艰难，是自我毁灭、自相矛盾的艰难，是全方位的艰难。也许，这就是所谓的精神炼狱，就是对灵魂的严酷拷问。他一路骑，一路想，陷入无法解脱的熬煎之中。突然"梆"的一声，他眼前金花迸射，连人带车栽倒在马路上。

只听一个声音吼道："哎，你怎么骑的！"

马乔躺在地下吃力地向上看，那声音来自一辆停在马路边的大卡车。他眼睛模糊，用手去揉，黏糊糊地抹了一手血。他看清楚了，他撞到了卡车敞开的铁门上。

司机坐在高高的驾驶台上，冷漠地说："骑车怎么不看路？这可是公家的车，撞坏了怎么办？"

路人围了上来，形成一堵"高墙"。

马乔什么话也想不起来。那个司机高高的像在云端，探出身来的样子活像大庙里泥塑的天神。他在"天神"和"高墙"的俯视下，深感自己的渺小、尴尬。他挣扎着爬起来，忍着疼痛与羞耻，不与理论，咬紧牙关推着自行车，一跛一拐地走出"包围圈"，他的心脏剧烈跳动，浑身冷得发抖。他掏出手绢，那是出门时萧萝给他装的，现在用来捂住伤口，鼻子一阵酸楚。他强忍着把血与泪咽到肚里。

在医务室，马乔缝了八针，脑门正中多了一块白纱布，成了碰壁的标志。

办公楼入门处，贴出了一张大字报：《江记政变流产记》，大体上追记了以江吉人为首的"反革委会派"颠覆红色政权的经过，五个小标题的最后一个是："江记颠覆派后面的黑手……"

"这黑手是谁？"看大字报的人们议论着。那上面虽然没点名，但是叙述了那天下午大楼里有一个人行踪诡秘、电话不断，是在联络？是在指挥？是在等待胜利消息？……

陶琼来到马乔身边，悄声问："这是说谁？"

马乔摇头不语。

从大字报看出，陶琼也被打成"江记颠覆派"一伙了。她发现马乔额头上的纱布，吃惊地问："你怎么啦？"

"没什么。骑车碰了一下。"马乔说完，就离开了。

"哎，怎么搞的？"魏孟然好像专门等待着，出现在马乔面前，放大了声音问，像是要让全世界都听到。

马乔冷冷地说："骑车碰了一下。"转身进了办公室。他不能忍受魏孟然趾高气扬、得意忘形的"胜利者"声色。

邹兰推门进来："马老师，我们接到萧萝所在单位革命委员会的正式通知。"

"什么通知？"

邹兰微微一笑："您爱人参与了旨在推翻新生红色政权的反革命活动，而且是其中的重要成员。您作为她的丈夫，肯定关心这件事情。您是共产党员，也有义务向组织表明您的态度。"邹兰长长地叹口气，同情似的说："根据她们单位来人介绍，她还是漏网的胡风分子。这一次恐怕要新账、老账一起算了。"

马乔默不作声。他早就听烦了这种故事，只因为是党员，从组织观念上说，不能不听，只好忍受着对方的折磨。

"马老师，您说说吧。"邹兰虽然也摆出一副胜利者的架势，但说话的口气却有乞求的意味。

"我没什么说的。"

"是么！"邹兰惊讶地叫起来，"这么大的事情，怎么可以没什么说的呢？"

"是没什么说的。"马乔又重复一遍。

邹兰束手无策，谈话进行不下去，她坐在马乔对面，僵持着，走也不是，不走也不是。她忽然想出一招："马老师，我们学几段毛主席语录好吗？"

马乔头一仰："学吧。"

邹兰掏出语录本，摆在桌上，等着马乔也拿出来。

马乔呆坐着就是不动，心里想：学也没用。

邹兰奇怪地问："您没带语录本？"

马乔点头。

邹兰无可奈何地打开语录本："第二百零四页，'纠正错误思想'。"她逐条地念着，这一栏目下总共十五条，她挑着念了八条，觉得这八条，条条适合马乔的症状，那样子活像个信心十足的大夫，语录本就是她的听诊器，或者是她的心电图仪。她蛮有把握地探测着、诊断着眼前这个疑难病症的患者。

无奈这个患者很不配合。对方到底念了些什么，他根本没听进去。他脑子里都是萧萝，都是"斗鬼台"上那些招摇的白幡，和那些扭曲人性的漫画！

念完了？念完了！

"您好好想想！"

马乔还是不吭声。

"当然，您跟萧萝不一样。她是敌我矛盾；您，现在看来，还处在敌我和人民内部矛盾之间。萧萝是没救了，我们也不想救她。您，无论如何是烈士的后代；而且属于我们的父兄一辈，为革命流过血、立过功。我们绝不往敌人那边推您，我们是想救您。这，您应该清楚，从运动开始我们就是这个方针。现在……"邹兰停顿了一下，思索着后面这句话怎么说更有力、更主动，"现在，您又一次碰到这样的问题——跟萧萝划清界限，要不是她，您在运动中不会这样表现，您一定会跟我们站在一个战壕里，成为捍卫毛主席革命路线的旗手。……"

邹兰后面这句话触到了马乔的痛处，他鼻子发酸，喉咙哽咽，胸腔里升腾起膨胀的激流。他使劲抿住嘴唇，不让那股激流溢出来；他甚至让自己停止呼吸，使尽力气把激流压下去。不！他告诫自己，不能在她面前溢出来，他的灵魂在哭泣，他的脸憋得发红、发紫，他撑持着，用力压缩着，把泪化作大滴大滴的汗珠，把旋涡般的激流压进心脏里，他强壮的心感到一阵阵疼痛……

邹兰以为她的攻势奏效，又乘势发起进攻："马老师，您对毛主席是有感情的，您的本质是好的。您只要正确对待群众运动，正确对待自己，经受住"文化大革命"的洗礼，相信您还会回到毛主席革命路线上来的……"

马乔觉得对方发生了误会，以为我要投降了，以为我刚才是举起了白旗。他心里一阵恶心，"哇"的一声吐了一口鲜血，溅到桌子上……

邹兰吓了一跳："哎呀，怎么啦？"

马乔接着又吐了两口，出了一身冷汗，虽然浑身乏力，憋闷的胸口倒像通畅了许多。

邹兰吓得跑出屋，在楼道里叫起来，人们涌进了办公室。

胖子连声说："不得了，不得了！"

陈子铭端来一杯水，递到马乔唇边，让他漱口。

吴南村在人群里追问："怎么回事？还要流血吗？"

马乔漱了口，脑袋上的伤口也在发作，他靠在椅子上，闭目休息。

魏孟然在邹兰的陪同下出场，连说："怎么搞的？怎么搞的？"

医生、担架随即来到，大家把马乔送到急救车上。

急救车呜呜地开走了……

三六

马乔在医院的观察室里睡了一个多小时。醒来以后，趁医护人员不在场，溜出门去，坐上公共汽车回了家。

呀，家里没人，连孩子都不知去了什么地方。书架翻乱了，箱子放在地下，敞着口……分明是又一次抄家！马乔心急如焚。

邻居们用警惕的眼光看他，头扭到一边，装作视而不见的样子。马乔只好放下打听的念头，赶快到校园里去找。

路上行人稀少，两种对立的高音喇叭在空中回响。一个声音响亮，走到哪里都可以听到；一个声音微弱，只在少数派坚守的楼里发出。马乔循声前往，越走近这座号称"孤岛"的楼，越能听清少数派的广播。他们一会儿播声明；一会儿播给毛主席、党中央的求救信；一会儿播"国际歌"；一会儿呼喊打倒韩雨如的口号。马乔心中暗想，在韩雨如独霸的世界里，居然还有这么强烈、这么明确、这么直言不讳的声音。

快到"孤岛"时，马乔看到了忙碌的人群，听到了噼里啪啦的声音，嗅到了一股浓烈的烟火味。原来，革委会派围攻"孤岛"的棒子队，制作了几十个强力弹弓，他们占据了"孤岛"周围的楼群，利用高度，从四面八方、上下左右向"孤岛"发射砖头、瓦块。令马乔吃惊的是，才短短几天，"孤岛"所有的门窗都已用砖石封闭起来。这需要多么顽强的拼搏和劳动啊！他心里暗暗钦佩这些小伙子、姑娘的决心和毅力。

少数派的喇叭已经被打坏了好几个，悬在高处，藕断丝连地在"弹雨"中晃悠；唯一最响的是一个高分贝的蜂窝状小喇叭，拴在一根木棒上，从活动的窗户里伸出，又可以随时取回，棒子队的强力弹弓很难击中它。

这座校园，即使在戊戌喋血、军阀横行、蒋氏特务暗杀成风的日子里，也没有做到只允许一种声音存在。

在人群里，马乔发现了儿子和女儿。

马乔问："妈妈呢？"

孩子们没有哭。

女儿刚想说话，哥哥给她使了个眼色，并对爸爸说："不知道。"

马乔心领神会：儿子已经从艰难的生活中学会复杂，学会保护妈妈。他拉着孩子们："走，咱们回家去。这有什么好看的。"

女儿仰起脸："他们没有饭吃。"

噢，"孤岛"同外界隔绝了。他们吃什么？喝什么？生病怎么办？冬天就要来了，怎么过冬？这都是问题啊！而且，韩雨如的棒子队天天在攻打，结局会怎么样？会不会死人？女儿虽小，却也懂得同情弱小。马乔拉着女儿的小手，那是一只手心稚嫩、手背皴得发涩的手，握着它，心里有无限感慨。他和萧萝，忙得顾不上孩子。可是忙来忙去，忙出个什么结果呢？真是不堪回顾！

"爸爸，你头上怎么啦？"儿子悄声问。

女儿嘴快，没等爸爸说话，接了过去："你们大院也武斗了？"

"唔？"马乔否认："没有，没有，我是骑车不小心，撞到了车门上。"

"流血了吧？"女儿停下，要求爸爸蹲下来让她看看。

儿子不高兴地："小妹，快让爸爸回家吧。"

"对对对，回家让你看。"

看得出来，在女儿的心目中，哥哥已经成了权威，虽然，他俩年纪相差无几。孩子们在动荡的环境中，不仅磨炼出自己管理自己的本领，还知道替父母分忧。

"爸爸疼吗？"女儿问。

马乔心里热乎乎的，连说："不疼，不疼。这点小伤算不了啥。爸爸过去负伤，流的血比这可多啦。"

儿子惊奇地问："你负过伤？"

"对，还不止一次呐。"

"我们都不知道！"儿子把这件事看得非常严重。

"你们还小，而且，我整天在外边工作，也顾不上跟你们说。"

快到家门时，儿子跑步上楼，随即又跑下来，悄声说："妈妈回来了！"

于是三个人快步跑上楼去。

一见马乔，萧萝就着急地问："你怎么啦？"

马乔看看儿子，安慰妻子说："没有什么事。你到哪里去了？"

女儿抢着说："爸爸骑车不小心，撞到车门上。"

萧萝心疼地："你看你，总是那么莽撞，快让我看看。"说着把马乔按在椅子上，三人围着他，小心翼翼地查看着。

马乔像个胜利者似的说："看好了吧？先说说，你干吗去了？"

萧萝把孩子们打发到小屋去，然后才说："'孤岛'没饭吃，我去给他们弄点粮食，准备买成熟食送进去。"

"弄了多少？"

"连咱们家的，三百多斤，买成大饼、油条，……"

"里面有多少人？"

"可能有一百多人。三百多斤，也只能吃几顿。"

"没办法，总比没有强点吧。"

"这三百多斤粮食，都买成大饼、油条，也很显眼。再说，怎么送进去呢？"

"没关系，我们分头去买，有的派人送，有的他们出来取。昨天夜里，来了三个学生，我把家里的面和米都让他们拿走了，还有油和盐。"

马乔听了，兴奋地说："好啊，你在拆革委会的台。"

萧萝认真地说："那怎么办？把学生饿死在里头？要不然，让他们举手投降，当韩氏革委会的顺民？"

"哎，韩雨如派人到我们单位通报，说我的妻子是漏网的胡风分子，是颠覆革委会的重要成员，性质是敌我矛盾！让我主动揭发你，……"

"又是这一套。"萧萝平静地说，"那你就跟我划清界限好了。"

"我以为你一定上了'斗鬼台'，让他们斗得筋疲力尽啦；没想到你还猖狂地活动着，继续进行着反革委会的事业。哎，他们为什么不斗你呀？"

"这你还不明白？'孤岛'的存在，是韩雨如的心腹大患。天天广播，天天揭发韩雨如反周总理、反解放军、反大庆的罪行！虽然没有他们的喇叭响，可很多人都愿意听这微弱的声音。我估计，这个声音没有被封杀以前，她还顾不上斗我们这些人。"

"那他们的'斗鬼台'算是白搭了。"

"没有。我觉得他们特缺德！"萧萝生气地说，"他们把邬校长为首的校领导和早就被打倒的老教授、老权威拉出来斗！周老师又一次被斗了；邬校长癌症刚开刀，还躺在医院病床上，也抬回来斗！一个姓刘的家伙，还对邬校长拳打脚踢，据说，老人家已经昏迷三天了！真是草菅人命、滥施淫威、法西斯！"

"什么法西斯？是法东斯！中国牌的！"马乔义愤填膺，"你看这样行不行？既然'孤岛'的人半夜可以出来，干脆让他们多出来些人，搞一次抢粮活动。不，不是抢，是截粮活动。因为食堂里有他们的口粮，韩雨如不给他们饭吃，是法东斯，我们就可以理直气壮地去拿。不让学生们吃饭，是有罪的！"

萧萝恍然："对！各单位都有我们的人，粮店、伙食科、食堂。有吃的，他们就可以长期坚持！"

"你……"马乔话到嘴边留半句，这主意可要让萧萝冒大风险，他甚至有些后悔。可是，这个主意几乎是自己流出来的，他的性格，他的思维，他的感情，遇到这样的事情，就必然流出这样的念头。这实在是由不得他啊！

"怎么了？"萧萝问丈夫，"你想说什么？"

"我，不该出这个主意，这不是把你往火里推嘛。"马乔犹豫地说。

"不要后悔，我小心点就是了。我们不能见死不救！他们已经把我当成死敌了，今天一早就来抄了家。那个体育系的，简直就是个坏蛋！没抄出什么东西，把我的三角裤、乳罩、例假带拿出来，到处抖落，这都是些什么东西？这也是文化革命？这也是红色政权？真荒唐！……你不要后悔，我会小心的。而且，也不是我一个人。……不过，你肯定会又一次受我的连累了！"

"哎呀，说这话的人，可不像我的妻子呀！"

萧萝苦笑不迭……

三七

马乔吐血的事，对萧萝隐瞒不报。医生给他开了一个星期的病假，他利用这一闲暇，帮助萧萝策划了截粮行动：选择革委会派疏于防备的时刻——黄昏前后，人们忙于吃饭，让伙食科运粮的汽车，在离"孤岛"最近的地方抛锚，"铁骑"的学生冲出"孤岛"，截粮回楼。

这个计划，经过萧萝串联，组织起十几个青年教师进行说服、动员工作，居然把各个环节都打通了。

截粮行动果然成功，"孤岛"里总共储存了四吨面粉。蜂窝状的小喇叭，又是欢呼，又是评论，高奏"东方红"乐曲，说这是一场反围剿、反封锁斗争的伟大胜利，是运用毛泽东思想，大打人民战争的辉煌成果……证明了得道多助、失道寡助的真理，预示着韩雨如封建王朝的必然灭亡……

马乔自然很高兴，恨不得在屋子里跳起来。头疼、头晕、呕吐、乏力的症状，统统不翼而飞。这高兴，不仅因为"孤岛"从此可以不饿饭，可以长期坚持，与韩雨如对垒；这一策划的成功，还给了他一次回味的愉悦。战争曾经是恐惧、苦涩、紧张、厮杀的生活；曾经是狂热、呼号、痛苦、悲伤的生活；也曾经是勇敢、智慧、理性的博弈！当时很苦，回味起来倒有一番新的滋味。那是什么呢？似乎用现在的语言说不清楚，也许有些像四川的怪味豆？不，那比怪味豆更刺激！她拨响的是心之弦，鸣奏的是魂之歌，宣泄的是对辉煌的追念，咀嚼的是生命历程的无穷韵味。

"是的，斗一斗还是可以的。"马乔激动地对自己说，"不过，"他又想，"韩雨如绝不会善罢甘休，她一定要追查。而且，事情涉及这么多单位、这么多人，真的追查起来，突破也不难。这一来，"他躺不住了，从床上下来，在地上走动着，"……萧萝会首当其冲！这不是又给她找事了吗？啊呀，韩雨如要是知道萧萝干了这件事，那还不把她吃了？"马乔真有点后悔了。

"咚，咚，咚！"敲门声那么重，那么响，像是敲在马乔的心上。他振作了一下，对门外说："请进，门开着呢。"

走进来的居然是李明。

马乔心想，这小子来没好事，——黄鼠狼给鸡拜年，"坐吧，坐吧。"嘴里还得客气点，他把自己的座位让给了李明。

"啊呀，伙计，"李明还是那句口头语，"你怎么啦？"

马乔坐在床边，冷冷地说："骑车撞了一下。"

"啊呀，真是的，不小心点。我看你撞得不轻啊。"李明嘴里埋怨，脸上的表情却并不友善——冷漠中带着几分嘲弄、几分怀疑、几分莫名的得意。

"没什么，碰破点皮。"马乔的回答，同样也是冷漠的。

"萧萝呢？"李明提高声音问。

"给我拿药去了。"马乔临时想出个理由。

"啊，拿药去了，去哪儿拿呀？"

"协和医院，我的医疗关系在那里。"马乔看着李明那张脸，"有事吗？"

"没事，没事，"李明连连否认，又问，"她怎么样？"

这一问，把马乔的心火点燃了："你是说她的身体，还是说她的思想？"

"唉唉唉，看你说到哪去了。我当然是问她的身体。她这回受到的冲击不小，真够呛呀！"

马乔本想顶上几句；可想到萧萝几次倒霉，都跟自己得罪人有关系，这次又到了一个大关口，还是忍着点，不要给她造罪了。于是，话到嘴边："够呛不够呛，还不都是你们的赐予！"又使劲地咽了回去，只是鼻腔里轻轻地"哼"了一声，把燃烧起的"烟火"释放了一部分。

李明本来担心马乔发火，现在看来还能说下去，趁势说："你呀，劝劝她吧。韩雨如这个人，咱们关起门说，毛病也不少；可是她大方向是对的，中央支持她，就别跟她对立了。她，代表革委会嘛，这一条，够硬的！你去碰她，不是找倒霉嘛。"

"她没碰啊。"

"唉，"李明不以为然地说，"这话可不像你说的。萧萝她从'文革'开始，就和运动不走一条道。这一回，'九月事件'，她跳得够高了。学校那么多眼睛都看着呢。恐怕，到现在为止，她还在活动呢。这可不是闹着玩的，毛主席已经表了态！以往那些事，跟这次比，都算小事了，这回可是性命交关。你，伙计，可得听劝，不能再耽误！"

"噢，你来的目的，是为了劝我？"

"我劝你，也劝她。不管怎么说，咱们总还是同学，我得把利害告诉你们。革委会不能反，红色政权呀！你反它，那是什么问题？前年，我站错了队，也挨了批，韩雨如对我也是暴风骤雨，一点不客气。当时，我也想不通，觉得冤枉，中央派下来的工作队，我不支持，还算啥党员？可这一支持，支到刘少奇那边了。人家批了我个体无完肤，真批呀，不服不行！……"

"服，哪能不服呢！"马乔脱口而出。

"唉，你别跟我打哈哈，"李明的忍耐已经到了极限，脸色一下子变得非常难看，"我可都是为你好。"

"是啊。……"马乔冷冷地回答，心里却在颤抖。

"你怎么回事啊？你！"李明的脸色苍白，就差没有拍桌子了。

"我怎么了？"马乔反问，他的忍耐也极有限。

"我告诉你，你那个萧萝，参与了'九月事件'，而且是重要成员。革委会事后没动她，是想等待她觉悟。她倒好，完全不思悔改，抢粮事件又有她！……"

"谁说的？"马乔打断李明的训斥，质问他。

"我说的。我们有根据。好么，她长几个脑袋？"

马乔真想对李明的盛气凌人给以有力的反击。为了萧萝，他按捺住心火，笑着问："你有什么根据？"

"你笑什么？"李明反问，好像窥测到马乔的心理。

"……我笑你们拿不出证据。"

"你别激我。没有根据，我不会来找你。"

"那好，既然有根据，该怎么办，就怎么办吧！"马乔说着站起来。

李明见势也站起来，顺手一推座椅，"咣当"一声，从他腰间掉下一把菜刀，明晃晃地躺在他的脚边。

两人都吃了一惊，愣在那里盯着那把刀。

最后，还是马乔先说话："怎么回事？老同学，您是来劝我，还是来……"

"不不不，"李明惶恐地不知说什么好，"……为了防身，伙计……"

"哦，怕我吃了你！"

"不不不……"

马乔扭身走开。

李明弯腰把刀捡起来，撩开衣襟，重新插到腰间，顾不得擦汗，顾不得告别，匆匆离去。

马乔走到窗前，冲着李明的背影，嘲笑地说："防身，好好防吧！"

三八

"孤岛"有水、有电，又有了粮食，饿饭问题解决了，却落下一个"抢劫"的名声。校革委会向市革委会、卫戍区做了正式报告。学校的大喇叭天天声讨、批判"孤岛"的打砸抢罪行；"孤岛"的小喇叭也针锋相对地为自己的革命行动辩护，并且指出韩雨如为首的一小撮，才是真正的打砸抢犯罪集团。一时间，校园里形成对播、对批、对骂的局面，沸沸扬扬，炒得热热闹闹、乱乱昏昏。

萧萝跟几个志同道合者组成"岛"外集团，把韩雨如封锁、围困"孤岛"的真相，把所谓抢劫粮食的原委写成材料，分别送往中南海、文津街十号、"八三四一"部队，转呈周总理；同时，印成传单四处散发，呼吁各界支持"孤岛"、声援"孤岛"。替马乔取药一说，纯属掩护之辞。

果然，"孤岛"的情况传到了社会上，声援的大字报、通电、小规模游行，在校园内外不断出现，韩雨如的革委会又一次遇到了挑战。"孤岛"成了她的心腹之患。不拔掉这个钉子，革委会的权威和形象，在小喇叭喋喋不休的谴责声中，成了人们谈论的笑料。

"孤岛"的秀才们，吃饱肚子之后，不断炮制出丰富多彩的节目，除了长篇大论的批判外，文艺小品、吹拉弹唱，应有尽有，给荒芜的校园平添了几分活气。

这，自然把积累起来的对立、仇恨推向了极致。

借着养伤的机会，马乔成了"孤岛"的志愿军。虽然是幕后活动，但天下没有不透风的墙，伤口拆线的当天，就被邹兰叫回单位。

邹兰代表领导小组严厉地告诫他："人家已经通知我们，说您是伸向学校的一只黑手，是'孤岛'的后台之一！马老师，我们曾经跟您打过招呼，您不但不听，还变本加厉。我们本来想保您，可您让我们很被动。"她似乎有些伤心和愤慨，"我想，运动中每个人都在写自己的历史，所谓保，或不保，也是相对而言，关键还在自己，内因是根本，外因是条件，每个成员都是平等的一员，没有贵族，没有特权！保也保不住……"

马乔一直在想，我是参与了，可是，我的活动只在自己家里，除了萧萝，没跟别人接触，他们怎么会知道呢？简直不可思议！如果在前两年，他会直通通地说："我支持了，因为这符合毛泽东思想！"但现在，他不这么说了。他仰起头，冲着邹兰那张涨红的脸，"说我是黑手，拿出证据来！"

"啊呀，马老师，人家不会凭空捏造。如果毫无根据，我们也不会轻易接受他们的意见。老魏和我还是希望您争取主动，我们还是想保您的！"

听她这么说，似乎还真的抓住了自己的把柄，马乔心里盘算着，这简直是个谜。但是，不管他们是真知，还是假知，我都是光明正大的，我不是什么黑手，想到这里，他干干脆脆地对邹兰说："我用不着你们保，我也讨厌人家保。如果谁想打倒我，就让他打好了，我还有点自信，真的打倒了，那也活该！"他越说越激动，站起来冲着邹兰："我等着！"说罢，扬长而去。

从邹兰办公室出来，马乔才发现，短短几天，周围环境已发生了巨大变化。到处都是"九月事件"的大字报，研究室里所有年龄大一点的人，都被推上了被告席。目标最大的是江吉人，然后是吴南村，再下来就是他。陶琼、胖子、陈子铭均未幸免。

"九月事件"成了魏孟然等人手中一块"试金石"。"九月事件"那天，你参加了上午的游行，还是参加了下午的游行？这是个分水岭。你说了什么话？表现出什么情绪？是喜悦，还是忧愁？是欢呼，还是幸灾乐祸？是悲伤，还是愤怒？都成了对"无产阶级文化大革命"的态度，使人们感到空气特别紧张、极度稀薄。

马乔纳闷，所谓"九月事件"，起因是中央揪出王、关、戚、林四个小爬虫，韩氏小王朝的倒台，正是情理中之必然。当时人们表现出的喜庆、狂欢之势，说明"九月事件"是全民性的盛大节日。怎么顷刻之间，情势发生如此变化？真是潮流逆转、乾坤颠倒，使人感到手脚倒置的难受。要是在过去，他会怀疑自己，是不是又在什么地方犯了错误？这一回，他明明白白地认为：自己没错。他在心里说：是毛主席错了。你既然揪出王、关、戚、林，韩雨如就必然在被揪之列；保她就没道理；既然保韩雨如，就不应当揪出王、关、戚、林。他们是连体的，具有一副心肝，把他们强行切割开来，是悖理的。如同当年从党和国家身上，生硬地切割下彭、黄、张、周、罗、陆、杨那样，同属悖理。那时，马乔的心是疼痛的，血是鲜红的；后来，已经不是四个、四个地切割，而是四百、四千地切……，何以偏偏舍不得这一刀呢？人民已经起来切了！没看见吗？她们流的血是黑的，又有什么舍不得呢？文化大革命，果真有那么神圣吗？"文革"公平吗？合乎正义吗？"文革"真理何在？韩雨如的"政权"，算什么政权？难道她不是怪胎？难道她不是仇恨一切、极端自私、极端膨胀没落的阴魂？支持她、保护她，就是对真理的践踏，就是对正义、公平的残害，就是对革命的亵渎！……

啊，马乔头脑中的精神堤坝正在崩塌。

那是极端可怕的崩塌。长长的堤坝一旦溃决，将是什么日子啊！但是，崩塌正在进行，崩塌的裂痕正在缓缓地、沉重地响动。堤坝内漾漾的水波，不是在欢呼，而是在哭泣。

堤坝，长长的堤坝，是家园，是凝聚的重心。

你是辉煌的呀，辉煌得像一道超级彩虹！

漾漾的水波，无法拯救堤坝，它越是抚弄，堤坝崩塌就越快……

马乔的灵魂在哭，哭他的无奈，哭他的无能，哭他的不幸。

在清算"九月事件"的会上，多数人被推上了被告席，只有魏孟然、邹兰和他们周围七八个铁杆骨干，充当审判官。借用"击鼓传花"游戏的方式，人们被动地向所谓的群众交代"九月事件"期间，自己都干了些什么，参加了上午、还是下午的游行？跟哪些人接触过？江吉人？马乔？吴南村？说了些什么话？夺革委会的权，是好，还是不好？是拥护革委会，还是反对革委会？对毛主席关于"九月事件"的指示，是紧跟，还是不跟？还是抵触？……，真是不厌其详。

会开得很长，很沉闷。从五六十岁的老教授、老专家，到初出茅庐的小伙子、大姑娘，都被编在人人过关的队列中。与其说是向群众交代，不如说是群众向专政者交代。北风在窗外猛烈地呼啸，会议室里空气污浊。千篇一律的交代，把群众交代得昏昏沉沉，把魏孟然、邹兰这帮勤务员交代得心烦意乱。

就在邹兰的眉毛皱成一团、小辫子甩来甩去、最不耐烦的时候，轮到一位被大家称作"教授"却并非教授的"白专道路者"。他正在愣神，旁边的同事推了一下，思索半晌才明白过来，知道该他交代了。他"噢"了一声，拘谨地看看周围，胆怯地开始交代："我，……"他思索着说，"我，那一天，没烟抽了，我就上街去。平时，我抽'前门'；那一天，我骑车到了西四，啊呀，我看见有'恒大'烟，'恒大'是天津出的，烟丝黄，比较软，可是比'前门'贵八分钱。我，我，我，……"他又思索回忆着，"我还是，我还是到西单去吧，……"

邹兰怒不可遏地拍桌子："你说这些干什么?!"

"教授"争辩道："我要讲清楚呀，下面就到正题啦。"

昏昏沉沉的会议室开始苏醒过来。

"在西单，我碰上了游行队伍。他们喊打倒王、关、戚、林，我就跟着走，也跟着喊。到了前门大栅栏，我肚子饿了——早起，没烟抽，就不想吃饭。我就在大栅栏吃了两个烧饼，喝了一碗馄饨。因为游行，汽车、无轨电车都停运了，我又走回到西单，又碰上游行队伍，他们也喊打倒王、关、戚、林，我又跟了一段……"

会议室内发出哄笑。

陈子铭憋不住地说了一句："那，你是两个游行都参加了？"

"教授"认真地说："我弄不清是一个，还是两个……"

邹兰又要发作，魏孟然使个眼色，把她的火压了压。

"教授"固执地说："要不，我补喊两个口号吧。"说完，他独自一人认真地喊着："坚决拥护毛主席三项指示！坚决保卫革命委员会！无产阶级文化大革命胜利万岁！……"要不是邹兰拍桌子，他可能还要喊下去。

人们用笑声把邹兰一连串的训斥淹没了。

"教授"呆呆地看着自己的脚尖，半截"恒大"烟还夹在指间，青烟从他身边缭缭绕绕地升起来，一直飞到天花板。

马乔觉得可笑，却又笑不出来。很快就会轮到他了，他能说些什么呢？

三九

轮到马乔交代时，魏孟然摆摆手让他跳过去。他明白了，这是要让他唱"压轴戏"。

该陶琼讲了，她表示拒绝，说："'文革'以来，左一个检查，右一个交代，还有完没完？烦死人啦！不是让群众自己解放自己吗？"

会议室里发生了地震，大家左顾右盼，空气又趋紧张。

陶琼继续说："我解放了，——自己解放自己！王、关、戚、林今天倒台了。当初，谁让他们上去的？谁出来作过检查？谁向群众交代过，说我当初看错了人？……"

魏孟然插断："陶琼，你说谁呢？"

魏孟然周围的人站了起来。

"你炮打无产阶级司令部！"

"你矛头直指毛主席！"

"那都是你们强加在她头上的！……"吴南村也站起来，孤军支援受围观的陶琼。

邹兰威胁地说："吴南村，你放老实点！"

吴南村毫不让步："怎么？不许说话？——只许州官放火，不许百姓点灯！"

魏孟然脸色苍白，冷冷地说："南村，真是树欲静而风不止啊。"

"对！"吴南村把话接过去，"天要下雨，娘要嫁人，合乎自然规律。何况，不平则鸣，人之常情！"

"噢！"魏孟然激动起来，"你是拔刀相助啊！"

"不用，不用，文化革命嘛，哪用得着刀呢？"吴南村轻声细语，一副蔑视对方的架势。

会场开始活跃，一元化的气氛，变成了多元。马乔心里非常高兴，陶琼竟然恢复了她当年那股锐气；吴南村屡遭打击，依然故我，在这种环境下，顽强作战，真值得敬佩！

只听吴南村说："'九月事件'我没参加。整个九月，我都把自己关在房子里，看书、睡觉、做梦，就这三件事。孟然，我没什么把柄在你手里。当然，我知道，我一说话，就有把柄。我能一句不说吗？说一点，给你一点机会，也可算作少许赞助……"

陶琼突然号啕大哭。

魏孟然失态地喊："诬蔑！……"

勤务组的人们目瞪口呆，会场里的人纷纷离去。

邹兰狂喊："还没散会！"然而，她的喊叫没有效力，像一碗水泼到地上，再也收不起来。

马乔到陶琼身边劝说："别哭了。看你的泪把会议都冲掉了。"

陶琼悄声告诉马乔："别走，我找你有事。"

"那就走吧，还在这儿干吗？"

陶琼似恍然大悟，从座位上站起来，看一眼无可奈何的魏孟然们，跟着马乔走出了会议室。

"马老师！"邹兰喊了一声。

马乔回头望望他们那一群，只见魏孟然向邹兰摆摆手，意思好像是说："让他走吧。"他扭头走出室外，外边的天地毕竟敞亮得多，空气分外清新。人们悄悄地议论着，按捺不住内心的喜悦。

吴南村站在冲着楼门的花坛边，审视着涌出的人群。

马乔发现吴南村手里夹着一支香烟，暗想：他也抽烟了。

人们在离吴南村不远的地方向左右分流，他像是桥基上的分水石，水遇到他，就绕着走开。

陶琼碰碰马乔，小声说："别过去。"

马乔像是没听见，直奔吴南村。这是他第一次向吴表示敬意。他过去握住吴南村的手，"您怎么也抽烟了？"

吴南村淡淡地说："唉，没事干。"

"最好别抽烟，安甫老师后来不也戒了嘛。"马乔想用安甫的实例劝说他。

"谢谢你。"吴南村也是第一次这么客气地对待马乔，双方的手使劲地握着，"你知道吗？安甫家那位医生……"

马乔知道他说的是安师母，赶紧问："她怎么啦？"

"唉唉，她要跟老头子离婚！"吴南村鄙夷地说。

"怎么回事？"马乔惊异地问。

"你最近没去她家？"

"安老不在家，老太太讨厌我。"马乔心里在自责，不管怎么样也该去看看啊，"唉，"他叹息着，"我会去的。您怎么知道的？"

"我老婆跟她是一个医院的。"

"噢。"马乔脑子里立刻出现安老一个人坐在沙发上的形象，真是家徒四壁，空谷孤松！"您知道安老师在什么地方？"

"秦城监狱。"

马乔早就听人说过这是关押战犯的地方，"怎么把他也弄到那儿去啦？"

"如果，……唉，不说了。"

"您快说呀！"马乔恳切地要求着。

"唉，"吴南村又叹气，"你怎么不明白呢？'文革'是干什么的？不就是为了拿掉刘少奇嘛？安甫是刘少奇的高参……"

马乔的脑子里嗡的一声，真所谓如雷贯耳，又好似混沌初开，灵魂出窍！多少年的困惑，多少年积攒在心头的乌云，被吴南村一语挑明了。当然，要说一点不明白也是假的；可是，像吴南村这么天机道破、一针见血，确实让他的认识发生了一次飞跃。他在心里说："啊呀，我怎么这么傻，……"本想和吴南村再说下去，无奈陶琼在远处着急地叫他，表情非常急迫。他这才想起陶琼说的："我找你有事！"

于是赶紧向吴南村告辞。

陶琼紧张地说："我接到一个电话，韩雨如他们要绑架嫂子，你得赶快回去，让她不要外出！"

"谁来的电话？"马乔大吃一惊。

"这你就别问了。"

"这么大的事，你得告诉我。我不会跟别人讲的。"

陶琼无奈，只好说："我估计是江吉人托人打的电话。那人也不肯说是谁。"

"小江在哪里？"

陶琼看看周围无人，才说："他在'孤岛'里。这可不能说，魏——千方百计要找他呢！"她警告着。

"他在'孤岛'里，怎么会知道韩雨如要……"

陶琼把嘴一撇，"哼，这一回您就显得太笨了吧！毛主席说过：'党内有派，千奇百怪'，更何况群众组织呢，更是你中有我，我中有你。你以为都跟您似的？"

马乔连连点头，心中着急，必须赶快回去让萧萝防备着。他匆匆地离开了机关。

四十

马乔还没进校门，就听见大喇叭声嘶力竭地喊成一团，乱哄哄地听不清到底说什么。

校门把得很严，外单位的人一律不准入内，本校的师生也不许外出。马乔掏出"家属证"，才准进入。

原来，此刻韩雨如正在全力围攻"孤岛"，也就是说："总攻"开始啦！

一见到马乔，萧萝就哭了。

马乔明白，现在到了最困难的时候，他把妻子搂到怀里，安慰她："别哭了。我是赶回来给你送信的。"

萧萝一愣："什么信？"

"她们想逮你，知道嘛？"

萧萝点点头。

马乔惊问："你怎么知道的？"

"'孤岛'带出来的信息。"

"可靠吗？"马乔追问。

"可靠，韩雨如作战部里有'铁骑'的人。"

马乔不禁脱口而出："真跟国共两党内战时一样。"

萧萝到厨房去洗脸。

马乔跟过去问道："哎，你哭什么？"

"谁让你不回来！"

"啊呀，我这不是回来了嘛。我真怕你外出，万一让他们在外边把你抓走，可就坏啦！"

萧萝洗完脸回到卧室才说："你知道吗？韩雨如把'孤岛'的水、电都切断了。现在，'孤岛'的喇叭也不响了。没水喝，吃饭也成了问题，很难再坚持下去，弄不好还会死人的！"

"应该立刻报告中央。"

"所有的大门都封锁起来了，信、电话都发不出去。校内的人，没有革委会批准，不许出去；校外的人根本不准进来。怎么去报告？"

"好么，韩雨如真成法西斯了！我去送。"

萧萝摇头："不，我不让你去。"

"为什么？"

"他们组织了打手，专门在校外等待通风报信者。"

"嗨，他们没那么大的胆子。再说，打架，我不是外行，早就想打了！"

"你看你，我就怕你跟他们打起来。"

"信送不出去，'孤岛'的事没人管。韩雨如真把'孤岛'拿下来，后果不堪设想。"

"也许，有人会去报告的。"

"你那是侥幸心理。要是没人去报告呢？韩雨如倒行逆施，'孤岛'守不住，你们的日子就更难过了。"

"我怕你吃亏。"

"我，吃不了亏。你快说说切断水电的情况。"

萧萝把得知断水、断电的信息后，她们几个教师怎么背地里议论，试图给中南海打电话、送信或发电报，都没成功的情况说了一遍。原来，韩雨如吸取以往的教训，这次作了周密的准备和部署；而且，秘密保守得异常好，竟然使反对派、同情派都没觉察。等到实施起来，罗网已经布置到位，反对派猝不及防，同情派手足无措。

萧萝接着说："这次行动，好像是李明邀集了几个被韩雨如解放的老干部出的点子，其中就有原党委副书记。"

"真他妈的卑鄙，出这样的馊点子！"马乔愤愤不平地说："这是首都！是北京！不是山高皇帝远的穷乡僻壤！"

第二天一大早，马乔按照正常的上班时间出门去。

校门口，几个红卫兵拦住马乔："不许外出！"

"为什么？"马乔质问。

"哼，这你还不知道？"红卫兵蛮不讲理地不屑解释。

"我，不是你们学校的人，……"

马乔刚说一句话，就被对方打断："不是我们学校的人，你来这里干什么？"

"我就住在这里，……"

为首的红卫兵说："知道你住在这里。你出去干吗？"

"干吗？"马乔没好气地，"上班！懂不懂？要吃饭，就得上班，就得工作！"

"嗬，你还真牛！出门，你得去革委会办个手续。有革委会的图章，才能放你走。"

马乔正想发作，李明从传达室出来，笑嘻嘻地说："来来来……"拉着他的手，拍着肩膀把他让进屋里，"嗨，你就爱瞪眼。那一群×× 工人，讲不出什么道理，你跟他们吵个什么劲儿呢！"

"怎么？你专门在这儿等着我呢？"

"不不不，……"李明把头摇得像拨浪鼓似的，"今天我值班，伙计。"

"是不是每个人出去，都得经过你们审查、批准呐？"

李明顾左右而言他地说："这些工人，不好对付。学校有了规定，他们兜里就好像装上了洋理，你跟他们硬说不行。伙计，'文革'，挺复杂的，学校的事，我劝你别管。"他说着流露出一种神秘感，或者更确切地说，既神秘，又玄奥的一副天机在握、不肯示人的架势，"这样，伙计，对你，对萧萝都好。再说啦，让你管，你也管不了、管不起。何况，你家又在这里，出来进去的也不方便呀！你说是不是？……"

"是啊，我连自己都管不了，还管你们的闲事？"

"行了，你是管不了，可是你老爱掺和，这就不明智！"

"我掺和什么啦？"

"唉，"李明认真地叹了口气，"你别给我来这个，我还不了解你？你可不是省油的灯！啊呀，你管这些干吗？有什么好处？……"

马乔忿然地说："你不是说了吗？我管不了，也管不起。你们有后台，有保姆！"

"你看你看，又来了吧。"李明一副不屑的样子，"啥后台？啥保姆？毛主席三项指示，这你知道吧？要说有后台，有保姆，那就是毛主席！"

马乔把到了嘴边的话咽了回去，他不想说这些了，"你到底放不放我走？我得上班呀。"

"放你走，放你走。我也说明白了，你也听明白了，学校的事，你别掺和啦，可以吧？"

"我没掺和。"马乔一口否认。

"唉，掺和不掺和，你自己知道，我们也都清楚。昨天晚上，你到了'孤岛'楼下。你去那儿干吗？你就不怕黑天半夜扔过来一块半头砖，砸到你头上？你看，学校里那么多人，谁还去那里呢？别掺和，对你有好处。"李明冷冷地说。

马乔听得头皮发麻，似乎有一天，真会有半头砖向他飞来。

"我是去散步，听见狂吼乱叫，感到好奇，才走近看了看。原来你们在攻打'孤岛'。探照灯真亮，那完全是一座黑洞洞的死楼嘛，要不是从里面往外扔半头砖，我真以为那里的人都死光了！"

"好了，马乔，我跟他们说说，让你走。你可要三思而行啊！"

马乔反问："你说我能干什么？我最大的能量，就是骑自行车上下班——上班来，下班走。我的组织生活到现在还没恢复，路线觉悟总也提不高，我还能干什么？只剩下——按时上下班。"

李明跟马乔一起出了传达室，对红卫兵说："让他走吧。"

红卫兵要检查马乔的公文包，马乔生气地质问："凭什么检查我？"

李明把手一挥，"算了算了，让他走吧。"

马乔举起公文包，对那些凶神恶煞般的工人说："这里面只有两样有用的东西：吃饭的饭票和上厕所的手纸，对革委会没有任何威胁。"说完，骑车而去。

身后留下一片啧啧声。

骑在车上，马乔问自己：去哪儿呢？一时竟没了主意。

当然，最好是找总理，像上次那样，前后不用五分钟就完成了任务。可如今那样的条件没有了——没人告诉你到什么地方去等总理。他想，去中南海？自报家门，说我叫马乔，是马锐、鲍惠的儿子，找总理，有特别重要的事情报告，请给通报一下。不不不，他连连摇头，他从小就没有这样的习惯，打父母的旗号，不仅难为情，羞于启齿，而且有损自己作为战士、革命者的形象。可是，一般人——如我马乔，要求见总理也不大合适。总理公务繁忙、日理万机，我一个普通工作人员，怎么可以要求见他呢？

自尊与自卑、责任感与等级观念，在马乔的脑海里纠缠、打架，他骑到中南海西门，竟没有勇气下车，过去说一声："我要见总理。"而是情不自禁地继续向北，去了文津街十号。前不久他曾在那里见到了总理——"好，乃父遗风！在哪里工作？"总理的音容笑貌，还时时出现在他眼前……多想再有这么一次机会啊！他随即否定了自己的想法，自我嘲笑地：太天真了！这不可能了。那次是一位不知名的同志创造了方便，还不知道人家付出了多少代价呢。不过，还是去碰碰运气吧，这件事，也只有找总理啦！他硬着头皮来到文津街十号。

门前，除了一个值勤的解放军战士，光秃秃的什么也没有。那次留下的感觉，像梦似的找不回来了。

"同志，"马乔对站岗的战士说，"我想见总理。"

战士和蔼地说："总理不在这里。"

马乔解释道："上次，我在这里见了总理，给他送了一封信。现在又有急事，想请总理过问一下。"

"你有材料，可以留下，我们收发室代转。见总理，不大可能。"战士审视着马乔，又问："你是哪个单位的？"

"我是'大院'的。"

"嗨，'大院'怎么跑到这儿来啦？有什么急事？"

"我想反映××大学武斗情况，再不制止，会死人的！"

"嗬！"战士惊讶地说了一声，"这事……"看脸色，听口气，颇有责怪的意思，"哎，你去市革委会报告嘛。想让总理去拉架？你管这些干吗？"

"不然，会死人的！"

"你放心，死不了的。知识分子吃饱了撑得慌，什么事都找总理，不得把他累死？"战士不耐烦地数落，让马乔非常难堪，分明自己也属于被谴责的对象。

见马乔还要力争，战士只好挥手让他去传达室。

马乔走进传达室，值班的同志正在打电话，拿着听筒向他直摆手，意思是说等一等，没看见吗？

那人满脸怨气，不断地拨电话，就是不通。

马乔何尝不急，想和他通融一下；那人突然吼起来："救火呢！懂吗？"

啊呀，原来他打的是火警电话；可是；看他拨的号码，不像是119，倒像是00118。

"妈的，火，火，火，这么多的火！真邪性！"那人一边拨电话，一边骂骂咧咧；抽空又给马乔扔过来一个"会客登记簿"。

马乔会意，立刻填上自己的姓名、职务、单位、事由，然后，伏在狭窄的窗口，给总理写了几句话：

敬爱的总理：

马乔向您告急！

韩雨如上台以来，不能正确对待革命群众，尤其不能正确对待反对过她、并且证明是反对对了的那部分人。特别是"九月事件"后，她在校内镇压不同意见者，达到了疯狂的地步：继任意揪斗、围攻、毒打不同意见者外，近日更升级为断水、断电、断粮、围歼，使百十名师生处于死亡威胁之中。如不及时解救，后果不堪设想！

　　此致

军礼！

马乔匆匆上

年、月、日

他又在信封上写了三个"A"，表示是急件；再写上：

　　转呈　周恩来总理

他把信交给了那位火急火燎的值班人，才从红大门走出。

四一

　　马乔觉得自己并没有完成任务。与其把信放在这里转呈，还不如直接送到中南海，没准更快呢？想到这里，他下了车，在路边找个地方，把刚才的信重复写了一封，送到了中南海北门值班室，请他们转呈总理。

　　去单位的路上，马乔仍觉得不放心，谁知道什么时候才能送到总理手里呢？他想着信封上的三个"A"。当年，在司令员身边工作，特级电报都是用三个"A"表示的，何不给总理发一封特急电报呢？他兴奋起来，摸摸衣兜，前几天发的工资忘了交给萧萝，硬硬的还在身上，真是天助我也！他飞快地去了电报大楼，把原信又写成电报，送到柜台后面的女同志手里。

　　那位女同志看见收件人是周总理，抬起头用惊异的目光审视着马乔。

　　马乔被看得不知所措，疑惑地问："怎么？"

　　女同志低下头，认真地看他的电文。

　　马乔虽然居高临下，却像个被审判的对象，等待着审判官的发落。

没想到，女同志再次抬起头来，竟是一副满面春风的样子，连着说了三个："好、好、好！"她把最后一页递过来，和气地说，"您在这里签个名。"

马乔签过名，恳切地说："同志，情况紧急，这份电报应该属于三'A'——就是特级！"

女同志笑了："民用电报，最高只有甲级。我们马上就送，您别着急。"

啊，一股暖流迅速传遍马乔全身，他激动得差一点流出泪来。

"交钱。"女同志微笑地提醒马乔。

马乔把原封未动的工资递过去，还差一元五角，他摸遍所有的兜都无济于事。

又是那位女同志，微笑着从自己包里拿出钱替他垫上。

马乔感激地："我会还您的。"

"算了算了，您也不是为自己。"

"谢谢，太谢谢了，我给您敬个礼吧！"马乔说着正正规规地给她敬了个礼，惹得柜台内外一阵笑声。

回机关的路上，马乔问自己："可以了吗？"回答并不满意。毕竟都没落实呀。他想起战争年代，司令员对参谋一再说的那句话："假如计划是十分，措施就要十二分，干劲就要二十四分，如此，才可能堵塞所有的漏洞，掌握一切有利因素。"由此，他又想拐个弯到"三座门"去。几年前，他去那里看望过司令员，好像军委机关在那儿。唉，要是司令员在就好了。嗨，不对，好什么？别忘了"三道金牌"！突然的醒悟，竟使他打了个寒战。

"老天爷，我怎么忘了呢？林彪说，大乱，是乱了敌人。我也被搞乱了！"马乔放弃了去"三座门"的念头，一路上想着一个"乱"字：我怎么乱成这个样子了呢？自己一向感觉良好，看来不是那么回事？他又想到安甫，他老人家思想没乱；吴南村头脑也很清楚；甚至张胖子，说话虽然模棱两可，脑子却不一定乱；唯独自己，乱得可以，像只没头苍蝇……

马乔一路骂着自己，回到了机关。办公室、楼道里空无一人，大概是上次的交代会没开完，今天接着开呢，于是，他从室里抄起一把椅子去会议室。离着八丈远，就听见一个人大声音、粗嗓门的说话声，分明是在批判，是在训斥，声色俱厉，慷慨激昂，冀中口音，习惯把"是啊"说成"筛"。那是谁呢？他走到门口一看，是一个不认识的工人师傅，站在讲台上，个子不高，穿一件崭新的工作服，由于激动，嘴张得很大，说话时没有讲稿，双手不断地在空中挥舞着。

会议室里坐满了人。马乔就在门口坐下，听他发言。他确实是在训人，训谁呢？马乔看看坐在前面的那些人，个个对自己视而不见，蹊跷反常的空气，让马乔非常不舒服。他在说谁呢？

"……出身好筛？不错！可是你要反对无产阶级文化大革命，筛？就一钱不值！有光荣历史筛？不错！可是你要反对毛主席，筛？就狗屁不值！彭德怀怎么样？筛，论出身，论贡献，筛，不比你强？筛，强百倍、千倍、万倍，筛！他反对毛主席，筛，就落了个身败名裂，筛！烈士子弟怎么样？筛，烈士子弟更应该拿出烈士子弟的架势，筛，立新功！你拿什么啦？你为谁立功啦？你们这里闹腾得连会都开不成啦，筛！革命领导小组，筛，都领导不了你们啦！筛？这里头有鬼，俺们工人专门来捉鬼，筛！有人说，老虎屁股摸不得，俺们工人宣传队专摸你这老虎屁股！筛？……"

马乔终于明白了，这位"筛"师傅，骂的就是自己，要摸的老虎屁股，也是自己，要捉的鬼，自然也是自己啦！他心想，这小子够得上二杆子。下车伊始，就把我当鬼捉，真他妈的瞎了眼！捉吧，我看你怎么捉？他真想腾地站起来，跟这位工人宣传队叫叫板；可是，安老那句话又在他耳边鸣响："不要冲动！"是的，他是工人阶级的二杆子，你也是二杆子？马乔冷静下来。

"筛"师傅的宣传，说过来说过去还是那一套。没等散会，马乔扛起椅子退出会场。回到办公室，电话铃正"铃铃"地响着。他拿起听筒，里面是个男人的声音——

"喂，喂，喂……"急促又神经质地喊着。

马乔连忙问："哪一位？你找谁？"

对方还是不断地喊："喂，喂，喂，……"

这让马乔想起战场上的紧张气氛，对方好像处在千钧一发的紧急关头。

"你们还有人？没有死光？"听筒里的声音幽怨、悲愤，甚至还带着哭腔。

"你是谁？有什么事？快说吧！"马乔也感到紧张，不知道发生了什么事。

"我找马乔！"

"我就是，你是谁？"

"你不认识我。你赶快来。"

"我，去哪儿找你？"马乔急切地问。

"安甫家——"

马乔心里一哆嗦，啊，安老出事啦？"好，好，我马上就去！"又追问："喂，要不要通知我们领导？"

电话"哐"地挂断了。

马乔顾不上跟谁说，骑上车就跑。

"哎，……"一个胖胖的工宣队女师傅在楼门口喊："你去哪儿？"

马乔边跑边说："有点急事，回来一块算。"

"这是什么话？！"女师傅愤愤地说。

马乔在路上想，可能是安老出事了。他不是在秦城吗？这十几年他过得太艰难了，真可谓：家破，人亡，鬼吹灯！噢，我这一辈子怎么尽遇上这样的人和事呢？他想起土改时的连老师，老人家可能不在世了；可那幕暴风雨中的悲剧却永远留在了记忆之中；时间虽然已经很久很久，思想起来心里还会隐隐作痛，成为无可弥补的遗憾。他想起周老师，先是挨批挨斗，强加给她令人发指的人格侮辱；接着又进劳改队；现在，韩雨如顾不上整她，让她回了家，可是，当年那种雍雅的学者风度已经丧失殆尽，脸上的皱纹刀刻似的看上去吓人；作为她的学生，眼看着她遭难，却无法援手，只剩下愤怒和悲哀！……

无法援手！这是心的苦难、心的折磨，是永远的缺憾！

到了安甫家门口，马乔鼓起勇气，推开关着的门，一股血腥味扑面而来，啊呀，他差点叫出声来。地上、墙上，有未干的血迹，房间依然空空荡荡。他推开所有的门，都没有人。只有师母屋里还有陈设，像有人住着，桌上和墙上有大片的血迹。

"这是怎么啦？"马乔终于叫了起来。

一回身，师母站在楼道里，脸色苍白，两眼直盯盯地看着他，抿着嘴一句话也不说。

马乔感到恐怖，急切地问："师母，怎么啦？"他知道，近几年师母不喜欢他，尤其不喜欢他来家里，好像是他给安甫带来了灾难似的，现在顾不得这些了，他恳切地问着，生怕她像过去那样说出：我们家的事，你别管，快走吧。

师母没有下逐客令，只是微微颤抖地站在门边看着马乔，不说话。

"师母，我扶您到屋里坐吧。"

"不，不，不……"老人歇斯底里地叫着。

是的，那屋子对她，是可怕的。

马乔着急地问："安老他……？"

师母连连摇头，艰难地说："他……他……没事。"

"那……"马乔指着血迹问，"这是……？"

老人哭着："是孩子，……"

"噢！"马乔印象中，这个孩子是师母和她的前夫所生，安甫对他视若亲生，父子感情很深。

"你来晚了！你为什么不早点来？"老人神经质地说着。

"他怎么了？需要我做什么？"

"你来晚了，什么也不需要了。"她叨叨着。

"他在哪儿？我去看看他。"

"不用了，不用了，……"

马乔无奈地："师母，……"

她立刻制止着："不要叫师母，我跟他已经解除……关系。这房子，我缴给你。"

"您别缴给我呀……"

"不缴给你，缴给谁？"老太太说着把钥匙扔到马乔面前，转过身，晃晃悠悠出门去。

马乔本想赶上去扶她一把，走了一步又停下来，品味着她扔下的那句话，心里想，这分明是一种谴责，这一切好像都怨我？

岂有此理！

他从地上捡起钥匙，重新看过每个房间。在老太太的房间里，发现地上有几个紫色的东西，仔细一看，原来是三个断指。

啊呀！马乔惊得差点闭过气去。

是震惊！是疼痛！是不可思议的悲哀！

四二

马乔回到机关，推开魏孟然的门，里面坐满了人，烟雾腾腾，议论纷纷；见到他站在门口，立即鸦雀无声。

马乔冲着他们说："这是安甫家的钥匙，交给谁？"

魏孟然看看工宣队的头头，意思好像是给他。

工宣队头头在犹豫。

邹兰说："给刘师傅。"

"好。"马乔将钥匙扔了过去。

刘师傅一把接住，连声说："别走，别走。"

马乔只好站住，等着他说话。

"你去他家了？"

"对。"马乔从容地回答。

"你走也没请假？"

"来不及了，电话催得紧。那位女师傅看见了。"

女师傅看着马乔："看见什么了？你请假了？这还开着会呢，你就跑了！你知道是什么会吗？你知道刘师傅说谁呢？"

"电话催得紧，我想回来再说也可以。"

"哼，"刘师傅不以为然地说，"你去了他家？都看见什么啦？"

"你大概都知道了。"马乔镇静地说，"可能比我还清楚。"

"对，你算说对了。筛，我问你，安家为什么叫你去？不叫老魏，不叫邹兰，也不叫我老刘，筛？按说，这钥匙该交给老魏呀，要不交给陈子铭同志，筛！偏偏交给你，这是什么问题，筛？"

"你觉得奇怪？我是安甫的助手，他家的事，当然会叫我。"

"啊呀，马乔马先生，按说，您也是知识分子，比我聪明多啦，筛，这时候啦，您还是他的助手？"刘师傅说着站起来，"您呐，筛？要好好想想，咱们抽空好好聊聊。我这人，直筒子脾气，筛，工人嘛，没文化，筛，会上批了你四十分钟，也是为你好。毛主席亲自发动、亲自领导的文化大革命嘛，你怎么总赶不上趟呢？这是什么问题？筛？咱们好好聊聊！"

看他说完了，马乔抽身出来，推上车回家了。

刚进校门，马乔就觉得气氛反常，人们向西北方向张望，神色紧张，一片纷乱。守门的棒子队，似乎也乱了手脚，顾不上严查行人。

马乔这才发现，"孤岛"方向浓烟滚滚，他顾不得回家，骑车随着人流向那里跑去。

"孤岛"周围被棒子队包围、封锁，大火从一楼正门烧起，火苗已经蹿上二楼。革委会的大喇叭，一会儿播放毛泽东《敦促杜聿明等投降书》；一会儿播放韩雨如的讲话录音，告诫群众站稳立场，不要做东郭先生。

而处在浓烟烈火中的"孤岛"人，则站在楼顶，义愤填膺，高唱毛主席语录歌：

"下定决心，不怕牺牲，排除万难，去争取胜利！"

一会儿又齐声朗诵"铁骑兵团"严正声明：

"……韩雨如和她的红保姆、黑后台是破坏学校无产阶级'文化大革命'的罪魁祸首！兵团战士愿以鲜血和生命，保卫毛主席革命路线！韩雨如图穷而匕首现，他们放火烧楼之日，就是他们彻底垮台、灭亡之时！……"

夕阳坠落，火势借着风势，像无数条金蛇在"孤岛"身上乱蹿。喊声、哭声、歌声、乐声，噼噼啪啪，噪噪喳喳，把义正词严的声讨、悲壮激烈的反抗，统统淹没在乌烟瘴气的混沌里。

"怎么可以放火呢？"马乔加入了辩论，"放火就是日本鬼子，放火就是蒋介石！"他吼着，像火似的燃烧着。

"快救救他们吧！别吵了！"人群里有人喊。

"哎，"萧萝来到马乔身边，揪揪他的衣服，两人走出圈外。

萧萝悄声问："怎么样？"

马乔满腔怒火："什么怎么样？"

萧萝提醒："今天早上，你不是去……？"

"哦，"马乔这才从混乱中苏醒，"噢，是今天？"

"当然是今天，你怎么啦？"

马乔的感觉却像是已过了好几天，甚至是一个月前的事了。他喃喃地说："我写了信，发了电报。"

火蛇已经蹿上三楼，四楼有的窗户也开始冒烟。

萧萝着急地："怎么消防队还不来？"

一句话提醒了马乔，连忙问："有人去叫消防队啦？"

"嗯，去了好几个人啦。"

"噢，"他想起今天早上文津街十号那个值班人说的："火，火，火，这么多火！"他问萧萝："这附近有电话吗？"

萧萝带着马乔到了教工宿舍楼。

马乔惊奇地问："这里电话没拆？"

萧萝悄声说："这是军线，韩雨如想拆，可惜拆不了。"

门开了，萧萝说明来意，军人慷慨地说："打吧，快打吧，救命如救火！"

马乔按照他记下号码，一拨就通，赶快说明十万火急，请求支援。

对方回答："二十分钟以内就到，请让开通道。"

马乔、萧萝回到现场，火苗、浓烟比以前更加汹涌。

封锁线外的群众都在喊："你们出来吧，出来吧！"

革委会的喇叭歇斯底里地吼着："正告'铁骑'的反动头头，你们的末日已到，敌人不投降，就叫他灭亡……"

"孤岛"楼顶上的人们，仍在唱着毛主席语录歌：

"下定决心，不怕牺牲，排除万难，去争取胜利！"

声音虽然微小，四周的人都能听得见。

马乔、萧萝站在黑暗中，焦急地守望在消防队的来路上，这二十分钟竟慢得像一只蜗牛！

他们的身后是浓烟、烈火和沸反盈天的喧嚣。可悲的是，构成喧嚣的邪恶和悲壮，竟然使用了同一语言和思想！

喧嚣，喧嚣，喧嚣！

有人在喊："别跳，别跳！"

有人在哭。

有人在骂。

远处传来了消防车的紧急鸣叫声，是笛声和钟声的混合鸣奏，由远而近，雪亮的前灯照亮了冬日的林荫道，最前边是一辆红色的吉姆车，后边是一辆接一辆的消防车，风驰电掣般地开了过来。

雪亮的车灯，轰鸣的马达，威武雄壮的阵势，使马乔热血沸腾。

那些设置在"孤岛"周围的封锁线、障碍物，那些企图阻拦消防车作业的棒子队，在强光照耀下，更显得卑微渺小、影单形孤、无能为力。

萧萝高兴地哭起来。

马乔刚欲冲上去，被萧萝死死地拉住不放。

消防车还在不断地增加。大火、水柱在夜空中交织着，"孤岛"云烟氤氲，丰富的色彩，壮阔的身影，映红了整个校园，在马乔、萧萝心目中，她成了一座永恒的心碑……

大火扑灭了。

据说，消防队的指挥员进入"孤岛"后，命令消防队员们把楼里所有可以盛水的池子都注满了水，还给他们送去许多熟食。

据说，韩雨如连夜召开革委会，限令作战部立即调查清楚：是谁向中南海报的火警？为什么一连来了三个消防队？这都是什么人干的？

据说，韩氏作战部费了九牛二虎之力，也没弄清楚是谁报的火警，是谁干扰、破坏了学校的无产阶级文化大革命。

这不久，学校开进了工人宣传队、解放军宣传队。他们肩并肩地进入高等学府，每人手里拿一个十页纸的小薄本，是姚文元的最新著作：《工人阶级必须领导一切》。

这两支队伍进入学校的第一个声明，是坚决支持校革命委员会；第一个行动是强行占领"孤岛"，把"铁骑"的成员统统"请"出来，分别送回到他们各自的班级，由工人阶级担保他们的安全。

"九月事件"后失踪的江吉人，也被从"孤岛"里"请"了出来。天下工人是一家，他由学校的工宣队送给研究室的工宣队。

而马乔经过工宣队刘师傅等人多次教育仍然看不到起色，所以，工宣队和领导小组决定"请"马乔到南方"五七"干校去劳动，接受贫下中农再教育。一经决定，必须立即启程。十几年来，他到下边去的时间少吗？那时，虽然也是别妻抛子，于心不忍，但总还是为了事业，胸有朝阳，愉快而去；这次，他确实感到了凄苦。他不怕劳动，甚至可以说他喜欢劳动；他不怕苦，他吃的苦头多了，再苦也没有过去那样的苦了。他放心不下的是妻子和一对小儿女，此时此刻，他唯一希望的是让他们一家同去；可是，他被告知，那是绝对不可能的！

他变得异常脆弱了。在踏上南下的火车时，他只是和妻子、孩子匆匆招招手，就躲到车窗的对面去。男儿有泪不轻弹呀！他把凄苦、挂念、离情、别绪的苦水，大口大口地用力咽了下去。一时间，他是那么空虚、软弱、伤感、忧愁，不像个军人，不像个男子汉，竟然缠缠绵绵地拿不起来，放不下去。他真想骂自己一顿，可是脑袋空空的，什么都没有了，只有一个空壳和满腹的忧思！

长篇小说创作 卷

骄子传(下)

第六卷

东方月正圆

序

圆，可是个绝妙好词！事业的成功，情侣的相爱，亲人的团聚，梦想的实现，幸福的希冀……都和这个"圆"字，结下不解之缘。

在中国人的心目中，圆，今天——依然是一个活着的、至善至美的图腾！

这个活生生的图腾，究竟是从哪里来的呢？猜想，极可能是从天上的月亮那里来的，圆，是对月的认识和描绘。中国人奉行"天人合一"的哲学，在大自然塑造人类的同时，人类也塑造着大自然。"天行健，君子以自强不息！"这是大自然的本性，也是中国人的禀赋。中国人生长在天地之间，在崇尚阳刚之美、涵养浩然之气的同时，也激荡着阴柔、缠绵的浩瀚情愫。头上一轮圆月，是明镜，是高台，是中国人魂魄的归依。怨不得中国人对月亮有一种特殊的情怀呢！只要在中国的诗海里徜徉、遨游，随处都可听到、见到诗人们对月的咏叹、感怀。无论是《诗经》里的"月出皎兮，佼人僚兮"，还是李太白的"长安一片月，万户捣衣声"，抑或是苏东坡的"明月几时有，把酒问青天"……啊，那些脍炙人口的名句，倾倒古今的佳作，在诗歌王国的大海里，闪烁辉煌，数不胜数。大体说来，歌月的篇什，很可能是在一轮圆月下唱出来的。

圆，是月对生民的启悟。

圆，是光明，是完整，是丰满，是不偏不倚，更是婉约、润泽、柔美、顺畅的妙境。因此，圆，不光是丰满如明月那样的景致；圆，更是通理、通情、通心的生命意识；是人们可期可求的善境、妙处。连阿 Q 先生这样的角色，被判死刑时，留下来的最大遗憾也是：自己"画得不圆"！这与其说是手抖的遗憾，不如说是心底的悲苦。

一八六零年，圆明园被铁蹄踏碎后，中国的月亮就不圆了。地球上所有的列强，都曾经把嘴伸进这个破碎了的国家，想独霸，想蚕食，想瓜分，这种可耻可卑的行径，整整折腾了一百多年。试问，那一张张贪婪的嘴巴，一口口锋利的牙齿，感觉如何？

不舒服是很自然的！

中国人是女娲的后代，向有炼石补天的意志和胆略。"人有悲欢离合，月有阴晴圆缺，此事古难全！"没什么，月亮碎了，心并没有碎！从圆明园破碎那天起，炼石补月的工程，就启动了。不管是惨淡经营，还是溃败千里，中国人心目中的圆，总是不屈服的。只要不圆，不惜推倒重来，决不苟且、将就！

月碎了有什么？月碎了，只能造就出一批又一批、一代又一代的补月能手罢了！

二十一世纪的月亮，正从东方升起来，圆不圆？只要不圆，就继续奋斗！

一

"五七干校"坐落在一块高高的荒丘上，对面是一座大山，中间有条不大不小的河，河边散落着一个稀稀落落的村庄。站在荒丘上，村中鸡鸣狗吠、烧火冒烟，可闻可见。

马乔是和吴南村一起到达的。

在车站接他们的是一辆手扶拖拉机，开车的也是一个"五七战士"，看见他们下车，便走上前笑着问："你们是北京来的吧？"

"对。"吴南村满脑门子官司地回答，"你是干什么的？"

那人穿一件又脏又烂的军大衣，浑身油污，还泛着一股浓浓的汽油味，腰里扎一根稻草绳，长长的脸，又黄又瘦，他拍着脑袋说："接你们呀。"

吴南村愕然，忙叫马乔："快来，快来呀。"

马乔提着行李过来。

那人又说："噢，就这点行李？"

马乔告诉他："不，这是一部分。南村的行李在那边。"

吴南村对马乔使个眼色，把他拉到一边，小声说："他……"

马乔笑笑："是来接我们的。"心里念叨：你以为还像以往那样，到了省里，办公厅、秘书长高接远迎？他走到那人身边问："同志，你贵姓？"

"姓方。你们有多少行李？"

"还有点，车在哪里？"

"你们等着，我把车开过来。"

吴南村此刻似乎有所醒悟，拉过马乔的背包坐下，愁眉苦脸地歪着脑袋，一言不发，棉帽上两个"翅"耷拉下来，活像一只受伤的鸟。

车来了，拖斗里已经装满了化肥、农药。吴南村除了一个沉重的樟木箱外，还有一卷行李、一个网篮，放在冒尖的化肥袋上直摇晃；重新装车，放在下面，又压不得。方司机感到为难，吴南村也不满意，不断地说："反正不能压、不能压！"最后，只好搬出两袋化肥，放在冒了尖的尖上，腾出一块地方，把箱子、网篮装上。

拖拉机使足了劲，摇摇晃晃地拉着他们，爬上一座又一座高坡，终于攀上了荒丘。

噢，马乔觉得这里倒还视野开阔，远山近水、河流村庄、树木农田尽收眼底。他跳下车的第一句话就是："这是个好地方。"

吴南村翻着白眼问他："好什么？"

马乔只是一笑，他虽然早已不是军人，可习惯难改啊。他想的是：这里要是放一个炮群，哈哈，方圆几十里就都在控制之下了。

拖拉机刚熄火，从荒丘上一排排长条房子里走出一个军人、一个工人，自然是这里的领导了——工宣队、军宣队。

军人远远地说："喔，你们来了。"

工人接着问："你们谁是马乔？"

"我。"马乔走前一步。

这位工人阶级，顶多二十七八岁，穿一身浅蓝色劳动布工作服，脸蛋又圆又胖，说话像相声演员马季，表情却相当严肃，没有一点笑意，"哦，你是马乔，那，你就是吴南村了？"

吴南村勉强地点点头，看到自己一身尘土，着急地又跺脚、又拍打，满脸难堪。

军人走过来介绍："这是李师傅，我们工宣队负责人。我姓刘，是军宣队的。"

李师傅也忙介绍："刘排长是咱们党支部书记。"

刘排长赶快补充："李师傅是咱们五七干校副校长。"

吴南村看看马乔，似乎在说："简直是胡闹。"

马乔虽然没那么强烈，也觉得滑稽，几百号知识分子，交给一个排长、一个工人领导，就不出修正主义？

李校长认真地说："我们研究了，你们二位不必去大田班，就在菜班劳动。菜班嘛，"他脸上出现了笑容，"一般说，活茬比较轻；但是，看怎么说啦，蔬菜生长周期短，活茬倒得快，跟大田比，没有农闲；这对你们也有好处，劳动锻炼嘛，不能误了农时，几百人吃菜，包括冬天储存菜，都靠这十亩园子供应啦！你看，"他指着南边不远处一片地，"一亩园，十亩田。马乔同志，原菜班班长生病回北京了，我们决定由你接替，……"

马乔立即表示："我没种过菜，这班长可当不了。"

"嗨，边干边学嘛。"支部书记刘排长在一旁说。

"没问题，你干得了。"李校长的口气，已不能再商量。他又指着前排房子顶头一间："你们就住那里，有两个空位子。"说完，两个人帮着搬行李、抬箱子。

方司机紧一紧腰间的草绳，默默地把车开走了。

房间还算整洁。有个空着的高架双人床，马乔自然睡上铺。吴南村一头倒在铺上，闭目养神，懒得说话。马乔倒觉得这地方不错，心想要是把萧萝和孩子们都搬来，自食其力就很好了。于是他独自出屋，在荒丘上到处走走、到处看看，什么大田班、林果班、畜牧班、机耕班、工具班、基建班、后勤班、炊事班、食堂、医务室、广播站、仓库，应有尽有，一片光明，把离京时的烦恼、悲凉统统甩到了一边。

晚上，同屋的三个人回来了。彼此介绍，才知道，一个是文史专家过先生，一个是哲学专家巴先生，另一个是原汇丰银行的高级职员王先生；也才知道，那位接他们的方司机，是位核物理学家。

吴南村脱口而出："真是糟蹋圣人！"

全室愕然，空气顿时紧张起来，仿佛只要擦着一根火柴，就会引起爆炸。大家吸气凝神，尽量保持安静，不要让空气加温。

停了好一阵，汇丰王顾左右而言他地说："哎，今天翻地，发现茄子的根又粗又硬，据说它的根煮水洗脚，可以治冻疮，你们谁听说过吗？"

"是啊，茄子的根，与树根比，只有大小之别，没有质的不同。那么，茄子的根，是草本还是木本？"哲学巴又提出另一个问题求答。

文史过说："哎呀，这都不知道？草本者，一年生也；木本者，多年生也。怎么，在茄子根上，迷失方向啦？"

"您还别说，我看，有些草本植物，完全可以成为木本，不要把问题看死了。"哲学巴这段话，似乎忘记了他刚才求答的问题。

"哎，巴先生，您到底是提问题求教呢，还是考我们呢？"

宿舍里的空气缓和下来。

汇丰王年龄最大，大门牙已经掉了，洗完脸，抽一支烟，躺在铺上轻松地说："这地方好啊！"

马乔是唯一睡上铺的。听着下边议论，他没搭茬，心里却埋怨吴南村，他那一炮，把别人吓了一跳，半天才缓过劲来，弄得人家神经紧张，逼出了一堆废话……

吴南村此时却精神倍增，和睡在下边的三位先生大谈小道消息。什么西单商场发生了爆炸事件；什么清华、北大武斗连绵；什么天派、地派、九一五、九一六；什么聂元梓、蒯大富、王大宾、韩爱晶；什么谭厚兰的井冈山、北师大的造反兵团……真是扯了一堆又一堆，把那些道听途说的东西，没完没了地在三位先生面前抖落，说者起劲，听者有味。

马乔发现，吴南村和先前不一样了。印象中，他认真、严谨，勤于思考，不苟言笑，给人一种孤傲、清高的感觉。尤其在一些理论问题上，他思维敏捷、尖锐泼辣，才华出众，绝不随波逐流。现在，听他东拉西扯、津津乐道的口气，似乎在废弃严谨、周密的思维习惯，在滔滔不绝的亢奋中，还洋溢着一种幸灾乐祸的快感，让他听着很不舒服。

夜，已经深了，四个人谈兴尚浓。窗外，月光如水，远处的山峦、河道，近处的房舍、场院清晰可见。遥想千里之外的萧萝和孩子们，马乔失眠了。她们平安吗？怎么可能呢？他很悲观。韩雨如的后台硬得很，又是中央文革的铁拳头！工宣队进校伊始，就明确表态支持革命委员会，所以，萧萝的日子不会好过。"孤岛"消失，足以和韩雨如对抗的集团力量不存在了，她也很可能再一次灾难临头了！现在远隔千山万水，鞭长莫及啊！遇到困难连商量的机会都没有，想到这里，真让他犯愁，我得在这里呆到什么时候呢？

山川清冷，明月无涯，归期莫测——不知何年何月啊！现在，马乔的心中，只有萧萝，只要萧萝平安，就一切平安啦！可这几乎是不可能的。
………

二

菜班班长不好当。全班十三四个成员，男女老少齐备，官僚、学者、专家、教授俱全，来历不同，性格各异。马乔新到，种菜这一行完全陌生，在这些"老菜班"面前，他没有发言权。冬天的活计还好安排，无非是翻地、平地、修理沟渠、选种、育种、积肥、运肥……可春节一过，大地解冻，农忙先从菜地开始。十亩园子，要分成几十块，去年这一块地种了黄瓜，今年就应该倒茬种茄子；一开春收了菠菜，接着就要移种西红柿苗；什么豇豆、架豆、五月鲜；什么青椒、大蒜、西葫芦；什么水萝卜、红萝卜、白萝卜；什么韭菜、芹菜、香菜；什么小白菜、大白菜、冬瓜、土豆、洋葱……品种多，周期短，茬口倒得紧，还要避开不同品种之间相克相斥的忌讳，这本"书"，真不比《资本论》好念。鉴于这本"书"关系到几百人全年的吃菜问题，纵然心中有事，千肠百结地挂念着远方的亲人，马乔也不敢有丝毫懈怠。他向"老菜班"们求教；拜附近村庄的菜农为师；读有关种菜的小册子……他当过参谋，指挥过一个连，当过工作队长，不乏群众工作的经验；可现在，当上工的钟声敲响，全班人马来到地头时，七八种活路，由十几个人干，怎么样分工，谁跟谁去干什么更好，还真是个难题，并不比指挥一个炮兵连容易。他给自己定下的规矩是：第一，不违农时；第二，虚心求教；第三，脏活、累活抢在前面干。从春到秋，他把"菜班"这本"书"总算念了一遍，全年总产量累计十八万八千斤，除了保证几百人全年吃菜不断档以外，还拿出三万斤，支援在附近插队的北京知识青年；而他自己的体重却掉了三十五斤，肩膀上多出两块肉筋，双手结下十个老茧，锄把、锨把、镢把在他手里，都被无奈地降服了。

一年下来，吴南村对马乔说："你把我们累坏了。"

马乔想了想，只好说："实在对不起。"

这句话，并不是他的由衷之言，他是想用这句话把吴南村搪塞回去。他们之间已经发生了好几次危机，幸好都是农忙季节，没有时间和精力让危机充分表现出来。现在略微空闲了，吴南村抓住马乔，向他发出问罪之辞。

"当然，你比我们都累，"吴南村这句话虽然不错，但跟着说的却让马乔反感，"用得着这样干么？"

马乔忍着，不想反驳。这已是第三次听吴南村说这样的话了。

"你看你瘦的样子，又干又黑，何苦呢？"大概因为宿舍里只有他们两个人，吴南村非要把不情愿的谈话坚持下去，"不就是让你当个班长吗？"

"你，"马乔忍无可忍了，"怎么可以这样说！"

看到马乔发火，吴南村反而笑了，"哼，用不着这样卖命么。"

"怎么就算卖命？"马乔质问吴南村。

"你呀，别瞪眼，我是为你好。"吴南村的口气缓和下来，劝解地说："不值得为他们干。"

马乔无可奈何地："几百人要吃菜，不干行吗？"

"唉，你呀——怎么不行？"吴南村狡黠地说，"没菜吃才好哪，看工人阶级怎么领导？！"

"那不行。"马乔有些厌烦，不想再说下去。

吴南村追问："为什么？"

马乔不吭声。

"噢，因为你是党员？"吴南村半讥讽地说，"可是，到现在也没有恢复你的组织生活。"

马乔仍然不吭声。

吴南村冷笑地说："你怎么啦？你对党不忠诚？你真的修正主义啦？你贪污腐化？违法乱纪？……"

"好了好了，你有完没完？"马乔被这一连串问题搞得火烧火燎。

吴南村穷追不舍地："噢，你是共产党，你是无产阶级先锋队，可又有谁承认你呢？"

马乔气冲冲地说："我不要谁承认。起码我是人，一个健康的人，可以自食其力的人。"

"哼，"吴南村不以为然地说，"现在又来了个工人阶级领导，一个普通工人，就可以代表工人阶级领导一切，真他妈的活见鬼！你就应该让工人阶级领导来解决大家的吃菜问题，犯不着领着我们这样蛮干。"

"谁蛮干了？什么叫蛮干？"马乔为自己辩解，一九五八年的蛮干，他记忆犹新。

"好，没蛮干，不说这个，……"

"南村，你不应该说这种话。我知道，你没累着，别看你叫得凶。我觉得劳动对健康的人是一种挑战，也是一种享受。你不觉得我们收获了那么多的菜，得到很大的回报吗？"

"是的，十八万八千斤，很大的数目了。是在工人阶级领导下取得的巨大收获，是工人阶级领导一切的胜利。即使这样，菜班也没受到表扬。因为什么？知道吗？"吴南村撇着嘴问。

"知道。"

吴南村笑了，"因为你是班长，因为你跟工人阶级过不去。表扬你，或者说表扬菜班，就会增加你对抗工人阶级的资本。你还说你知道呢，你知道什么？"

"我不是为了表扬才干的，我是为自己干，……"

马乔的话没说完，就被吴南村打断了，"为自己干，就不用来这里。"

马乔感到非常困难，激动地说："你怎么就不理解呢？"

吴南村摇头，感慨地："真是困难！我们毕竟是一个室的，提个醒总还是应该的。也许我觉悟没你高，我很悲观，没你那样的干劲，……"

"你别这样说，也许我正是邹兰说的那样，只拉车，不看路，现在，路线觉悟是最高觉悟。这，我觉悟不上去。"

吴南村叹息："你这个人呀，太自信，简直是盲目乐观。"

"我呀，天生的盲目乐观。"

吴南村蔑视地笑笑，再也不说话了。

一场舌战沉寂下来，那味道是苦涩，更是痛楚。辛苦一年，连句表扬话都没听到，自己果真不在乎吗？不，不表扬，就是不公平！首先是我们的集体需要表扬，也应该表扬！作为班长，我尽了力，完成了任务，也应该表扬，是非功过不能含糊嘛！当然，冷静下来，他才会想到，在工人阶级眼里，自己是个有问题的、待审查的人。

其实，这一点，凡是来五七干校的人，都明白。不是有问题、立即作不了结论；就是已经有了结论、再也派不上用场的人。五七干校，有人称它是"劳动力过剩的蓄水池"，这是好听的，还有人说它是"垃圾处理场"。

唉，听这些话，落到这样的下场，还有什么干劲？难道不是这么回事吗？前几天，接到萧萝来信，大学也搞了五七干校，在工人、解放军宣传队领导下，校革委会制定了精简方案，初步决定要将百分之六十的教工队伍，送往五七干校安家落户，实行大换血，只留清一色的造反派。这样，韩雨如的胜利才能巩固，这所大学，才称得上名副其实的文化革命大学。……

是啊，表扬就是肯定。肯定你？你已经根本上被否定了！

马乔被这突然的醒悟震惊了。他感到悲哀！怎么？还不到四十岁，就被淘汰出局了？真的，他突然觉得自己好傻呀，怎么没想到呢？整天想的就是萝卜、白菜。这太残酷了！就像一个战士，还没正式上阵，就被强行遣散回家了；就像一片绿叶，在金灿灿的阳光下，默默地工作着，它忙碌，它活跃，它不断闪动着，为的是变换角度，把更多的阳光收集到自己的筋脉中，经过认真咀嚼、研磨、消化，造成丰富的养料、能源，转送到大树的躯干里，不惜从春忙到秋，希望促成大树繁华、辉煌……可是，还没到秋天，它就被夭折了！

他是个健康的叶子，他正在工作啊！

如果说共和国是一条河，他就是这河里的一滴水。他的生命，他的性格，甚至他的弱点，都是这河铸就的。他随着这条河，走过了千山万水，闯过了一道道惊涛骇浪。从出生那天起，共和国跨越的每一道险隘难关，他都身临其境。他生在旋涡里，长在旋涡里，因而也生就了对旋涡的亲和力！他绝不逃避旋涡，喜欢在旋涡里尽力；他不自外于旋涡，相反，对被抛出旋涡感到悲哀。他的生命、他的本性就是要回到旋涡里去。他可以牺牲，但不愿夭折！他还是片绿叶，他要工作到秋天，工作到一片金黄！

三

马乔心中的苦闷向谁诉说呢？

萧萝不在身边，写信也不愿说这些背时的命运，徒增亲人的忧伤。而萧萝，也总是报喜不报忧，什么工人阶级领导，比韩雨如强多了，乱打乱斗乱劳改的现象制止了；什么她带着女儿晓晓去郊区劳动了一百天，收获很大；什么她又参加了基建劳动，居然还登上脚手架，给工人师傅递砖、运瓦；更奇怪的是，在一封信里，她说也参加了菜班劳动，也在学种菜，还说，将来精简时，申请带着二小到你们那里，跟你一块种菜。哦，这该多好啊！马乔心里泛起无限的惆怅。考虑再三，他向工宣队李师傅提出正式申请，希望批准萧萝带着两个孩子来这里落户。嗬，工宣队答复得极痛快：可以，给你们一间房，反正都是五七干校嘛。他不禁诚惶诚恐，认为是组织的关怀和照顾，只盼着学校快点精简，使企望早日成为现实。

这个被称作"荒丘"的地方，远离县城、集镇，没有邮局，不通电话，信件传递异常缓慢，而且还容易丢失，有些人的信件，工宣队还会扣压下来。马乔苦盼半个月，才能收到萧萝一封来信，虽然都属于报喜不报忧，但是，他能从字里行间猜测到吉凶。当然，每封信都使他得到慰藉，同时，也激起他对妻子、儿女强烈的思念之情。啊，思念之情，像潮水，像激流，冲击着他的心田，拍打着他的魂魄，使他无法平静，承受着难耐的熬煎；特别是思念妻子之情，实在难忍难耐。他没有麻木，他有健全的体魄，鲜活的生命，他对妻子的渴望，是灵与肉的双重渴望。当生命被驱逐到最后一块可怜的阵地上的时候，这种渴望与难耐之苦是很折磨人的；假如得到满足，生命也许可以撑持到最后，以至于最终走出困境。

马乔的所谓醒悟，虽然给他带来更多的痛苦，但是，一回到现实，回到几百人吃菜问题上，他的醒悟立刻就迷茫了。那被他亲手抚弄规整的一垄垄菜地，那暖房里绿油油的秧苗，那新添置的深井抽水泵，还有那些工具房里摆设整齐的农具，那些用汗水和泥土磨光的铁锨、锄头，那些运送肥料、装载丰收果实的板车、箩筐，那些在人们肩膀上磨亮变红的条条扁担……都在向他眨眼、招手，都在向他会心的微笑，包含着熟悉的问候和友情的挑战。更不用说大地化冻以后，菜园里扑面而来的泥土芳香，真诱人啊！马乔和他的菜班又投入了不违农时的劳作。

不仅如此，他们还要下到河边的村庄，为在那里插队落户的北京知青种一亩园子。

事情是这么引起的：

去年秋天，大概是国庆节放假期间，他们到村里去买苹果。还没到苹果园，就听到一阵乱哄哄的嘈杂声。原来，果农抓到偷苹果的小偷，此刻正在簇拥着游街，看热闹的人个个兴高采烈。偷盗者是个十五六岁的小男孩，只见他光着屁股，走在人群前面，脖子上套着一个鼓鼓囊囊的人字形口袋。啊呀，那是一条装满苹果的裤子，噢，一定是那男孩自己的裤子啦！

男孩没有哭，甚至也没有表现出羞耻心，只是被人们簇拥着，深一脚、浅一脚地在街上走着，苹果把裤子撑得像充满气体的气球。

问问路人才知道，他是北京来插队的初中生。

啊，马乔和他的同伴像挨了电击。虽然不都是北京人，但感同身受。他要冲上去干预，被大家阻拦住了。

"不能跟老乡对抗！"

"我们现在走背时，弄不好让老乡打一顿。"

此时的马乔才突然意识到：比不得过去了。他脆弱地流出了眼泪。

唉，还买什么苹果！

这苹果不能吃了。

他们折返到"知青"点上，想看看那些十五六岁的孩子到底是怎么生活的。

"知青"点的房子盖在树林边，质量很好，一律青砖大瓦，比起当地老百姓的房屋讲究、阔气。可是，进到屋里却成了一锅粥。女孩子的房间还算说得过去，男孩子住的地方又臊又臭，一股动物园的味道，被子不叠，东一双鞋，西一双袜，吃饭的家伙放在地下，南一摊，北一摊，几乎无法下脚；吃剩的米饭、冰冷的白薯，在窗台上搁着，苍蝇、蚊子直往人脸上撞。更可怕的是，对于陌生人的到来，孩子们表现出一股敌视的态度，有的躺在炕上，看着屋顶；有的歪过身去，不屑一顾；有的干脆把门一摔，冲到院子里，……

但是，当他们听说是附近五七干校的人；又从说话声音判断出确实是北京来的以后，孩子们欢呼起来："弟兄们，家乡来人啦!"他们呼叫着，从炕上跳起来，从房顶上跳下来（天知道，他们怎么会上房）。女孩子们含着泪水，笑得像一朵朵风雨中的花；男孩子故意装出英雄豪杰的样子，腰杆挺得笔直，说话声音响亮，而且恢复了礼貌。

听孩子们一口纯正的北京话，马乔心里很动情，那是一种牵动思念、引发回味、从心田深处涌上来的淡淡的忧伤。看着男孩子们那些英雄状，马乔不禁笑出声来，红卫兵的影子依稀可辨，只是英雄落难，今非昔比了。

"哎呀，让我们到你们五七干校插队吧。我们肯定好好干!"

马乔真想帮他们，可是帮不了啊!

孩子们说：他们当中，有一个在这里招了驸马，成了生产大队长的女婿；另一个当了"文成公主"，成了支部书记的儿媳妇。

"可惜，大队长就一个女儿，支部书记也只有一个儿子，还他妈的是个二百五。要是多几个女儿、多几个傻子，我们就都招了。"

"傻子?"马乔惊奇地问。

"可不是傻子嘛，十个指头都数不清。"女孩子嘲笑地说。

五七战士相互看着，无话可说。

马乔斟酌再三，终于还是张口问了："那，苹果是怎么回事呢?"

"嗨，"孩子们不以为然地叫起来，"吃几个苹果就怎么啦?"

"×他妈，苹果是地上长出来的，不是他妈×里生出来的，为什么没有我们的份儿?！是毛主席派我们来插队的，他们对抗毛主席指示！……"

一个女孩子细声细气地说："我们没菜吃，长年都吃从北京带来的酱萝卜，……"她腼腆地打住了。

"嗨，"刚才说粗话的男孩子说，"这有啥不好意思的？不吃菜，拉不出屎来，吃苹果管用。"

"哦！"五七战士们明白了。是的，当地人没有种菜的习惯，到秋天，收获点萝卜、白菜，吃一冬，也就算吃菜了。

"我们教你们种菜，好吗？我看你们这院子很大，离井也很近，用一半地种菜，足够你们吃啦。"马乔总算找到了能帮助孩子们的出路，"种菜不难，这些伯伯们都有经验，行不行？"

"行，行，行……太好啦！"孩子们欢呼着。

"我们借给你们工具，提供菜苗、种子，你只要把自己的肥攒起来，就够用了。"

五七战士都愿意尽这个力。于是，他们在自己的劳作里，又增加了一份额外的义务。

到夏天，工人阶级知道了。

李师傅问："为什么不向领导汇报？"

马乔说："我觉得没有必要。义务劳动嘛，又没耽误地里的农活。"

"你眼里还有没有工人阶级？"

"问题没这么严重吧？"马乔用力控制着自己，想快点结束这不愉快的问答。

"没这么严重？说得轻巧！什么算严重？我看你尾巴翘到天上去了！"李师傅的眼睛瞪得像牛眼似的，还不断地摆动着脑袋。

马乔忍着，一直暗暗地提醒自己：不要冲动，不要冲动！很多事情都是一冲动办坏了的。

"告诉你，从现在起，停止到村里去，这是工农联盟的问题！"

"这不行吧，黄瓜正在爬架，茄子需要施肥、培土，没人指导，前功尽弃！这些孩子没菜吃，解手都困难。教会他们种菜，明年就可以自力更生了。"马乔有些着急。

"不行！听谁的？知识青年是来锻炼的！当地人不吃菜不是照样活？你把北京那一套拿来，想干什么？"

"嘿，什么工人阶级！邪啦！"马乔忍无可忍，拍案而起。

要不是军宣队刘排长赶来劝解，马乔差一点和李师傅打起来。他涨红着脸，喊着："我没什么错，教知青种菜，破坏不了工农联盟！我教定了！"

工人阶级指着马乔："你个臭知识分子，从来没把工人阶级搁在眼里！咱们走着瞧！"

马乔后悔了，跟这样的人，有什么可吵的呢？！

四

荒丘不通电，照明都用煤油灯。人们只能从半导体收音机里，听到中央人民广播电台每天半小时的新闻联播。啊，只有这三十分钟，封闭的世界从中开启一扇窗户，聆听到外部世界的信息。不管这信息是哪样的，大家都把这三十分钟当做奢侈的享受。时间一到，世界又关闭起来，剩下的只有阳光、土地、汗水、风雨、茄子、黄瓜、西红柿……渐渐地，在荒丘形成一种氛围，似乎外面的世界，纯属另一个星球了。而工人阶级的领导，确也比知识分子领导优越得多。

工人阶级办学的宗旨是："好好干活。机关里那些事，我不管。"

路遥知马力，日久见人心。李工人阶级虽然爱对知识分子瞪眼，可他办学的宗旨是英明的！荒丘成了世外桃源。岁月艰难，知识分子们没有更多的乞求，好容易摊上这个好领导，还不尽心竭力？真所谓日出而作，日入而息，凿井而饮，耕田而食，帝力于我何有哉？

马乔和他的菜班，照样去村里帮助知青们种菜，既没有破坏工农联盟，也没有受到李师傅的报复、惩罚。他心里渐渐内疚起来。唉，李工人阶级是个好人，不该那么顶撞他。什么时候向他表示一下歉意呢？他在寻找合适的机会，似乎只有这样才可以安心。

有一天机会来了。外面开来两辆小卧车，由李工人阶级、刘排长陪伴，直奔菜园而来。正交伏天，骄阳似火，马乔赤膊露体，只穿条裤衩在挑粪施肥。茄子是紫的，黄瓜是绿的，辣椒是红的，菜花是黄的，菜园里蓬蓬勃勃，一片兴旺。

"马乔！"李师傅走到井台边，喊起来。

马乔放下粪桶过来。

"快点，快点！"李师傅还嫌慢，催促着。

马乔到水渠边洗手的工夫都没有了。

李师傅神秘地凑上来："嘿，这可是大干部，你小子种菜种出名啦！"

话犹未了，大干部们已经来到。

刘排长对一位老军人说："首长，他就是菜班班长马乔。"

老军人要与马乔握手。

"啊呀，我这手上有大粪。"马乔忙说。

老首长笑着："没关系，种地嘛，离不开这个。"说着，把马乔的手紧紧地握住。

"哎！"旁边一个穿便服的中年人，突然喊道，"你，你是马乔！"

马乔觉得这声音好熟悉，转身一看，"哟！"他吃惊地叫起来："之骏？高之骏！"

高之骏也惊异地说："刚才，李校长叫了一声，我还以为同名呢。啊呀，真没想到，老同学呀，我们从小在一起的！"

马乔脑子闪电般地回到了大别山，回到了一九四七年那血与火的日子里。之骏，县委秘书，那次分手，一晃已是二十四年。当然，他也想起那支德国造的、二十响、三保险的驳壳枪。

高之骏同时向马乔的腿上瞥了一眼，好像触到了火似的把目光从伤口处移走。

这一切都在闪电般的速度中完成。

马乔伸出双手，高之骏略一犹豫，也伸出了手。

马乔友好地问："你怎么到这里了？"

高之骏高兴地说："我一直在这儿，大概几十年啦。"又对老军人说："这是我的老同学，我们一块儿参加革命，一块儿去大别山，后来他跟着大军走了。"

老军人笑呵呵地说："那也是一位老同志啦，怎么到这里来了？"

刘排长在一旁说："五七干校嘛。"

老军人和高之骏恍然大悟。

马乔心里很不自在。

刘排长这才介绍说："这位首长是当地驻军冯师长、兼地区革委会主任；这位是地区高副主任，革命领导干部。听说咱们干校菜种得不错，来看看，哎，也是视察……"

"不不不，是来学习，来取经。"高之骏用流行的套语，纠正刘排长的说法，"当地老百姓没有种菜的习惯，穷嘛，糠菜半年粮。哪有这么好的菜啊！"他指着红红绿绿的菜地，无限感慨地说。

刘排长领着人们走下井台，到地里参观。

马乔向高之骏打听："你知道双狗去哪里了？"

高之骏叹息着："双狗在淮海战役负了重伤，锯掉了两条腿，算是保住一条命。解放后住河南信阳荣校，"他想了想，"大概是一九五七年去世的，营级待遇。"

马乔心里酸楚，"我一直没打听到他，要不是他，我也活不到现在。"

高之骏说："你命好，总是受优待，跟着大军、首长满天下跑，不像我们这些地方干部，在一个地方，一呆就是几十年。"

几十年了，高之骏还是这观点，马乔心里说：人啊，变也难，"栓柱呢？你知道吗？"

"唉，栓柱那小子，三等残废，早回家了，儿女生了一大堆。五八年我回家，听说他当了公社社长。因为忙，也没去看他。……哎，我告诉你，石玉英没死！"

"什么？"马乔叫出声来。

"真的真的，我见到她父亲，老人家说，他女儿被国民党带到台湾了。她娘听了这消息，一口气再没上来！"

"这是真的？"马乔又一次追问。

"唉，这种事，你听听就行了，问也没用，况且，也问不出个所以然来。"

马乔心里非常惭愧，怨恨自己解放后，怎么不去打听打听呢！老师、同学、战友，特别是石玉英，给了自己那么多照顾，恩重如山，情长谊深！怎么真像之骏批评的那样，一直受优待，不思回报？……此时此刻，马乔才感觉到，他真像一架机器上的零件，或者就是一颗螺丝钉。那机器不停地运转，不停地颠簸，不停地超越艰难险阻；虽然屡屡陷入深渊，仍然在吃力地跋涉，没有止息，没有停顿！他就长在机器上，是机器的一个组成部分，没有独立的生命，更没有独立存在的价值；只有不停地运转，不停地颠簸，不停地随着整部机器超越险阻，才有生存的价值！

"哎，你怎么到这里来啦？"高之骏的问话，流露出惊异、不解和猜疑。

他这一问，才把马乔从深深的思索里叫了回来。

"这里不是很好嘛？"马乔回答道。

"嘿，好什么？"高之骏边走边说，"你呀，大概还跟小时候一样。记得吗？为了连老师，把贫农团顶得一愣一愣的。这一回又顶工人阶级了？"

"没有。"马乔否认。

"我不知道你在这儿。解放以后，我一直打听你，闹不清楚你在啥球地方哩。你也没个家，问都不好问。噢，你现在一定有家了。怎么样，老婆在哪儿工作？"

"在北京。"

"啥出身？"

马乔听着很反感，故意说："资产阶级。"

高之骏笑笑："意料之中的。"

好家伙，李师傅摘了一堆黄瓜，在水渠里洗了洗，送给参观者。人们边看边嚼，咯吱咯吱地说着笑着，连连称赞："好，好，好。"

李师傅吩咐："马乔，你给弄点西红柿、黄瓜、茄子，让首长们尝尝鲜。"

马乔问："弄多少？"

"嗨，多弄点。咱们也吃不了，三四筐吧。"

"三四筐，就是三四百斤呀！"

"唉，你就弄吧。"

临走时，高之骏对马乔说："老同学，过几天，我接你到我那里玩玩。"

马乔一笑了之。他不想去，也知道，这不过是一句即兴的话。

五

顶着工人阶级的压力，马乔和他的伙伴们为知青种菜忙碌着，偏偏这些孩子不争气。西红柿刚结出头茬果实，还没变红，就被性急的男孩子们抢着吃光了；黄瓜需要浇水，孩子们嫌热，不肯摇辘轳提水，以致结果的瓜秧发蔫、落蕾，而且长了腻虫。到他们屋里看看，小黄瓜、小西红柿，扔得到处都是……

马乔的鼻子都气歪了："小兔崽子们，你们以为种菜那么容易呢?!"

年长的伙伴笑笑，劝解说："太小啊，他们还是个小动物呢！弄到这个地方来……"

"大爷，让我们去您那里插队吧！"孩子们固执地请求着。

"开什么玩笑！这是不可能的。"

女孩子们埋怨着："就是他们，不让摘，他们夜里起来摘。真讨厌！"

"知道吗？误了农时，哭也没用！"马乔气呼呼地说："只好等着种白菜啦！唉，真是没办法。"

这是一次小小的失败。马乔以为这些孩子像他似的，十几岁就可以独立生活，跟着队伍南征北战；怎么可以把一亩绿油油的菜园搞成这个样子呢？"还是个小动物呢？"他不解地思索着。

时令又到了九月，蔬菜生产的大忙季节已经过去。原野渐渐地由浓荫、碧绿变作鹅黄、橙黄、红黄，风乍起，远山近水，如诗如画。马乔自然想到北京，全年中最好的季节，秋高气爽，萧萝和孩子们能到天安门看看吗？在长安街宽阔的人行道上走一走，一年一度的国庆节就在眼前了。辉煌的秋天，辉煌的节日，使他萌生强烈的思念之情。她们好吗？盼着妻子的来信，肯定会来信的，尤其在这样的日子里！

不错，临近国庆时，信来了。打开一看，字迹潦草：

乔：

　　北京出事了。到底出了什么事，现在还不知道。刚才听了工人阶级的传达，今年国庆不游行、不阅兵、不狂欢，还不许放鞭炮，真是前所未有！十天前，也是工人阶级布置说，今年国庆要隆重庆祝，要庆祝工人阶级登上上层建筑舞台，庆祝斗、批、改的伟大胜利，庆祝无产阶级"文化大革命"的伟大胜利。现在突然改弦更张，可以想见事情的严重程度。

　　听人说，北京郊区发现了一架苏修的直升机，也许真的又要打仗啦？我和孩子们都好，告勿念。亲你！

　　　　　　　　　　　　　　　　　想你的萝
　　　　　　　　　　　　　　　　　　×月×日

这封简短的信，把马乔搅得坐立不安、魂不守舍。他相信，一定出问题了，如果那架飞机实有其事，很可能就是战争的信号。战争虽然不好，但是，战争可以消毒，战争可以辨别真伪。当然，战争同样会蚕食好人、毁灭无辜，那也比这钝刀割肉痛快得多；特别是能让那些奸贼暴露无遗，岂不大快人心？值，值，值！一说战争，马乔的思维，轻车熟路，一拍即合；而且浮想联翩，激情澎湃，就好像战争已经打响，出征就在眼前，以至于忘了每天出工前的例行"功课"——派活。

吴南村私下里惊奇地问："马乔，你怎么啦？这几天夜里老翻身，睡不着觉，是不是萧萝又有问题啦？"

"没有，没有，萧萝好好的。"马乔连连否认。

不久，同宿舍、外宿舍的人陆续接到类似的信息，干校内吹起猜测、议论之风。吴南村的夫人来信中，提供了新的消息，说是跑了一架飞机，现在北京街头出现了荷枪实弹的纠察队，专门检查军用车辆。

猜测更加扑朔迷离。

国庆这一天，李师傅宣布纪律：不许乱猜疑、不许乱议论；国庆节放假两天，但都不许外出，等候上级命令。

往常，假日里宿舍充溢着懒散、倦慵的平静安适的气氛。文史过照例蒙头大睡；哲学巴依然躺在被窝里，抠他的"康德经典"；吴南村则拿一个小马扎，坐在门外屋檐下，享受着最少干扰的黄金时刻，给远方的妻子写长信；而马乔却习惯于早早起床，穿过他的菜地，走下荒丘到河边去散步。那里对他有一种诱人的氛围，只要看见那条河，就让他想起太行山，想起清漳河；尽管，那是两条个性极不相同的河，但毕竟都是河。只要看着那涓涓的浪花，听着那哗哗的涛声，时间就会倒流回去，被生活激流冲淡了的形象，又活灵活现地出现在眼前。尤其是高之骏来过以后，石玉英在他的脑海里复活了。站在这明镜般的河水边，似乎可以看到她、听到她。现在，——过了几十年后，他才强烈地意识到，清漳河边那位一往情深的傻闺女，给予自己的同情、呵护，是多么纯洁、无私，多么痴情、美好，多么珍贵！她的风韵、性格，就像眼前这条河，在默默地滋润着大地，……而自己才是个真正的傻小子！特别是想起大河滩上那场遭遇战，实在愧疚难当。漫步在河的身边，马乔深深地感受到大地的美、女性的美；这美是朦胧的，又是复合的，是自然与人性的复合，是石玉英与萧萝的复合。朦胧中，他觉得，萧萝就是玉英……

然而，今年这个国庆假日，与往年迥然不同。马乔没有到河滩去散步，因为宿舍里议论到很晚，大家都在补觉。他在床上从枕头下面抽出《中国地图集》，借着窗外的晨曦，查看"三北"地形，思索着北方邻国入侵的路线：东北、华北、西北，最可忧虑的是华北这一路！他用铅笔丈量着、计算着这段短短的路程，北京，首当其冲！而这冲中之冲，是强大的坦克兵团。如何对付这支钢铁洪流？在什么地方挡住它？然后，用什么方法制服它？这是马乔冥思苦想的重心，他的目光集中在包头、张家口、赤峰一线。噢，张家口是这条锁链上中心一环，是北京的屏障！如果反抗侵略的战争打响，这里很可能有一场会战，张家口必须吃掉敌人的坦克兵团，才能保证北京的安全。……

"马乔，哎，你干什么哪？"吴南村对睡在上铺的马乔提出了抗议。

马乔连声道歉："对不起，对不起。"

斜对面的文史过说话了："又在翻你那个地图？"

马乔摆摆手："轻点，轻点。"

哲学巴也搭茬了："算了，都醒了。"

吴南村笑着："显然，你们都被马乔的战争神经困扰着，他呀，真是个战争贩子！"

宿舍里顿时活跃起来，连躺在被窝里的汇丰王也说："昨天晚上，过先生的一席话，教我一夜没合眼。"

文史过忙问："罪过，罪过，哪句话呀？"

"三级对峙，最弱一级必然借助外力，实行连横，方能转弱为强；这个借助刚刚开始，远未完成，所以要打就在此时！"

文史过连忙解释："啊呀，姑妄言之，何必当真呢？"

"你看看，把王老先生弄得一夜没合眼，你还说是姑妄言之，……"哲学巴把"康德经典"扔在一边起哄。

"我可不是害怕战争啊。有伟大统帅毛主席，我们是无敌于天下的！"汇丰王郑重声明，惹得大家又一次哄笑。

吴南村这时则说："我看，不是打仗的问题，一定是内部出了事。"

一向爱出惊人之语的吴南村，把嘻嘻哈哈的气氛打住了。内部出了事，这可是个尖端问题。要是让工人阶级听到马上就会追上来："内部出什么问题了？你怀疑无产阶级司令部？……"所以，宿舍里立即安静下来，各人都在自己的肚子里揣摩着这句话。

马乔也把地图集暂时放在一边，思索着吴南村这一新猜测：所谓出了事，就是说有人反对毛主席！那会是谁呢？老天爷，又有人反对毛主席啦？他对这个问题既怀疑，又反感。还有谁呢？他回想着最近的新闻联播，总理还是出来的，这让他多少有些宽慰。

"怎么，你们都走马乔那一经啊？"吴南村不甘寂寞，督促大家对他的猜测发表意见。

"嗨嗨……"汇丰王笑嘻嘻地说："不会，不会，内部不会出事的。"

文史过则说："嘿，就是有事，也不会这么大，多半还是北边。"

哲学巴说："那就别猜了，等结果吧。"

马乔的战争猜测，起码带有一半以上的主观色彩；他宁肯打仗，也不希望再出什么反党集团。实际上，他也有吴南村的猜测，只不过经吴那么一说，证实了他的疑虑并非只此一家。

从昨天晚上开始的议论，碰到这个尖端问题，搁浅了，只好等着吧。

国庆节的第二天，地区革委会副主任高之骏来到五七干校，向全体五七战士传达中央文件：林彪反党叛国出逃，摔死在蒙古国的温都尔汗。

真是晴天霹雳，连吴南村都没料到。

五七干校沉浸在欢乐中。当然，这欢乐是节制的、有分寸的、不便放开的。

又揪出一个反党集团！这回，马乔没那么多怜惜和同情，只觉得他们是罪有应得。当天夜里，当人们从极度的欢乐中平息下来的时候，当万籁俱寂、大地沉入梦乡的时候，马乔失眠了……他由林彪想到了毛主席，眼泪夺眶而出，像小河似的奔涌着，虽然无声无息，却汹涌异常。他是在哭，还是在歌？连他自己也说不清楚。

六

五七干校真是个好地方！

荒丘经过"老九"们几年经营，大田、畜牧、林果、菜蔬……诸项生产搞得蓬蓬勃勃，一派兴旺、发达的景象；只有养猪班发达不起来。他们养的猪，不长个儿，不长膘，个个精气神十足，能跑，会跳，有的甚至还是跳高"健将"，能够蹿上墙头，"杀出重围"，在五七干校的大院里满世界散步、奔跑。这些猪们，养到三四岁了，只有两尺多长，杀了吧，没多少肉；不杀吧，养老到什么时候算一站呢？人们把它们称作"僵猪"，或更雅一点，叫"猪精"，这是"老九"们唯一的失败记录。

小麦、玉米、红薯、花生、苹果、葡萄、西红柿、黄瓜……自产自销，丰衣足食，唯独没有肉吃，可也怨不得别人。

当然，五七干校的优越性还不在这里。令"老九"们庆幸的是，这里远离"尘世"，是个很好的避风港，是个世外桃源，还是老祖宗的那首诗：

> 日出而作，日入而息；
> 凿井而饮，耕田而食；
> 帝力于我何有哉。

对于马乔来说，这算得上出生以来，最放松、最闲暇的一段生活了。他，像是被抛出了时代的旋涡。虽然，有时也还寄情于山水，但那毕竟是圈外的事了。作为班长，虽常有不违农时之虑，但生活的节拍，从来没有像今天这样散漫；内心的世界，从来没有像今天这样宽松。假如，过去他是旋涡中的一滴水，不断地卷入波涛汹涌的搏击；现在，他却是天空中一朵闲适的白云，远离风暴，看不见闪电，听不到雷鸣，广阔的蓝天，任他自由飘荡。

他，获得了切磋、思索的空间。

吴南村经过磨炼，总算渐渐地适应了五七干校的生活，累呀、死呀的埋怨少多了；只要是和马乔在一起劳动，他们的切磋、琢磨就会漫无边际地铺开。

这一天，吴南村突然对马乔说："'九一三'事件——林秃子折戟沉沙，与其说是毛主席革命路线最伟大的胜利，不如说是他老人家一生中最伟大的失误！"

马乔看看天上的白云，笑着说："伟大的失误？何伟之有？"

"哼，你这个人！"吴南村翘着鼻子，瞪了马乔一眼。

"怎么？又是不懂幽默？"

吴南村摇头否认，"当然，让你幽默是很困难的，不过，这不是幽默问题。"

"嗬，那是什么问题？"

"第一，必须承认，这不是胜利，而是失误！而且是理论和实践根本性的失误。早知如此，何必当初呢？无产阶级专政的江山，是巩固、加强了，还是动摇、削弱了？这不是很明白的吗？第二，这个失误的尖锐性、震撼性、典型性，对全党、全军、全国人民的教育是非常现实的，对处于困境的同志，是一个伟大的回报！……"

"噢，是这样。"马乔觉得似有道理。

"这个教育的功劳，无论怎么估计都不会过高。"由于征服了马乔，吴南村显得洋洋得意，"用多少教师来说教，发动多少次运动，也没有这家伙的穿透力强！"他有点手之舞之、足之蹈之的样子。

"唉唉唉，"马乔可轻松不起来，"你是不是幸灾乐祸啊？"

吴南村坦率地说："不一定是幸灾乐祸，但是我和你不一样。正如，我可以幽默，你就幽默不起来。我确实从'九一三'中得到鼓舞，我看你，不是这样，……"

"我是什么样？"马乔嘴里这么问，心里也觉得"九一三"事件，自己并未从中受到鼓舞，这又是什么呢？

"你？我观察了，完全沉湎在痛苦之中。"

马乔否认："没有，你的观察不准确。"

吴南村自信地说："当然，我并不是说你同情林彪。对林彪集团的覆灭，你是高兴的；不过，这高兴是很有限的；你的痛苦更深一层。而我，宁可说是幸灾乐祸；因为林彪之流虽然是不可一世的大人物，到头来，却说明他是个小人！……"

马乔敏感地问："那你……"

吴南村放下手里的活，皱紧眉头思索了一阵，挑战似的说："我是为古典哲学的终结而受到鼓舞。"

马乔明白了："古典哲学的终结？是终结了吗？"

"看看看，幽默不起来了吧？"

"是幽默不起来。你说古典哲学的终结，我不会同意，而且，也不习惯于拿这些去幽默。"

"如果说，斗争哲学的终结，你同意吗？"

"斗争哲学？……"马乔陷入沉思。这个问题，他和哲学巴讨论过，跟吴南村也讨论过。十几年来，就是为斗争哲学而忙忙碌碌；其中，有多少烦恼、多少曲折、斩不断、理还乱的苦事、难事、恼事啊！

吴南村笑了："你这个人啊，……"话到嘴边，又咽回去了。

马乔也笑了："我替你说了吧，我这个人，不会幽默，直线思维，是在火药桶里泡大的，点火就着。……"

"不不不，"吴南村连连否认，"你别计较啊，那都是过去，对你了解不深的初步印象。认识总有个过程嘛，认识一个人，也要经历由浅入深、由点到面、由现象到本质嘛！哎，你别生气，我肚子里装不住东西，我觉得，你……不大适合搞理论。你原来的选择是对的，……"

"为什么？"马乔不服气地问。

"你的长处不在这里。你还是应该搞文学，——理论思维，需要冷静，需要理性，需要客观……"

"你认为我不客观？"

"你看，毛病来了吧？不过……"

"不过什么？您的思维特点是理论型吗？"

吴南村指着马乔："你呀，真够可以的。唔，我没打过仗，我从你身上，看到了战争的影子，……"

"你别转移目标，我问你——思维特点，是不是理论型的？"

"嗯，不是最好的，……"吴南村也思索着。

"还很谦虚嘛，"马乔笑着，"不过，您并不客观，也不那么冷静，您是咱们室爱放炮的一个。"

"嘿，不对，不对，这讨论，误入歧途，不是我本来的意思。我的思路不够清晰、准确，我们重来……"吴南村要求停战，以便改换话题。

马乔则说："我有主观的毛病；不过，在事实面前，我还是愿意服从事实，并不主观到底。而且，这服从，不是勉强的，是愉快的。"

"咦"，吴南村故意提高了声音，"够自信的啊！"

"对不对吧？"马乔追问。

"你自己别说呀，让别人说嘛。"

"这不是让你说吗？"

"啧啧啧，真够谦虚的，逼着人家说自己好。"吴南村逗马乔。

马乔却认真地说："你说别人主观，甚至都不适合搞理论啦，还不让别人说话，其实……"

"其实，我比你还主观，对不对？"

"那倒不是。我只是说，我的主观与真理有了距离，还是愿意服从真理的。我搞理论工作，是个误会，是五八年大跃进的产物。那时，以为只要是一粒种子，放在什么地里，都可以丰收；事实证明不是那么回事。在理论园地，我肯定是歉收的种子，这是历史造成的啊！"

话到这里，他们停顿下来了。他们在想什么呢？他们同时想到了安甫，几乎同时说出了安甫的名字：

"安甫？"

"安甫！"

"他不知道怎么样了？"马乔说，"他知道'九一三'吗？"

"他知道了'九一三'，会哭的。"吴南村肯定地说。

"哭？为什么？他不会高兴？"

"他和我们不一样。"吴南村满有把握地说，"高兴，自然会的；但，他会为毛主席哭！"

"毛主席会哭吗？"

吴南村点头："会的。这是大喜；更是大悲。喜嘛，不费吹灰之力，粉碎了林彪小儿的阴谋；悲嘛，林彪是毛主席的一杯苦酒，更是一杯毒酒，是自己酿就、只能由自己喝下去的毒酒！想想看，这真是苦不堪言，惨不堪言，悲不堪言，气不堪言的大悲哀！是心的哭泣，是杜鹃啼血之悲哀！"

听这样的话，马乔浑身都不舒服。他在想，安甫老师真的可能为毛主席悲哀！

吴南村又说："毛主席涵盖了一代人，他的悲哀，也是一代人的悲哀。要是知道了'九一三'，安甫一定会替毛主席悲哀的。"

"那，你悲哀吗？"马乔的问题，带有挑衅性。

"我，"吴南村笑笑，"我跟你们不一样，我冷静得多，理性得多，客观得多。"

"嗬，"马乔带着讽刺意味地说，"你比安甫高明。"

"对。"吴南村郑重其事地回答，然后突然心血来潮地说："对了，我的思路是这样，——中国的理论工作者，必须走出感性误区，才能有所作为，才能正确对待毛泽东和毛泽东的理论。"

马乔在一边撇嘴。

吴南村不以为然地说："一个理论工作者，听到我直呼毛泽东三个字，就受不了，这就是当代中国理论工作者的悲哀。"

"呀！"马乔惊讶地，"吴南村，这么多人悲哀，就你不悲哀?!"

"马乔，你冷静点，听我说嘛。这是感性误区。林秃子讲的所谓对毛主席怀有深厚的无产阶级感情，——什么叫无产阶级感情？谁来给它下个定义？这是很糊涂、很简单化、很幼稚的概念，很不科学的说法。我问你，你的连老师是地主出身，他对你的感情，是什么感情？能说是地主阶级感情吗？"

马乔摇头。

"他对你很好，是吧？能说他对你是怀着深厚的无产阶级感情吗？再说，你在大学的周先生，很欣赏你，是你的恩师之一，她对你是什么感情？能用阶级标签贴吗？这样贴不是很庸俗吗？感情问题，是很复杂的心理现象。我们的理论工作者，由于历史的原因，陷入感情误区，这是致命的缺陷！"吴南村有些激动了，"理论家，没有独立的品格，无助于认识真理，更难于坚持真理。如果形成风气，破坏性是无可估量的……安甫的悲剧，是一代理论工作者的悲剧。一个民族，……"吴南村掂量着，"会为理论工作的失误，付出昂贵的代价！"

马乔追问："你说的代价是什么？是理论本身，还是理论以外？"

"这代价，最昂贵的是把整个民族导入歧途；当然，最终也毁掉天才的理论家；而哲学、理论、天才，是一个民族的头脑和灵魂，是最可宝贵的财富，这是全民族的悲哀！"

对马乔来说，吴南村简直就是一本书，一本难念、难懂，又想念、想懂的书。在这世外桃源般的荒丘上，在这白云悠悠的蓝天下，在劳动之余或劳动之中，读这样的书，颇有味道。虽然，有些章节不大好懂，甚至艰涩；有些段落未必是真理，甚至还有谬误，为他所不能苟同；但是，任何一本可读的书，不都是这样的吗？所以，马乔和吴南村的友谊与日俱增。

七

唉！

萧萝仍然处在旋涡之中，——天天啃着一本难念的经。虽然林彪从天上掉下来，摔成了八瓣，韩雨如还是那么神气，军宣队、工宣队依然把她供作神灵，在大张旗鼓地"批林批孔"中，潜行着批"周公"的暗流。

这是一种非常隐蔽、异常微妙、不易捕捉、只能意会、无法言传的气息。萧萝和她的伙伴们，能够嗅到它的气息，却抓不住它的把柄。而军宣队、工宣队进校以后，虽然没有再摆"斗鬼台"，却仍然把他们这一批反对韩雨如的人，当做"工作对象"、"不稳定因素"或者称之为"破坏批林批孔运动的消极力量"，时不时要在他们之中抓坏人。萧萝自然是其中的重点。

坏人？！萧萝哪里能够接受这样的馈赠？她浑身颤抖，当场晕厥；救转过来后，放声大哭。

她质问："工宣队诬陷好人，算什么工人阶级？军宣队助纣为虐，算什么革命军人？你们……果真不知道谁是真正的坏人吗？你们眼睛瞎了，心也瞎了？！……"

坐在大批判主席台上的韩雨如，拿过麦克风叫嚷着："她疯了！"

萧萝高声说："我没疯，我很清醒；你才是疯子，是迫害狂！连周总理都不放过！……"

"把她的嘴捂上！"韩雨如急得从座位上跳起来。

萧萝想挣扎着站起，可是两腿沉重，像是灌了铅，怎么也动不了。两个工宣队女师傅要过来，被她厉色拒绝。

林彪毕竟摔死了，助纣为虐者的数量大大减少，昔日被阶级斗争理论鼓吹得膨胀起来的学子，此时也已消肿许多，因此，萧萝的呼号、挣扎、抗议，赢得了更多的理解、同情和支持。

萧萝被送进校医院，医生、护士给她腾出最好的房间。经过检查，她得的是肝炎，肝大平脐，脾大五倍，恶心、呕吐，低烧不退。

韩雨如的革委会，借口萧萝在大会上攻击工、军宣队，即使住了医院，还要把批判会搬到病房去开。可是，当他们听说萧萝得的是肝炎，是可怕的传染病时，立刻退缩了，以至于布置好了的病房会场，也悄悄地撤销了。韩雨如们的无产阶级革命派，竟然不敢越雷池一步。

可周先生来了。她头发全白，步履蹒跚，当年倜傥不群的绰约风姿，消失得无影无踪。只是到了萧萝床前，她的眼睛才又一次放出光华。

"萧……萝！"周先生刚叫出一个字，就忍不住地哭了。

萧萝也只有看到那双激动的眼睛，才认出来是周先生，她脱口而出："先生，他们说我是……"她已泣不成声。

周先生坐在萧萝身边，轻轻地抚摸着她，叹息着，"没关系。我不是也被他们叫做坏人、坏老师吗？"

萧萝从周先生的话里得到莫大的安慰。

周先生继续说："要抗争，但是不要生气。把自己气坏了，不值得。"

萧萝这才想起自己得的是肝炎，连忙说："先生，我是肝炎，是传染的，您离我远一点吧。"说着又哭起来。

周先生笑了："不要紧的，你的肝炎只传染'好人'，不传染我们这样的坏人。"

萧萝被周先生这句话也逗笑了。

"快别哭了，肝病就是气的。"先生在萧萝的背上轻轻地按摩着，"别哭了，啊，你已经是两个孩子的妈妈啦。哦，孩子们怎么样？"

"孩子很懂事，哥哥带着妹妹，没问题。我怕传染，没让他们来。"

"要不要告诉马乔?"

"不不,"萧萝忙说,"他脾气不好,不能让他知道。"

"噢。"周先生想起当年马乔为萧萝的事闹得不可开交,"不让他知道也好"。

萧萝平静下来了,又说:"先生,我怕传染您,您还是坐远点吧。"

"没关系的,我皮实多了,想不到,生命的潜能还是很伟大的!"

萧萝不愿扫先生的兴,也就由她了。

周先生突然贴近萧萝,悄声说:"要乐观,坏人,不是已经受到惩罚了吗?还会有的。"她兴奋地把头一摆,又显现出当年那种自信、睿智的风度,沉思片刻后,念道:"行路难,行路难,多歧路,今安在,……长风破浪会有时,直挂云帆济沧海——要学会保护自己,会好起来的!"

周先生给萧萝熬了一小锅粥,还有一碟小菜,是用碧绿的芹菜丝和鲜红的萝卜丝腌制的泡菜,以花椒、生姜、辣椒、食盐、香油为作料,嗅嗅,香味扑鼻;看看,五颜六色;尝尝,清爽可口;让人食欲顿生,说话间,萧萝已经喝下了一碗粥。

周先生又告诉萧萝:"我的问题,已近尾声,可能就是资产阶级学术权威这一顶帽子。我帮你照顾孩子吧。"

从此,周先生不断为萧萝送饭、送菜;同时,常去家里照看两个孩子。萧萝住在医院里休养、治疗,无产阶级革命派唯恐肝炎侵犯,不敢问津。

这一天晚上,周先生又到家里看两个孩子。刚一推门,嚯,跳出一条大黄狗。"哎呀!"她吓得往后躲,差一点摔倒。

冬冬赶紧叫:"大黄,大黄,不许对周奶奶无礼!"

大黄很听话,又摇头,又摆尾,做出一副欢迎的样子。

"孩子们,你们怎么把它请来了?"周奶奶惊魂未定地问。

冬冬说:"它是我们的好朋友。"

晓晓也说:"革委会的杆儿们,老想来我们家,就咬他们。"

周奶奶明白了，心里一阵酸楚，"那，你们上学，它怎么办？"

冬冬说："它可听话啦，就在学校门口等着。"

"噢，孩子，……"周奶奶话到嘴边，又不忍责怪他们。她知道，现在教师无心教课，孩子无心学习，尤其是家中有事的孩子，硬让他们读书，未免太残酷，"孩子，它从哪里来的呢？"

冬冬回答："不知道。在去学校的路上碰见的。我叫它，它就跟来了。"

晓晓也说："我妈妈属狗，我也是小狗，这样，我家就有三条狗啦。"

周先生笑得流出了眼泪。她把孙女搂在怀里，亲着她的小脸蛋，抚摸着她又脏又皱的小手，一时竟不知说什么好。

说养狗不卫生，不，这狗，毛色金黄、纯正，眼睛上方还有两个白圈，漂亮、热情，很可爱，看上去，比小妹还干净；说小妹手不干净，不，她们已经很了不起了。此时，晓晓挣脱了周奶奶的搂抱，跑到厨房给奶奶搬来个小板凳；"孩子们真懂事啊！"周先生感慨地说了一句。

冬冬像个大人，或站、或坐，都让周先生想起马乔；只是跟狗说起话来，才像个初中生。也许，马乔小时候，就是这样子；她这样想着。

兄妹坐在周奶奶身边，由奶奶检查作业。

大黄不安静，总是动来动去，冬冬申斥道："大黄，听话！再闹就不要你啦。"大黄果然害怕，也赶快安静地坐在周奶奶身旁，听着奶奶讲解。

看来，孩子们从大黄那里得到了一些安慰；大黄也从孩子们那里享受到一份人间的亲情。周奶奶不忍拆散他们，反复嘱咐：有事就去找周奶奶！

韩雨如并不因为萧萝生病，就放弃了注意；她知道：萧萝、马乔这一对夫妇，从没对她放松过；特别是在周总理的问题上，他们时时盯着她，构成了潜在的威胁；而且，在这个问题的后边，还涉及到她的所谓"红色保姆"、"热线"、"后台"这一类问题。"文革"以来,围绕着这些问题,学校里不断出现怪现象,诸如,"孤岛"的"抢粮事件"、"中南海消防队来校",以及一再贴出的揭露她反总理的大字报,和最近又出现的批判工、军宣队的大字报,说什么工、军宣队犯了方向、路线错误,捂着学校阶级斗争盖子,包庇韩雨如反军、乱军、炮打周总理、破坏革命大联合的罪行等等,矛头直指她的后台!所以,对于萧萝的斗争,绝不能放松。

根据工、军宣队进校后已经撤销,但实际上仍然秘密活动的原革委会作战部提供的情况,似乎可以在萧萝家两个小崽子身上试试,看看能不能从他们嘴里得到一些线索。

经过周密策划,韩雨如们跟附小的革委会合作,决定先从萧萝的女儿身上突破。

放学以后,她们把晓晓留下,说工人宣传队要找她谈话。

晓晓只好跟着小学革委会主任来到办公室。

进屋后,主任把门带上,就出去了。

屋里坐着三个人,两女一男。晓晓的小脑袋里想了想,这三个人都像是大学生,根本不是工宣队,她们在说瞎话!

其中一个人对晓晓说:"你知道我们找你干什么吗?"

晓晓摇头。

"我们想找你调查研究,了解一些情况。"

从"文革"一开始,晓晓就跟着妈妈受冲击,她知道,革委会就是韩雨如;也知道,工宣队就向着韩雨如;而韩雨如就是个坏蛋。他们找自己肯定是不安好心,所以,她一句话也不说。

"叔叔问你,你是萧萝老师的女儿?"

晓晓点点头。

"上几年级了?"

"四年级。"

"你有《毛主席语录》吗?"

晓晓从衣兜里拿出《毛主席语录》,说:"这是爸爸送给我的。"

"噢，你看，你把语录本都搞坏了。"一直没说话的女大学生说。

晓晓赶紧把语录本放在桌上，用手抚抚平整，然后捧着语录本问他们："你们是工宣队吗？"

几个人支支吾吾地说："是的，我们是工人毛泽东思想宣传队。"

"你们骗人！你们是大学生！"

"啊呀，小妹妹，我们不会说谎，我是工人师傅。"男大学生还想伪装。

"你们骗人，你们是大学生，你是革委会的雷达兵！你在说谎。"

"小妹妹，"又是那个女的说，"你说我们是革委会的，那我们就是革委会的，红色政权嘛，向你了解情况，好吗？"

晓晓不吭声。

"你们家几口人呀？"

"我爸、我妈、我哥。"

"你们朋友多吗？"

"我们家原来朋友挺多的，现在都不敢来了。"

"不敢来？"女大学生眉飞色舞，以为找到了突破口，"不对吧，我常看见有人去你家呀！"

晓晓瞪她一眼，觉得这个女人真讨厌，头发上还挂一个黑蝴蝶结，臭美，跟猪八戒似的，便大声否认："没有！你瞎说！"

男学生说："唉，小同学，我们不会瞎说的。"

"你就瞎说，刚才你还说是工宣队呢！"

"哎，工宣队和革委会是一家人嘛。"

"工宣队不打人，你们革委会就打人，你们都是坏蛋！"晓晓气得哭起来。

"你别哭呀，我们又没惹你……"

"你们是坏人，毛主席说不许打人、骂人，你们又打人，又骂人，你以为我不知道？你们是韩雨如的杆儿、臭杆儿！……"晓晓说着，哇哇地哭着。

三个人正在没奈何时，只听外面狗叫："汪汪汪，汪汪汪……"

一个男孩的声音："小妹，我来了。"

晓晓冲着三人："你们都是坏蛋！让大黄咬你们！"说完拉开门冲了出去。

冬冬带着大黄冲上楼来。

晓晓见了哥哥，更是放声大哭。

冬冬牵着大黄，对着办公室说："你们出来！"

大黄"汪汪"地叫，急着要冲过去，冬冬紧紧拉着绳子不放。

两个女大学生吓得直叫唤，男学生赶快把门带上。

冬冬拉着晓晓，带着大黄回了家。

八

萧萝住院的消息传到陶琼耳里，她立刻骑车去看望。

"我是肝炎，小心传染你！"萧萝连忙告诉陶琼。

"我才不怕呢！"陶琼小声说，"我告诉你一副好药方，保险能治你的病"。

"呀，什么好药方？"萧萝问。

陶琼下意识地看看周围，然后欣喜地说："邓大人，要出来了！"

萧萝一时想到的是《甲午风云》里那位邓世昌大人，不解地问："这……？"

"这还不明白？"陶琼伸出手掌，在手心里写出"邓小平"三个字。

萧萝惊讶地："是真的？"

"当然，千真万确。邓大人已经回到北京。怎么样？"陶琼得意地说。

"马乔要是知道了这个消息，会跳起来！"萧萝说时，就像马乔在她眼前……那兴奋、激动的样子使她也受到感染，满脸愁容消退，笑得像一朵花，"啊呀，得赶快告诉他！"

陶琼神秘地摆摆手，"别急，别急，这可是个大事。你想呀，已经被打倒、等于宣判了死刑的人，东山再起，阻力一定很大。魏孟然他们听到这个消息，急得像热锅上的蚂蚁，乱窜、乱叫——这怎么行！"

萧萝又不放心地问："这消息可靠吗？"

"当然。怎么？你不相信？"

"不是，我怕落空。是真的，那可太好啦！"

"没问题，你好好休息吧。噢，还有，总理病了，这大概也是邓大人复出的原因。"

"是嘛?！都是他们气的！"

"没错！据说，病得不轻。"

萧萝感慨地："我可知道生气是怎么回事了，唉"，她长叹一声，"总理也太不容易了！"她想到，马乔要是在北京，听说总理病了，无论如何也会想办法去看望的，可是，他远在千里以外，……她心里顿时空落无着，恰似水中漂萍……如果他在身边，可以共同欣喜、分享忧愁，那是什么情景啊！无奈两地分隔、国事维艰，过了今天，不知明天。想到这里，一阵悲苦涌上心头，眼泪夺眶而出。

见萧萝流泪，陶琼心里也不是滋味。特别让她惊讶的是，萧萝一下子老了许多。面容憔悴，黄中带黑，胖头肿脸，人都变了形。她暗暗骂道："把人整成这样，也太可恶了！"忍不住也哭了起来。

萧萝看见陶琼哭了，赶紧打住，劝她说："都是我不好，惹得你难受。"

"我看，跟单位说说，让马乔回来吧。"

"不不不，不要让他回来，他在那里种菜，比在家里好。你千万别跟单位说，我过几天就会好的。"萧萝宁肯自己支撑，一再说，"陶琼，你听我的，我会好的，孩子都大了，没问题；再说，我的老师也常去家里看他们。你千万别叫马乔回来。"

陶琼这才说："我也去看过了，家里还有一条狗呢。"

"哦，你也看见啦，他们怎么样？"

"我看还不错。你儿子挺懂事，像个男子汉，小妹也听他的。家里收拾得挺干净。就是那条狗，老追我，吓得我一直躲；你儿子说了话，它才卧到一边，还盯着我。"

"那条狗，也是个无家可归者。他们三个凑到一起，还能彼此照应。没办法，孩子已经够苦了，我不忍心再拆散他们。好容易找到个寄托，拆散了，他们会受不了，所以，就答应他们收留那条大黄狗了。"

陶琼感慨地擦掉眼泪，站起来说："萧萝，我不能再坐了，我会再来的。"

萧萝感动地说："我会好起来的，你千万别让马乔知道我生病、住院的事。让他回来不好。"

陶琼理解地点头："你放心，没有你的同意，我不会向单位说的。"说完，匆匆而去。

陶琼走后，萧萝左思右想，决定把邓小平复出的消息，写信告诉马乔；信上除了这条是实的，其他一切，均虚写说好。

接到萧萝来信，马乔惊喜交加。他悄悄地把这个消息转告吴南村。

吴南村紧皱眉头，陷入沉思。

马乔问道："怎么？你不信？"

吴南村摆手，"你让我想想"。

"上次，她来信提到的，后来都得到证实，说明消息来源是准确的。"马乔唯恐吴南村不相信，想以"九一三"为例，证明妻子的可靠性。这既是维护妻子的形象；也是维护他内心的强烈愿望——邓小平复出，使他心里飞出了一道彩虹！他绝不愿意落空，他确信这是真的。因此，他对吴南村拧着眉头苦苦思索、冷静到冰点的表情，表现出极度的不满和不耐烦。可是只能跟他说啊！

好容易等了半天，吴南村开口了："可能是真的。"

忍了又忍，马乔才把"废话"二字咽下去。他本想与吴南村分享这一捷报，没想到吴南村竟是这样的表现，看来，他没觉得这是享受。

"这是'九一三'以后，主席的第二个重大战略措施。"吴南村一板一眼地说。

马乔点头。吴南村过去对他说过，"九一三"以后，毛主席第一个重大措施是为"二月逆流"平了反，把推到一边的老帅们又拉了回来。

"这如果是真的……"

吴南村的话还没说完，马乔就迫不及待地说："当然是真的。"

"哎呀，你这个人，你让我说嘛。"吴南村对马乔一再打断他的思路，很不高兴，"如果是真的，那就说不通了。"

"怎么说不通？本来就不应该打倒嘛！"

"我问你，'文革'错了么？"

马乔不吭声了。显然，这问题不好回答。在他面前又出现了二律背反的两难选择，像过去屡次出现过的一样，要么选择毛主席；要么选择彭德怀；要么选择……如果说"文革"错了，那毛主席肯定就错了。这几年稀里哗啦打倒了那么多人，死的死了，伤的伤了，要是毛主席再一倒，那国家怎么办哪！

"你说呀。"这一回吴南村紧追不舍了，"你说，'文革'错了吗？如果没错，邓小平重新出来，能发挥什么作用？他是被'文革'打倒的，他出来必须为'文革'立功。那样一来，他出来和不出来有什么两样？还用得着你这么激动？"

"呀！"马乔心想，还真是这么回事，吴南村比自己想得深；可是，……也许，毛主席回心转意啦，他不是给"二月逆流"平反了吗？说老帅们在党的会议上，理论国家大事，是正常的、允许的，"二月逆流"的说法以后不提了。……

吴南村对着沉思不语的马乔说："邓小平出来，活动空间有限，舞台不会太大。你高兴得不要太早。"一盆凉水泼了下来。

马乔很不舒服："哎，老吴，你，是不是太悲观了？"

吴南村冷冷一笑："悲观？逻辑就是这样。假如逻辑是光明，我会说是黑暗吗？"

"你那是什么逻辑？"

吴南村撇撇嘴，一副不屑置辩的样子。

马乔不服气："邓小平出来，总还是光明的，总比不出来光明；还有，林彪摔死了，总归还是光明占了上风；毛主席让邓大人出来，总还是光明多了点吧？"

"唉，咱们走着看嘛，你着什么急？"吴南村十二万分的冷静、理性、客观。

看来，马乔要想说服吴南村，并且让他跟自己一起兴奋、激动，是不可能的了。

"你呀，"吴南村平平静静地说："还是我过去说的那句话。"

"哪句话？"

吴南村没有回答，瞥了一眼，就走开了。

还用回答吗？那句话就是"你不适合搞理论。"马乔的自尊心受到挫折。他心里说：就你适合搞理论？你知道邓小平是谁？活动空间有限，舞台不大，妈的，太行山有多大空间？强渡黄河、挺进大别山，有多大空间？野司首长一夜换三个地方睡觉，那算什么空间？屁股大、拳头大的空间！空间是打出来的！什么逻辑？百姓支持就是逻辑，合乎民心就是光明！毛主席能让邓小平出来，还是毛主席伟大……

马乔本来想与吴南村分享欢乐，结果并不如愿。暂时又不便和别人说；还是找个清静的地方，给萧萝回信，倾诉思念、感激之情吧。

我最亲爱的萝：

　　亲爱的，你好吗？平安无事吗？你每次来信都说平安，我有些不大相信。她和她的同伙、后台，是不会轻易放过你的，怎么总说没事呢？用吴南村的话说，这不合逻辑呀！如果你没有瞒我，那就太好了！

　　我想你，想孩子们，特别想紧紧地拥抱你，亲你……

关于邓大人复出的事，是个天大的喜讯，它使我快要泯灭的希望之火，又重新燃烧起来，要是在你身边该多好，我们又可以彻夜长谈了。

听说邬老病重，我心里很难过。怎么办呢？无能为力呀！我真想找个没人的地方哭一场。你说那个副书记，是邬老把他调来做助手的，到了关键时刻，却狠狠地"踢"了邬老一脚，真不愧是抢救运动培养出来的"老运动员"、大滑头，实在可耻、可恶！他有什么资格做共产党的副书记？可是，这样的"货色"越来越多，简直是丰收了！

替我谢谢周先生的关照，她总是在我最困难的时候指点迷津的——长风破浪会有时，直挂云帆济沧海，我记住了。

唉，我真想你！人，有时还不如一只麻雀。想到极处，真想变成一只小鸟，自由地飞翔；或者让咱们俩带上二小，找一个像文双狗家那样的山窝窝，开荒种地，自食其力，……那是很消极的，可不消极又怎么样呢？现在，支撑我生命的，只有爱情和劳动了。"五七"生涯使我悟出一个道理：爱情加劳动，无敌于天下。只要让我和你在一起，即使到月球上去开荒，也是可以的……你看，越写越写不完，正好今天有人进城，可以把信送到邮局，使你能早几天收到，所以，只好暂时打住……再次拥抱你、亲你！

　　　　　　　　　　　想你的乔

又及：邓大人有什么消息，及时告我。

九

好家伙，邓小平果真出来了！

报纸、电台几乎天天都有邓小平的消息。先是恢复了副总理职务；接着又恢复了政治局委员；后来竟成为中国人民解放军总参谋长；最后，又担任了中共中央副主席。

到顶了！

可是，总理却很少见报，广播里也听不到他的消息。传说，他病了；而且病得不轻！唉，马乔心里很着急。好容易在"文革"险境中站住了，身体又不行了！

吴南村在一旁说："你这个人，真多愁善感。人总是会老的，老了又总会生病的。像周恩来这样的大人物，离我们足有十万八千里，他知道你是谁？你去操这份心，不也太……"

"太什么？又是太不冷静了？"马乔反问。

吴南村摇头，"不，不是太不冷静，而是太不可思议"。

马乔惊奇地说："这有什么不可思议？你说十万八千里，我倒觉得太离奇。有那么远吗？"

吴南村叹口气："难道不是十万八千里？难道近在咫尺？你是个普通又普通的干部，何必……望洋兴叹呢？"

"我不同意你的说法。感情没有'普通'一说，感情是个复杂的心理过程，不能简单地贴阶级标签，难道能够划分普通和高贵？"马乔这句话，无疑将了吴南村一军。

吴南村哈哈一笑，"噢，您是位卑未敢忘忧国啊！"

"我，根本就没那么想。什么位卑、位贱，感情就是感情，忧愁就是忧愁，没那么复杂、玄奥。"

近来，吴南村和马乔不断发生一些无端的争执。原因在于前一阶段他们对邓小平复出后，所谓的"空间有限论"的争执。

荒丘，再也不是世外桃源了。先是陆续有人调回北京，那位开拖拉机的核物理学家已走了；接着是整顿铁路的大会战，就在离荒丘不远的城市展开。据说，万里出任铁道部长，领了邓小平的旨意，亲临前线指挥作战，开了十几万人的动员大会，当场逮捕了破坏铁路交通的造反派头头，对于造成严重事故的人，开了杀戒，东西南北交通枢纽一下子畅通了。从荒丘回北京的路程，缩短了许多。

荒丘，真个感觉不荒啦！

随着邓小平活动舞台的扩大，荒丘一改以往那种不吭不响、闷头耕耘的气氛。人们像是从睡梦中苏醒，惊讶地发现：太阳竟好像从西边出来了！睁开眼睛看看世界吧，那亮闪闪的新鲜事，能让人直晃眼。

黑猫白猫，逮住耗子就是好猫。

这是一道振聋发聩的响雷、闪电！它鼓励人们奋起，重新点燃人们的希望之火！

猫论，使马乔无比激动。因为，早在一九四七年，刘邓首长率领第二野战军，突破黄河天险、挺进大别山的艰难岁月里，军中就流传过这句话，意在反对说空话、说假话、说大话的戈尔洛夫式人物。评价一个战士、一个干部、一个指挥员是优是劣，不是看他怎么说，而是看他怎么做。是猫，就要拿耗子！突破黄河天险、坚持大别山斗争，靠拿耗子的猫。懒猫、不拿耗子的猫，根本就吃不开。中国人民解放军之所以能一以当十、十以当百，就在于它不养宠物！可这几年，耗子成了精，为非作歹，横行无忌。原先那些拿耗子的猫，成了罪猫，让耗子们斗得七零八落，死的死，伤的伤；不拿耗子的猫和见了耗子就作揖的猫，倒被说成是好猫。如今，在马乔身上，"猫论"不仅激发出希望，更激发出强力的义愤。

荒丘的信息渐渐多起来，据说这个，据说那个……据说，赵紫阳跟四川的造反派打官司到北京，结果，造反派输啦，真是破天荒！据说，胡耀邦去了中国科学院，中关村当夜万家灯火，科学家们又可以挑灯夜战了；据说，早在"文革"之初给造反派贴大字报、贴到全国各地的王震上将也出来了；据说，曾经被姚文元批得体无完肤的周扬、夏衍从秦城监狱回家了；据说，尘封多年的电影《甲午海战》在京城公演了，一时间，邓大人一词，成为工、农、兵、学、商各界的口头禅，波及面之广、使用频率之高，达到惊人的程度。据说，据说，据说之风盛行，这风，是什么风呢？是春风？还是熏风？抑或是金风？反正不是西北风！

马乔被这风吹得睡不着，躺在床上遐想。这风，从哪里来的呢？她强劲，又和煦；热烈，又爽快；吹得人们不想睡觉了，真是很久很久没来过这样的风啦！自然，他也担心这风有一天会夭折。因为，好像冬天还没过去，好像还有不和谐的风声，他为此而失眠了。

一天，哲学巴接到同事来信，看那个欣喜的样子，一定是有什么好消息。

吴南村捷足先登地问："喂，有什么据说嘛？"

"有，有，有，"哲学巴连着说了三个有，人们的胃口被吊起来，急切地想知道内情。

"据说，……"哲学巴慢条斯理地说，"伟大领袖毛主席，在北京接见了诺贝尔奖金获得者、世界著名物理学家、美籍华人——李政道教授。"

"啊呀，您快点说好不好？"马乔催促着。

"别，别，别打断他。"文史过对马乔使劲摆手，反对干扰。

"这次，还真有意思。"哲学巴赞叹着。

吴南村说："咿，说他胖吧，还真喘起来啦！"

全屋一阵哄笑。

马乔急不可待地："快说，快说呀。"

"嗬，真有意思，毛主席和李政道讨论了物理学中的对称性问题，……"

哲学巴还没说完，文史过就叫了起来："呀，好消息，真是好消息！我们是太不对称了，倾斜得可怕。"

吴南村制止："您冷静点好不好？请巴先生说完呀。"

文史过举起双手，表示歉意。

哲学巴说："说完了，就这些。"

马乔又叫起来："哎，怎么讨论的呀？"

"没有细节。"哲学巴解释说。

"哎，您再仔细看看信，总不能就这一句话呀？"马乔想知道更多的信息，以便对形势作出判断。

"噢，"哲学巴果然又看一遍信，搜罗出点新的东西，"毛主席对讨论很满意，对没能用更多时间研究自然科学，表示遗憾。"

"完了？"马乔遗憾地问。

"太重要了，太重要了，这就够了！"文史过激动地说。

马乔不明白地："够什么？我还没听懂呢，到底是怎么回事啊？"

"这都是据说，用不着那么认真。"吴南村摆出一副不值得大惊小怪的样子，"含在嘴里的橄榄，只能噙着，不能咬。"

马乔不顾吴南村的反对，坚持自己的想法，对哲学巴说："您觉得这次讨论有什么意义？"

哲学巴惋惜地说："可惜，得不到细节。不过，"他思索着，"对称、对称性这个概念，我理解，就是均衡，或者平衡，或者相对稳定，或者是静止、静态。这个问题，很关紧要。因为，建国以来，总是强调斗争性，总告诫人们，不要怕打破平衡；不断地打破平衡，波浪式地前进，是社会进步的法则。现在，是太不平衡、太动荡、太不稳定、太倾斜了，应该关注对称。斗争性是绝对的？可也不能机械地理解呀。设想一下，宇宙如果不对称、不均衡，就无法保持相对稳定，那样一来，我们的地球该是什么样？或者被冻僵，或者被烧焦，或者被撞碎，或者化为气体……"

"那可太可怕了！"文史过接过话茬，"人，说人是大自然的产物，有些太笼统。应该说，人，是大自然的相对稳定、相对均衡的产物，"他摇摇头，对自己的说法不满意，于是边想边说，"人，是大自然对称之下孕育出的骄子，是大自然对称美的结晶。怎么样？"他眉飞色舞地对于自己新奇的阐释，表示出极大的快感。

"嗬，还挺浪漫啊！"正在读书的吴南村，从圈外扔过来一句话。

"还是天人合一！"文史过思维亢进，大有一发而不可收的架势。

哲学巴神经质地摇摇头："好了，好了，适可而止，适可而止。"

文史过冲着马乔说："天人合一，不是政治问题，是纯而又纯的学术问题，是可以讨论的。人，是宇宙相对稳定、相对静止的产物，社会是由人组成的，社会也不能违反自然界相对稳定的规律，否则，会引发自然规律的惩罚……"

"来了吧，来了吧，"吴南村不以为然地说，"按照过先生的说法，似乎宇宙不仅有生命，而且还有意识，这有点浪漫唯心论的味道。"

"哎，南村，别扣帽子，咱们这里奉行双百方针。"马乔打断吴南村的话，想减少文史过的压力。

文史过苦笑着："唉，南村先生给我扣帽子扣惯了，没关系。他是新派理论家，我学的那些东西都陈旧了。"

吴南村放下手中的书，郑重其事地说："不是我给您扣帽子，二位先生的忧虑、二位先生的心情我理解，但是二位的观点不敢苟同。说到底，还是对立的统一。对称、均衡、稳定、静止，都是在对立的前提下实现的。所以，它们都是相对的，不是绝对的。爱因斯坦的宇称守恒和杨振宁、李政道的宇称不守恒都是对的。对在什么地方？宇宙大体上守恒，在另外一些地方不守恒，即所谓强守恒，弱不守恒。宇宙不是静止的，社会也不是静止的。社会天天都在变革，问题是怎么变？变到什么地方去？中国不会静止下来，在没有到达自身固有的领域之前，是不会相对稳定的。"吴南村对自己的长篇大论颇为满意，然后以"这是不以人们的主观意志为转移的"作结。

哲学巴眯缝着眼睛说："拜服，拜服！"

文史过则说："我不过是希望而已。"

马乔总是在这种讨论、辩难中，得到精神上的享受，——在宿舍里，他年龄最小，吴南村长他五岁，其余三位，都是五十岁开外的人。因为他的出身、经历，在三位老先生眼里，他身上似乎有一层红色的标记，加之又是班长，所以，总愿意向他说明，以便得到他的理解、同情、支持。在这个环境里，他不仅得到尊重，而且还得到知识，尤其是哲学巴、文史过可以给他很多咨询意见。汇丰王年纪最长，两颗门牙已经脱落，语言极少，闲暇时，除了耐心地刮胡子以外，就是坐在床边修补自己的衣服、袜子；跟马乔说话，他总是笑逐颜开，像只讨人喜欢的猫，让马乔觉得不舒服，但也只是装在心里。在这五人圈里，汇丰王似乎另有一个自己的天地，除了一副笑脸外，没有太多的共同语言。

有时，宿舍里热烈地争论起来，马乔会对处在圈外的王问一句："王先生，您说说。"

汇丰王总是感慨地摇头，笑容可掬地说："没啥说的，……"他的"门"守得很紧，他那个世界和现实相距不仅遥远，简直是巨大的陌生。当他笑着说："没啥说的"时，他是把现实当成梦呢？还是把他的过去当做梦呢？他熟悉的是股票、行情、期货、银根、头寸一类的语言；对马乔来说，那是难懂的咒语，对现实来说，那是死亡了的历史，连考古学家都不会问津了。

汇丰王在这里的唯一语言，就是化石般的笑。

<h2 style="text-align:center">十</h2>

哲学巴的"据说"，在宿舍里很议论了一阵子。因为这个话题不仅是个内含丰富、外延广阔的哲学命题，而且它涉及到邓大人出来以后的微妙形势。多愁善感的知识分子们，愿意从毛主席关注的对称问题里，替邓大人大刀阔斧的"砍杀"，找到解释和根据，否则真怕他太悬、太危险了！

这时，不特"据说"之风盛行，而且议论之风也公开、半公开地盛行起来，一改以往万马齐喑的局面。人心又活了！这当然跟林彪从天上掉下来、邓小平从下边再上来息息相关。

马乔也用不着和吴南村背地里私语了。五七战士们在地头、在井边、在宿舍，甚至在饭厅议论国家大事，李工人阶级和刘排长有时也参加进来，当然，他们的议论很少出格；当着他们的面，议论者们也有所节制。不过，这风很厉害，既然已经刮起来，就很难遏制，像地火似的紧贴着地面，不张扬，不急躁，或明或暗，或隐或现，或缓或急，默默地聚集着、扩散着，用她的光和热，凝聚着成熟，孕育着必然。

停顿多年的四届人大在北京召开，周恩来总理在政府工作报告中，提出了本世纪末实现四个现代化的宏伟蓝图。

五七干校一片欢腾！"地火"更加熊熊。荒丘，不乏人才，不乏头脑，不乏思想，不乏热情；通过信件，通过电报，荒丘也不乏欣喜。从信件、电报之频繁中，荒丘感觉到，外边的火，烧得更旺、更辽阔了！

对于马乔的激动，吴南村总是及时地泼冷水："你呀，太简单，也过分自信！"他以内行、权威者的口气，对马乔高昂的情绪形成遏制。

马乔对此能忍则忍，不能忍时则给以反击。近来，反击的多，忍耐的少了，"南村，我很可能是简单的；你呢？是不是也太复杂了？"

吴南村冷冷一笑，"复杂？事物本来就是复杂的。"

"你这个人，整天说我太自信；其实，你比我还厉害。说你复杂是批评你，可不是表扬。"

"我生来就是挨批的命，所以，我不在乎，看你有什么办法！"吴南村摆出一副无所谓的样子，使马乔的反击落空。

"南村，你为什么总是这么悲观呢？"

"因为，"吴南村瞥一眼对方，矜持地说，"因为我有头脑。"

"呀，"马乔不禁叫了一声，"所以，我们都是盲目乐观了？"

"冰冻三尺，非一日之寒。我从你身上，看到……"吴南村一时想不出恰当的词汇。

"看到什么？"马乔问。

吴南村仍在思索，未及回答。

"亏你还看到了，却不知道是什么？"

"怎么不知道？"吴南村斩钉截铁地说，"极'左'！'左派'幼稚病，知道吗？当然，你这个极'左'，是真正的极'左'，幼稚得可爱，不惹人反感。"

"真是谢天谢地！文革以来，我一直当老保，一直是'左派'的对立面，被说成忘了本，变了质，修了正的不可救药分子，所以才发配到五七干校。你的眼睛看准了吗？这可是个重大发现！"

"我不是说了嘛，你是真正的极'左'，患有'左派'幼稚病的、可爱的极'左'！"

马乔心里说：在你眼里，别人至少也是幼稚，但没好意思出口，只是说："你的眼睛真厉害，总有独到的发现，所谓见常人之未见者。不过，我觉得，因为幼稚，所以，我看什么都好；你呢，因为有头脑，看什么都不好。"

"你是不是想说我戴着有色眼镜？"

马乔摇头否认，"没这个意思。不过，在大多数场合，你总跟别人看法不同。这大概因为你是曲线思维，所以，眼睛看东西时，也是曲的。"

"好啊，马乔，你也会变着法损人啦！"

"哪里，哪里，我嘛，因为是直线思维，所以看东西都是直的，容易受骗上当！"

"你呀，学坏了，不是前几年的马乔了。"

"你又把我看曲了。我真的学坏了？"

吴南村笑了，"那我问你，你把我看直了是什么意思？"

"我觉得，你挺有头脑，常说些与众不同的观点，对我很有启发；不过，总有些悲观的因子。就这些。"马乔想了想，"不知道是什么原因。"

吴南村笑呵呵地说："什么原因？我很受我老师的影响。他总是教导我：不要吃别人嚼过的馍。这句话印象深刻，它不仅刺激我思考，还让我感到，重复别人的话，就像吃别人嘴里吐出来的东西，胃里异常不舒服。"

"噢，原来是这样。"马乔醒悟。

"当然，也不完全是这样。"吴南村纠正着，"我有自己的追求。"

马乔点点头，心想：吴的追求又是什么呢？也许，吴的追求就是始终站在"正确"、"真理"、"完美"的境地。马乔没说出来，因为他知道，说什么，吴都会加以纠正，都不会认可的。他觉得，越走近吴南村，吴就越是个谜。

这一天，吴南村从外面拿回来一张迟到的《人民日报》，往桌上一放，"快来看！"

大家立即响应，都把脑袋伸过来，端详着这张报纸。听惯了"据说"的人，想从报上得到印证。

吴南村像是故意考大家，把报纸展开。人们的眼睛首先从一版搜寻，未见异常；然后扫描到四版，依然未见病患。他把报纸翻过来，"噢！"大家异口同声，原来在第二版有一个竖行标题，居然是批判"极左"的。

"呀！……"大家的眼睛一下子亮了。

"见报了?!"巴先生的兴奋溢于言表。

过先生不无遗憾地说："为什么，……不放在第一版呢？"

巴先生连连摇头，"可以啦，可以啦！能上《人民日报》就可以啦！"

马乔笑了，他想起吴南村说他是"真正的极'左'"，是"幼稚得可爱的极'左'"。

"你笑什么？"吴南村问。

"我笑，这是批我的。"

王先生吃惊地："咦，"赶快站起来，到桌边去看报纸。

"怎么回事？"大家不解地问。

马乔忙说："开个玩笑。南村说我是极'左'，当然这就是批我的喽。"

吴南村却认真地说："我可没开玩笑。"

这一来，倒把大家打到闷葫芦里去了。

"怎么回事？"

"你们不了解他。"吴南村以权威的口吻说，"他身上有一种极'左'的因子，你们看不出来？他呀，有一股劲头，或者叫做活力。这种活力的特点，是冲动型、跳跃型的，这使他常常处于亢奋之中。

亢奋使他充满了自信，这不是一般的自信，是很自信，以为什么都可以征服。这自信又刺激他过高的欲望，使他的行为带有不自量力的冒险精神。这不是'极左'是什么？"

"马乔身上有这种东西？"哲学巴问。

"唔，我看有点。"文史过坦率地说，"今年运肥，他定的指标就很高嘛。跟大田班争夺羊圈里的肥，我们抢得最多。"

汇丰王却说："不过，再高的指标也都完成了。"

马乔在想，这家伙好像真的击中我的要害了。

"当然，这个'极左'，是真正的'极左'；但是，是幼稚的，虽然可爱，并不可取。"吴南村对马乔笑笑，"怎么样？服吗？"

马乔思索着，没有回答。

哲学巴摇摇头，想为马乔解脱，"那不能叫'极左'吧？"

吴南村坚持："不叫'极左'，叫什么？我一再说嘛，他是可爱的，又是幼稚的。我们跟他有不解之缘，既不可取，又离不开，这叫做不是冤家不聚头啊！"

宿舍里哄笑起来。

吴南村又说："唉，林副统帅怎么教导的？'见微知著'嘛。看马乔这只麻雀，就可以知道，社会依然处在历史洪流的巨大惯性中。用打仗的办法，搞经济建设，拼人力，拼意志，急躁、蛮干，一口想吃个胖子……"

"哎哎哎……"马乔喊起来，"南村，这回你可是说外行话了。你是不是被巨大的历史惯性惯糊涂了？打仗，就是拼人力？拼意志？就是蛮干？你也太看不起历史了。"

文史过同意："班长说得对，不能一概而论。"

"什么不能一概而论，那是军事科学！"马乔说话嗓门高，要价更高。

哲学巴说："说句公道话，生活中确实有南村说的那种问题，那好像也不叫'极左'。咱们班长嘛，总是力争上游的，有事业心，是一种奉献精神。冠之以'极左'，并不恰当。"

汇丰王乐呵呵地："我看，班长不是'左派'，也不是右派，是个建设派。"

马乔闻言，喜出望外。一向寡言少语的老人，竟能一语中的，说到马乔心坎上了。这本是长期困扰他的一件心事——想又想不清楚，说又说不明白的一块心病，现在被汇丰王一指戳破了。

是的，多少年来，在有限的空间里，充斥着"左派"、右派这样的词语，这样的概念，以至于抬手动脚，都会碰到它。因此而或避或趋，小心徘徊，执意游荡，苦不堪言！到了'文革'，这些概念化作无数顶帽子，漫天飞舞，纷纷扬扬，哪怕是躲进耗子洞里，"帽子"也会胜利光顾。

"建设派……"马乔刚想说说自己的看法。

吴南村已冲杀出来："建设派？这顶帽子戴在马乔头上，不太合适。"

众人问："为什么？"

吴南村看看大家，"唉，让马乔说吧。"

马乔说："反右派的时候，我当过'左派'；可是五八年以后，我就总是在'左派'、右派之间摇摆，摇得很难受。一直摇到'文革'，我试巴了几次，结果还是右，成了保皇党，比右派还罪加一等。后来更被打成修正主义，从此也就绝了当'左派'的念头。要我自己说，我当然不是右派，可也不是'左派'。说我是建设派，我很感激。是感激褒奖吗？不！那是感激什么呢？我说不清楚。可是我非常想说，……请安静，"他举起双手，不让吴南村打断他的思路，"只能说说我的感觉。比如，我是个军人，上级派我去送一份重要的文件，临走时给我看了地图，上面标明了目的地和通往目的地的路线；然后，一再问：记住了没有？我说记住了。可是因为路远，地形复杂，又经过封锁线上几次冲击，我迷路啦，走了很多地方，都不对。时间、精力到了极限，眼看文件要毁在自己手里。这不光是革命军人的奇耻大辱，更是全局成败所系。我哪一步走错了呢？在紧张、疲惫、绝望的困扰下，我甚至连目的地的地名都忘记了，简直昏头昏脑，该杀呀！……万般无奈之中，突然一位长者降临，拍拍蹲在地上的我说：'小伙子，别左顾右盼啦，翻过那座山，前边就是你要去的地方。你忘了？那地方叫——建设新村。'啊，一道闪电照亮了前面。翻过那座山，这力气我还有。我终于从混沌中苏醒过来，我终于又找到了目的地。为了嘱托和荣誉，就是爬，也要爬过去！……"马乔说完，看看大家，屋子里静极了。他抱歉地说："我可能还没说清楚，这只是一种感觉。"

文史过感慨地说："看来，我们都是建设派。"

"我们都得翻过前边那座山，……不知道还有没有翻过去的力气。"哲学巴神经质地说。

吴南村哈哈大笑："不愧是学文学的，把你们都套住了，拉着你们跟他一起翻山越岭，我可不上当。你看，把王老头改造成仙风道骨、从天而降的长者，给大家指点迷津……"

汇丰王连忙解释："是我多嘴了，……"

马乔觉得吴南村好像有病，是什么病呢？

十一

接到陶琼的来信，马乔得知萧萝因病住院的消息，他心急如焚。宿舍的同伴鼓动他请假回京，说现在的形势有可能批准。

果然，李师傅、刘排长很快答复，批准他回京探亲。

在火车上，马乔听说北京的学生领袖抓起来了。

"喂，有没有韩雨如呀？"马乔急切地问。

那人想了想，"没有……"

"怎么没有她呢？她可是打砸抢的坏头头！"

"嗨，此一时，彼一时吧。当初，说他们好得很；现在，又说他们糟得很，不过是替罪羊呗。"

"怎么可以这么说呢？冤有头，债有主，都跑不掉。什么替罪羊？难道他们的罪恶还小？"

"哼，看以后谁还敢造反？"

"走资派的反，当然还是要造的。"

"当然？说得好听。这样抓，谁还敢造？"

"怕抓，就不造反？'舍得一身剐，敢把皇帝拉下马'，没有这种精神，还算什么造反派？"

"所以呀，真正的造反派没那么多，都是他妈的假货！打着造反旗号谋私利，这样的造反派太多了，多得像厕所里的蛆似的，一团一团，一疙瘩一疙瘩的。"

"你怎么这么仇视造反派呀？毛主席教导，要相信群众，要相信党……"

"既然要相信群众、相信党，就没那么多走资派，也就不该有那么多造反派！这里头假货太多了！——假走资派多，假造反派更多……"

哄，车厢里爆发了笑声。

马乔发现，火车上的议论风，比荒丘要激烈得多；而且，面广，质高。议论的问题火辣辣的，让他简直坐不住。

"听说了嘛？江青到大寨视察，故意给邓小平出难题，邓大人立即顶了回去！"

哟，这样的问题，也敢议论？

"毛主席说，江青是江青，我是我，她不代表我，别把我跟她混在一起。"

对呀，这说法是真的吗？

"你们知道嘛？江青跟毛主席结婚的时候，政治局有三项决定。其中有一条，不许她干预政治。所以，江青对红卫兵说，她们欺负了我一辈子，一直到'文革'，才算报了一箭之仇！"

"还有呢？"

"只许她照顾主席的生活。"

"其实，江青早就不跟主席在一起过了。"

"那还照顾个什么？"

"毛主席最近说，江青有野心。……"

"唷，我一直以为江青是毛主席的亲密战友呢！"

原来如此！

这些议论，对马乔可说是闻所未闻，他的胸间顿时感到通畅。火车风驰电掣般地在大平原上狂奔，它跨越长江，飞越黄河，穿过隧道，愉快地奔跑着，似乎多少年没有这么轻松过，没有这么痛快过，就像马乔的心境一样。这些让人惊奇的议论，让他感到好像有一只看不见的手，在不断地剥离，不断地把那些云山雾罩的虚饰，一层层扯下来，使人们看清真相。这既让他吃惊，又让他欣慰，原来毛主席和他们不是一回事！

马乔赶到北京，首都已是一片冰雪世界。

如果在过去，他一定绕道天安门，看看他久别的广场，然后再回家。这次，可顾不得这些了，他匆匆忙忙往家赶，打算放下行李就去医院。

没想到，一推家门，嗬，三口人都在家！

噢，萧萝的眼睛亮了，忙从床上坐起来，下意识地用手拢拢头发……

儿子冬冬从桌边站起，叫了一声"爸?"声音是疑惑的。

女儿晓晓坐在桌旁小凳上，愣愣地仰头望着马乔，张着嘴，把他当成陌生人。

萧萝笑着抚摸女儿的头，"快叫爸爸呀，是爸爸，傻孩子！"

晓晓这才叫："爸爸……"她哭了。

全家都高兴得哭了。

他的萧萝，满脸皱纹，头发已经花白，憔悴、虚弱，一脸锈色。

几年不见，儿子长了个大个子，女儿也不矮了。

萧萝摸着马乔一双粗糙的手，"你怎么瘦成这个样子?"

晓晓埋怨地说："我都不敢认你啦。"

"瘦点没关系的，健康就行。你看，我的手劲，比过去大多了！"马乔安慰着妻子和儿女。

冬冬走过来，伸出右手，要跟爸爸掰手腕。

嚯，儿子手劲不小啊，旗鼓相当。

家中一片欢乐气氛。

萧萝告诉马乔，儿子初中毕业了；因为自己的问题，不能上高中，也不能去参军，只能到远郊插队，过了春节就走。

马乔只好对儿子说："插队就插队，天无绝人之路。"然而，他脑子里却闪出在延安看到的知青游街示众的那一幕，不由得叹口气说："你们怎么不告诉我呢？"

萧萝看着他："告诉你有什么用？"

"是啊，你住院也不告诉我，……"他心里又是埋怨，又是感激，"我总算回来了，以为你还住在医院里呢。"

"我也是刚刚出院，正准备给你写信，告诉你好消息的。"

"什么好消息？"

三人抢着说，萧萝只好先闭嘴、让路。

晓晓嘴快，"我说，我说，我们的敌人、大坏蛋给抓起来了！"

"真的？我在火车上还打听过，人家说没抓她。"

冬冬慢条斯理地说："她的红保姆、黑后台，最近都死了。"

"是吗？怎么死的？"

"病死的呗。你没看报？"晓晓惊奇地问。

"唉，我们那地方报来得迟，有时还和送报人的情绪相关。他认为不值得一看的，根本就不送，干脆送给卖鱼的，当包装纸用。"

全家大笑。

萧萝这才说："我已经好多了。还是陈毅元帅说得好，善有善报，恶有恶报，不是不报，时辰未到，时辰一到，一切都报！所以我要求出了院，儿子过了春节就要走，我得给他准备一下。……"

"不，我看你的病还没有好，我们得去看大夫。我们同屋的五七战友，让我带你去中医医院，说有个姓关的老中医，看肝病很拿手。我们明天就去。"

萧萝笑了，"明天？我知道，是北京的名医关幼波先生。挂他的号，头天晚上就得去排队，冬冬要去，我不放心。你先休息几天再说。"

"休息什么？我请假回来，就是干这件事的。身体必须重视，这是革命的本钱啊！明天晚上我就去。"

"我跟爸去。反正我也不用上学了，带上大黄。"

"大黄？大黄是谁？"马乔纳闷地问。

冬冬跑出去，带进来一条热情洋溢的大黄狗，身上披着雪珠，浑身散发着冷气，摇头晃尾，兴奋得不得了。见了马乔，像是老熟人，又嗅又舔，不知该怎么表现才好。

儿子介绍说："这是我的老朋友啦。"

女儿也说："它可好啦。"

萧萝无可奈何地说："他们三个相依为命，过了一段没爹没娘的日子。"说着伤心地哭了。

冬冬命令着："大黄，别闹了。"

大黄乖乖地卧在地上，看着一家人，好像希望大家高兴。

"没办法，和狗玩得把功课都耽误了。"

"没有，没有。"冬冬连连否认。

晓晓忙说："真的没有。"担心爸爸对大黄不好。

其实，马乔从小就喜欢狗；更何况，它是儿女们的患难之交。于是说："好啦，孩子们，我们家多个狗儿子，你们有了个狗弟弟，也好呀。快休息吧，它住在哪里啊？"

"楼梯间。"

孩子们带着大黄走了。

马乔抖落了一路风尘，看着孩子们睡下，才上床就寝，紧紧地拥抱着妻子，畅叙久别离情。

要说的话太多了，从哪说起呢？这一夜，他们俩兴奋得难以入睡。

说到邓小平，扯出了"邓旋风"这个词。

"对对对，是旋风，是邓旋风！"

"可是，你知道吗？最近两个月，《人民日报》不断抛出'反复辟'、'反回潮'的大文章，又要批《水浒》、批宋江、批'民主派'，你怎么都不知道？"萧萝吃惊地问，"是不是都包了臭鱼烂虾了？"

"可能。"

"广播，也没有？"

"那里的电，经常出问题。"

"人们都在担心，怕形势逆转。据说，总理病得很厉害……"

啊！一夜的兴奋，临到天亮，又化作冰凉。中国的命运，仿佛又搁在了刀尖上。他们忧心忡忡，无法解脱。

突然，巨大的哀乐声从床外闯了进来。

"呀，这是新闻联播啊！"

他们从床上跳起，预感到最不愿意发生的事，终于发生了！

果然，果然，果然！……

周恩来总理逝世！

他们敞开门窗，让冰冷的讣告，一字不漏地冲进来。

马乔喃喃地："怎么这时候走了？"

萧萝伏在丈夫的肩上："他，心力交瘁了！"

孩子们进屋，也哭着。

大黄默默地站在冬冬身边。

马乔有泪，却哭不出来。

哀乐一遍又一遍地重复，讣告像冷箭似的刺穿每个人的心脏。

中华人民共和国在颤抖，华夏山河在悲鸣。

邓旋风，在神州大地徘徊……

十二

太可悲啦！

周恩来总理逝世的哀乐还在神州大地低回旋转，批邓的高潮已迫不及待地在报纸上、广播里快速升级了。

历史对后人说："喂，不知道什么是'左派'吧？这就是响当当、当当响的'左派'！当亿万人因失去周恩来这样的总理而悲痛、哭泣的时候，她们开怀大笑了！当周恩来这样的政治家辞世、邓小平成为孤军的时候，她们狂得不能自已了！"

看来，她们只有这么一副心肝！

邓小平"旋风"刮不成了。

马乔自然想到了吴南村那句话："邓小平出来，活动空间有限，舞台不会太大，高兴得不要太早。"真的，让他不幸言中了。

批邓的"火箭"直线上升，使用的言辞，拔高的调门，让人感觉已经不是活动空间有限、无限的问题；也不是舞台多大多小的问题；而是邓小平还能不能活命的问题。

马乔心急如焚，可是有什么办法呢？别说你是个普普通通的干部，就是开国元勋、政治局委员，不也无可奈何吗？怎么？只要是无可奈何，就可以束之高阁？不行，总得找点事干。

干什么？纪念总理，哀悼总理，应该合法吧？

马乔全家要为总理设立灵堂。

于是，上街买总理遗像、买黑纱、买白纸黄纸、买铅丝，买糨糊，到校园里采松枝……

一时间，人人披黑纱，个个戴白花，家家设灵堂。京城纸店告急，布店告急，松枝、柏树被采摘得很酷很酷。马乔、萧萝和孩子们因为动手早，所购物资，一应俱全，灵堂就设在马乔、萧萝的卧室里。

一月十五日，中央在劳动人民文化宫为周总理举行了追悼会，也就宣布了周总理的治丧结束；可老百姓没有结束，灵堂就是不撤！"左派"对这种奇特的悼念活动，报之以"批邓"的不断加温、升级。先是批"右倾翻案风"；继之以批"民主派"；然后批不肯改悔的走资派。虽然还没点名，但是久经批判风雨的中国人都清楚，这是在批判邓小平！都知道——邓旋风成了孤军，陷入重围。人们把焦急、不满、愤怒，通过悼念总理发泄出来。祭奠周总理的灵堂越设越多，越设越大，家庭、机关、学校、企业、商店、工厂……到处都设了灵堂。红头文件不断下发，始而限制追悼会的规模；接着让人们不要搞那么多灵堂，一个单位顶多设一个。然而却越禁越多，哪怕是三五个人的单位，也要给总理设个灵堂。到后来，有人在天安门广场、纪念碑下为总理设立了"灵堂"，前往吊唁、瞻仰的人群，成了不息的河流。

晚上，"左派"派人把"灵堂"拆毁，运到中山公园销毁；白天，人们又以更大规模、更高规格把"灵堂"建造起来。以致到了后来，相框、花圈用合金钢制造、焊接、安装，运输时需要动用载重汽车和大吊车。矗立在天安门广场的周恩来总理的"灵堂"，成了永久性的"建筑"。

为了保护它，开始有人守夜、值班。

马乔和儿子，几乎每天去一趟天安门；然后，回家向病中的萧萝、放学的晓晓描述见闻；每每在总理的遗像前，刮起一阵小小的欢乐之风，给萧萝惆怅的病容增添一丝笑意。

春天又回到了人间。临近清明节时，悼念总理的人群，如海如潮。白花似雪，覆盖了整个广场，悼文、誓词、挽联、诗歌汇成波涛，言情言志，汹涌澎湃！其气势之宏大、壮观、密集、沉重，只能借用苏老先生当年赤壁怀古之作来形容，真所谓：乱石穿空，惊涛拍岸，卷起千堆雪！

这天，在拥挤的人群中，马乔发现一位老人的背影。他正在烈士纪念碑外边的松墙下拣纸花，一条右腿跪地、左腿弯曲的形象，让他想起了铁匠。他对自己说：你看，多像当年大别山血战中铁匠的英姿——凭他跪在迫击炮前那手百发百中的急速射，解救了前沿阵地的燃眉之急！只见那位老人，把掉在松树枝下的白花，一朵朵拣起来，又笨手笨脚地寻找空闲的松枝，一个个再拴上去。他是那样专心致志，好像身前身后百万之众根本不存在似的。

马乔下意识地走到他面前看看，不禁叫了出来："铁……"

"小马，是你？"果然是铁匠，穿一身洗旧的军便服，一头白发，脸膛仍是紫红色，说话声音也如当年，惹得周围人们侧目而视。

老人身体微颤，眼里滚动着泪水，激动地问："马乔，你怎么在这儿？"

马乔使劲握着那双又凉又硬的大手，也激动地问："铁匠，你怎么也在这儿？"

两人不禁失笑。

"走走走，……"老人拉着马乔，穿过密密麻麻的人群，一直走到打磨厂僻静处，才悄声说："我十二点走。因为走得太急，也因为不了解情况，不敢冒冒失失去找你。"

这话说得没头没脑，让马乔摸不着底细，"你去哪儿？"他困惑地问。

"哦，是这样，"铁匠喘着气，尽力使自己平静下来，"……军委让我到广州，昨天谈的话，命令还没下，办公厅要我今天就走，中午的飞机。看这个形势，不能等了，再等可能就走不了啦。所以，我来告个别，没有总理相救，我早就死了；没有邓政委复出，也不会再让我工作，……这下子，可不轻啊！"

马乔急切地问："那，你们就没办法了？"

铁匠摇头。

"怎么啦？你看，天安门广场，人都满啦！"

"不行，有老人家在，啥办法也不行！你还那么愣？可不敢啊！"

听铁匠这话，马乔觉得他变了。

"多亏你，给总理递了那封信，算是把我从鄹都城的城门口拽了回来。要不然他们整死我，还会说我是畏罪自杀哩！"铁匠眼里的泪水，最终还是掉下来啦。

"唉，真是巧，碰上的都是好人。没有他们，我连总理的门朝哪儿开都不知道。现在，总理不在了，邓刚出来几天，又不行了！这以后，可怎么办啊？"

"看看吧，不行了，我还回咱们太行，一盘红炉，两把大锤，打铁呗。叮叮当当，×他妈的，还挺热闹嘛！你说呢？"铁匠的脸上露出微笑，"我手艺不错哩，打的镰刀、锄头，角度、分寸合适，用起来省劲，远近十里八村，都愿意用我的家伙哩。……"

马乔随意说了句："我跟你去打铁。"

铁匠这才从半陶醉的梦游里醒过来，"唉，你还年轻，路还长，又念了那么多书，你不能撒呀！不过，"铁匠想了想，"你知道吗，政委，这次太急了，你看，俺是打铁的，咱们政委，毛主席说他是开钢铁公司的，太急了，太急了不行啊！毛主席最近说，他一生干了两件事，一是把蒋介石赶到了台湾，建立了中华人民共和国；二就是文化大革命。"铁匠说到后边这一条撇了撇嘴，"老天爷，俺们可不明白啦，所以不能碰啊！这是他老人家的琉璃圪钵，不能碰，一碰就碎，那还得了?!"

马乔被铁匠说得笑了起来。

"你别笑，还真碰不得，我可知道这利害啦！"

又一次听到铁匠无能为力的心声，马乔心里想：铁匠也有一朝遭蛇咬，十年怕井绳的恐惧，他问铁匠："您要走吗？"

铁匠看看表，惊叫："啊呀，我得走了！"

"离这远吗？"

"不远，东打磨厂，天有店，还记得吗？"

马乔想起来，铁匠从朝鲜回来，在北京等待重新分配，就住在那里，好像是军委炮兵的招待所，他曾去过几次。

铁匠又嘱咐："从现在起，你不要再去天安门，听话！"

"为什么？"

"还看不出来？要出事！"

"那，你怎么还去呢？"

铁匠严肃地说："我这不要走嘛！"说着摊开双手，让马乔看他穿的便服，"我都没穿军装。你听我说，不要去了，万一出了事，你站在哪一边，都不合适。"他困难地摇着头，"你能反他老人家？"

马乔摇头。

"对呀，这是最难办的事，所以，不要来了！"铁匠的口气不容商量，简直就是命令，"唉，真该走了。马乔，你要听话，我是有教训的！"他使劲地和马乔握手，"过了这一阵，哪怕咱们聊上三天三夜哩，聊完了我再死……"

"啊呀，你怎么这么说话？"

"唉，这都是心里话呀！闹腾得连个说话的机会都没有啦，真他妈的……"

紧握的手松开了，铁匠甩开大步朝东走去，身板还像当年那样，虽然略微有些驼背，走起路来还是那么敦实、有力。

十三

听马乔说天安门的见闻，萧萝激动得再也躺不住了，她要去天安门看看，晓晓也在一旁凑热闹，嚷嚷着要去。

马乔想，广场上庄严、隆重、慷慨激昂的气氛，百万人潮的宏大场面，去体验体验对萧萝大概也有好处。关幼波大夫说过，适当地活动活动，对病人康复有益；更何况，二十副中药吃下来，已经消了肿，两腿也觉得有劲了，由全家保驾去一趟天安门，未尝不可。他同意了。

女儿欢呼雀跃。

第二天，正好是星期日，全家四口一起出动。儿子负责给妈妈在公共汽车上"占领"一个座位；爸爸和女儿搀扶着妈妈挤上车。啊呀，车倒是上去了，可是，要把萧萝护送到座位上，两米的距离，足足挤了十分钟，费了九牛二虎之力，才算到位。

"哎呀，"有人在喊，"贴饼子啦！"

星期天，星期天，全家才能出动，人同此心，心同此理！

车厢里，挤得透不过气。偶尔出现一点缝隙，得机会往窗外瞥一眼，呀，满街都是人！不，满街都是黑纱、白花！

公共汽车旁边正在行进着队伍，是曙光电机厂的工人们，他们排成五路纵队，簇拥着总理的遗像，高擎着挽联、挽幛，踏着哀乐默默地走在大街上，绵延几公里。看着这样的队伍，全家热血沸腾。虽然在哀乐中行进的队伍是默不作声的，给予他们的感觉却是钢铁般的坚强！

又是一个五路纵队的产业大军队伍，是华北无线电器材厂的工人。一样的庄严，一样的隆重，一样的默不作声，国际歌的旋律陪伴着他们。悲壮的波涛，冲击着马乔的心房，他感觉到强力的震撼；同时也感觉到自身的渺小、软弱，感觉到自己生活在狭小的天地间，并且为此而羞愧。

队伍，队伍，只有工人阶级的队伍、中小学生的队伍，敢于打出公开旗号，组成队伍，浩浩荡荡，列阵街头，无所畏惧的队伍！其余的人海都是"散兵"。

好容易到了天安门，四口人下车才凑到一起。天安门广场已是人山人海！远远望去，周总理的遗像高矗在烈士纪念碑上，下面是"民族魂"三个墨写的大字，赫然醒目地昭示着大地与天空。

萧萝久病初愈，见到这样的场面，心情格外激动。她真想穿过人群，挤到烈士纪念碑前、"民族魂"下，去领略"旋涡中心"的风采，可马乔不答应。

——只见那里人潮起伏，波涛滚滚，讲演者、朗诵者、歌唱者、弹奏者，像海洋的精灵，在浪涛里飞舞着，用他们睿智的思想和热情的歌喉，呼喊着时代的暴风雨！旋涡的中心掀起一阵又一阵波涛，然后把力之波，向广场四周辐射、扩散。

是的，只要是这海洋里的一滴水，即使处在旮旮旯旯，也会闻力而动，激动不已。

马乔一再力劝："病刚好些，挤进去太不容易，再挤出来？太累了，身体吃不消啊！"儿子、女儿也一再劝说，萧萝这才作罢；不过，情绪却一落千丈。

马乔正无计可施时，儿子突发奇想，一本正经地站到妈妈面前，郑重其事地说："尊贵的夫人，我是记者，能向您请教几个问题吗？"

萧萝的眼睛一下就亮了，心里顿时暖洋洋的，真想伸手去摸摸孩子的头，甚至抱抱他、亲亲他；可是，孩子的眼睛里闪烁着拒绝和祈求的意向。她笑了，做母亲特有的自豪感涌上心头。是的，儿子已经从那么一点点大，变成了男子汉。可是，她又很难过，孩子本应继续求学，却由于自己——简直是莫须有的问题，而使他中途辍学；是她耽误了孩子……

"尊贵的夫人，我是记者，请允许我向您提几个问题，好吗？"儿子顽强地坚持着，要让妈妈成全他。

晓晓使劲揪妈妈的衣角，替哥哥求情。

马乔在一边说："可以，可以。"

萧萝并不想拒绝儿子，只是此时此刻心潮起伏，浮想联翩，来不及导入正常轨道而已。

"尊贵的夫人，……"冬冬第三次请求。

"请问，您是哪家的记者？"萧萝终于摆脱纷乱的思绪，与儿子对阵了。

"我，"冬冬眨眨眼睛，"我是理想国的记者。"

"喔，还有理想国？那好，记者先生有什么问题？"萧萝不情愿地被导入正轨。

"好，谢谢夫人。我的第一个问题是：广场上为什么会有这么多人？"

萧萝紧皱眉头，看看马乔，心里说：这小子的问题，太难回答。

马乔点点头，鼓励萧萝不要后退。

小女儿挤在妈妈身边，唯恐她半途而废。

萧萝思索了一下："这么多人到广场上来，是文化大革命洗礼的成果。经过'文革'的锻炼，人们的觉悟越来越高了。"

"噢，是这样。我的第二个问题是：觉悟高，跟悼念总理有关系吗？"

萧萝斩钉截铁地说："当然有关系。"

"能解释一下吗？"冬冬追问。

"能。"萧萝不假思索地说，"理想国的记者先生，您知道——在我们这里，谁觉悟最高？"

"嗯嗯，不知道。"冬冬莫名其妙地摇头，"请讲吧！"

"全心全意为人民服务的张思德；毫不利己、专门利人的白求恩；还有一位就是天天挖山不止，终于感动了上帝的北山愚公……"

儿子恍然大悟，连连点头。

看着妻子认真投入的神态，听着她充满智慧的回答，马乔觉得萧萝特别美。他把女儿拉在身边，紧紧地抱着她，不让她在妈妈那里"捣乱"。

萧萝摇摇头，表示还没说完，她又发挥道："这三个人，一个是现代的中国人，一个是西方的外国人，一个是古人，他们的思想、品德、意志是人类文明的典范，是衡量人的觉悟的标尺！……"

冬冬颇为赞同地说："如果把这三个人和周恩来比较，您的结论是什么？"

"总理是伟大的典型。"

马乔插话："典型顿失，人尽悲痛……"

萧萝激动地："对，对，人尽悲痛！因为失去了典型，因为需要典型，因为呼唤典型！所以，有这么多人来到广场！"

马乔情绪极好。他觉得妻子有思想，有才华，回答得非常得体，无可挑剔！他双手抚摸着女儿毛茸茸的头发，心里高兴得像开了花。

可儿子还不满足。他下意识地弄弄自己的头发，又疑惑地问："典型？"稚气的脸上，流露出不解的神情，"典型，太抽象！"突然，放低了声音："总理是'左派'吗？"

萧萝皱紧眉头："您怎么提这样的问题？"

"不可以吗？这是普遍关心的问题呀，这也是我的第三个问题。"

"当然，总理是'左派'，真正的'左派'！"

马乔脱口而出："不，理想国的先生，夫人的回答并不完全准确。与其说他是真正的'左派'，不如说他是建设派！我相信，广场上这么多人，都跟总理是一派。这抽象吗？"

"唔唔唔，不抽象，不抽象。"冬冬满意地点头，"夫人，您同意爸爸的补充吗？"

萧萝、马乔一起大笑，连说："露馅了，露馅了！"

儿子脸红了，还要顽强地坚持："我还有第四个问题呢！"

萧萝使劲地抿抿嘴唇，"那就请吧。"

"民族魂，也太抽象，什么意思？是指总理的精神，还是就广场上这么多人呼唤典型……"

"我想，既然是民族魂，当然就代表了整个民族，何止一个广场？"

冬冬点头，又突然说："我还有一个问题。建设派，是不是唯生产力论？——我记得去年康老有这样一篇文章。我们毕业考试，还考了这道题。"

马乔说："唔，你们理想国，也搞这一套啊！"

儿子吐了吐舌头，尴尬地说："互相影响呗。"

马乔笑了，"噢，是这样。我们不要他了，送给你们理想国吧。"

冬冬忙说："不要，不要，害得我好苦！"

全家大笑。

一个民警走过来，马乔一看，正是在圆明园遇见的那位。刚想开口，民警摆摆手，严肃地问："你们在这里干吗？"

马乔回答："我们在这里休息，她身体不好。"

"回去吧，回去吧。这里人太多，等一会连车都挤不上了！"说完，转身而去。

马乔很想追上去叙叙旧，看样子不大合适，便对萧萝悄声说："这就是圆明园那个人。"

冬冬不满意地："管得着嘛！"

马乔解释："哦，他可是个好人。咱们走吧。"

萧萝也说："趁现在车不挤。今天晚上爸爸还要去中医医院排队挂号呢。"

冬冬说："有很多好诗，我想抄下来，你们先走，好吗？"

马乔犹豫。

萧萝说："让他去吧。"

晓晓要求："我和哥哥一起。"

萧萝不同意："不，你陪妈妈回家。你还小，再长大一点，妈妈就放心了。"

晓晓不情愿地扶着妈妈，跟哥哥告别。

一转眼，儿子已消失在密密麻麻的人群中。

十四

四月八日早晨，报纸、电台公开发布了中共中央两项决议：任命华国锋为中共中央第一副主席、国务院总理；撤销邓小平党内外一切职务。同时，明确指出："四月上旬，在首都天安门广场，一小撮阶级敌人打着清明节悼念周总理的幌子，有预谋、有计划、有组织地制造反革命政治事件。他们明目张胆地发表演说，张贴反动诗、反动标语，散发反动传单，煽动搞反革命组织。他们用影射和赤裸裸的反革命语言，猖狂地叫嚷'秦始皇时代已经过去'，公开打出拥护邓小平的旗号……"为此，四月五日晚九时半，"数万首都工人民兵接到北京市革命委员会的命令，采取了果断措施，实行了无产阶级专政……"

轰轰烈烈的"四五"运动被专政了，泼在人们头上的不是冷水，是冰雹！

马乔坐在屋子里发呆。还有什么说的？没有了，没有了！还有什么想的？没有了，没有了！

四月五日那天晚上，马乔正好去了宽街——中医医院门诊部，为萧萝排队，挂次日上午的号。得肝炎的人可真多啊！前几个月他午夜十二点来排队，能排到前十名；这次十点来的，排到十九名。当天夜里就发生了所谓的首都工人民兵对反革命分子实行专政的事件。前半夜，排队的队友们还挤在一起，议论着这几天天安门广场悼念总理的场面如何壮观；后半夜，听到大街上驶过隆隆的卡车声，人们有些惊异。晚来的队友说：车上拉的是戴着柳条帽、拿着大木棍的工人民兵！天亮以后来排队的人说：天安门发生了流血事件！

啊呀，马乔这才想到，昨晚离家时，儿子还没回来！他怎么迟钝到这步田地呀！

四月的北京，还没摆脱严冬的纠缠，黎明前的清冷，更使焦急中的马乔浑身发抖。他拼命咬紧牙关，不断地走动，想着自己该怎么办？放弃排队？放弃很快就拿到的门诊号？儿子到底怎么样了？都怪自己！本来萧萝不同意冬冬再去了，可我支持了儿子的请求，认为男孩子长大了，可以去经风雨、见世面。这下子，撞南墙了！

旁边排队的朋友说：嗨，现在去也晚了，该发生的早发生了；没发生的也就过去了。这宽慰的劝解，倒也起了镇静作用。想起昨晚临走时说好的：夜里由爸爸排队；早上由儿子陪妈妈来，替下爸爸回去睡觉。就看八点钟冬冬来不来？！

时间慢得像蜗牛，马乔的心冷得像掉在冰水里。

挂号开始了。人们蜂拥着，同时议论着昨晚天安门广场发生的事情。马乔头脑发木，牙关紧咬，用颤抖的身子、冰冷的手掌接过了挂号条。

萧萝出现在人群里。果然是她自己来的！马乔心急如焚。

还好，萧萝平平稳稳地走过来，把马乔拉到一边，没等丈夫开口，就说："你放心，儿子回来了。"

"噢！"马乔吊在嗓子眼儿里的那颗心，这才放下来。他的笑容让萧萝看得害怕。

"你怎么啦？"

"我……"马乔哆嗦着说，"我好好的。"

"不对，你脸都肿啦，笑得都变形了！"萧萝吃惊地说。

"好了好了，不要大惊小怪，儿子，怎么没陪你来？"

"他……"萧萝悄声说，"他挨打了。"

"是嘛？伤得厉害吗？"

"屁股上挨了两棒子，背上被打了一拳。夜里两点多钟回来的，进家就哭了，……"

"他，不要紧吧？"

"我说看看他的伤，他不干，不让看。我说我是你妈妈，让妈妈看看怕什么？就是不让看，也不去校医院。看来，只是皮肉受了点伤；可是，心伤得厉害。他说，'毛主席太不讲理啦！'他伤心地说，他是爱毛主席的，可是毛主席不爱他！"说到这里，萧萝的眼圈红了。

马乔叹口气："这孩子！"

看病的时间到了。

护士喊："萧萝。"

萧萝擦掉眼泪，答应着，快步走进诊室。

大夫抬眼望望萧萝，眉头微蹙，想责怪却又难以启齿的样子；认真地翻阅病历后，看舌苔，号脉，无可奈何地摇头、点头，一语不发，开出如下药方：

生芪五钱	生牡蛎八钱	台参　四钱	藿香三钱
焦术三钱	杏　仁三钱	桂红　三钱	二芍各二钱
当归四钱	香　附二钱	木瓜　四钱	青蒿三钱
冬瓜皮四钱	泽　兰五钱		

七副外购

关幼波

马乔从旁小心询问："大夫，她怎么样？"

关大夫只顾整理病历，头也不抬，沉了好一会，才说出一个字："难……"又停顿了一下，"要配合！"

马乔赶紧点头。

萧萝也赶紧点头，内疚地从大夫手中接过药方，起身告辞。

马乔搀着萧萝走出诊室，只见等候看病的人麇集在诊室门口堵塞了通道。

走出医院，马乔对天长叹："唉，又反复了！"

三个月的排队、候诊、煎药……统统付之东流。

萧萝紧紧地倚在马乔身边，安慰着他："没关系，我好多了。我自己感觉真的好多啦！"

"我又得回去了，李工人阶级已经第二次来电催促……"马乔不安地说。

"去吧，是该回去了。这是你在家过得最长的一次啊。"妻子满足地说。

"不，我不想走了。下边还不知道怎么整你呢！批邓、批'回潮'、批'翻案'，又该轮到你上刀山、下火海了！我每到这时候走，实在于心不忍啊！"

"没关系的。这次我生病了，他们抓不住什么；而且，凑热闹的人越来越少了，韩雨如也抓起来了，看李明他们还有多大本事？真的，你还是先回五七干校，如果能批准，咱们全家都去，当个农民算了。"

就这样，他们边走边说，到药店抓了药，回到家里。

冬冬睡醒了，浑身疼得下不了床。

"到医院看看去吧，怕伤着骨头。"爸、妈劝说着。

"不。"儿子不肯，"骨头没问题，我是走回来的。"

"没问题，看看也好呀，上点药，好得快……"

"不！……"儿子呜呜地哭起来，"不去，不去，就不去……"

马乔、萧萝明白了，孩子不去医院，是因为精神压力太大、太强。你挨了工人民兵的打，是被无产阶级专政了，你就是反革命。泰山压顶啊！

"噢，好，咱们不去。"萧萝安慰儿子。

"唉，你早点离开就好了。"马乔心疼地说。

"不嘛！凭什么离开？"儿子抗议了，"他们就是反总理，毛主席太偏心，不讲理！"

"好了好了，别说了。"马乔严肃地说，"问题很复杂。你年纪小，不要乱批评。"

"在家里说说还不行？打成这样，还不许我说说？"儿子趴在床上与老子辩论。

"又不是毛主席打你的。"

"他们反总理，毛主席知道不知道？工人民兵打人，毛主席知道不知道？……"

萧萝劝解着，"好了，好了，咱们都不说了。你爸也是为你好啊！……"

儿子伤心地哭着。

马乔也觉得自己那些话没多大说服力，便拿起儿子床头一本揉皱、弄脏的笔记本，翻开一看，第一页上是冬冬写的工工整整的五个字：天安门诗抄。里面抄录着许多诗，如：

《除了战斗，还是战斗》

亲爱的同志，

亲爱的战友：

不要过于悲痛，

抬起你那不屈的头；

不要说前边是浩瀚的沙漠，

要知道在浩瀚的沙漠里也有绿洲。

通往那里的路只有一条，

除了战斗，还是战斗。

《自有擒妖打鬼人》

红心已结胜利果，

碧血再开革命花。

倘若魔怪喷毒火，

自有擒妖打鬼人。

《牝鸡司晨混晓明》

清明之日不清明，

青天作泪雨纷纷。

八十六日举国哀，

血泪已干泣无声。

碑前丛花春似来，

丛外骤风冷若冰。

仰瞻碑文肝肠断，

问君何日天放晴？

昔日君在镇魑魅，

今日魑魅显人形。

小丑粉墨又登场，

牝鸡司晨混晓明。

《叫人怎么干?!》

八点钟上班，

点上一支烟，

倒上一杯水，

翻开一本大参考，

一看就一天。

生产上不去，

这是自然而然。

自从去年"七一"后，

面貌大改变。

领导下基层，

抓纲又抓线，

口号是：

为祖国争光，

为毛主席争气，

要同敌人抢时间，

抢在战争前。

任务明确方向对，

群众心里好喜欢。

加班又加点，

卫星上云天。

结果好话没听见，

坏话一大篇。

什么"人头要落地"，

却成了大灾难。

这样叫人怎么干?!

是不是不干才喜欢?

不，他们想一手来遮天。

三人十只眼，

阴谋篡大权，

唯恐天下还不乱。

同志们，怎么办?

我们就是要和他们顶着干，

把他们阴谋来揭穿!

《向总理请示》

黄浦江上有座桥，

江桥腐朽已动摇。

江桥摇，

眼看要垮掉，

请指示，

是拆还是烧?

《扬眉剑出鞘》

欲悲闻鬼叫，

我哭豺狼笑。

洒泪祭雄杰，

扬眉剑出鞘。

《为了明天的战斗》

什么是痛苦？

请听听这千万人的哀诉；

什么是悲伤，

请看看这花圈的海洋。

你我他，大家都一样，

为了悼念总理，

才来到这个广场。

昨天我们还互不相识，

今天我们却紧紧相傍，

明天我们又将战斗在各个岗位上！

试问——

这难忘的时刻，

是否能永远

永远地记在你心上？！

请回答——

这无限的伤悲，

是否能永远

化作你一生奋斗的力量？！

……

……

马乔泪眼模糊了，那滚烫的诗句，又一次直啄他的心房……

《最高楼》

长相忆，

相忆几时休？

峥嵘岁月稠。

风云变幻脱颖出，

怒潮漫卷立涛头。

众望归，

世方期，

付春秋。

梦抑真？

风采依潇洒，

真不梦，

眉间已锁愁。

骨灰飞，

英名留。

九州哀声动苍天，

千里狂澜遏飞舟。

缟似雪，

泪成雨，

花作丘。

……

……

写这样的诗，爱这样的诗，抄这样的诗，何罪之有？

骂这样的诗，恨这样的诗，打这样的诗，能有好结果吗？

"孩子，你做得对，爸爸，妈妈，还有妹妹，都理解你，天安门广场百万人也理解你！你是咱们家的英雄。……"马乔激动地摸着儿子的头。

冬冬在哭泣中笑了。

萧萝在一旁说："真是有其父必有其子！"

十五

一九七六年，中国历史上难忘的年月！

一月八日，周恩来总理逝世，随后引发了轰轰烈烈的"四五"运动，导致复出不久的邓小平再度下台；七月六日，开国元勋、德高望重的朱德委员长突然病故；丧事甫定，二十八日凌晨，又发生了震惊世界的唐山——丰南大地震，死伤四百多万人，一座工业重镇，顷刻之间夷为平地，灾害波及天津、北京，损失惨重，使本来已经拮据的共和国经济雪上加霜、难上加难；到了秋天，正是收获的季节，九月九日，久病不愈的毛泽东主席与世长辞！

三巨星纷纷陨落，共和国天空暗淡无光。

天灾人祸，把共和国推到了灾难的顶点。

人们担心，这灾难还没到尽头！

马乔是五月回到五七干校的。从萧萝不断的来信中得知：北京，即使在朱总司令逝世、唐山大地震发生后，批邓、清查"天安门事件"、清查"反动诗词"的鼓板也未止息。萧萝和冬冬、晓晓都在被清查之列。从陶琼的来信中得知，单位也在清查中。因为马乔回京属侍候病人，未回机关报到；所以，虽有人提出在天安门广场见过马乔，终因多数人已"厌战"，故未能成立。而荒丘，山高皇帝远，虽然也有清查指示，无奈李工人阶级、刘排长不肯卖力气；而且，正值农忙季节，为了生存，还得"唯生产力论"。因此，即使马乔从北京带回来一大堆"据说"之类的信息，在田头地角、宿舍饭厅稍作传播，也还能相安无事。

荒丘实在是个天堂。

批邓在这里走了过场。

　　吴南村在宿舍一再说："怎么样？邓小平活动空间有限吧？当时我就说，不要高兴得太早，小马还不相信，还和我辩论！……"

　　听到这话，马乔自然很反感，但也不争辩，只是忍着。不是不想争，而是找不到理由，心里又不服气，只好生闷气。有时，吴南村叫板叫得太厉害，实在忍不住了，就放一炮，出出气："哎，就你高明好不好？您是不顾他人痛苦，拼命证明自己正确的理论家！"

　　"嗨，痛苦什么劲儿的？就你们这帮人好痛苦，爱感情用事。就是因为他是邓小平，你们有点战争的渊源；总是把理论、路线、人情搅和在一起。我就没有这种渊源，所以就客观得多，冷静得多，理性得多。你对，我拥护，你不对，我不买账。你不找我麻烦，我绝不去自找。不像你！"

　　"好家伙，多高傲，多么的客观主义！好像理论都是从冰窟窿里拉出来的，还带着冰碴呢！"

　　"嗨嗨嗨，不愧是学文学的，你肯定是走错门啦！"吴南村高兴地说着，表现出宽宏大量的风度，"痛苦又不是我制造的。问题在于，理论工作者的任务是透过现象，揭示本质。因此，冷静、理性、客观，是必不可少的。邓小平的'三项指示为纲'，没有超出'文革'理论的范畴……"

　　话犹未了，哲学巴打断了吴南村，"打住，打住，别再往下说了。"

　　文史过含蓄地微微一笑："说说何妨？"

　　"不不不，我们这里已经被人说成是裴多菲俱乐部了。这问题，不同寻常，太尖锐。打住吧！"哲学巴再一次制止吴南村的发挥。

　　马乔倒很想听听吴南村的高论；因为在他脑子里，这些理论问题没想清楚。——虽然，他对"文革"、对"文革"中的种种做法或抵触、或反对，甚至于逐渐对毛主席有了意见和看法，然而大都产生于感情方面，并没有升华为理论的分歧。他脑子里仍然存留着：社会主义社会的基本矛盾依然是社会主义和资本主义的矛盾，因此，以阶级斗争为纲就是必然的。这个纲，在他脑子里根深蒂固。虽然，在现实生活里，这个纲几乎处处与他对立，使他时时感到掣肘；他总认为是执行的问题，是干部水平问题、个人品质问题。又比如，他对向科学进军一类活动、对实现四个现代化宏伟蓝图，有很高的激情，对百花齐放、百家争鸣那种和谐、通达的民主气氛有强烈的向往……这是他本质的要求，是他本性的留恋；但这些能不能成为社会生活的重心呢？成为纲呢？即后来所说的以经济建设为重心呢？一碰到这生机盎然、色彩浓郁、有极强吸引力的事物与以阶级斗争为纲，他就自动地压抑个人的本性，放弃真正的向往，自觉地走上阶级斗争的战场；尽管他在这个战场上越战越被动，越战越成为牺牲品；可是真的说取消"阶级斗争为纲"这个理论，他心里还要打鼓呢。批邓的文章说，邓小平的"猫论"，就是取消阶级分析，进而就是取消阶级斗争！触及到这样的问题，他也会问自己：抓住耗子的猫，都是好猫吗？真的不分阶级啦？可见一种理论，一旦被接受为观念，进而成为世界观，成为认识世界的方法论，改变起来就很难啦，即使身受其害，也要有一个觉醒的过程。

"说说吧，怕什么！"马乔极力怂恿。

吴南村看看大家。

哲学巴起身，"对不起，在下要去方便方便。"

走了哲学巴，吴南村开讲了："邓小平的三项指示为纲，本身就是悖理的，自相矛盾的，逻辑上也是不通的，是调和、迁就、折中、无可奈何的产物。"

"哟！"文史过惊讶地叹息。

"我这可不是批邓啊！"吴南村得意地说，"毛主席的三项指示，一、阶级斗争；二、安定团结；三、把国民经济搞上去；这是毛主席的一贯思想，也是毛主席指导'文革'的理论。这个理论的序列是：以阶级斗争为纲，安定团结是有基础的；这个基础就是社会主义时期的基本矛盾；只有以阶级斗争为纲，才能有真正的团结，也才能找到推动国民经济的动力。所以，阶级斗争是纲，安定团结、国民经济是目，纲举才能目张。可是邓大人，用心良苦，您怎么可以把三项指示都作为纲呢？岂不是于无可奈何之中，来一个折中、调和、迁就吗？如此一来，邓大人的活动空间还不是小得可怜？"

"报纸上批邓的文章就这么批的。不过语气、角度不同，把三项指示为纲说成是偷梁换柱，是搞阴谋，是对马克思主义的修正……"文史过说，"依您的看法，邓大人是在耍手段？还是他本身就奉行调和、折中？还是……"

吴南村情绪亢奋，拿起茶杯呷一口茶，然后权威似的说："手段是有的，政治家嘛。去年七、八、九月，那阵风刮得很厉害，很管用。现在说那是黑风……"他摇摇头，悄声说，"我说那是清风，吹醒了很多糊涂！我们这个社会，太封闭，太禁锢，保护了很多假神圣。这风一吹，冰山解冻了，真相不是大白，也是小白啦。我看，这里有手段。忽如一夜东风来，千树万树梨花开！没有这阵风垫底，天安门的花，开不成那个样子！……"

"高高高……"文史过连声称赞。

而马乔，却别有一番滋味在心头！像是吞了一口辣椒，热乎乎一直辣到肠子里。是啊，什么耍手段啦，什么社会封闭啦，禁锢啦，冰山啦，假神圣啦，对他都是吃到嘴里的朝天椒，辣得厉害。要是过去，他不会吞下这些被视为毒素的食物，新社会对他是多么神圣啊！只有仇恨这个社会的西方帝国主义和国内反动派，才用这种恶毒的语言！如今，他感到难堪，可是又必须吃下去。他突然想到，人，有时想吸毒，是刺激？还是惩罚？也难说。

"当然，"吴南村又呷口茶，抹抹嘴角的白沫，继续他的宏论，"毛也说过，一种理论，一旦被普遍接受，就要有新的理论出来代替。自然，新理论，当出自新人之手……"

文史过表现出惊奇的样子。

马乔立即问："怎么，你认为毛泽东思想过时了？"

没等吴南村回答，文史过已沉不住气："唉唉唉，不说了，不说了，这问题太大……"

吴南村说："你看，把老先生吓的。我告诉你马乔，我可没说毛泽东思想过时啊。我只是一般的说，新理论当然要出自新人之手，……"

"不说了，不说了，就到此为止。"文史过为这次讨论画上了句号。

马乔心里很不是滋味，真是抽刀断水水更流，举杯浇愁愁更愁。这些问题，与其说是理论问题，还不如说是感情问题、信念问题、信仰问题！吴南村侃侃而谈，本身就触动着马乔的感情。他说得那么轻松，马乔听得却那么沉重。不听不就完了吗？可又不行。现实生活中很多利害得失，迫使他必须听这些议论。在选择面前，他必须选择。而信念、信仰，又是他生命极重要的组成部分。吴南村一套又一套的理论，不过是一种外在推力，不断地激化着他内心的矛盾。

马乔变得郁郁寡欢，有时脾气暴躁，性格脆弱，在地头，在井边，在劳动中，常常发火。像一个正在蜕变的虫子，它要完成变化，由虫子变为蝴蝶，是个艰难的过程，弄不好还会半途夭折。

班里的同事有些议论，时不时地也会传到他的耳朵里：

"唉，班长怎么啦？"

"变了？"

"从北京回来以后，跟以前不一样了！"

"唉，你没回北京。你要是回去一趟，可能也这样！"

"老婆挨整，儿子挨打，又下了农村……可以理解。"

对这些议论，马乔不作任何解释。是不想解释，还是说不清楚？按说，老婆挨整，比过去那种境遇，已经大大好转，现在的'整'，不过是小巫而已；儿子挨了打，下了农村，也不至于使他郁郁不乐，因为，他自信，他的儿子，不是个经不起锤打的孩子。他心中的块垒，实在是个政治的情结。

一天早上，广播里传来朱总司令去世的消息。

马乔跳了起来："怎么回事？怎么回事？"当了多年菜班班长，他竟忘了派活。放下饭碗，独自跑到李师傅宿舍，一张一张地翻阅近半个月的报纸。

李师傅问他："什么事？"

"你看，你看，七月六号逝世。上月二十二号，朱老总还会见澳大利亚总理弗雷泽哩，你看，身体多棒啊！"马乔急切地拿起《人民日报》让李师傅看。

李师傅伸过头看看，没说什么。

"只两个星期，人就不在了？十四天呀！"

李师傅问："你什么意思？"

"什么意思？太突然了！……"

"嗨，九十岁啦。"李师傅说得很轻松。

显然，话不投机，马乔扭身就走。

从这以后，马乔天天去李师傅宿舍看报纸来没来。批邓的鼓板，并没有因为朱总的丧事而减缓。接着就是唐山大地震！

荒丘一片恐慌。

家信、电报陆续来到，尤其是家在唐山、天津的来信，大都凶多吉少。为了防震，大家都到场院睡觉。

马乔不搬，觉得没有必要。这种房子，即使震塌，也奈何不了他。吴南村想了想也对，留下来陪着马乔。

好在菜班所有成员，家里都报了平安。然而，马乔心中的结，始终是个结。朱总突然去世，不仅使他悲哀；而且使他忧虑，一团乌云笼罩在他的心头。同时，凄凉感又时时飘落在他的身边，使他不断地回忆逝去的岁月。特别是建国初期的情景，只要闭上眼睛，就能像电影似的重现在眼前。天空是那样的蓝，红旗飘得多美，心儿好像就在那面旗上，那么舒展、轻松、畅快……一首歌的旋律常在他的血液里奔涌：

> 胜利的旗帜哗啦啦地飘，
>
> 千万人的吼声，地动山摇，
>
> 毛泽东、斯大林，像太阳在天空照。

红旗在前面飘，

全世界走向路一条，

争取人民民主，争取持久和平，

全世界人民心一条！

多么轻松的节奏，多么明快的旋律！即使美帝国主义在朝鲜发动了战争，原子弹的威胁压在头上，也抹不掉这轻松、明快的记忆。那时，从领袖、统帅、政治家、部长、将军到普通的工人、农民、知识分子，直到像他这样的士兵，心，都像那面高高飘扬的红旗。

而现在，却是另一番景象：建国初期构建起来的共和国大厦，似乎已经老迈，从金字塔的顶尖，到它庞大厚实的底座，都在不断地崩塌！一块一块地崩塌，一块一块地散落。每次崩塌，每次散落，都敲击着马乔的灵魂，使他痛苦，使他忧愁，使他预感危机的临近……

十六

这是一个奇特的年代。

人们既关心政治，又害怕政治。人人心里揣着政治，却又对政治讳莫如深。马乔发现，朱德委员长去世以后，毛泽东主席再没有公开露面。于是，他又跑去翻报纸。这才看到，一到三月，毛主席出来各一次；四到五月，毛主席出来各两次；六月以后，毛主席就没出来过。

"哎，你总翻报纸，是怎么回事？"李师傅不解地问。

"怎么？这里有阶级斗争？你嗅出味啦？"

马乔的回答，使李工人阶级很尴尬，不过，他还是悟出了点门道，"噢，你是找批邓的材料吧？"

"不，"马乔否认，他不会说谎，"我想看看毛主席。"

"喔。"李师傅似乎明白了。

马乔在宿舍里公布了自己检阅报纸的结果：毛主席已有三个月没有公开出现；从五月以前的照片看，老态相当严重……

即使被称作裴多菲俱乐部的他们，碰到这个敏感的问题，也只能"欲说还休，欲说还休，却道天凉好个秋"！

九月，荒丘步入收获季节。不过，对菜园却不是这样。秋菜刚刚出苗，夏菜已经拉秧，正是青黄不接的淡季。菜班加紧施肥、浇水、锄草、培土、喷药、灭虫……，忙得不可开交。

九月十日清晨，广播里传来毛泽东主席逝世的消息。担心的事情发生了，只是没有料到来得这么快！

李工人阶级下令停产三天，全体出动搭挽幛，设灵堂，做纸花，写挽诗、挽联……总之，"放手"悼念，没有过头之说。

附近农村也大操大办，农民们为毛主席逝世痛哭流涕。

在通往毛主席灵堂的甬道上，人们哭着……

马乔心里想哭，可就是哭不出来。李工人阶级、刘排长肃立在毛主席遗像两旁，每个向遗像鞠躬的人，都在他们监视之中。马乔无泪，三鞠躬后退出灵堂，回到菜园去劳动。难道他不悲哀吗？难道他不想念心目中的伟人吗？不！他对毛主席的感情、信仰、热爱，不比别人差，或许更强烈！不不不，这么说，还没表达清楚。他之所以哭不出来，是因为有许多问题困惑着他。远期如彭德怀，近期如周总理、邓小平；还有像重用林彪、康生、陈伯达这样的人，支持韩雨如这样的造反派……不公，不平，不明，与他信仰中的毛主席有了不幸的差距。他为这不幸，似乎已经流干了眼泪！然而，毛主席毕竟是他心中的信仰，是他灵魂中的太阳！巨星的陨落，给予他的首先是焦虑、忧愁、不安，其次才是痛苦、悲伤。

他自然地想到了邓小平，担心他会不会遭人杀害？！

毛主席以后的中国，将是什么样的？还会有毛泽东主席、周恩来总理、朱德委员长这样的领袖吗？没有啦，没有啦，永远也没有啦！而毛主席留给共和国的那几个不可一世的家伙，到底有什么建树呢？几乎是在一夜之间，爬上了共和国的顶端！他们是怎么上去的？他们的红顶子是用鲜血染红的！践踏功臣，戕害贤良，破坏建设，捣乱秩序，就是他们对共和国的建树！他们心肠歹毒，唯一的伎俩是：不管共和国的死活，好话说尽，坏事做绝！共和国在他们手里行吗？可他们是毛主席留下来的啊！……马乔头脑里转的就是这些，他的悲伤可说是错综复杂，可谓忧心忡忡。

因为菜班在举丧期间仍然"唯生产力论"不止，遭到班里两位"左派"兴师问罪。

左甲，是位女同志，在全班会上对马乔说："我们菜班，一贯'唯生产力论'，毛主席去世，仍然一承旧章，'唯生产力论'不止，这是什么问题？"

左乙，是位男同志，立即响应："咱们班长，在灵堂里一滴眼泪都不掉，这又是怎么回事？"

马乔很憋气，一句话也不想说，心里明白，这两位与众不同的五七战士，是因为有"五一六分子"嫌疑，发配到干校来的。而所谓"五一六分子"，就是炮打周总理的"左派"，年纪较轻，造反意识极浓，总想挑班里的毛病，终于在这件事情上发难了。

"谁说班长没掉眼泪？"吴南村接过话去，对左乙将了一军。

"我说了，就是一滴没掉！"左乙理直气壮地说。

"我说掉了；而且，我数过，总共掉了三滴。"

吴南村的话，引起班内一阵哄笑。

左甲抗议说："吴南村在班上，一贯玩弄政治伎俩，把严肃的阶级斗争庸俗化，达到他亵渎神圣、软化阶级意识、取消无产阶级对资产阶级斗争的目的。由于班长的右倾，使得班里正气不能抬头，歪风邪气长期不受批评，所以才会在全世界都沉痛悼念毛主席的时候，跳出来捣乱！这是什么问题，还不清楚吗？"

吴南村连说带笑地问："怎么？你们说班长一滴泪没掉，就是马克思主义？我说掉了三滴，就是阶级斗争？就是阶级敌人破坏捣乱？请问，马克思哪部著作说了这就是阶级斗争？到底是谁在庸俗化？"

"就是一滴没掉嘛，这不是我一人的看法，连李师傅也这么说，他看得更清楚吧？这是阶级感情问题！"左乙终于把李工人阶级抬出来，以加强他的攻击力度。

哲学巴苦笑着："班长还是挺难过的。他现在饭量明显减少，常常失眠，你们看，他瘦多了。我，对毛主席是很崇拜的，尤其是他在哲学上的建树，是我们中国人的骄傲！他用马克思主义唯物辩证法，成功地改造了中国古老的哲学，使之成为现代中国人的智慧、思想、思维和意志，这个贡献，是富强中国的灵魂，……可惜，……可惜……"

文史过刚想开口，被左乙打断，"班长，你表个态吧！"

马乔问："表什么态？"

"首先，要求发言、追思主席的人很多，应该给大家充分的时间保证；其次，我们应该到农村去，听听贫下中农是怎么思念毛主席的，从中接受再教育。至于班长掉没掉眼泪，也表个态，我想班长一向坦诚，不会把无说成有，把有说成无！"

吴南村刚要反对，马乔用手制止说："我表态，说我'唯生产力论'不止，我接受。这是几百人的吃菜问题，过冬问题；不要忘了过去菜没种好，吃了饭拉不出屎的教训！再说，节气不饶人，现在误一天工，将来用十天也补不回来。'唯生产力论'不止，是李师傅同意的。人，活在世上，不光受社会制约，还得受自然制约。我当班长，头上不光有工人阶级领导，还有老天爷领导。'唯生产力论'不止，是这两位领导都同意了的。至于我掉了几滴泪，那是我自己的事，可以表态，也可以不表态。"

"那不行，因为你是班长，"左甲说，"你是我们头上的领导。我们不能只拉车，不看路！"

吴南村大笑。

左乙问："你笑什么？"

吴南村反问："噢，除了管哭，还管笑！怎么？这笑里也有阶级斗争？"

"你又庸俗化！"左甲配合左乙，把班会搅得乱糟糟。

马乔生气了，站起来："散会，继续'唯生产力论'！"说完，第一个走出宿舍，径直往菜园去，突然发现东头水萝卜地里，有几个人，赶过去看，是一个妇女、两个六七岁的小孩，正在拔萝卜。那妇女身边的箩筐里已经装了好些小萝卜。他走上去问："哎，谁让你来拔的？"

妇女瞪了马乔一眼，好像说：你连我都不认识？

马乔对她说："别拔了！"因为声音大，其中的小男孩吓哭了。

妇女吼起来："你凶什么！把俺孩子吓着了，你负责！"

这时，菜班的人已到地头，有人在马乔耳边悄声说："算了，她是李师傅的老婆。"

那老婆以为马乔既然知道了她的来历，理应让步，便继续在地里挑大个的拔。

马乔走上前，从她手里夺过箩筐，把萝卜往地边一倒，把筐扔得老远，大声说："走开！"

这下子可捅了马蜂窝，李工人阶级的老婆连哭带骂："你个臭老九！还这么狂！这是你家菜地？"

"要是我家菜地，你可以随便拔；可惜，这是公家的。它姓公，不允许私人随便动……"

"放你娘的屁！要是你家的，八抬轿请老娘，老娘也不来！你睁开眼睛看看，把我孩子吓成这样！你是什么东西？"

"哎呀，大嫂，您也太……"文史过结结巴巴地想劝说，又不知说什么好。

李工人阶级居然来了。他从地上抱起孩子，冲着老婆嚷："狂什么？给鼻子就上脸，这荒丘还盛得下你吗？……"

吴南村走到李工人阶级面前："校长同志，您这是骂谁呢？"

"骂谁？骂我老婆，这你管得着？"

"我哪能管校长，我是受校长管的……"

吴南村还要说下去，被马乔拉到一边："别说了。"

李工人阶级却不饶人："吃几个萝卜怕什么？种的不就是叫人吃

的吗？大惊小怪，吵吵嚷嚷，也不看这是什么时候！"

"李师傅，话不能这么说，总还有是非吧?!"马乔和李工人阶级说理。

"是非?"李工人阶级一手抱着孩子，一手推马乔，马乔纹丝不动。他吼道："你给我老老实实改造！"

"怎么？你把我当成劳改犯人?"马乔气得脸色发白，质问李工人阶级。

"我把你当……劳改犯？你看你像吗？你个臭知识分子，尾巴翘到天上去啦！盛不下你啦？给脸不要脸……"李工人阶级脸都发紫了。

"不要骂人!"菜班的人七嘴八舌地喊。

马乔站在李工人阶级对面，真想给他一记耳光。可是，不能啊！那一来乱子就更大了。他压抑着自己，却不愿意后退一步。

菜班的人涌过来，想把双方劝开。没料到那老婆从旁边冲过来，一头撞到马乔身上，又抓又打，菜园里乱成一团。

李工人阶级冲着老婆嚷："好了，你就别给我丢人现眼啦！"

人们终于把一团乱麻扯开。

马乔脸上、胳膊上多了几道血印，他指着李工人阶级："你哪里是工人阶级？你是他妈的工贼！"

刘排长不知何时赶到的："马乔同志，你怎么这样说呢？你是老同志嘛，工人阶级占领上层建筑，是毛主席他老人家的战略部署。你说李师傅是……这是对毛主席的态度问题。"

李工人阶级把孩子交给他老婆，对刘排长说："我不干了!"

刘排长劝解着："怎么能说不干呢？有问题咱们解决嘛。"

"他妈的，说我是工贼！……"

马乔毫不退让："说你是工贼，都抬举你啦！看你那长相，活像个……"他的嘴被文史过捂住了。

刘排长生气地："现在是什么时候，还这么吵吵闹闹，太不像话了！李师傅，走吧，你们该劳动的劳动，该学习的学习，散开，散开！"

李工人阶级还在说："俺不干啦！"

"别这么说嘛，有问题，我们找地区汇报，还可以向上级反映嘛。好了，好了，马乔，你也考虑考虑，双方多作自我批评。"刘排长拉着李工人阶级走了。

吴南村鄙夷地："什么工人阶级，货真价实的流氓！"

"好了，好了，少说一句吧。"汇丰王乞求地说。

"真是无端之灾祸！"文史过摇头感叹。

左甲说："哼，这件事并非偶然。"

吴南村问："又是阶级斗争的反映喽？"

"走，走，走……"哲学巴拉着马乔，要陪他去医务室。

马乔坐在井台上，心里乱哄哄的，他摇摇头，哪里也不去，"巴先生，让我休息休息，抓破点皮，没大关系。"

是的，国庆节快到了，毛主席走了以后的第一个国庆，菜班的任务，是让大家有菜吃。

十七

据说，"萝卜事件"被刘排长压了下来，他主张冷处理，双方都作自我批评，李工人阶级热处理的主张没有实现。国庆以后，两人去了地区，在那里把意见折中一下，决定给马乔记过处分，李工人阶级在全校大会上作自我批评。

马乔不干，拒绝出席全校大会。

地区意图贯彻不了，刘排长私下里对马乔说："这工人阶级，是毛主席派下来的。第一次登上上层建筑，没经验，水平不高，都得原谅。他要是不干了，就是个大问题，连师长也觉得头疼，您差不多点，让一步吧！"

"不，我没错，我维护的是公有财产，是全体五七战士的劳动成果，应当得到校长表扬。给我处分，是错误的。我骂他工贼，是抬举了他!"马乔强硬地不答应。

"哎呀，您是老同志，又是老解放军，支持一下我的工作，这问题就解决了。"

"不，坚持原则，才是真正的支持您。这样吧，班长我不做了，我要求到地区上访，我要问问他们，为什么给我记过?!"

刘排长考虑着："谁代替你合适?"

"唉，李工人阶级早就有对象了。左甲，在我回北京期间，不是就代理过吗?"

"我和李师傅商量一下。"

马乔、吴南村一起到了地区。

地区革委会主任对他们说："本来这个问题不难解决，可现在遇上了特殊时期，特殊的人，所以有点难度。你们先住下。我们分工嘛，老高负责你们这一片，可以找找他。现在是特殊时期呀，你们明白我的意思嘛? 复杂得很啊! 你们都是老同志，我现在不便说呀，敏感得很，复杂得很……"

马乔、吴南村住在招待所，等待明天找高副主任。

师长的话耐人寻味，听起来似是而非，总觉得内中隐含着玄机。就师长的态度说，却是格外的亲切，格外的信任; 在经历了十年"文革"坎坷历程后，二人尤其感到意外，受宠若惊啊!

高主任，就是高之骏，马乔小时候的同学，一起走下太行山，一起沿着清漳河走向冀鲁豫、走向大别山的老同学、老战友，却显得格外冷淡，在电话里一再推说："太忙，太忙啦，忙得晕头转向。你们的事情我知道了，各自多作自我批评就行了。"看样子是不打算见了。

吴南村问："这小子，是你同学嘛?"

"当然是，人是可以变的。"马乔想起了大别山的往事——那支心爱的驳壳枪。

"你再给他打电话。"

"这么晚了，还打?"

"打！明天他又会推托太忙。"

午夜一点，电话通了。

高之骏在电话里说："对不起，真对不起，我现在到招待所看你。"

有这样的事？

一辆白色伏尔加驶进招待所大院，一个高个子从车里出来。

招待所所长在门口恭迎。高之骏问一声："在几号？"所长忙要引路，高之骏挥挥手，自己上楼。

哐的一声，门被踢开，"马乔！"高之骏大声喊，"我的老同学！"

马乔激动地拥抱高之骏，"妈的，见你可真难！"

"这不是来了吗！"虽然是解释，却有一股不愿听批评的傲气。

马乔向高之骏介绍吴南村："这是我的同事，一个室的，姓吴……"

"知道，吴南村，对不对？你们的情况我清楚。"

吴南村说："看来高主任经常听取我们那里的汇报啦。"

对于吴南村，高之骏故意显出爱答不理的神情，冷冷一笑，"唉，知识分子的事情就是多，其实也没啥。你们的情况我知道。对工人嘛，何必那么认真呢？小孩子吃个萝卜，就吃嘛。你老兄，还跟过去一样，认死理。你说人家是工贼，这话传到北京不得了。哎呀，一个萝卜，能当工贼吗?! ……"

"你听的是一面之词啦？也该听听我的申诉啊……"

马乔刚说了一句，就被高之骏制止，"你就别那么天真了，这算个什么问题嘛！"

马乔争辩："当然，对你可能不算什么问题，对我可就是大事，给我记过处分——一筐萝卜，一顿骂，一顿打，再受一个处分？还讲理不讲理?!"

"谁让你惹他了？我，高之骏，地区革委会副主任，十一级干部，在地区，在省里，都是个人物吧？可是，在工宣队跟前，也得磕头称臣，工人阶级领导一切嘛，文元同志的文章嘛。你怎么敢向工人阶级叫板呢？给你记过处分，一来是警戒警戒你，二来也是给工人阶级一个台阶嘛。他要给你告到北京，再闹出个什么事件，我这小地方可受不了。其实，这年头，记个过算什么？嗨……"高之骏头一摆，似有一种沧桑无限的味道。

马乔醒悟地："噢，我明白了，你是不是因为我是你的老同学，所以宁左勿右呀？"

"坦白地说，有点关系，也算你倒霉吧。这也是我一直没敢跟你来往的原因。现在，他妈的，复杂得很，鸡蛋里头还想挑出骨头，想着法子找麻烦，不得不如此啊！"

"那不行。"马乔丁是丁、卯是卯地说，"我们来地区，就是要得个是非曲直，你不能柿子拣软的捏！……"

"哎呀，你怎么还是这样？"高之骏叹息着，"在人家屋檐下，就得低着头……"

"不，"马乔激动地站起来，"人家屋檐？我才不承认呢！要是人家屋檐，我冻死也不会来！我是在自己的屋檐下，在中华人民共和国的屋檐下，我凭什么低头？"

"啊呀，"高之骏把头摇得像拨浪鼓似的，"吴南村，你劝劝我这老同学吧，太浪漫主义啦！"

吴南村冷冷地说："道不同，不相为谋呀。您让我们去北京吧……"

话还没说完，高之骏也激动地站起来，"现在是什么时候？……"他点起一支烟，用力地抽了一口，又坐下，缓和地说："那怎么行？……这样，你们先回去，先接受下来，过了这一阵，我给你平反，还不行？"

"不行！"马乔生气了，"你这不是脱了裤子放屁——多费一道手续！"

吴南村坚持说："这里解决不了，我们回北京。"

高之骏沉下脸来，"你以为回北京就能按你们的愿望解决？我看不一定吧！你是北京来的，你还不知道北京是怎么回事？"他再点支烟，坐在唯一的破沙发上，跷起二郎腿，轻松地打起官腔："这个问题嘛，我们是经过研究的。虽然有些迁就，大方向是没有问题的。你们那一块，是北京委托我们代管，像这样涉及到工人阶级领导的问题，我们和北京是通过气的，是很慎重的……"

马乔听着他的官腔，心里极不舒服——这小子，当官当油啦！

吴南村又说："那，请高主任给我们写封信，我们回北京。"

"写封信？"高之骏不屑一顾地问。

"对，写封介绍信，说我们是回北京上访，因为这里解决不了。"

"哎，怎么解决不了？我们解决啦。"

"您解决得不对，等于没解决。"

"怎么不对？工人阶级领导上层建筑，是新生事物。我们维护工人阶级领导，有什么不对？"高之骏振振有词，从他嘴里吐出的烟圈，在屋子里旋转。

马乔真想把这个在官场里混油了的老同学赶出去。

"马乔，你也得总结总结。你骂工人是工贼，你们不叫李师傅，叫李工人阶级，这本身就是一种抵触情绪。在工人阶级领导上层建筑的问题上，阶级斗争是很激烈的。你说，你掺和到这里头干啥？当地人常说——清爽点好不好啦？你这人呀，本来可以清清爽爽地活一辈子，……"

高之骏的话像一把利刃，一下扎在马乔的心尖。这一刀下去，使马乔浑身颤抖，脑子里嗡嗡地响，憋了半天，才说："你就……是这么……当官的？"

高之骏猛吸一口烟，不解地："有什么错吗？"那样子近乎痴呆。这又让马乔想起大别山那支驳壳枪的事。那时，高之骏脸上还显出不自然、甚至尴尬的表情，还能透露出一些虽然理亏，又想硬着头皮顶下去的难受劲。现在，他却表现得心安理得，像冰似的那么冷，那么结实。

"我们还是回北京去讲理吧。"吴南村对马乔说，眼睛却瞅着高之骏。

马乔点点头。

高之骏随即说："这样吧，想回北京，可以。但是，我不能给你们开介绍信，……"

"没有介绍信，我们怎么回去？……"马乔急切地说。

吴南村不以为然地说："唉，高主任同意了嘛！"

"同意，怎么不给开介绍信？"

"啧啧啧，"吴南村急得直摇头，"口头同意也可以嘛。"

高之骏笑着："老同学，……"

"不！"马乔摇头，"我们来地区，是要找组织解决问题，不是来找老同学。要不是你分工管这个事，我不会来的。"

"咦，"高之骏惊叫着，思索一下，又说，"不管是老同学，还是老……"他想说老领导，刚吐出个老字，发现说走了嘴，立即关闸。他停顿了一下，重说一遍："不管是老同学，还是老关系，总之，我有我的难处，希望谅解；不然，我不会半夜三更来招待所看你们。老实说，我的日子不比你们好过啊！——主席逝世……"高之骏眼泪汪汪了。

马乔觉得奇怪，他怎么会这么激动、伤心呢？

高之骏又说："现在，……局势……是可以想见的，这也不难理解。我给弄得晕头转向。不说这些了，也说不清楚。你们要是愿意回北京，我放你们走。我给招待所所长打个招呼，让他给你们弄张票，回去看看。这是我能做到的。至于到了北京，你们找谁，没我的事。好不好，老同学？"

吴南村忙说："可以，可以。马乔，高主任尽了最大努力。"话外之意是千万别拒绝。

高之骏问："怎么样？你说话呀，我到现在还没反悔。"

吴南村不住地说："可以，可以，回，回，回。"催促马乔答应下来。

"那，我们的园子……"

"嗨，人家李工人阶级已经撤了你啦，你管它呢！"

474

"现在，局势很微妙！主席不在了，到底怎么弄，这才是大事，你这事算个啥？我放你回去看看，打听打听北京的消息，给我来个电话，就算你没白回去一趟。"高之骏和解地说。

吴南村不断地使眼色，唯恐失去这次机会。

马乔被高之骏刚才的话说动了。虽然不大清楚他说话的确切含义，但是主席走后北京到底怎么样，他也想知道。回去看看，又能和妻子、儿女团聚，也是不能轻易放过的机会啊！

吴南村对高之骏说："我们保证完成任务。"

"哎，我可没给什么任务呀。"高之骏连忙否认。

"对对对，我们是上访，搂草打兔子，捎带啦。"吴南村使尽全身解数，力促办成此事，把一向的清高、傲慢丢到了一边。

高之骏问说："还有什么犹豫的？"

马乔这才点头同意。

高之骏问："你一人回去，可以吧？"

吴南村紧盯着马乔。

"我一人怎么行？"

"好好好，买两张票，明天启程，好吧？"高之骏从沙发上站起来，紧紧地握住马乔的手说，"老同学毕竟是老同学，我总算没有雪上加霜吧！"

吴南村一块石头落了地。

送走高之骏，他们激动得一夜没合眼。

十八

十月的北京秋高气爽。

马乔进家时，萧萝正伏案给他写信呢。看见他进来，不由得叫了起来："你怎么回来啦？"

马乔顾不上回答，伸开双臂把妻子抱在怀里。萧萝还想追问，早被他把嘴堵住了。

他们像一团火似的燃烧着，离愁别绪，旷日持久，都在这烈烈轰轰的燃烧中遂了心愿……

"你怎么回来啦？"当圣火将要熄灭时，萧萝旧话重提。

"唉，一言难尽。你先告诉我，写信，要说什么？"马乔拿过那张刚开了头的信纸问，"什么特大新闻？"

萧萝从幸福的深渊里苏醒过来，激情地说："特特特特大新闻，你猜猜！"

"不，你快说吧！"

"王、张、江、姚给抓起来啦！"

"什么?!"马乔几乎跳起来。

"四人帮，抓起来了！"

"真的吗？"

"真的，真的！"

"你听谁说的？"

"铁匠！——"

"铁匠？"马乔怀疑顿消，"他在哪？他怎么告诉你的？"

"他来咱们家了，是来找你的。听说你在干校，让我写信叫你回来。这不是假的吧？"

"太棒了，太棒了！他现在在哪儿？"

"他住在三座门。他说他很忙，让你快回来。我说，他自己怎么能想回来就回来呢？他说，你先写信告诉他，这么写：特大新闻，今年秋天，胜芳螃蟹丰收，物美价廉，我请他回来吃螃蟹宴！他就应该知道了。临走的时候，还叮咛，不要明说，他们的爪牙千方百计想知道他们的消息。"

"什么时候抓起来的？"

"六号。铁匠大概想让你去他那里工作。"

"好啊，我现在就去找他！"马乔说着就要走。

"你得洗洗澡，换换衣服，就这一身，像劳改犯似的，怎么去三座门？"

"好好好，说洗就洗。"马乔高兴地把萧萝举了起来。

萧萝咯咯地笑着、叫着，"轻点，轻点，摔着我！"

"不会，不会……看看我这五七战士，多么有劲啊！"

"快放我下来，我给你弄热水去呀！"

"嗨，凉水也可以。"

两人高兴得足足年轻了十岁。

"哎呀，我回来得太是时候啦！"马乔在澡盆里把水拍得哗哗地响。

水滴溅在萧萝身上，她心里高兴，嘴里连说："别淘气，别淘气！"

直到此刻，马乔才向萧萝说明自己怎么这时候回来的；同时，也想起来高之骏给的任务，便问她："能告诉他吗？"

"不行。铁匠一再跟我说，除了马乔，不能告诉第三个人。这可是必须遵守的。我看，你的老同学，很可能是个'风派'人物，也许，更坏些。"

"起码是个风派，是不能告诉他。"

"你知道人们对风派是怎么评价的吗？"

"怎么评价的？"

"轴承的脖子，弹簧的腰，头上插着个顺风标。"

"准确、鲜明、生动，一针见血！"

马乔洗完澡，换上压在箱子底洗白了的旧军装，没等女儿放学，骑上自行车去三座门了。

三座门警卫森严，马乔没有任何证件，根本不许进前。他费尽唇舌，说自己也曾是解放军，并且是某司令的秘书，过去来这里看过首长；又说钟少魁是他的老上级，说到激动时，差点说走了嘴——是他叫我来的；好在没说出口，又咽回去了。但是，没有凭证，传达室根本不予通报；并且板起面孔说："请你迅速离开这里，不要妨碍我们执行任务。"

马乔只得高兴而来，败兴而归。不过，由此也让他确信，那件事肯定发生了。

回家的路上，看到街上军警比过去多。臂上带有"纠察"字样的军人，常常挥动手中的红旗，命令过往的军用轿车停下，接受检查。

阅报栏前，聚集着很多看报的人。

是啊，该看看报纸，马乔在一个大阅报栏前停留。啊哟，这里汇集了好几天的报，贴了一长串。

只要读读这些报纸的大标题，就能觉察事情正在起变化：

八日以后的报纸，批邓的文章大大减少；

九日的报纸，头版头条是中央决定在北京为毛主席建立纪念堂；接着是中央决定出版毛泽东选集；

十日的报纸，大标题是：听从党中央指挥，坚持三要三不要原则。这三要三不要是：要搞马克思主义，不要搞修正主义；要团结，不要分裂；要光明正大，不要搞阴谋诡计；

十一日的报纸，大标题是：同一切违背三项基本原则的言行作坚决斗争；

十二日的报纸，大标题是：同搞修正主义、搞分裂、搞阴谋诡计的走资派作斗争；

………

马乔在阅报栏前伫立很久。要不是铁匠告诉说四人帮给抓起来了，在这些报纸面前，他会怎么样呢？

现在看上去，是一目了然了。事情正在起变化，不，事情已经完成了变化。只是正在有条不紊地、不慌不忙地做文章，以便收到"水到渠成"之功效。这让他想起淮海战役时，他在兵团指挥所里感受到最高统帅部运筹帷幄、决胜千里的睿智、英明，真是大手笔、大文章！现在，毛主席不在了，这件事处理得平平稳稳，有章有法，仍不愧为大手笔！这是谁呢？看报纸上的照片，肯定是叶帅啦！是啊，我怎么忘了叶帅？而且，我们还有好几个帅呢！

当他兴冲冲地回到学校时，正赶上吴南村来电话。

吴南村在电话里问："有什么消息呀？"

马乔憋住气说："没有，没有。"

"你到哪里去了？你爱人说你不在家。"

"上街看了看。"马乔停顿了一下，"你看报纸了吗？"

"你不知道？怎么，你又发现了什么？"

"看看，不看报不行吧？"马乔嘲讽地说对方，"从现在开始，改改你的坏毛病，天天看报！……"

"你快说说，有什么发现。"吴南村催促着。

"很有意思，"马乔看看周围没人，放低了声音，"有些提法，跟过去可不一样了，……跟一个星期以前，也不一样了，……你自己去看，……"放下电话，马乔和萧萝走出传达室。

回家的路上，马乔悄声说："西单菜市场，确实正在卖胜芳大螃蟹，三十元一斤。我手有点痒痒，摸摸兜，连一分硬币都没装。看人家排着队买，只好望洋兴叹。"

"太贵！半个月工资，吃几只螃蟹就完了？算了吧。"

"不，你还是大方一次，让我去提溜四只回来，解解你的馋，也是庆祝呀！"

"不，我不吃那行子！"萧萝回答得干脆利落，不容商量。

"你怎么啦？"马乔惊奇地问，他知道萧萝最爱吃螃蟹，怎么今天竟一口拒绝呢？"唉，三十元还吃得起。我在干校这几年，不是省下几十块钱吗？"

"不吃那行子。"萧萝解释道，"不光是为了三十块钱，那天铁匠来，把四人帮比作螃蟹，我就倒了胃口。不吃，不吃，白给我都不要。"说话间已到了家，她才放开声音，"本来是美味佳肴，可是只要把那四个人中的任何一个，和端在盘子里的螃蟹一联想，还吃得下去？好了好了，别恶心了。"

马乔笑着，"好了，那倒省钱了。本来我对螃蟹就不感兴趣，抠搜半天，没多少肉。你硬说好吃，我才留心这家伙。"

"本来是很好吃的东西……"萧萝惋惜着说。

"我看，本来也未必好吃，只是受了《红楼梦》里螃蟹宴的渲染，'为赋新词强说愁'……"

"去你的！"

"哎，我在菜市场排队的时候，听人家议论说，螃蟹丰收之年，是农业大灾之年，历史上就有过蟹荒之说，如果真有这样的话，够巧合的。"

"你也真有闲情逸致，还去西单菜市场排队。见到铁匠了没有？"

马乔把经过从头到尾叙述了一遍。

"铁匠哪去啦？"

"不知道，等着吧！"

十九

马乔、吴南村这次回北京，与其说是"上访告状"，不如说是利用高之骏的关系，借机回家一趟罢了。"上访告状"，有说理的地方吗？可是，一到北京，正遇上"四人帮"被抓的天大喜事。嗬，让这大喜一冲，"上访告状"早被忘了个一干二净，就好像是专为"四人帮"倒台才回来的。马乔得知这一消息最早，又不得不守口如瓶。"四人帮"抓起来已经十天了，此事还未公开。报纸天天都有通栏大标题，宣传的依然是"三要三不要"的原则。马乔深知，这一切都说明，中央部署尚未完成。他整天骑着车在街上转悠，买螃蟹的和卖螃蟹的越来越多，招揽顾客的广告写得简而又简，诸如：

用粉笔写在黑板上——新到大闸蟹，贱卖，快买！

用墨笔写在白纸上——大批供应活蟹！十五元一斤，欲买从速！

西四副食商店卖蟹广告，居然还有点小资产阶级的酸味——"金秋赏菊蟹黄肥！"正面画了一串螃蟹，旁边又缀了一行小字：白洋淀特产。在那个年代，这算是最奢侈的广告了。

王府井一个卖蟹的摊上，用了一张白纸，仿照白石先生手迹，写了如下几个字，贴在盛螃蟹的大木桶上："看你横行到几时！"

呀！也许这已经是公开的秘密啦！马乔从这些广告里悟出了些道理，却没有一个人出来捅破这层"窗户纸"。

十八日早晨，新闻联播的第一条消息是：我国昨日又成功地进行了一次地下核试验！第二条新闻，就是上海二百万产业工人坚决拥护华国锋为首的党中央，誓同搞修正主义、搞分裂、搞阴谋诡计的人斗争到底！

噢，马乔明白了，上海，"四人帮"的老窝子在那里，看来已经端掉了。

当天中午，吴南村来电话，兴高采烈地喊："喂，马乔，知道了吗？"

马乔哪儿能说呢？只好答："知道了——又进行了一次核试验；而且是地下核试验！"

吴南村咯咯地笑着说："不对，不是一次核试验，而是两次；是两次地下核试验！你知道的是第二次啦，第一次最伟大、最成功。哈哈，我已经告诉高之骏了，跟他通了长途……"

马乔听得目瞪口呆，不知说什么好。

"喂，你明白吗？你这几天尽干什么啦？也不跟我联系。打电话找你，都说你家没人。你干什么去了？"吴南村紧追不放地问。

"我到街上转转，……"

"唉，你转什么劲儿的，我说的话，你明白吗？"

"明白，不是进行了两次地下核试验吗？第一次更伟大、更成功。"马乔重复着吴南村的话。

"你……"吴南村卡了壳，"你……明白？我告诉你，咱们回机关看看，好不好？看看工人阶级，看看咱们那位风派主任，现在做何打算！"

马乔说："好。"

吴南村又兴奋地说："我请你们全家吃螃蟹！"

"啊呀，吃螃蟹？吃那玩意儿需要耐心。"

吴南村说："嗨，你练练嘛！"

"练练？练不过来了。我是属"水浒"的，喜欢大口吃肉，大口喝酒；吃那玩意儿，需要斯文，我已经定格了，斯文不起来了。萧萝，本来喜欢，经过……这么一折腾，倒了胃口，说想起来就恶心，你看，没口福吧！我替她谢谢啦，……"

"不至于吧？有那么严重吗？……啊呀，太遗憾了！"

看来，"四人帮"被抓的事，吴南村已经知道。是啊，他说得对，确实是一次更成功、更伟大的地下核爆炸！是一次革命，又是一次解放！它释放出来的能量，该如何估计呢？

第二天，马乔回机关的路上，已是满城红旗，真可谓家家红旗，处处红旗，无处不红旗！不论坐车的、骑车的，还是走路的，都是喜气洋洋、笑逐颜开。还用问吗？今天是什么日子？没人提这样的傻问题。

卖螃蟹的已经有了新创造：一根稻草，拴起四只螃蟹，挂在竹竿上，标价为，"处理品，三公一母，十元！"

"哎哟，掉价啦！"

"啥掉价，死的！"

"死的？那能吃吗？"

"不碍的，刚死，你看，还吐沫呢。他妈的，就是贵了点！"

"嗨，破费点吧，值！又不是天天吃。"

"好嘛，天天吃，哪儿受得了？不瞒您说，这是头一回，哼，也是最后一回！"

正是：

> 金秋十月风光好，
> 满城旌旗满城笑，
> 家家破费沽美酒，
> 人人手中执蟹螯。

马乔回到单位，大院里已是满目萧条，花木凋零。记得工宣队进驻的时候，曾批评说："好家伙，你们这里是上班的地方，怎么跟公园一样？这还不出修正主义？"

主楼顶、大门上，都插上了红旗，在秋日的阳光下，哗啦啦地响着。

办公室里只有那位女师傅，她原来就胖，现在似乎更胖了，看见马乔忙问："哎，你怎么回来啦？"

被她一问，马乔一时竟不知如何回答。说什么好呢？说多了，太啰唆；说少了，听不明白。只顾高兴，没想想见了工人阶级怎么说，他正在犹豫……

陶琼兴冲冲地从外边回来，远远地就叫："哎，是马乔，你回来啦！"她的声音没变，还那么脆，那么热情；样子可比以前憔悴多了。这三年，她结了婚，生了个男孩，已是当妈妈的人了。

"王师傅，怎么就剩您一个人啦？"从陶琼说话的口气，可以想见她跟工人阶级关系搞得不错。

"可不是嘛，都到市里开会去了。我管它呢，先把红旗插上啦。"

咦，马乔暗暗惊奇，这位师傅颇有点先斩后奏的气概。

"哎，你怎么回来了？还走不走？"陶琼急切地问。

当着工人阶级的面，马乔不想说，只好搪塞地："当然还得走，我们是回来办事的。"

"嘿，上次你回来，就没露面，有人说在天安门广场见过你……"陶琼突然打住，吐了吐舌头。

王师傅看出来，连说："不碍事，不碍事，都什么时候啦！"

陶琼趁机说："是啊，也该让他们回来了，下去三四年啦！"

王师傅说："这得由上面说话才行。"

"上面？！"陶琼对马乔做了个鬼脸，"上面，还顾得上他们？！"

正说着，吴南村走来，"呀，咱们这里也插红旗了，真够快呀！"

王师傅不好意思地把头转过去。

陶琼推了吴南村一把，三人出了办公室，来到陶琼屋，她说："你呀，还那么锋芒毕露，五七道路算是白走了。"

吴南村迫不及待地问道:"哎,咱们那位主任哪去了?"

陶琼说:"好几天没露面了。国庆那天还上了天安门,回来跟我吹,江青同志和他握了手,受到了极大鼓舞!从那以后就没见面。小江说,他整天泡在'柏青'那里,炮制'劝进书',劝江青继承毛主席遗志,当中国共产党主席。"

"嗬,这小子,这回行了!"马乔高兴地说。

陶琼警告着:"你呀,别高兴得太早。小江说,'柏青'看不上他,总让他坐冷板凳,这回倒可能救了他。"

"啊呀,那太可惜了。"吴南村搓着手,不无同情地说。

马乔问:"还有什么情况?"

陶琼说:"工宣队不知为什么,把胖子提上来当副组长,现在可神气了。"

"虽为废物,也能得渔翁之利呀!"吴南村不平地说。

"邹兰呢?"马乔又问。

"忙于恋爱呢。"

"哟,这种人还恋爱?"吴南村鄙夷地说。

"她也是人啊,现在找了一个……国防科工委的造反派,正在热恋中。"

马乔关心地:"安老有消息吗?"

"据说,邓大人在台上的时候,说安甫没问题,应该让他出来工作。可惜,还没来得及解放,邓大人又给打倒了。"陶琼摇着头。

"这一回行了吧!"马乔脱口而出。

陶琼眯着眼笑:"这一回? 这一回是哪一回呀?"

三人心照不宣地大笑。

陶琼高兴地:"你们回来就好了,听说五七道路走得不错。"

"什么五七道路,活见鬼,别再提这些!"吴南村火不打一处来,"江吉人呢?"

"小江,现在是……职业革命家,天天在外边跑。魏孟然本来想修理修理他,可康生一死,韩雨如那帮人又被抓,也就不了了之了。

过去一直托我代领工资，这就好了，可以堂而皇之地回来啦。"

"你能见到他吗？"吴南村问陶琼。

"噢，上礼拜刚领完工资，可能要到下月初才回来。"

"你告诉他，我要找他，把我的电话给他。"

马乔问："你找他干吗？"

"聊聊，"吴南村说，"他肯定知道很多消息。"

"对，他的小道消息特别多，安甫的事就是他告诉我的。"

二十

"四人帮"是十月六日被抓的，直到十月二十一日，中央人民广播电台才正式公布；同时，公布了华国锋同志已于十月七日当选为中国共产党中央委员会主席，并兼任中央军事委员会主席。

这一消息虽已不让人感到突然，却也霹雳惊天，空前绝后。北京沸腾了！上海沸腾了！全国沸腾了！仅仅两三天内，北京五百三十万人上街游行庆祝；上海四百三十万；天津三百三十万……不是万人空巷，倾城出动，而是亿万人空巷、倾国出动啊！

中国这条大漏船，在大风大浪中颠簸着，好容易挣扎着靠了岸。人们庆幸，共和国号终于没有沉殁，八万块石头落了地！多么漫长而又混沌的隧洞啊，人们拥挤在里面，摸索着走路，深一脚，浅一脚，磕磕碰碰，跌跌撞撞，不分东西，不辨南北。噫吁唏，危乎痛哉！当年李太白极言蜀道之难，极言"蚕丛和鱼凫，开国何茫然"，并赞道："地崩山摧壮士死，""天梯石栈相勾连"！正是：

> 青泥何盘盘，百步九折萦岩峦。
>
> 扪参历井仰胁息，以手抚膺坐长叹。
>
> 问君西游何时还，畏途巉岩不可攀。

哈哈，现在这条路终于到了尽头。隧洞外面，光天化日，人们像大潮似的涌向光明，涌向大地，涌向希望！

"四人帮"们好罢别人的官，最后，也被别人罢掉了；好拿"阶级斗争"这根魔杖打别人，最后，也在这个魔杖下覆灭了，原来，这根魔杖，是柄锋利的双刃剑！

一九七六年哟，可说是中国人大喜大悲的年月！共和国的缔造者们，哗啦啦的一声，说走就都走了。不可一世的"四人帮"，还在黄粱梦中，就被送上了历史的审判台！真应了"四五"运动那如火如潮的诗句：

> 欲悲闻鬼叫，我哭豺狼笑，
>
> 洒泪祭雄杰，扬眉剑出鞘。

那时，中国工人阶级就断言：

> 红星已结胜利果，碧血再开革命花。
>
> 倘若魔鬼喷毒火，自有擒妖打鬼人！

长歌当哭。人们在庆祝游行时，唱着，哭着，笑着，舞着……这是全民的斗争，这是全民的胜利。这个胜利那么彻底，除了"四人帮"，都是胜利者！就连那些造反派们，也挤进庆祝的行列里了。他们大概也想解脱一下，不以造反为荣，而以造反为耻。

不幸的是，邬校长却在此时去世了。他陪着他的学校、他的师友、他的学生，苦苦熬了十年！他是预感到，还是真的听到"四人帮"覆灭的消息，才欣然离去？他睡卧在花丛中，身体消瘦得只剩下一把骨头，像一支燃尽的蜡烛。

马乔、萧萝扶着正在病中的周先生，在老校长灵前行三鞠躬礼。周先生悲从中来，痛哭失声，引起成百上千人恸哭。

在送行的人流中，竟然也有屡屡与校长为敌的李明；有曾经是校长的助手，"文革"中助纣为虐、成了革命领导干部的原党委副书记；甚至还有朝老校长伤口踢脚的专案组成员。如果他们能在灵前忏悔，倒也罢了；可是，从那泰然自若的表情就可推知，他们全无此种心肠。显然，他们不是麻木，他们的心被钙化了，只剩下一半在感觉，那就是他们自己的冷暖，再也没有别的。他们的生命，就是一架长满喙的吸盘，其独特的功能，就是死死地吸住社会的壁，夺取营养，喂肥自己；留给社会的只能是赘。看，李明过来了——

"这不是马乔吗？"他伸出手来。

萧萝捅捅丈夫，意思是：不要拒绝。

马乔只好把手伸给对方。

"啊哈，你瘦了，伙计，你在哪里啦？"

"他在五七干校。"萧萝替丈夫回答。

"五七干校？那好啊！"李明说话的口气，如同五七干校是人间乐园，"我几次要求去，领导上就是不放啊！"

"是啊，离了您，地球就不转了。"

对马乔的话，李明一笑置之，"嗨，离了谁，也得转。五七道路，都得走。"说得那么冠冕堂皇，愉快、轻松。

而那位副书记，此时此刻俨然是学校的最高领导，身居丧事要冲，迎送各界吊唁宾客，一副孝子贤孙的模样，让知情者哭笑不得。他看见周先生悲痛欲绝的样子，走过来劝解说："好了，人固有一死，或重于泰山，或轻于鸿毛，邬老之死，重于泰山……"

"什么重于泰山？！文不对题！"周先生几乎狂怒了，一双泪眼，像是燃烧的火炬。

副书记一时语塞，对萧萝说："你劝一劝，劝一劝……"逃遁之快捷，绝不因身躯之肥硕而缓慢，也不因人缝之狭小而迟滞。

马乔看在眼里，怒在心头，不禁大吼一声："无耻！"

吊唁厅里，竟然响起掌声。

马乔、萧萝扶起周先生，又一次向老校长鞠躬告别，然后走出灵堂。

回校的车上，周先生叹息道："邬老没有死，邬老永远活在人们的心里。可是，邬老的治学经验，以邬老为核心营造出来的、造就人才的环境，还有……邬老所代表的承前启后的文化积累……几代人的创造毁灭了！"由于激动，她说话有些口吃，"……也许，……文化……看不见，摸不着？可是，在往后的日子里，……会明显地暴露出来！……这个毁灭、损失，……是几代人补偿不了的啊！"

马乔问自己：是这样的么？

周先生继续说："像毛泽东、周恩来、邬老这样的人才，什么时候再造出来呢？历史，太无情，真正的凤凰涅槃！"她说到这里，突然精神振奋起来，连连说："凤凰涅槃，凤凰涅槃，教郭老不幸而言中了。不信，你们回去翻翻……《女神》。"

"噢，"马乔若有所悟，"是一次涅槃！"他对萧萝说，"当年先生讲郭老《女神》的时候，我们对'涅槃'总是理解不深，只觉得诗很美，喜欢她浓浓的浪漫主义风格；现在再来体会，就可能和先前不同了。"

萧萝同意："肯定会有新的体会。刚才先生说的时候，我就想到咱们班在春节晚会集体朗诵《凤凰涅槃》的情景。我念的那一段，现在还能背下来。"

周先生高兴地："你背背看。"

萧萝轻轻地背起来：

　　啊啊！
　　生在这样个阴秽的世界当中，
　　便是把金刚石的宝刀也会生锈！
　　宇宙呀，宇宙，
　　我要努力地把你诅咒：
　　你脓血污秽着的屠场呀！
　　你悲哀充塞着的囚牢呀！
　　你群鬼叫号着的坟墓呀！
　　你群魔跳梁着的地狱呀！
　　你到底为什么存在？

我们飞向西方，

西方同是一座屠场。

我们飞向东方，

东方同是一座囚牢。

我们飞向南方，

南方同是一座坟墓。

我们飞向北方，

北方同是一座地狱。

我们生在这样个世界当中，

只好学着海洋哀哭。

"哦，也许……"先生突然亢奋地重复：

我们飞向西方，

西方同是一座屠场。

我们飞向东方，

东方同是一座囚牢

……

"也许，"先生说道："也许，新文化，离旧文化太近；也许，新文化与旧文化比较，还太浅太贫；因此，新文化，需要勇敢地再更新，才能担起文艺复兴的重任。"她轻轻地吟诵着：

如果，我们要华美，要芬芳，

如果，我们要热诚，要挚爱，

如果，我们要欢乐，要和谐，

如果，我们要生动，要自由，

如果，我们要雄浑，要悠久，

我们只能求助于火，求助于光明，

求助于伟大的涅槃、再生!

哦,涅槃是伟大的牺牲!

啊,涅槃是悲哀,涅槃是烦恼,涅槃是寂寥,涅槃是衰败呀!

萧萝在旁边赶紧劝解:"先生,您别太激动。"

马乔赞叹着:"先生说得真好!"

先生微笑,点头,慢慢地说:"我,……我渴望……涅槃后……新……生!"说完,笑着闭上了眼睛。

先生累了,她靠在座位上,安静地睡着了。

二一

就这样,周先生走了,她走得那么蹊跷,又那么从容。

马乔和萧萝在先生的墓志铭上,刻上了先生临终前的那段话。

她和生她、育她、又折磨了她的那个时代一起走了。她,眷恋她的那个时代;同时,却又渴望新生。大概,眷恋,是因为那是个伟大的时代;渴望,是因为只有新生,才能使伟大走向辉煌!

……

有人高声指责:"不许奢谈新生!难道伟大还不辉煌?!"

魏孟然在沉寂了一段时间后,不,表面上是沉寂,实际上作了一番经营以后,突然活跃起来。他召集全室会议,高声朗读《红旗》社论,对于所谓的"新生"说大加挞伐,说这是"要砍旗",或"要倒旗",是阶级斗争的信号!他引用历史证明阶级斗争的新动向,说:"一九五三年,斯大林逝世,两年半以后,出了赫鲁晓夫!现在,同样现象出现了,时间几乎也是两年半。有人出来要'倒旗'、'砍旗'!我们应该高举无产阶级专政下继续革命的理论大旗,捍卫无产阶级'文化大革命'的伟大成果……"

整个研究室炸了锅,吵吵嚷嚷,议论纷纭。

胖子莫名其妙，挥着扇子问："怎么回事？怎么回事？"

没人可以作答。

江吉人坐在马乔、吴南村中间，左右揎掇："哎，说说，说说……"

马乔当然要说，"新生"一说是他首先引发的；那是文学，魏孟然说的那一套是政治。现在政治把文学包裹起来了，就像茧子把幼虫包裹起来似的，虫子要飞出去，该在什么地方咬破它呢？马乔正在思索着。

吴南村说话了："魏主任，我跟马乔刚回来，北京的情况不了解。听你这么一说，我们中国又要出赫鲁晓夫了！苏联是老大哥，斯大林死了以后，只出了一个赫鲁晓夫，我们比他们还多？您能不能告诉我们，这新的赫鲁晓夫是谁？总不至于是马乔吧？……"

"哄"的一声，全场大笑。

"同志们别笑啊，这可是很严肃的问题。"吴南村绷着脸，"这几年，马乔走的是毛泽东的五七道路。他走得比我好。他的历史和现实表现，证明他是毛泽东的忠实信徒。现在，确实是毛主席逝世两年半，按照您的逻辑，赫鲁晓夫该出来了。可是我敢说，不管是两年半、二十年半，就是二百年半，马乔也不会是赫鲁晓夫。那么，您说的是谁呢？"

魏孟然弄了个大红脸。从他得到的信息，和他的思维逻辑，他当然知道这新的赫鲁晓夫是谁，可是，他不能说，这太冒风险了！那他为什么要把这个"线头"揪出来呢？他狠狠地拧了一下自己的大腿，真是冒失鬼，急什么呀！

胖子也酸溜溜地说："唉，魏主任，说说吧，让大家开开眼，这可是独家新闻！"

魏孟然好容易平复下来，笑着说；"这不是什么新闻，理论战线、思想战线上的斗争激烈得很，这也是路线斗争的反映。我们研究室不是世外桃源，不可能置身度外，特别是年轻人，不要受了点挫折就萎靡不振，风物长宜放眼量嘛，十年、八年，天下就是你们的！要立功，要作贡献……"说着这一套，他的感觉渐渐良好起来，随即提出一套方案，把室里的年轻人分成两个班子，一个从事"农业学大寨"理论研究，一个从事"工业学大庆"理论研究，总题目下又分成若干课题，近期拟出提纲，准备大干一场。至于老人，以及刚回来的吴南村、马乔，先休整，将来根据需要，再考虑分工……"

吴南村看看马乔："咱俩还是走五七道路。可惜，荒丘解散了。"

马乔说："就在院子里找块地，咱们种园子，当个体户。"

胖子说："马乔，你别跟着瞎跑。"

"咦，蒲公，谁跟着谁瞎跑了？"吴南村起立质问。

魏孟然宣布："散会！"

吴南村迫不及待地大声说："新生，有什么不好？辩证法从不惧怕新生。死亡即意味着新生！"

会议室里一片嘈杂。

不许新生？不过说说而已。事实上，伟大既然逝去，新生即刻登场。要不然，凤凰还涅什么槃？既然凤凰涅槃了，新的凤凰就诞生了，这象征着一个东方古老民族的新生。为了这一天的到来，涅槃之火，已经燃烧了一百五十年以上。涅槃之火，是化腐朽为神奇的火，是化假丑恶为真善美的火！一个民族的真善美，不是一次可以完成的，为此，近现代以来，我们民族的仁人志士，不愿降格，不愿苟且，在选择面前，宁肯牺牲自己，换取古老民族的真正复兴与辉煌！或许，"文革"十年之火，是最后的一把火？（当然，也未见得。）"文革"后新生的不是一对凤凰，而是四亿对凤凰，是八亿神州！

会后，江吉人把马乔叫到一边，塞给他一个信封，抽出两张信纸，上面抄录了邓小平最近一次讲话。他非常兴奋，一口气读了下来：

我们一定要恢复和发扬毛主席为我们党树立的群众路

线的优良传统和作风，真正相信和依靠群众，细心倾听群众呼声，关心群众疾苦，一刻也不脱离群众。我们有这样好的人民，这样好的党员和干部，他们勤劳勇敢，觉悟很高，非常关心国家大事，无限信任我们党。这是我们战胜一切困难、在各方面夺取新的伟大胜利的最可靠的保障。

我们一定要恢复和发扬毛主席为我们党树立的实事求是的优良传统和作风，做老实人，说老实话，办老实事，这是一个共产党员的起码标准。一定要言行一致，理论与实践密切结合，反对华而不实和任何虚夸，少说空话，多做工作，扎扎实实，埋头苦干。

我们一定要恢复和发扬毛主席为我们党树立的批评与自我批评的优良传统和作风，在党内和人民内部，认真实行"知无不言，言无不尽，言者无罪，闻者足戒"的原则。

我们一定要恢复和发扬毛主席为我们党树立的谦虚谨慎、戒骄戒躁、艰苦奋斗的优良传统和作风，全心全意为中国人民和世界人民服务。

我们一定要恢复和发扬毛主席为我们党树立的民主集中制的优良传统和作风，在全党、全军、全国努力造成一个又有民主又有集中、又有纪律又有自由、又有统一意志又有个人心情舒畅，生动活泼那样一种政治局面。

我们要正视现实，还有许多问题有待我们去解决，还有不少困难有待我们去克服。我们深信，只要我们真正地信任群众、依靠群众，就一定能够战胜一个又一个困难，取得一个又一个胜利。

这是新生的宣言，这是起飞的呼唤，这是揭开新时代序幕的第一声和鸣！当然，邓小平使用的是政治术语，叫做恢复和发扬。

邓小平复出后的重要讲话，令马乔欣喜若狂。他立即骑上自行车，给刚从秦城出来的安甫送去。

安甫的旧居已被魏孟然占用，他只好暂时住在儿子家里。那是一套南北两间的公寓房，儿子和媳妇住在北边九平方米的小屋里；安甫和孙子住在向阳的十二平方米的大屋里。由于体弱、疾病缠身，安老还在卧床之中。

马乔进屋时，安甫正靠在枕头上看文件，比刚出来好像胖了些。身边半个床，堆着一摞摞书报、杂志、收音机，分明已经开始工作了。

"安老。"马乔叫了一声，"您怎么起来了？"

"喔，小马，快来，我知道你会来的。"安甫高兴地招呼马乔坐在他床边。

"您在看什么？这么一大堆！"

"好东西，好东西……"安甫赞不绝口地说。

马乔就近抽出一大本，原来是《西方农业概况》，分别为美国、加拿大、澳大利亚、西德、法国、英国……旁边还有一个笔记本，上面记满了数据。

"安老，我给您带来一篇邓小平最近的讲话。"

"好啊，快念念。"安甫取下眼镜，整理一下枕头，安稳地靠着，闭上疲倦的眼睛，静静地听马乔读文件。他已经不是先前的安甫，他仰靠在床板上的头颅，就像一座光秃秃的荒山；他消瘦的脸庞就像无数条水土流失后的荒坡、沟壑；旱魔的肆虐，加上狂风暴雨的剥蚀，把一个硕大、雍容、丰满的老人，变得瘦小、干枯、贫瘠而孱弱了！听着马乔诵读，老人像是沐浴在清风细雨里那样忘情，泪水从他深深的眼窝里流出来。

马乔想停下来劝劝他，他却睁开眼睛，连连说："念下去，念下去。"是笑着说的，泪水仿佛是淋漓的雨露，老人家犹如久旱的禾苗，遇到了甘霖，那样的亲和、理解、相印、相通。

马乔念完了，安甫睁开眼睛，从马乔手里拿过这篇文稿，恳切地说："留下可以吗？"

"可以，可以，就是给您的。"

安甫点着头，"我儿子也听到这篇讲话了。我问他都讲了些什么，他说，四个字：老生常谈，没什么新鲜的。"老人又摇头，"他，不懂，真理，是朴素的，越简单，越明了，涵盖面就越大，越深刻。小平同志讲这五条，是毛泽东思想的精髓，是中国共产党奋斗了几十年提炼出来的治国大纲，是二十世纪中国人的政治哲学。生在二十世纪，有没有这样的智慧，是大不一样的。或者，虽然拥有，却弃而不用；或者，虽然说用，却并不认真，等于没用，不过是自欺欺人，到头来，只能证明自己的愚蠢。最要紧的是，我们的人民太好了，不要忘记人民，不要脱离人民，一切都要为人民服务！"

"安老，最后那一段，要正视现实，该怎么理解？"

"噢，"安甫想了想，笑笑说："问题成堆，困难如山；老问题不解决，新问题也解决不了；所以要正视现实，不要再回避问题，更不要绕开困难。看来邓小平同志是说，那些困扰了我们几十年的老问题、大问题、难问题，到了必须解决的时候了！……"老人家虽然瘦弱，精神却异常矍铄，思维敏捷，思路清晰，比较过去，少了许多犹豫，好像在他胸中，潜藏着巨大的动力。

马乔正想问问老人家，这些老、大、难……

老人家又说话了："要退回去，退到五七年……不，退到五六年，退到《十大关系》，退到'八大'决议，用毛泽东思想，解决毛泽东提出的问题。"他掰着手指，"以生产斗争为中心，还是以阶级斗争为中心的问题；事实上的平均主义，和口头上的共同富裕的问题；公社和公社化的问题；商品经济和价值规律的问题；计划和市场的问题；多种经济成分和单一公有制的问题；社会主义和资本主义问题……还有很多问题啊。二十年前，毛主席发表《十大关系》，那时，我们自己搞社会主义也才三年呐。苏联多少年？毛的眼光是超群绝伦的，多么难得的聪明智慧！真是天才的闪耀啊。可惜，这些超前的发现，遇到的是非常险恶的国际环境。在一定的意义上，是这个环境逼迫着他老人家走上了差道，向左，远离了真理。现在，国际、国内条件大不相同了，用毛泽东思想解决毛泽东提出的问题，我看是到时候了。二十世纪还有五分之一多一点时间，解决了这些问题，把我国的社会主义事业，推进到一条康庄大道上，以告慰毛主席在天之灵……"老人竟激动得抽泣起来，喃喃地说，"我想，他去世的时候，一定很悲哀，很凄凉，很孤独……"

正在这时，安老的儿子安翔回来了，见他父亲流泪，很不耐烦地说："咦，怎么啦?"

马乔想替安老解释。

安翔说："我知道，又是哭毛主席呢，烦人不烦人!"

马乔极不习惯，恨不得有个地方躲一下。

安甫闭上眼睛，静静地躺着，等待度过尴尬。

安翔把右手的塑料袋递到左手，啊，那是一个少了四个指头的手掌。他从袋里掏出七八个橘子，放在老人的床头柜上，嘴里嘟嘟囔囔地说："一斤橘子一块一，自由市场上买的。国营水果店倒是便宜，六毛二一斤，没人要，黑脏污烂，像个丑婆娘，宁肯打光棍，也不要她! 老爷子，您这社会主义还能不能要?"

安甫对儿子的奚落，似乎并不太反感，只是苦笑一声罢了。

安翔放好水果，举起塑料袋对马乔说："看见没有? 这几斤破菜是在国营店买的，又差又贵，三块多钱! 妈的，日子怎么过?!"随后又在厨房里说："您还哭呢，国民党监狱，您才住几天? 秦城监狱一住七年!"

"好了，好了，"安甫忍不住地说，"风物长宜放眼量啊!"

安翔从厨房里探出半个脑袋，冲马乔做个鬼脸，"听见没有? 语言都是毛泽东的。"

安甫无可奈何地说："有客人在，不尊重你老子，也要尊重客人嘛。"

安翔再没说话，也没露面。

马乔不知说什么好，从安家出来时，浑身都是汗。小小的公寓里，散发着浓浓的火药味。在他们父子之间，对毛泽东主席，对现实生活，充满着对立情绪……

二二

因为中央决定工人阶级撤出"上层建筑"，五七干校也寿终正寝，马乔和吴南村在一九七七年下半年，回到了原单位。过了两个月，他们的档案转回来了，里面加了两样东西：一是马乔谩骂工人阶级；一是吴南村、马乔在"四人帮"覆灭的关键时刻，替"四人帮"爪牙通风报信；由于时间紧急，未及处理，希望原单位斟酌解决云云。

研究室的工人阶级还没撤走，看到这两件东西，立刻找魏孟然商量。

魏孟然真是出乎意料，高兴极了！怎么，闹了半天，他俩也和"四人帮"挂在一起了！在"四人帮"覆灭的关键时刻，他们竟被派回北京，秘密打探消息，充当南方一个重要人物的"克格勃"，这可是非同小可的政治问题。他向工宣队建议，由刘师傅出面召集会议，除了责令他们认真检查交代外，应予以适当处分。这样对以后的工作好处很多。

工宣队本来就记着马乔、吴南村的账呢，撤走之前，替魏孟然解决一下这两人的问题，也不枉合作一场。

于是，那位"筛"师傅，约二人谈话，直截了当地提出这两个问题，要他们认真交代和检查。

马乔和吴南村拍案而起。

马乔说："这是黑材料！应当拿出来，当众销毁！"

吴南村破格地骂起街来："他妈的，这也算工人阶级！马乔说他们是工贼，真说对了！"

谈话进行不下去，嚷嚷得整座楼都听到了。工宣队决定把这事公开拿到全体大会上去。

这些材料一抖落，阶级斗争之火刚刚熄灭，又燃烧起来。十年文革造就的阶级斗争之"弦"，本来就很敏感，很发达，工宣队长

"筛、筛"地一拨弄，这支"狂想曲"又奏鸣了。特别是魏孟然周围那几个年轻人，把吴南村给高之骏通风报信，分析得神乎其神。他们运用意念法、猜测法，甚至想象法，把这件事演义得像一幕惊险电影！到后来，竟然把他俩去五七干校，也赋予秘密使命。

为此，王师傅惊奇地问刘师傅："这到底是怎么回事？"

刘师傅也"筛、筛"地二乎起来，歪着脑袋对王师傅小声说："不对呀，那时，江青同志没跟咱们打招呼啊，是咱们把他们弄走的呀！"

因为高之骏是马乔的同学，所以马乔一直想发言，为吴南村的长途电话作解释。

刘师傅就是装着看不见，不让马乔说。

吴南村对马乔说："你别打断人家发言。你那个发言，没人家这个好听。这是历史的遗迹，将来有考古价值。过一二十年，想听都听不到了！"

马乔还是硬插进来，把他们与高之骏的关系说清楚，并且说："高之骏到底是什么问题，希望组织调查，拿出明确结论来。"

刘师傅对马乔的说明和要求，不置可否。

吴南村说："怎么样？你那个调子不好听，不让你唱，你还非唱不可。他们听惯了黄钟大吕，还用听你牛弹琴吗？"

陶琼表态说："高之骏究竟是什么问题，我看也得去外调。只是他们档案里那句话，不足为凭。再说，即使高之骏真的是'四人帮'爪牙，也得实事求是。给他打个电话，说'四人帮'抓起来了，就是通风报信？就是'克格勃'？那咱们魏主任，过去跟关锋、戚本禹来往密切，后来又往姚文元那里跑，往《人民日报》黑总编那里跑，谁也没说他是'克格勃'呀！说话可得有证据。连咱们刘师傅，不是也受到江青'同志'接见嘛，大家忘了？回来又庆祝、又欢呼，谁也没说什么呀？工作关系嘛！……"

陶琼的发言火辣辣的，使魏孟然和工宣队如坐针毡。

开会以来一言不发的魏孟然突然抢着说："哎哎哎，我说几句。"

陶琼不让他："别打断我，我还没说完呢。阶级斗争，斗了这么多年，都斗出神经官能症来了，说风就是雨。毛主席不是让看《红楼梦》吗，我看了三遍。有些人呀，真像贾环一样，小老婆生的，先天的扭曲，一辈子都嫉恨别人，天天盼着别人倒霉，偷偷地给别人碗里撒香灰、吐唾沫，心术不正，借着阶级斗争这把剑砍别人。他不知道，阶级斗争是把双刃剑，砍别人的时候，也砍着自己呢。林彪、江青不都是这样的结局吗？"

陶琼的发言咄咄逼人，会场里鸦雀无声。只听她继续说："我就不相信马乔、吴南村会给'四人帮'通风报信。那是贾环一类人的主观愿望！"

刘师傅终于说："咦，邪了，说来说去，你是怀疑我们工人阶级啦？是骂我们了？"

陶琼立即说："我没骂你；而且，你个人不能代表工人阶级，虽然你是工宣队队长。"

会场里火药味十足。

刘师傅"筛、筛"没说出话来。

魏孟然又说："我说说……陶琼有些意见是可以考虑的，比如要调查研究，要慎重等等，这是好的。但有些是不妥的，比如说刘师傅不代表工人阶级，这显然是错误的。我想说说我自己。我这个人，很不好。"他似乎要掉泪了，"从一九五九年开始，我一直在第一线，阶级斗争实在复杂，很难驾驭。可没办法，党把我放到这个位子上，我不能因为难就不干啊！我是硬着头皮过来的。我还要硬着头皮走下去。毛主席他老人家教导我们：失败和挫折教训了我们，使我们变得聪明起来。我想对二位进一言，还是实事求是好，除了毛主席，再也找不到一贯正确的人啦！不怕犯错误，犯了错误改了就好……"

魏孟然的话还没说完，吴南村接了过来："魏主任，我不是一贯正确，我是一贯错误。从一九五七年开始，一直错到现在。至于您说的毛主席一贯正确，我看也不实事求是，……"

全场哗然！

陶琼叫了一声："吴南村……"

吴南村昂着头，故意不看人们投向他的警戒目光，继续说："我看不应讳言毛泽东晚年的错误。在林彪问题上，在江青问题上，在'文革'问题上，毛泽东的错误是触目惊心的，这是再明确不过的……"

这时，从旁边杀出一匹黑马，冲着吴南村大发雷霆，用那把大蒲扇指着对方："吴南村，这回，你自己跳出来了！同志们，这是十足的反革命言论，……"

吴南村从座位上起来，笑着说："蒲公，你哪来的这么大的火？您啃了一辈子《资本论》，这点道理都不懂，非要把错的说成对的，对的说成错的，黑白都不分了，您的理论良心哪去了？"

"你……"胖子叫了一声，扇子失手掉在地下，结结巴巴半天说不出话来。

全场一片死寂。

吴南村像是给会场丢了一颗炸弹，而且，是一颗重磅深水炸弹。丢到海里，似乎还需要一个下沉的过程，才能轰然爆炸。与会者正在经受炸弹下沉那种瞬间的恐怖。

"文化大革命，不是三七开，也不是倒三七，是一场彻头彻尾的错误。这是毛主席一生中最大的失误，几乎毁了他一世英名！"

陶琼对陈子铭小声说："他怎么了？也疯了？"

陈子铭笑笑："中了人家的圈套了。人家挖好了坑，他就往里跳。"

会议室里一片椅子响动声。在这个已经变得非常陈旧、非常破烂的会议室里，在这个甚至使人感觉——它已被年复一年、日复一日地不计其数的会议折腾得筋疲力尽的会议室里，第一次鸣响了对毛主席的非议之声！

"筛"队长冷笑着点点头："哼，您总算放出来啦！'文革'十年，我都没听到过这么猖狂的反革命言论！毛主席才走几天，就有人戳他的脊梁骨了……"

"谁戳毛主席的脊梁骨了？"吴南村质问，"说毛主席犯了错误，不等于说毛主席不好，他的思想、理论、对革命的贡献，是谁也抹煞不了的！"

王师傅的眼泪扑嗒扑嗒地掉下来。

胖子使劲地扇着。

陶琼搬着椅子躲到胖子后边，向马乔撇撇嘴。

马乔着实地出了一身汗。他虽然同意吴南村的观点，甚至可以说这也是他的观点，可他绝不会在大庭广众说出这样的看法。因为，那好像是他的伤疤，说起来会很痛的。

工宣队把目光对准马乔，意在看他是什么态度。

此时，马乔好像处在交叉火网地带，没有退路了，他只好说："毛主席犯了严重错误，这是个事实。说毛主席犯了错误，不一定就是反对毛主席；说毛主席一贯正确、永远正确、从来没犯过错误，不一定就是真的拥护毛主席！我认为，吴南村同志的观点没错，说他反对毛主席是没有根据的。现在应该警惕的倒是：打着捍卫毛主席的旗号，反对毛主席！"

胖子吃惊地问："马乔，你这是说谁呢？"

"我说谁，谁知道。难道没有这样的人吗？"

新近结婚的邹兰呜呜地哭起来。

"筛"师傅冲着她说，"哭什么？有啥想法，你就说吧！"

邹兰一直摇头，只是哭，什么话也不说。

"马乔，让我怎么说你呢？你这是表的什么态？我真不明白。别人说什么都好理解，你这马乔也跟着起哄！我就得出一个结论：这地方真毁人！""筛"师傅激动地说，"反正啊，毛主席他老人家走啦，这地方？天安门开追悼会的时候，我就想到了，毛主席走了，俺们也该走啦！上层建筑，这地方，哼，怎么说来着？高处……不……耐寒，是寒心！毛主席让俺们这些工人上来，筛，体验体验。这家伙，体验足啦！不过，筛，俺可要说，毛主席什么时候都是俺们工人、农民的救命恩人！要是，我儿子说毛主席不好，筛，你看我抽他不！'文革'怎么啦？'文革'就是不让变修，不让出赫鲁晓夫，不让毛主席身后有人捅刀子！俺真没想到……大伙都说说吧。俺没想到，'文革'到了这时候，怎么变成这样子啦？陈老师，你说说。"

陈子铭微微一笑："我想，这问题很复杂，既是个认识问题，又是个感情问题，三言两语说不清，单靠表态，恐怕不行。"

"哟，"胖子摇摇头，"我知道子铭老弟就会表这样的态。"

陈子铭苦笑着。

陶琼又跳了出来，对胖子说："您今天怎么啦？"

胖子说："你说我怎么啦？"

"我说你吃错药了吧？"

"哄！"会议室里一片笑声。

陶琼又说："要不就是要地震了——动物异常。"

又一阵哄笑。

胖子无可奈何地："你这丫头，还那么厉害。"

工宣队和魏孟然、胖子凑在一起商量一番后，刘师傅宣布："今天的会就开到这儿，吴南村、马乔的问题不算完。最近，俺们很忙，大家也许都知道了，工宣队要撤，事情还很多。不过，俺们是负责的，就是撤了，该俺们负的责，俺也负到底……"

马乔接着说："起码，我们俩的问题不解决，工宣队不能走。"

刘师傅冷笑："嗬，马乔，叫板啦啊！"

二三

吴南村被隔离审查了。

马乔和陶琼去找安甫。其时，安甫的身体已经恢复了许多，在胡耀邦的关怀下，搬到了"22"楼，改善了居住、工作条件。听到这个消息，他生气地说："这是没有'四人帮'的'四人帮'路线。不解决这个问题，毛泽东的正确思想恢复不了，更谈不上发扬！"

陶琼着急地说："安老师，您还不赶快回来，大家都盼着您回来主持工作呢！"

安甫摇头，"没那么简单。而且，我毕竟老了，主要靠你们了。"

"是啊，还没给安老平反呢！"马乔在一边说。

安甫动情地说："旧案还没翻，新案又造出来喽。一般地说，不应该再搞这一套了……"

马乔认真地说："咱们那里复杂。魏孟然一直跟上面保持着联系；工宣队很长时间接受康生的指示；现在，半路里又杀出个程咬金——张胖子，不知道是通着什么线。"

安甫问："你说的上面，是指什么？"

"《红旗》杂志。您忘了？一九六六年运动开始的时候，他跟《红旗》挂上了钩，一直挂到现在；后来又和《人民日报》的鲁瑛挂了钩。"马乔历数着，"也许因为他觉得还不硬气，这一阵跳不起来；胖子倒异乎寻常地激烈了，不知为什么？"

"工宣队要撤了，他为什么还干这种蠢事呢？"

"可能有背景。本来他们就是有来头的。"

"你们觉得，南村会不会出什么意外？"

马乔分析着："南村发言时是很激烈，我想这是他藏在心里很长时间的话了。被隔离时，他倒很平静，跟我点点头，我明白他的意思——我看他们怎么放我！从从容容地就进去了。"

"能给他带句话吗？"

马乔看看陶琼。

陶琼说："我跟工宣队王师傅不错，等她值班的时候，我去看看。您带什么话？"

"养精蓄锐，准备论说。"

陶琼惊奇地问："论说？"

安甫点头："不要说论战。思想问题，不是战可以解决的。"

陶琼又问："论说什么？"

"什么是毛泽东思想？什么是马克思主义？什么是社会主义？什

么是真理？真理的标准是什么？有些在延安是搞清楚了的，现在倒不清楚了，比如，真理标准问题；有些在延安就不清楚，现在经过实践，应该清楚一些了，比如，什么是社会主义；有些在延安就是一半清楚、一半糊涂，现在可能依然是一半清楚、一半糊涂，经过总结，才能多一点清楚，少一点糊涂，比如，什么是马克思主义。其实，毛主席在晚年，除了没提真理标准这个问题外，一直在提醒大家要弄清什么是社会主义，什么是资本主义，什么是马克思主义；可见，这些问题，在他脑子里也没想清楚。可是当时，——大概是一九六四年吧，他提出这些问题，多数人不理解，似乎这些问题在现实中早已解决了。毛主席站得高，看得远！那时他已经将近七十岁了，还提出这样的问题，真是难能可贵。这说明他对苏联的社会主义不满，有怀疑；对中国的社会主义现状也不满，问题就是从这些不满里、怀疑里提出来的。实际上，他有一种紧迫感和危机感，他想动手解决这些问题，在实践中又找不到答案。"

"噢，"马乔插话道："毛主席的起点是向左、向左、向左；先向左解决问题。"

安甫点头："他想通过'文革'解决问题。没想到他的亲密战友，嘴上说得好听，背地里却在经营自己见不得人的那一套，成事不足，败事有余，把老人家的实践推向灾难、推向毁灭！老人家的创新精神，改革旧物的勇气，和理论上的胆略，都让林彪、江青这两个坏蛋破坏了。他告别人世时，是凄苦的，是抱恨终天的！……"讲这些话时，安甫很伤感，一缕追忆、惋惜之情，像一条奔流在山涧中的小溪，汩汩前行、不舍昼夜！

马乔、陶琼受到感染，不知说什么才好。

陶琼百感交集。作为安甫的关门弟子，十几年来，这是她第一次登门看望老师。想起过去的岁月，她非常惭愧。老师挨整的时候，她要么从先生的身边躲开，要么在被逼无奈的时候，也站出来摇旗呐喊一阵，求得自己顺利过关。这回，要不是马乔一再动员她来，她已没有勇气迈进老师的家门。她这次来，是带着挨骂的精神准备的。

可是，先生一见到她，便伸出双手，连说："小陶，小陶，我连累你了！"

这让她心酸，更使她惭愧，她在先生面前哭着说："先生，是我不好，是我愧对先生！"

安甫哈哈大笑，"唉，怎么能这么说呢，这不是个人能够承担得起的。"

陶琼说："有些，个人承担不了，有些，个人不能推诿。比如，马乔就比我强多了。"

先生安慰道："马乔，我们不能跟他比，他是一匹马呀！"

客厅里充满了笑声。

安甫又说："好在，我们都连滚带爬地过来了，有很多同志没过来啊！"他说着伤感起来。

较比过去，先生开朗得多了，大概和环境、心情有关。可是，老年斑已经上了他的脸，连手背都有了。

"安老，蒲公现在可有点反常。"

"蒲公？谁？"安甫诧异地问。

"就是胖子。"陶琼解释着，"工宣队刘队长因为他整年离不开大蒲扇，就叫他蒲公。"

"噢，这称呼倒还雅致，比叫胖子恭敬多了。这个人不用功，不大动脑子，也不大动手，懒。"

"最近，他突然活跃起来。江吉人说，蒲公要夺权。"

马乔惊讶了，"是嘛？夺谁的权？"

陶琼笑着："你猜猜。"

"魏孟然。"

"魏孟然？"陶琼又笑了，对安甫说："先生，您看马乔脑子里缺什么？"

安甫说："一个字——权！"

"还是先生厉害。蒲公要夺南村的权。"

"南村?"马乔真不明白了。

安甫只是笑笑，没有说话。

"先生，"陶琼叫惯了，所以此时还是这样称呼，"南村的事，怎么办？就让他蹲在那儿？……"

安甫问："南村还那么躁？"

马乔说："比过去好了点。"

安甫说："好一点不行啊。"他想了想，"不过，改也难。人总归是时代的产物，接受时代的影响，再去影响时代。不积累到一定的数量，不会发生质的飞跃，也就不会超越时代的局限。"

马乔问："您说毛主席是不是也受到时代的局限？"

安甫说："毛主席、周总理，还有他们身边的那些老帅们，大大超越了他们那个时代，大大超越了同时代的人。他们给予后世的影响是巨大的，他们的思想、品格、意志、能力是无与伦比的。他们的智慧和才能是古老文化复兴的曙光，是东方文明重新崛起的象征。历史将会一再证明，他们的影响是长久的。当然，他们也受辩证法的制约。与其说他们留下了遗憾，不如说，他们给后人留下了创造、复兴的机遇。要看到，这是他们留下来的无法估计的财富，甚至比他们创造的业绩更重要。谁要无视或舍弃这笔财富，谁就不是一个真正的辩证唯物主义者，而是一个庸人，一个可怜虫！"

陶琼说："我看魏孟然就是这样的人。十几年前他上台，标榜理论工作者最多只能给马克思当个助教，有当讲师的想法，都是狂妄的；十年下来，他倒给康生、林彪、'四人帮'当了助教、打手！"

安甫沉静地说："他到底干了些什么事？是什么性质的问题？要调查，要有事实，然后再进行实事求是的分析，不要笼统地下结论。我们吃够了这样的苦头，后遗症堆积如山，大面积的'剪不断，理还乱'呀！"

"先生……"陶琼信服地点头，"先生还是那样，不，"她对马乔说，"先生本来就宽容，受了这么大的磨难，倒变得更宽容了！"

"是的。"马乔同意，对安甫说，"安老，我们要不要准备参加

'论说'呢？"

"当然，当然要参加，要搞调查，要看些东西。魏孟然搞的那些农业学大寨、工业学大庆的材料也要看。当年，毛主席在延安，运用实践是检验真理的唯一标准这把辩证唯物主意的尺子，总结了三次'左倾'错误的经验教训，找到了新民主主义革命的正确道路。今天，我们还得用这把尺子，总结社会主义的经验教训，这是当前思想、理论战线上的首要任务。这问题解决好了，就一好百好；解决不好，就一不好，百不好。建国以后，我们搞社会主义，从实践看，可说是丰富多彩的；从理论上说，好像也是日渐完备的，一套又一套的真理，是成系列的。现在是运用这把尺子检验这些真理的时候了。你们年轻人，要自觉运用这个尺度指导自己的工作……"

从安甫家出来，马乔获得了一种轻松感，只觉得心胸开阔，充满了阳光；不像刚进安家时，对魏孟然、对工宣队、对吴南村的问题，一肚子火气、怨气、憋气。现在，这些沉重的、带有火药味的浑浊"三气"消遁了，或者可以说是化作一股清流升华了。是的，安老好像带着他们在广袤的大地上，作了一次上升式的漫游。这不仅使他看到一个更广阔的世界，更重要的是让他看清楚了构成这世界的高山、峡谷、长河、平原的全貌，原本就是这个样子。她是客观的，更是美妙的。

陶琼说："老人家今天开了话匣子了，他是不是很寂寞呀？逮住人说起来没完。"

马乔摇头，"不是寂寞。他说的那些话，很精辟，很独到，说明他的精神世界很丰富，很有创造性。这样的人，我想是不会寂寞的。"

陶琼却摇头，"他对毛老人家依然是一往情深。这要是在别人身上，还好理解；在他身上，就不可思议了。他受到的磨难还少吗？右倾机会主义者的大帽子、反革命修正主义分子的大帽子，戴了一顶又一顶，批斗、抄家、坐牢，老婆离婚，儿子自戕，成了残废……他一字不提，好像没发生过似的，连老人家的错误，都是说成一场未完成的试验，是一笔无可估量的财富，是留给后人的极其宝贵的机遇，你理解吗？"

马乔点点头。

陶琼挑战地问："你是真理解？"

马乔笑笑，"世界上就有这种人，他不理解的，以为别人也不理解；他理解了的，以为别人也会理解。这到底算什么呢？"

"马乔，你这是说谁呢？"陶琼使劲地蹬车追上来问。

"说我自己呢。"

"咦！"陶琼惊讶地说，"您现在也变得狡猾狡猾的了。"

马乔认真地说："这不是狡猾，我们都有这种毛病，当然你也不例外。问题在于，为什么会是这样？"

"你说为什么？"

"有一次，安老和我谈起过这个问题。他说，'毛主席在延安总结三次"左倾"教训时，就提出过不要以为自己理解了的，群众也理解，自己不理解的，群众也不理解。安老说，这是个体与群体认识上的差异。在小生产——家长制占优势的国度里，这种差异普遍存在，很难统一。反映到党内，就是要么极端民主，要么一言堂。这两种东西一旦得势，就形影不离，是极可怕的历史遗产，也是错误路线能够统治全党的物质基础。他说毛主席在延安，一直是防右反左，从而做到了稳操胜券。可到了北京，一直是防左反右，最终没能摆脱左的羁绊，重蹈历史覆辙。这说明，基础很厉害，你一呼，他就百应。更何况，历来是上有所好，下必甚焉。他让我给他背了那首古诗：

> 城中好高髻，四方高一尺。
> 城中好广眉，四方且半额。
> 城中好大袖，四方全匹帛。"

陶琼说："你没问他？要是继续防右反左，是不是不会栽这么大的跟头？"

"我问了。他说，那几乎是不可能的。"

"那就是说，这个覆辙是非蹈不可了！"

"可能是这个意思。我们这个民族，要把苦头吃尽，才能彻底翻过身来。"

听马乔说安甫，陶琼心里很不是滋味。是惭愧？是嫉妒？还是什么别的？说不清楚。按理说，这些谈话应该是属于她的；然而，她没有把握住，统统失之交臂了。现在，只能听人家说。想想昨天，那些烟雾弥漫的日子，真是梦倒好了。

眼看到分手的时候了，陶琼还在问："先生还说什么啦？"

马乔真诚地："海阔天空，什么都讲，连足球赛、乒乓球赛、女排，还有西单菜市的肉价，崇文门商店的菠菜、西红柿价，他都了解。看望他的人多了，有时，他也出去走走，专门跑早市，调查市场情况。你说他寂寞，我看他一点也不寂寞。我只不过是把感兴趣的那一部分，对你贩卖了一点。他强调最多的就是毛主席说的：弄清楚什么是马克思主义，什么是社会主义，什么是资本主义。他说，主张两个'凡是'的同志，偏偏忘掉了毛主席留给我们的这个根本任务。"

二四

高校的工宣队、军宣队撤走以后，新的党委为受到迫害的知识分子平了反，加在萧萝头上的那些莫须有的罪名，统统扔掉了。李明因为和韩雨如关系过密，由党委立案审查，暂时不分配工作。当了二十年助教、十年"反革命修正主义分子"的萧萝，晋升为讲师。周先生虽然走了，学校也为她平了反，重新举行了追悼会。先生的学问、情操、品格，得到了师友、弟子的一致赞誉；先生的亡灵，总算得到了昭雪、安抚。悬在萧萝心里的那块石头落了地。会后不久，她被学校聘为副教授，她把先生留下来的担子挑了起来。

一个崭新的时期开始了。再没有"出身"问题困扰萧萝了，再没有"白专道路"的顾虑，更不会因为积极工作，被说成是"黑典型"、"修正主义苗子"。现在，她要给低年级开基础课，给高年级开专题课，还要担任一个年级的级主任工作。虽然担子很重，心情是愉快的，连曾危及她生命的肝病，似乎也销声匿迹了。

到一九七八年，萧萝研究现代文学巨匠们的专著陆续问世，她被评为教书育人的模范，又一次成为人们瞩目的典型。在人民大会堂颁奖大会上，她的感人事迹和坎坷经历，使她成为记者们追踪的对象。许多民主党派得知她竟然不是共产党员时，纷纷希望她加入自己的党派，有的甚至说："像您这样年轻有为的同志，一旦进入我们的组织，很快就会成为重要成员……"这些数不清的善意、好意，都被她婉言谢绝。

她心里依然装着在朝鲜战场上交给指导员的那份入党申请书。那年，她十六岁，还不到入党年龄。当她将到年龄时，战争结束了。回国以后，部队改编，人事更迭，入党的事也就搁浅了。那张只写了一页纸的申请书，虽然已经交给指导员，虽然也可能存在她的档案里，变得字迹不清，可是在她心中仍然保持着鲜活的生命力。那上面的字迹，可能是潦草的、幼稚的，然而它却孕育着情，孕育着爱，孕育着一个少女告别黑暗、迎来曙光时的激动心情。她虽然出身于剥削阶级家庭，但她愿意将自己的生命融入光明。她亲眼目睹了上海解放前夕，地下党员的表哥们怎样冒着生命危险，穿梭于枪林弹雨之中，为迎接光明作出牺牲。她明白，这只是一次牺牲，而新中国的诞生，需要多少牺牲啊！因此，她懂得了"壮烈"这个词的分量，"献身"这个词的含义。在清川江畔与美帝国主义空军的血战中，牺牲了一百位烈士，涌现了一百位功臣。这一百位烈士中，有八十七人是共产党员；一百个功臣中，有三十四个非党群众，她就是其中之一。她是怀着这种憧憬，抱着这种献身的志愿，写出那份申请书的。现在，她已经由战士变成了学者，由少女变做了母亲。虽然世事沧桑，历经坎坷，然而，她已开始收获了报偿。趁着自己的精力还允许，后半生应当在学术上继续攀登，以不辜负师友和亲人的期望。既然，入党已经被耽误了，就平平静静地做一个党外布尔什维克算了；而那份申请书，随着时代的变迁，在她心目中变得越发熠熠生辉了。那是一个时代的折光，是她生命途程中对光明的最初感受，她就是通过这感受，接受了光明的洗礼，建立起对光明的憧憬和信念，从而给生命找到了坐标。她属于这种人，既然选定了，就无怨无悔！

十一届三中全会以后，中国这条大船，终于绕过一道道暗礁，驶上了波澜壮阔的航道。安甫重新回到研究室，吴南村的问题也就迎刃而解。身兼三职的魏孟然，此时已自动解职。被工人阶级称为"蒲公"的胖子，由于安老的复职，也收敛了自己，换了一把新蒲扇，恢复了先前的身姿。马乔又忙碌起来，跟着安甫南下、北上、东来、西往，搞调查，作研究，天天忙于什么是社会主义、什么是资本主义、什么是马克思主义的探究中。虽然揪辫子、打棍子、坐牢、杀头的危险没有了，但也不是一件轻松自如的事。争论、辨伪、切磋，调查再调查，探索再探索，辛苦奔波，但与五八年南下调查人民公社时已大不一样。那一次，安甫虽是考察团团长，可身边的魏孟然常常要提醒他注意这个、注意那个，总有一个无形的阴影，笼罩着他的思维，使他感到很不舒服，手脚被捆绑着，是戴着锁链的跳舞。现在，魏孟然虽也有时跟着外出，但他的"背景"已经消失，因而能量也大大减低。调查组在安甫的指导下，充满着健康、自由、生动、活泼的学术空气。他们在安徽农村奔波三个月，重新调查生产力状况，认真总结了农民自己创造的"家庭联产承包责任制"；他们到江苏调查了三个月，对于理论界争论不休的乡镇企业性质问题，进行了认真研究，发表了为乡镇工业辩护的论文；他们到蜂产品出口大省浙江考察，对养蜂专业户进行了跟踪调查，对他们的生产、销售、运输、分配作了系统考察。为此，马乔跟随着浙江省的蜂群，由南向北，由东到西，走遍了全国的高山大河，江南的菜花蜜，东北的椴树蜜，华北的槐花蜜、枣花蜜，岭南的荔枝蜜……啊，蜂蜜是甜的，养蜂人是很苦很苦的！他们长年风餐露宿在野外、山上，恶劣的自然环境，低下的社会地位，使养蜂人的生产、生活困难重重。他们不得不到处"求神"、"拜佛"，蜂群所到之处，都要经受吃、拿、卡、要之苦，赔尽小心，伺候各路神佛，稍有不周之处，就会受到"修理"、"报复"。蜂蜜生产的季节性很强，洋槐开花只有一个星期。南方的蜂群到北方采槐花蜜，只要在火车站耽误两三天，花期一过，养蜂人得到的便是灭顶之灾！而这种人为的灾害，对他们来说，发生的频率太高了。铁路、公路、航运部门，只要某一个环节、某一个工作人员略施小计，蜂群就会"全军覆没"！然而，正是这些养蜂人苦苦支撑，才使得我国成为世界蜂产品出口大国，创汇居世界首位。不仅如此，当他们把蜂产品贡献给国家、贡献给世界的时候，他们头上还要多一顶"自发资本主义"的帽子。给他们戴这顶帽子的是些什么人呢？是那些整天呆在机关里，坐在沙发上，喝着可口的龙井茶，悠闲地翻阅着《参考消息》、文件柜里塞满了养蜂人的贡品——蜂蜜、蜂乳、花粉的人，他们应该算什么势力呢？

马乔没有白辛苦。他撰写的调查报告，得到了安甫的嘉奖，他为世界上最大的蜂群——六百万蜂群的呐喊，获得了成功。

随着中国这条大船的航程，安甫研究室的注意力转向国外，首先是亚洲"四小龙"发迹的过程。

果然是，外面的世界很精彩。

在从新加坡回国的飞机上，马乔和吴南村发生了争论，是由一句话引起的。

在飞越海峡上空的时候，吴南村望着窗外，感慨地说："国民党了不起，应该请蒋经国来当总理。"

马乔勃然，虽然不能高声斥责，却是声色俱厉地说："你应该从这里跳下去，到蒋经国那儿领奖。"

"你嚷嚷什么？我不过是开个玩笑。"吴南村脖子一梗，不服气地说，"怎么，踩到你的痛处啦？"

"你这是什么话？"

"什么话？开玩笑都不懂。"

"什么开玩笑！国民党有什么了不起？我看你是看花眼了。了不起，就别跑到台湾去呀！"

吴南村不屑地说："狭隘！"

马乔正要张口反击。

坐在前排的安甫，转过身来，对他们说："安静。"

是的，不能再吵了，马乔意识到这一点。他站起来，和陈子铭换个座位，借此宣泄心中的愤懑。

面对资本主义极大丰富的商品市场、整洁街道、汹涌车流，和居民舒适的购物条件，马乔心里泛起一阵阵尴尬。尽管他有几十条理由，为还在贫穷中的祖国辩护，但这尴尬还是不请自来。在新加坡，看到如此繁华、如此发达的花花世界，他曾叹息道：我们的宣传，是与世隔绝的、桃花源式的；我们的理论真的是需要修正的；但是我们不是失败者，在腐朽、没落的封建主义面前，在丑恶的帝国主义面前，我们是胜利者！祖国正是在我们手中，奠定了工业化基础。我们虽然还穷，但已经在中国大地上建造起四十万个大中型工业企业；我们建造了世界上最宏大的教育体系，拥有一千五百万教师，三亿五千万学生！而我们的主席、总理、老帅们，却只有一套会见外宾的礼服，他们故去时，留下的是一堆补丁摞补丁的衣服。我们的人民，是在勒紧了裤腰带的情势下，胼手胝足地苦干，为共和国构架起钢铁的脊梁，锻造了现代化的神经网络，使美帝国主义旷日持久的封锁、包围、颠覆、制裁彻底失败！在富国面前，我们是有些尴尬，可我们人穷志不短。我们不偷、不抢，也不是乞讨者，我们是劳动者，我们是创业者！在国民党面前，我们更不会尴尬。我们欢迎国民党进步，我们想说，国民党的同志们，我们曾经是很好的合作者，我们希望你们不要反共了！反来反去，有什么好处呢？国民党曾经了不起过，都让反共反掉了。因为兜里有钱了，就又了不起啦？国民党的挂帅人物，都是些肤浅、狭隘、自私、小家子气十足的芸芸之辈！……

"亏你想得起来，让蒋经国当总理！"马乔越想越气，不禁脱口而出。

吴南村扭过头来，瞪了马乔一眼。

陈子铭笑笑，对二位说："好啦，好啦……"

二五

从国外回来，安甫又抽烟了。

不过，和五八年不大一样，那时，他一口气抽下去，半支烟就成了灰，烟都咽到了肺里，脸都抽黑了，像是在故意惩罚自己。现在不同了，烟，夹在手指间，轻轻地吸一口，咽下一点点，多数又从嘴里、鼻子里冒出来，头颅的周围，萦绕着一圈圈白雾，书房里简直成了白云故乡。戒了将近十年的烟瘾，何以又犯了呢？在理论研究领域里，他遇到了真正的大难题！问题的核心，就是社会主义经济和市场经济、计划经济的关系。这个问题困扰他几十年了，现在到了非解决不可的时候。他的思维像一匹老马，拉着载重的车辆，行进在崎岖不平的山路上，沉重吃力，艰难险阻，越是接近关口，越觉力不从心，所以，他需要白色烟雾的笼罩和刺激。实在疲劳时，他真想歇下来；可是他知道，只要稍一停步，那辆载重的车就会倒退，就会下滑，就会前功尽弃！他，实在没有停止前进的权力。虽然他已进入暮年，这车还得拉；真理的山峰，还要攀登。因此，他需要抽烟，需要用这个白色的恶魔抽打自己。

当然，他已经看到了真理。

这是最让他痴迷、最让他醉心、最促使他努力奋进的动力。最近，他常常想起毛泽东一九三零年那段脍炙人口的名言：

> 它是站在海岸遥望海中已经看得见桅杆尖头了的一只
> 航船，它是立于高山之巅远望东方已见光芒四射喷薄欲出

的一轮朝日，它是躁动于母腹中的快要成熟了的一个婴儿！

这是东方大地上、社会主义孕育出来的第一代新生儿！想想吧。当她呱呱出世的时候，那是怎样鲜活、漂亮的一个孩儿啊！她鲜嫩嫩的小屁股上，肯定留有公有制、大锅饭的胎记；这很好，这是九亿双勤劳、勇敢的手，留给孩子的最珍贵的纪念。

要迎接她的出世，母亲就要适当地走动，要有适当的营养，要经常到医院做检查，尽量使她顺利出生。

噢，安甫的心情，确乎有点老来得子的劲头。爱怜、惊喜、盼望、担忧，轮番涌上他的心头。

是的，真理本身是单纯的，明白如话的；但是，真理的周边，却山峰林立、关隘重重；更何况，并非条条道路通罗马，走偏、甚至走错路的事，是常常发生的，万万不可掉以轻心。种种迹象表明，等待这个婴儿出世的外婆，突然多了起来，这不能不使安甫感到担忧。

昨天夜里，吴南村来访，使安甫一夜没睡好。一向理性的吴南村，最近突然变得激进起来。这激进，并非超前的发现，而是一种理性的丧失，是无根的漂浮，是随波逐流。吴南村一贯自视清高，鄙夷随波逐流；在国门大开以后，汹涌的时代潮流，却使他脆弱的根须失去了依托。他变得狂妄，不合作，在研究室里和马乔吵，向胖子拍桌子，对魏孟然更是不屑一顾；更多的时间在社会上跑，在记者堆里交朋友，出席各种座谈会，发表情绪性的言论，俨然是理论界一匹狂奔的黑马。他风风火火地走进来，送来一份一尺半长的大红缎子烫金的巨型聘书。

"啊呀，南村，你这是什么东西呀？"

"聘书啊！"吴南村得意地说，"这是我设计的。"没等安甫张嘴，他已把塑料包装除去，翻开内页，端到安甫面前："特聘马克思主义理论家安甫同志为'纪念法国大革命二百周年'理论研讨会顾问"。

安甫问："南村，你在忙什么呢？"

"唉，"吴南村漫不经心地说："明年是法国大革命二百周年，也是'五四'运动七十周年，理论界难得遇上这样的双庆，准备好好探讨这两大事件给予今天中国的启示。"

"哦，我们应该更多地关注现实、关注未来啊。"

"这不矛盾，鉴古知今嘛。"吴南村把聘书摆到窗台上，"您是众望所归，特别是年轻的理论工作者，希望您提携、奖掖，千万不要推辞！"

一句话，封煞了。

安甫想问问诸如纪念会是哪里主办的？什么人同意的？都有哪些人当顾问等等。

吴南村却说："今天没时间了，我抽空再来一趟吧。"说完就走了。

那本巨型聘书，放在哪里合适呢？安甫叫来保姆，蹬上取书的梯子，搁到书橱顶上，算是给它找到个安息的地方。本来要看市场经济的材料，现在，思绪被那聘书搅乱了。法国大革命二百周年，是可以纪念的。这不仅因为它在世界史上有重要的意义；而且，中国近现代史上的革命者，也受过它的鼓舞。他本人就是先学会唱《马赛曲》，后走向革命的。还有油画大师德拉克洛瓦那幅名画《自由领导着人民》，曾经使他激情澎湃、热血沸腾。法兰西民主、自由的精神，反抗暴政、反抗压迫的精神，是人类共同的财富。然而，他担心吴南村参与的纪念活动会走偏。因为积累在吴身上的成见和偏激，在与外界广泛接触后，变得对现实失去了信心；吴对生活中复杂交错的矛盾，不愿做深入的了解、研究，对农民和小生产者滋生了厌恶的情绪；而且，对毛泽东、对新民主主义革命，流露出鄙夷的神情；对邓小平仍然坚持"活动舞台有限论"，认为邓小平的思想，还是毛泽东思想；而吴又几乎不听劝，想把他拉回来，相当困难……安甫为此忧心忡忡，点了一支烟，又一支烟，书房里弥漫着烟草的清香。

儿子回来了，推开门嚷道："嗨，老爷子，不要命啦？"要给父亲开窗换气。

安甫只好说："我自己来。"儿子手残废了，他不忍心让儿子干。

"您抽得越来越厉害了，"安翔埋怨着，"夜里没睡好，对不对？我都听见了。干吗这么认真？——这么大把年纪了！"

对于儿子的"教训"，安甫总是忍耐；于是，安翔倒成了习惯，对他父亲说话的声调、语气，完全颠倒了分寸，"南村，你管不了，也不必管！"安翔边说边把提兜拿给父亲看，"老爷子，你看我买的什么？"

安甫看看："噢，田鸡！你在哪买的？"

"东单菜市场。还有豆苗、金花菜……都是你几十年没吃过的啦。"

安甫心里泛起温馨的回忆；但又很快从回忆中苏醒，"哎，田鸡，以后不要买了，这是益虫，不能吃啊。"

安翔不以为然地："又来了，是不是，益虫？陈毅是不是益虫？贺龙是不是益虫？刘少奇是不是益虫？"

"好了，好了……"

"还有你，安甫同志，是不是益虫？"

"好了，安翔，你的怨气什么时候能出完？"

安翔转过来安慰父亲："没了，没了，老爷子，您别跟我认真。"

安甫劝解他："孩子，不要牢骚太盛啊。"

"没事，我肠子断不了。"

"一个新制度的诞生，总会伴有很多失误、挫折、前进、倒退，经过几代人的努力、修正、完善，才能成熟起来呀！"

"都让我赶上了，……"

"这是你的幸运。"

"幸运？好嘛，我谢谢啦。我可不想要这样的幸运！"

"你想要成熟吗？你可知道，果子成熟了，就要从树上掉下来，生命就结束了，接着到来的是腐烂；而新的生命又要降生了。所以，幸运总比不幸好啊。"

安甫的劝慰并未奏效，安翔只是笑笑说："我啊，管不了那么多。老爷子，您不为我，也为您的孙子多活几年，他好有个地方住。这年月，有权的用权，有关系的用关系，我只有您这么一位有这套房子的父亲！"

安甫叹息地摆摆手，他对儿子无能为力，深感悲哀。他又一次抬起头，看看吐出的烟雾，真是云山雾罩，像在庐山似的。是啊，真理并不复杂，只是通往真理的路途，充满着迷惘、荆棘障壁……

二六

自幼生长在杭州湾的江南才子吴南村，跟着安甫到东南亚、到欧洲、到美国跑了一圈，思想发生了更大的变化。长期以来，对现实不适应，从而引起的怀疑、不满，特别是六十年代后对他的压抑、打击，此时都成了变化的原因。看到周边国家的兴起，再看发达的西欧、北美，他甚至认为中国革命纯属多此一举。不是帝国主义、封建主义延缓了中国现代化，倒像是那场"文化大革命"导致了中国的落后。在伦敦，在法兰克福，在纽约，他突出的感觉是：他是最适于这种土壤的植物！他在这里一定可以长得根深叶茂，成为大树。而他脚下的土地，仅够他唱一支——我是一棵无人知道的小草！当然，他只是这样想，绝不往外说，包括他的妻子、女儿。他在几次大型座谈会上发言泼辣、犀利，赢得了许多掌声。他曾经批评马乔缺乏理性，并由此得出马乔不适合从事理论工作的结论；现在，他的发言，渐渐失去了理性，而这正是他赢得掌声的重要原因。这些传到研究室，传到安甫那里，不仅引起了议论，也引起了安甫善意的关注。

现在，他在理论界，或更准确一点说，在传媒界名声越大，越对研究室感到隔膜；回研究室越少，越不愿回去；总是打个电话请假，说某某单位、某某电视台非让他去不可等等，让陶琼、陈子铭，甚至也让马乔替他向安甫请假。外边新办的杂志、报纸向他约稿、为他开辟专栏，也有人请他出任主编。他巴不得去做一个自由撰稿人、专栏作家。

吴南村副教授被推举为"纪念法国大革命二百周年"筹备委员会召集人，国外媒体也蜂拥而至。他的家车水马龙，门槛都要踢破了。

当医生的妻子问吴南村："南村，这都是些什么朋友啊？"

吴南村伏在桌子上忙着赶稿子，头也不抬地说："我也不知道。"

"哎呀，不知道怎么可以？"妻子着急地说。

"唉，"吴南村别有收获，"不知道怎么可以？正好是我这篇文章的题目。"他在为某半月刊撰写法国大革命的短文。

妻子无可奈何地摇摇头，本想救火，反倒火上加油啦。

"没关系，思想应该更解放一点，步子应该迈得更大一点，这有什么？"

"我觉得，有些人很像过去的造反派，很讨厌。香港的记者更要慎重，你知道他们是什么背景？上星期来的那位姓汪的小姐，我眼看着她把墨水弄到沙发上……"

"亲爱的，我赔你一套沙发。这月的稿费收入，足可以买一套高级沙发。"吴南村为文章写好题目，到沙发前摇晃一下扶手，"你看，老掉牙了。"

"什么老掉牙，这是我爸妈给我的陪嫁。就因为客人太多，咱家都成会议室了……"

"是啊，是啊，我不是说了吗，赔您一套新的、高级的。这样也才能和家里的彩电、音响设备配套呀！"

"爸！"女儿放学回来了。

吴南村赶紧把公文包打开，取出一盒磁带，迎接女儿回来。

上高中的女儿，猛地跑过来，一把抢到手里，对妈妈说："我知道，爸一定会给我弄到的。"说着扭过身去，开开音响，兴奋地说，"还是原版带！"

立体声音响，传出邓丽君的歌声。

"莲莲，这种歌有什么好听的？爱呀爱的，无病呻吟。"

"妈，您应该向爸爸学习，爸就喜欢邓丽君。"

"哎哎哎，"吴南村立即解释，"爸爸爱听，是想调剂一下生活，跟你可不一样。"

"爸，"莲莲撒娇地说："您在政委面前就不敢说真话。什么时候啦？光叫别人解放思想，轮到自己头上，竟然是银样镴枪头！"

"你看，你把孩子惯的，还有样没有？"妻子哭笑不得地说。

"莲莲，你可让爸爸背黑锅啦，是我惯的你吗？"

"妈妈，……这可是八十年代啦，我们跟你们不一样！"

"莲莲，要说真话，不说假话，这是对的。但是，不要把说真话庸俗理解啊，说真话，是为了尊重事实，维护真理，不是个人主义思想赤裸裸大暴露。你让你爸说，我的看法对不对。"

"对对对，"女儿不耐烦地说，"您累不累？"

吴南村笑了，"莲莲，你妈说得对，不要庸俗化。当然，时代在前进，观念也要随着时代而变化，……"

"对！"莲莲高兴地叫起来，她听出来，爸爸实际上在支持她。

吴南村继续说："现在理论界在讨论'代沟'、讨论所谓的'文化断层'问题，吵得很热闹，一派说有，一派说无……"

"我跟爸就没有代沟！"莲莲兴奋地说。

"那，"妈妈说，"跟我有代沟啦！"

"说真话，是有点。"莲莲坦率、却又谨慎地承认，"所以，我属于又有又没有那一派。"

妈妈摇头，额间浮现出幽幽的哀伤，"时代在前进，观念会变化，但是，美丑、善恶总还是美丑、善恶，总不能把美说成丑，把善说成恶……"

"事物是复杂的，不可能条分缕析地把美丑、善恶区分得清清楚楚、明明白白。我们那一代，有我们那一代的使命；她们这一代，有她们这一代的使命。让她们自己去闯，自己去区别吧……"吴南村劝慰着妻子，眼睛里却向女儿表示着真诚的理解。

莲莲说："你们那个年代，还抗美援朝呢，生下的孩子叫援朝，叫卫国。现在，我们有同学把援朝这两个字都改了。为什么？无非是觉得别扭呗。"

吴南村叹口气，"唉，这就不必了，历史嘛，总是历史。"

"那人家愿意改，你管得着？"莲莲对她父亲，几乎是个极端民主派，"比如，吴南村不叫吴南村，而叫吴抗美，人家大使馆的文化参赞，请您在长城饭店吃饭，您和参赞先生，不觉得尴尬吗？"她用英语说了一句："吴抗美先生，祝您健康。"

吴南村像欣赏艺术似的，欣赏着女儿的聪明，"是啊，是别扭。每个时代都有那个时代的局限性，改改也是对的……"

莲莲把音响放大，邓丽君的歌声，灌满了全室，"我爱，我爱……"她如醉如痴，沉浸在软绵绵的氛围里。

看着妻子回到卧室，吴南村把音量拧小，也去卧室了。

在女儿在妻子之间，他像一块砝码，一时用在左边，一时用在右边，为的是保持这个家庭的平衡；而近来，他是常常放在女儿这一边的。

二七

马乔奉安甫之命，去拜访胖子；这已经是第四次了，前三次都没见着。

这一次，他来到胖子门口时，大门上贴着一纸告示："请勿敲门！"

呀，这，不敲门怎么进去？太岂有此理了。

马乔站在门口想办法。前两次他和陈子铭来，胖子不是在门上贴张纸条："不在家，去医院"；就是："主人近来身体不适，拒不见客"。第三次是他一个人来，胖子老婆打开一个门缝，说："昨天夜里，他闹腾了一夜，现在刚刚睡着，请改日再来。"

胖子是因为在全室讨论计划经济与市场经济关系时，跟吴南村顶撞起来，一气之下拂袖而去，再没回到研究室。他认为，社会主义的优越性，就是表现在计划经济上。他抓住吴南村一句话："我们的极'左'路线，表现在提前结束新民主主义阶段，纠正这个历史性的错误，应当退回去。只有退够，才能摆脱被动。"他攻击这个观点，是在安甫暗中支持下出台的。因此，安甫是右倾，安甫的腹案是：取消社会主义！安甫亲自给他打电话，请他继续出席讨论会，均被他拒绝；以后，干脆连电话都不接，家人接了，也说他出去了。至于去什么地方、何时回来，一概推说：不知道。

他对安甫一向欣赏吴南村、不大看重自己早有抱怨；对出国考察，没安排他去欧洲，更是耿耿于怀；所以，不惜采取鱼死网破的决心，跟安甫、跟吴南村较量一番。

说也奇怪，胖子对马乔有一种亲近感，虽然，论年龄，论资历，马乔都晚他一辈，他却总把马乔看作同辈人。马乔有时顶撞他一下，他只是笑笑而已。同样的事，放在吴南村头上，他是决不买账的。在研究室里，他的眼里除了安甫，就是马乔了。

马乔站在门口想，"这老家伙，爱吃带鱼。我就喊吧，买带鱼，买带鱼，东海的大带鱼！……"他躲在楼梯拐角处，听见胖子的门咯吱一声开了。只见胖子一手拿蒲扇、一手提着塑料桶，迅速出门、下楼去。他差点笑出声来，趁着胖子不在，钻进了他家。

"嗬！"马乔惊奇地发现，胖子的伙食真不错。饭桌上摆了五六个吃剩的菜，什么红烧肉、汽锅鸡、咖喱牛肉……应有尽有呀，"要不他那么胖，离不开扇子呢！"书桌上摊开三本《资本论》，老家伙在苦读呢！

只听大门又咯吱响了一声，胖子嘟嘟囔囔地说着"哪有卖带鱼的？"听他把桶放下，磨磨蹭蹭地去了一次厕所，才回到书房，一眼看见马乔坐在沙发上，"呀！你……"

"怎么，卖带鱼的走了？"

胖子恍然大悟："噢，是你呀，小马，你捣什么乱！"

马乔笑着说："蒲公，哪有不让敲门的道理？您也太绝了。"

胖子只是微笑。看见马乔，似乎一肚子气消了。

马乔数着："我这是第四趟了，这回连门都不让敲了。再不让进门，我可就破门而入啦！我们不仅善于建设一个新制度，还善于破坏一个旧制度，您信不信？"

胖子哈哈大笑，"我，拿你没办法，谁让你是年轻的老革命了？"

"蒲公，我是奉安甫主任的命令来的。"

"来干什么？"胖子又气呼呼了。

"来请您出席讨论会。"

"我不去。"胖子一口拒绝。

"是不是还没有准备好？我看您正在抠《资本论》呢，您在研究资本流通呀？"

胖子把摊开的书合上，"我年龄到了，身体又不好，而且，主要是一贯保守，跟不上开放、改革的形势，老朽了，没用了，不挡路啦！所以，向安甫请个长假。"

"蒲公，您可真够娇气的啊！"

马乔的直率，使胖子浑身冒汗；但他还是忍着，听这个他心目中年轻的老革命的批评。

"好容易盼到真正的百花齐放、百家争鸣的日子啦，您刚上阵，稍稍听到一点不同的声音，就打退堂鼓，就沉不住气了，就犯了叶公好龙的毛病。吴南村的观点，我也不完全同意，我们过去在干校，就争得不可开交，这没什么，个人意见可以保留嘛。实践是检验真理的唯一标准，您忘了？"

胖子连连挥手，"好了好了，你说说，对这些问题，安甫到底是什么态度？他总是不发言，总是让别人畅所欲言。"

"让大家畅所欲言，是对的……"

"哎，你先说说，安甫到底是什么意见？"

"他没说呀，这些问题都在讨论之中，将来他总会说的。"

"他现在为什么不说？"

"我怎么知道呢？我想他可能没想好，考虑不成熟。还有什么原因？想不出来。"

"你是他的助理，你还不知道他的想法，……"

"闹了半天，……"马乔恍然大悟地，"您是有顾虑？您也没被蛇咬呀，怎么也怕井绳？"

"马乔老弟，你就别损我啦。"

"真不是损你。您是老同志，这么重大的理论建设问题，怎么可以不参加呢？您就不怕年轻人笑话您？"

"好了，你告诉我时间，我去就是了。"

马乔高兴地："蒲公，我去给您买带鱼。"

"你拉倒吧，调皮鬼，害得我没穿袜子就出去了。"胖子说着翘起一只脚丫子，笑得把扇子掉到了地上；又说："魏孟然，好一阵没参加会了，你知道他现在干什么呢？"

"不知道。"

"他呀，改行了，拜了一个什么大师，学气功呢。"

"您怎么知道的？"

"我爱人带着学生到玉渊潭公园写生，正好碰到他。他身挂宝剑，手提录音机，跟着一个老头子。那人僧不僧、道不道的，留着长须，穿着蓝布大褂，直呼孟然其名。魏孟然跑前跑后地给人家张罗，一帮子学气功的男女老少，都听他的口令，称呼他魏学长，真有点大徒弟的味道。"

"是嘛？他受了处分以后，安甫老师找他谈过几次，鼓励他总结教训，从头做起，踏踏实实读几本书。他想离开研究室，安老师说，如果愿意，也不强留。后来，这话再没提，也没地方要他。再以后，据说他生病了，陈子铭代表安老师和研究室去看望他，还买了水果慰问他。那以后，他一直在家里，就住在安老师原来的房子里。改行了？亏他想得出来。"

"真的，街道上的气功站，还贴出他们的招生广告呢。"胖子摇摇头，"这个人，是安甫引进的。当时，让他做办公室主任，后来就取而代之啦。看人不准，这教训还不汲取！"

马乔明白，胖子的意思是指吴南村，将来也许是第二个**魏孟然**。不过，到目前为止，他还不会同意胖子的判断。

二八

魏孟然每天早上五点钟起床，步行十里到玉渊潭，先自己练功，然后领着七点钟到齐的离退休老人练功。他佩一把江南出产的龙泉宝剑，提一台双声道的录音机；灯笼裤、运动衫一穿，迎着朝阳走在林荫道上，倒也显得潇潇洒洒，完全变了个样。

那些离退休人员，都称他为魏师傅，凭他每天十里路来回、风雨无阻的坚持性，就够让人佩服；何况，教人练功，不仅耐心，而且讲得头头是道，令人信服。休息时，老人们也想跟他聊聊，比如说，先前在哪里工作？现在怎么想起投师练功的？以及家住何地？人口几何？等等。魏师傅只告以：前几年生了一场大病，医院已经拒绝收纳，就等着到派出所销户口啦。自己不服，挣扎起来，投师练功，才有今天。

就魏孟然来说，这也许是他生命途程中最扎实、最闪光的一段。他好像在这个行当上，才找到了自己的归宿。他的思维，他的理解力，还有他的意志、体能，在这里才能恰当地"各尽所能"。面对那些老年朋友的赞赏，他心里不仅涌起感情的波澜，而且，也引发出深深的感叹：活了这么大，走了那么多弯路，今天才算走上了"回家"的道，往事不堪回首啊！

是的，魏孟然的悲哀是可以理解的。

他生长在一个机遇颇多、变化更多的年代。他是一九四七年夏天到北平来上大学的。那时，抗日战争刚胜利不久，国民党的势力还很强，共产党的张家口被傅作义占领了，延安也被胡宗南"收复"了。国民党有美国的支援，共产党的日子一天紧似一天。三青团在校内组织了"中美友善促进会"，他第一个报名参加。据说，这个促进会成员，将来可以拿奖学金去美国深造；并且，据说，这是南京政府物色未来外交官的渠道。不料，只过了一年，战局发生逆转，一九四八年冬天，国民党把整个东北丢了；接下来当然就是北平了。什么去美国深造，什么外交官前途，看来统统泡汤了。"友善促进会"的幕后人物，躲的躲了，溜的溜了，只剩下他们这些好做美梦的傻小子，前不着村，后不着店，内心的凄楚、慌张，是不言自明的。校内的"左派"社团不断冒出地平线，连《解放区的天》、《你是灯塔》、《民主青年进行曲》都在学生宿舍里唱起来。这个潮流汹涌澎湃地涌现在他面前，这个潮流叫"革命"。"我革不革呢？"他问自己。这一次，他好好地想了想。那是个急剧变化的年代，几乎一天一个变化，上个月，解放军还在东北，这个月已经入了关；北平附近南口、密云的炮声，已轰轰隆隆地传到了京城，还没等他考虑出头绪，城外的石景山、清华园都成了解放区的天。其实，像魏孟然这样的年轻人，所谓想一想、考虑考虑，纯系浅层次的思量，他缺少深入思维的头脑，他对于外界形势的感受力，远远超过了思维能力。他的想一想，不过是赶快权衡利弊，以适应他眼睛看到的外界变化。因此，大炮一响，他立即找到地下进步社团，诉说自己受骗上当的教训，于是，他从一个洞钻到了另一个洞里。北平解放了，他的转变也完成了。他的短暂的、浅层次的、想当然式的思维特点，使他比较"健忘"，从而也使他适应环境的勇气倍增。他的热情，在新的形势下得到周围环境的肯定。朝鲜战争爆发，他报名参了军。他又被领导看中，留下来当了干事、秘书，从没离开过北京。他自己得出一条经验，只要热情、肯干，就会得到领导的信任。果然，他入了党。一九五六年，部队送他到马列学院学习，在一次报告会上，他给康生写了个条子，反映上海《文汇报》刊登赫鲁晓夫秘密报告，造成思想混乱。康生当场表扬了他，说他嗅觉敏锐，不愧是解放军送来的学生。五七年经康生介绍，到安甫研究室工作。从此，他得到了一个登天的梯子。

　　然而，仅有梯子还不够，还需要登天的手脚。与其说魏孟然的手脚不行，不如说是思维能力太差。他只会紧跟，只会说别人说过的话，缺乏想象力，缺乏理解力，缺乏创造力。因此，几次被调到钓鱼台充当笔杆子、秀才，都未能创造性地完成任务，最后落个"礼送出境"。

他得到了梯子，也曾激动不已，并由此引发了他的攀登欲——王洪文能当中央副主席，我也能！可惜，他的能力不行，没有这个本事！其实，这"可惜"倒救了他。

他也读书，马克思的大部头著作他都啃过。问题在于那些道理只停留在他大脑的表层。书读过了，道理变不成自己的。书本既然无法激活他的大脑；那么，他也无法激活书中的道理，彼此依然彼此；虽然二者都是活的，不如说它们都是死的。

他依然住在安甫原来的房子里，这是文革给他的纪念，是他付出所得的报偿。如果说，他现在已不再想权力了，那么他现在唯一挂念的就是这套宽敞明亮、设备齐全的房子。他还是共产党员吗？他还是党的理论工作者吗？也是也不是。他头上还戴着这两顶桂冠，内里却从来就没有它们的位子。他不过是把它们当做在社会主义制度下的谋生手段。

安甫拒绝搬回原来的房子，是因为在这里发生了很多不堪回首的往事。而魏孟然对此却麻木不仁。安甫卧室里，曾经是安翔断指的地方，现在安放着魏孟然的卧榻；安甫"书房"里，现在陈列着魏孟然一排又一排的《马恩全集》、《列宁全集》……却都已落满尘埃。从书摊上收集的气功书、剑法书，堆积在书架上，宝剑、录音机摆在书桌上，似乎，这三样，才是他真正的需求。至于那一排排精致的著作，也许会被他当做废品卖给收购站。

快六十岁的人了，只有新近这个行当，才使他全身心地投入；也因为投入了，被师傅看准，成了难得的大弟子。这一行当，使他感到圆满、踏实，是属于他生命的乐园。只要打开录音机，悠扬的乐声响起，他身上的每一根神经，就会小草似的活跃起来，好像个个都会吐出一口气，然后被他的意念集中，凝聚在脑门顶上，然后由意念引导，从天门往下降落，向丹田沉落，他指挥着那股气，沉下去，沉下去，……啊，多舒服，多轻松呀，沉到底！然后，物极必反，再提起来，上升，上升，慢慢上升，像旭日初升那样，升起来了，如此循环往复，他的生命得到了强固。现在，唯一的顾虑，就是安甫这所房子。只要保住这所房子，让父母、妻子、儿女宽宽敞敞地享用，那就一好百好，好上加好了！当然，千万不要发生唐山那样的大地震，因为这所房子比较老了。

二九

星期天，陶琼到马乔家作客，告诉他们一个坏消息：胡耀邦同志病危。

"是吗？"萧萝着急地问，心里希望这不是真的。

"什么病？"马乔问，希望他能闯过这道关。

"心脏病。"陶琼说得满有把握，不像小道消息，"中间缓解过一次，现在又……"

萧萝哭了。五五年肃反时，她被无端地打成胡风分子、特嫌，多亏当时担任团中央书记的胡耀邦同志过问，一个月之内就给她平了反。这件事，她一辈子也不会忘记。"四人帮"垮台后，又是胡耀邦同志主持中央组织部工作，大张旗鼓地为"文革"中的千千万万件冤假错案平了反；而且，一不作，二不休，把党的历史上所有的冤假错案都拿出来，彻底平了反，一点也不含糊、不苟且，表现出中国共产党人彻底的唯物主义精神！"好人，怎么总是命短啊！"她说出了大家的心声。

"你先别哭啊，也许可以闯过来的！"马乔劝解着妻子，他总是有幻想的。

萧萝摇头，是预感，还是天生一副理性头脑，让她感到悲观？

陶琼悲哀地："大家都希望他能闯过来，可是，他的力气已经用完了！"

"你？"马乔有点指责的意思，"你……"

"安甫还不知道，……"陶琼提醒着。

"不能让他知道。"马乔警告说，他想起真理问题大辩论时，安甫和耀邦同志的交往，"他最近身体也不好，手边常放着硝酸甘油和氧气袋。安翔说，老爷子看来是急着要走，日夜兼程，马不停蹄，谁劝也不听！"他感慨地说："不是他想急着走，是想为社会主义制度下的市场经济，画一个圆满的句号。"

"这句号不好画，"陶琼说："弄不好又要挨板子。"

马乔说："挨就挨，这一回你也跑不了。"

陶琼开心地："萧萝，我可把话说到头里啊，要是挨板子，我首先把马乔供出来！因为安甫老了，吃几板子就爬不起来啦；我嘛，我是女的，——我们都是女人，要挨，就让男子汉去挨。你心疼不心疼？"

萧萝不同意："那不行，他挨六十，你挨四十，总可以吧。"

"嗨，真行啊，就让我十板。你可真向着夫君呀！哎哟，马乔你真有福气……"

萧萝让她说得脸红了，辩解道："他替人挨板子，挨得够多了。"

"咦，真是胳膊肘往里拐呀，他可没替我挨过板子。这一次要是挨板子，他也是罪有应得，起码是推波助澜的。"陶琼看看马乔，挑战地说："说不定是主要分子呢。"

马乔连连说："不敢，不敢，挨板子可以，挨多少都行，离主犯还远着呐，足有十万八千里。小兵一个，哪有主要分子的资格？"

陶琼又正经地对萧萝说："说归说，闹归闹，马乔干得真不错，安甫老人家当初没看错。现在，室里室外都说他好，就是我有点个别，专说他坏话。你知道，你这马乔对人真诚、直率，可牛脾气上来，也吓人，特别是对我们这样——小资产阶级意识浓的人，看不上眼，脑袋一摆，眼睛一瞥，那眼神，把人都看扁了！"

萧萝点点头，心里说，真是那么回事呢。

"我呀，最怕他那一瞥。碰到这眼神，我就有点自卑感。我想，你马乔也太高傲了，简直是门缝里看人！"

"对对对，他有时候也那么看我，这一点真不好。"

"当初，我对他估计过低，觉得安甫要来的小伙子，不过大学刚毕业，所以叫他小马，嗬，他一下就来劲了。我心想，这家伙自尊心真强！"

"好家伙，五八年的老账都翻出来啦，记得还真清楚！"马乔也乐了，"那时什么也不懂，以为社会主义说来就来，说过去就过去了，接着就奔共产主义啦！没想到我们也要走走'社会主义从空想到科学'的道路。这条路，真艰难啊！"

陶琼沉思着："现在算不算走上科学之路，还很难说呐。"

萧萝接下去说："他呀，空想之路还没走完呢。"

"你真说对了，"陶琼表示同意，"他走空想之路，还信心十足。要不，他得多挨几板子呐。"

"啊呀，你在这儿等着呢。"萧萝笑着说，"要不，马乔说你够厉害的呀。"

"是嘛？他说我厉害？还说我什么了？你们背地里议论我，快坦白！"

萧萝回答着："说你聪明，说你顶你们那位魏主任、顶工宣队，顶得一愣一愣的！"

"是嘛，他说我好，你不吃醋？"

"这点肚量还有，"萧萝坦然地说，"我告诉你，他呀，一向对女人好，是个泛女性美主义者。他常常宣传：世界上只要有女人，就有美！说什么男人代表力，女人代表美；征服自然靠男人，享受自然靠女人，这就是他的宇宙观。你说他能不说你好吗？"

"哎，他可从来没向我们宣传过啊。"

"我相信，他嘴上没说，实际行动也会表现出来的。"

陶琼笑了，"那倒是。"

萧萝又问："小陶，你怎么知道耀邦同志病重呢？"

"她，是我们那里的消息灵通人士。"

"是呀，上次她说邓大人要出来，果然就出来啦。真的，小陶，你的消息哪儿来的？"

"这回是江吉人告诉我的。小江呀，天天在外边跑，许多消息都是从他那里来的。这家伙年轻，精力旺盛，'文革'中大串联，结交了很多朋友。在你们'孤岛'不是也住了半年多嘛。他活动能力很强，脑子又活，不像我们有很多条条框框。他们的思想，说解放就解放了，说实在的，现在是他们的天下。"

马乔点头："他们正遇上了好时候。"

萧萝却说："好是好，不过也难说。现在大学生正在经历：出国、经商、做官三大热的考验。挤不进三大热里的学生就很苦恼，有的无心读书；有的沉醉在爱情小天地里；还有少数把精力用在找门子、拉关系、巴结领导、讨好有权者……一些学生在权势面前，庸俗得不要人格，校园里风气让人担心。真正可以坐下来好好念书了，倒又坐不住了，荒废了多少宝贵时光啊！"

"是的，"马乔接着说，"昨天晚上，一群学生喝醉了酒，就在这楼下，"他指着窗外对面那座宿舍楼，对陶琼说，"你看，四层的阳台上，还有很多摔碎了的啤酒瓶。"

陶琼到窗前看，果然如此。

马乔继续说："一瓶瓶啤酒往上扔，看谁扔得准，足足糟蹋了七八瓶，也不怕砸到人头上。路过的老师，只能躲着走，不敢管呀，一帮疯子似的……"

"你怎么不管？"陶琼惊奇地问马乔。

"萧萝不让我管，怕我惹祸。真的，再来一次引火烧身，不上算。所以，我也不敢管了。"

陶琼纳闷地："萧萝，看见没有？你的马乔变修了。要是在过去，他非管不可，谁也挡不住！"

"是变修了。你还没听我儿子说呢……"

"真的，冬冬怎么样了？"

"明年硕士毕业。"

"是嘛，这小子真不错，那么小就去插队，什么也没耽误。"

"还算可以，紧着忙活就是了，也不容易啊！"马乔叹息着说。

"和冬冬一起读研究生的一个姓伍的学生，就根本不念书，天天在社会上跑，印了名片，打着导师的旗号，在外边当掮客、吃回扣、拿小费、赚外快；回到学校，换着交女朋友，因为他有钱，可以为女孩子买时装、下饭馆；而且，在附近农民那里租了房子，和女朋友同居。他对冬冬说：'如今奉行市侩哲学，用着你的时候，叫你爷爷；用不着你的时候，我就是你爷爷！'你看可怕不可怕？"萧萝忧虑地说。

"呀，真可怕。冬冬呢？接受他的观点吗？"

"阿弥陀佛，到目前为止，他还能安心读书。"

"女儿呢？"

"晓晓是学计算机的，毕业以后，分在海军的一个设计院工作，具体是哪个行当，对我们也保密。三个月回一趟家，社会上那些乌七八糟的事，离她远点，还能叫人放心。"萧萝说完自己的孩子，忙问陶琼："你的儿子挺好的吧。"

"哎呀，我那个还小，刚上初中，累死人；不像你们，早养孩子早得济，我晚婚晚育，吃大亏啦！"

"好了，我提议，让萧萝请客。她最近出了两本专著，得了两笔稿费，理所当然请小陶和我吃一顿，怎么样？"

萧萝痛快地："理当如此。"

陶琼高兴地："我这一趟可来对了。"

"校园里开了个餐厅，淮扬风味，还不错，我们请你尝尝。"马乔说着，从柜子里取出一瓶樱桃白兰地酒，"走，我们为耀邦同志闯过这一关，举杯！"

朋友相聚，虽然有许多乐趣；但是一个巨大的阴影，总是笼罩在人们心头；欢乐中，不时增添一阵不安和忧虑。希望毕竟是处于有和无之间，不稳定的空幻，更增加了忧思的气氛……

三十

举杯、祝福都白搭，耀邦同志没有闯过来，他终于走了。

马乔是在上班的路上听到这一消息的。他想，萧萝此刻也会听到这个消息，肯定很伤心；噢，还有安老！他有冠心病啊。马乔立刻掉转方向，直奔安甫家。

安翔正要出门，一见马乔就说："老爷子住院了！"

马乔吃了一惊："怎么？犯病了？"

"对。"安翔一脑门子官司地说，"昨天，他去医院看望胡，根本不让见——正在抢救，你想，能让他见嘛？嗨，老爷子不走。我劝他，回去吧！不听啊。非要坐等那结果不可，真要命！结果等到了，他也动不了啦。折腾了一夜，算是缓解了。你说，捣乱不捣乱?!"

"危险期过去了？"马乔关切地问。

安翔烦躁地摇摇头，"难说。今年已经是第二次犯病了。医生说，冠心病犯病的频率是个危险的信号，老爷子不听劝呀，有什么办法？"安翔把马乔让进书房，"老爷子让我告诉你，研讨会照开不误……"

"那怎么行？他不出席，会还不知道开成什么样呢。前几次，他亲自坐镇，还吵得脸红脖子粗的。没有他，可没法开。"

"啊呀，你就饶了他吧。这么一大把年纪了，还凑什么份子！"

"这个研讨会，是安老牵头搞的，是国家项目，我们那里，只有安老有资格领受这样重大的科研任务。他老人家搞了一辈子研究，也要通过这个项目——集大成、画句号。所以，别人代替不了啊！"

"嗨，别吹嘘啦。纸上谈兵，管什么用？再说，离开谁，地球也得转。毛主席走了，周总理走了，中国这个球，不是照转么！没准还转得更好呢。"

对这位安翔，马乔觉得很难办。人，虽然并不坏，但牢骚永远发不完；似乎对一切都看透了，对一切都失去了信心。他是在安甫身边长大的，怎么会是这样呢？安甫从五十年代后期起，一直受磨难，最后竟坐了七八年监狱；可是人们问起这些时，老人总是一笑置之，从不诉苦，更不发牢骚，说：过去的事，就过去了，已经平反了嘛。他并不是强作镇静，是从心里化解了。可他的儿子，那颗受伤的心化解不开，一直冻结着。

"我到医院去看看他吧。"

"不，你听我说，老爷子吩咐，让你把他桌上这一摊东西经管一下。别人，包括我在内，都不许动。他说，你知道怎么管。阿弥陀佛，你来了，先把这些收拾一下，然后，想去看他，你就去。他住在北楼四层428室，你去过的。"安翔说完，匆匆离去。

马乔只好先去整理东西。只见安甫桌上摊放着书稿、资料、数据，以及写在台历上的一些论点、警句。看这些小纸片，还真有意思：

> "资本主义生病的时候，曾经向社会主义求医，结果是不错的。"
>
> "社会主义是不是也生病了？病得很重！要不要向资本主义求医呢？不要讳疾忌医。早在五十年前，毛泽东就说过，苏联的社会主义有病。"
>
> "在世界范围内，社会主义与资本主义的关系，完全隔绝？老死不相往来？相互沟通？经济互补？我要沟通，你要封锁、制裁，不让沟通？现在，你要沟通，不封锁啦，不包围啦，不制裁啦；我才不沟通，我不跟资本主义攀亲，不搞眉来眼去，我是纯洁的社会主义？"
>
> "社会主义是资本主义发展……的一个阶段？还是资本主义是社会主义的一个阶段？通不通？"
>
> "利用、限制、改造资本主义？利用资本主义的技术、资本、经验，发展社会主义行不行？"
>
> "社会主义利用资本主义，属于天经地义！"

"计划经济，从何而来？"

"市场经济，有序？无序？我们看到的和没看到的。"

"转变的代价？"

"马乔看到的是什么形态？"

"呀，还有我？"马乔感到惊讶。类似的纸片，几乎写满了全年的台历，"啊，老人家在不断思索呢！这些厚厚的纸片上，记录着他的思考，闪耀着他的智慧，有的只是一两个字，也有看不懂的句子，如

"经济学家的屁股坐在哪里？"

"情绪、出发点、误事……"

"中国就是中国！"

"美国人忘了昨天，苏联人忘了列宁'彼得大帝的梦魇!'"

"忘了怎么办？"

"白忘了!"

………

马乔觉得这些片言只语很重要。为了保存，他按照顺序，一一编号，总共二百七十八条。

看安甫的文稿，使马乔感到惊奇。文稿起点很高，框架宏伟，已完成的部分，结构绵密，文字精练、流畅。看起来，这部大作，离完成还有非常遥远的距离。安甫在垂暮之年，托举这样一项工程，可谓雄心勃勃！在惊奇之余，也真为他老人家捏一把汗，能完成吗？

此时此刻，马乔脑子里闪现出一幅图景，那是大兴安岭林区深处一块小小的开阔地，在夕阳下，白色的蜂箱，一排排地摆放在林间空地上。旁边是养蜂人的帐篷，一桶桶椴树蜜，挤在帐篷边上，蜜都溢出了桶外，空气泛着浓浓的甜味。他和养蜂人坐在丰收的蜜

桶边，兴奋地谈着今年的丰收。突然，一只蜜蜂从什么地方掉下来，落到他的腿上，"呀，这是怎么回事？"他问养蜂人。

养蜂人只是淡淡一笑，小心翼翼地轻轻捏着那只蜂，略带伤感地说："累死了。"

"是嘛？"马乔不禁叫了起来。

养蜂人点点头，"你看，它腿上还带着那么多花粉呢。"

马乔掏出眼镜，借着夕阳的余晖仔细看时，那蜂的腿上，果然裹着两个金黄色的圆球，体积远远大过蜂儿细小肢干的几倍。

只听养蜂人喃喃地说："蜂儿，实在仁义啊！"他从桶边抹一点蜜，细心地涂在蜂儿身上，然后，揪一片绿叶，把蜂儿包裹起来，在树边挖个坑，葬埋了它。这些动作都是在默默中完成的，好像一种无意识的举动。

借着林中的霞光，再看一排排白色的蜂箱时，马乔觉得，那两百多座蜂箱，俨然是一座座大理石的墓碑。

它们是用生命酿造了甜蜜！

安甫的病情很不稳定，激动、悲伤和劳累，使他的心脏不堪重负；当然，还有年龄，生命已经积累了更多的磨难。当病情稍稍缓解时，他拉着马乔的手说："别担心我，我不会走的，我的任务还没完成呐。"稍后，他又说，"小马，给你一个任务，你一定要把吴……南村……拉住……"

虽然感到为难，但是在病人面前，马乔只好强作镇静，点头承诺。

"你一定要……花力气，把……他拉住，别让他……胡闹。"安甫叮咛，举手作揖。

"您放心，我去找他，传达您的意思。"

"不要民主个人……主义者……那一套。"安甫吃力地说。

"您放心吧。"马乔抚摸着老人的手，"医生不让您多说话。"

"该说的话，还是要说，不说，憋在肚子里，会加重心脏的负担。"安甫不听劝，继续说他认为该说的话，"不要民主个人主义者那一套！"他停下来，休息一下，"不是不要民主。我们要的民主，是民主集体主义者。……资产阶级革命的时候，也是民主集体主义者，而不是民主个人主义者！"说到这里，安甫的情绪突然昂扬起来，"你知道吗？法国十九世纪有幅名画，给我印象非常深刻，是德拉克洛瓦的，题目是：'自由领导着人民'。民主个人主义者是脱离人民的。他们的旗帜上，不再是母亲，不再是无私和奉献，而是个人主义！这样的民主，是文化走向腐败和毁灭的征兆。中国不乏这样的例子，西方更多，将来会泛滥成灾的……"

马乔觉得这段话太重要了，好在安甫说得慢，他能一字不拉地记录下来。他要用这思想去"拉"吴南村，虽然，他知道未必能拉住。

安甫又说："无论如何要拉他一把。这里有安翔两口子照看，你就不必来了。"他停顿了一下，"我的任务还没完成，无法见马克思、见毛泽东……"

"是的，是的。"马乔连连称是，希望如此。

三一

马乔骑着自行车到处去找吴南村。研究室，他根本不来；家里也没有。夫人急得像热锅上的蚂蚁，一再拜托马乔："找着他，马乔同志，拖也得把他拖回来！安老说得太对了！"

可是去哪找呢？这么大的北京，谁知道他在哪呢？噢，马乔想到江吉人，这小伙交游广，怎么把他忘了？可江吉人也不好找，他只好跑到陶琼家。

陶琼听了，说："嗨，费那劲干吗？找不着就算了！"

"那不行，安老师让找的。万一出了事，他在病中，没法交代。况且，我们也有责任呀。"马乔不松口

陶琼烦躁地："我不管。"

"好意思嘛？同志！你不管，安老可是您的导师啊，我完不成任

务，去向老人家检讨，您也得陪着。"

"咦，干吗我陪着？"

"你躁个什么劲嘛？我一个人去，可要告你的状，我就说陶琼不帮忙，看你怎么见导师！"

"啊呀，真烦人！"

"烦归烦，干归干，不能因为烦，就不干！将来吃后悔药！"

一句话，打到了陶琼的痛处，这才答应先找江吉人，然后通过小江去找吴南村。

"江吉人会在哪里呢？"马乔问。

陶琼想了想， "他跟我说过一句，我当时没在意，好像在郊区……"

"在那儿干什么？"

"他们课题组曾经住过一个招待所，不是怀柔水库，就是密云水库，哎呀，当时我没注意听。他回来领工资，在办公室里碰见，我问了一句：'干嘛呢？'他说：'城里乱得坐不下来，我在郊区找了个地方，写点东西。'我还说："呀，你怎么不去掺和掺和？'他笑笑说：'没劲儿。'就走了，以后再没见着。"

听陶琼这一席话，马乔又犹豫了，"那，找到他，他能知道吴南村在哪吗？"

"试试呗。死马当活马医吧。"陶琼眼睛里的意思是：你非让我找，怎么办？

马乔只好说："那就先到这两个地方跑一趟，看看运气吧。"

好在被造反派坐烂了的那辆吉姆车，最近修复可以使用了。马乔、陶琼坐上它，先到怀柔，没有；接着又去了密云，还没有。

招待所的同志说："小江前一阵来过，当时，正在接待一个会议，没房间，他就走了。"

吉姆车老了，跑了这么点路，就呼哧呼哧地喘了。

司机师傅说："得休息休息啦，不然抛了锚，咱们都回不去了。"

只好如此了。从招待所出来，在水库旁边一个镇子停下来，休息吃饭。每人要了一碗馄饨，半斤肉丝炒饼。饭还没端上来，从外边进来一个人，竟是小江。

"哎!"陶琼眼尖，喊了一声。

小江高兴地说："是你们呀!"

"你……"马乔刚说了一个字。

小江抢着说："我看见外边那辆老爷车，心想，它老人家怎么来啦?"

陶琼兴奋地："真是踏破铁鞋无觅处，得来全不费工夫。"

"找我?"小江指着鼻子，惊讶地问。

"是啊!"

"什么事? 老天爷，陶大姐，你摸摸，我心跳得多快!"

"跳什么? 你做亏心事啦?"

"哪里呀，都是'文革'，老抓我，弄得我东藏西躲，种下了病根，听到脚步声很重，或者门外跑步声，就紧张，心跳就加速……"

说话间，马乔又到柜台上加了一份饭，买了四个凉菜、一瓶二锅头，另给司机要了一瓶舶来品——可口可乐。

"嗬，马老师，请客啦?"

"这不算请客，等我稿费来了，请你们吃烤鸭。"找到江吉人，马乔心里特别高兴，他给大家斟上酒和饮料，举杯说明来意，一起干杯。

江吉人说："实话实说，我是为了躲避吴南村，才到这里的。'文革'已经耽误了我十年，再误下去，我这一辈子就算白白浪费了。南村，好像还没过够'文革'瘾，我又不愿得罪他。人家是长辈，安甫老又很看重他，将来……"小江看看马乔，不好意思地说，"马老师一定说我又世故了，可这是现实。我没有你们的资本，不得不多考虑几步。"

马乔点头，"我理解。"

"所以，我只好躲。趁着乱的时候，找个清静地方，写点东西好不好? 啊呀，我这话也太长了，马老师刚才说能理解，我心里就踏实了，来吧，干杯。"

陶琼说："好，为理解干杯！"

四人碰杯，一饮而尽。

江吉人摇着头："南村老师，掺和得太深了。他和美国大使馆有来往。这一点，我小江很不以为然。我看他很难自拔了。"

马乔问："可能找到他吗？"

"不保险，可以试试吧。"

"他的行踪，连他爱人都不知道。"马乔不解地说。

江吉人笑笑，"医生，比较传统，南村说他老婆是政委；其实，她连党员都不是，就是个普普通通的主治大夫。他的行踪，女儿可能知道。"

陶琼瞪大了眼睛："是嘛？！"

"很可能，他女儿是掌上明珠。"马乔分析着。

"我……"江吉人吞吞吐吐地说，"我把他的电话告诉你们。"

"唉，小江，咱们一起找他吧。你光告诉电话也不行，"马乔又把安甫的话对江吉人说了一遍，"我们是为他好。"

陶琼在旁边提醒道："小江，又来了是不是？别那么世故。"

司机也说："小江啊小江，你可真长大了，怎么学成这样了？"

江吉人求饶似的说："啊呀，师傅，您不知道我们的难处。"

"什么难处？毛主席让你在大风大浪里锻炼，倒把你炼坏了！你怕什么？什么风浪没见过？"

司机的一番话，把江吉人说得无言以对，连说："马老师、陶老师，您吩咐吧，我跟着你们干就是了。"

大家齐说："这就好，为小江干杯！"

马乔嘱咐："首先，要找着他；然后，把安老的意思、同志们的关心，告诉他，希望他能抽身出来，不要陷进去，将来被动。"

陶琼问小江："他知道你在这里吗？"

江吉人摇头，"他要是知道我在这儿，肯定会来找我。"

"他干吗非找你不可呢？"陶琼问。

"吴南村啊，脑子里点子多，真要去干，就不行了。脸皮薄、个性强、又不耐心，一弄就跟人吵，就和人崩，所以总想找我替他办事。我，没那么大的野心，犯不着跟在他后边跑。"江吉人的话，耐人寻味。

马乔听了也不便追问，只是说："咱们商量个计划，先找着他，再设法拉他回来。小江，你住在什么地方？"

"就在村边那座四合院里，我租了一间东房，吃完饭，你们去看看。"

"如果能把南村请到这里来就好了。你说，有没有可能呢？"马乔问。

江吉人想了想，"您想跟他在这儿谈？"

"对。我看这里人少，又安静，也不会引起人们注意。把他请到这儿，我们和他谈谈，需要的话，陪他在这里住一段，也行。"

"行。"江吉人满口答应。

酒没喝完，饭也凉了，只好对店家说：""真对不起，吃不了啦，浪费了，实在有罪。"

走到村口，只见一面白粉墙上写着三个大字：西翁庄。

三二

安甫的病情得到缓解，马乔到医院，向老人家汇报寻找吴南村的情况，并把通过江吉人找他的计划——定名为"西翁庄计划"，一一说给安老听。

安甫很赞赏，连说："没想到，没想到，你这么认真。根据小江的了解，南村往回拉也很难了，唉……"老人长叹一声，"尽量工作吧。毛主席说，天要下雨，娘要嫁人，辩证法是无法抗拒的。"

为了这么个计划，马乔在外边跑了一个星期。回到家里，只有儿子在，忙问："妈妈呢？"

"妈妈看学生去了。"当研究生的冬冬说。

"去哪儿看学生？"

"先去宿舍，再去天安门。"

"天安门？是慰问呢，还是说服呢？"

"恐怕都有。爸，你怎么看？"

"我都忙糊涂了，浑身发软，真觉得有点老了，跑了这么几天，骨头都酥了。"

"您也是，干吗那么认真？吴南村想干什么，就让他干好了，您忙乎什么？"

"唉，"马乔叹口气，"我们这一代，和你们不一样。"

"对，你们是有责任感的，是甘愿奉献的——要我说，你们是多管闲事。"

"咦，你小子怎么说这样的话？"

"累了，还不歇会儿！"儿子显然对爸爸有意见，"您不至于对腐败无动于衷吧？"

"当然，我们这一代人，最痛恨腐败，最见不得腐败！"

"可是，也就是你们那一代人，有权腐败，惹得民怨沸腾。"

马乔半天没说话，心想，这孩子怎么这么尖锐？可是，怎么说服他呢？

"没话说了吧？"冬冬挑衅似的问。

"不是没话说，而是有很多话要说，想想从哪儿说起，说得更清楚，更令人信服。"

"信服？不一定。不过，我可没时间听您一套又一套地说清楚。"

马乔暗暗叫苦，我在外边整天跑，家里出了造反派还不知道呢，于是赶紧说："冬冬，咱们聊聊。我一直不顾家，很少跟你聊，今天是个空当，咱们聊聊吧。"

"聊什么？都像您那样，就好了；可惜，您在他们眼里是个傻老冒。"

"你是不是也认为我是个傻老冒？"

"那倒不是。"他从上衣口袋里掏出一张高干子弟任职名单，递给父亲，"这是不是腐败？他们有什么贡献？"

马乔接过来，看了看，"这上面，有些是明显错误的；不过，这不要紧。我的想法是，我们的社会，刚刚从急风暴雨式的阶级斗争时代，转入经济建设时代；建设不同于阶级斗争，建设需要法制，需要稳定，需要精细，不能大轰大嗡，不能粗枝大叶，要讲究准确、质量、效率。对腐败，也要作调查研究，不能像'文革'似的，无限上纲，无限膨胀，说风就是雨，推波助澜地把事情都搞僵，到头来，落实不了，害人、害己、害国，这样的教训，我们还没吃够吗？"

冬冬气呼呼的，虽然没有争辩，心里还是不以为然，停了一会才说："我知道您会说这些话，反正，我们这一代人，跟你们不一样。哼，把我们弄到农村插队，耽误了多少时光！我们这一代，太冤了。"

"就这点气，对不对？"

"这点气？"冬冬把脖子一梗，"说得多轻巧！"

"也沉重不到哪儿去。"马乔准备和儿子好好谈谈，"我觉得，当国家困难的时候，人民困难的时候，你和国家在一起，和人民在一起，承受了困难，度过了艰辛，那是一种光荣。插队，也不能全当做坏事呀。那时，不到农村去，在城里无事可做，都上学，又没那么多学校和老师。你们去了农村，受了锻炼，也有好处呀，这里头肯定会出一大批人才呢。不要把插队看成一代人的苦难，也不要把它看成是受骗上当。应该纵观历史，上一代人，比你们受的苦、流的血、付出的牺牲，要多得多！历史上也有错误路线，正确路线下，打仗也要牺牲，错误路线时，牺牲会更多。那一代人，都是从死人堆里爬出来的，活下来的人，都是幸存者。按说，那苦，那累，那牺牲，比插队不知要厉害多少倍啊，但是，他们没像你们这样的叫苦连天啊。"

"当然了，他们都掌权了，都各取所需了，他们都得到了报偿。"

"不对，掌权的毕竟是少数。他们之所以很少发牢骚，是因为他们坚强，是因为他们觉悟高，——当然，也因为他们的事业获得了胜利！这胜利，包含了多少人、无数次的流血、牺牲、失误、苦难，但这都是为了赢得胜利而付出的代价。胜利，对他们是最好的安慰，他们对那一切付出，无怨无悔！你们也是这样，一个独立、自由、富强、文明的社会主义中国，在你们手里完成，再回过头看那些所谓的苦难、失误、委屈、牺牲，也会有同样的境界。所以，不要总是牢骚满腹，这也不满，那也不满。要奋斗，就会有牺牲；比起上辈人，你们的牺牲要小得多；而且，你比同辈人，还是幸运的，上了大学，当了研究生，虽然晚了几年，农村锻炼，也还是有好处的呀……"

儿子浮躁的情绪平静了许多，眼睛里萦绕着泪水，他尽力克制着自己，不让眼泪涌出来。

"下一代人，应该利用上一代人创造的条件，做出比上一代人更辉煌的事业，我们这个社会才有希望。我能上大学，是上代人给予的；可是，遗憾的是我做不出什么贡献。不是我不愿意，是因为走了弯路。这也是付出。你们就不会犯我们这样的错误了，所以，你们未来的成功里，包含着我们的贡献！"马乔很少这样地和儿子坐在一起长谈了，儿子到底能听进去多少？他也没把握。但是看上去，还是动情了，这也就够了。本来已很疲倦的马乔，此时倒又觉得轻松了。……

冬冬起身泡了一杯茶，端到父亲面前。

马乔心里乐融融的，轻轻呷一口，疲劳顿消。

有人敲门。

冬冬跑去开门，进来一位老军人，冲着他说："又一匹小马吧？"

"啊呀！"马乔惊叫一声，"铁匠？"

"哈，跟马乔长得一模一样！"铁匠"吼"着，走了进来。

"首长！"马乔迎上，举手给铁匠敬个礼。

"这一回，你总算在家啦。"铁匠伸出双手，和马乔紧紧地握在一起；然后对跟在身后的秘书、警卫员说："你们在下边等我，我们叙叙旧，就走。"

马乔热情地说："让他们进来吧。"

"不用，不用，老战友叙旧，不让他们听，哈哈，"铁匠的笑声，震动着房间，"这是你儿子，甭介绍，一看就清楚。"

"快叫铁匠爷爷！"马乔嘱咐冬冬。

冬冬叫过爷爷，又去泡茶。

铁匠赶快悄悄地问："怎么样？"

"什么怎么样？"马乔不明白。

"他，"铁匠指指冬冬的方向，"没去那儿吧？"又往外指指。

马乔明白了，"没有，这不是在家吗。"

"那就好！"铁匠像是一块石头落了地，又大声地说着、笑着，"你呀，知道我今天来？"

"不知道。"

"媳妇呢？我让秘书打过电话的。"

"我回来时，她就不在家，去看学生了。"

"看学生？嗯，要做工作。"铁匠还像过去在战场上那样，大声地吼，好像只有这样，别人才能听到，就像跟大炮在比高低，"背景复杂呀，香港、台湾、美国人，都想浑水摸鱼，奶奶的，不能上当啊！"

马乔点着头，"上次，你来了一下，就走了。我去找你，人家说，这里没铁匠，怎么搞的？"

"唉，还说呢，我从你这儿刚走，就接到了命令，让立刻去电视台。好家伙，那地方，可不是咱呆的，可是，命令下来了，就去吧，……"

冬冬给爷爷送来了茶。

铁匠笑眯眯地看着他，"你不错，争气啊！"接着又对马乔说，"在电视台坐了一个晚上，又叫我去上海，'四人帮'的老窝在那儿啊；以后，回到广州；从广州又到了福州。这几年，调来调去，算了，我也就不打你的主意啦。你怎么样？日子还好过吗？"

"凑合吧。"马乔笑着说。

"别凑合呀,"铁匠瞪着眼,"哼,你大概不会凑合的。"

"您对我还很有信心。"

"那当然。"铁匠喝了茶,起身告辞,"忙过这一阵,我就可以离休了。到那时候再还愿吧。"他抚摸着冬冬的头,"看看,就放心了。"

"真是速战速决呀!"马乔把铁匠送上汽车,不无遗憾地说。

铁匠连连点头,"对对对,速战速决,等着我离休!"汽车刚启动,他又伸出头来,"我在福州,接触了很多从台湾过来的人。有一天,接到一封信,说他是国民党的退伍兵,今年七十多岁了,是过来探亲的。在福州报纸上看到有我的名字,想冒昧问一声是不是太行山下来的钟少魁、钟铁匠?我给他打了电话,说我就是那个钟少魁,问他有什么事,他吞吞吐吐地说,并不认识我,是在台湾听别人说起过。啊呀,别人是谁呢?他说了句什么,也听不清楚;又说,是您就行啦,打搅了,实在不好意思,谢谢,就把电话挂了。你说,这是谁呢?"

马乔立即想到:"是不是石玉英啊?"

铁匠愣住了:"石玉英?就是清漳河边上那个小闺女?"

"对。怎么,你忘记她了?"

"她?……"

"我听高之骏说,玉英还活着,在台湾。"

"高之骏?他在哪?"

"他在江苏……"

"噢,没时间了,等离休以后,我一定先来你这儿!"说着,挥手催促,"走走走……"

汽车一溜烟地开走了。

这信息使马乔相信,一定是石玉英……,多少往事,又涌上心头。

"爸,铁匠爷爷走了!"冬冬提醒着马乔。

"哦!"他答应了一声,跟在儿子后边,回到楼上。

三三

马乔接到了江吉人的电话，说已经找到了吴南村。吴要他帮忙，他问："帮什么忙？"吴说："跑跑联络。"他说："我才不跑联络呢。"吴很生气，说："那你找我干啥？"他回答："给你送工资呀。"吴接过工资，说声谢谢就要走，还表示："我很忙，你也不来帮帮，很遗憾。"

马乔忙问："你们在什么地方见的面？"

小江说："在兴隆饭店大门口。后来我说：'安老生病了，住在北京医院，马老师到处找您。'他立刻问：'有什么事？'我说：'可能是纪念法国大革命二百周年的事吧？安老给马老师交代了，说有些想法要让马乔告诉您。'他就问：'马乔在哪？'我告他说：'在郊区，替安老起草稿子，大概就是那篇发言。我看马老师带了很多资料，其中就有《法国资产阶级革命史》。'他问我：'郊区？远不远？'我说：'有汽车，就不算远。'他走了几步，又返回来说：'当然要坐汽车，你把地址告诉我。'我说：'那是个小村，没有门牌号码，您要去，我可以带路。我也在那里写东西。'他又说：'我太忙了，你也不来帮帮。'我说：'我手头的东西交了卷，再帮你吧。'他说：'那时，黄花菜就凉啦。你写什么东西呢？'我说：'纪念五四运动七十周年。'他说：'写完给我好了。'我说：'不行，已经有主啦。'这他才下决心去一趟西翁庄。"

马乔放下电话，叫上陶琼，立即去医院向安甫汇报。

安甫苦笑不迭："噢哟，斗法啦！真难为你们了。"

马乔说："他总是躲着，不愿见，只好请您老人家作诱饵了。"

陶琼也说："南村身上的毒气，在'文革'中没放完，这一回可有机会了，要好好表现表现。"

安甫耐心地说："尽力拉拉吧，实在拉不住，也没办法。"

多亏马乔这一招，他们离开医院大约一个小时，吴南村就到了。

他不知道安甫的病房，东问西问，打听到北楼，在楼门口就被挡驾了，说安甫是危重病人，不许探视。

吃了闭门羹，吴南村才决定第二天去趟西翁庄，因为，他太需要安甫这样的理论界权威了。自从他把那个特大号聘书送到安家以后，一直忙于"社会活动"。从情绪上说，他正处于激进、亢奋的阶段，现在的制度不顺他的眼；从理论上说，他正在钻牛角尖。在他看来，眼前这个制度犯了那么多错误，根本的原因，就在于缺少了一个法国式的资产阶级大革命。封建制度、封建文化、封建传统势力太深太厚，中国需要补课。可悲的是，中国资产阶级本来就先天不足，解放以后，软弱的资产阶级又遭到社会主义革命的洗劫，致使元气大伤。要完成彻底的反封建革命，还得在中国放手发展中产阶级。没有这个阶级的勃兴、壮大，法国式的大革命就很难提到日程上来；而这个任务不完成，中国的现代化就是不可能的……实际上，他对社会主义已经失去信心。他把社会主义的旗帜，扔在了西方大资产阶级的脚下，向人家做虔诚的忏悔。他在做这一切的时候，满以为发现了真理。他需要安甫这样的人支持，哪怕是间接的支持也是宝贵的。可是，对马乔，他却一百个看不上眼，他把马乔和他否定的那个制度、那段历史，有意无意地混为一体。听说马乔为安甫起草什么稿子，他很不以为然。他本不想见马乔，可此刻不见又不行，最好他能弄到安甫的提纲，然后，由他执笔来写，用安甫的名义，写他想写的内容，那就太好了，比安甫亲自写更理想。他和他的新朋友接触，最感遗憾的是：他们没有理论思维；而没有理论武装的运动，是没有灵魂的运动！他要奋力一呼，作运动的灵魂。这是他的中心，是他的追求，是他的理想，是他的动力！也就是为此吧，他不得不硬着头皮，去一趟郊区。

马乔、陶琼先到了西翁庄。

这是村边一座独立的小四合院。房东姓刘，男主人在密云县城工作，女主人是位五十来岁的大嫂，孩子们都已另立门户。陶琼和大嫂住北房，马乔和江吉人住东房。

收拾停当后，三人到门外去散步，并商量吴南村来时，注意些什么问题。马乔把这件事看得十分重要，务必办好。

门外有一条小河，是从密云水库流出来的，水清可见底，在鹅卵石间哗啦啦地流淌着，默默地，却又那么欢快，那么专注，它们在热情地赶路吧？不知要走多远呢？

大概因为是从水库底下放出来的水，特别凉爽，双手捧起喝一口，"啊呀，简直像冰镇啤酒！"马乔高兴地叫起来。

陶琼也蹲下尝尝，"嗨，真不错！"

江吉人得意地说："这地方好吧？"

河边，垂柳婀娜多姿，洋槐花期刚过，满地落英，余味尚存。

马乔突然异想天开地说："这水库可是个聚宝盆，要是把上游的山，都种上瓜、果、梨、桃，成熟以后，顺流而下汇入水库里，再采用一种加压的新工艺，让它们发酵，经过春、夏、秋、冬的陶冶，从水库下面抽出来的就不是水啦，而是果子露，可以供全世界饮用……"

陶琼在一边撇着嘴说："大跃进的余毒又来了！"

马乔哈哈大笑，"让非洲人、让拉丁美洲人、让欧洲人、让美洲人都来喝北京密云水库的果子露，多好！"

"怎么？不让亚洲人喝？"小江好像在抗议。

"亚洲，就在跟前，把水管子接过去就行。"

"啊呀，你们疯了！"陶琼开心地说。

"马老师，您可真够浪漫的。"

马乔兴奋地说："这也不由人啊，我一喝这水，就想到了这个主意。毒也好，疯也好，我横竖不能把它捏死吧？只好说出来，尽管批评吧。"

"嗬，你什么时候变得这么谦虚，这么驯服？"

"唉，人总是在进步嘛，挨批挨得还少吗？……"

在小河边，三个人商量好如何接待吴南村，然后回到院子里，等着明天吴南村的到来。

三四

吴南村在江吉人的陪伴下，坐了一辆出租车，来到刘家小院。

"嗬！"看到走进来的吴南村，马乔不禁叫了一声。

吴南村一身白，白皮鞋，白西裤，白衬衫，白礼帽，左肘上挂着白西服上衣，潇潇洒洒地走来。看见陶琼，惊讶地说："小陶，你也在这里？"

陶琼点点头："怎么？不可以？"

"可以，可以，"吴南村情不自禁地抚弄一下红色的领带，就要进入北房。

陶琼赶紧阻拦："先生，东边，东边。"

"噢。"吴南村掉转方向，进了江吉人和马乔的房间。

马乔问："这地方怎么样？"

吴南村呲着嘴说："是不错，可惜离城太远，出租车一趟单程，就要了我一百五十元。"

马乔心想，干吗不坐公共汽车？还是有钱啊，嘴里却说："够贵的。南村，好几个月没见，你在干啥呢？"

吴南村坐下，整整领带、裤脚线，说："好几个月了？有那么长嘛？"

"你都忙……坏了。"马乔斟酌地说。

"没办法，他们拉我呀！"

陶琼嘴快："什么没办法，我要是拉您，能把您拉住么？您还是愿意呀，……"

"不说这个了，"南村打断了陶琼的话，"我是来找马乔的。听小江说，安甫的提纲在这里，……到底是怎么回事？安甫先生的身体究竟怎么样了？小马，你快说呀！"

马乔回答："安老师是冠心病，要不是抢救及时，差一点过不了关。"

"是嘛，我去了医院，费了九牛二虎之力，才算知道他在哪里，想看看他，护士不让，我想是病得不轻。"吴南村说着站起来，把放在炕上的西服和礼帽，重新找了个安全地方，"上月，我给他送了一份聘书，以后一直没再去看他，太忙了，简直焦头烂额！"

江吉人烧好水，泡上茶，端到三人面前。

马乔指点着："这可是好水，在北京喝不到。"

"是吗？都让你们说玄啦！"南村呷一口茶，"安甫的提纲给我看看，好吗？"

马乔说："等一会给你看。如果你愿意的话，也可以让你承担这项任务。"

吴南村巴不得这样，忙说："好，好。"他觉得，安甫的文章，只能由他代笔，所以，显出一副天下无敌的气概，"你们也不要一条道走到黑。我在干校的时候，就和马乔说过，你记得吧？"

马乔点点头："记得，咱俩还辩论过呢。"

"对，这已经几起几落了。现在，是可以作结论啦，——邓小平活动空间有限，他的舞台也就那么大。"

"这不过是你个人的结论。"马乔明确地说。

"当然，"吴南村笑着，"理论，都是由个人完成的，不可能是集体创作。"

马乔按捺住心里的火气说："真理只有一个。究竟谁发现了真理，不依靠主观的夸张，而依靠客观的实践。"

"哦，你这是引用毛泽东的话。"

"对，我觉得毛泽东这话没错。他还说，'只有千百万人民的革命实践，才是检验真理的尺度。那种自以为是和好为人师的狂妄态度是决不能解决问题的。'"

"又来了！"吴南村火气十足了，"你能不能有自己的见解？"

马乔毫不含糊地说："这就是我的见解。"

吴南村狂笑起来，冷嘲热讽的表情，充斥在他眉宇之间，"你，也只能有这种见解！"

他那副轻蔑的样子，使马乔感到受了侮辱，于是说："南村，我知道你向来看不起人。我的这种见解，是从毛主席那里学来的，没什么稀奇；不过，这是经过检验的真理。您的理论，姑且说是您的创造发明，可还没经过检验，您就那么自信？"

"你知道我的理论吗？我跟你说过吗？"吴南村质问马乔。

马乔"哼"了一声，也趾高气扬地说："没说过我也知道！"

"岂有此理！你这比先验论还先验论！"吴南村生气了。

陶琼在一旁说："你们干吗火气这么大？不能心平气和地交换意见？"

"交换意见？没那个必要。今天我也不是为交换意见来的。"吴南村突然问，"小陶，你在这里干什么？"

陶琼说："我来看看，小江不是我们组的嘛！"

吴南村想起来了："对了，小江，你的论文可以让我看看吗？"

江吉人说："吴老师，我不是跟您说了吗，我的那篇文章有主了，不好再给您。"

见吴南村情绪急躁，马乔又耐下性子说："南村，你先喝口水，这地方比城里凉快，等一会咱们还可以到水库转转……"

"我可没有你们这样的闲情逸致，我得赶快回去。"吴南村紧锁双眉，"安甫的提纲给我吧。"

"给你，恐怕你也不满意。"

"我看看再说，他是我聘的会长。"

马乔愕然，"会长？聘书上写的可是顾问呀？"

"是吗？"吴南村问。

"你真的忙昏头了。"陶琼插了一句。

"唉，会长、顾问，都一样嘛。"吴南村勉强地解释着。

马乔认真地说："大概不一样吧。顾问，是顾得上问，就问；顾不上问，就不问。会长可是什么都得问。而且，不光是问……南村，安老交代我，见到南村时就说，让他当顾问，可以，但必须跟他的观点大体相同。如果做不到这一点，这个顾问没法当的。"

"可他已经接了我的聘书。"

"不对。安老说，你放下那个大家伙就走了，也不给他思考、申辩余地。他说，这是个很严肃的问题，如果观点不同，甚至根本对立，那顾问怎么当？当不了，就请你收回。再不然，他就要发表声明。"

"嗬，"吴南村从椅子上站起来，"还发表声明？"

"对。因为他很看重这件事，所以，虽然病到这种程度，还一再嘱咐，让把这件事处理妥当。"

"那，他是什么观点？你能代表吗？"

马乔点头："可以，我是他的助理；同时，在病床前接受了他的委托，陶琼可以作证。"

陶琼证明说："昨天下午三点钟，我和马乔在安老床前，马乔接受了他的委托。"说着，她把一个牛皮纸大口袋放到马乔手边。

吴南村想到，那一定是他的聘书，于是很生气地说："安甫什么观点？"

马乔郑重地说："安老认为，二百年前法国资产阶级大革命，是人类历史上一次伟大的革命，纪念这样的日子，是可以的；但是，本世纪的十月革命和中国革命，已经远远地超越了那次革命，……"

吴南村打断说："不对，这个观点是陈旧的。事实上正是俄国和中国，由于缺乏彻底的资产阶级大革命，导致了封建主义、专制主义借尸还魂……"

"不对，"马乔也打断了吴南村，他热血奔涌，情绪激昂；但已意识到，一再告诫自己：冷静、冷静，这是论战，不是战论！他几乎是颤抖地说："我说您不对，是指您对革命的彻底性理解有些绝对。事实上，二百年前，法国的资产阶级革命，虽然说是一场彻底的革命，但它带给法国农民、手工业者以及工人的权力是极有限的，它们给予生活在最底层的劳动者的物质利益，也是微不足道的。与俄国的十月革命和中国的民主革命给予劳动者的政治权力、物质利益，是无可比拟的！至于旧制度的余毒、习惯、传统，仅靠一次革命，不可能清除干净，最终还要靠经济建设，靠新的生产方式的建立、巩固，才能使根深蒂固的旧制度，彻底退出历史舞台。更何况，以法国大革命为标志的资产阶级革命完成以后，劳动者由土地的奴隶，变成了机器的奴隶。法国、英国、整个欧洲工人阶级的状况，并不比封建制度好多少……"

吴南村鄙夷地说："你这是给我上课呢？"

马乔激动地说："这难道不是事实？欧洲资产阶级革命完成以后，给全世界带来的不是解放，而是奴役，是侵略，是殖民统治，是贩卖黑人，是贩卖鸦片，是对全世界杀掠、剥削，直到发动两次世界大战！不错，资产阶级革命，带来了生产力的极大发展、科学技术的飞跃，但同时也把自私自利、金钱万能、极端个人主义这些人类社会的毒瘤发展到了极致，达到了溃疡的程度。发达国家吸毒之风、生态环境的严重破坏，每年几千亿美元的军火武器交易，把人类社会推到了毁灭的边缘。这也是资产阶级大革命带给全人类的后果！……"

"好家伙，这一番议论！"吴南村不以为然地说："真没想到，你们请我来，是让马乔给我上政治课。"

陶琼忍不住了，"南村，您这话也太过分了。是你先说的，才引出马乔这一通议论呀。您要不说邓小平，不说社会主义，他也不会那么激动。他这个人，您还不知道？怎么想就怎么说，不藏不掖。不过，这么多年了，我还没听他这么议论过。我觉得很值得您思考。"

江吉人忙给大家茶杯里续水，劝解地说："吴老师，兼听则明呀。马老师的话虽然听起来冲了点，可还是有道理的，您不妨参考参考。"

吴南村喘了一口气："我知道，我不打算说服你们，尤其是马乔；可你们也不要想说服我。按照现在这个思路走下去，我看是很难的，很难走出低谷。为什么不可以换个思路呢？特权、禁锢、束缚、小生产意识，加上人口爆满、资源匮乏、技术落后、效率低下、人浮于事、官僚主义、腐败作风，难道这不都是事实？难道……当然，马乔感受不到危机，即使看到了，他和我们大家的感受也会不同。先生们，亚洲四小龙经济起飞的经验是什么？他们只用了不到二十年时间，就摆脱了贫困、危机，原因何在？不值得考虑吗？……好了，好了，我刚才说了，我不打算说服你们，我没那样的本事，也没有那个必要，尤其是对马乔，更是如此。"

马乔笑了，"您对我看得很透，不抱任何幻想。不过，我想说，您的观点可以保留，安甫同志让我转告您，您该回到大院里来，做这方面的专门研究也可以，也有一定的意义。他不同意您长期在外'孤军奋战'。社会很复杂，国际阶级斗争还是很激烈的，希望您好自为之。……"

"谢谢安甫先生。"

"作为同志，作为在一起度过很多艰难岁月的战友，我可希望说服您。您有很多长处，安老很看重您，同志们也很看重您。您提的那些问题，是需要研究的，是要在改革、开放中解决的……"

马乔的话还没说完，吴南村就打断了他，"啊呀，马先生，我好像是在和政治局常委对话呢，口气可真大！"

马乔被他气得想拍桌子，想站起来，但屁股在椅子上颠了颠，还是坐住了。他对自己说：镇静，镇静！这不是武器的批判，是批判的武器！他终于克制了冲动，对吴南村说："你以为一个普通人，就不配有信念?! 据我所知，到目前为止，您跟我差不多，都是中华人民共和国的普通公民，您的身价什么时候突然高起来的？怎么高起来的？"

吴南村恼羞成怒，走到马乔面前，逼着他说："你这是什么意思？你要说清楚!"

"还不清楚吗？"马乔坐着不动，对着怒气冲冲的吴南村说："还要怎么清楚？"

陶琼、江吉人赶快去拉吴南村。

吴南村疯了似的叫喊着："我今天上当了!"伸手给了马乔一拳，

正打在鼻子上，鲜血立即流出来。……

陶琼大喊一声："吴南村，你……要干什么?!"

吴南村额头的汗，一下子冒了出来，失神地跑到院子里。

陶琼追了出去，"你，……吃了什么药啦?!"

江吉人要给马乔拿毛巾。

马乔说："先别管我。他要走了。"

江吉人说："走就走吧，没治!"

马乔擦了擦血，出了屋门。

吴南村远远地站在大门口说："对不起，马……"看样子，他很难过。

马乔心软了，"南村，没关系。"竟有些哽咽，"安甫老人家，希望你回来；我们，……都希望你回来!"

吴南村的眼泪流了出来，"对不起了。你走你的阳关道，我过我的独木桥吧! 我……"话没说完，他扭头走了。

"等等，……"马乔喊着，"小江，把吴老师的衣服给他。"

江吉人把吴南村的西服、礼帽送过去。

"你们二位去送送吴……老师，看看有没有车。"

江吉人答应着："好了，马老师，您放心吧。"

吴南村情不自禁地摇摇头，一副无可奈何花落去的样子，想说什么，又没说出来，走了。

马乔看着三人沿河走去的背影，问自己："我是不是又太急了?"

三五

一场风波，终于把吴南村卷走了。

他是怎么走的? 到了哪里? 无人知晓，连他的妻子也蒙在鼓里。女儿哭着要找爸爸，去哪儿找呢?

安甫在医院里得知吴南村出走，叹息地对马乔说："南村患了一种病，——黑暗癖，对黑暗、对消极面，特别过敏。他跟你中和一下就好了。"

马乔摇摇头。

安甫出院了，终于又回到了他的书房。马乔收拾好的文稿、数据、资料，还有一叠编了号的旧台历，二百八十七张，不少一页，重新摆在老人面前。他又孜孜以求地投入了那项巨大的思想工程。

余波在研究室里回荡。吴南村走了，胖子又活跃起来。他不依不饶地追究马乔、陶琼、江吉人三个人的责任；当然，并不是指"放走"吴南村，而是指那个所谓的"西翁庄计划"。他认为，那是个右得不能再右的计划，是跪着的阶级斗争，是温情脉脉的乞求，是赔了鲜血赔眼泪，请问，还能赔什么？

为此，安甫放下手边的写作，亲临现场，替马乔等人解释。然而，安老先生也低估了胖子的能量。

胖子竟然向安甫发难了："吴南村的出走，安甫同志除了负有领导责任外，似乎也该总结一下教训吧？啊！他到底是什么人才？安甫用人的标准对不对？这也就是现在都不愿再用的一句话——阶级路线问题！"

安甫懂得胖子的潜台词，迎着他的质问和批判，微笑着点头，鼓励他充分发挥。安甫心里有自己的想法，认为胖子这个人，既教条，又保守；有时胆子特小，有时又特大；思想过早地凝固、定型，而到达僵化程度；虽然家里摆了三套《资本论》，却有些钻进去出不来的窘境，几十年读了下来，胖子还是胖子，《资本论》还是《资本论》，二者合不起来。安甫曾经一再告诫胖子：《资本论》是个海洋，跳进去，要是不会游泳，就会被淹没、沉底。不幸的是，胖子一直没学会游泳，在《资本论》里扑腾了多半辈子，连一篇文章也没写出来。奇怪的是，近年来，心血突然来潮，在大家被阶级斗争"斗"得筋疲力尽的时候，他的精力倒旺盛起来，阶级斗争的积极性异乎寻常地高涨。安甫心里说，胖子的节奏也太慢了，足足慢了八拍，这滑稽不滑稽？想笑，又憋了回去，怕伤了他的自尊心。听着胖子义正词严的讨伐，安甫把眼睛轻轻地闭上了，心里在想：吴南村还是个人才，可惜方向走错了；其中的原因很复杂，是多种主、客观因素造成的。仅就思维特点来看，爱动脑筋的人，容易犯错误，吴南村在资本主义的"花园"里，狠狠地碰一壁，也许会回头？能拉，还是要拉呀……

对于胖子的发难，马乔不以为然。心想，你折腾什么？看着他大腹便便的样子，就想起他餐桌上吃剩下的丰盛"宴席"；又想起他提着大塑料桶，到楼下"抢购"带鱼的情景，马乔失声笑了。

正在进攻的胖子，瞪起一双"牛眼"，质问马乔："你笑什么？"

马乔还是笑个不止，惹得全场也笑起来。

胖子拍着桌子说："你笑什么？这是严肃的……"

马乔只好说："对不起，……蒲公，我是想起那天卖带鱼的事，憋不住了……"

陶琼听马乔讲过这个故事，不由也笑了。

安甫挥手，想制止，却无效。

胖子问："卖带鱼，有什么可笑的？"

马乔笑不迭地点头："是没什么可笑的，因为是我在外面喊了一声，才把您的大门喊开的……"

胖子这才恍然大悟，"哦，是这件事？"他也禁不住笑起来。

会场变成了娱乐场。

安甫宣布："休息。休息以后，继续听蒲公的发言。其他同志有什么意见，也可以说说。我们实行知无不言，言无不尽，言者无罪，闻者足戒的方针，这是主席倡导的学风。"

说归说，笑归笑，胖子的发难，虽然有些堂·吉诃德式的滑稽，但并非无源之水、无本之木，可以一笑了之。随着安甫的专著《论社会主义与市场经济》一书逐篇逐章在研究室内传阅、讨论，这一理论引发的争论、攻讦、辩难，形成了一场不大不小的暴风雨。安甫的头顶及周围，不断出现耀眼的闪电和震耳的雷鸣，一阵风又一阵雨地从社会上向他刮来。

安甫处之泰然："这都是意料之中的事。"虽然他的见解并非空穴来风，大都经过实践的检验；然而毕竟与传统的习见大相径庭；故而引起波澜是不可避免的。

恰在此时，东欧蜕变；随之而来的是苏联的解体。十月革命的故乡，泱泱超级社会主义大国，几乎是在一夜之间土崩瓦解！何以如此迅雷不及掩耳？何以如此不堪一击？脆弱得让人吃惊。

在痛心疾首之际，安甫重新审视了自己的著作，更加确信中国式的社会主义理论和实践，是对历史和未来最好的回答。中国人民正在运用自己的经验、智慧和实践，一步一步地回答毛泽东主席几十年前提出的什么是社会主义？什么是马克思主义？……疑难之题。感慨之余，他把王国维做学问三种境界的妙语，恭录在一张宣纸上，贴在家里显眼处，用以自励：

> 昨夜西风凋碧树，独上高楼，望尽天涯路。
>
> 衣带渐宽终不悔，为伊消得人憔悴。
>
> 众里寻他千百度，蓦然回首，那人却在灯火阑珊处。

在苏联瓦解的那些日子里，马乔感同身受。他把多年不用的收音机打开，不行，功率不够；他狠狠心，到街上花三百元买了一台德国进口的收音机。美国之音、莫斯科的华语广播、日本、韩国、英国的BBC……都可以收到了。他像热锅上的蚂蚁，一会儿骂那个什么委员会，一群笨蛋！一会儿骂叶利钦，怎么成了反共的急先锋？空中的干扰，搅得他火烧火燎，干脆把收音机关掉；可是，又睡不着，再打开，把旋钮转过来、转过去，寻找一个清晰的声音，很难，很难……他去找安老讨教。

安甫平静地对马乔说："天要下雨，娘要嫁人，辩证法是无情的。违反辩证法，必然要受到辩证法的惩罚。"

"那中国呢?"马乔问。

安甫反问："你说呢?"

"中国也违反过辩证法，也受到过惩罚的。不过，这惩罚已经过去，我看，我们不会像苏联那样的。"

"为什么？"安甫又问。

"中国，"马乔思索着说，"中国不是东欧，中国是中国！中国在五十年代学苏联的同时，就谋求改革了。中国人既不走美国的路，也不走苏联的路，中国向来走自己的路。是不是可以说，我们已经找到这条路了？"

安甫点头："大体上是这样。"

"苏联真的完了吗？"马乔又问。

安甫叹口气，"辩证法是无情的。共产党人应该很好地总结教训。恩格斯说过：没有哪一次巨大的历史灾难，不是以历史的进步为补偿的。……也许，这是件好事，你不必过分忧心。"

马乔长长地出了一口气，心里觉得舒坦些。

安甫又说："要紧的是，把中国的事情办好。"

"能办好吗？"马乔急切地问，虽然已是快六十岁的人啦，在安甫面前，在事关人生理想的大事上，他真诚得像个孩子。

安甫只是会心地微笑。

马乔沉不住气，又问一遍："能办好吗？"

安甫高兴地笑了。他喜欢马乔的真诚，这真诚使他得到一种慰藉，一种享受；这真诚也能激发他对逝去岁月的回忆，因而更感受到真诚之可贵，希望它在心里多停留一会儿。看来，事业上的坎坷和成功，都不能抹去他心灵中日益加重的寂寞。

见马乔又要发问，安甫忙摆摆手说："路，还很长，要你们来回答了。"

马乔摇头："您忘了？我也快退了。"

安甫恍然大悟，"可不是嘛，那就要看小江他们了。"

这个回答，似乎没有解决马乔的问题，他不满足地摇摇头，"您预测嘛。"

安甫不好再挫折马乔的情绪，说道："一百五十多年的近、现代史证明，所有的帝国主义都奈何不了中国；现在更是如此。中国的文化，中国人的智慧，邓小平阐述的政治哲学，可以解决前进道路上的重重障碍。中国的事情是能够办好的。"

由于期望值过高，马乔对安甫的回答并不满意。可自己想想，也只能如此了，还能怎么说呢？他笑了，"现在美国人不可一世，今天制裁这个，明天制裁那个，我想有一天，中国也可以制裁一下美国！"

安甫摇头，"不，不，不。"

马乔不解地："为什么？"

安甫语重心长地说："中国重新崛起之日，就是世界和平之时。我们的理想要高远得多。毛主席在长征途中就曾经立过这样的志愿。他说昆仑山不要这么高，不要这多雪！所谓：

安得倚天抽宝剑，

把汝裁为三截？

一截遗欧，

一截赠美，

一截还东国。

太平世界

环球同此凉热。

所以我说，中国文化，中国人的智慧，中国共产党人的政治哲学，要求我们对世界作出更大的贡献！"

马乔拜服。

三六

一九九二年，新春伊始，邓小平作了"南巡"讲话，再次校正了船头。中国人终于摆脱了历史的羁绊，以健康的心理、强壮的体魄，迎着汹涌澎湃的世界潮流，迎着挑战，踏上了新的征途。安甫的专著，随之而解放，而出版，成为本年度社会科学界的一件大事。然而，他又住进了医院，尽管他的学生、同事常来探望，寂寞还是不可免的……

这一年中秋节前夕，马乔接到了铁匠来信，说他退下来以后，哩哩啦啦地处理了一大嘟噜遗留的难题，足足费了三年时间；现在总算真的轻松了。这第一个中秋，就在北京过，就在你马乔家过。而且还说，他早已经叫人发函、发电，寻找当年太行山那几个十五六岁的小鬼，活着的都来北京聚会。

马乔对萧萝说："看来铁匠不寂寞。"

萧萝说："未见得。寂寞的形式不同就是了。你看，千里迢迢地把这些人找来聚会，这当然好；可聚会以后呢？还得散，天下没有不散的宴席嘛。席散后，就是寂寞。你怎么没想出这个招儿呢？"

马乔也笑了："我没工夫想这个；就是想起来老战友，也只是想想而已，哪敢如此兴师动众？去哪儿找这些人？连高之骏在哪，都不知道了。"

"是啊，他是司令员，有着千里眼、顺风耳，你当是你呐？"萧萝说，"问题是我们如何接待？"

"这好办。"马乔说，"把儿子、女儿、儿媳妇、女婿都叫回来，来一个大扫除，只要家里干净就行了。买点月饼、水果、白酒、啤酒，再弄几个菜，也就可以了。不过，您得当总指挥、总设计。要能真的找到当年那些战友，可太有意思啦！"

"嗯，我义不容辞。"萧萝慷慨地应允，并说，"看看囊中所剩几许吧。"说着打开抽屉，翻出存折，高兴地说，"还不算羞涩，可以排排场场地过个中秋！"又计算着，"你们……到底能来多少人？"

"也就是三四个吧。"

萧萝思索着，"三四个？夫人来不来？儿女来不来？……"

"哎哟，儿女要来，可就不止翻一番啦！"马乔叫起来，"我怎么没想到这一条呐。"

"是啊，"萧萝开玩笑地说，"你以为总指挥那么好当？"

马乔连说："不好当，不好当，所以，总指挥一职，非您莫属啦！"

"嗬，给我戴高帽子！您不看看您自己，身边也有一嘟噜；六十岁的人啦，不是当年到马桶里找吃食的娃娃兵了。"

"哎，别提那傻事了。"马乔想起大别山上那桩事，心里回味起来，还是挺有意思的。

萧萝琢磨着："人多了，吃饭没问题，过节也没问题，就是住有点问题。我去学校招待所看看，试试行不行。"

"只好如此了。拜托、拜托！"马乔一副束手无策的样子。

他们住的这套房子一共两间，是学校分给萧萝的宿舍。孩子们长大了，成了家，都搬了出去。平时，夫妇二人住得倒也安静、宽敞。因为忙于各自的任务，这套住了三十多年的老房子，很久未进行过粉刷，黑黢黢的，陈旧不堪。现在，要来客了，收拾一下还是必要的。

儿女们听说父亲几十年前的老战友要来，一致意见：彻底粉刷。好在家里除了四个书橱以外，别的东西都很简单。利用星期天，把东西统统搬到楼下院子里，四个壮劳力，在萧萝指挥下刮墙皮、兑粉浆、喷刷、擦拭，流水作业，奋战一天。到第二天凌晨两点，院里的东西搬了回来。嗬，窗明几净，焕然一新！

阴历八月十四，在萧萝的操持下，一切安排停当。

高之骏夫妇是中午到的。一进门，看见四个书橱，张嘴第一句话就是："啊呀，书香门第嘛！"感叹、羡慕，还夹杂着一丝不平。

马乔握着老同学的手，心里说：还是当年那个高之骏，只是头发皆已花白，额上有了皱纹。他忙向萧萝介绍："这就是高之骏。"

萧萝热情地招呼着："马乔常常提起您，欢迎你们来家里。"

高之骏的夫人年轻、漂亮，看上去也就是四十来岁，是江苏某地区电视台的编辑。问起高的近况，夫人捷足先登："他呀，倒霉的事都轮到他头上啦，现在是闲差！"

高之骏苦笑着："我现在，就等着离休了。所以呐，接到铁匠的命令，马上就起身。"

马乔本想问问当年吴南村通风报信的事，见他们两口子满腹牢骚的样子，也就算了。

"编辑"夫人对萧萝的著作和从事的专业特别感兴趣，问长问短，推崇备至。话题转到了萧萝能不能为她获得大专文凭出点力气。

这话题成了中心，弄得萧萝不得脱身，搞得马乔插不进嘴。客人嘛，也只好如此。

下午，王鸿禧到了，夫妇俩带了个小外孙。

淮海大战中，鸿禧负了伤，在医院住了一年多，才恢复健康。原来是西南某飞机制造厂的党委书记，现在已退居二线。头发全白了，比小时略胖了些，一副忠厚的样子。他夫人一口四川腔，是飞机制造厂子弟学校的校长。

"记得嘛，老伙计，"鸿禧的口音已经掺和了川味，"咱们俩在大庙对面的戏台上摔跤比赛？"

"记得！咱俩势均力敌，旗鼓相当，弄得浑身大汗……太有意思了。"

鸿禧的夫人说："老王可想你啦，尤其是退到二线以后，常常提起你们小时候的事情。你看嘛，"她从皮包里拿出一沓剪报，都是马乔在报刊上发表的文章，"他说，这个马乔是不是俺们的那个马乔哟？"

鸿禧接过话来："要是他，那就太好啦！"

高之骏赶紧拿过剪报，一张一张地端详，"这是你写的？"

马乔点头。

高之骏感叹地说："啊呀，我亏了，我亏了，我要是解放以后，去上工农速成中学，就好了。"

编辑老婆在一边说："你呀，也是这山望着那山高。你念书，也不一定能写出文章！"

"你看，我这个老婆，把我给看扁啦！"

鸿禧忠厚地："没有的事，看扁了能找你？"

小外孙女趴到外婆耳边说起悄悄话，逗得外婆咯咯地笑。

众人问笑什么？

外婆让孩子大声说。

"他又不是小树叶，怎么是扁的？"

又是一阵哄笑。

马乔说："是啊，之骏爷爷要是扁的，这位漂亮奶奶，就会把他夹在书本里啦，对不对？"

"对。"小外孙女爽快地回答。

正说着，冬冬在楼下喊："来客人了。"

大家挤到窗前看，一辆面包车停在楼下，下来一位矮个子老人，脸盘清瘦、黢黑，典型的太行山人形象。

马乔叫道："是栓柱！"

高之骏问："是他嘛？"

鸿禧说："没错，就是栓柱。"放下外孙女，就往外跑。

车上下来八九个人，大概是栓柱的老婆、儿子、女儿。

"哟，还有第三代呢！"高之骏惊讶地说。

马乔、萧萝下楼迎接。

鸿禧已经和栓柱拥抱起来，激动地说："俺们可真不敢认你啦！"

马乔跑过去，拉着栓柱的手，"咱们多少年没见啦！"

栓柱也激动地说："俺们记球不清楚哩。"

"我记得！"马乔大声地说，好像要让全北京都听到似的，"一九四七年冬天，大别山野战医院！"

"对对对，"栓柱想起来了，高兴地笑着，他掉了两颗门牙，说起话来走风漏气，"大别山，啊呀，喔狗地方，蚊虫太多，想起来真没法过！"

"多亏你和双狗救了我，要不哪有今天……"马乔只顾激动，把萧萝、鸿禧、之骏都闪落在一边，"可惜双狗不在了，……"马乔不禁流出了眼泪。

"噫，"栓柱叹口气，劝说马乔，"随球他吧，死的人多了，咱们，日他娘，幸存者……"

萧萝过来提醒马乔："请客人上楼吧。"

马乔这才从回忆里醒来，连忙说："这是我爱人萧萝，还有……"

栓柱——握手，又介绍着："这是我老伴。"然后，把三个儿子、两个女儿叫到跟前："这是马乔马大爷，这是鸿禧王大爷，这是之骏高大爷。这是我三个儿、两个闺女。行了，给大爷们磕头吧！"他一声令下，五个儿女扑通下跪，就在地上磕起头来。

马乔、鸿禧、之骏齐说："啊呀，不兴这个啦。快起来，快起来……"

"咱们太行山的老规矩，这见一面是一面啦，得让他们磕个头！"栓柱对儿女们的表现颇为满意，挥挥手，"走吧。"

马乔的房间人满为患了。

栓柱进了屋，惊异地说："咦，这房也太小了嘛！"

鸿禧解释着："啊呀，你可不知道，城里头有这么一套，就是天堂啦！"

"喔？"栓柱对他的儿女说："听见没啦？你狗们住得多宽敞，还不满意哩！"

人们都站着。

马乔问萧萝："啊呀，怎么办？"

萧萝使个眼色，"别着急，有办法。先让大家互相认识一下；然后，父一辈在大屋，子、孙两辈在小屋，隔壁还借了一间，暂时可以用用。"

果然，重新介绍、互相认识之后，按照萧萝的安排，各得其所了。

大屋里的父一辈刚坐定，铁匠到了。

这一次，只许父辈下楼迎接，儿孙们都在屋里静候吩咐。

铁匠倒只有一人，看见他从前的这些老兵来到面前，高兴得大声笑，大声说，还是那炮兵司令的精神："好啊！光你们来啦？孩儿们呐？"

栓柱说："孩儿们在楼上，他大娘不让狗儿们下来，怕乱哄哄的。"

"噢，来了就行！"

铁匠被簇拥着上了楼，坐定以后，儿、孙辈一一上前见过。栓柱还是让他的儿女们给铁匠爷爷磕了头，把老人乐得摇头晃脑，"有新有旧，各样都来点，这倒不错！"

这时，铁匠才发现，"哎呀，小马，你这家太小！"

马乔说："您以为我跟您似的，住一栋楼，光客厅就有两个？"

铁匠笑呵呵地说："可惜你们不在福州！啊呀，太官僚主义啦，我给招待所打个电话。"

马乔领着铁匠在过道打电话。

铁匠悄声地对马乔说："哎，还有一位贵客，你没想到的。"

马乔忙问："是谁呀？"

"石——玉——英！哎，你那位萧老师，行吗？欢迎她吗？"

一提起石玉英，马乔的心嗵嗵地跳起来，连忙说："没问题，没问题。她在哪呢？"

"她呀，出家了。她到福州，见了我，问起当年那些老人，也问起你。虽然看破红尘几十年了，还愿意说说这些往事。我劝她回北方看看，她说秋天有到大陆内地走走的计划；所以，我就定了这个日子。萧老师如果没问题，我就叫秘书去接她。"

"欢迎，欢迎，老战友啦！"马乔激动地说。

"唉，什么老战友，这些话，别对出家人说啦，由她吧。她愿意说什么，咱就听什么；愿意问什么，咱就答什么；这里还有个宗教政策哩。"铁匠嘱咐后，打电话给秘书。

"嗨，"高之骏在屋里喊，"你们在说什么呐？还对我们保密呀？"

"这小子，不省事，狠狠地跌了跤！"铁匠边拨电话，边对马乔说，似乎对高之骏作过调查。

他回到大屋，对大家宣布："今天，还有一位客人，本来也是我们的老战友，可现在不能这么称呼了。她就是我们团的机要员——

石玉英同志。淮海大战前，一次遭遇战中，她负伤后被俘，昏迷了三个月，醒来以后，已经到了台湾。"铁匠叹了口气，"她是被一个老军医救活的，后来给人家当了干女儿。这个老军医，又被派到南朝鲜，跟我们打仗，再没回去。她……就出家了。现在，她是我们的客人，昨天，我们同乘一架飞机到北京的，她住在佛教协会招待所。我叫秘书去接她了。"

"啊呀，这地方不行，太挤……"高之骏提出需要换个地方。

萧萝热情地说："总还是要让人家来看看。虽然我们不要再称呼老战友，可总还是老战友啊，要不，人家干什么来呐。"

鸿禧问："萧萝啊，你知道这位石玉英吗？"

萧萝说："知道的。"

马乔的脸红了，不好意思地拿暖壶给大家续水。

高之骏也问："真知道？假知道？"

鸿禧赞赏地说："自然是真知道。石玉英是马乔、马同志的第一个恋人嘛。"

马乔连连否认："不是，不是……"

"嗨，高之骏这小子发现最早，为此，他们还打过架。两小无猜嘛，那时，还在清漳河边，后来到了大别山。石玉英可是个多情女啦，不像马乔，那是个傻小子。我嘛，比傻小子还傻。那天，遭遇战以后，我陪着马乔去找玉英，找不着啊，马乔哭得是真伤心，差点哭出血来。当时，脑子乱哄哄的，没想多深。十年以后，我才体会到，那可真是痛心疾首啊！萧萝，你别多心啊，有幸遇上马乔这样的傻男人，那是福气呀。玉英，命薄啊！"鸿禧真诚地说。

萧萝的眼圈红了，连连点头。

鸿禧又说："马乔能找上你，也是幸福。你刚才说的话，说明你真是个好女子！"

铁匠拍着大腿，"啊呀，你们这些小知识分子，又来小资产那一套啦！"

说得大家都笑起来。

高之骏说："我再出个馊主意。"

大家问："啥主意？"

"这样，待会儿玉英来了，咱们叙叙旧。晚上，不是有招待所嘛？咱就在学校里凑合一夜。明天，是正式的八月十五，咱们请老首长给弄一辆大轿车，去长城过节。这主意怎么样？"

栓柱拍手欢迎，"好啊，我那些儿女们，就是想去长城看看哩。之骏，这回，你算是出了个好主意！"

萧萝关心地问："司令员，你在长城上过夜行吗？"

铁匠爽朗地说："没问题。打起仗来，哪儿都得去，没啥关系。"

鸿禧说："多借几件军大衣。"

"那，出家人也得去啦？"高之骏说。

"当然，当然……"

第二天，大家把铁匠拥上车，开出校门，向长城驶去。

萧萝坐着司令的小车，去佛教协会招待所接玉英。昨天晚上，就是萧萝把她送回去的。

是夜，皓月当空，江山万里，莽莽苍苍。远处是京城的万家灯火，星星点点，闪闪烁烁，恰似天上银河，恰逢汛期，浩浩荡荡，那微微红浪，映亮了半边天。

萧萝按照玉英的要求，把她安排在僻静处打坐入定；然后向众人宣布，下一个节目是：每人唱一首自己最喜欢的歌，三代人都要唱。

这下子难坏了所有的人。每人最喜欢的歌，何止一首呢？选择起来，可就得割爱了。

马乔最后还是选了在太行山唱过的《风之歌》。轮到他的时候，他忘情地引吭高歌：

　　　我唱一支歌吧，快乐的风啊，

　　　快乐的风啊，快乐的风啊！

　　　你走遍全世界的高山和海洋，

全球都听到你的歌声。

唱吧，风啊，

对着蔚蓝的天空，

对着神秘的海洋，

………

这歌声把他们带回过去，又把他们送往未来。

在石门边打坐的玉英，不知听到了没有？

………

一九九六年二月十五日

于北京师范大学乐育九楼